Jennifer Egan
Die Farbe der Erinnerung

SERIE PIPER

Zu diesem Buch

Die achtzehnjährige Phoebe ist wie besessen von der Erinnerung an ihre große Schwester Faith, die 1970 in Italien ums Leben kam. Unfall? Mord? Selbstmord? Acht Jahre sind seither vergangen, und Phoebe beschließt, die Wahrheit herauszufinden. Sie macht sich auf den Weg nach Europa und läßt sich von achtzehn Postkarten leiten, die ihre schöne und abenteuerlustige Schwester von den Stationen ihrer Reise geschrieben hat. London, Amsterdam, Paris – Faith hat alles mitgenommen und ausprobiert, was die Zeit des Umbruchs hergab: Demos, Drogen und die Träume von einer besseren Welt. In München trifft Phoebe schließlich Wolf, den ehemaligen Freund ihrer Schwester, mit dem sie nach Italien fährt, der letzten Station von Faiths Reise. Der sensibel erzählte Roman schildert nicht nur Phoebes Suche nach der Wahrheit, die zu einer Reise ins eigene Ich wird, sondern auch den Aufbruch einer Generation, deren Traum von Freiheit in Gewalttätigkeit umschlug.

Jennifer Egan, geboren in Chicago und aufgewachsen in San Francisco, lebt heute in New York. Sie schrieb zahlreiche Kurzgeschichten, unter anderem für den »New Yorker«. Zuletzt erschienen von ihr auf deutsch der Erzählungsband »Emerald City« und der Roman »Look at Me«.

Jennifer Egan
Die Farbe der Erinnerung

Roman

Aus dem Amerikanischen von
Günter Ohnemus

Piper München Zürich

Von Jennifer Egan liegen in der Serie Piper vor:
Die Farbe der Erinnerung (3145)
Emerald City (3429)

Für meine Mutter, Kay Kimpton,
und meinen Bruder, Graham Kimpton

Taschenbuchsonderausgabe
Piper Verlag GmbH, München
Januar 2003

Titel der amerikanischen Originalausgabe:
»The Invisible Circus«, Doubleday,
New York

Umschlag / Bildredaktion: Büro Hamburg
Isabel Bünermann, Julia Martinez /
Charlotte Wippermann, Katharina Oesten
Umschlagabbildung: Herny Charles Andrews /
Royal Horticultural Society
Foto Umschlagrückseite: Marion Ettlinger
Satz: Reinhard Amann, Aichstetten
Druck und Bindung: Clausen & Bosse, Leck
Printed in Germany ISBN 3-492-23750-9

www.piper.de

»... diese Zeit, welche das Bild der Sache, die Kopie dem Original, die Vorstellung der Wirklichkeit, den Schein dem Wesen vorzieht ... denn *heilig* ist ihr nur die *Illusion, profan* aber die *Wahrheit* ... so daß *der höchste Grad der Illusion* für sie auch *der höchste Grad der Heiligkeit* ist.«
Ludwig Feuerbach

»Exultation is the going
Of an inland soul to sea,
Past the houses – past the headlands –
Into deep Eternity – ...«
Emily Dickinson

Teil eins

Eins

Sie war zu spät gekommen. Phoebe spürte es an der Stille. Sie ging durch den üppigen, nebligen Park und hörte nichts als das Tröpfeln des Taus, der von Farnen und Palmblättern lief. Als sie die große Wiese erreichte, war sie von der ungeheuren Leere, die sie sah, nicht mehr überrascht.

Das Gras war ein leuchtendes, schreiendes Grün. Überall lag Abfall herum, Überreste – Strohhalme, Zigarettenkippen, ein paar durchnäßte Decken, die dem Matsch überlassen worden waren.

Phoebe steckte die Hände in die Taschen und ging über das Gras, stieg ab und zu mit großen Schritten über blanke, matschige Stellen. Ein Ring aus Bäumen zog sich um die Wiese herum, Küstenbäume, vom Wind gebeugt, aber trotzdem symmetrisch, wie Figuren, die mit großer Mühe schwere Tabletts balancieren.

Am Ende der Wiese bauten Leute in Uniformjacken eine Bühne ab. Sie trugen die Sachen durch die Bäume auf eine Straße hinaus, auf der Phoebe den dunklen Umriß eines Lasters ausmachen konnte.

Sie ging auf einen Mann und eine Frau zu, an deren Armen aufgerollte orangefarbene Kabel hingen. Phoebe wartete höflich, daß die beiden ihr Gespräch beendeten, aber sie schienen sie überhaupt nicht wahrzunehmen. Sie wandte sich schüchtern an einen Mann, der ein langes Holzbrett trug. »Entschuldigen Sie bitte«, sagte sie. »Bin ich zu spät gekommen?«

»Ja«, sagte er. »Es war schon gestern. Von Mittag bis Mitternacht.« Er kniff die Augen zusammen, als wäre die Sonne herausgekommen. Er kam Phoebe irgendwie bekannt vor, und sie fragte sich, ob er vielleicht ihre Schwester gekannt hatte. Sie fragte sich das ja immer.

»Ich hab gedacht, es wäre heute«, sagte sie überflüssigerweise.

»Ja, auf ungefähr der Hälfte der Plakate ist das falsch gedruckt worden.« Er grinste, das Blau seiner Augen war hell, synthetisch.

Es war der 18. Juni, ein Samstag. Zehn Jahre davor, 1968, hatte angeblich auf genau dieser Wiese ein »Festival of Moons« stattgefunden. »Revival of Moons« versprachen die Plakate, und Phoebe hatte auf der Arbeit mit jemandem die Schicht getauscht und war ganz gespannt hierhergekommen, weil sie noch einmal erleben wollte, was sie ja gar nicht erlebt hatte.

»Und wie wars?« fragte sie.

»Unterbesucht.« Er lachte grimmig.

»Ich bin froh, daß ich nicht die einzige war«, sagte sie.

Der Mann setzte das Brett ab und fuhr sich mit der Hand über die Augen. Stumpfes, blondes Haar fiel lang und glatt auf seine Schultern. »Mann«, sagte er. »Du siehst ziemlich so aus wie ein Mädchen, das ich früher mal kannte.«

Phoebe schaut ihn erschrocken an. Er kniff jetzt die Augen wieder zusammen. »Ja, genau wie sie.«

Sie schaute ihm ins Gesicht. »Catnip«, sagte sie und war überrascht, daß sie das sagte.

Er ging einen kleinen Schritt zurück.

»Du warst ein Freund von Faith O'Connor, oder?« sagte Phoebe jetzt aufgeregt. »Ja, also, ich bin ihre Schwester.«

Catnip wandte den Blick ab und schaute dann Phoebe wieder an. Er schüttelte den Kopf. Sie erinnerte sich jetzt an ihn, obwohl er ihr damals viel größer vorgekommen war. Und schön – es war diese intensive, flüchtige Schönheit, die man manchmal an Jungs sah, aber nie an Männern. Die Mädchen konnten ihm nicht widerstehen, und deswegen hatte er auch diesen Namen: Catnip. Katzenminze.

Er schaute Phoebe mit großen Augen an. »Ich kann das nicht glauben«, sagte er.

Während Catnip zu den anderen hinüberging und ihnen sagte, daß er jetzt gehen würde, versuchte Phoebe, wieder Luft zu kriegen. Jahrelang hatte sie sich das vorgestellt, daß einer von Faiths Freunden sie jetzt, wo sie erwachsen war, erkennen würde, sehen würde, wie sehr sie ihrer Schwester ähnlich sah.

Sie ging zusammen mit Catnip über die Wiese. Sie war nervös. Auf seinem Gesicht glitzerten blonde Barthaare.

»Und du, gehst du jetzt auf die High School?« fragte er.

»Ich bin grade fertig geworden«, sagte Phoebe. »Letzte Woche, genau gesagt.« Sie war nicht auf die Abschlußfeier gegangen.

»Also, ich bin Kyle. Mich hat seit Jahren keiner mehr Catnip genannt«, sagte er traurig.

»Wie alt bist du denn?«

»Sechsundzwanzig. Und du?«

»Achtzehn.«

»Achtzehn«, sagte er und lachte. »Scheiße, als ich achtzehn war, kam mir sechsundzwanzig richtig uralt vor.«

Kyle hatte gerade das zweite Jahr seines Jurastudiums abgeschlossen. »Am Montag fang ich mit meiner Ferienarbeit an«, sagte er und machte mit zwei Fingern eine Bewegung, als würden ihm die Haare abgeschnitten.

»Wirklich? Zwingen sie dich dazu, sie abzuschneiden?« Das klang nach Militär.

»Das müssen sie nicht«, sagte er. »Wenn du ankommst, hast du sie schon abgeschnitten.«

Die Verkehrsgeräusche wurden lauter, als sie sich dem Rand des Golden Gate Parks näherten. Phoebe kam sich vor wie damals als Kind, wenn sie mit einem von Faiths Freunden alleine war und fürchtete, sie könnten sie langweilig finden. »Denkst du manchmal noch an die Zeit damals?« fragte sie. »Ich meine, die Zeit mit meiner Schwester?«

Kyle sagte erst gar nichts. »Na klar«, sagte er dann. »Klar denk ich daran.«

»Ich auch.«

»Faith kommt mir unglaublich wirklich vor.«

»Ich denk die ganze Zeit an sie«, sagte Phoebe.

Kyle nickte. »Sie war ja deine Schwester.«

Als sie an die Haight Street kamen, riß der Nebel gerade auf und gab den Blick auf kleine blaue Fitzelchen Himmel frei. Phoebe überlegte, ob sie erwähnen sollte, daß sie nur zwei Blocks entfernt arbeitete – daß sie ohne das Revival of the Moons sogar jetzt gerade bei der Arbeit wäre –, aber das kam ihr jetzt nicht wichtig vor.

»Ich wohne hier in der Gegend«, sagte Kyle. »Hast du Lust auf einen Kaffee?«

Seine Wohnung in der Cole Street war eine Enttäuschung. Phoebe hatte gehofft, sie würde hier in eine andere Zeit versetzt, aber das Wohnzimmer wurde von einer eleganten, anthrazitfarbenen Couch und einem langen, gläsernen Couchtisch beherrscht. An den Wänden hingen abstrakte Lithographien, die so wirkten, als würden sie in ihren Plexiglasrahmen schweben. Aber an einem Fenster hing ein Prisma, und auf dem Boden lagen überall Kissen mit Batikbezügen. Phoebe fiel auch der Geruch von Gewürznelken oder Pfeffer auf, etwas, das ihr von früher vertraut war.

Sie setzte sich in einigem Abstand von der anthrazitfarbenen Couch auf den Fußboden. Als Kyle seine Uniformjacke auszog, sah Phoebe durch sein T-Shirt, wie muskulös sein Körper war. Er nahm aus einer Zigarettendose aus Plexiglas, die auf dem Couchtisch stand, einen Joint, zündete ihn an und setzte sich dann selber auf den Fußboden.

»Weißt du«, sagte er mit gepreßter Stimme, während er den Rauch zurückhielt und Phoebe den Joint gab, »ich hab mir oft überlegt, ob ich nicht mal bei dir und deiner Mutter vorbeischauen sollte. Einfach mal schauen sollte, wie es euch geht.«

»Das hättest du auch tun sollen«, sagte Phoebe. Sie betrachtete den Joint und überlegte krampfhaft, ob sie rauchen sollte oder nicht. High zu werden machte ihr immer große Angst, und sie hatte sich dabei schon mehr als einmal völlig gelähmt gefühlt, wie in einen Schraubstock gespannt, so als könnte sie gleich tot umfallen. Aber sie dachte an ihre Schwester und wie begierig Faith sich auf alles eingelassen hatte – und daß Kyle das auch von Phoebe erwarten würde. Sie inhalierte vorsichtig. Kyle beugte sich über seinen Plattenspieler und stapelte Platten auf dem Einsatz für den Plattenwechsler. Man hörte *Surrealistic Pillow* in der vollen, beklemmenden Stimme von Grace Slick.

»Hat deine Mutter wieder geheiratet?« fragte er, während er sich wieder auf den Boden setzte.

»Oh nein«, sagte Phoebe mit einem leisen Lachen in der Stimme. »Nein.«

Kyle musterte sie durch den Rauch. Das machte sie unsicher. »Ich glaub, diese Phase in ihrem Leben ist irgendwie schon vorbei«, sagte sie als Erklärung.

Er schüttelte den Kopf. »Schade.«

»Nein, das macht ihr nichts aus«, sagte Phoebe und war sich gleichzeitig nicht sicher. »Sie hat die Zeit für Liebesgeschichten irgendwie schon hinter sich.«

Kyle runzelte die Stirn und zog an seinem Joint. »Wie alt ist sie denn jetzt?«

»Sie hat nächstes Wochenende Geburtstag. Sie wird siebenundvierzig.«

Kyle lachte laut, Rauch schoß aus seinem Mund, und dann hustete er wie verrückt. »Siebenundvierzig«, sagte er, als der Hustenanfall vorbei war. »Das ist nicht alt, Phoebe.«

Sie schaute ihn an, sein Lachen verblüffte sie. »Ich hab nicht gesagt, daß sie alt ist«, sagte sie. Der Joint brachte sie ganz durcheinander.

Kyle ließ den Blick auf Phoebe ruhen. Rauch hing in länglichen Schwaden in der Luft, löste sich langsam auf wie Sahne im Kaffee. »Und du?« sagte Kyle. »Wie ist es bei dir gelaufen?«

»Gut, danke«, sagte sie zurückhaltend.

Als sie mit dem Joint fertig waren, hatte Phoebe das Gefühl, das Zimmer würde direkt gegen ihre Augäpfel drücken, in einem bestimmten Rhythmus pulsieren. Ihr Herzschlag antwortete darauf. Aus den Kissen stieg Zimtgeruch auf, als sie sich zurücklehnte.

Kyle streckte sich lang aus. Er hatte den Kopf auf die Hände gelegt und die Beine an den Knöcheln gekreuzt. »Ich will darüber reden«, sagte er mit geschlossenen Augen. »Aber ich weiß nicht, wie.«

»Ich auch nicht«, sagte Phoebe. »Ich krieg das nie fertig.«

Kyle öffnete ein Auge. »Nicht einmal mit deiner Mutter? Mit deinem Bruder?«

»Ich weiß nicht, warum«, sagte Phoebe. »Früher konnten wir darüber reden.«

Plastic Fantastic Lover kam jetzt aus den Lautsprechern, verschlungen und tranceverloren, und Phoebe sah Farben, Farbfetzen. Sie hörten schweigend zu.

»Habt ihr... habt ihr je erfahren, was passiert ist?« sagte Kyle schließlich.

»Du meinst, wie sie gestorben ist?«

»Ja, was eigentlich genau passiert ist.«

Wie immer, wenn die Sprache auf Faith kam, spürte Phoebe, wie ein bestimmter Druck in ihr auf einmal nachließ. Sie atmete jetzt in langen, ruhigen Zügen. »Naja, alle sagen, daß sie da runtergesprungen ist.«

Kyle stöhnte ganz leise. »In Italien, oder?«

Phoebe nickte. Nach einer kleinen Pause fragte sie: »Glaubst du das?«

»Ich weiß es nicht«, sagte Kyle. »Ich meine, so wie ich die Geschichte gehört habe – du weißt das ja wahrscheinlich besser als ich –, also, so wie ich das gehört habe, muß es ziemlich schwer sein, dort zufällig runterzufallen.«

»Nur daß es eben niemand gesehen hat.«

Kyle stützte sich jetzt auf die Ellbogen und schaute Phoebe an. Sie war ganz high von dem Joint, erwiderte seinen Blick und versuchte dahinterzukommen, was genau sich an Kyle seit den alten Zeiten verändert hatte.

»Aber ich meine, warum?« sagte er. »Verstehst du – warum?«

Er sah ganz ernst aus, so als wäre er der erste Mensch, der diese Frage jemals gestellt hatte. Phoebe mußte darüber lachen. Sie lachte zuerst leise, und dann schüttelte sie sich vor Lachen, und Tränen liefe ihr aus den Augen. »Entschuldige«, sagte sie und wischte sich die Tränen mit dem Ärmel ab. Die Nase lief ihr. »Entschuldige.«

Kyle berührte ihren Arm. »Ich hab mich nur gefragt, wie das alles abgelaufen ist«, sagte er.

»Ja«, sagte Phoebe schniefend. »Ich auch.« Das Lachen hatte ihr geholfen, hatte sie erleichtert, so, wie auch Weinen erleichtern kann.

»Du glaubst, daß es ein Unfall war«, sagte Kyle.

»Ich bin mir nicht sicher.«

Er nickte. Das Thema war jetzt irgendwie abgeschlossen. Phoebe hatte das Gefühl, sie hätte eine Chance verspielt. Sie war wohl selber daran schuld, weil sie gelacht hatte.

Sie versanken jetzt wieder in Schweigen. An Phoebes Daumen und Mittelfinger klebte Harz. Kyle zündete den Stummel wieder an, und als er ihn ihr gab, rauchte sie, ohne zu zögern. Schließlich ließ Kyle den Rest des Joints auf den Boden fallen, setzte sich mit gekreuzten Beinen aufrecht hin und drückte die Fingerspitzen seiner Hände aneinander. »Du siehst aus wie sie«, sagte er. »Das hast du wahrscheinlich schon oft gehört.«

»Nein, das hör ich nie«, sagte Phoebe und war ganz verwirrt, weil sie nicht wußte, warum das so war. »Weil« – sie lachte, weil sie jetzt den Grund dafür gefunden hatte – »naja, weil uns ja niemand zusammen sieht.«

Kyle schlug sich gegen die Stirn. Seine Bemerkung war ihm ganz offensichtlich peinlich.

»Aber es wäre schön, wenn uns die Leute zusammen sehen könnten«, sagte Phoebe. »Das wär wirklich schön.«

Kyle stand auf und ging zum Fenster hinüber. Phoebe reckte sich in ihrer Cargo-Hose und ihren Wildlederstiefeln zur Decke, so daß die Muskeln ihre Rippen hochzogen. Sie war ziemlich high, aber heute war das schon in Ordnung. Sie spürte sogar ein verrücktes Selbstvertrauen, als sie Kyle beobachtete, wie er durch sein Prisma schaute. Das Prisma hing an einem Nylonfaden am Fenster. Er drehte es, und Lichtflecken in allen Regenbogenfarben huschten durchs Zimmer. Aus den Lautsprechern kam King Crimsons Song *Moonchild*.

»Ich hab grade ein komisches Gefühl gehabt«, sagte Kyle.

»Was denn?«

»Ich hab gedacht, wenn du mir jetzt sagen würdest, du wärst Faith, dann würde ich das glatt glauben.«

Phoebe wandte sich ab, damit er die Freude auf ihrem Gesicht nicht sehen konnte. Sie zog manchmal immer noch Sachen von Faith an, ausgefranste Jeans, Spitzenblusen vom Flohmarkt, eine zerknitterte Samtjacke mit sternförmigen Knöpfen. Die Sachen paßten alle nicht so ganz. Ihre Schwester war dünner gewesen oder größer und ihr schwarzes Haar länger – irgend etwas war anders. Auch wenn Phoebe sich noch so sehr Mühe gab, den Abstand zwischen sich und ihrer Schwester zu überbrücken, es bestand doch immer irgendwie ein Unterschied. Aber eines Tages würde dieser Unterschied verschwinden, das glaubte sie ganz fest. Das war Teil einer größeren Verwandlung, auf die Phoebe dauernd wartete. Sie hatte gedacht, diese Verwandlung würde sich mit dem Ende der High School einstellen.

»Ich geh bald nach Europa«, log sie, weil sie plötzlich

das Bedürfnis spürte, Kyle zu beeindrucken und zu verblüffen. »Das wird ne lange Reise.«

»Oh«, sagte er drüben am Fenster. »Und wohin?«

»Ich bin mir noch nicht sicher. Ich hab gedacht, ich fahr einfach mal los, verstehst du? Einfach ganz spontan.« Das stimmte ja auch irgendwie; Phoebe hatte vor, eines Tages nach Europa zu gehen und den Spuren ihrer Schwester zu folgen. Das hatte sie immer vorgehabt. Aber sie hatte sich jetzt für das Herbstsemester in Berkeley eingeschrieben, hatte fünf Seminare belegt und sich sogar einen Platz im Studentenheim reservieren lassen.

»Ich finde spontane Sachen immer gut«, sagte Kyle. Es klang ein bißchen neidisch.

Ihr Vater hatte spontane Sachen auch gemocht. Er hatte in seinem Testament dafür vorgesorgt, hatte Faith, Phoebe und Barry jeweils fünftausend Dollar hinterlassen, damit sie die Welt entdecken könnten. »Das müßt ihr als erstes machen«, hatte er gesagt. »Bevor ihr euch irgendwo festlegt. Macht Sachen, von denen ihr den Rest eures Lebens erzählen könnt.«

»Ich geh einfach rüber«, sagte Phoebe, die jetzt ganz in ihrer Erfindung aufging. »Ich zieh einfach los.«

Kyle ging zu ihr hinüber, seine nackten Fußsohlen blieben beim Gehen immer ganz leicht auf dem blanken Boden kleben. Sein Knie knackte, als er sich auf die Kissen neben ihr legte. Phoebe schloß die Augen.

»Du bist sehr schön«, sagte er und berührte ihr Gesicht. Phoebe öffnete die Augen und machte sie ganz schnell wieder zu. Ihr war schwindlig, so als würde sich das Zimmer – genau wie Kyles Prisma – an einem Nylonfaden drehen. Kyle beugte sich herunter und küßte ihren Mund. Phoebe erwiderte seinen Kuß, irgend etwas in ihr drängte blind zu ihm hin. Sie hatte noch nie mit jemandem geschlafen. Kyles Mund schmeckte süß, wie Apfelmus.

Er legte die Kissen zurecht und machte sich neben ihr lang. Als er durch Phoebes T-Shirt ihre Brüste berührte, spürte sie seine Selbstsicherheit, und das half ihr, sich zu entspannen. Kyle nahm ihren Kopf in seine Hände. Seine Handflächen lagen kühl an ihren Schläfen, und Phoebe hörte ein Rauschen in den Ohren wie von Meermuscheln. Kyle legte sich ganz behutsam auf sie. Sie klammerte sich an die Muskeln, die an seinem Rückgrat entlang liefen, und die Hitze, die von seinem Körper ausging, drang durch ihre Kleider auf ihre Haut. Seine kräftigen Bauchmuskeln bewegten sich beim Atmen ruhig und sanft; Phoebe spürte seine Erektion an ihrem Schenkel. Sie machte die Augen auf, um ihn anzuschauen. Aber Kyle hatte seine Augen fest zugedrückt, so als würde er sich etwas wünschen.

»Warte – warte«, sagte sie und wand sich unter ihm heraus.

Kyle versuchte zuerst, sie davon abzuhalten, sprang dann aber auf, als wäre jemand ins Zimmer gekommen. Phoebe hörte, wie flach sein Atem ging. Sie saß zusammengekauert und die Knie gegen das Kinn gepreßt da, wie ein Ei. Kyle ließ sich auf die Couch fallen. »Scheiße«, sagte er.

Aber Phoebe nahm ihn schon gar nicht mehr wahr. Es

gab etwas, an das sie sich jetzt erinnern mußte. Sie machte die Augen zu, preßte die Stirn gegen die Knie und sah Faith und ihre Freunde vor sich, wie sie kleine, quadratische Papierstückchen schluckten und wie sie dann später zu lachen anfingen, ein verrücktes, heulendes Lachen war das, und bei Faith wurde das Lachen bald zu einem hilflosen Schluchzen, sie lag schluchzend in den Armen ihres Freundes – »Wolf« hieß er wegen seiner braunen Haut und seiner weißen Zähne, und seine braunen Hände lagen jetzt auf dem Kopf ihrer Schwester – »Ruhig, ruhig«, sagte er und strich über ihr Haar, als wäre Faith eine Katze, »ruhig, ruhig.« Er trug unter seiner braunen Lederweste kein Hemd, und seine braunen Bauchmuskeln erinnerten Phoebe an die Muster auf einem Schildkrötenpanzer. Und dann küßte ihn Faith. Phoebe schaute verlegen zu.

»Komm jetzt«, sagte Faith und wollte aufstehen, schaffte es aber nicht; sie war krank, ihre Augen glänzten fiebrig. »Komm jetzt.« Sie küßte ihn immer wieder, aber Wolf sah Phoebe, die neben ihm kauerte, und ihre Blicke trafen sich und blieben aneinander hängen.

»Faith, warte«, sagte er. »Babe, warte noch.«

Aber schließlich half er ihr hoch, und Phoebe schlich hinter ihnen her in den Flur, auf dem sie bis ganz nach hinten torkelten, wo sich dann die weiße Tür zum Zimmer ihrer Schwester hinter ihnen schloß. Dann war es still. Phoebe wartete im Flur darauf, daß die Tür wieder aufgehen würde, und ihre Angst wuchs, während die Minuten vergingen – ihre Schwester war krank, konnte kaum gehen! Als ihr Vater krank geworden war, da war die Tür immer geschlossen geblieben, und im Flur hing ein süßlicher Geruch nach Medizin. Phoebe warf sich auf den Teppich im Flur und lag in einer Art Trance da, und die weiße Tür brannte ein Loch durch ihren Kopf, bis Phoebe schließlich – nach einem Zeitraum, der ihr wie Stunden vorkam – schluchzend an die Tür lief, den kühlen, glatten Lack an der Wange spürte, aber den Türknopf nicht umdrehte. Ihre Angst war zu groß.

Dann hörte sie Schritte. Phoebe fuhr zurück, als Faith die Tür aufmachte. Ihre Augen waren weit und schwarz. Wassertropfen hingen an ihren Wimpern. Sie nahm Phoebe ganz fest in den Arm. »Baby«, sagte sie und wiegte sie ganz ruhig hin und her, »Baby, Baby, was ist denn passiert?« Sie roch nach Seife – hatte sie vielleicht bloß geduscht? Und Wolf, der Held, schaute Phoebe an. Auf seinem Gesicht lag ein so starker Ausdruck von Schmerz, als hätte er ihr weh getan. Nein, wollte Phoebe sagen, nein, nein, aber wie sollte sie denn reden, wenn sie nichts verstand, wenn alle so geheimnisvoll taten?

Jetzt schaute Phoebe zu Kyle hinüber, der Meilen entfernt auf der Couch saß. So ging es ihr immer – etwas, an das sie sich erinnern mußte, zog sie zurück wie eine Unterströmung. Eine weiße Tür trennte sie von allem, erinnerte Phoebe daran, daß ihr jetziges Leben unwirklich und ohne Bedeutung war. Das, worauf es ankam, war nicht zu sehen. Manchmal war sie zornig, daß sie sich erinnern mußte, und wollte nichts lieber als losrennen und sich in etwas stürzen, das zu ihr gehörte. Wollte sich darin verlieren. Aber das war nicht möglich. Der einzige Weg nach vorne führte durch diese Tür.

»Fehlt sie dir?« sagte Phoebe in die Stille hinein.

Kyle erhob sich ächzend von der Couch und sprühte Wasser auf die Blätter einiger mickriger Marihuanapflanzen, die ihre Köpfe alle in Richtung auf eine ultraviolette Lampe neigten. Sie waren mit dünnen Fäden an Stützen festgebunden. »Manchmal hab ich das Gefühl, als wäre sie immer noch da«, sagte er. »Ich meine, als würde sie immer noch in dieser Zeit damals leben.«

»Mir geht es auch so«, sagte Phoebe. »Obwohl ich ja gar nicht wirklich dabei war.«

»Klar warst du dabei.«

»Nein. Ich war doch noch ein Kind.«

Sie sagten beide lange Zeit nichts. »Ich war auch nicht dabei«, sagte Kyle. »Wenigstens nicht so ganz.«

»Wie meinst du das denn?«

»Ich war schon immer irgendwie dabei, die ganze Zeit, aber ich war nie wirklich mittendrin.«

Dieses Geständnis beunruhigte Phoebe. »Du warst dabei, Kyle«, sagte sie. »Du warst ganz sicher dabei.«

Er grinste, wirkte ermutigt. Er spritzte mit seinem Zerstäuber in die Luft, kleine Wassertröpfchen fingen sich im Licht, als sie nach unten sanken. Phoebe hörte die Kanone, die jeden Tag um fünf Uhr auf dem Militärstützpunkt Presidio abgefeuert wurde. »Ich geh jetzt lieber«, sagte sie und stand schwankend auf. Eines ihrer Beine war eingeschlafen. Es war 1978. Faiths Freund Wolf lebte jetzt in Europa. Phoebes Mutter hatte schon seit Jahren nichts mehr von ihm gehört.

Kyle stand wartend da. Er hatte die Hände in den Hosentaschen. »Ich ruf dich an.«

»Okay«, sagte Phoebe und wußte, daß er nicht anrufen würde.

Sie ging vorsichtig die Stufen zur Straße hinunter und hielt sich dabei am Geländer fest. Sonnenlicht blitzte in den Bäumen. Weiter weg hörte man plappernde Stimmen aus einem Cable Car, sonst war alles ganz ruhig.

»Hey«, kam es von oben. Kyle beugte sich aus seinem Fenster. »Ich hab ganz vergessen, daß ich dir was mitgeben wollte, falls du nach München kommst. Ich hab da drüben einen Cousin.«

Phoebe hielt sich die Hand über die Augen, damit sie besser sehen konnte. Sie hatte ihre Europageschichte schon vergessen und war überrascht, daß sie ihr jetzt sozusagen als Tatsache präsentiert wurde.

»Komm noch mal rauf«, sagte Kyle.

Phoebe ging wieder zurück. Kyle gab ihr einen Joint, der in rosafarbenes, fluoreszierendes Zigarettenpapier gedreht war. Der Joint fühlte sich in ihrer Hand trocken und leicht an.

»Sag ihm, es ist derselbe Stoff, den wir Weihnachten geraucht haben«, sagte er und schaute in einem Adreßbuch die Adresse nach, die er auf die Rückseite irgendeiner Quittung schrieb. »Steven + Ingrid Lake«, las Phoebe, und dann die Adresse. Sie hatte das Gefühl, die Telefonnummer hätte nicht genug Ziffern. Sie rollte den Joint vorsichtig in den Zettel mit der Adresse ein und steckte das Ganze in ihr Portemonnaie.

»Sag Steve, er soll sich von den Ameisenhaufen fernhalten«, sagte Kyle, der in der Tür stand und lachte. »Er weiß schon, was gemeint ist.«

Phoebe ging jetzt die Stufen zum zweitenmal hinunter und spürte eine seltsame Erregung. Kyle glaubte also, daß sie jetzt nach Europa ginge – nächste Woche, morgen –, und diese Vorstellung erstaunte Phoebe, gab ihr das aufregende Gefühl, daß jetzt alles möglich war.

Auf der Straße schaute sie noch einmal nach oben. Kyle schaute wieder von seinem Fenster zu ihr herunter und berührte geistesabwesend das Prisma. »Wann fährst du denn los?« fragte er.

»Bald«, sagte sie und hätte fast gelacht. »Nächste Woche vielleicht.« Sie drehte sich um, weil sie gehen wollte.

»Schick mir ne Ansichtskarte«, rief er.

Phoebe merkte, daß sie die grobknochigen viktorianischen Häuser anlächelte. Europa, dachte sie. Vögel, weißer Stein, lange dunkle Brücken. An all die Orte gehen, an denen Faith gewesen war – an alle, einen nach dem anderen. Die Ansichtskarten ihrer Schwester lagen immer noch in einer Schuhschachtel unter dem Bett. Phoebe wußte genau, wie sie immer ganz aufgeregt auf die Karten gewartet hatte, vom ersten Tag an, als ihre Schwester und Wolf an einem Sommertag losgezogen waren, der nicht so sehr viel anders war als der heutige Tag. Sie waren in Wolfs Pickup zum Flughafen gefahren. Sie hatten noch ein Mädchen dabei, das Wolf den Wagen abgekauft und ihm schon das Geld dafür bezahlt hatte. Als sie weggefahren waren, stand Phoebe noch lange auf dem Bürgersteig und fragte sich, was sie alles erleben würden. Sie fragte sich das seither immer noch.

Ihre Schwester starb am 21. November 1970, auf den Felsen unterhalb von Corniglia, einem winzigen Dorf an der Westküste Norditaliens. Sie war siebzehn; Phoebe war damals zehn. In der Leiche wurden Spuren von Drogen gefunden, Speed, Acid, aber nicht soviel, daß man hätte sagen können, sie sei high gewesen. Wenn sie sich nicht das Genick gebrochen hätte, dann hätte sie wohl überleben können.

Wenn Phoebe die Stunden hätte aneinanderreihen können, in denen sie sich mit diesem Ereignis beschäftigt hatte, dann würden sicher ganze Jahre zusammenkommen. Sie hatte sich in diesen Spekulationen verloren, ihr eigenes Leben war wie eine Hülse von ihr abgefallen, während sie in dem reichen, unendlich tiefen Brunnen versank, der die Abwesenheit ihrer Schwester für sie war. Und je länger Phoebe sich damit beschäftigte, desto sicherer war sie, daß da ein großes Mißverständnis vorlag; wenn Faith sich das Leben genommen hätte, dann hätte sie es ohne auch nur die geringste Andeutung des Scheiterns oder der Hoffnungslosigkeit getan, die man immer mit dem Wort »Selbstmord« in Verbindung brachte. Wenn Phoebe an den Tod ihrer Schwester dachte, dann immer mit einer seltsamen Fröhlichkeit, als wäre Faith in eine großartigere Welt eingegangen, in Bezirke, die so weit entfernt waren, daß Faith sie nur erreichen konnte, wenn sie ihr Leben dafür hergab. Wie wenn man eine Leiter unter sich wegschubst. Was hatte das denn mit Scheitern zu tun?

Phoebes Mutter Gail war nach Italien geflogen und hatte Faiths Asche in einem Behälter mit nach Hause gebracht. Sie und Phoebe und Barry hatten die Asche von den Klippen in der Nähe der Golden Gate Bridge verstreut, an einer Stelle, an der sie immer Picknick gemacht hatten. Phoebe erinnerte sich noch daran, wie sie ungläubig die Asche angestarrt hatte, die unterschiedlich großen Stücke, die aussahen wie der Schutt, der im Kamin immer übrigblieb. Ihre Hände waren feucht vor Schweiß gewesen, und als sie die Asche in den Wind warf, blieb immer wieder ganz feiner Staub in den Falten ihrer Hand kleben. Wie sehr sie auch die Hand schüttelte, der Staub ging nicht weg. Hinterher sperrte sie die Tür ihres Zimmers ab und starrte lange ihre Hände an. Es war ruhig im Haus. Phoebe streckte die Zunge heraus und fuhr mit der Zungenspitze ganz leicht über ihre Handfläche. Es schmeckte sauer, salzig. Phoebe flüchtete entsetzt ins Badezimmer und scheuerte sich Hände und Mund im Waschbecken, starrte dann in die Toilettenschüssel und brachte sich soweit, daß sie sich übergeben mußte. Später fragte sie sich, ob das, was sie geschmeckt hatte, nicht vielleicht ihr eigener Schweiß gewesen war.

Eine weiße Tür am Ende des Flurs. »Komm jetzt«, hatte Faith gesagt und die Hand nach Wolf ausgestreckt. Sie machten die Tür hinter sich zu.

Phoebe ging draußen hin und her, drückte die Zehen tief in den weichen Teppich. Sie hatte Angst – wovor? Daß ihre Schwester verschwunden blieb. Daß die Tür nie wieder aufgehen würde. Und daß sie, wenn die Tür schließlich doch aufging, sich allein in einem hellen, leeren Zimmer befinden würde.

Zwei

Wenn Phoebe mit ihrem Bruder in seinem Porsche fuhr, lief jedesmal zwischen ihnen wortlos eine Mutprobe ab: Barry beschleunigte den Wagen gleichmäßig, immer stärker, weil er wußte, daß Phoebe dann Angst bekam und weil er wollte, daß sie ihn bitten würde, wieder langsamer zu fahren. Phoebe wäre aber lieber mit dem Auto verunglückt, als daß sie ihrem Bruder diese Genugtuung verschafft hätte. Wenn sie alleine zusammen im Wagen saßen, herrschte eisiges Schweigen zwischen ihnen, während die Tachometernadel sich hin und her bewegte und Phoebe zu Gott betete, daß bald eine rote Ampel käme. Wie lange kann das denn gutgehen, dachte sie dann immer, bevor uns etwas zustößt? Aber sie gab nicht nach.

»Junge, mach jetzt mal halblang«, sagte ihre Mutter, als Barry gleich drei Blocks von ihrem Haus entfernt den Motor hochjagte. »Ich möchte nicht, daß das heute mein letzter Geburtstag ist.«

Es war ein warmer, klarer Tag, wie es ihn in San Francisco im Juni selten gibt. Barry war in Hochstimmung. Er hatte für den Geburtstag ihrer Mutter schon seit Wochen Pläne gemacht, hatte zuerst ein verlängertes Wochenende auf Hawaii vorgeschlagen, dann einen Flug in einem Heißluftballon und schließlich einen Tagesausflug in einer gecharterten Segelyacht. »Ich bin deine Mutter und nicht die Generaldirektorin von Sony«, schimpfte sie und lachte dabei leise, damit Barry ihre Bemerkung nicht ernst nahm. »Machen wir doch ein Picknick.«

Phoebes Bruder war mit dreiundzwanzig schon Millionär. Der Keim seines Reichtums waren die fünftausend Dollar, die ihr Vater jedem von ihnen hinterlassen hatte und die sich durch umsichtige Investitionen ungeheuer vermehrt hatten, als Barry in Berkeley studierte. Nach seinem Studium gründete er mit dem Geld eine Softwarefirma, und als Phoebe ihn zuletzt danach gefragt hatte, wie viele Angestellte er habe, waren es siebenundfünfzig gewesen. Er hatte draußen in den Hügeln bei Los Gatos ein Haus mit vier Schlafzimmern, und in den Ferien überschüttete er Phoebe immer mit Geschenken, die sie vor Dankbarkeit ganz hilflos machten: ein *Prince*-Tennisschläger, eine Digitaluhr, eine Kette mit echten Perlen, die bei einer bestimmten Beleuchtung einen ganz leichten rosa Schimmer annahmen. Barry erwähnte oft die Namen wichtiger Leute, die er auf Parties kennengelernt hatte, und er betonte dabei immer, daß sie seine Bekanntschaft gesucht hatten und daß er sich ganz besonders gut mit ihnen verstanden hätte. Wenn man Barry glauben durfte, dann waren seine Angestellten praktisch alle absolute Genies und seine Produkte so überragend und phänomenal, daß seine Kunden an ihren Terminals fast ohnmächtig wurden. Obwohl sie es besser wußte, merkte Phoebe manchmal doch, daß sie ihm glaubte und seine Sicht der Dinge übernahm, nach der nicht New York, Paris oder Washington, D. C. der Mittelpunkt der Welt waren, sondern eine Softwarefirma in der Umgebung von Palo Alto.

»Wo fahren wir denn hin?« fragte Phoebe auf dem Rücksitz, als der Porsche in den Golden Gate Park fuhr.

»Du wirst schon sehen«, sagte Barry. Er unterhielt sich mit ihrer Mutter. Chips, hörte Phoebe, Bytes; lauter solche Wörter. Sie klappte ihr Fenster auf und sog den feuchten Eukalyptusduft des Golden Gate Parks ein. Es war genau eine Woche her, daß sie Kyle hier getroffen hatte, und wie die meisten Erinnerungen an Zeiten, in denen man high ist, hatte auch die Begegnung mit Kyle etwas Bruchstückhaftes, als hätte man alles nur geträumt. Aber das Gefühl, das sie hatte, als sie zu Kyle sagte, sie würde nach Europa gehen, und als er ihr das glaubte – dieses Gefühl konnte Phoebe nicht vergessen.

Sie streckte die Hände nach vorne aus und berührte das blond getönte Haar ihrer Mutter. Obwohl Phoebe ihre Mutter ganz besonders schön fand, war es doch so, daß etwas Altmodisches, etwas irgendwie Überholtes, dazu führte, daß ihre Schönheit für die Außenwelt nicht sichtbar war, nicht wirken konnte. Phoebe war immer regelrecht entmutigt, wenn sie sich alte Fotos anschaute, auf denen ihre junge, bezaubernde Mutter schüchtern unter einem Hut hervorlächelte. Sie erinnerte sich an ihre Eltern, wie ihr Vater immer dalag und den Kopf auf den Schoß ihrer Mutter gelegt hatte, oder wie er ihr einen Klaps auf den Hintern gab. Sie erinnerte sich auch an die Zeit, als ihre Mutter schon Witwe war, erinnerte sich an Claude, den einzigen Liebhaber ihrer Mutter in einer Zeit voll bedeutungsloser Verabredungen – erinnerte sich an die benommene, taumelige Offenheit, die ihre Mutter in Claudes Gegenwart überkam, eine Spannung zwischen den beiden, die das Zimmer wie eine elektrische Ladung erfüllte. Aber Phoebe mochte ihre Mutter am liebsten so, wie sie jetzt war, schwermütig, ein bißchen aus dem Tritt gekommen und mit einem Lachen, das immer einen traurigen Unterton hatte, so als wäre alles nicht so lustig, wie es aussah. Phoebe betrachtete ihre Mutter als jemanden, der immer noch in Trauer war, und das gab ihr ein beruhigendes Gefühl von Sicherheit, so wie wenn man beim Einschlafen weiß, daß jemand anders immer noch aufbleiben wird, Wache hält.

Barry parkte an einer Lichtung mit lauter Obstbäumen, deren Blätter so frisch waren, daß sie feucht wirkten. Er holte die Sachen aus dem Wagen und winkte ab, als sie ihm dabei helfen wollten. Barry war groß und hatte dunkle Haare, seine Augen waren ganz schwarz, als hätte er sie in einem Augenblick des Schreckens weit aufgerissen und als wären sie dann nicht mehr zugegangen. Das war auf Fotos immer besonders eindrucksvoll – »Das ist dein Bruder? Der ist aber scharf«, hatten Phoebes Freundinnen immer gesagt, wenn sie ein Bild von ihm sahen –, aber im wirklichen Leben wurde diese Wirkung etwas beeinträchtigt. Er bewegte sich wie ein Kind, hatte den Hals nach vorne gestreckt, die Arme hingen nach unten, und er wirkte immer, als wollte er gleich den Kopf einziehen.

Barry richtete das Picknick her, eine entmutigend üppige Mischung aus Brie, roten Birnen, Roastbeef, Bagels und gefüllten Weinblättern. In einer Kühlbox hatte er eine Flasche Dom Pérignon und ein winziges Töpfchen Belugakaviar mitgebracht. Ihre Mutter schleuderte mit einer lässigen Beinbewegung ihre Leinenschuhe in die Gegend, nippte an ihrem Champagner, krümmte ihre weißen Zehen und machte sie wieder gerade. Die Haut ihrer Waden war so trocken, daß sie glänzte wie eine Glasur. »Das könnte ich ein paar Tage lang so aushalten«, sagte sie.

Als sie alle etwas von Phoebes Karottenkuchen gegessen hatten, ging Barry zum Wagen und kam mit einem Schwung Geschenke wieder zurück. Er baute sie vor seiner Mutter auf, ein Berg aus Goldfolie und grünen Bändern. »Meine Güte«, sagte sie.

Phoebe hatte ihr Geschenk in eine Tasche ihrer Cordhose gesteckt, ein Silberhalsband von Tiffany zum fünfundzwanzigsten Hochzeitstag ihrer Eltern. Der wäre am Dienstag gewesen. »Fang du an, Bär«, sagte sie, weil sie wußte, daß er das am liebsten täte.

Barry wählte eine Schachtel aus. Ihre Mutter machte sie langsam auf und achtete darauf, daß sie das Geschenkpapier nicht zerriß. Sie machte Geschenke immer so vorsichtig auf, aber danach packte sie einfach das ganze unversehrte Papier mit einer Bewegung zusammen und warf es achtlos weg. »Make-up«, sagte sie, während sie das goldene Geschenkpapier abmachte.

»Das sind die neuesten Farben«, sagte Barry. »Es ist ein ganzes Set.«

Ganze Reihen von farbigen Ovalen schimmerten in dem Set wie die Farben in dem Malkasten, den Phoebe als Kind gehabt hatte. »Ich hab in den letzten Jahren nicht viel Make-up getragen«, sagte ihre Mutter.

»Keine Angst!« beruhigte Barry sie und hielt ihr ein zweites Geschenk hin. Es war lang und flach. Es enthielt eine Karte.

»›Ein Geschenkgutschein‹«, las sie laut vor. »Für eine komplette Gesichtsrenovierung?«

»Ja, sozusagen«, schaltete sich Barry ein. »Sie überlegen sich, was für dein Gesicht am besten ist, und dann zeigen sie dir, was du machen mußt.«

»In meinem Fall würde eine Papiertüte reichen«, sagte ihre Mutter und legte den Arm um Barry. »Ehrlich, mein Kleiner, du hast dir wirklich Zeit dafür genommen.«

In der nächsten Schachtel lag noch ein Geschenkgutschein, diesmal für einen Friseur. Ihre Mutter fuhr mit der Hand in Barrys Haar und strubbelte es. »Entschuldige«, sagte sie. »Aber die Frisur, die du jetzt auf dem Kopf hast, war 65 der letzte Schrei.«

Aber Barry schien gar nicht zuzuhören. Er stand hoch aufgerichtet vor ihrer Mutter und gab ihr ein Geschenk nach dem anderen, so schnell sie die Sachen nur aufmachen konnte. Phoebe starrte die frischen neuen Blätter an den Zweigen über sich an. Sie war zornig. Wie unhöflich, dachte sie, wie grob, absolut beleidigend. Hatte Barry den Verstand verloren?

Noch ein Geschenkgutschein, diesmal für das Centurion, eine Bekleidungsgeschäft in der Union Street. »Das ist zuviel«, sagte ihre Mutter. »Jetzt übertreibst du es wirklich!«

»Und jetzt«, sagte Barry, »die Krönung des Ganzen, Geschenk Nummer fünf.«

Ihre Mutter machte die Verpackung der letzten Schachtel auf und runzelte die Stirn. »Modekoordinator«, sagte sie. »Das klingt ja wie eine Maschine.«

»Nein, nein, das ist ein Mann«, erklärte Barry. »Du gehst mit ihm in den Laden, und er hilft dir bei der Auswahl und sagt dir, was du kaufen sollst. Er weiß, was für ein Stil gerade ›in‹ ist.«

Für einen Augenblick war es ganz still. Ihre Mutter hob den Blick von dem Berg aus goldenem Geschenkpapier, und Phoebe entdeckte in Barrys Gesicht einen Anflug von Verzweiflung, so als würde das Gewicht dieser vielen Geschenke plötzlich ganz auf ihm lasten. »Ich hab es nicht böse gemeint ...«, sagte er.

»Natürlich nicht«, sagte ihre Mutter und schaute Phoebe an. »Er hat recht, stimmts? Ich hab mich irgendwie zu einer Vogelscheuche entwickelt.«

»Du bist keine Vogelscheuche«, sagte Phoebe.

»Hoffentlich machst du auch Gebrauch von den ganzen Sachen«, sagte Barry. »Ich meine, daß du sie nicht im Schrank versteckst oder sonstwo.« Sein Blick wanderte zu Phoebe, als spürte er, wie gerne sie ihm jetzt eins ausgewischt hätte.

»Es ist wirklich komisch«, sagte ihre Mutter. »Ich überlege mir nämlich schon seit ein paar Monaten, ob ich nicht meine äußere Erscheinung ein bißchen ... aufmöbeln sollte.«

»Im Ernst?« sagte Phoebe betroffen.

»Ja, ehrlich. Aber ich hatte keine Ahnung, womit ich anfangen sollte. Das war wirklich ein regelrecht unheimliches Timing, Barry.«

Phoebe ließ sich das besorgt durch den Kopf gehen. Es dauerte ein paar Augenblicke, bevor sie sich an ihr eigenes Geschenk erinnerte und es umständlich aus der Tasche zog.

»Noch mehr Geschenke«, sagte ihre Mutter. »Was hab ich doch für verschwenderische Kinder.«

Barry schaute schweigend zu. Phoebe spürte schon seinen Ärger, die Angst, übertrumpft zu werden. Ihre Mutter machte das Seidenpapier vorsichtig ab, öffnete die Schachtel und sah das blaue Säckchen von Tiffany. »Das ist aber ein schönes Säckchen«, sagte sie. »Das kann ich bestimmt noch mal für irgendwas brauchen.« Sie machte langsam weiter, hielt dieses eine Geschenk von Phoebe gegen alle Geschenke Barrys und dehnte diesen Augenblick aus.

Sie löste die Kordel, mit der das Säckchen zugezogen war, und fand das Halsband: ein massiver Anhänger aus Silber, der an einer dünnen Kette hing. »Oh«, sagte sie. »Oh, Phoebe, das ist wunderschön. Hilf mir mal damit.« Sie hob ihr Haar hoch, und Phoebe machte den Verschluß zu, so daß der silberne Anhänger in der kleinen Mulde über dem Schlüsselbein lag.

»Nett«, sagte Barry und veränderte seine Sitzhaltung auf dem Gras. »Das ist hübsch, Pheeb.«

»Es ist sensationell«, sagte ihre Mutter und küßte Phoebe auf die Wange. Phoebe spürte den Geruch in ihrer Bluse, den herben Zitronengeruch ihres Parfüms. Ihre Mutter roch immer gleich.

Phoebe hielt den Blick auf ihre Mutter gerichtet, wartete auf ein Zeichen dafür, daß sie gemerkt hatte, was das Halsband bedeutete. Sie würde es wahrscheinlich schaffen, ohne daß Barry es mitbekam – nur mit einem Blick, der sie beide an die verschwundenen Jahre, an die verschwundene Zeit erinnerte.

Ihre Mutter schloß die Augen und hielt ihr Gesicht in die Sonne. Phoebe schaute sie an, bis sie die Augen wieder aufmachte. »Was ist denn?« sagte ihre Mutter und richtete sich auf.

Phoebe schaute sie nur unverwandt an. Sie hörte das entfernte Pochen von Bongotrommeln.

»Kindchen, stimmt etwas nicht?« Phoebe hielt die Augen weit geöffnet. »Phoebe?«

»Kapierst du denn nicht?« rief Phoebe verzweifelt.

»Was soll ich ...«

»Silber.« Sie war verblüfft, daß sie das eigens sagen mußte.

Ihre Mutter faßte das Halsband an. »Ja, ich – ich mag Silber.«

»Denk doch nach. Sil-ber«, sagte Phoebe und dehnte das Wort. »Ich kann es einfach nicht fassen, daß du das nicht verstehst!«

»Was gibts denn da zu verstehen?« rief Barry. »Himmel noch mal, Phoebe, sie hat doch gesagt, daß es ihr gefällt.«

Ihre Mutter fuhr sich nervös mit den Händen an den Hals.

»Silber! Für euren fünfundzwanzigsten.«

Aber auch jetzt blieb das Gesicht ihrer Mutter leer. Phoebe spürte ein Pochen in ihrer Magengegend – Angst.

»Oh, ich verstehe«, rief ihre Mutter schließlich erleichtert. »Unser fünfundzwanzigster, natürlich. Aber das war letztes Jahr.«

Phoebe fuhr hoch. »Letztes Jahr? Wie soll das denn zugehen?«

»Was war letztes Jahr?« sagte Barry.

»Wir haben 52 geheiratet.«

»52! Ich hab gedacht, das war 53.«

»Das macht doch nichts, Kind. Wirklich, das macht überhaupt nichts.« Ihre Mutter schien sich immer noch ein bißchen überrumpelt zu fühlen. »Meine Güte«, sagte sie, »hast du mir angst gemacht.«

»Schluß. Schluß jetzt!« sagte Barry. »Kann mir bitte mal jemand erklären, was dieses Halsband damit zu tun haben soll, daß du und Dad geheiratet habt?«

»Silber«, sagte ihre Mutter. »Man schenkt jemandem zum fünfundzwanzigsten Hochzeitstag etwas aus Silber.«

Barry lehnte sich zurück und starrte grimmig in die Bäume hinauf. »Ich habs kapiert«, sagte er.

»Das war ganz lieb von dir«, sagte ihre Mutter, aber nicht mit der Überzeugungskraft, die Phoebe sich so sehr gewünscht hatte.

Barry sagte gar nichts. Phoebe folgte seinem Blick hinauf zu einem langen, regenbogenfarbenen Drachen, der dicht über den Bäumen in kurzen Bewegungen hin und her flog. Ein Muskel zuckte in Barrys Gesicht. »Sei nicht böse, Bär«, sagte sie.

»Ach ja. Jetzt bin ich daran schuld.«

Ihre Mutter ließ die Schultern sinken. Phoebe spürte ihre Niederlage und machte sich Vorwürfe, daß sie das Jahr verwechselt hatte. Sie schaute zu den Bäumen hinüber. Ein alter Mann bräunte sein Gesicht und seine Brust mit einer dieser glitzernden Bräunungsfolien, die er sich umgehängt hatte. Hinter all diesen Dingen lag ein Gerüst aus vergangenen Ereignissen, eine Konstruktion, auf der die Gegenwart wie ein Fell gespannt war. Ein Fehler in diesem Rahmen, und die Welt kam einem sinnlos vor – Wolken, Hunde, Kinder mit fluoreszierenden Jo-Jos – wie paßten sie da hinein? Was für einen Sinn hatten sie? »52«, sagte Phoebe und versuchte, wieder ruhiger zu werden. »Ich kann nicht glauben, daß es 52 war.«

Barry öffnete den Mund, um zu antworten, stieß aber nur die Luft aus. Ihre Mutter nahm Phoebes Hand. Die Hand ihrer Mutter war schmal und warm, voll starker Venen. Phoebe entspannte sich. Offensichtlich sah ihre Mutter das Gerüst, die Konstruktion; sie sah alles.

Ihre Mutter mußte ins Büro. Sie arbeitete oft am Wochenende, ein Umstand, der bei Barry zu Wutausbrüchen führte, die sich auf Jack Lamont richteten, ihren Chef. Sie fuhren schweigend zu dem Gebäude in der Post Street, in dem sich ihr Büro befand. »Ich hab die wunderbarsten Kinder auf der Welt«, sagte ihre Mutter, als sie aus dem Wagen ausstieg. Phoebe blieb zusammengesunken auf dem Rücksitz und ließ Barry vorne alleine. Als er die Pine Street hinunterdonnerte und dabei schon über Ampeln fuhr, gerade bevor sie auf Grün sprangen, machte Phoebe die Augen zu und versuchte herauszufinden, wann genau sie und ihr Bruder sich zum erstenmal gegeneinander gestellt hatten. Aber wie weit sie auch zurückdachte, es schien immer noch weiter zurückzuliegen.

In der Auffahrt zum Haus stellte Barry den Motor ab. »Ich will mit dir reden«, sagte er und ging vor ihr her zum Haus. Solange Phoebe auf der Welt war, hatten sie in diesem ausladenden viktorianischen Haus in der Clay Street gewohnt. In den letzten Jahren war es ein bißchen heruntergekommen, der Anstrich war stumpf geworden und abgeblättert, zu große wuchernde Bäume lehnten sich ans Fenster, als hätten sie das Gleichgewicht verloren. Der zweite Stock war schon vor Jahren abgetrennt und als separate Wohnung vermietet worden.

Barry folgte Phoebe in die Küche. »Setz dich«, sagte er. Sie gehorchte, und ihr Herz raste. »Das muß aufhören, Phoebe. Und du weißt das auch.«

»Was?« sagte Phoebe. Aber er hatte recht. Sie wußte es.

»Das mit dir und Mom«, sagte er. »So wie ihr lebt.«

»Aber du bist doch kaum da.«

»Das stimmt schon«, antwortete Barry energisch. »Mir tut es richtig körperlich weh, wenn ich in dieses Haus komme! Herrgott, Phoebe, das ist Jahre her, und nichts hat sich verändert; es ist wie in *Große Erwartungen* von Dickens.«

Phoebe hörte voller Angst zu. Er hatte recht, dachte sie, er mußte recht haben. Sie hatte *Große Erwartungen* gelesen, konnte sich aber nicht denken, an welche Stelle er dachte.

»Nein, um dich mach ich mir keine Sorgen«, fuhr Barry fort. »Du gehst ja jetzt dann aufs College. Aber um Mom mach ich mir Sorgen. Sie ist alleine in diesem Haus hier, und dieses Arschloch von Boß stiehlt ihr ihre ganze Zeit, und sie ist siebenundvierzig Jahre alt, Phoebe. Denk mal drüber nach. Siebenundvierzig.«

»Aber ich laß sie nicht im Stich«, rief Phoebe. »Sie wird nie alleine sein.«

Das war die falsche Antwort. Barry schoß regelrecht auf sie zu und schaute sie mit einem wilden, fast schon selbstvergessenen Blick an. »Phoebe, kapierst du das denn nicht?« brüllte er. »Du mußt hier weg, genau das meine ich doch! Sie braucht dich nicht mehr.«

»Deswegen hast du ihr also dieses ganze Zeug geschenkt«, sagte Phoebe, die jetzt voller Zorn war. »Damit sie sich noch einen Mann angelt, bevor es zu spät ist.«

»Ja, um es ganz kraß auszudrücken.« Sie sagten beide nichts, und dann fuhr Barry mit leiserer Stimme fort. »Nach der Sache mit Faith ist Mom irgendwie erstarrt.«

»Du meinst, wegen diesem einen Mann?«

»Der einzige Mann seit Dad! Und Mom hat Claude geliebt –«

»Darüber will ich nicht reden.«

»Aber als Faith gestorben ist, da hat sie ihn einfach –«

»Hör auf, Bär.« Phoebe hielt sich die Ohren zu. Aber sie konnte ihn immer noch hören.

» – kaltgestellt. So als könnte sie das jetzt nicht mehr haben. Als eine Art Bestrafung.«

Er hatte so etwas noch nie gesagt. Phoebe war erstaunt. »Sie geht manchmal mit Männern aus«, sagte sie schließlich, den Blick auf ein Platzdeckchen aus Stroh gerichtet. »Mom unternimmt doch was, sie geht doch weg.«

»Ja, sie geht weg«, sagte Barry höhnisch. »Und dann kommt sie wieder zu dir zurück, in dieses Haus –«

»Wir wohnen hier! Was soll sie denn sonst tun?«

»Laßt los«, sagte Barry. Seine Stimme war jetzt ganz leise. »Laßt doch einfach los.«

»Was sollen wir loslassen?« fragte Phoebe voller Angst. »Uns?«

»Alles. Dad, Faith, einfach alles. Ja« – seine Hände flogen in die Höhe, ein Blitzen weißer Haut – »laßt doch einfach los.«

Phoebe legte den Kopf auf die Tischplatte. Barry rückte zu ihr heran und berührte ihr Haar, und irgend etwas in Phoebe entkrampfte sich, vertraute ihm. »Du wirst staunen, wie leicht das ist«, sagte er.

»Und was ist, wenn wir nicht wollen?«

Diese Frage nahm ihm anscheinend den Wind aus den Segeln. Phoebe hob den Kopf, setzte sich dann aufrecht hin. »Ich meine, warum sollten wir das tun?« sagte sie noch ganz verwirrt. »Für dich? Weil du es sagst?«

»Natürlich nicht für mich – für euch«, sagte Barry und rückte ein Stück von ihr weg. »Für dich und Mom.«

»Aber wir sind doch vollkommen glücklich. Nur du nimmst alles so tragisch, Bär. Ich meine – warte mal einen Augenblick«, sagte Phoebe, rückte vom Tisch zurück, um aufzustehen, während ihr etwas klar wurde, was sie bis jetzt noch nicht gewußt hatte. »Ich weiß, warum du das alles sagst, es ist wegen Faith.«

»Blödsinn«, sagte Barry unsicher.

»Du willst, daß sie verschwindet«, sagte Phoebe, und dieser Satz gab ihr das Gefühl, sie würde taumeln. »Du willst sie auslöschen!«

Barry machte den Mund auf, brachte aber keinen Ton heraus, und Phoebe wußte, daß sie eine empfindliche Stelle getroffen hatte. »Du willst, daß sie verschwindet, damit alle nur noch dich mögen.«

Die kurzen Bartstoppeln ihres Bruders hoben sich blau von seiner Gesichtshaut ab. »Ich weiß nicht, wovon du redest«, sagte er.

»Du hast Angst«, sagte Phoebe. »Ich seh das.«

Sie standen auf verschiedenen Seiten der Küche und schauten sich an. Phoebe spürte, wie ein Machtgefühl in ihr aufstieg, Macht über Barry, und ganz abrupt wieder verschwand. »Vergiß es, Bär«, sagte sie und ging auf ihn zu. Sie entspannten sich beide, als sie sich umarmten. Ein seltener Augenblick. Sogar ihre Umarmungen waren meistens verkrampft.

Dann schob Barry sie von sich weg. »Verdammt noch mal, Phoebe. Du hast nichts von dem gehört, was ich gesagt habe.«

»Doch«, sagte sie. »Ich hab es versucht.«

Er lachte sie aus. »Du willst es gar nicht versuchen«, sagte er. »Und das ist mir völlig schleierhaft, weil du ja nichts zu verlieren hast.« Er wartete. »Nichts! Verstehst du das denn nicht? Das hier ist nichts. Du sitzt hier auf nichts.« Er ging hinaus.

»Das ist nicht nichts!« rief Phoebe hinter ihm her, aber Barry war schon durch die Haustür gegangen und schlug sie hinter sich zu, so daß der Boden zitterte. Phoebe hörte den Auspuff seines Motors noch ein paar Blocks weit. Sie stellte sich das Gefühl von Freiheit vor, das Barry spüren mußte, wenn er über den Freeway nach Los Gatos raste und das Cassettendeck ganz laut aufgedreht hatte. Sie hätte gerne einen Führerschein gehabt.

Zwei oder drei Monate, nachdem ihr Vater gestorben war, hatte Barry an einem Samstag beschlossen, den Lagerraum im Keller auszuräumen, um Platz für eine Erfinderwerkstatt zu schaffen. Das kleine Zimmer war vollgestopft mit den Gemälden ihres Vaters: mit Hunderten von Bildern, von denen er viele in den letzten Monaten vor seinem Tod gemalt hatte. Auf fast allen Bildern war Faith zu sehen. Barry beschloß, sie wegzuwerfen.

Er packte den ersten Schwung Bilder in einen riesigen Karton und schleifte ihn auf die Straße hinaus. Faith war auch gerade vorm Haus und stutzte Efeu mit einer großen Heckenschere. Phoebe saß neben ihr auf dem mit Backsteinplatten ausgelegten Weg, drehte Efeustengel wie Propeller, ließ sie dann los und schaute zu, wie sie einen Augenblick lang flogen.

»Was hast du denn da drin?« fragte Faith, als Barry mühsam den Karton die Einfahrt entlangschleifte.

»Ein paar alte Sachen von Dad.«

Faith ging zu ihm hinüber, sie hatte immer noch die Heckenschere in der Hand, und schaute in den Karton. Sie nahm eines der Bilder heraus, ein Portrait von ihr im Hinterhof. Sie lächelte auf dem Bild. »Bär, was machst du denn mit den Bildern?«

»Ich werf sie alle raus.«

Faith war offensichtlich irritiert. Sie hatte kaum etwas essen können, und die Heckenschere in ihrer Hand wirkte schwer und dunkel. »Bring sie wieder zurück«, sagte sie zu Barry.

»Da ist kein Platz.«

»Tu sie wieder da hin, wo sie waren, Bär. Bring sie in den Keller.«

»Ich werf sie raus!«

»Das sind Dads Bilder!« rief Faith.

Barry drängte sich an ihr vorbei und zog den Karton hinter sich her über das Pflaster. Es gab ein kratzendes Geräusch.

»Hör auf«, rief Faith. »Gib sie – gib sie einfach mir.«

Aber irgend etwas war mit Barry passiert. »Ich will sie da raus haben«, brüllte er. »Diese Dinger gehn mir auf den Geist!« Auf seinem Gesicht waren Tränen. Er nahm eines der Bilder aus dem Karton und warf es auf die Straße. Da lag Faith, mit dem Gesicht nach oben auf dem Beton. Sie schrie auf, als habe sie den Aufprall gespürt. Barry nahm ein zweites Bild und wollte es mit den Händen zerbrechen. Phoebe lief zu ihrem Bruder und hielt ihm die Arme fest, aber er schüttelte sie einfach ab, nahm drei Bilder aus dem Karton und schleuderte sie so weit weg, wie er nur konnte. Zwei der Bilder machten ein paar fröhliche Purzelbäume, bevor sie auf die Seite kippten. Barry war ein wilder, drahtiger Junge, und er konnte sich schnell bewegen. Schon bald waren Portraits von Faith über die ganze Straße verstreut: Pastellzeichnungen, Aquarelle und noch feucht wirkende Ölbilder.

Faith schluchzte. Sie hielt Barry die Heckenschere vors Gesicht. »Hör auf«, schrie sie. »Oder ich bring dich um!«

Barry unterbrach sein Werk. Er schaute die Schere an, dann lächelte er. Er zerbrach ein Bild über seinem Knie. Faith stieß sich die Schere in den Oberschenkel.

Dann blieb plötzlich alles stehen. Barrys Gesicht wurde so weiß, daß Phoebe zuerst glaubte, ihre Schwester habe sich und ihn umgebracht, alle beide. Es entstand eine lange, fast friedliche Pause, in der keiner von ihnen sich bewegte und der Tag wie ein Flirren um sie herum war.

Dann passierte alles gleichzeitig: Faith sank auf den Boden. Barry riß sich das T-Shirt vom Leib und band damit ihr Bein ab. Phoebe klopfte mit aller Kraft an die Tür ihrer Nachbarin, Mrs. Rose, die sie ihn ihrem klapprigen Kombi zum Kinderkrankenhaus transportierte. Es gab Spritzen, es wurde genäht, und es gab eine Menge Fragen. Es war ein Spiel gewesen, das behaupteten sie alle drei ganz fest – ganz instinktiv, ohne daß sie das miteinander abgesprochen hätten –, ein Spiel, das zu weit gegangen war.

Immer, wenn sie daran dachte, war es Phoebe so vorgekommen, als hätte sich an diesem Tag etwas zwischen ihnen dreien unumstößlich verändert. Als Faith in der Notaufnahme lag, ganz bleich vom Blutverlust, sah Phoebe im Gesicht ihrer Schwester eine Art von Verwunderung über das, was sie getan hatte. Über die Macht, die sie hatte. Das war im Frühjahr 1966 gewesen. Im Herbst kam Faith dann in die High School, und innerhalb eines Jahres war sie tief eingetaucht in das, was man später, im Rückblick, die sechziger Jahre nannte. Aber als Faith und Barry ihren Streit miteinander hatten, war noch nichts von alledem passiert. Faith war dreizehn und trug grüne Baumwollhosen. Sie wußte nichts von Drogen. Sogar der erste von ihren vielen Freunden hatte die Schwelle ihres Hauses noch nicht übertreten.

Barry ging Faith nach dem Streit aus dem Weg. Er beobachtete sie immer nur aus der Entfernung, folgte ihren Bewegungen mit seinen dunklen Augen. Er hatte Angst vor ihr. Und Faith schien nach diesem Tag vor nichts mehr Angst zu haben.

Phoebe ging nach oben in das alte Zimmer ihrer Schwester und machte die Tür zu. Nach dem Tod von Faith hatte ihre Mutter das Zimmer ausräumen wollen, aber Phoebe hatte so heftig dagegen protestiert, daß ihre Mutter erst einmal damit wartete, und aus ein paar Monaten wurde ein Jahr, dann zwei; dann war es irgendwie zu spät.

In den letzten drei Jahren hatte Phoebe in diesem Zimmer geschlafen. Nur geschlafen. Ihre Kleider und ihre anderen Sachen blieben weiter in ihrem alten Zimmer am anderen Ende des Flurs. Phoebe wußte, daß ihrer Mutter diese Regelung nicht gefiel, weil sie nie in Faiths Zimmer kam und sich aufs Bett setzte und sich mit ihr unterhielt, so wie sie es früher gemacht hatte.

Faith hatte die Decke ihres Zimmers mit ganzen Bahnen von blauen Batiktüchern verhängt. Ihre Regale waren voll mit Glaspyramiden, Skarabäengemmen, seltenen Perlen und winzigen goldenen Räuchergefäßen. Draußen vor dem Fenster hing ein billiges Windspiel, trübe, pfirsichfarbene Scheiben, die einen an Hostien erinnerten. Phoebe glaubte, daß das Material aus dem Meer stammte. Das Windspiel klang wie das Auf und Ab von hellem Kinderlachen oder wie etwas Schönes, das in Stücke zersprang.

Phoebe, die immer noch ihre Wildlederstiefel trug, warf sich aufs Bett, hörte Faiths Windspiel zu und spürte, wie sich das Haus enger um sie schmiegte, so wie es das immer tat, wenn Fremde weggingen. Faiths Zimmer hing voller Bilder, Fotos von grinsenden, zahnlosen Gesichtern und von Weihnachtsbäumen, und Geburtstagskuchen, die hoch oben über den Gesichtern von Kindern schwebten, die bunte, spitze Zauberhüte trugen. Faith hatte Bilder gemocht – Fotos, die Zeichnungen ihres Vaters, das war ganz egal –, sie hatte eine große Sehnsucht nach allem, was ein Spiegelbild ihres eigenen Lebens zurückwarf.

Im Schrank ihrer Schwester stapelten sich alle möglichen Sachen, ein mexikanischer Strohhut, der mit Blumen bestickt war, ein rindsledernes Portemonnaie, fleischfarbenes Pfeilkraut von den regenschweren Wiesen in der Umgebung von St. Louis, und weiter und weiter, und immer und immer mehr Sachen, bis man ganz unten etwas fand – aber was? Phoebe wußte es nicht. Aber da mußte etwas sein. Unter den vergessenen Augenblicken im Leben ihrer Schwester lag der Schlüssel zu einem Geheimnis vergraben, unter diesen Augenblicken, wenn sie zum Beispiel in einer Tür lehnte oder auf dem Bett lag und mit einem Wecker herumspielte. Wenn Phoebe alleine im Haus war, dann hörte sie oft ein leises Summen, spürte etwas unter sich, um sich herum. Und Faiths Zimmer war die Tür dazu.

Es war nicht leicht, das Zimmer in Ordnung zu halten. Bilder fielen von den Wänden, auf den Batiktüchern sammelte sich Staub. Phoebe schlug von unten mit einem Besen dagegen, so daß dichte Staubflocken herunterkamen, die sie dann vom Teppich aufsaugte. Sie hatte die Batiktücher schon zweimal abgenommen, hatte sie mit der Hand gewaschen, im Hof zum Trocknen aufgehängt und sie dann wieder genauso befestigt, wie sie vorher dagehangen hatten, oder fast genauso. Aber obwohl sie sich die größte Mühe gab, war das Zimmer doch einer Art Erosion ausgesetzt, einmal hing etwas durch, einmal wellte sich irgendwo etwas, oder irgend etwas bleichte aus. Sie konnte es nicht aufhalten.

Phoebe brachte selten Freunde mit nach Hause, weil sie wußte, daß die meisten sie für verrückt halten würden. Aber sie fand das seltsam – wieso sollte es denn verrückter sein, im Zimmer seiner Schwester zu schlafen, als sich, wie ihre Freundin Celeste, mit lebensgroßen Postern von Roger Daltrey zu umgeben, die ihn alle zeigten, wie er in ein Mikrophon brüllte, oder das Privatleben von Starsky und Hutch zu erforschen, oder die ganze Nacht auf dem Bürgersteig zu schlafen, nur damit man gute Plätze für ein Konzert von Paul McCartney bekam? Von völlig fremden Leuten fasziniert zu sein galt als völlig normal, aber bei den paar Gelegenheiten, als Leute von außerhalb der Familie in Faiths Zimmer kamen, sah Phoebe sich mit den Augen dieser Leute und war entsetzt. Deshalb ließ sie niemanden mehr herein.

Mit Barry war es genauso. Er hatte ja meistens recht mit den Dingen, die er sagte – das Haus war voll von den Überbleibseln und den Ablagerungen der kurzen Affären ihrer Mutter, seltsame Getreideflocken von einem Mann, der in der Marktforschung arbeitete, Schallplatten, auf denen der Sohn eines anderen eine Art von Punkrock spielte, dessen verbissene mechanische Geräusche einen an Fließbänder in einer Autofabrik denken ließen. Aber diese Beziehungen waren für Phoebe und ihre Mutter eigentlich nicht mehr als Anekdoten, über die man lachen konnte, wie zum Beispiel über den Typ, der ihr gestanden hatte, er sei in einem früheren Leben der Schoßhund der britischen Königinmutter gewesen – »Kannst du dir das vorstellen?« rief Phoebes Mutter und schleuderte ihre Schuhe in die Gegend, während Phoebe sich vor Lust und Grausen kreischend auf dem Bett wälzte. »Ein Hund? Und das erzählt er mir!« Sie war meistens spätestens um halb elf zu Hause und hörte zu, wenn Phoebe ihr von Leuten erzählte, die sie beobachtet hatte, wie sie Pillen, *Quaaludes*, nahmen und LSD, oder wenn sie ihr erzählte, daß ihre Freunde auf dem Great Highway Autorennen veranstalteten und es in den Wiesen mit den hohen Rohrkolben neben den Schulsportplätzen miteinander trieben. Und mit jeder dieser Eröffnungen sagte Phoebe ja auch: Ich tu sowas nicht – die andern tun es, aber ich nicht –, und machte ihrer Mutter klar, daß sie vorsichtig war, sich von irgendwelchen Cliquen fernhielt und wahrscheinlich ewig leben würde. Phoebe hatte häufig das Gefühl, daß sie und ihre Mutter einen Handel geschlossen hatten, bei dem jede von ihnen durch die andere etwas Wichtiges gewann, indem sie ihr äußeres Leben einschränkte. Sie verbrachten oft den Samstagvormittag im Büro ihrer Mutter, wo Phoebe an dem großen Schreibtisch des Chefs ihre Hausaufgaben machte. Danach gingen sie immer in ein schickes Restaurant zum Mittagessen, tranken ein Glas Chardonnay, und wenn sie dann im Wind, der vom Meer herkam, zur Parkgarage gingen, spürte Phoebe den Zauber, der ihr gemeinsames Leben umgab – und was für aufregende Sachen noch vor ihnen lagen.

Es war ein Geheimnis: Es drang vom Keller nach oben zu Phoebe, pochte in ihren Ohren. Faith war etwas zugestoßen.

Die sechziger Jahre waren ein Begriff gewesen, und es war viel über sie geschrieben worden. Phoebe hatte stundenlang alte Nummern der Zeitschrift *Oracles* studiert und wissenschaftliche und journalistische Berichte über die »Love Generation« durchgeblättert.

Aber sie hatte beim Lesen unaufhörlich den beklemmenden Verdacht, daß diese Analysen sie vom Kern des Geheimnisses ablenkten und nicht dazu hinführten. Sie ertappte sich oft dabei, daß sie sich statt dessen die Modezeitschriften anschaute, in *Vogue* und *Harper's Bazaar* blätterte, in denen Models in ihrer ganz naiven, fast unbeabsichtigten Schönheit abgebildet waren, Lisa Taylor und Patti Hansen, Janice Dickinson wirft einen verstohlenen Blick über die Schulter, während sie von einem kleinen schwarzen Schnauzer an einer Leine durch eine enge Straße gezogen wird. Wohin ging sie denn? Wohin gingen sie denn alle, diese hinreißenden und geistesabwesenden Frauen, und die Bäume waren deutlich gemasert – Ja! dachte Phoebe dann immer, und ihr Atem ging rascher, wenn sie die Seiten durchblätterte. Ja. Eine andere Welt schimmerte durch diese Bilder. Phoebe durchsuchte die Seiten dieser Zeitschriften, weil sie fast erwartete, ein Bild von Faith zu finden.

Sie kuschelte sich im Bett zusammen, machte die Augen zu, sehnte sich nach Schlaf, aber das Windspiel lenkte sie ab. Barry hatte unrecht, dachte sie, er hatte unrecht und sie hatte recht, sie und ihre Mutter hatten recht. So war es. Phoebe schlug mit der Hand aufs Bett und versuchte, die tiefe Entrüstung wieder wachzurufen, die sie in der Küche gegen Barry empfunden hatte. Aber dieses Gefühl stellte sich nicht mehr ein. Sie spürte statt dessen etwas anderes, Übelkeit und Schwindel, wie in dem Augenblick, als ihre Mutter nicht verstanden hatte, was die silberne Kette bedeutete. Phoebe machte die Augen auf und ließ den Blick durch Faiths Zimmer wandern, über die Bilder und die Schmucksachen, die sie seit so vielen Jahren in Ordnung zu halten versuchte. Ich hab recht, dachte sie, es hat alles einen Sinn. Und dann: Wie lange kann ich noch so weitermachen?

Ihre Mutter kam um sieben Uhr heim. Ihr Chef hatte sie nach Hause gefahren. Sie war fröhlich, von der Sonne gebräunt. »Gott, ich bin in diesem blöden Pullover fast erfroren«, sagte sie, warf ihre Sachen aufs Bett und ging ins Badezimmer.

Phoebe saß auf dem Toilettensitz und unterhielt sich laut mit ihrer Mutter, die unter der Dusche stand. Mit dem Dampf stieg der feine Geruch der Seife auf, und Phoebe war sehr erleichtert, daß ihre Mutter wieder zu Hause war. Ums Haus herum war Nebel aufgestiegen, der kalt vor den Fenstern stand. Phoebe ließ die Jalousien herunter.

Ihre Mutter zog einen Trainingsanzug an, und sie gingen nach unten, um ein Käsesoufflé zu machen. Phoebe zupfte die Salatblätter klein. Sie hatte nie richtig kochen gelernt, aber sie war eine gute Küchenhilfe.

Sie schlugen in einer gehämmerten Kupferschüssel Eiweiß, wechselten sich dabei ab, während ein Klavierkonzert von Brahms durchs Haus dröhnte. Phoebe bemerkte am Handgelenk ihrer Mutter ein goldenes Serpentinarmband. »Hast du das schon mal getragen?« fragte sie.

Ihre Mutter unterbrach ihre Arbeit, ließ den Schneebesen ruhen. »Ist das nicht toll?« sagte sie. »Das Ding lag auf meinem Schreibtisch, in Geschenkpapier eingewickelt.«

»Jack?« sagte Phoebe ungläubig. Die einzigen Geburtstage, die der Boss ihrer Mutter nicht vergaß, waren die Geburtstage, an die sie ihn erinnerte.

»Ja, klar. Ich bin fast umgekippt.«

»Hat er – ich meine, war er dabei, als du es ausgepackt hast?«

»Nein, er ist verschwunden. Ich glaub, es war ihm peinlich.«

»Vielleicht ist es gar nicht von ihm.«

»Nein, es ist schon von ihm. Ich meine, ich hab mich dafür bedankt. Es ist hübsch, was?«

Nach dem Essen gingen sie mit zwei Schalen Häagen-Dazs-Eis nach oben und machten es sich auf dem Bett ihrer Mutter bequem. Im Fernsehen lief eine Wiederholung von *Detektiv Rockford.* Wie es sich gehörte, verliebte sich Jim Rockford in die Frau, die er beschützen sollte, und sein alter Vater wurde vor dem silberfarbenen Wohnwagen von irgendwelchen Schlägertypen bedroht. Phoebe kämpfte gegen den Schlaf an, aber schließlich gab sie nach.

Ihre Mutter weckte sie auf. »Du bist ja ganz erledigt«, sagte sie. »Geh ins Bett.«

»Warte, ich will das Ende noch sehen«, murmelte Phoebe, setzte sich auf und rieb sich die Augen. Sie suchte auf dem Bildschirm nach Rockford.

»Die Show ist vorbei, Kindchen«, sagte ihre Mutter. »Das sind jetzt bloß die Nachrichten. Der Film ist zu Ende gegangen, während du geschlafen hast.«

Drei

Wenn Phoebes Vater ihre Schwester Faith malte, machte Phoebe immer laute Geräusche mit irgendwelchen Gegenständen, um seine Aufmerksamkeit auf sich zu ziehen, oder sie raschelte mit Blättern, wenn sie im Freien waren. Ihr Vater schaute dann immer hoch, aber nur für eine Sekunde.

Sie probierte es damit, sich zu verstecken, trippelte mit unsicheren Schritten ins Gebüsch oder versteckte sich oben in ihrem Zimmer und wartete darauf, daß jemand nach ihr rief, aber das passierte nie.

Schließlich ging sie enttäuscht wieder zu den beiden zurück. Faith streckte die Hand nach Phoebe aus, ohne den Kopf auch nur ein bißchen zu verdrehen – sie war ein gutes Malermodell. Phoebe lehnte sich an ihre Schwester und war plötzlich ganz grundlos glücklich. Ihr Vater grinste. »Eichhörnchen, du hast uns einfach übersehen«, sagte er.

Hinterher lief Phoebe immer noch zur Leinwand, weil sie dachte, sie wäre vielleicht auch mit auf dem Bild, aber er hatte nur Faith gemalt. Und manchmal war nicht einmal Faith ganz zu sehen, nur eine Andeutung ihres Gesichts, ein Schatten, und manchmal überhaupt nichts. Aber sogar damals schon sah Phoebe ihre Schwester in

Bäumen oder in Fenstern oder abstrakten Mustern, wie ein Geheimnis. Sie war immer da.

»Es ist eine Geste«, sagte ihr Vater, »Etwas, das du mit deinem Körper ausdrückst.«

Unterricht am Sprungbrett. Ein großes türkisfarbenes Schwimmbecken, das Wasser wirkt wie Sirup im dicken Sommerlicht. Drei Bretter, das höchste praktisch ein Wolkenkratzer, auf das sich nur die erfahrensten unter den jungen Springern wagten, übermütige, drahtige Jungs mit kurzen Beinen und langen, V-förmigen Oberkörpern, und Mädchen, deren schlanke Körper durch die Luft glitten wie Vögel, die nach Fischen tauchen, und beim Eintauchen spritzte das Wasser nur ein kleines bißchen, so daß es nicht so sehr wie Springen, sondern wie Gleiten aussah.

»Klar hast du Angst«, sagte ihr Vater. »Kämpf nicht dagegen an, das ist der Trick. Du mußt dich auf deine Angst einlassen. Laß es laufen, dann kommt es dir ganz normal vor. Ganz bestimmt, glaub mir.«

Phoebe hörte verblüfft zu. Sie war noch zu jung zum Springen, außer vom Beckenrand, aber sie verstand den Ausdruck auf dem Gesicht ihres Vaters. Er stieg auf das niedrigste Sprungbrett, federte auf und ab, und er sah gut aus in seiner ausgeblichenen Badehose. Sein muskulöser Körper hatte mehr Ähnlichkeit mit den Körpern der Jungs als mit den schon ein bißchen schwammigen Körpern anderer Väter. Er bekam immer noch eine Eineinviertelschraube hin, obwohl er früher im Priesterseminar noch viel besser gewesen war. »Kämpf nicht gegen die Angst – laß dich einfach von ihr schlukken«, rief er und ließ immer noch das Brett federn. Ihre Köpfe folgten seiner Bewegung, während sie ihm zuhörten.

Plötzlich hörte er auf und stieg wieder vom Sprungbrett herunter. »Ihr armen Kinderchen«, sagte er. »Ihr wollt euch ja bloß ein bißchen naß machen.«

Er schaute ihnen von einem Liegestuhl aus beim Üben zu, hielt Phoebe geistesabwesend auf dem Schoß und rief über ihren Kopf hinweg Faith und Barry immer irgend etwas zu. »Das kannst du noch nicht«, sagte er, als Faith auf das mittlere Brett zusteuerte. Sie versuchte es trotzdem, kam ziemlich schlecht, mit abgeknickten Beinen, auf dem Wasser auf. »Sie ist eine Angeberin. Und das reicht nicht«, sagte er zu Phoebe und fügte lachend hinzu: »Schade.«

Sie fuhren jedes Jahr im Juli für zehn Tage auf Besuch zu Großmama und Großpapa nach St. Louis in die große Villa, in der ihre Mutter aufgewachsen war, und während ihre Mutter mit alten Freunden Bridge spielte oder mit Großpapa auf dem Golfplatz war, nahm ihr Vater sie immer in den Country Club mit. Um das Schwimmbecken herum wuchs festes, kräftiges Gras. Man konnte sich das Mittagessen ans Becken bringen lassen: Hüttenkäse, Salade niçoise. Man mußte nicht mit Geld bezahlen; man schrieb nur mit einem winzigen gelben Bleistift »3342«, und die Rechnung ging an Großmama und Großpapa. Am frühen Abend, wenn er geduscht hatte, stand Phoebes Vater sonnengebräunt mit einem Martini in der Hand auf den Steinplatten der Terrasse und wartete auf ihre Mutter. Er hob dann Phoebe immer auf den Arm. Während sein Blick über den sanft geschwungenen Rasen und die ovalen Blumenbeete glitt, spürte Phoebe, wie glücklich er war. Hinter dem Zirpen der Heuschrecken hörte sie das Plopp, Plopp von Tennisbällen, wie einen Herzschlag. Der warme, süße Geruch von frisch gemähtem Gras lag in der Luft. Ihr Vater war glücklich. Phoebe trank ihren Shirley-Temple-Kindercocktail und hob sich die Kirsche bis zum Schluß auf. Auf ihren nackten Armen spürte sie die Sommerhitze, die die Luft mit seltsamen, phantastischen Farben durchzog. Alles sah aus wie im Himmel.

Aber ihr Vater malte nie genug. Er drückte die Stützen seiner Staffelei tief in den Rasen und starrte dann hoch zu den riesigen Ulmen und Nußbäumen vor dem Haus ihrer Großeltern, und alle im Haus hielten sich zurück und ließen ihn in Ruhe. »Ich kann nicht glauben, daß das alles sein soll, was ich geschafft habe«, sagte er immer, und in seiner Stimme lag etwas Panisches, weil ihm aufgegangen war, daß er in seinem Urlaub hauptsächlich Cocktails getrunken und die Frauen im Club bezaubert hatte: ein schlanker, gutaussehender Mann, der irgendwie durchtrieben wirkte und wie jemand, der von ganz woanders herkam, wo es weniger pingelig zuging. Jetzt war der Urlaub vorbei. Morgen würden sie wieder heimfliegen.

»Ich bring die Kinder heute in den Club«, sagte ihre Mutter. »Du bleibst hier und malst.« Aber nein, nein, er würde sie schon in den Club bringen. Er wollte unbedingt dem Malen entkommen.

Ihr Vater lag in einem Liegestuhl neben dem Schwimmbecken und schloß die Augen. Phoebe, Barry und Faith drängten sich hilflos um ihn, voller Angst vor einer Welt, die ihren Vater in solche Verzweiflung stürzen konnte. Phoebe betrachtete sein angespanntes, unglückliches Gesicht und wollte helfen, aber sie kam sich so klein vor. Er nahm sie gar nicht wahr.

Faith warf immer wieder einen Blick auf ihren Vater und fummelte an den Trägern ihres Badeanzugs herum. Schließlich stand sie auf. Ihr Gesicht war voller Angst, als sie langsam auf das höchste Sprungbrett zuging und die Leiter hinaufkletterte. Sie sah winzig aus da oben mit ihren elf Jahren, schmal und ganz braun von der Sonne und ein bißchen x-beinig. »Dad«, sagte Barry. Ihr Vater rieb sich die Augen, folgte Phoebes und Barrys Blicken und schoß hoch. Seine Nackenmuskeln traten deutlich hervor. Ein paar Jugendliche warteten ungeduldig unter dem Brett, verdrehten sich den Hals, weil sie sehen wollten, was da oben so lange dauerte. Bitte spring, dachte Phoebe. Bitte, bitte spring. Faith federte einmal vorsichtig auf dem Brett. Dann wurden ihre Bewegungen klarer, ruhiger; sie sprang hoch in die Luft, breitete die Arme weit aus und glitt im Schwalbensprung nach unten: den Kopf gerade nach unten wie eine Pfeilspitze flog sie kerzengerade auf das türkisfarbene Wasser zu. Es gab nur ein paar kleine Spritzer beim Eintauchen – in den Jahren danach gelang Faith nie wieder ein Sprung, der an diesen ersten, vollkommenen heranreichte, was sie immer maßlos ärgerte –, und ihr Vater sprang hoch. »Ja, so ist es richtig!« rief er.

»Mein Gott, habt ihr gesehen, was sie gemacht hat?« Er grinste, seine Verzweiflung war verschwunden, und Phoebe wußte, daß der Tag gerettet war.

Faith mußte das auch gewußt haben. Sie stieg aus dem Becken, und ihre feuchten Füße hinterließen auf dem Betonrand des Beckens dampfende Abdrücke, und sie grinste übers ganze Gesicht, während sie alle auf sie warteten, und plötzlich war Phoebe zornig – warum denn sie? Warum immer nur sie? Dann schoß plötzlich, ohne Vorwarnung, Blut aus der Nase ihrer Schwester, lief ihr über Mund, Kinn und Hals und spritzte auf den nassen Beton, so als hätte sie aus Versehen Blut ausgeatmet statt Luft. Faith runzelte die Stirn und fuhr sich mit der Hand ins Gesicht. »Oh«, sagte sie, und einen Augenblick lang herrschte Verwirrung, bis ihr Vater bei ihr war, Faith vorsichtig ins Gras legte und Barry losschickte, damit er Eis und ein feuchtes Handtuch holte.

Als das Nasenbluten schließlich aufgehört hatte, schlief Faith drei Stunden lang ohne Unterbrechung. Ihr Vater trug sie behutsam in den Schatten eines Baums, aber sie wachte nicht auf; sie war erschöpft.

Phoebe und Barry gingen ins Wasser und bestellten sich dann zum Mittagessen warme Käse-Sandwiches. Als Phoebe ihre schlafende Schwester anschaute und sah, wie schmächtig Faiths Körper war, hatte sie ein seltsames Gefühl in der Magengegend und schämte sich, weil sie sich gewünscht hatte, daß ihre Schwester springen würde.

Phoebe war manchmal zornig auf sich selber, weil ihre Erinnerungen an ihren Vater so bruchstückhaft waren;

sie hätte genauer hinschauen sollen, hätte sich ganze Tage seines Lebens ins Gedächtnis einprägen sollen. Sie erinnerte sich an die Kraft seiner Arme, an die nachlässige Art, mit der er sie immer hochhob und an die Brust drückte – geistesabwesend, als wäre sie eine Katze, die er vors Haus tragen wollte –, an die Art, wie er sie hoch in die Luft warf oder wie er ihr ohne Vorwarnung so überraschend ein paar auf den Hintern gab, daß Phoebe immer erst hinterher einfiel, daß sie ja weinen mußte.

Sein Schnurrbart war überraschend weich. Manchmal morgens, wenn ihr Vater und ihre Mutter noch im Bett waren, kuschelte Phoebe sich zwischen sie und sog den warmen Duft ihrer Körper ein, der jetzt nach den Stunden des Schlafs noch weicher und angenehmer war.

Großmama und Großpapa O'Connor wohnten immer noch in der südkalifornischen Stadt, in der Phoebes Vater aufgewachsen war. In Mirasol wohnten hauptsächlich Marineangehörige – Großpapa war Militärpolizist gewesen –, und das kleine olivgrüne Haus, in dem diese Großeltern wohnten, hätte sich nicht stärker von der Villa der anderen Großeltern in St. Louis unterscheiden können. Aber Mirasol hatte den Ozean. Der Wind vom Meer rüttelte an den Türen der kleinen Kirche, aus den Gebetbüchern rieselten Sandkörner. Wenn der Priester in der Kirche die Hostie brach, dachte Phoebe immer: Das könnte mein Vater sein. Er wäre fast Priester geworden. Phoebe stellte sich vor, wie er mit seinen starken Armen den goldenen Kelch hochhob, um das

Blut Christi zu trinken, wie er allen Gemeindemitgliedern eine weiße Hostie auf die Zunge legte und »Amen« murmelte als Antwort auf ihr »Leib Christi«. Aber zu Großmama und Großpapa O'Connors ewigem Kummer hatte ihr Vater einen Studienplatz bei den Holy Cross Fathers in Notre Dame ausgeschlagen und war statt dessen nach Berkeley gegangen, wo er – wie er immer erzählte – das Studium der Elektrotechnik über sich ergehen ließ, damit er nachts den Bohemien spielen und in Ateliers, die mit Farbklecksen übersät waren, Aktmodelle zeichnen konnte.

Danach war er nach San Francisco gezogen, hatte in North Beach gewohnt und als Elektroingenieur auf dem Bau gearbeitet. Seither hörte er auf dem linken Ohr schlecht. An den Wochenenden stellte er immer hinter dem Maritime Museum seine Staffelei auf und malte die alten blauäugigen Italiener, die beim Museum Boccia spielten. Da hatte Phoebes Mutter ihn auch kennengelernt, auf einem Ausflug nach San Francisco, den sie mit Freundinnen aus Bryn Mawr unternommen hatte, ein Geschenk ihrer Eltern zum College-Abschluß. Nach der Hochzeit nahm Phoebes Vater bei IBM eine Stelle als Ingenieur an, die Stelle, die ihn nach Phoebes Meinung das Leben gekostet hatte.

Phoebe wuchs mit Skizzen und Bildern von Faith auf: Faith im Krankenhaus auf dem Arm ihrer Mutter, zu Hause in ihrer Wiege, auf einem Kaninchenfell, beim Herumspritzen in ihrer Badewanne, in einem hohen Kinderstuhl, im Autositz, im Laufstall. Neben der intensiven Dokumentation der Kindheit ihrer Schwester nahm sich Phoebes Existenz farblos aus, und das verwirrte sie und machte sie wütend. Sie war sieben Jahre jünger und mußte widerwillig alle diese Geschichten über sich ergehen lassen, die davon handelten, wie Faith mit ihren kleinen, sternförmigen Händen nach allem gegriffen hatte, was in Sichtweite war: nach Bienen, Hornissen, Glasscherben, Ohrringen mit Diamanten. Alle redeten dauernd von ihrem Mut und ihrem Draufgängertum, wie sie zum Beispiel damals, als ihr Vater sie auf der Schaukel angeschoben hatte, ihn immer noch antrieb und: »Höher! Höher!« rief, bis sie sich mit vier Jahren einmal mit der Schaukel überschlug und in den Sand knallte.

Ihre Mutter schrie, sprang von der Bank hoch, auf der sie gesessen und Barrys Sportwagen geschaukelt hatte, und lief zu Faith hinüber, die sich auf dem Boden krümmte. »Gene, wie kannst du sie denn nur so weit nach oben schubsen?« rief sie.

»Sie hat gesagt, ich soll das tun«, sagte er, ganz erschrocken und beschämt.

Faith' Gesicht war ganz weiß, ihre Lippen trocken. Sand rieselte aus ihrem Haar. »Schau sie dir an«, schimpfte ihre Mutter und hob Faith hoch. »Ehrlich, Gene, sie ist vier.«

»Nicht weh getan«, sagte Faith leise. Als ihre Eltern sie skeptisch betrachteten, wiederholte sie noch einmal: »Nicht weh getan.«

Jahre später zogen ihre Großeltern sie immer noch damit auf und fragten: Weh getan? Weh getan? Überhaupt nicht, sagte Faith dann immer und lachte. Sie war berühmt dafür.

Phoebe versuchte, es ihrer Schwester manchmal gleichzutun, und ließ sich auf ein paar nicht besonders riskante Sachen auf ihrem Dreirad ein oder mit dem Nachbarshund, aber Faith war immer älter, machte immer die gefährlicheren Sachen. Wenn ihre Schwester sich durch ihre Abenteuer in Schwierigkeiten brachte, spürte Phoebe ein Gefühl von Befriedigung in sich aufsteigen und hatte gleichzeitig ein schlechtes Gewissen deswegen. Einmal kam Faith nach einem Jagdausflug mit ihrem Vater in Sonoma weinend mit einem toten Hasen auf dem Arm nach Hause. »Ja, natürlich ist er tot. Du hast ihn erschossen, verdammt noch mal«, sagte ihr Vater verzweifelt, aber Faith hatte das nicht gewollt: Sie schoß gerne auf Tontauben, war aber nie auf der Jagd gewesen und hatte irgendwie nicht begriffen, daß am Ende jemand tot war, wenn man auf ein vorbeihuschendes braunes Fell schoß. Sie begrub den Hasen im Hinterhof bei den anderen Tieren der Familie (»Von mir umgebracht«, stand als Grabinschrift mit einem Magic Marker auf ein Stück Anmachholz geschrieben, und darunter: »Entschuldigung, Bunny«). Faith sprach noch Jahre später von diesem armen Hasen, den sie aus Versehen umgebracht hatte.

Oder, an einem Sonntag am Osage River: eine Pier mit rutschigen Holzplanken, Faith und die anderen Kinder rangelten ein bißchen, bis ein Junge sie mitsamt ihrem Strohhut in den Fluß schubste, vor allen Eltern.

Faith stieg lachend und tropfnaß wieder aus dem Wasser heraus, lachte wie verrückt unter dem triefenden Hut, wartete, bis ihr Angreifer nicht aufpaßte und warf sich dann mit ihrem ganzen Gewicht gegen ihn, so daß der Junge ausrutschte, ins Wasser purzelte, dabei mit dem Kopf auf der Pier aufschlug und sich eine klaffende Wunde dicht über dem linken Auge zuzog. Faith bekam einen furchtbaren Schreck, als die das blutüberströmte Gesicht des Jungen sah, und alle Eltern sprangen gleichzeitig von ihren weißen Holzstühlen auf. Sie liefen zu dem Jungen, dessen Auge nur um einen Zentimeter verfehlt worden war, und während sie sich um ihn bemühten und ihn dann ins Krankenhaus brachten, folgte Phoebe ihrer Schwester in einen versteckten Winkel der Wiese, aber es gelang ihr nicht, sie zu trösten. Phoebe hatte damals Angst gehabt, Angst, weil Faith etwas Böses getan hatte. Ihre Schwester verschwand für den Rest dieses Tages. Sie fanden sie bei Einbruch der Dunkelheit in einem der nicht benutzten Schlafzimmer, wo sie zusammengekringelt auf dem Bett lag und fest schlief. Ihr Vater trug sie zum Wagen. Als sie wieder im Haus von Großmama und Großpapa waren, stand Phoebe vor der Tür ihrer Eltern und hörte sie streiten. »Ich hab gesagt, hör auf damit, sie dauernd zu irgendwas anzustacheln«, sagte ihre Mutter. »Du siehst ja, was passiert.«

»Was meinst du denn damit? Wieso stachle ich sie denn an?«

»Ich meine damit, daß sie es deinetwegen tut. Alle diese wilden Sachen. Jetzt komm aber, Gene. Du weißt sehr gut, daß es deinetwegen ist.«

Die Stimme ihres Vaters war ganz leise, voller Wut. »Du glaubst also, ich hab ihr gesagt, sie soll diesen Jungen in den Fluß schubsen?« sagte er. »Ich sag ihr nicht, daß sie wilde Sachen machen soll, Herrgott noch mal. Sie tut das einfach.«

»Du mußt es ihr auch gar nicht sagen«, sagte ihre Mutter. »Jeder Idiot sieht doch, daß dich das glücklich macht.«

Wenn Phoebe sich an ihren Vater erinnerte, dann sah sie einen Mann vor sich, der sich die ganze Zeit abmühte, zu viele Sachen gleichzeitig zu tragen, Kinder, Aktentaschen, Leinwandrollen. Sie sah ihn in großen Sprüngen die Garagentreppe heraufhasten, wenn er zu spät zum Abendessen heimkam, weil er bei einer Lesung von einem der Beat-Lyriker war, die er so bewunderte, Lawrence Ferlinghetti, Gregory Corso, Michael McClure – er war mit allen persönlich bekannt. Er war sogar an dem legendären Abend dabeigewesen, an dem Allen Ginsberg einen Zwischenrufer aufforderte, sich auszuziehen, und sich dann selber vor einem verdutzten Publikum auszog. Ihr Vater malte oft noch spät in der Nacht, stahl sich eine oder zwei Stunden, wenn sie alle schon schliefen. Am nächsten Morgen war er vor allen anderen auf, frisch rasiert und nach Limonen riechend. Er hatte dunkle Ringe unter den Augen, küßte alle in der Familie zum Abschied und fuhr in die Stadt in sein anderes Leben, das ihm so widerstand.

An den Wochenenden schleppte er oft Staffelei, Leinwand und Farbkasten zu den Klippen an der Golden Gate Bridge hinaus. Phoebe wußte, wenn sie nur langsam genug ging, dann zog er sie zu sich hoch und trug sie auch. Ihre Mutter kam mit der Decke, der Kamera und dem Picknick-Korb hinter ihnen her und paßte auf Faith und Barry auf. Erst wenn sie alle mit dem Essen fertig waren, stellte ihr Vater die Leinwand auf die Staffelei und stand unsicher davor. Manchmal konnte er nicht malen, fand einfach keinen Anfang, gab schließlich auf und legte den Kopf in den Schoß ihrer Mutter. Aber manchmal passierte es, daß Faith zu ihm hinging und ihm zum Beispiel eine leuchtend rote Blüte brachte, die sie von einem Eiskraut abgezupft hatte, und plötzlich packte es ihn. »Baby, kannst du einen Moment lang hierbleiben?« fragte er dann, und Faith blieb immer; Phoebe konnte sich an kein einziges Mal erinnern, bei dem ihre Schwester sich geweigert hätte, weil sie lieber spielen oder mit einer Burg weitermachen wollte, die sie und Barry gerade bauten, obwohl es Anlässe gegeben haben mußte, wo sie das gewollt hatte. Oder vielleicht auch nicht. Vielleicht konnte nichts, das sie selber betraf, es mit der Dringlichkeit aufnehmen, mit der ihr Vater sie brauchte, sie und ihre einzigartige und anscheinend unerschöpfliche Kraft, ihn zu retten.

Ab und zu tauchte Barry, nachdem er stundenlang in seinem Zimmer verschwunden war, mit einer Maschine in der Hand auf, die er ihrem Vater zeigen wollte. Phoebe fürchtete diese Anlässe, denn auch wenn ihr Vater sich noch soviel Mühe gab, interessiert zu wirken, war es doch so, daß Maschinen seine Arbeit waren, und sie ödeten ihn an. »Du hast doch solche Sachen an der Uni gemacht, stimmts, Dad?« sagte Barry dann immer und war zuerst noch voller Hoffnung. »Hast du eine Idee, was ich machen muß, damit das Ding hier rückwärts fährt?« Wenn Barry merkte, daß sein Vater nur halb zuhörte, verstummte er. »Vergiß es«, sagte er dann und rannte davon, und ihr Vater saß fassungslos da und wußte nicht, was er falsch gemacht hatte. Nein! wollte Phoebe vor der Tür ihres Bruders brüllen. Nein, nein, nein! Er machte alles nur noch schlimmer. Sie spürte einen fürchterlichen Schmerz, wußte, was passieren würde, und konnte es trotzdem nicht aufhalten. Es machte sie ganz krank. Sie hatte Mitleid mit ihrem Bruder und wollte nichts mit seiner Schwäche zu tun haben.

Ihr Vater war immer am Kämpfen, immer müde, aber dann kam eine Zeit, in der er härter kämpfen mußte, um das zu tun, was er immer getan hatte, eine Zeit, in der er plötzlich erschöpft war. Die Ringe unter seinen Augen wurden dunkel und feucht wie Lehm. Sogar seine Haut schien weniger auszuhalten, er bekam schon blaue Flekken, wenn er sich nur ganz leicht irgendwo anstieß. Phoebe, Barry und Faith stürzten sich nicht mehr auf ihn, wenn er von der Arbeit heimkam; sie faßten ihn jetzt an den Beinen und hielten ihn ganz fest und übertrugen ihm so ihre Kraft, ersetzten das, was IBM ihm genommen hatte.

Als Phoebe fünf war, schaute sie eines Abends einmal am Eßtisch zu ihrem Vater hinüber und sah, daß er schlief. Ihre Mutter hockte mit Faith vor dem Backofen und steckte einen Zahnstocher in einen Schokoladenkuchen. In der Küche war es warm, Dampf hatte sich auf die Fensterscheiben gelegt.

»Daddy«, sagte Phoebe leise. Er rührte sich nicht. Seine Lippen waren weiß. »Daddy?«

Barry saß neben ihrem Vater, schüttete Salz auf das Tischtuch und schob es mit seiner Gabel zu kleinen Häufchen zusammen. Normalerweise hätte ihr Vater das unterbunden – die beiden führten einen regelrechten Krieg um die Salzhäufchen –, und Barry grinste ungläubig und triumphierend, daß er diesmal damit durchkam. Er schaute ihren Vater an, dessen Kopf auf die Seite gesunken war. Sie hörten, daß er angestrengt atmete. Barry grinste Phoebe an und zupfte an ein paar Härchen auf dem Arm seines Vaters.

Faith kam zum Tisch zurückgehüpft. Sie hielt ihren Kuchen mit zwei roten Topflappen. Als sie ihren Vater sah, blieb sie stehen. »Mom«, sagte sie.

»Mein Gott«, sagte ihre Mutter, ließ sich auf einen Stuhl fallen und zog ihren Vater zu sich herüber, so daß sein Kopf an ihrer Schulter lag. »Laß uns ins Bett gehen.« Er nickte und stand langsam von seinem Stuhl auf.

Als ihre Eltern draußen waren, starrten die drei Kinder sich an. Sie wußten nicht, wie sie reagieren sollten. Auf Barrys Gesicht lag immer noch ein vorsichtiges Grinsen. Aber auf Faiths Gesicht lag Angst, und Phoebe spürte, daß es ihr wie Eiswasser den Rücken hinunterlief. Faith hielt die Kuchenplatte immer noch in der Hand, hatte sie völlig vergessen.

Der nächste Tag war ein Sonntag. Am Montag wollte ihr Vater zum Arzt gehen. Eine falsche Herzlichkeit lag in der Luft, zuviel lautes, helles Gelächter.

Nach der Kirche gingen sie an die Baker Beach. Meistens waren die Wellen hier groß und schaumig, liefen über den groben Sand wieder zurück mit einem Geräusch wie beim Fritieren. Aber heute war das Meer flach und silbrig wie ein See.

Ihre Mutter lehnte an einem Baumstamm und hatte den Arm um den Vater gelegt. Faith und Barry krempelten sich die Hosen hoch und staksten ins Wasser. Phoebe lief hinter ihnen her und stieß jedesmal einen spitzen Schrei aus, wenn das eiskalte Wasser ihre Füße berührte. Barry wollte, daß sein Vater mit ihm zusammen bis zum anderen Ende des Strands ging, wo riesige Muscheln und rote Seesterne an den Felsen hingen.

»Nein, ich glaub nicht, Bär«, sagte ihr Vater. »Heute nicht.« Barry war geknickt, und ihre Mutter sagte, sie würde mit ihm gehen. Sie zogen los, wateten durch den tiefen Sand.

»Soll ich für dich sitzen?« fragte Faith.

»Ich bin total geschafft«, sagte ihr Vater. »Zeichne du doch zur Abwechslung mal mich.«

»Okay«, sagte Faith energisch. Sie setzte sich hin, der große Zeichenblock bedeckte ihre Beine. Sie hielt einen Kohlestift in der Hand und schaute ihren Vater an. Sie lachten beide schüchtern. »Es ist schwer«, sagte Faith.

»Es ist schwer, da hast du verdammt recht«, er schloß die Augen und stützte den Kopf an einen Baumstamm. »Zeichne einfach das, was du siehst.«

Phoebe lehnte sich an ihre Schwester. Sie sahen, wie blaß und erschöpft das Gesicht ihres Vaters war. Faith machte mit zitternden Fingern eine paar Striche. Je länger die Augen ihres Vaters geschlossen blieben, desto nervöser wurden die beiden Kinder. Sie mußten ihn wachhalten.

Faith stand auf. Der Zeichenblock fiel in den Sand, und ihr Vater riß die Augen auf. »Ich geh schwimmen«, sagte sie. Sie war etwas atemlos.

Phoebe schaute überrascht hoch. An diesem Strand konnte man eigentlich nicht schwimmen.

»Mit deinen ganzen Klamotten?« sagte ihr Vater.

»Ich hab einen Badeanzug an.« Sie zog eilig ihren Pullover aus, streifte ihre Stretch-Hose ab und stand in einem blauen Einteiler da, der unten herum weiße Rüschen hatte. Sie stand fröstelnd im Wind.

Ihr Vater setzte sich auf. »Ach, verdammt«, sagte er. »Wenn du mir das gesagt hättest, dann hätte ich meine Badehose auch angezogen.«

»Aber du bist müde«, sagte Faith.

»So müde auch wieder nicht.«

Phoebe war erleichtert. Faith stapfte nervös im Sand herum. »Schaust du mir zu?« fragte sie.

»Natürlich schau ich dir zu. Aber schwimm nicht zu weit raus.«

»Aber du mußt zuschauen.« Faith hatte jetzt das Alter erreicht, in dem nichts so richtig wirklich war, wenn es keine Zuschauer gab, und sie wollte immer, daß ihr jemand zuschaute.

Faith ging in Richtung Meer. »Die spinnt«, sagte ihr

Vater und lachte. »Deine Schwester ist zu hundert Prozent verrückt.«

Sie schauten zu, wie Faith langsam ins Wasser hineinging. Sie war zwölf, ein ganz zartes Kind fast noch: kleine Brüste, die Phoebe immer ganz erstaunten, die winzige Andeutung einer Taille. Phoebe sah am langsamen Gang ihrer Schwester, daß ihr das Wasser angst machte. Und jetzt? dachte sie gespannt. Geh doch rein.

Ihr Vater lehnte sich gegen den Baumstamm und nahm Phoebe auf den Schoß. Ihr Kopf paßte genau unter sein Kinn. »Es muß saukalt sein da drin«, sagte er.

Faith drehte sich zu ihnen um. »Schaut ihr auch zu?«

»Wir schauen zu«, rief er. »Wir fragen uns gerade, wann du mit dem Kopf untertauchst.«

In dem Augenblick, in dem er das sagte, machte Faith einen Hechtsprung, tauchte unter und fing an zu schwimmen. Sie schwamm mit ruhigen Zügen immer parallel zum Ufer, zuerst Kraul und dann Brust. Sie drehte um und schwamm auf dem Rücken und auf der Seite wieder zurück. Ab und zu hörte sie auf zu schwimmen und rief zu ihnen herüber, weil sie sicher sein wollte, daß sie zuschauten. Phoebe unterstützte die Stimme ihres Vaters, und sie riefen zusammen – sie war glücklich. Faith hielt ihn wach.

»Du mußt ja erfrieren da drin«, rief er.

»Nein, überhaupt nicht«, rief Faith mit klappernden Zähnen. »Mir ist so heiß wie in der Wüste.« Aber es war ein Wind aufgekommen, und man konnte ihre Stimme nur schwach hören. Ihrem Vater mußten die Augen wieder zugefallen sein.

»Daddy?«

Phoebe hob den Arm, aber anscheinend konnte ihre Schwester sie nicht sehen. »Dad?« rief Faith jetzt wieder. Als keine Antwort kam, schwamm sie weiter, schneller jetzt und aufs Meer hinaus. Weiter! dachte Phoebe, Schneller! Sie war unfähig, sich zu bewegen, so als könne sie das nur durch Faith, als würden die Bewegungen ihrer Schwester sie mit einschließen. Weiter, weiter, dachte sie und schaute zu, wie Faiths Umrisse kleiner wurden. Gut! Jetzt würde er aufwachen müssen.

Als Faith das nächste Mal zu schwimmen aufhörte, war sie nur noch als ganz winzige Figur zu sehen. Falls sie jetzt etwas rief, konnte Phoebe sie nicht hören. Faith blieb an der Stelle, wo sie jetzt war, schaute zum Ufer zurück, als würde sie auf etwas warten. Phoebe wäre fast explodiert, weil sie unbedingt ans Wasser laufen und laut rufen wollte, daß ihr Vater schliefe und daß Faith etwas unternehmen müsse. Aber er lehnte ganz schwer an ihr, sein Atem ging in langen, tiefen Zügen, und Phoebe war wie gelähmt – nicht so sehr starr als abwesend, ohne einen eigenen Körper. Weiter, dachte sie, schwimm weiter. Und als hätte sie das gehört, schwamm Faith wieder weiter. Es wurde schwer, durch das kalte Glitzern der Sonne auf dem Wasser hindurch ihre Schwester zu sehen. Phoebe hatte einmal das Gefühl, Faith hätte wieder zu schwimmen aufgehört, aber sie war sich nicht sicher.

Es funktionierte. Zu Phoebes ungeheurer Überraschung bewegte sich ihr Vater. Er rieb sich die Augen, schüttelte den Kopf und schaute aufs Meer hinaus. »Wo ist denn Faith?« sagte er.

»Im Wasser.«

Er sprang auf die Füße und riß Phoebe mit hoch. Dann stellte er sie auf den Sand.

»Mein Gott«, sagte er. »Wo ist sie denn?«

Phoebe war überhaupt nicht auf den Gedanken gekommen, daß Faith selber in Gefahr sein könnte. Und jetzt, als ihr Vater zum Wasser hinunterrannte, war ihr vor Schuldgefühlen ganz übel. Sie folgte ihm langsam.

»Faith!« brüllte er so laut er konnte. »Faith!« Seine Stimme fuhr durch den Wind, und er fing vor Anstrengung zu husten an. »Faith«, rief er immer und immer wieder. Dann blieb er stehen, hielt sich die Hand über die Augen und spähte auf das Wasser hinaus. »Ich glaub, ich seh sie«, sagte er. »Ich glaub, sie ist da draußen.«

Er schaute Phoebe an, die ängstlich neben ihm stand. Die Hose ihres Vaters war bis zu den Oberschenkeln naß. Er packte Phoebe am Arm und schlug sie so kräftig und so schnell hintereinander auf den Hintern, daß sie gar nicht wußte, was passierte, bis es vorbei war. »Wie konntest du sie nur so weit hinausschwimmen lassen?« brüllte er hilflos. »Warum hast du mich denn nicht aufgeweckt?«

Phoebe begann zu schluchzen. Sie wußte nicht, warum.

Ihr Vater rief jetzt wieder aufs Meer hinaus nach Faith. Er brüllte, bis er fast keinen Ton mehr von sich geben konnte, und dann hustete er unaufhörlich, es nahm überhaupt kein Ende mehr, bis er sich schließlich zu Phoebes Entsetzen zusammenkrümmte und sich ins Wasser übergab. Danach wischte er sich den Mund ab und rief wieder nach Faith.

Sie kam zurückgeschwommen. Phoebe sah die dünnen Arme ihrer Schwester durch das Meer pflügen. Das Gesicht ihres Vaters war grau; er sah aus, als würde er gleich zusammenbrechen. Er machte einen Schritt vom Wasser zurück. Sein Atem ging schwer. Phoebe klammerte sich an sein Bein, und er legte ihr geistesabwesend die Hand auf den Kopf. »Sie kommt zurück«, sagte er. »Siehst du sie?«

Schließlich kam ihre Schwester aus dem Wasser, schmal und erschöpft, und ihr Atem war fast ein Röcheln. Faith mußte am Gesichtsausdruck ihres Vaters abgelesen haben, daß es jetzt Ärger geben würde. »Du hast gesagt, daß du zuschaust«, sagte sie, aber es klang nicht besonders überzeugend.

Ihr Vater schlug sie ins Gesicht, seine Hand machte ein lautes, nasses Geräusch auf ihrer Wange. Faith wirkte verblüfft, dann traten ihr Tränen in die Augen. »Das hat nicht weh getan«, sagte sie.

Er schlug sie noch einmal, diesmal fester. Phoebe, die daneben stand, begann zu wimmern.

Faith zitterte, hatte überall auf ihrem schmalen Körper Gänsehaut. Bei jedem Atemzug zeichneten ihre Rippen sich ab wie zwei Hände, die sie an der Taille festhielten. »Hat nicht weh getan«, sagte sie leise.

Er schlug sie noch einmal, diesmal so hart, daß Faith sich krümmte. Einen Augenblick lang bewegte sie sich nicht. Phoebe begann laut zu schreien.

Dann nahm ihr Vater Faith in die Arme. Sie klammerte sich schluchzend an ihn. Ihr Vater weinte auch, und das machte Phoebe angst – sie hatte ihn noch nie weinen sehen. »Wie konntest du mir nur solche Angst einjagen?« sagte er schluchzend. »Du weißt doch, wie mein Herz an dir hängt – das weißt du doch.« Er klang, als wollte er, daß das nicht mehr so wäre.

Phoebe schlang die Arme um die beiden, einfach irgendwo, wo sie gerade hinlangen konnte: um die nassen Hosenbeine ihres Vaters, um Faiths glitschige Waden. Sie standen lange so da.

Schließlich ließ ihr Vater Faith wieder auf den Boden hinunter. Sie schaute zu ihm hoch, ihre Zähne schlugen heftig aufeinander. »Daddy, wirst du sterben?« sagte sie.

Er war ganz ruhig. »Natürlich nicht«, sagte er. »Mit mir ist alles in Ordnung.«

»Du hast keine Angst?«

»Nein, ich hab keine Angst. Wieso, hast du Angst?«

Faith brauchte einen Augenblick, um zu antworten. Phoebe dachte daran, wie ihr Vater gehustet und sich in die Wellen übergeben hatte. Es wäre ihr lieber gewesen, wenn sie das nicht gesehen hätte.

»Nein«, sagte Faith langsam. »Ich hab keine Angst.«

Er starb noch im selben Jahr.

Vier

Nach dem Tod ihres Vaters bewegte sich Phoebe wie eine Schlafwandlerin zwischen den anderen Zweitkläßlern, spürte in sich nichts von der Lebhaftigkeit und Leichtfüßigkeit, mit der die anderen Seil hüpften und Ballspiele machten, während ihre eigenen Beine sich ganz schwer anfühlten. Sogar ihr Kopf fühlte sich schwer an. Sie hätte ihn sich am liebsten abgenommen und irgendwo liegenlassen.

Sie hatte nie gedacht, daß ihr Vater sterben würde. Als er krank wurde, ging sie jeden Tag mit Faith in die Kirche, lehnte sich in der Kirchenbank zurück und begnügte sich damit, die Beinen baumeln zu lassen und den von der Decke herabhängenden Erlöser und die hübschen Kerzen anzuschauen, während Faith das Beten übernommen hatte. Phoebe betete kaum, und wenn sie es doch tat, dann oft nur, weil sie etwas haben wollte; was sie besonders beschäftigte, waren diese Kiddles, diese kleinen, langhaarigen Puppen, die es in Parfümflaschen gab, und jede hatte ihren eigenen Duft. Sie hatte schon Flieder und Lavendel, wollte aber unbedingt den Rosenduft haben. Sie machte sich keine großen Sorgen um ihren Vater. Sie hatte keine Macht, ihm zu helfen, und war deshalb auch nicht verantwortlich; Faith machte das alles für sie beide. Phoebe verließ die Kirche mit dem Gefühl, sie sei durch das inständige Beten ihrer Schwester gereinigt worden, und sie war – wie Faith anscheinend auch – zufrieden und beruhigt bei dem Gedanken, daß Faiths Heilmethode dazu führen mußte, daß ihr Vater unbedingt wieder gesund wurde, was immer diese Methode auch genau sein mochte.

Als er gestorben war, kämmte Faith sich das Haar nicht mehr, bis es auf ihrem Hinterkopf ganz verfilzt war. Das machte ihr nichts aus. Sie sprach kein Wort, nur die Tränen liefen ihr übers Gesicht, wenn ihre Mutter versuchte, sie zu kämmen. Sie hatte quälende Magenschmerzen, gegen die Dr. Andrews ihr eine Diät verordnete, die ausschließlich aus gekochtem Reis und Salzcrackern bestand. Sie wurde dünner, als würde sie einfach Schicht um Schicht abstreifen. Sie verschwand. Und erst da merkte Phoebe, zu was für einer wunderbaren, verzauberten Welt die alte Faith den Schlüssel besessen hatte. Die Kinder aus der Nachbarschaft schlossen sich ihr bei allen Spielen immer ganz spontan an, und das zog sich in den ausgelassenen Stunden zwischen Schule und Abendessen oft über Tage hin. Ihr Haus war ein Labyrinth aus Geheimgängen gewesen, nach denen Faith immer wieder unermüdlich suchte, auf Dielen klopfte und forschend zu Stuckdecken hochschaute, weil sie ganz fest überzeugt war, daß jeden Moment eine Wand aufgehen und den Blick auf unterirdische Städte freigeben würde und auf Schatztruhen, die von Perlen und Silber überquollen. Barry versuchte die Lücke zu schließen, die seine Schwester gelassen hatte, versuchte an einem Samstag, die Kinder aus der Nachbarschaft zu einer Schatzsuche zusammenzutrommeln, aber das Unternehmen scheiterte. Barry allein war nicht genug. Die Gruppe löste sich langsam wieder auf, und Barry zog sich beleidigt in sein Zimmer zurück.

Eine lähmende Eintönigkeit legte sich über alles. Die Dielen und Wände ihres Hauses verbargen nicht mehr irgendwelche Geheimgänge – es war einfach nur noch irgendein Haus. Ihre Straße war nur noch irgendeine Straße. Phoebes Zimmer nur noch ein Zimmer, nicht mehr ein Paradies voller Verstecke. Ihre Mutter nahm sie immer wieder in den Arm, strich ihnen über das Haar, aber sie bewegte sich wie jemand unter Wasser, und sie war so blaß, daß Phoebe blaue Adern an ihren Schläfen sah. Sie hatten ihren Vater verloren und hatten sich dabei auch irgendwie gegenseitig verloren – Barrys Tür war immer geschlossen, Faith hing alleine vor dem Fernseher herum. Auch wenn sie sich bemühten, beim Essen fröhlich zu sein, am Ende gewann immer das Schweigen die Oberhand, erstickte die Unterhaltung, so wie der Nebel, der sich jeden Abend über das Haus legte, die anderen Häuser zum Verschwinden brachte. Phoebe wollte schreien, wollte das Schweigen für immer besiegen, aber alle Dinge in ihrem Leben waren so gewöhnlich, und sie fühlte sich darunter begraben – eine Tüte mit Milch, ein Stück Butter –, sie waren wie Ziegelsteine, die auf sie gestapelt wurden. Sie fing an, die Tür zu ihrem Zimmer zu schließen, und flüchtete sich in *Die Chroniken von Narnia*, *Alice im Wunderland* und

Peter Pan, Zauberwelten, die Phoebe sehr viel weniger verzaubert vorkamen als Faiths Welt, bevor ihr Vater gestorben war.

Die Lebensspuren ihres Vaters zu verfolgen war eines der wenigen Dinge, die Faith noch der Mühe wert fand. Phoebe zog gern mit ihr in North Beach herum, wenn sie an die Stellen ging, an denen ihr Vater sich in seiner Junggesellenzeit oft aufgehalten hatte. »Dad hat auf dieser Bank hier gesessen«, sagte Faith auf dem Washington Square an einer Stelle, die gegenüber der Kirche St. Peter und Paul lag, deren Fassade ihr Vater so gerne gemalt hatte. »Er hat hier im Gras gelegen.« Und Phoebe berührte mit derselben Ehrfurcht wie ihre Schwester die Dinge, die ihr Vater berührt hatte. Er war für immer weg, aber er war überall. Es war wie ein Wunder.

Die jungen Leute, die jetzt auf dem Washington Square herumhingen, trugen bunte Sachen, rauchten und spielten Gitarre. Faith war zu schüchtern, um sie anzureden, aber sie faszinierten sie. Sie dachte, daß es wahrscheinlich Maler waren oder die Beat-Dichter, die ihr Vater so bewundert hatte. Sie benutzte Phoebe als Vorwand und trug sie huckepack über den Washington Square, um sich dabei seine unkonventionellen Bewohner genauer anschauen zu können. Das war Phoebes glücklichste Zeit nach dem Tod ihres Vaters.

Im März des folgenden Jahres, 1967, machte ihre Mutter ihre erste Geschäftsreise zu einem Filmfestival in Tuscon. Sie hatte große Bedenken, als sie wegfuhr und Phoebe, Barry und Faith in der Obhut einer alten Freundin von

Großmama O'Connor zurückließ, die Mrs. McCauley hieß, sehr nett, aber schwerhörig war und immer darauf bestand, daß sie alles aufaßen. Mit einer wissenden Handbewegung erklärte Mrs. M. (so nannten sie die Kinder) Faiths anhaltende Magenbeschwerden für nicht existent und lud ihr noch mehr Corned beef auf den Teller. Es ging Faith langsam besser; obwohl sie immer noch sehr schwach und ziemlich still war, war sie auf die High School übergetreten und hatte sogar einen Freund, bei dem sie jeden Tag zu Abend aß, bis ihre Mutter wieder zurückkam.

Nach dem Abendessen ging Phoebe immer nervös im stillen Flur vor der Zimmertür ihres Bruders auf und ab, die immer geschlossen war. Eines Abends klopfte sie aus Verzweiflung bei ihm an. Barry machte die Tür einen Spaltbreit auf und schaute heraus: »Hallo, Pheeb«, sagte er durch den Türspalt.

Er drehte sich wieder um und ging ins Zimmer zurück, ließ die Tür aber offenstehen. Phoebe zögerte, entschied dann aber, daß das wohl eine Einladung darstellte. Barrys Zimmer kam ihr fremd vor mit seinem roten Teppich und dem blubbernden Aquarium. Sie wußte nicht mehr, wann sie zum letzten Mal hier gewesen war.

Barry setzte sich an seinen Schreibtisch. »Was gibts?«

»Nichts.«

Obwohl sie und Barry nur sieben und zwölf Jahre alt waren, herrschte ein Mißtrauen zwischen ihnen, das anscheinend schon immer da war. »Was machst du denn gerade?« fragte Phoebe. »Hausaufgaben?«

»Nee, hab ich schon fertig.« Er untersuchte etwas auf

seinem Schreibtisch. Als Phoebe zu ihm hinging, beugte Barry sich schützend über die Schreibtischplatte, und Phoebe ging zum Aquarium hinüber. Es waren acht oder neun Fische im Aquarium, zwei von ihnen waren ganz schwarz und hatten häßliche, weit hervortretende Augen, das waren ihre Lieblinge. »Kann ich sie füttern?« fragte Phoebe.

»Hab ich schon gemacht.«

»Okay.« Schweigend schaute Phoebe den Fischen zu. Sie war ganz verzweifelt. In einer Ecke des Aquariums schlängelten sich Pflanzen, in ständiger Bewegung gehalten von silbrigen Luftblasen, die an die Wasseroberfläche stiegen und verschwanden.

»Ach weißt du, Pheeb«, sagte Barry, »du kannst sie füttern, wenn du willst. Gib ihnen was zu fressen.«

Er sperrte mit einem winzigen Schlüssel eine Schublade unter dem Aquarium auf, in der er zu Phoebes Überraschung sein Fischfutter aufbewahrte. Sie streute vorsichtig ein paar Flocken auf das saubere Wasser, weil sie ihr Privileg nicht mißbrauchen wollte. Erst als die Fische die Flocken gierig hinuntergeschluckt hatten, traute sie sich, ihnen noch mehr zu geben. »Siehst du, Bär?« sagte sie. »Sie haben Hunger.«

Auf eine geheimnisvolle Weise ließ die Spannung zwischen ihnen nach. Phoebe machte sich daran, das Zimmer ihres Bruders zu erkunden, das trotz Barrys wild verteidigter Zurückgezogenheit wirkte, als wäre es für ein Publikum eingerichtet worden: ein Ameisenterrarium, das wie eine Südstaatenplantage mit einem Feld aus winzigen Maisgarben angelegt war, das Hirn irgendeines Lebewesens in einem Gefäß, Dinosaurier aus Plastik, die sich zwischen kleinen Bäumen und Wolken aus Wattebäuschen herumtrieben – Regal um Regal lauter Sachen, die hergezeigt werden sollten.

Phoebe spürte, wie die dunklen Augen ihres Bruders sie verfolgten, wie sehr er sich freute, daß er ihre Aufmerksamkeit gefunden hatte. Sie wurde jetzt mutiger, ging dicht an die Regale heran, faßte sogar einige der Sachen an, weil sie den verzweifelten Wunsch spürte, ihm eine Freude zu machen. Sie erkundigte sich nach den Transportflugzeugen und den Schlachtschiffen, die er gebaut hatte, und sie legte sich dabei einen interessierten Unterton zu, weil sie sich erinnerte, daß ihre Mutter das immer gemacht hatte, als Barry noch jünger war und der ganzen Familie immer seine Sachen zeigte.

»Ich hab was, das besser ist als alles andere zusammengenommen«, sagte Barry und ging an seinen Schreibtisch zurück. »Aber es ist ein Geheimnis. Du mußt schwören, daß du es nicht weitersagst.«

»Ich schwör auf die Bibel«, verkündete Phoebe. Sie ging zu ihrem Bruder an den Schreibtisch hinüber. Auf dem Schreibtisch lagen dünne Bögen eines zerknitterten, ziemlich alt wirkenden Papiers, die mit rätselhaften blauen Skizzen bedeckt waren. Phoebe hörte ihren Bruder hinter sich atmen.

»Die sind von Dad«, flüsterte er. »Von der Ingenieurschule.«

Phoebe schaute die Skizzen lange an. Sie spürte, daß Barry gespannt auf ihre Reaktion wartete, und das machte sie nervös. »Willst du auch eine machen?« fragte sie.

Ein Grinsen zog sich über sein ganzes Gesicht. Er schloß mit einer schwungvollen Bewegung eine Schreibtischschublade auf und holte ein etwa brieftaschengroßes Brett mit einer Unmenge von Knöpfen und Drähten heraus. An einer Seite kam wie ein Rattenschwanz ein schwarzes Elektrokabel heraus, und Barry steckte das Kabel in einen Anschluß über seinem Schreibtisch. Er drehte an einem Schalter, und ein blaues Lämpchen ging an; gleichzeitig ertönte ein schriller, sirenenartiger Ton. Barry grinste verzückt und drehte die Lautstärke hoch. Er machte aus dem Sirenenton ein summendes Geräusch und schaute dann Phoebe triumphierend an.

Sie betrachtete ihn mit einem fragenden Gesichtsausdruck. »Was ist das denn?«

»Ein Tongenerator«, sagte Barry. »Als Dad studiert hat, hat man für diese Dinger noch Vakuumröhren gebraucht. Jetzt nimmt man dafür Transistoren her, die sind viel kleiner und gehen nicht so schnell kaputt.«

»Wie hast du dieses Ding denn gemacht?« sagte sie laut, um das Summen zu übertönen.

»Es war schwer«, sagte Barry genüßlich. »Ich hab die Teile in diesem Laden in New Jersey bestellen müssen, Edmund Scientific. Und dann hab ich versucht, durch das Ganze durchzusteigen. Ich hab mir Dads Skizzen genau angeschaut.«

Er war ganz rot, seine dunklen Augen ließen die kleine Maschine nicht los. Er drehte an einem Knopf, und aus dem Summton wurde ein lautes Klingeln. »Was hältst du davon?« brüllte Barry, um den Lärm zu übertönen. »Verstehst du? Ich meine, denk mal drüber nach, Pheeb.«

Phoebe war überwältigt – überwältigt von dieser winzigen Spur ihres Vaters, die wie gegen ihren Willen in diesem schrillen Apparat Gestalt angenommen hatte; und überwältigt von der unsicheren Nähe zu Barry, einer Nähe, die immer gefährdet schien.

»Ich bau diese Dinger alle«, sagte er ziemlich verbissen. »Jedes einzelne.«

Phoebe nickte und lächelte ihren Bruder an. Der Kopf tat ihr weh. So sehr sie Barry noch gerne länger bewundert hätte, es wäre ihr trotzdem lieber gewesen, wenn er das Ding wieder abgestellt hätte. Sie versuchte sich ihren Vater vorzustellen – seine Reaktion auf die wieder aufgetauchten Skizzen, sogar auf Barrys Maschine. Sie wußte, daß ihn das alles kaltgelassen hätte.

»Also, was hältst du davon?« sagte Barry und beugte sich zu ihr hin.

»Das ist toll«, sagte Phoebe. Sie spürte plötzlich das heftige Bedürfnis, ihm zu entkommen.

»Findest du?« Mit seinem vorgereckten Hals und den dünnen, verschmierten Händen wirkte Barry ganz elend, ganz verlassen. Phoebe spürte Mitleid – mit sich und auch mit Barry. »Wirklich, Pheeb?« fragte er. »Oder sagst du das bloß so?«

»Das ist ganz toll«, log Phoebe. Sie hätte jetzt weinen können. »Daddy hätte sich sehr darüber gefreut. Er hätte sich unheimlich darüber gefreut.«

»Glaubst du?« Er grinste jetzt.

Phoebe nickte unglücklich. Die gequälte Maschine

jaulte weiter vor sich hin. Ein leichter Geruch nach geschmolzenem Plastik lag in der Luft. Als Mrs. McCauley an die Tür klopfte, um zu verkünden, daß es für Phoebe Zeit zum Zubettgehen war, zog Barry den Stecker seines Schatzes heraus und ließ alles blitzschnell verschwinden.

Die Fadheit ihres Zimmers traf Phoebe wie ein Schlag: die Tapete mit dem Eisbärenmuster, ein paar Reihen von ausgeblichenen Stofftieren, ein Korbsessel, der knackte und knisterte, wenn man sich hinsetzte. Mrs. McCauley steckte die Laken fest ins Bett, so als würde sie Phoebe für einen wilden Ritt festschnallen. »Das ist schön, daß du und dein Bruder etwas zusammen macht«, sagte sie. »Er braucht das.« Phoebe drehte sich auf die Seite, weil sie gleich schlafen wollte. Mrs. McCauley blieb noch ein paar Augenblicke in dem Korbsessel sitzen, summte leise vor sich hin und ging dann auf ihre langsame, steife Art hinaus.

Phoebe wurde im Dunkeln von Geräuschen im Erdgeschoß geweckt. Ihr Zimmer lag über der Küche, und ein paar Minuten lag sie ganz still da, weil sie Angst hatte, daß Diebe durch die Hintertür eingebrochen waren und jetzt nach oben kamen, um sie umzubringen. Dann hörte sie Musik. Sie stieg neugierig aus dem Bett, schlich sich im Nachthemd barfuß die Hintertreppe hinunter und klammerte sich dabei am Geländer fest. Sie hörte ungewohnte Geräusche; dann, zu ihrem Erstaunen, hörte sie das Lachen ihrer Schwester.

Phoebe blieb erstaunt in der Küchentür stehen. In der

Küche sah es aus wie in einer Kirche, es war stockdunkel bis auf Dutzende von weißen Weihnachtskerzen, deren schweres, gedämpftes Licht auf den Wänden lag. Musik wie von einer Orgel kam aus dem Radio. Faith und Wolf lehnten mit dem Rücken zur Tür am Herd, und überall waren unbekannte Leute, die aussahen, als wären sie verkleidet: ein schlankes dunkelhaariges Mädchen, das in ihrem langen, bis zum Boden reichenden, zerknitterten violetten Samtkleid wie die Pikdame aussah; ein anderes Mädchen mit geflochtenem weißgoldenem Haar und einem glitzernden weißen Hosenanzug. Der Mann, der am nächsten an der Tür stand, trug einen Zylinder, und seine abgeschnittenen Jeans gaben den Blick auf einen starken Sonnenbrand frei. Er bemerkte Phoebe als erster.

»Sei gegrüßt«, sagte er und tippte an seinen Hut. »Du mußt zum Friseur.«

Phoebe schaute ihn mit großen erstaunten Augen an, weil ihr diese Redewendung so vertraut vorkam. Dann fiel es ihr wieder ein. Es war der erste Satz, den der Hutmacher im Wunderland zu Alice gesagt hatte, eine Szene, die sie gerade erst an diesem Morgen gelesen hatte.

»Solche direkten Bemerkungen solltest du dir abgewöhnen«, sagte Phoebe, die sich an Alices Antwort zu erinnern versuchte. »Sie sind unschicklich.«

Das Gesicht des Mannes war ganz reglos vor Überraschung. Dann warf er den Kopf zurück und lachte mit offenem Mund, und seine Zunge war genauso rot wie der Sonnenbrand an seinen Beinen. Alle schauten zu ihnen herüber. »Wer ist denn dieses tolle Kind?« sagte der Hutmacher mit dem Sonnenbrand.

Faith ging zu Phoebe und kniete sich neben sie. Als Phoebe sich ganz fest an ihre Schwester klammerte, spürte sie ihren rasenden Herzschlag. »Ist es schon Morgen?« fragte sie.

»Fast«, sagte Faith atemlos. Ihre Wangen waren ganz rot. Sie hatte sich einen winzigen Regenbogen aufs Gesicht gemalt, der über ihrem linken Auge begann und sich um ihren Wangenknochen herumzog. »Wir machen uns gerade Frühstück, das wir auf dem Dach essen wollen, wenn die Sonne aufgeht.«

»Und was ist mit Mrs. M.?« fragte Phoebe.

»Die schläft«, flüsterte Faith. »Ich hab ihr gesagt, daß ich bei Abby übernachte.«

Die andern, die sie alle nicht kannte, schauten Phoebe freundlich an, als wäre sie einfach, wie sie so im Nachthemd dastand, ein angenehmer Anblick. Phoebe fand es schön und aufregend, im Mittelpunkt der Aufmerksamkeit zu stehen. Einer von den Männern trug einen purpurroten Samtumhang wie ein Zauberer, und er hielt zwei Silberkugeln in der Hand, die ein klickendes Geräusch machten, wenn er sie hin und her rollte. Ein anderer sah mit seinem dichten Bart und seinen Sandalen aus wie Jesus. Er hatte dünne gelbe Zigaretten gedreht; jetzt zündete er sich eine an, der Tabak zischte und knisterte, und der Mann zog an der Zigarette und hielt sie dann seinem Nachbarn hin. »Was für ein schönes Kind«, sagte Jesus und stieß seltsamen, süßlichen Rauch aus. Phoebe wurde bis zum Hals rot.

»Komm her, du Schöne«, sagte Wolf und zog einen Stuhl an den Herd. »Hilf dem Koch ein bißchen.«

Phoebe ging schüchtern zu ihm hin. Im Kerzenlicht wirkte Wolf wie ein Indianerhäuptling, sogar seine Hände waren sonnengebräunt. Seine Haut hatte einen wunderbaren Geruch, wie die Lederstiefel ihres Vaters, wenn er sie draußen in der Sonne gelassen hatte. Als Wolf Phoebe auf den Stuhl hob, spürte sie seine warmen Hände auf den Rippen. Phoebe bemerkte einen winzigen goldenen Ring in seinem Ohrläppchen.

Die Eier waren warm, als wären sie gerade erst gelegt worden. Phoebe nahm eines der schimmernden Eier, schlug es auf und ließ Dotter und Eiweiß in eine Glasschüssel gleiten. Wolf gab Gemüse in eine Pfanne mit Butter, und schon die Mischung der Gerüche konnte süchtig machen: süßlicher Zigarettenrauch, in Butter angeschmortes Gemüse und der intensive Kerzenduft. Die Weiße Hexe stand von ihrem Stuhl auf und fing an zu tanzen, schwebte, als wäre die Musik eine Flüssigkeit, in der sie schwamm. Der Hutmacher mit dem Sonnenbrand schnarchte leise, neben seinem Kopf stand sein Zylinder auf dem Küchentisch. Die Pikdame hatte sich auf dem Schoß eines Mannes in einem Harlekin-Hemd niedergelassen, einem Joker aus demselben Kartenspiel, in dem sie Dame war.

»Wer sind die denn alle?« sagte Phoebe flüsternd zu Faith.

Faith schüttelte den Kopf und schaute sich um. »Ich weiß es nicht«, sagte sie.

»Aber woher kommen sie denn? Wie hast du sie denn gefunden?«

»Sie haben uns gefunden«, sagte Faith. »Oder wahrscheinlich haben wir uns gegenseitig gefunden. Wir waren alle beim Unsichtbaren Zirkus.«

Das paßte genau – diese Kostüme und die verrückte gute Laune, die alle hatten. Phoebe ging sehr gerne in den Zirkus und war ganz geknickt, daß ihre Schwester sie nicht mitgenommen hatte. »War es ein Zirkus mit drei Manegen?« fragte sie.

Faith lächelte und schaute Wolf an: »Waren es drei?«

»Größer«, sagte Wolf. »Vier Manegen würde ich sagen. Vielleicht fünf.«

»Fünf Manegen!« Phoebe wandte sich heftig ab.

»Ach, nein«, sagte Faith. »Sie denkt – nein, Phoebe, es war kein – sie haben es Zirkus genannt, aber es war bloß eine Party, eine große Party in einer Kirche. Dann ist sie geschlossen worden.«

»Keine Tiere?« sagte Phoebe mißtrauisch.

»Nein, überhaupt nicht«, sagte Faith. »Es war eher wie auf einem Rummel für Erwachsene.«

Phoebe dachte an Playland, einen alten Rummel draußen bei den Ruinen der Sutro Baths, zu dem ihr Vater immer mit ihnen gefahren war: ein Tunnel, eine Röhre, die sich die ganze Zeit drehte, so daß man nicht durchgehen konnte, ohne hinzufallen und sich blaue Flecken an den Knien zu holen, und die ganze Zeit schoß Luft aus kleinen Löchern im Boden. Es gab lange, gefährliche Rutschbahnen aus glattem Holz, die man auf Kartoffelsäcken hinunterrutschte, und man bekam weiße Striemen, wenn die Haut auf das Holz kam. Faith und ihr Vater waren immer gerne nach Playland gegangen, aber Phoebe hatte dort immer das

Gefühl, daß unter der ganzen Ausgelassenheit etwas Finsteres, Böses steckte.

Faith nahm Phoebes Hände. »Irgendwas passiert jetzt gerade«, sagte sie leise. »Kannst du es spüren?«

»Was denn?«

»Ich weiß es nicht, aber ich spür es. Es ist wie ein Beben im Erdboden.« Ihre Stimme zitterte, als liefe das Beben durch ihren Körper.

»Wovon redest du überhaupt?« sagte Phoebe.

»Alles verändert sich«, sagte Faith. »Alles wird ganz anders.«

Es hatte sich schon allerhand verändert – zuviel. »Mir gefällt alles so, wie es ist«, sagte Phoebe.

»Nein, das hier ist besser«, sagte Faith. »Das hier ist Geschichte. Das kann man nicht aufhalten.«

»Was? Was ist das?« fragte Phoebe erschrocken.

Faith fuhr sich durchs Haar. »Ich weiß es nicht«, sagte sie. »Aber es wird etwas Riesengroßes.«

»Versuch nicht, es ihr zu beschreiben«, sagte Wolf leise und rührte das Gemüse um. »Sie wird es wissen, wenn sie es weiß.«

»Es ist hier«, sagte Faith, schloß die Augen und hielt beide Hände in die Luft, ungefähr in Höhe ihrer Brüste. »Phoebe. Kannst du es spüren?«

Phoebe drehte sich um und schaute in die Küche. Die Weiße Hexe, die Pikdame und der Joker tanzten jetzt alle, bewegten ihre Arme wie beim Schwimmen. Phoebe versuchte sich vorzustellen, wie sie sich dabei fühlten, wenn sie da in der warmen, seidigen Musik schwebten – es kam ihr vor wie eine Lust, wie ein Vergnügen, das sie selber auch schon einmal erfahren hatte, vor langer Zeit. Die Musik wurde schneller, man hörte Tschinellen, Stimmen, Gelächter. Kerzen warfen ihr Licht auf die Wände.

»Irgendwas ist passiert«, sagte Faith. »Ich weiß nicht, was.«

Phoebe lächelte. Sie war glücklich. Eine angenehme Wärme breitete sich in ihrem Bauch aus und verteilte sich im ganzen Körper. »In the court of the Crimson King…« hörte man jetzt die Sänger im Radio, und es klang wie etwas aus einem alten Buch, Sir Lancelot oder Königin Ginevra oder Aladin. Die Körper der Tanzenden bewegten sich wie Flammen. Wo bin ich denn? dachte Phoebe und erinnerte sich an die Nächte im Vergnügungspark von Mirasol, an das bunte Licht und wie sie so hoch auf den Schultern ihres Vaters ritt, daß sie die Lampions mit den Fingern berühren konnte. Wo bin ich denn? Sich zu wundern und zu staunen war viel besser, als die Antwort zu wissen.

»Ja«, sagte Phoebe und streckte die Arme aus, als wolle sie über ein Seil balancieren. Sie war Alice, die den Zaubertrunk trank und gespannt war, was passierte. »Ich spür es.«

»Daddy würde das hier ganz toll finden, glaubst du nicht, Pheeb? Er würde es ganz toll finden«, sagte Faith, und Phoebe begriff sofort, daß Faith recht hatte; ganz gleich, was das hier war, ihr Vater fände es ohne jede Einschränkung gut und richtig. Sie stellte ihn sich vor, wie er sich mit verschränkten Armen gegen eine Arbeitsplatte lehnte und mit einem Ausdruck unersättlichen Vergnügens alles betrachtete. Phoebe stellte sich auf die Zehenspitzen. Sie war auf ihrem Stuhl einfach in einer Woge aus Freude und plötzlichem Begreifen hochgehoben worden: ihre Schwester wußte den richtigen Weg, sie hatte ihn immer gewußt.

Auf der Hintertreppe hörte man Schritte. Barry erschien vollständig bekleidet in der Tür. Er stand einen Augenblick da, registrierte die Kerzen, die fremden Leute, die Küche, die er kaum wiederzuerkennen schien. Phoebe betrachtete das alles durch die Augen ihres Bruders und sah, wie seltsam unsicher es war, sah, daß es plötzlich wieder verschwinden könnte wie die Kinder von Narnia, die durch die Garderobe wieder zurück in ihr wirkliches Leben gegangen waren.

»Bär«, sagte Faith. »Wir machen Frühstück.«

Barry schaute auf seine Uhr. »Halb sieben«, sagte er und schaltete das Deckenlicht ein. Das helle, leere Licht erschreckte sie. Sie blinzelten alle. Jemand drehte die Musik leiser, und die Tänzer hörten auf zu tanzen.

»Das sind alles Moms Weihnachtskerzen«, sagte Barry. »Alle abgebrannt.«

»Aber wir können doch wieder welche kaufen«, sagte Faith. »Es dauert doch noch fast ein Jahr bis Weihnachten.«

Barry schaute sie finster an. »Ich glaub, die Leute hier sollten alle gehen.«

Wolf kam vom Herd zu Barry herüber und legte ihm den Arm um seine schmalen Schultern. »Komm jetzt«, sagte er. »Das passiert doch alle heiligen Zeiten nur einmal.«

Phoebe sah am Gesicht ihres Bruders, wie sehr er mit sich kämpfte. Barry bewunderte Wolf und wollte unbedingt, daß Wolf ihn mochte. Aber es widerstand ihm, Faith nachzugeben. »Für mich ist jetzt keine heilige Zeit«, sagte er und löste sich aus Wolfs Umarmung. »Und für Phoebe auch nicht. Wir haben nur geschlafen.«

»Aber ihr könnt doch mitmachen, Bär«, sagte Faith. »Schau doch, Phoebe hilft uns kochen – mach doch auch mit.« Das klang weniger nach einer Einladung als nach einem dringenden Appell.

Wolf versuchte wieder, den Arm um ihn zu legen, aber Barry entzog sich und betrachtete die Fremden mit ängstlichen Blicken. »Was läuft hier, Faith?« sagte er. »Habt ihr Drogen genommen?«

»Oh, Gott«, sagte die Pikdame, setzte sich auf eine Arbeitsplatte und schlug angewidert die Beine übereinander.

Barry zuckte zusammen. Dann steckte er die Hände in die Taschen und schaute auf den Boden. »Ich möchte, daß alle gehen«, sagte er. »Oder ich ruf die Polizei.«

Wolf schüttelte den Kopf. »So geht das nicht.«

»Barry, bitte«, sagte Faith beschwörend.

Als die Polizei erwähnt wurde, kam Bewegung in die Gruppe, die Weiße Hexe holte einen Makramee-Beutel unter dem Tisch hervor, der Hutmacher mit dem Sonnenbrand strich sich das Haar glatt und setzte seinen Zylinder wieder auf. Faith lächelte alle flehend an. Sie wirkte ganz verzweifelt. Phoebe spürte die Hoffnungslosigkeit ihrer Schwester, ihre Angst, daß ihr das einzig

Gute, das sie gefunden hatte, wieder genommen werden sollte. Der Unsichtbare Zirkus, dachte Phoebe, der Unsichtbare Zirkus, sagte sie immer wieder vor sich hin wie einen Zauberspruch. Aber alle waren jetzt aufgestanden und wollten gehen.

»Phoebe«, sagte Barry an der Tür.

Sie erschrak, als sie ihren Namen hörte; sie hatte vergessen, daß sie selber auch in der Küche war. Sie stand barfuß auf einem Küchenstuhl. Barry stand an der Tür und streckte die Hand aus. »Komm jetzt, Pheeb«, sagte er. »Wir warten oben.«

Phoebe schaute Faith hilflos an, aber das Gesicht ihrer Schwester war völlig ausdruckslos. Alles, was an Ausdruck dagewesen war, war einfach weggerutscht wie ein Kissenbezug, der auf den Boden gleitet. Sie wirkte jetzt wieder so wie schon seit Monaten, gleichgültig.

»Komm jetzt, Pheeb«, sagte Barry. »Jetzt ist alles in Ordnung.«

Er redete mit ihr, als wären sie alleine, aber Phoebe spürte, daß alle bis auf Faith sie anschauten, und sie stand wie gelähmt da, wollte etwas tun, das allen gefiel, damit sie diese unbekannte Macht los wurde und nicht mehr alle sie anschauten. Sie stellte sich vor, daß sie wie ein Ding irgendwo in Barrys Schubladen gefangengehalten wurde – wie dieser arme Tongenerator, wie die vergessenen Skizzen ihres Vaters – und daß in der Zwischenzeit der Unsichtbare Zirkus ohne sie davonflog.

Barry ließ die Hand fallen, er war jetzt unsicher. »Phoebe?«

»Ich komm dann später hoch, Bär.«

Irgend etwas erlosch in Barrys Gesicht. Er ging rückwärts durch die Tür und blieb draußen stehen. Phoebe schaute auf ihre nackten Füße hinunter und begriff, daß sie etwas getan hatte, das sich nicht mehr rückgängig machen ließ. Als Barry sich umdrehte und nach oben rannte, war sie erleichtert.

Jetzt wurde es in der Küche richtig schrill und turbulent. Das Licht ging aus, jemand drehte die Musik wieder laut, und eine regelrechte Tanzwut überkam sie alle. Die Kerzen brannten noch alle; ihr warmes Flackern hatte jetzt etwas Heftiges, Rebellisches. Phoebe klammerte sich an den heißen, vom Sonnenbrand ganz roten Fingern des Hutmachers fest und tanzte ganz ungehemmt, die Musik packte und bewegte ihren Körper, so wie die Luftblasen in Barrys Aquarium die Pflanzen bewegt hatten. Sie empfand eine atemlose, verrückte Freude. »Schnell«, sagte Faith, als der Himmel langsam hell wurde. »Schnell, wir gehen nach draußen.«

Sie bliesen die Kerzen aus, nahmen die Teller mit den Eiern und kletterten drei Treppen hoch und dann noch eine letzte schmale Treppe bis zum Dach. Sie stürmten an die frische Luft, warfen sich auf die Kieselsteine, mit denen die Teerpappe des Dachs bedeckt war, und aßen voller Heißhunger, brachen immer wieder Stücke von zwei riesigen Brotlaiben, die Wolf am Lieferwagen einer Bäckerei gekauft hatte. Das Dach war flach, und aus dieser Höhe bot sich ein großartiger Blick auf die geschwungenen Küsten von Sausalito und Tiburon; glasverkleidete Hausfassaden blitzten wie Erz. Die Golden Gate Bridge war ein schlankes rotes Skelett. Der Zauberer ging auf den Händen und zog seinen Umhang hinter sich her. Der Himmel schien viel näher zu sein als sonst. Phoebe hatte das Gefühl, sie könnte die luftigen rosa Wolken mit den Händen fangen.

Der Wind blies von unten durch ihr Nachthemd, ihre nackte Haut wurde ganz kalt. Wolf setzte seinen Teller ab, hob Phoebe auf seinen Schoß und rubbelte ihr die Arme, damit sie wieder warm wurde. Sie fühlte sich ganz klein, als wäre Wolfs Körper eine Hand und sie ein Blatt oder eine Eichel, die in dieser Hand eingeschlossen war. »Arme Phoebe«, sagte Wolf und hielt sie ganz fest. Phoebe wußte nicht, warum er das gesagt hatte, aber sie widersprach ihm nicht. Wenn Wolf wußte, wie glücklich sie war, dann würde er sie ja vielleicht nicht mehr festhalten.

Faith lief auf dem Dach herum und legte überall Brotstücke für die Seemöwen hin. Ihre Jeans flatterten im Wind um ihre dünnen Beine, und der Wind hob auch ihr dunkles, zerzaustes Haar hoch über ihren Kopf. Als das Brot aufgegessen war, stand Faith ein Stück von den anderen entfernt und fing an, auf und ab zu hüpfen. Sie schaute zur Bucht hinüber und hüpfte einfach auf und ab, hatte die Arme zum Himmel ausgestreckt, und ihre Füße knirschten im Kies. Die anderen schauten ihr zuerst alle zu, nickten, lächelten über diesen Überschuß an Energie. Phoebes Blick lag noch lange auf ihrer Schwester, als die Blicke der anderen sich schon abgewandt hatten. Sie konnte sich einfach nicht losreißen.

Schließlich hörte Faith auf zu hüpfen. Ihr Gesicht war ganz rot, und sie setzte sich neben Phoebe und Wolf auf das Dach. Es war eine Ruhe um sie wie ein Schleier. Die anderen waren ineinander verschlungen wie Katzen und schliefen langsam ein. Die Pikdame sang »Now I Lay me Down to Sleep.«

»Vielleicht kann Dad uns sehen«, sagte Faith leise. »Vielleicht schaut er zu.«

Phoebe schaute nach oben. Und ja, der Himmel und die Sonne kamen ihr kräftiger vor als an den anderen Tagen, man spürte den aufmerksamen, humorvollen Blick ihres Vaters. Phoebe schaute in die frische weiße Sonne und war voller Hingabe, wollte sich verschenken. Nicht sich alleine – alleine war sie nichts –, sondern als Teil von Faith, eine kleine Figur im größeren Umriß ihrer Schwester. Es tat weh. Ihr ganzer Körper tat weh, als würde er sich auflösen. Phoebe hielt die Augen offen, solange sie konnte, dann machte sie sie zu. Die Dunkelheit linderte den Schmerz. »Armes Ding«, sagte Wolf, der sie in den Schlaf wiegte.

Fünf

Phoebes Mutter arbeitete seit 1965 für Jack Lamont. Er war Filmproduzent und hauptsächlich durch *White Angel* bekannt geworden, der als bester Film des Jahres 1960 ausgezeichnet worden war. Phoebe hatte den Film nie gesehen.

Sie mochte Jack einfach nicht, obwohl er gut aussah, mit seinem dunklen Teint und den hellen blauen Augen. Seine Haut wirkte warm, aber es ging eine fürchterliche Kälte von ihm aus. »Hallo, Pheebs«, sagte er immer, wenn sie ins Büro kam, dann wandten seine hellen blauen Augen sich ab, und das war es dann auch schon, das mußte für sie reichen. Sie würde immer die Tochter seiner Sekretärin sein. »Er ist schüchtern, das ist alles«, sagte ihre Mutter, aber das war nicht alles. Jack war ein Mensch, der sein Leben vollkommen im Griff hatte.

Am Anfang, als die Krankheit ihres Vaters festgestellt worden war, hatte ihre Mutter als Teilzeitsekretärin für Jack gearbeitet. Später arbeitete sie ganztags und wurde seine Assistentin, und jetzt, dreizehn Jahre später, organisierte sie praktisch sein ganzes Leben. Keine seiner Entscheidungen war zu erhaben oder zu banal, als daß sie sich nicht auch damit beschäftigen mußte: ob es nun darum ging, Geschäftspartner zu verladen, Restaurants an der Riviera auszusuchen (wo sie nie gewesen war) oder Urlaubsorte in Mexiko, an denen man Golf spielen konnte, oder Geburtstags- und Weihnachtskarten für seine überall verstreuten Kinder. Phoebe war stolz darauf, daß ein Mann, der so kühl und selbstbewußt war wie Jack, sich so bedenkenlos auf ihre Mutter verließ, so als bedeute es allein schon Glück, wenn sie sich nur mit etwas befaßte. Aber es ärgerte sie, wie sein Leben ihr Leben und das Leben ihrer Mutter beherrschte, wie längst geplante Unternehmungen einfach ausfielen, weil seine Angelegenheiten wichtiger waren. Barry sagte immer, seine Mutter habe alle Nachteile, die man als Jacks Frau haben könne, aber die Vorteile habe sie nicht. »Vorteile!« schnaufte ihre Mutter, wenn er seine Theorie zum besten gab. »Es gibt keine Vorteile, wenn man mit Jack verheiratet ist.« Er war dreimal geschieden und war mit seiner letzten Exfrau immer noch in juristische Auseinandersetzungen verwickelt. »Meine Lohnliste«, sagte er immer, wenn er von der stattlichen Ansammlung von Stiefkindern, Exfrauen und Halbgeschwistern redete; wenn man schon sonst nichts Gutes über ihn sagen wollte, dann mußte man wenigstens zugeben, daß der Mann großzügig war (»Schuldgefühle«, war Barrys mürrische Erklärung). Was seine Frauen betraf, so ging Phoebes Mutter immer noch mit allen von ihnen essen bis auf die dritte, die sich bedeckt hielt, solange die juristischen Angelegenheiten noch nicht geklärt waren. Jack heiratete immer interessante Frauen, sagte ihre Mutter, aber die Scheidungskämpfe führten grundsätzlich dazu, daß er sich in die Arme irgendwelcher hübscher Starlets flüchtete, die nichts im Kopf hatten.

Phoebes Mutter beklagte sich über ihren Boss, aber Phoebe wußte, daß sie ihre Arbeit mochte. Sie war gerade mit Jack zusammen Koproduzentin bei einem Film – ihrem ersten –, einem Dokumentarfilm über das Leben von Che Guevara, der einer von Faiths Helden gewesen war.

Der Montagmorgen war voller dichtem Nebel, als würde die Stadt selber noch träumen. Ihre Mutter saß hinter dem Lenkrad, Phoebe neben ihr, wie immer. Sie konnte noch nicht selber Auto fahren. Ihre Mutter redete es ihr immer wieder aus, den Führerschein zu machen, weil sie ja sowieso nur ein Auto hätten, aber Phoebe wußte, daß sie in Wirklichkeit Angst um sie hatte. Es war ihr peinlich, daß sie nicht Auto fahren konnte. Wie alle Einschränkungen, die ihre Mutter durchsetzte, trennte auch das Phoebe von ihren Altersgenossen, aber sie nahm es hin, genauso wie sie nicht rauchte, aber gleichzeitig voller Neid zuschaute, wenn Freunde feine Rauchringe in die Luft bliesen oder wenn sie genußvoll den Rauch durch den Mund aus- und gleich wieder durch die Nase einatmeten.

»Ich hab mir überlegt«, sage Phoebe, »ob ich vielleicht irgendwohin fahre.«

Ihre Mutter schaute sie kurz an. »Wohin denn zum Beispiel?«

»Europa.«

»Aber wozu denn das?«

»Einfach so, ich weiß es nicht. Ich will einfach reisen. Ich fang vielleicht ein Jahr später im College an.«

Sie sagten beide lange Zeit nichts. »Ich finde das ein bißchen ausgefallen«, sagte ihre Mutter.

»Ich weiß schon«, sagte Phoebe bitter. »Ich mach ja nie irgendwas.«

»Kind, du fängst jetzt bald zu studieren an«, sagte ihre Mutter und strich Phoebe das Haar aus den Augen. »Das ist doch was.«

»Das tut doch jeder.«

»Und?«

»Nichts und – ich will eben nicht«, sagte Phoebe und erschrak über ihre eigene Heftigkeit. »Ich will etwas Wirkliches erleben. Ich komme mir vor wie ein Zombie, ehrlich. Als könnte ich gar nicht mehr aufwachen.«

Sie schwiegen beide. »Ich bin froh, daß du das sagst, Phoebe«, sagte ihre Mutter schließlich. »Ehrlich gesagt, ich hab mir Sorgen um dich gemacht.«

Darauf war Phoebe nicht gefaßt gewesen. »Wieso denn?«

»Naja, du wirkst in letzter Zeit so zurückgezogen«, sagte ihre Mutter fast schüchtern. »Seit die Schule vorbei ist, rufst du kaum mehr jemanden an, nicht mal die Leute, die dich anrufen.«

»Aber ich hab mich letzte Woche mit ein paar Leuten getroffen –«

»Und was ist mit Celeste? Ihr habt doch soviel miteinander zu tun gehabt. Dann bist du nicht auf die Abschlußfeier gegangen –«

»Du hast gesagt, du verstehst das!«

»Ich weiß«, sagte ihre Mutter nachdenklich. »Jetzt im Rückblick sehe ich, daß ich ein Teil des Problems bin, ein großer Teil.«

»Was für ein Problem denn?«

»Ich hatte immer Angst, daß du aussteigst und daß etwas passiert ...« sagte ihre Mutter tonlos. »Ich hab dich nicht losgelassen.«

Phoebe war verlegen. Sie saß schweigend da.

»Weißt du, ich hatte nicht vor, dir das jetzt schon zu sagen«, sagte ihre Mutter, »aber ich hab mir in letzter Zeit ernsthaft überlegt, ob ich nicht das Haus verkaufen soll.«

»Im Ernst?« sagte Phoebe. Sie begriff das noch gar nicht.

»Es ist eben so groß, und ich werde bald alleine da drin wohnen. Ich hab Angst gehabt, dir das zu sagen, ehrlich«, sagte ihre Mutter mit einem merkwürdigen Lachen.

Phoebe setzte sich mit einem Ruck auf. »Wie meinst du das denn?« sagte sie. »Meinst du, daß du unser Haus verkaufen willst?«

Ihre Mutter schaute sie erschrocken an. »Das ist bloß so ein Gedanke.«

»Wie kannst du das überhaupt nur denken? Das Haus verkaufen?« Phoebes Stimme dröhnte ganz laut im Wageninneren.

»Ich hab es doch nicht verkauft. Ehrlich«, sagte ihre Mutter aufgeregt. »Ich hab nur laut gedacht.«

Sie hatten im Leerlauf am Straßenrand gestanden, aber ihre Mutter reihte sich jetzt wieder in den Straßenverkehr ein, so als wolle sie vor diesem Thema flüchten. Phoebe spürte Wut in sich hochkommen. Das Haus zu verkaufen war verkehrt, es war das Verkehrteste, was man tun konnte. »Dann kann ich ja weg«, sagte sie, immer noch ungläubig.

Ihre Mutter schaute sie verständnislos an.

»Nach Europa.«

»Nein, Kleines. Nein, ich hab gedacht, das wäre nur so eine plötzliche Eingebung von dir.«

»Du kannst also das Haus verkaufen, aber ich kann nicht nach Europa gehen?«

Ihre Mutter schüttelte den Kopf. Sie war ganz offenkundig verblüfft. »Das ist eine schlechte Idee, Phoebe, ist denn das nicht klar? Ausgerechnet – dahin? Nach Europa?«

Es war wie gestern mit der silbernen Kette. Die verborgene Welt war da, aber ihre Mutter konnte sie plötzlich nicht mehr sehen.

»Du hast Faith auch gehen lassen«, sagte Phoebe.

Ihre Mutter schaute sie an. Es war nicht gut, daß sie das gesagt hatte. Sie schwiegen beide, während sie an der Ecke Oak Street und Masonic Avenue, wo Phoebe immer ausstieg, wenn sie zur Arbeit ging, an den Straßenrand fuhren. Ihre Mutter trug eine Seidenbluse mit einer Schleife am Hals, ihre Diane-Feinstein-Bluse, wie sie sie nannte. Im nassen Gras des Panhandle Parks machten violett gekleidete Figuren Tai-Chi-Übungen.

Ihre Mutter stützte die Ellbogen auf das Lenkrad. »Daß ich sie überhaupt aus dieser Stadt hier rausgekriegt habe, war allein schon ein Geschenk des Himmels.«

Phoebe nickte heftig, wollte ihrer Mutter zeigen, daß sie das auch fand.

»Ich hab gedacht, Wolf könnte sie beschützen«, fuhr ihre Mutter fort. »Aber das war zuviel verlangt, sogar von jemandem wie ihm.«

Phoebe nickte die ganze Zeit mechanisch wie ein Springteufel. »Ja, das war schon eine richtige Überlegung.«

»Findest du?«

Ihre Mutter schaute sie an. Im blanken Licht des Morgens wirkte ihr Gesicht leicht geschwollen, großporig, als wäre es einmal voller Blutergüsse gewesen, die nie ganz weggegangen wären. Phoebe spürte, wie wichtig jetzt ihre Reaktion war.

»Ja«, sagte sie bestürzt. »Mom, das war eine absolut richtige Überlegung.«

Der Nebel lichtete sich allmählich. Häuser tauchten auf, deren Anstrich wie frisch aufgetragen wirkte. Phoebe stieg aus und winkte, als ihre Mutter sich wieder in den Verkehrsstrom einreihte. Phoebe hielt den Blick auf den fahlen Kopf ihrer Mutter gerichtet, bis der Fiat verschwand. Dann ging sie, von einer unbestimmten Vorahnung bedrückt, zur Arbeit.

Die Kreuzung Haight-Ashbury war verschwunden.

Schuld daran waren die Leute, die vor lauter Nostalgie immer wieder die Straßenschilder abmontierten, bis die Stadtverwaltung schließlich keine neuen Schilder mehr anbrachte. Durch die Fenster des Cafés, in dem sie arbeitete, sah Phoebe oft Touristen mit aufgeschlagenen

Stadtplänen die Haight Street überqueren; sie wußten, daß sie nahe dran waren, ganz nahe, und daß sie trotzdem das absolute Zentrum nicht finden konnten, das sie suchten.

Es gab noch viele Spuren der sechziger Jahre: Bioläden mit ihren Lattenkisten voll knubbeligem Obst, Head Shops mit Wasserpfeifen, Weihrauch, Zigarettenhaltern und anderem Drogenbedarf, einen Okkultismusladen mit Schrumpfköpfen und farbigen Kristallkugeln. Aber *Milk and Honey*, das Café, in dem Phoebe arbeitete, hatte nichts mit diesen Läden gemeinsam. Es war ein neues Café mit roten Neonherzen und weißen Fliesen, und die Besitzer waren Schwule, die auch selber in dem Laden arbeiteten. Weil sie weder schwul noch männlich war, befand Phoebe sich natürlich in einer Außenseiterposition, aber das war irgendwie immer noch besser als da Außenseiterin zu sein, wo man eigentlich dazugehörte. Sie hörte leidenschaftlich gerne ihren Kollegen zu, wenn sie davon erzählten, wie sie in prüden amerikanischen Städten aufgewachsen waren, mit Cheerleadern gegangen sind und Schwulenwitze gemacht haben, sich durch das eine Leben geblufft und von einem anderen Leben geträumt hatten. Und hier war dieses andere Leben. Sie hatten das verheißene und erträumte Leben gefunden, und keine Macht der Welt konnte es ihnen wieder nehmen. Wenigstens sah es so aus.

Heute fing ein Neuer an, und Phoebe sollte ihn anlernen. Sie arbeitete schon seit über einem Jahr bei *Milk and Honey*. Sie machte mittags in der Schule Schluß und kam mit dem Bus zur Haight Street. Bis auf Art, den Geschäftsführer, arbeitete sie schon länger hier als alle anderen.

Der Neue sah gut aus, wodurch sich erklärte, daß Art überdurchschnittlich guter Laune war. »Das ist Phoebe O'Connor«, sagte er, als er die beiden einander vorstellte. »Phoebe, das ist Patrick Finley. Ihr könnt euch ja über eure irischen Wurzeln unterhalten.«

Phoebe und Patrick schauten sich an und lächelten gezwungen. Patrick war groß und trug Jeans und ein weißes T-Shirt. Phoebe hätte ihn nicht für schwul gehalten, aber er war es wohl – sie hatte noch keinen Hetero hier arbeiten sehen.

»Phoebe zeigt dir, wie hier alles läuft«, sagte Art zu Patrick. »Sie ist unsere absolute Tugendheldin, stimmts?«

Phoebe wurde rot. »Nicht ganz.«

»Naja, wenn man die Leichen alle zählt, die unter deinem Haus vergraben sind, dann nicht mehr«, sagte Art fröhlich.

»Die liegen ganz tief unter der Erde«, sagte Phoebe, weil sie sich von der aufgeräumten Stimmung nicht ausschließen wollte.

Aber Art war ganz auf Patrick konzentriert. »Sie hat noch nie ne Zigarette geraucht«, sagte er. »Kannst du dir das vorstellen?«

»Kein einziges Mal?« sagte Patrick leise, und ihre Blicke trafen sich. Sie schüttelte den Kopf und kam sich noch fremder vor als sonst. Seine Augen waren von einem hellen, hungrigen Grün.

»Sie will Nonne werden«, fuhr Art fort. »Aber ich hab sie schon einmal betrunken gesehen.«

Phoebe schaute ihn erschrocken an. Vor ein paar Wochen hatte sie auf dem Haight-Street-Fest in der hellen Sonne ein paar Gläser Sangria getrunken und hatte zu weinen angefangen, als sie die bunte Parade der Hippies sah – ihre erschöpften Gesichter und die Augen, die aussahen, als wären sie vom grellen Licht zu vieler Sonnenaufgänge ausgebleicht worden. Art hatte Phoebe umarmt und sie fest an sich gedrückt. »Das Leben ist lang, Kindchen.« Sie wußte noch, daß er das gesagt hatte.

»Doch das ist ja nicht weiter überraschend, oder? Alle Katholiken saufen«, fuhr Art fort und zwinkerte ihr zu. »Sogar die Priester.«

»Besonders die Priester«, murmelte Patrick.

»Wieso glaubst du denn, daß ich katholisch bin?« sagte Phoebe erleichtert, weil er nichts davon sagte, daß sie damals geweint hatte.

»Das sieht man dir doch an, Kleine«, sagte Art und küßte sie auf die Wange.

Der Vormittagsbetrieb begann. Phoebe taten die Neuen immer leid in dieser ersten Phase, wo man sich nicht auskannte und sich wie ein Vollidiot vorkam, aber Patrick war das anscheinend gewohnt. Sie schätzte ihn auf Mitte zwanzig. Phoebe brachte ihm ihre Spezialität bei, Caffè latte, den sie so unübertrefflich hinbekam, daß der Kaffee und die Milch in dem Glasbecher verschiedene, sich ineinander schiebende Schichten bildeten. Die Gäste bemerkten das oft gar nicht und rührten diese Meisterwerke um, ohne die vollkommenen Schichten auch nur eines kurzen bewundernden Blicks zu würdigen.

Als der Betrieb etwas nachließ, zog sich Patrick in eine Ecke zurück, die von den Gästen nicht eingesehen werden konnte. Er holte eine Camel aus seiner Schachtel und klopfte mit einem Ende der Zigarette auf die Theke. »Kann ich?« fragte er.

»Klar. Alle rauchen hier.«

Er steckte sich die Zigarette an, seine Augen schlossen sich für einen Augenblick, als der Rauch die Lunge erreichte. »Es ist klug von dir, nicht zu rauchen«, sagte er, als er den Rauch ausstieß. »Es ist eine scheußliche Angewohnheit.«

»Ach, das find ich nicht«, sagte Phoebe lebhaft. »Ich schau gern Leuten beim Rauchen zu.«

Patrick lachte laut auf. »Im Ernst?«

Phoebe nickte unsicher. Sie hatte eigentlich nicht komisch sein wollen.

Patrick nahm einen tiefen Zug aus seiner Zigarette und stieß den Rauch durch die Nase wieder aus. »Und warum rauchst du dann nicht einfach?« fragte er. »Ich meine, es gibt keine Warteliste dafür.«

»Ich hab jemandem versprochen, daß ich es nicht tue.« Das war ihre übliche Begründung.

Patrick drückte seine Zigarette aus und fuhr sich mit beiden Händen durch sein dunkles Haar. »Naja, ein gutes Versprechen. Gut für dich.«

Um zwei Uhr hängte Phoebe ihre Schürze auf, bürstete sich das Haar und ging in die Mittagspause. An der

Ecke klimperte ein Gitarrenspieler auf einer abgenutzten Gitarre »Gimme Shelter«. Neben ihm zischte und knackte ein Verstärker. Der Gitarrenspieler hatte einen schwarzen Ledermantel an, der in der Taille zusammengebunden war, gelbe, ausgestellte Hosen und dreckige Plateauschuhe. Seine Sachen wirkten älter als er.

Auf dem Boden um ihn herum saßen die jungen Leute, die die Haight Street bevölkerten. Ab und zu tauchte einer von ihnen im *Milk and Honey* auf und bat um eine Zitronenscheibe. Phoebe hatte erst vor kurzem mitbekommen, daß sie mit dem Saft der Zitronenscheiben das Heroin verdünnten, bevor sie es sich in die Venen spritzten. Die jungen Leute da waren viel jünger als sie, viel zu jung, als daß sie die sechziger Jahre hätten mitbekommen können, und trotzdem hatte Phoebe das Gefühl, daß diese Leute mit dieser Zeit enger verbunden waren als sie, und sie beneidete sie darum. Sie gab ihnen immer noch Zitronen, wenn sie darum baten, obwohl Art das verboten hatte.

Phoebe ging weiter zum Hippie Hill, einem mit dichtem Gras bewachsenen Hügel, gleich wenn man in den Golden Gate Park hineinkam. Sie stieg hinauf, setzte sich im Schneidersitz auf den Boden und packte ihr Vollkorn-Muffin und ihren Kaffee aus. Meistens las sie in der Mittagspause – sie las sehr gerne und ziemlich unkritisch, nahm jedes Buch als eine Art Gebrauchsanweisung, als ein Argument für eine bestimmt Art zu leben. Aber heute aß sie ganz mechanisch, starrte in die Bäume hinunter. Das Haus verkaufen? Jetzt, nach so vielen Jahren? Das war doch verrückt.

Und sie war nicht »zurückgezogen«. Sie war letzte Woche mit ein paar Leuten in die *Rocky Horror Picture Show* gegangen, wo ein Stück Brot in ihrem Haar gelandet war, und dann in eine Disco am Broadway, wo ein aalglatter Typ ihr immer wieder wäßrige Cocktails aufdrängte und sich damit das zweifelhafte Privileg erkaufte, mit ihr auf der überfüllten Tanzfläche herumzuzappeln. Nein, sie war nicht »zurückgezogen«. Aber wenn sie versuchte, sich wirklich auf die anderen einzulassen, dann war es, als würde sie bluffen, als würde sie den Text zu einem Lied singen, das sie nicht kannte, und immer einen Takt hinterherhinken. Im besten Fall konnte man sagen, daß es ihr gelang, die anderen zu täuschen. Aber die Möglichkeit, sich besonders hervorzutun, die anderen auch nur ein bißchen zu beeindrucken, diese Möglichkeit war verspielt. An ihrer riesigen High School hatte Phoebe das Gefühl, als sei sie nur eine Pidgin-Version von sich selbst, wie in Französisch, wenn sie »Konversation« machten – Wo ist die Katze? Hast du die Katze gesehen? Schau! Pierre badet die Katze – auf diesem Niveau konnte sie sich ausdrücken, wenn sie sich auf einer Party über Marihuanapfeifen und Musikbands unterhielten oder darüber, wie verkorkst jemand war.

Phoebe war an der Schule gar nicht wirklich vorhanden. Wenn jemand sie aufforderte, bei etwas mitzumachen, dann war sie auch dabei, aber wenn sie, was oft passierte, mitten in einer Party aufstand und in der Küche zwischen bunten Topflappen und Magneten, die wie Obst geformt waren, nach einem Taxi telefonierte, weil sie nach Hause fahren wollte, dann merkten das nur wenige. Als ihr einmal jemand ein Briefchen LSD gab, steckte sie es in die Tasche (und hob es bis jetzt auf), aber niemand bemerkte etwas davon. »Hey, hast du das gut vertragen?« fragten die anderen ein paar Tage später, weil es sich anscheinend um sehr starkes Acid gehandelt hatte und jemand ausgeflippt war. Wenn Phoebe sich mit den Augen der anderen sah, dann sah sie sich als eine Art Geist, eine durchsichtige Silhouette, deren genauen Bewegungen man unmöglich folgen konnte. In den Freistunden wußte sie nicht, wo sie hingehen sollte. Sie ging einfach nur durch die Korridore, tat so, als sei sie zerstreut oder in Eile, hatte sogar Angst stehenzubleiben, weil sie befürchtete, daß man dann merken könnte, wie einsam sie in Wirklichkeit war. Neben dem Eingang der Schule stand eine Glasvitrine mit alten Sporttrophäen, flache Silberteller von Schwimmwettbewerben, ausgebleichte Bänder; sie waren verstaubt, unwichtig, niemand beachtete sie. Damit sie nicht immer herumlaufen mußte, blieb Phoebe manchmal vor dieser Vitrine stehen und tat so, als interessiere sie sich für eine bestimmte Trophäe – ich bin nichts, dachte sie dann immer, ich könnte verschwinden und keiner würde es merken – und ihr Gesicht wurde rot vor Scham, während sie dastand, diese bedeutungslosen Trophäen anstarrte und darauf wartete, daß es zur nächsten Stunde klingelte.

Aber so sehr ihre eigene Bedeutungslosigkeit sie auch quälte, Phoebe spürte doch tief in sich, daß das so sein mußte. Denn alles, was sie umgab, war kaum noch wirklich. Und Faith? fragte sie sich, während sie durch verschmierte Korridore ging oder in der Cafeteria mit ihrem Krankenhausgeruch alleine beim Mittagessen saß; und was war mit dem Studentenstreik von 1968? Das war alles vergessen. Sogar die Lehrer, die es miterlebt hatten, erinnerten sich anscheinend kaum mehr daran. Was für ein Alptraum, sagten sie immer und verdrehten die Augen; ihr seid viel besser. Aber was war mit Faith O'Connor, die den Streik organisiert und im Hof eine Rede gehalten hatte? Naja, vielleicht, sagten sie dann immer. Laß mich mal nachdenken ... sie schauten mit zusammengekniffenen Augen in Richtung Fenster, während sie versuchten, in ihrem Gedächtnis Erinnerungsfetzen zusammenzukratzen, die zu Phoebes umfassenden Beschreibungen ihrer Schwester passen könnten; aber nein, es war nicht zu fassen, keiner erinnerte sich an Faith. Sie sahen nichts als die Gegenwart. Und manchmal vergaß sogar Phoebe, wenn sie zur Musik der Tasmanian Devils, Pearl Harbor oder der Explosions tanzte; für einen Augenblick verschwand dann außer ihrer unmittelbaren Umgebung alles aus ihrem Bewußtsein. Aber irgend etwas brachte sie immer wieder zurück – es durchzuckte sie, wie wenn man entdeckt, daß man verschlafen hat –, und Phoebe erinnerte sich wieder daran, daß ihr gegenwärtiges Leben nichts war als das Nachspiel von etwas, das verschwunden war, und dann schrumpelte ihr Leben einfach zusammen. Ihr Leben schrumpelte zusammen, entzog sich ihr, auch wenn sie mit aller Kraft versuchte, es festzuhalten – wenn sie sich auf einem Schulfest draußen in seinem Auto an jemanden namens Daniel klammerte, während sie auf dem Vordersitz lagen, von der Turnhalle dünne, wäßrige Musikgeräusche herüberkamen und Nebel auf der Windschutzscheibe kristallisierte wie Zucker. Sie mochte ihn, mochte ihn schon lange, schon das ganze Jahr. Daniels Atem an ihrem Hals, seine Rippen, die sich unter ihr weiteten wie ein Fächer – das war plötzlich eine andere Welt, die sich ihr aufschloß, Haut und Leidenschaft, das war alles, was sie wollte – Ja, dachte sie, das war alles, das war genug –, aber es entglitt ihr schon wieder, sie entglitt Daniel, auch wenn sie sich an ihn klammerte. Es gab etwas, an das sie sich erinnern mußte, etwas wie das Geräusch von weit entfernten Schritten. Ganz weit hinten in ihrem Bewußtsein. »Hey, bist du noch da?« fragte er, aber Phoebe war nicht mehr da, nahm kaum noch Daniels erschrockenes Gesicht wahr, als sie sich voller Zorn und mit dem Gefühl, jemand hätte sie beraubt, von ihm löste.

Hinterher war Phoebe wie immer erleichtert, daß sie davongekommen war – auch wenn Daniel auf dem Korridor ihrem Blick auswich, weil Daniel nichts war, alles hier war nichts. Sie mußte Widerstand leisten. Wenn Phoebe sich in ihrem kleinen Leben verlieren würde, dann wäre das wie Sterben.

Um halb sieben hängten Phoebe und Patrick im *Milk and Honey* ihre Schürzen auf und gingen. Die Sonne stand schon tief. Sie blieben draußen vor der Tür stehen. Die Straße war leer, jetzt in dieser Atempause zwischen Tag und Nacht.

»Danke für die Hilfe«, sagte Patrick.

»Du hast das toll gemacht.«

»Ich weiß nicht. Der erste Tag ist immer so eine Quälerei.«

»Nein, du warst toll.«

Sie standen schweigend da. Phoebe war deprimiert, weil sie an die leere Nacht dachte, die vor ihr lag. Ihre Mutter mußte arbeiten.

»Ich bin mit dem Auto da«, sagte Patrick. »Kann ich dich irgendwo hinbringen?«

»Nein, danke«, sagte sie und fragte sich dann, warum sie das gesagt hatte. Es wäre besser, als mit dem Bus zu fahren. Aber Patrick hatte sich schon abgewandt.

»Okay. Tschüs.«

Phoebe mußte in dieselbe Richtung, kam sich aber blöd vor, hinter Patrick herzugehen, wo sie sich doch gerade verabschiedet hatten. Sie blieb noch ein bißchen vor dem *Milk and Honey* stehen und schaute zu, wie sich die Nachtschicht fertig machte. Als Patrick nicht mehr zu sehen war, ging sie zur Bushaltestelle an der Ecke Haight Street und Masonic Avenue. An der Ocean Beach war heute eine Party, aber auf diesen Parties war es immer dasselbe, die Brandung kam herein, und im kalten Sand zog sich über Meilen eine Reihe von flakkernden Lagerfeuern hin. Phoebe blieb an einem Telefon stehen und fischte aus ihrem Trinkgeld ein Zehncentstück heraus. Sie rief ihre Mutter im Büro an.

»Hallo, Kleines«, sagte ihre Mutter. »Wie war die Arbeit?«

»Die Zeit ist ganz schnell vergangen. Mom, ich weiß

nicht mehr genau«, log sie, »hast du heute abend im Büro zu tun?«

»Ja, leider«, sagte ihre Mutter und senkte die Stimme. »Wir haben einen Regisseur aus Deutschland da.«

»Glaubst du, das zieht sich lange hin?«

»Nein, es gibt bloß Cocktails, aber ich weiß nicht, ob wir vielleicht noch zum Essen gehen. Wieso, weißt du nicht, was du machen sollst?«

»Doch, doch. Es gibt ne Party.«

»Na, das kann doch lustig sein. Geh doch hin.«

Phoebe sagte nichts, weil ihr einfiel, welche Sorgen ihre Mutter sich um sie machte.

»Naja, du kannst auch gerne hierher kommen«, sagte ihre Mutter. »Hast du Lust?«

Phoebe lehnte ab. Auf einen Abend mit Jack Lamont konnte sie verzichten. Außerdem mußte man wahrscheinlich edel angezogen sein.

»Also gut, ich seh dich dann später. Wenn ich früh da bin, können wir uns ja noch was im Fernsehen anschauen. Aber du bist ja unterwegs.«

»Vielleicht auch nicht. Heute kommt *Einsatz in Manhattan*.«

Ihre Mutter antwortete zuerst nicht, dann sagte sie: »Kindchen, stimmt irgendwas nicht? Deine Stimme klingt so komisch.«

»Nein, ich steh nur im Freien.«

»Okay. Also, viel Spaß bei deiner Party. Und sei bitte vorsichtig – versprich mir, daß du ein Taxi rufst, wenn du heimfährst. Du kriegst das Geld von mir wieder.«

»Mom?«

»Ja?«

»Bis wann kommst du denn nach Hause? Vielleicht geh ich ja auch gar nicht weg.«

»Das kann ich nicht sagen, Kleines. Beim besten Willen nicht, ich weiß es einfach nicht.«

Phoebe fiel nichts mehr ein, was sie noch sagen konnte. »Okay«, sagte sie.

»Tschüs. Bis später.«

»Tschüs.«

Phoebe ging weiter in Richtung Masonic. Auf einmal blieb sie stehen und ging zu einer Bushaltestelle, weil sie in die Stadt fahren wollte. Zu ihrer Mutter ins Büro. Sie wollte sie sehen. Wollte sie nur sehen, nur für eine Minute, dann würde sie nach Hause fahren.

Der Bus kam schnell, glitt an der Oberleitung entlang. Immer, wenn sie auf einem Hügel waren, sah Phoebe die East Bay auf der anderen Seite der Bucht blitzen. Flugzeuge schwebten träge am Himmel.

Sie stieg in der Stadt aus. Die Luft war trüb, undurchsichtig. Ihre Mutter hatte ihr immer wieder eingeschärft, daß es abends mehr Autounfälle gab als zu jeder anderen Tageszeit, und Phoebe paßte auch jetzt gut auf, wenn sie über die Straße ging. Als sie fast nur noch einen Block vom Büro entfernt war, sah sie auf einmal ihre Mutter vor dem Gebäude stehen. Sie stand einfach in ihrem weißen Kostüm da und wartete. Der Anblick ihrer Mutter, die alleine auf der Straße stand und nichts von der Gegenwart ihrer Tochter wußte, war auf eine merkwürdige Art unwiderstehlich. Phoebe spürte den kindischen Drang, sich zu verstecken – das war eines von Faiths Lieblingsspielen: Barry und Phoebe mußten sich immer zusammen mit ihr in verschiedenen Ecken eines Zimmers verstecken, und dann belauschten sie ihre Eltern; sie erinnerte sich noch an die wilde Hoffnung, vielleicht irgendwelche Dinge zu hören, die sie nicht wissen sollten. Natürlich hatten ihre Mutter und ihr Vater ihr Kichern und Barrys asthmatisches Keuchen gehört. »Wo sind denn diese Kinder bloß wieder?« brummelte ihr Vater dann immer, und Phoebe spürte ein ganz wunderbares Angstgefühl im Bauch. »Wo sind denn diese Kinder bloß wieder, damit ich sie an den Zehen aus dem Fenster halten kann?«

Phoebe drückte sich gegen eine Mauer. Ihre Mutter stand mit dem Rücken zu ihr. Sie schaute in Richtung Zentrum, wo ein Seifenblasenmond zwischen zwei Häusern aufgegangen war. Ihre Mutter legte den Kopf ein bißchen zurück, um den Mond anzuschauen. Es war seltsam, sie dabei zu beobachten, wie sie den Mond anschaute. Phoebe spürte ein leises Schuldgefühl.

Jemand kam aus dem Haus – Jack, dachte Phoebe zuerst, aber dann erkannte sie den hüpfenden und gleichzeitig zaghaften Gang Martys, des neuen Assistenten ihrer Mutter. Phoebe hatte ihn zweimal gesehen – sehr zielbewußt, fest entschlossen, seine eigenen Filme zu machen. Er hatte abstehende Ohren.

Typisch Jack, dachte Phoebe. Immer läßt er alle warten. Sie sah ihn vor sich, wie er dastand, das Telefon zwischen Schulter und Kinn geklemmt, und die anderen aus dem Zimmer winkte, während er sich eine Zigarette ansteckte. Sie hörte ihre Mutter und Marty reden, aber sie verstand nicht, was sie sagten. Es kam ihr allmählich absurd vor, sich hier herumzudrücken, während ihre Mutter sich mit einem Jungen unterhielt, der kaum älter war als Phoebe. Sie wäre so gerne aus ihrem Versteck herausgekommen und zu ihnen hingegangen, aber wie sollte sie erklären, daß sie hier in der Gegend war? Sollte sie sagen, sie hätte es sich anders überlegt und wolle mit ihnen mitkommen, in ihrer zerrissenen Jeans und dem T-Shirt mit den Beerenflecken? Sie konnte sich Jacks Reaktion vorstellen.

Ein Auto blieb am Straßenrand neben ihrer Mutter stehen – ihr eckiger Fiat. Zu Phoebes Überraschung stieg Jack aus dem Wagen. Er trug einen dunklen Blazer, in dessen schimmernden Knöpfen sich das Licht der Straßenlaternen fing.

Die drei standen ein paar Minuten da und unterhielten sich. Die Stimme ihrer Mutter klang hoch, silberhell. Jack lachte die ganze Zeit, was nicht zu ihm paßte. Phoebe kam sich in ihrer Ecke allmählich ganz verlassen vor, war zornig, daß die drei sie ausschlossen. Sie bereute jetzt, daß sie nicht einfach nach Hause gegangen war.

Schließlich gab Marty Jack einen Aktendeckel und ging wieder ins Haus zurück. Jack und ihre Mutter winkten. Dann drehte ihre Mutter sich um und schaute genau in Phoebes Richtung – Phoebes Herz verkrampfte sich. Aber ihre Mutter hatte nichts gesehen. Sie wandte sich zu Jack um, der ihre Hände nahm und sie hin und her schwang. Dann nahm Jack Phoebes Mutter in die Arme und küßte sie auf den Mund.

Phoebe war so verblüfft, daß sie die beiden nur anstarren konnte. Es kam ihr nicht unwahrscheinlich vor, daß die Frau da vorne gar nicht ihre Mutter war; als Kind war es ihr öfter in Kaufhäusern passiert, daß sie sich an die Beine irgendwelcher fremder Frauen geklammert hatte, deren Röcke so aussahen wie der Rock ihrer Mutter. Ein Mann und eine Frau küßten sich – das konnte einfach irgend jemand sein, dachte Phoebe und spürte ganz kurz eine wirre Hoffnung. Aber da stand ja der Fiat, die Scheinwerfer waren immer noch eingeschaltet; der linke war etwas schwächer. Es war ohne jeden Zweifel ihr Fiat. Das paßte alles nicht zusammen, es war wie in einem Traum. Der Kuß kam ihr sehr lang vor. Danach blieben Jack und ihre Mutter engumschlungen stehen. Unter der Straßenlaterne wirkten sie wie ein einziger Körper. Phoebe schloß die Augen.

Als sie wieder hinschaute, stiegen die beiden gerade in den Wagen. Man konnte ihre Gesichter hinter der Windschutzscheibe nicht erkennen. Der Wagen fuhr hinter einem Bus auf die Straße hinaus in Phoebes Richtung. Sie drehte sich schnell zur Hauswand, preßte das Gesicht fest an den Verputz und drehte sich erst um, als sie keinen Verkehr mehr hörte und die Straße still war.

Phoebe blieb eine Zeitlang an der Stelle stehen, an der sie war. Sie fühlte sich merkwürdig leer. Sie ging ziellos weiter in Richtung Polk Street und fühlte sich taub und schwindlig, als hätte sie einen Schlag auf den Kopf bekommen.

Phoebe kam zu einem Block, an dem lauter Stricher

standen, die so alt waren wie sie oder noch jünger. Ihre Hosen waren im Schritt richtig prall und ihre Gesichter voller Akne. Einer der Jungs lehnte an einer Parkuhr und rauchte. Phoebe ging auf ihn zu. »Kannst du mir ne Zigarette stiften?« fragte sie.

Aus der Nähe sah das Gesicht des Jungen irgendwie schief aus, so als wäre es in Eile nur ganz notdürftig zusammengefügt worden. »Ich hab nur noch die da«, sagte er und nahm eine Zigarette, die er sich hinters Ohr gesteckt hatte. »Magst du sie haben?«

Phoebe nahm die Zigarette. Der Junge hatte schmale, mit Sommersprossen übersäte Hände, die ein bißchen zitterten. »Feuer?« fragte er.

Sie nickte und steckte sich die Zigarette zwischen die Lippen. Es war eine Zigarette ohne Filter, und mit dem Tabak mischte sich ein öliger Geschmack vom Haar des Jungen. Er zündete ein Streichholz an und hielt es ihr hin. Phoebe stieß den Rauch aus. »Danke«, sagte sie.

»Geht schon klar.«

Phoebe zog den Rauch vorsichtig ein. Sie war überrascht, daß ihr plötzlich schwindlig wurde. Sie lächelte den Jungen an, und er lächelte zurück. Seine Zähne waren grau, und die unteren Vorderzähne fehlten. »Tschüs«, sagte Phoebe.

Er nickte. Während Phoebe den Block entlangging, hatte sie das Gefühl, daß der Blick des Jungen ihr folgte. Am Ende des Blocks drehte sie sich rasch um und erwartete, daß ihre Blicke sich trafen. Aber der Junge schaute auf die Straße hinaus, ließ den Verkehr an sich vorbeiziehen.

Sechs

Phoebe ging mit raschen Schritten und versuchte, das leise Gefühl der Leere zu bewahren, das sie erfüllte. Sie ging die Polk Street hinunter zur O'Farrell Street, dann in den Tenderloin District, wo Prostituierte in Hot pants und Federboas mit dem wachsamen und gleichzeitig angeberischen Gang von Löwenbändigern an Autos heranschlenderten. Die Luft roch nach süßen, reifen Sachen, die schon verdorben waren. Phoebes Hände zitterten von der Zigarette, und sie warf die Kippe in den Rinnstein.

Aber sie dachte immer noch an ihre Mutter.

Immer wieder lief diese Szene in Phoebes Kopf ab: ihre Mutter und Jack, die sich im Halbdunkel umarmten; und sie selber, die unsichtbar war und sie dabei beobachtete. Diese Szene hatte die schreckliche, unentrinnbare Macht eines Traums.

Jahrelang, wenn sie sich an der Schule übergangen fühlte, hatte Phoebe sich immer gesagt: Ich hab ja immer noch meine Mutter, und sie hatte sich vorgestellt, wie witzig sie zu Hause war, wie unterhaltsam, und wie verloren ihre Mutter ohne sie wäre.

Sie ging den unteren Teil der Powell Street entlang in Richtung Union Square. Die Luft war voller Nebel, und

Phoebe spürte die kalte Feuchtigkeit wie kleine Stiche im Gesicht. Der Ozean kam ihr so nah vor, schwarz und tief, und die Nebelhörner der Schiffe erfüllten die Nacht mit ihren klagenden, kehligen Rufen. Phoebe schaute die Palmen über dem Union Square an, deren Blätter sich bewegten, und sie spürte, wie sich ihr Herz verkrampfte. Das wäre Faith nie passiert.

Und Phoebe sah mit schrecklicher Klarheit, daß sie letztlich nicht interessant genug für ihre Mutter war, daß sie auf Dauer ihre Aufmerksamkeit nicht fesseln konnte. Irgend etwas an ihr stimmte nicht, ließ sie allen anderen uninteressant erscheinen. Eine fürchterliche Qual überkam sie, und sie blieb an einer Ecke stehen. Es war ihre Schuld, ganz allein ihre Schuld. Sie hatte alles falsch gemacht.

Warte, dachte sie, warte doch mal – sie ging weiter, ging jetzt schneller –, vielleicht hatte sie etwas mißverstanden, vielleicht bedeutete die Abmachung mit ihrer Mutter, daß jeder von ihnen sein eigenes, geheimes Leben hatte, von dem er dem anderen nichts erzählte, und Phoebe hatte das nur nicht begriffen – hatte es nicht geschafft, ein geheimes Leben zu leben, und jetzt hatte sie eben nur dieses Leben da, hundert leere Jahre, die sich sinnlos hinter ihr ausdehnten.

Sie kam auf den Union Square. Hier ging man eigentlich nachts nicht hin. Phoebe setzte sich auf eine Bank und schaute auf den leeren Platz. Über ihr fegten weiße Nebelschwaden durch die Luft. Wie konnte sie diese Zeit wieder hereinholen?

Eine junge Schwarze schlenderte über den Platz. Sie

trug tiefrote Schaftstiefel und eine silberfarbene Perücke. Als die Frau ein Stück weiter gegangen war, stand Phoebe von ihrer Bank auf und folgte ihr die Stockton Street hinauf. Sie hatte das schon oft gemacht, war hinter Leuten hergegangen, bei denen sie das Gefühl hatte, sie könnten sie zu irgendwelchen dunklen, interessanten Orten führen. Aber sie hielt immer Abstand. In der Nähe des Stockton-Tunnels ging die Frau in ein Hotelfoyer, und Phoebe ging geradeaus weiter durch den weißen hallenden Tunnel und kümmerte sich nicht um die jaulenden Rufe irgendwelcher Jungs, die in Autos vorbeifuhren. Sie kam in Chinatown aus dem Tunnel und ging den Broadway hinunter in das Dickicht aus Stripteaselokalen und Porno-Buchläden, zu denen sie immer ganz angestrengt durch die Autofenster hinausgespäht hatte. Das Nachtleben, die Welt der Nacht, glitzerte überall mit grellen bunten Lichtern, die zu hell waren für das normale Leben, wie bunte Glasfenster. Phoebe ging am *Condor* vorbei, in dem die berühmte Carol Doda tanzte; am *Big Al's*, an dessen Eingang müde wirkende Mädchen mit Pfennigabsätzen und Badeanzügen vor roten Samtvorhängen standen, hinter denen stampfende Musikgeräusche zu hören waren. Phoebe gestattete sich nur einen kurzen Blick, weil sie keine Aufmerksamkeit erregen wollte, aber sie spürte den starken Wunsch, die Frauen anzuschauen, die Vorhänge auf die Seite zu schieben und einen Blick ins Innere des Lokals zu werfen. Zwischen dieser Welt hier und ihrem eigenen vorsichtigen Leben war eine Trennwand, durchsichtig und undurchdringlich. Eines Tages würde Phoebe durch diese Wand gehen. Vor der *Cashba* flüsterte ein Mann mit einem Fez unverständliche Verheißungen über die Bauchtänzerinnen in der Bar; ausgelaugte Punks hingen vor dem *Mabahay Gardens* herum, von ihren Nasen zu ihren Ohrläppchen liefen Ketten aus Sicherheitsnadeln. Was für eine Erleichterung das wäre, wenn sie schließlich durch diese Wand gehen würde, so als würde sie auf eine Wand aus Autoscheinwerfern zugehen, die ihr entgegenkamen, und nicht auf die Seite springen. Als würde man sich dem leuchtenden Wirbeln des Wassers unter der Golden Gate Bridge überlassen. Absolute Selbstaufgabe. Und danach Läuterung. Sie wäre auf der anderen Seite ihres Lebens.

Phoebe verließ den Broadway und ging in eine Bar. Die Bar hatte etwas Abgeschiedenes, Samtiges, wie eine Schmuckschatulle, auf der eine Ballerina tanzt. Im Halbdunkel standen kleine runde Tische. Phoebe setzte sich auf einen Hocker und bestellte einen Martini. Sie hatte noch nie einen getrunken, kannte den Geschmack nur von dem Rest, der noch an den Oliven hing, mit denen ihr Vater sie im Country Club immer fütterte, ein abscheulicher Medizingeschmack, den sie nur hinnahm, weil er der Preis für die köstlichen Oliven war. »On the rocks oder ohne?« fragte der Barmann.

»On the rocks.« Es machte ihr Spaß, das zu sagen. Jetzt war die Zeit für ein hartes, anderes Leben gekommen. Sie entdeckte auf dem Tresen eine Tasse mit eingelegten Zwiebeln und fügte hinzu: »Und mit Zwiebeln.«

»Du willst also einen Gibson«, sagte der Barmann.

»Einen Martini.«

»Mit Zwiebeln ist es ein Gibson.«

»Oh. Dann keine Zwiebeln.«

»Ich meine«, sagte er lachend, »ich kann dir auch einen Gibson machen. Ich sag ja nur.«

Phoebes Gesicht wurde ganz heiß. »Okay.«

»Okay was? Einen Gibson?«

Sie nickte. Sie spürte von allen Seiten eine gewisse Aufmerksamkeit, die sich auf sie richtete, aber sie schaute sich nicht um. Der Barmann stellte ein leeres dreieckiges Glas auf den Tresen, unterbrach sich dann, weil ein Mann an die Bar kam. Er war ziemlich klein und hatte einen braunen Nadelstreifenanzug an. Seine Begleiterin, eine Frau, deren Haar zu einer hellen, halb durchsichtigen Kugel geformt war, saß an einem der kleinen Tische. Ihr Gesicht hatte Ähnlichkeit mit einem großen, angenehmen Katzengesicht.

Der Mann in Braun warf einen kurzen Blick auf Phoebe. »Können Sie sich ausweisen, Miss?«

Phoebe schaute den Barmann an. Der Mann im braunen Anzug auch. »Du mußt dir den Ausweis zeigen lassen, Eddie, das sag ich dir doch dauernd«, sagte er. »Du bist mein Auge und mein Ohr.«

Phoebe suchte in ihrer Tasche nach ihrem Portemonnaie. Es fiel ihr schwer, selbstsicher zu wirken, als sie ihren gefälschten Ausweis herausholte, eine zerknitterte Karte mit einem verschwommenen Foto, der man die unwahrscheinliche Information entnehmen konnte, daß sie zweiundzwanzig war und aus Las Vegas stammte. Der Mann im braunen Anzug nahm die Karte und studierte sie im Licht über dem Tresen. Seine Hände waren erstklassig manikürt. »Das haut nicht hin«, sagte er und gab ihr die Karte wieder zurück.

»Ach, gib ihr doch den Drink, verdammt noch mal«, sagte die katzengesichtige Frau. »Du machst dich doch verrückt, Manny. Und wozu denn?«

Er drehte sich heftig nach ihr um. »Die Bullen sitzen mir doch dauernd auf der Pelle«, sagte er. »Der Juni ist der schlimmste Monat, wo sie drüben im Hyatt diese ganzen Abschlußbälle haben.«

Die Frau stieß als Antwort Zigarettenrauch aus. »Sieht die für dich aus, als würde sie auf einen Ball gehen, Manny?«

Phoebe rutschte von ihrem Hocker und ging in Richtung Tür. Ihre Ohren waren ganz heiß. Ein Desaster, ein absolutes Desaster.

»Geh zu Paddy O'Shaugnessy's, Kleine«, rief ihr die Frau nach. »An der Ecke Sansome und Jackson Street. Die haben bis elf Happy Hour.«

Phoebe ging nicht zu Paddy O'Shaugnessy's, sie ging nach Hause und fing an zu packen. In ihrem Kopf hatte sich ein Entschluß festgesetzt: Sie wollte aus der Stadt fliehen, aus dem Land, aus ihrem Leben. Sie holte aus dem Schrank in ihrem Zimmer den Rucksack, den ihre Mutter ihr gekauft hatte, als sie mit der achten Klasse in den Yosemite-Nationalpark gefahren war. Als sie den Rucksack mit einer heftigen Bewegung aus dem Schrank zog, rieselten Kiefernnadeln und Staub von dem wasserdichten Segeltuch. Phoebe machte ein Fenster auf, schüttelte den Rucksack über dem Hinterhof aus, drehte dabei ihr Gesicht in die feuchte Luft und schloß die Augen.

Was konnte sie tun? Sie konnte verschwinden.

Die anderen würden es kaum bemerken.

Sie machte sich daran, die Sachen zusammenzusuchen, die sie mit einiger Sicherheit brauchen würde, wenn sie in der Welt herumfuhr: den Paß, den sie bekommen hatte, als sie mit ihrer Mutter nach Mexiko gefahren war, Zink-Lotion, das Briefchen mit Acid, das ihr einmal jemand auf einer Party gegeben hatte und das sie schon seit Monaten aufhob. Die Schachtel mit den Antibabypillen, die ihr ein Arzt gegeben hatte, Hustensaft, ein Päckchen mit Sachen gegen Schlangenbisse, ein Buch mit Erzählungen von Charles Dickens. Sie legte sich auf den Fußboden und suchte unter dem Bett nach der Schachtel mit den Ansichtskarten, die Faith aus Europa geschickt hatte. Phoebe hatte den Text auf diesen Karten einmal auswendig gekonnt, aber durch das Auswendiglernen hatte die Wirkung nachgelassen. Vor zwei Jahren hatte sie die Karten weggeräumt und beschlossen, sie nicht wieder zu lesen, bevor sie nicht selber an den Orten gewesen war, aus denen sie abgeschickt worden waren. Sie zog die Schachtel unter dem Bett hervor und steckte die Karten in einen festen braunen Umschlag, den sie einpackte.

Sie ging jetzt an Faiths Pinnwand, an der ein wildes Durcheinander von Zeitungsausschnitten hing, die sich mit der Zeit zusammengerollt und verfärbt hatten. Obwohl Phoebe die Ausschnitte über die Jahre hinweg oft abgestaubt hatte, kümmerte sie sich selten darum, was für Artikel das waren: Artikel über die Tet-Offensive, den Marsch auf das Pentagon, die Attentate. Jetzt spürte sie den Impuls, die Zeitungsausschnitte abzunehmen und sie vor allen Leuten zu schützen, die während ihrer Abwesenheit vielleicht in das Zimmer kämen. Sie fing an, einzelne Artikel abzunehmen. Einige zerbröselten in ihren Händen wie Asche. Die Seiten aus Zeitschriften waren widerstandsfähiger, die Ermordung John F. Kennedys in einer Serie von Standbildern – Jackie hält den Kopf des Präsidenten fest, kriecht dann in ihrem kurzen Rock über das Heck des fahrenden Wagens –, jeder dieser Augenblicke war ganz ruhig, ganz vertraut wie Bilder aus Phoebes eigenen Träumen.

Sie nahm einen Zeitungsausschnitt ab und hielt ihn in den Händen. OAKLAND: DEMONSTRATION GEGEN EINBERUFUNG. BLUTIGE ÜBERGRIFFE DER POLIZEI – SCHLAGSTÖCKE, TRÄNENGAS, STIEFELTRITTE. ZAHLREICHE VERLETZTE. 20 VERHAFTUNGEN.

Das Datum der Schlagzeile war Donnerstag, 18. Oktober 1967, darunter sah man ein Bild, auf dem drei Polizisten in Schutzausrüstung mit Schlagstöcken auf zwei Demonstranten einschlugen. Eines der Opfer, ein Junge, war gerade getroffen worden und sackte zusammen, die Knie gaben nach, der Kopf war nach vorne gesunken – er sah aus, als würde er sich zum Beten hinknien. Neben ihm sah man Faith, die zum Sprung ansetzte – gegen die Polizisten (wie sie behauptete)? Oder von ihnen weg? Es war schwer zu sagen. Ein Schlagstock war nur ein paar Zentimeter von ihrem Kopf entfernt. Das Bild war im Lauf der Zeit dunkler geworden, so daß sogar der

Fleck auf Faiths Oberschenkel, der weiße, sechseckige Flicken auf ihrer Jeans (ihr unwiderlegbarer Beweis), sich aufgelöst hatte in diesem Bild der Gewalt, in dem fünf Leute in einem Akt gefangen waren, der später als historischer Konflikt gesehen wurde.

Phoebe wußte noch, wie neidisch sie war, als sie ihr Pausenbrot und ihre Schulbücher für die dritte Klasse einpackte, während ihre Schwester mit einem Waschlappen voller Eiswürfel auf dem Kopf am Küchentisch saß.

Barry hatte sich über die Zeitung gebeugt und verdeckte mit einer Hand das Bild, als wäre es etwas für die Schule und als hätte er Angst, sie würden vielleicht von ihm abschreiben. »Bist das du?« fragte er immer wieder mit einem skeptischen Unterton.

»Schau doch die Jeans an«, sagte Faith.

Sie war in die Zeitung gekommen. Und jetzt ging sie nicht zur Schule, sie ging zum Arzt.

»Kann ich mal sehen?« fragte Barry.

Faith nahm den Waschlappen vom Kopf und beugte sich schüchtern nach vorne, damit sie etwas sehen konnten. Barry legte seine Bücher weg und ging zu ihr hinüber, und Phoebe ging dicht hinter ihm her, stellte sich auf die Zehenspitzen, damit sie die Wunde sehen konnte.

»Wow«, sagte Barry genüßlich und stricht Faiths Haar auf die Seite, damit er besser sehen konnte. »Sieht ja übel aus.«

Phoebe berührte die Beule auf dem Kopf ihrer Schwester. Sie war heiß, feucht. Unter der blutigen Haut spürte sie etwas pulsieren.

»Das ist bestimmt eine Gehirnerschütterung«, sagte Barry.

»Ich hab kaum was gespürt«, sagte Faith unter ihrem Haar hervor, und Phoebe hörte die Erregung aus ihrer Stimme heraus. »Meine Zähne sind ganz fest aufeinandergeknallt.«

Barry hielt Faiths Kopf zwischen seinen Händen. Während Phoebe ihre Hand auf die Wunde drückte, spürte sie, daß ihre Augen immer wieder zu dem Zeitungsfoto wanderten. Faith war hier in der Küche, aber sie war auch dort, in der Zeitung. Phoebe schaute das Bild lange an: Demonstranten und Polizei, der Schlagstock, der sich auf den Kopf ihrer Schwester senkte wie ein Zauberstab.

Einige Monate später las Faith ihrer Schwester aus der Zeitung über den Generalstreik in Paris vor – Studenten zogen durch die Straßen, rissen von den Uhren die Zeiger ab und hielten die Zeit an, erklärte Faith, weil die Zeit buchstäblich *aufgehört* hatte und eine neue Phase der Geschichte anfing. »Stell dir das mal vor, Pheeb!« rief ihre Schwester, sprang von ihrem Stuhl auf, schleifte ihn zur Küchenuhr und brach beide Zeiger ab. Danach war sie irgendwie unsicher, was sie damit machen sollte. Sie steckte sie in die Tasche.

Abends dann schob ihre Mutter einen Schmortopf ins Backrohr und warf einen Blick auf die Uhr. »Mein Gott«, sagte sie. »Was ist denn mit unserer Uhr passiert?«

Die Uhr starrte von der Wand herunter. Sie machte

irgendwie einen fassungslosen Eindruck. »Ich hab die Zeit angehalten«, sagte Faith.

Phoebe brach plötzlich in Lachen aus. Dann lachten sie alle. Faith am meisten.

»Wenn sich die Zeit damit anhalten ließe, daß man eine Uhr kaputtmacht«, sagte ihre Mutter, »dann gäbe es keine einzige Uhr mehr.«

Faith holte die Uhrzeiger aus ihrer Tasche und legte sie auf eine Arbeitsplatte, nutzlose Sachen, wie Insektenbeine. »Du bist einfach toll, Mom«, sagte sie.

Weil Phoebe eifersüchtig war, war sie wie gelähmt von allem, was ihre Schwester machte, daß sie zum Beispiel mit einem Hell's Angel ging, als sie und Wolf auseinander waren. Zane hieß der Typ – und alle waren entsetzt wegen der Gerüchte, die Faith über die Initiationsriten der Angels verbreitete, zu denen es angeblich gehörte, einen Mann umzubringen und das Menstruationsblut einer Frau zu trinken. Dann tauchte Zane bei ihnen zu Hause auf. Er trug eine Lederjacke, die jedesmal knarrte und quietschte, wenn er sich bewegte, so als wäre sie etwas Lebendiges. Er nahm sich eine Milchtüte aus dem Kühlschrank und trank direkt aus der Tüte, schüttete in einer Art Trance die ganze Milch in sich hinein, bis die Tüte leer war (was, wie Phoebe später fand, besser war, als sie wieder in den Kühlschrank zurückzustellen, nachdem er daraus getrunken hatte). Dann drückte er den Karton in der Faust zusammen und legte ihn mit bemerkenswertem Zartgefühl in den Abfalleimer. Ihre Mutter verbot Faith, ihn wiederzusehen, aber Faith legte den leidenschaftlichen, und durch den Druck von außen noch leidenschaftlicheren Schwur ab, daß sie nach Alameda ziehen würde, wo Zane mit fünf anderen Hell's Angels lebte. Sie war sechzehneinhalb. Ihre Mutter gab nach.

Zanes Motorrad war Phoebe wie die absolute Verkörperung des Bösen erschienen, eine Maschine, schwarz und silbern, die wie für den Teufel gemacht war, schnaubend, hämmernd und streng riechende Abgase ausstoßend. Mit Neid und Abscheu beobachtete sie, wie ihre Schwester sich rittlings auf den Sitz schwang und, die Hände tief im dicken Leder von Zanes Jacke vergraben, abfuhr. An einem Samstag, als ihre Mutter bei der Arbeit war, ging Phoebe hinter Faith zur Straße hinunter und bettelte, daß sie mitfahren durfte. »Baby, nein, Mom zieht mir bei lebendigem Leib die Haut ab«, sagte Faith, aber Phoebe ließ nicht locker und setzte schließlich Zane mit ihrem Quengeln so zu, daß er zu beiden sagte, sie sollten den Mund halten. Dann hob er Phoebe auf den Sitz.

Als sie auf den Highway hinausfuhren, war Phoebe schon ganz starr vor Angst – Angst nicht so sehr vor einem Unfall, sondern vor der Geschwindigkeit an sich. Sie kam sich vor, als würde sie pulverisiert. Der Wind hämmerte gegen ihren Kopf, zerrte an ihrem Haar – sie stellte sich vor, daß er es büschelweise ausriß – und zwängte sich in ihren Mund, so daß die Innenseiten ihrer Wangen immer wieder gegen ihre Zähne gedrückt wurden. Sie versuchte zu schreien, aber der Wind drängte ihre Stimme wieder zurück, knebelte sie mit ihrer eigenen Stimme. Phoebe klammerte sich in ihrer Angst an Zanes Lederjacke, sogar an den Mann in der Jacke, während Faith ihr von hinten Schutz gab.

Schließlich hielten sie oben auf einer Klippe. Phoebes Knie hatten sich am Motorrad festgeklammert, und Faith mußte sie mit Gewalt herunterziehen. Sie hatte das Gefühl, die Welt könnte auseinanderbrechen. Sie starrte ihre Schwester mit offenem Mund an, erwartete, daß sie etwas zu der entsetzlichen Erfahrung sagte, die sie gerade durchgemacht hatten, aber Faiths Wangen waren rot, und ihre Augen glänzten. Phoebe folgte ihrer Schwester und Zane auf zitternden Beinen zum Rand der Klippe, schaute auf das funkelnde Meer hinunter und gelobte Gott, daß sie nie, nie wieder auf einem Motorrad fahren würde. Aber es war seltsam: Während die Minuten friedlich vergingen, erinnerte Phoebe sich an die fürchterliche Geschwindigkeit und spürte ein perverses Verlangen danach in sich wachsen, ein Verlangen, das nicht so sehr aus ihrem Kopf kam als aus ihrer Lunge, ihrem Magen und ihren Beinen – Körperteilen, die nichts mit dem Bewußtsein zu tun hatten, die sich an den knirschenden Rhythmus der Maschine angepaßt hatten und denen er jetzt fehlte. Langsam wuchs ihr Verlangen danach, ein tiefer, unerklärlicher Drang nach genau der Erfahrung, vor der sie Angst hatte – nach der Angst selber. »Na los«, rief sie schließlich. »Noch einmal.«

Als sie das sagte, erschien auf Zanes Gesicht das erste und einzige wirkliche Lächeln, das sie je bei ihm gesehen hatte. Er ging neben ihr in die Hocke. Er sah gut aus, angsteinflößend, seine Augen wirkten merkwürdig erloschen, wie ausgebrannte Blitzlichtwürfel. Sein Atem roch nach Alkohol, irgendwie medizinisch. Er fragte sie eher schüchtern nach ihrem Alter. Neun, sagte sie. Er fing an zu lachen. Es war ein rostiges, ungeübtes Geräusch, wie die Tür eines alten Autos, die aufging und wieder zufiel.. »Scheiße, neun Jahre alt«, sagte er zu Faith. »Die wird noch verrückter als du.«

Auf der Rückfahrt ließ er es wirklich laufen, wollte der verrückten kleinen Schwester seiner verrückten Freundin imponieren und stellte die Maschine in den Kurven so schräg, daß Phoebe das Gefühl hatte, ihr Ohr würde auf dem Straßenbelag entlangschrammen.

Wenn sie im Bett lag, dachte Phoebe danach noch wochenlang voll peinigender Eifersucht daran, daß Faith und Zane auf diesem Motorrad die Welt in zwei Teile zerschnitten, dachte an die brutale Geschwindigkeit, an die ungewollte Lust, die ihr von den Beinen durch den Bauch hochgestiegen war bis in den Hals und hinter der Zunge nach oben drängte wie Angst oder Übelkeit, aber es war nicht nur schlecht. Es war auch gut. Es war alles gemischt, durcheinander.

Wenn sie sich an die Zeit mit Faith erinnerte, kam es Phoebe so vor, daß sie sich immer wieder einer Grenze genähert hatten, die seit dem Tod ihrer Schwester außer Reichweite gerückt war. Manchmal, zufällig oder aus reiner Willensanstrengung, überschritten sie diese Grenze. Aber so sehr Phoebe sich auch nach der Intensität dieser Zeit sehnte, ihr eigenes Leben blieb doch unüberbrückbar von der Welt getrennt, in der die eigentlichen Dinge passierten. Regierungen, Armeen, organisiertes Verbrechen – sie konnte sich nicht vorstellen, daß das alles existierte, ihr wurde schwindlig bei dem Gedanken daran. Wie war das denn alles organisiert? Wer hatte das Ganze denn in der Hand? Sie hatte das Gefühl, daß die Dinge, die in den Nachrichten kamen, in einer anderen Welt stattfanden, weit entfernt von der stillen, langsam wachsenden Welt, in der sie ihr Leben führte.

Mit einer Ausnahme: Die Entführung von Patty Hearst hatte Phoebe fasziniert wie keine andere Nachrichtenmeldung in ihrem Leben. Sie war vierzehn, als es passierte, hatte weder von William Randolph Hearst gehört noch viel mehr in seiner Zeitung gelesen als den »Question Man«. Aber in diesem Winter hatte sie jeden Tag im *Chronicle* und im *Examiner* nach Meldungen über die Erbin gesucht, hatte mit ihren Freundinnen am Telefon über winzige Entwicklungen in der Geschichte debattiert, hatte sogar von ihr geträumt. In dem Jahr, in dem Patty sich mit der SLA versteckte, hatten Phoebe und zwei andere Mädchen einige Samstage damit verbracht, die Stadtbezirke Richmond und Sunset nach ihr zu durchkämmen, und sie hatten immer wie verrückt gekichert, wenn sie durch die Vorhänge an fremden Häusern hindurch eine Andeutung von Pattys Baskenmütze zu entdecken versuchten oder den langen Schatten ihres Gewehrs. Daß Patty später von Vergewaltigung, Folter und Gehirnwäsche berichtete, hatte wenig Einfluß auf Phoebes Vorstellung von ihr gehabt: ein langweiliges, privilegiertes Mädchen, das unwiderstehlich von einer unsichtbaren Grenze angezogen wurde und dann diese Grenze überschritt und in eine dunkle, alles andere übersteigende Welt eintrat.

Phoebe packte die Sachen von der Pinnwand in die Schachtel, in der Faiths Ansichtskarten gewesen waren, und schob die Schachtel wieder unter das Bett. Dann stellte sie sich in die Mitte des Zimmers und horchte auf das Geräusch des Windspiels ihrer Schwester. Sie hörte die Haustür gehen – war es die Haustür? Ja! Phoebe lief in den Flur und beugte sich über das Geländer, um die Schritte ihrer Mutter zu hören ... ja? Aber nein, es war nur der zu groß gewordene Baum, der gegen das Dach schlug. Aber halt, war das nicht das Auto ihrer Mutter? Phoebe horchte bis in die letzte Nervenfaser gespannt auf das Geräusch von Autoreifen, auf das Rumpeln, mit dem das Garagentor aufging. Sie spürte eine schreckliche Leere, als sie merkte, daß sie sich umsonst gefreut hatte. Phoebe ging wieder in Faiths Zimmer, und als sie den Blick über den halb gepackten Rucksack und über die Kleiderstapel gleiten ließ, spürte sie, daß sie keine Lust hatte, irgendwohin zu fahren. Sie bluffte nur, wollte nur ihre Mutter auf die Probe stellen, wollte sie zwingen, Jack aufzugeben und zu ihr zurückzukommen.

Angewidert machte Phoebe sich wieder ans Packen. Sie packte das leichte weiße Sommerkleid ein, für das es in San Francisco immer zu kalt war, eine Flasche Chanel No. 5, Ersatzschnürsenkel. Shorts – trug man in Europa Shorts? Wimperntusche, obwohl ihre Mutter immer sagte, daß sie das nicht brauche, weil sie ohnehin so dunkle Wimpern habe. Sie setzte sich an ihren Schreibtisch und schrieb einen Brief an die Universität von Berkeley, der sie ihren Entschluß mitteilte, ihren Studienbeginn auf das nächste Jahr zu verschieben. Sie klebte den Brief zu und frankierte ihn. Aber das alles wirkte nur wie eine Vorsichtsmaßnahme, so wie ihr Vater, als seine Krankheit angefangen hatte, immer eine gepackte Reisetasche für das Krankenhaus bereithielt – »Wie oft regnet es, wenn man einen Schirm dabei hat?« sagte er immer und versuchte, fröhlich zu klingen – in der Hoffnung, daß diese Vorsichtsmaßnahme ihn vor dem Krankenhaus bewahren würde.

Phoebe ließ ihren Rucksack in Faiths Zimmer stehen und ging nach unten ins Wohnzimmer. Ihr Vater war ein eifriger Sammler gewesen: Radierungen von Yachten auf dem Connecticut River, Backgammonsteine aus Elfenbein, Reste eines patrizischen Amerikas, zu dem weder er noch irgend jemand sonst, den Phoebe kannte, die geringste Verbindung hatte. Sie ging im Zimmer hin und her. Ihre Mutter war mit Jack ausgegangen. Phoebe berührte eine goldene Uhr unter einer Glasglocke, zwei Duellpistolen, die in Wirklichkeit ein Tranchierbesteck waren. Sie machte den Schrank auf, in dem das Hochzeitsgeschirr ihrer Eltern aufbewahrt wurde, und nahm eine Schale mit florentinischen Marmoreiern heraus. Sie hielt die Alabasterschale mit den Eiern in den Händen und wartete auf das verheißungsvolle Summen, das aus dem Untergrund des Hauses aufstieg und sie hochhob. Aber das Haus blieb kalt.

Phoebe ging mit den Marmoreiern zu dem kleinen Sofa ihres Vaters und legte sich hin. Erschöpfung überkam sie. Hier schlaf ich jetzt, dachte sie, hörte das beruhigende Geräusch der Nebelhörner und spürte plötzlich eine große Stille. Sie legte sich in jede Augenhöhle eines der Eier. Der kalte Marmor fühlte sich kompakt an, irgendwie endgültig, wie Münzen auf den Augen der Toten.

Sieben

Es machte Phoebe zu schaffen, daß ihre Mutter am nächsten Morgen einfach wie immer in der Küche war, ihren weißen Frotteebademantel anhatte und den *Chronicle* las. »Das war wirklich seltsam«, sagte sie, als Phoebe in der Tür auftauchte.

»Was?« Phoebe war hellwach.

»Letzte Nacht. Du bist auf dem Sofa eingeschlafen.«

»Gott, das hab ich vergessen.«

»Ich wußte, daß du im Haus warst, weil deine Handtasche neben der Tür lag, aber ich konnte dich nicht finden«, sagte ihre Mutter. »Ich habe eine wahnsinnige Angst gehabt.«

»Wann war das denn?«

»Ich weiß nicht genau. Ziemlich spät.«

Es war ja sicher so, daß irgend etwas sich verändert haben sollte, aber alles war wie immer: der Kaffeegeruch, Melodien von Bach, die klar und schnörkellos aus dem Radio kamen. KDFC San Francisco, KIBE Palo Alto, *Your Radio Concert Hall.*

»Was hast du denn da unten gemacht?« sagte ihre Mutter.

»Ich hab nachgedacht«, sagte Phoebe. Sie setzte sich. Porridge blubberte auf dem Herd.

»Bist du auf deine Party gegangen?«

Phoebe schüttelte den Kopf. Sie warf einen Blick auf die Schlagzeilen: Die OPEC versprach, 1978 die Preise nicht zu erhöhen, die NATO plant Steigerung der Verteidigungsausgaben in Milliardenhöhe. Ein grobkörniges Foto von Aldo Moro, dem ehemaligen Ministerpräsidenten Italiens, der einen Monat zuvor von Terroristen der Roten Brigaden ermordet worden war. Phoebe erinnerte sich nur schwach an diese Geschichte, aber das unscharfe, grobkörnige Gesicht des Toten berührte sie stark. »Mein Gott«, sagte sie. »Der arme Kerl.«

Ihre Mutter rührte den Porridge um. »Wer denn?«

»Aldo Moro. Sie haben ihn entführt, und als die Gefangenen nicht freigelassen wurden, haben sie ihn erschossen und auf der Straße liegenlassen.«

Ihre Mutter schüttelte den Kopf, steckte Brot in den Toaster. Sie ging ans Fenster und reckte sich, wobei ihre Wirbelsäule leise knackte. Das Geräusch ließ Phoebe aufschauen. Sie sah das goldene Serpentinarmband, das am Handgelenk ihrer Mutter nach unten rutschte, als sie die Arme hochreckte. Sie mußte es im Bett getragen haben.

»Schau. Die Sonne«, sagte ihre Mutter und gähnte.

»Ich glaub, dir ist das eigentlich ganz egal.«

»Was ist mir ganz egal?«

»Aldo Moro.«

Ihre Mutter drehte sich zu ihr um. »Was ist denn das für eine Frage?« sagte sie. »Es ist schrecklich, ja, aber es berührt mich nicht persönlich. Dich vielleicht?« Sie schaute sie ungläubig an.

Phoebe sagte nichts. Sie trug mit klopfendem Herzen das Frühstück an den Tisch, heißen Porridge und Toast, ein Sahnekännchen mit Milch, braunen Zucker in einem blauen Keramikschälchen. In jeder Geste ihrer Mutter spürte sie Abwendung, den Verlust einer bestimmten Macht, die Phoebe über sie gehabt hatte. Sie fühlte sich außerstande, das aufzuhalten.

Ihre Mutter wandte sich wieder der Zeitung zu. Während sie Herb Caen las, betrachtete Phoebe den weichen Kragen ihres Bademantels, die sanfte Ausformung ihrer Brüste. Sie hatte auf dem Dachboden einmal ein paar alte Aktbilder entdeckt, die ihr Vater in den fünfziger Jahren von ihrer Mutter gemalt hatte, und sie war erschrocken über den ganz fremden, gemalten Körper ihrer Mutter, die hellen Brustwarzen, den Bauch und die Hüften, die zu fließen schienen, als würde die Haut sich bewegen. Das war nicht derselbe Körper, den sie tropfnaß nach dem Duschen gesehen hatte, und auch nicht der Körper, wie sie ihn kannte, wenn ihre Mutter die Luft einzog, um den Reißverschluß eines Rocks zuzuziehen.

»Nimm dir einen Toast«, sagte ihre Mutter und schob ihr den Teller hin. Sie las jetzt Art Hoppe.

Phoebe führte ein Stück Toast zum Mund und hoffte, ihre Mutter würde hochschauen. »Ist letzte Nacht irgendwas Komisches passiert?« fragte sie.

Ihre Mutter schaute sie an. Phoebe sah die Müdigkeit in ihren Augen. »Was meinst du mit komisch?«

»Naja, Jack ist ja manchmal komisch. Er macht doch manchmal komische Sachen.«

Das Gesicht ihrer Mutter war jetzt ausdruckslos. »Nein. Es ist nichts Komisches passiert.«

Phoebe sah, daß sie es falsch angefangen hatte, aber sie konnte nicht damit aufhören. »Naja, wie damals, als er seine Zigarette mitten auf dem Steak von diesem Typ ausgedrückt hat, oder –«

»Jack ist kein Clown, Phoebe. Hast du das verstanden?«

Das Toast in Phoebes Mund fühlte sich wie Sand an. Sie stand auf. Teller schepperten, als sie damit zum Spülbecken ging.

»Entschuldige«, sagte ihre Mutter. »Mir gehen diese Witzeleien über Jack einfach auf den Geist. Dir nicht? Das geht doch jetzt schon lange so.«

Phoebe fing an zu weinen.

»Kindchen«, sagte ihre Mutter.

Phoebe stand in der Küche und weinte. Ihre Mutter erhob sich von ihrem Stuhl und legte die Arme ganz fest in einer vertrauten, beruhigenden Geste um sie. »Hey, so schlimm war ich doch gar nicht«, sagte sie. »Ich bin müde, und ich hab gebellt, das ist alles.«

»Ich bin auch müde«, sagte Phoebe schluchzend.

Ihre Mutter hielt sie noch einen Augenblick lang fest und ließ sie dann los. »Du kommst mir schrecklich angespannt vor«, sagte sie. »Stimmt irgendwas nicht?«

Phoebe schüttelte den Kopf. Sie schämte sich, daß sie geweint hatte. »Ich muß los«, sagte sie. »Ich hab ihnen gesagt, daß ich heute schon früh komme.«

»Laß uns heute abend zusammen essen«, sagte ihre Mutter. »Wir ziehen uns schick an, gehen in ein nettes

Restaurant und trinken einen guten Wein. Das haben wir in letzter Zeit zu selten gemacht.« Phoebe spürte den besorgten Blick ihrer Mutter auf sich.

»Okay«, sagte sie und zog ihre Weste nach unten, die sie sogar im Sommer trug.

»Nur, wenn du willst«, sagte ihre Mutter. »Aber wenn du andere Pläne hast, können wir damit warten ...« Sie schaute Phoebe prüfend in die Augen.

»Ich hab keine anderen Pläne«, sagte Phoebe.

Sie arbeitete wieder mit Patrick zusammen. Phoebe nickte zur Begrüßung und band wortlos ihre Schürze um. Er verstand den Hinweis. Sie brachten das Frühstücksgeschäft schweigend hinter sich.

Als es zwischendurch ein bißchen ruhiger wurde, rauchten Patrick und Art zusammen eine Zigarette. »Kann ich eine haben?« fragte Phoebe die beiden.

»Natürlich«, sagte Art.

»Nein, ich will wirklich eine haben.«

Patrick legte den Kopf schräg, nahm eine Camel mit Filter aus seiner Schachtel und gab sie Phoebe. Sie spürte die Blicke der beiden auf sich, als sie sich die Zigarette ansteckte. Sie zog den Rauch tief ein und spürte einen plötzlichen Schwindel. Als sie wieder hochsah, schauten die beiden Männer sie immer noch an. Art machte einen besorgten Eindruck.

»Ich rauche«, sagte Phoebe. »Na und?«

»Und was ist mit deinem Versprechen?« fragte Patrick.

Phoebe stützte sich am Tresen ab. »Versprechen?«

»Daß du nicht rauchst.«

Es schien einen Moment zu dauern, bis die Information bei ihr ankam. »Oh«, sagte sie. »Das Versprechen gibt es nicht mehr.«

Phoebe verbrachte die Mittagspause am Telefon in Arts Büro. Sie rief den Anwalt ihres Vaters an, Henry McBride, an den sie sich aus ihrer Kindheit ganz schwach erinnerte. Komm zu mir in die Kanzlei, sagte er, und unterschreib die Papiere. Wann du willst. Ihr Scheck über fünftausend Dollar käme dann ungefähr zwei Wochen später.

»Und es gibt keine Möglichkeit, daß ich ihn schon heute kriege?« sagte Phoebe. »Oder morgen?«

Henry McBride lachte. Phoebe sah ihn vor sich: weiße Haare, rote Säufernase. »Tut mir leid, mein Kind«, sagte er.

Phoebe rief bei Laker Airways an, deren Flüge nach London aber für den Rest des Sommers schon völlig ausgebucht waren. Wenn sie nur alleine fliege, sagte der Mann am Telefon, dann könne sie vielleicht ein Standby-Ticket kriegen, aber er könne nicht dafür garantieren. Phoebe war merkwürdig erleichtert, als sie wieder an die Arbeit ging; wenigstens im Augenblick gab es keine Möglichkeit für sie, die Stadt zu verlassen.

Sie rauchte mit Patrick zusammen noch eine Camel, als ihre Schicht zu Ende war.

Phoebe hatte lange das Gefühl gehabt, sie sei der einzige Mensch, der die zeitlose, unmodische Schönheit ihrer Mutter zu schätzen wußte, eine Feinheit, die an die Idioten, mit denen sie ausging, genauso vergeudet war wie an die Don Juans, für die sie nichts und niemand war, nur eine Frau in mittleren Jahren, die einen Eyeliner benutzte. Aber heute spürte sie bei allen Männern, denen sie begegneten, daß ihre Mutter großen Eindruck auf sie machte, angefangen von dem jungen Mann, der ihr Auto parkte, bis hin zu dem Kellner, dessen Blick ihre Mutter keinen Augenblick lang losließ, während er die Tagesspezialitäten aufsagte. Feucht schimmernde Augenpaare, eines nach dem anderen, und Phoebe sah, was diese Augen faszinierte: Eine neue Lebendigkeit erfüllte das Gesicht ihrer Mutter und vertrieb die gewohnte Schwermut. Es war, als würde irgendein Nebel um sie herum verbrennen. Ihr langer, bloßer Hals und ihre zarten Handgelenke waren vielleicht zu sehr fremden Blicken ausgesetzt. Phoebe wollte sie verstecken.

»Ein Sancerre? Wollen wir einen Sancerre nehmen?«

Phoebe nickte. Das Restaurant war neu für sie, ein belebter, eleganter Laden in der Union Street, französische Kellner, die Tagesspezialitäten waren nachlässig auf kleine Tafeln gekritzelt, die neben den Tischen standen. Ganz bestimmt war ihre Mutter schon mit Jack hiergewesen, dachte Phoebe und spürte die plötzliche, unangenehme Notwendigkeit, ihre Mutter zu unterhalten.

»Wie läuft die Arbeit?« fragte sie und strich sich bedächtig Butter auf ihr Brot.

»Naja, es ist toll –«

»Bist du –«

»Wir sind –«

»Erzähl ruhig weiter…«

Sie lachten beide nervös und tranken einen Schluck Wein.

»Ich wollte gerade sagen, daß wir uns nächste Woche den ersten Rohschnitt des Che-Guevara-Projekts anschauen. Das ist schon aufregend.«

»Wow«, sagte Phoebe. Sie fühlte sich ziemlich bedrückt, weil ihre Mutter »wir« sagte.

Sie versenkten sich in ihre Speisekarten und bestellten. Dann rückte ihre Mutter das schwere Silberbesteck neben ihrem Teller zurecht. »Es gibt noch eine Neuigkeit«, sagte sie. Sie war ganz offensichtlich nervös. »Eine überraschende Neuigkeit, glaube ich.«

Phoebes Herz begann wild und unregelmäßig zu schlagen. Jetzt würde sie es erfahren. Eine fürchterliche Angst überkam sie. Sie wollte es nicht hören, nicht jetzt und überhaupt nie.

Der Kellner kam, um Wein nachzuschenken, und Phoebe ging auf die Toilette. Sie betrachtete ihr weißes Gesicht und ihre grauen, nervösen Augen im Spiegel und fragte sich, wovor sie so große Angst hatte. Schließlich ging sie zum Tisch zurück, schlängelte sich an Paaren vorbei und ging auf die einsame Gestalt ihrer Mutter zu. Im Restaurant spielte Jazzmusik, es klang wie Insekten, die gegen eine Glühbirne prallen.

Die Vorspeisen waren schon da. Phoebe machte sich an ihre Gänseleberpastete und schaute kaum hoch. Sie spießte ein Stück davon mit der Gabel auf und ließ es ihre Mutter probieren, die es geistesabwesend hinunterschluckte. Ihr eigene Vorspeise hatte sie noch nicht angerührt.

»Mom, warum ißt du denn nicht?«

Ihre Mutter lachte verkrampft. »Ich hab Angst«, sagte sie. »Ist das nicht komisch?«

»Angst wovor?«

»Angst, es dir zu sagen. Dir meine Neuigkeit zu sagen.«

Phoebe war ganz rot, weil sie so schnell aß. Von ihren Unterarmen lief der Schweiß herunter und tropfte auf ihr Seidenkleid. »Dann solltest du vielleicht noch damit warten.«

Ihre Mutter schaute sie lange an. »Das ist ein merkwürdiger Vorschlag.«

Es war hoffnungslos. Sie schluckte den letzten Bissen ihrer Gänseleberpastete hinunter und wischte sich mit langsamen Bewegungen den Mund ab. »Egal«, sagte sie. »Ich weiß schon, worum es geht.«

»Da bin ich mir nicht so sicher, Phoebe.«

»Jack?« Ihre Kehle war ganz trocken. »Du und Jack?«

Ihre Mutter neigte den Kopf nach vorne, als hätte Phoebe zu laut gesprochen. »Verdammt«, murmelte sie, nahm eine Gabel und stocherte damit in ihrem Krabbensalat herum. Phoebe wartete beklommen auf die Frage, wie sie das denn wissen könne, aber ihre Mutter war anscheinend zu verwirrt, als daß sie sich das hätte überlegen können. »Naja«, sagte sie mit einem Lachen, das hohl klang, »das wars dann mit meiner großen Ankündigung.«

Phoebe wünschte sich jetzt, sie hätte einfach Überraschung geheuchelt. Sie saßen eine Zeitlang schweigend da. »Seit wann?« fragte sie schließlich.

»Seit einem Monat oder so. Ein bißchen weniger. Zuerst konnte ich es selber nicht fassen. Ich wollte ganz sicher sein, bevor ich es dir sage, damit ich dir nicht wegen nichts einen Schreck einjage.«

»Wow«, sagte Phoebe. »Du und Jack.«

»Ich kann mir vorstellen, wie verrückt das klingt«, fuhr ihre Mutter fort. Sie klang jetzt etwas selbstsicherer. »Nach so vielen Jahren, und wo ich so viele Witze über ihn gemacht und soviel gestänkert habe. Aber ich glaube, wenn man uns zusammen sieht – er ist ein wunderbarer Mann, ich kann dir gar nicht sagen, wie glücklich ich mit ihm bin.«

Das war auch nicht nötig. Vor Phoebes Augen vollzog sich eine Verwandlung, ihre Mutter verschmolz übergangslos mit einer bezaubernden fremden Frau aus alten Fotografien. Offensichtlich hatte die andere Frau, verborgen unter der Schwermut ihrer Mutter, alle diese Jahre auf diesen Augenblick gewartet. Sie hatte auf den richtigen Augenblick gewartet.

»Ich hab mir gedacht«, sagte ihre Mutter und fing jetzt endlich zu essen an, »daß wir vielleicht dieses Wochenende alle zusammen etwas unternehmen sollten, irgendwohin fahren sollten, wo es nett ist, zum Mount Tamalpais oder nach Stinson, und Barry könnte auch hochkommen –«

»Barry weiß es also auch?«

»Ich hab es ihm heute gesagt. Wir haben zusammen Mittag gegessen.«

»Er war bestimmt ganz hingerissen«, sagte Phoebe und war selber von der Bitterkeit ihres Tons überrascht.

Ihre Mutter schaute sie erschrocken an. »Er hat sich für mich gefreut«, sagte sie und schwieg dann. »Aber egal, wie findest du die Idee?« fragte sie mit einem vorsichtigen Unterton in der Stimme. »Wenn wir irgendwohin fahren, wir vier?«

»Das klingt prima«, sagte Phoebe. »Es ist nur so ... abartig. Du und Jack.«

Ihre Mutter nahm Phoebes schwitzende Hand. Ihre langen Finger fühlten sich weich und kühl an wie ein Verband. »Ich weiß schon, Kleines«, sagte sie. »Glaub mir, wenn mir das jemand vor einem Jahr gesagt hätte, dann hätte ich ihn für verrückt erklärt. Aber ich glaube, wenn du uns zusammen gesehen hättest ...« Phoebes Gesichtsausdruck hatte wohl etwas Entmutigendes, weil ihre Mutter die Hand zurückzog. »Bitte sei jetzt nicht trotzig«, sagte sie. »Das ist alles, worum ich dich bitte.«

»Ich geb mir Mühe.«

»Kleines, du tust so, als würde ich dich um Erlaubnis bitten«, sagte ihre Mutter leise. »Dir ist schon klar, daß sich das nicht so verhält, oder?«

»Natürlich«, sagte Phoebe bedrückt. »Wen interessiert schon, was ich denke?«

Ihre Mutter betrachtete sie schweigend. Phoebe sah sich selber durch die Augen ihrer Mutter – ein Problem, eine kleine Falte, die man ausbügeln mußte. Sie war plötzlich voll zorniger Enttäuschung. »Und was ist mit Dad?« sagte sie. »Wird er einfach so nebenbei fallengelassen?«

»Phoebe, dein Vater ist vor dreizehn Jahren gestorben! Ich glaube, das ist eine angemessene Trauerzeit, egal, welche Meßlatte man anlegt.«

Phoebe mußte lächeln. Ihre Mutter lächelte auch. Es ist schon vorbei, dachte Phoebe, das zählt alles nicht mehr. Sie spürte, wie Panik sie überfiel. »Aber wie kannst du nach Dad jemanden wie Jack auch nur anschauen?« rief sie.

Das Gesicht ihrer Mutter war plötzlich voller Zorn. Das passierte selten, aber jetzt war es so. »Das zeigt, wie wenig du deinen Vater gekannt hast«, sagte sie.

»Ich hab meinen Vater nicht gekannt?«

»Nicht, wenn du glaubst, daß er vollkommen war.«

»Das glaub ich doch gar nicht. Aber Jack –«

Phoebe hörte auf zu reden, weil der Hauptgang serviert wurde. Sie schaute die Weichschalenkrebse auf dem Teller an, ohne sie wahrzunehmen.

»Schau«, sagte ihre Mutter leise. »Du hast deinen Vater angebetet, und du warst ein kleines Mädchen, als er starb, gut. Ich hab das nie in Frage gestellt. Aber du hast nicht die geringste Ahnung davon, wie er als Ehemann war, also bitte« – sie schloß die Augen – »bitte, wage es nicht, mir das zu sagen.«

»Du und Dad seid nicht glücklich gewesen?«

»Das hab ich nicht gesagt! Wir haben uns geliebt, wir haben wunderbare Zeiten gehabt, aber er war ein schwieriger Mensch, und wir hatten Probleme wie alle Ehepaare. Du hast kein Recht, ihn mit Jack zu vergleichen, den du kaum kennst, so als wäre dein Vater ein vollkommenes Idealwesen. Ich sage dir, daß er das nicht war.«

Phoebe schaute ihre Hände an und erinnerte sich dabei an das warme Bett ihrer Eltern mit seinem milchigen Schlafgeruch, und wie angenehm und sicher es da immer gewesen war. »Du fühlst dich schuldig«, sagte sie. »Deswegen sagst du das.«

»Schuldig? Daß ich mich nach dreizehn Jahren mit einem anderen Mann einlasse?«

Ihr Vater, der atemlos durch die Küchentür hereinstürmt, man hört das Scheppern neuer Farbtuben in seiner Aktentasche, auf dem Küchentisch wird das Abendessen kalt. Die Hoffnung und die Anstrengung auf seinem Gesicht. »Weil er nie zum Malen gekommen ist«, sagte Phoebe und spürte in diesem Augenblick eine ungeheure Erleichterung. Ihr ganzes Leben lang hatte sie das gewußt, sie alle hatten es gewußt. Aber niemand hatte es ausgesprochen.

Das Gesicht ihrer Mutter straffte sich, wurde hart. Sie stocherte an ihrem Fisch herum und legte dann die Gabel weg. Phoebe spürte das gewichtslose Hochgefühl, das einen erfüllt, wenn man zu weit gegangen ist. Streit war jetzt unvermeidlich, und sie wollte ihn auch. Sie wollte mit ihrer Mutter streiten, kämpfen.

»Ich glaube, wir sollten lieber das Thema wechseln«, sagte ihre Mutter. »Weil ich in ungefähr einer Minute etwas sagen werde, das mir hinterher leid tun wird.«

Sie schauten sich an. Ihr Zorn erfüllte die Luft.

»Mach schon«, sage Phoebe. »Sag es nur.«

Ihre Mutter kniff die Augen zusammen und trank einen Schluck von ihrem Wein. »Wie genau hast du dir denn die Bilder deines Vaters angeschaut?« fragte sie.

»Wie meinst du das denn?«

»Phoebe, sie sind schlecht. Er war ein schrecklicher Maler. Er besaß viel Leidenschaft, und es war schön, das zu sehen, aber er hatte null Talent. Warum, glaubst du denn, hat er keine einzige Ausstellung in einer Galerie gehabt oder auch nur ein paar Bilder verkauft, außer an meine Eltern, verdammt noch mal? Glaubst du etwa, er war der erste Maler auf der Welt, der für seinen Lebensunterhalt arbeiten mußte?« Sie unterbrach sich, ihr Atem ging heftig, zitternd. Phoebe hörte voll sprachlosem Erstaunen zu. »Ich hätte dir das nie gesagt, Phoebe – und ich hab es ja auch diese ganze Zeit über nicht getan. Aber wenn du mir, unserer Familie, die Schuld daran gibst, daß dein Vater als Künstler keinen Erfolg hatte, dann ist das einfach völlig daneben. Ich kann nicht zulassen, daß du das denkst. Er hat diesen Mythos als Trost für sich selber erfunden.«

»Ich glaub dir nicht«, sagte Phoebe leise. »Ich glaub das nicht, daß er nicht malen konnte.«

»Der Beweis dafür hängt an jeder Wand unseres Hauses.«

Phoebe spürte eine plötzliche Benommenheit, die ihren ganzen Körper durchdrang. Irgend etwas hatte angefangen, und ihr fehlte die Kraft, es aufzuhalten. Ihr Hochgefühl verließ sie wieder, und sie spürte Angst – vor dem Zorn ihrer Mutter, vor dem bohrenden Drang, der sie selber erfüllte, dem Drang, alles noch weiter zu treiben, sie zu bestrafen. »Laß uns heimgehen«, sagte sie.

»Gut.«

Sie saßen schweigend da, während ihre Mutter die Rechnung bezahlte. Das Essen, das sie nicht angerührt hatten, wurde abgeräumt. Im Auto hielt ihre Mutter den Blick starr auf die Straße gerichtet, ihre blauen Ohrringe schaukelten in jeder Kurve. Phoebe bemerkte den Perlmuttschimmer ihres Make-ups – nicht für Jack, für niemanden, nur für Phoebe –, und ihr war ganz übel vor Bedauern, daß sie diesen Abend verdorben hatte, einfach weggeworfen. Was gab es denn jetzt noch für eine Hoffnung, ihre Mutter wieder zurückzugewinnen? Phoebe betrachtete das traurige Gesicht ihrer Mutter im Licht, das von der Straße hereinkam, und spürte nur Mitleid. Diese Chance mit Jack wahrzunehmen – warum sollte sie das denn nicht tun? Und dann mit Phoebe zum Essen gehen, ihr die tolle Nachricht verkünden und feiern. Und jetzt war nichts mehr da bis auf die aschgraue Enttäuschung eines kaputten Abends.

Phoebe wollte sich unbedingt entschuldigen. Mehr als einmal machte sie den Mund auf, konzentrierte sich auf die Wörter, die sie sagen wollte, aber irgendein Gewicht schob ihr die Wörter wieder in den Mund zurück. Es war zuviel passiert; sich jetzt zu entschuldigen würde bedeuten, diese schreckliche Sache zu akzeptieren, die ihre Mutter über ihren Vater gesagt hatte. Unmöglich! Wenn ihr Vater nicht malen konnte, was hatte dann sein Leben für einen Sinn? Ihr wurde ganz schwindlig, wenn sie nur versuchte, ihn sich in diesem neuen, schäbigen Licht vorzustellen. Das konnte nicht sein. Das konnte einfach nicht sein.

Ihre Mutter ging die schmale Treppe voraus, die von

der Garage nach oben führte, ihre hohen Absätze klapperten auf dem nackten Holz, und der Saum ihres Rocks straffte sich bei jedem Schritt. Als sie im Haus waren, schaute sie Phoebe an. »Kleines ...«, sagte sie.

Phoebe ging auf sie zu. Sie standen eine Zeitlang auf dem dunklen Treppenabsatz und umarmten sich schweigend. Phoebe atmete das Zitronenparfüm ihrer Mutter ein, ihren Puder, die Wärme ihrer Haut.

»Und was ich über deinen Vater gesagt habe«, sagte ihre Mutter, während sie Phoebe immer noch festhielt. »Es tut mir leid, daß ich das gesagt habe.«

»Du meinst, es stimmt nicht?«

Ihre Mutter zögerte, und Phoebe lockerte die Umarmung, mit der sie ihre Mutter hielt. »Es tut dir nicht leid«, sagte sie.

Sie lösten sich voneinander, aber langsam. Im Dunkeln sah Phoebe nur den schwachen Umriß des Gesichts ihrer Mutter.

»Ich hab mich dafür entschuldigt, daß ich im Zorn etwas zu dir gesagt habe, das du nicht hättest hören sollen«, sagte ihre Mutter und hängte ihren Mantel über das Treppengeländer. »Aber ich stell mich nicht hin und lüge dich an, Phoebe. Und offen gesagt, glaube ich, es ist besser für dich, wenn du mit achtzehn weißt, daß dein Vater kein talentierter Maler war, als wenn du ihn für eine Art Märtyrer hältst. Ich schwör dir, wenn dieser Mann bis zum Tag seines Todes Junggeselle geblieben wäre, dann wäre er auch Ingenieur geworden. Weil er das – das! – wirklich gut konnte.«

Sie stieg die Treppe in den ersten Stock hinauf, und

Phoebe kam hinter ihr her. »Das weißt du doch gar nicht genau«, rief sie. »Du weißt nur, daß er vielleicht noch leben würde, wenn er Junggeselle geblieben wäre!«

»Was in Gottes Namen soll denn das jetzt wieder bedeuten?«

»Du weißt schon, was es bedeutet.«

Sie standen sich oben im Flur gegenüber. An einem Ende des Flurs kam aus dem Zimmer ihrer Mutter Licht; Phoebe hatte es angelassen, als sie sich Strümpfe ausgeliehen hatte. »Ich hab nicht die leiseste Ahnung«, sagte ihre Mutter. »Sag mir, was du meinst.«

»IBM hat ihn krank gemacht«, sagte Phoebe und ärgerte sich über das Zittern in ihrer Stimme.

Ihre Mutter sog die Luft ein und drehte sich auf dem Absatz um. »Das ist doch lächerlich«, sagte sie und ging zu ihrem Zimmer.

Phoebe stürmte hinter ihr her. Sie hatte das Gefühl, wahnsinnig zu sein. Wie konnte das denn lächerlich sein? Das war doch die Geschichte ihres Vaters. Ihre Mutter hatte diese Geschichte mit jeder Bewegung, mit jeder Geste bestätigt – jahrelang. »Mom«, sagte Phoebe beschwörend. »Ich kann das nicht glauben, was du sagst.«

»Ich kann nicht glauben, was *du* sagst«, antwortete ihre Mutter. »Willst du mir sagen, daß dein Vater Leukämie, eine Blutkrankheit, bekommen hat, weil er Manager bei IBM war? Wovon denn, von Chemikalien oder was? Was willst du denn damit sagen?«

»Nein! Du weißt es schon!« schrie Phoebe. »Alle haben es gewußt, weil er –« Es schien zwecklos, etwas erklären zu wollen »Nicht Chemikalien, sondern –«

»Was? Strahlen?«

»Nein, nein! Sondern weil er die Arbeit da gehaßt hat.«

»Oh bitte«, sagte ihre Mutter. »Verschone mich damit.«

Phoebe hatte das Gefühl, als wäre sie geschlagen worden. Ihre Mutter saß auf dem Bett und zog die Schuhe aus. Sie stellte sie nebeneinander auf den gebohnerten Fußboden.

»Das ist doch verrückt«, sagte Phoebe. »Alle haben es gewußt. Dad hat es gewußt. Faith hat es so genau gewußt, wie man es nur wissen kann ...«

»Was Faith gewußt hat, ist ohne Bedeutung«, sagte ihre Mutter mit einem traurigen, bitteren Lachen. »Das arme Ding hat alles geglaubt, was er wollte.«

Sie stand vom Bett auf und hängte ihre Schuhe auf ein Gestell in der Schranktür.

»Das hat Faith nicht«, sagte Phoebe. »Sie hat nicht alles geglaubt.«

»Oh, ich mache ihr auch keinen Vorwurf«, sagte ihre Mutter und zog den Reißverschluß an der Seite ihres Kleides auf. »Keine Sekunde lang. Kinder halten ihre Eltern immer für Götter – was kennen sie denn sonst schon? Es ist unsere Aufgabe, die Wahrheit nicht zu verdrehen, sonst liebt man am Ende seine Kinder nur, weil sie einem ein so tolles Selbstgefühl verschaffen. Und das ist nicht Liebe, das ist Egoismus, reiner und unverfälschter Egoismus.«

»Wovon redest du überhaupt?«

»Ich sage, dein Vater hat Faith dazu benutzt, alle möglichen Mythen über sich selber zu stützen – das war ihre Hauptaufgabe in seinem Leben.«

Phoebe schaute ihre Mutter mit großen Augen an. Es war ihr bewußt, daß sie sich beide auf gefährliches Gelände zubewegten. Sie war verloren, aber jeder einzelne ungewohnte Schritt hatte seine eigene unheimliche Logik, gegen die Phoebe sich machtlos vorkam. »Dad hat sie mehr als alles andere geliebt«, sagte sie und schüttelte den Kopf.

»Keine Frage. Aber wenn er sie weniger geliebt hätte, wäre er ein besserer Vater gewesen.«

»Wieso?«

»Er hat sie für sein Glück verantwortlich gemacht. Das war eine zu große Last – für jeden, aber erst recht für ein Kind. Es ist ja nicht so, daß Faith es nicht versucht hätte, bei Gott, sie hat ihm endlose Stunden Modell gesessen ... Manchmal hab ich gedacht, er malt überhaupt nicht Faith, er malt sich selber – Gene O'Connor, den großen verkannten Künstler –, malt sich direkt in das Hirn seiner Tochter, prägt ihr das für immer ein. Und das hat er sehr gut gemacht, das muß ich schon sagen. Als alles gesagt und getan war, da war sie sein Meisterwerk.«

Phoebe spürte, wie ihre Panik wuchs, immer mächtiger wurde. Sie schaute sich im Zimmer um, aber die vertrauten Gegenstände ihres gemeinsamen Lebens kamen ihr jetzt befleckt vor, nicht wiederzuerkennen. Sogar ihre Mutter erschien ihr verändert, eine Fremde, wie die nackte Frau auf den Bildern ihres Vaters.

»Wenn er länger gelebt hätte, dann wäre sicher alles gut gelaufen«, sagte ihre Mutter. »Faith hätte sich irgendwann aufgelehnt, und sie und dein Vater hätten sich auf einer anderen Ebene wiedergefunden. Faith hat diese Chance ja nie gehabt – sie war vollkommen von ihm abhängig, als er starb, vollkommen, absolut unfähig, ohne ihn zurechtzukommen.«

Phoebes Herz pochte. Ein wilder, animalischer Drang, sich zu verteidigen, stieg in ihr auf. »Es hat dich eifersüchtig gemacht«, sagte sie ganz automatisch, instinktiv, »daß er Faith so sehr geliebt hat.«

Keiner von ihnen sagte etwas. »Das stimmt«, sagte ihre Mutter dann in einem anderen Ton. »Es hat mich eifersüchtig gemacht.« Und das schien sie traurig zu machen, irgendwie müde.

»Du warst eifersüchtig.«

»Natürlich. Eine neurotische Liebe ist so mächtig, daß sie manchmal alles andere verdrängt. Ja, ich war eifersüchtig. Barry ganz sicher auch. Und ich glaube, du auch, obwohl du dich anscheinend nicht mehr daran erinnerst.«

»Ich nicht«, sagte Phoebe.

»Na prima«, sagte ihre Mutter. Sie hatte offensichtlich keine Lust mehr zu reden. Sie hatte ihren Frotteebademantel an und setzte sich schwer auf das Bett, als warte sie darauf, daß Phoebe gehe. Aber Phoebe wollte noch nicht gehen, nicht bevor sie eine Möglichkeit zum Zurückschlagen gefunden hatte. Es gab etwas, an das sie sich jetzt noch nicht erinnerte, einen Augenblick der Schwäche bei ihrer Mutter, erst vor kurzem – dann fiel es ihr ein: Es war gestern im Auto gewesen, als sie darüber geredet hatten, daß Faith nach Europa gegangen war. Ihre Mutter hatte Phoebe ihre Position erklärt und sie dann gefragt, ob sie das verstehe. Und dann das unnatürliche Gewicht ihrer Antwort.

»Du hast sie gehen lassen«, sagte Phoebe.

Ihre Mutter sah erschrocken hoch.

Phoebe spürte, wie sich ihr die Haare aufstellten und wie es ihr dann den Rücken hinunterlief. »Du hast sie gehen lassen.«

Ihre Mutter hielt sich die Hände vors Gesicht. Und Phoebe wußte, daß sie etwas gefunden hatte, ihre schlimmste Angst aufgespürt hatte. Sie hatte sie aufgespürt, und sie sprach es laut aus.

»Ja«, sagte sie, erstaunt. »Du hast sie gehen lassen.«

Ihre Mutter öffnete den Mund, um etwas zu sagen. Dann zuckte etwas in ihrem Gesicht, und sie begann zu weinen, stützte den Kopf in die Hände. Phoebe betrachtete sie zuerst ganz kalt. Gut, dachte sie, laß sie weinen, aber es dauerte nicht lange, und die Verzweiflung ihrer Mutter machte ihr ein schlechtes Gewissen. Sie fühlte sich schuldig. »Mom«, sagte sie. Sie stand hilflos ein paar Schritte von ihr entfernt, hatte Angst, näherzukommen. Ihre Mutter weinte und weinte. Phoebe dachte daran, wie sie zu Beginn des Abends ausgesehen hatte, an diese Lebhaftigkeit – die jetzt für immer verschwunden zu sein schien; Phoebe hatte sie ausgelöscht. Sie dachte an Claude, an die Zeit damals, vor Jahren, an den großen lachenden Claude, und wie ihre Mutter immer gelacht hatte, wenn er da war, ihr Lachen fand gar kein Ende mehr, und dann war Faith gestorben, und das Lachen starb auch. Als sie an Claude dachte, mußte Phoebe sich ins Gedächtnis rufen, daß er ja noch immer irgendwo lebte.

»Mom«, sagte sie wieder und ging näher an sie heran. Sie spürte einen schrecklichen Druck in der Brust. Alles war zerstört. Und jetzt war der Mensch, der es zerstört hatte, auch zerstört.

Ihre Mutter hob den Kopf. Ihr Gesicht war von Tränen und Schminke verschmiert. »Geh weg, Phoebe.«

Phoebe rührte sich nicht von der Stelle. Es mußte eine Möglichkeit geben, das alles ungeschehen zu machen, wieder zurückzugehen.

»Bitte, geh«, sagte ihre Mutter schluchzend und bedeutete Phoebe mit einer Handbewegung zu gehen. Ihr Gesicht war halb hinter der anderen Hand versteckt, als schäme sie sich, gesehen zu werden. Als Phoebe sich nicht von der Stelle rührte, erhob sich ihre Mutter plötzlich vom Bett, packte Phoebe mit zitternden Händen an den Schultern und schob sie von sich weg. »Bitte, geh«, sagte sie. »Laß mich bitte allein.«

»Warte«, sage Phoebe. »Mom, warte –«

Sie hob die Hände, aber ihre Mutter schob sie weiter. Es war ein Durcheinander zitternder Hände und Arme. »Warum willst du denn nicht gehen?« schluchzte sie. »Gibt es noch etwas, was du sagen willst? Hab ich sonst noch was getan? Bitte sag es und geh.« Sie bekam Atemnot vom Sprechen. Sie fing an zu husten, bedeckte den Mund mit einer Hand und drehte schließlich aus einer Art automatischer Höflichkeit Phoebe den Rücken zu.

Eine Woge von Übelkeit stieg in Phoebe hoch, als sie das hilflose Husten ihrer Mutter hörte.

Als ihre Mutter sich schließlich wieder aufrichtete, wirkte sie, als habe sie mit ihrem Husten gleichzeitig Angst und Hysterie verscheucht. Sie schaute Phoebe ruhig an. »Du hast recht«, sagte sie. »Du hast recht, ich hab sie gehen lassen. Aber nicht damals.«

Phoebe hörte voller Angst zu.

»Ich hab sie gehen lassen, als ich zugelassen habe, daß er sie erdrückt. Das hat er nämlich getan.«

Sie schaute Phoebe gleichmütig an. Eine Art von Stärke lag jetzt auf ihrem Gesicht.

»Ich hab zugeschaut, wie es passiert ist«, sagte sie. »Es hat gleich angefangen, als sie geboren wurde. Er hat ihr zuviel aufgebürdet. Ich wußte, daß das falsch war, die ganze Zeit. Aber es schien ihr gutzutun. Trotzdem, ich hätte ihn daran hindern sollen.«

Sie schwieg, schaute Phoebe mit großen Augen an, war jetzt ganz ruhig. »Hast du das gehört?« sagte sie. »Hörst du zu?«

Phoebe starrte nur vor sich hin.

»Ja, so ist es«, sagte ihre Mutter und atmete tief. »So ist es.«

Aber Phoebe spürte nichts. Erst als sie draußen auf dem Flur war, als die weiße Tür des Zimmers ihrer Mutter sich hinter ihr geschlossen hatte, erst da wurde ihr bewußt, daß sie aus dem Zimmer gegangen war.

Acht

Den ganzen Vormittag lang überlegte sich Phoebe, ob sie eine Nachricht hinterlassen sollte oder nicht. Sie dachte darüber nach, als sie ihren Brief an die Uni aufgab, und dann dachte sie darüber nach, als sie bei *Zims* im Laurel Village in einer der rosa und orangefarbenen Nischen saß und darauf wartete, daß die Gibraltar Savings Bank aufmachte; dann, als sie in dem weichen grauen Nebel nach Hause ging und ihr gesamtes Bankguthaben – $ 1538, zusammengespart aus einem Jahr Arbeit bei *Milk and Honey* – in Travellerschecks bei sich trug. Das Standby-Rückflugticket bei Laker Airways würde fast 500 Dollar kosten. Phoebe fragte sich, wie lange man mit tausend Dollar auskommen konnte. Naja, so lange wie möglich, und danach fand sich ja vielleicht eine Möglichkeit, wie sie an ihre 5000 Dollar kommen konnte.

Phoebe hatte in der Nacht lange wach gelegen. Zwischendurch hatte sie überlegt, ob sie vielleicht jemand anrufen und sich Geld leihen sollte. Barry hatte viel Geld, natürlich, oder sie konnte ihre Freundin Celeste anrufen, die bei einem Reisebüro arbeitete. Aber alle waren so weit weg, als hätte Phoebe sie vor Jahren schon zum letzten Mal gesehen und als hätte sie jetzt kein

Recht mehr, sich an sie zu wenden. Es war, als wäre sie schon weg.

Ihre Mutter schlüpfte schon einige Zeit vor sieben aus dem Haus. Phoebe horchte in ihrem Bett auf den schwachen Klang ihrer Schritte, hörte, wie die Haustür leise zuging. Ihre Mutter wollte ihr entkommen. Das konnte sie haben.

Schließlich schrieb Phoebe doch eine Nachricht. Sie benutzte das dicke, cremefarbene Briefpapier ihrer Mutter. *Liebe Mom,* schrieb sie:

1. Entschuldige bitte.

2. Ich hab dich lieb.

3. Ich geh jetzt fort. Das ist das beste.

4. Ich werde aufpassen.

Deine
Phoebe.

Erledigt. Alles war erledigt. Sie mußte nur noch zum Flughafen fahren.

Der Shuttle-Bus fuhr in der O'Farrell Street ab, im Tenderloin District. Sie rief ein De Soto-Taxi. De Soto-Taxis lagen in letzter Zeit in ihrer Zuneigung gleichauf mit den Veteran's-Taxis. Sie hatte schon seit Jahren immer wieder Taxis gerufen, wenn sie von einer Party wegwollte und irgendwo aus einer nebelumhüllten Telefonzelle über Ocean Beach telefonierte. Es war ein komisches Gefühl, daß sie jetzt ihre Adresse als den Abfahrtspunkt angab.

Phoebe stellte ihren Rucksack an die Eingangstür,

setzte sich auf das kleine Sofa und wartete auf das Taxi. Aus der Küche hörte sie das Telefon klingeln: Das war bestimmt Art, der wissen wollte, warum sie nicht zur Arbeit erschienen war. Es klingelte schon den ganzen Vormittag. Aber schließlich hörte es auf, und während Phoebe auf das Taxi wartete, spürte sie zum ersten Mal, seit sie ihre Mutter mit Jack gesehen hatte, so etwas wie Hoffnung. Es war so weit: Sie ging jetzt, ging hinaus in die Welt. Phoebe stand auf, wollte sich unbedingt noch einmal im Haus umschauen, wollte alles in sich aufnehmen, damit sie es nicht vergessen konnte. Sie ging durchs Wohnzimmer, betrachtete ein Straußenei auf seinem Onyx-Ständer, ein mundgeblasenes Glaspferd, die Marmoreier aus Florenz – und auf einmal spürte sie ein schwaches Pulsieren, das tief aus dem Inneren des Hauses kam, von unter den Dielen, von unter der Erde, und Phoebe begriff, daß sie überhaupt nicht wegging, daß sie bloß in diesem Haus tiefer nach unten sank, seine verborgene Welt betrat. Als wäre nach Jahren des Stoßens, des Stemmens und des Klopfens endlich eine Tür aufgesprungen und als würde sie jetzt durch diese Tür gehen.

Teil zwei

Neun

London kam ihr vor wie die Tropen. Dichte, dunstige Luft filterte das Sonnenlicht zu einem wäßrigen Gelb. Überall hörte man den Klang von Kirchenglocken.

Mit dem Stadtplan, den sie sich am Flughafen gekauft hatte, orientierte Phoebe sich im Gewirr der Straßen. Sie war erschöpft. Sie war am Morgen, nach zwei aufeinanderfolgenden Nächten ohne Schlaf, mit der Nachtmaschine von Laker angekommen.

Sie hatte Schwierigkeiten gehabt, die Jugendherberge zu finden, zum Teil deswegen, weil das Gebäude hoch und weiß war wie alle anderen Häuser in Kensington auch, die schimmerten, als wäre die Farbe noch naß. Als sie die Jugendherberge schließlich um elf Uhr vormittags entdeckte, mußte sie feststellen, daß sie an diesem Tag geschlossen war. Aber ein Mann ließ sie ins Haus, damit sie ihren Rucksack abstellen und die Toilette benutzen konnte, auf der sie sich Wasser unter die Arme spritzte und die Zähne putzte.

Phoebes Erschöpfung ließ alles vor ihren Augen verschwimmen und ineinanderlaufen. Das gefiel ihr. In der Luft lag ein Geruch von Klee, ein betäubender Duft nach blühenden Bäumen. Sie fühlte sich richtig betrunken.

Die Straßen von Kensington hatten ziemlich viele Kurven; sie mußte immer wieder auf ihren Stadtplan schauen. Phoebe tat das heimlich, weil sie nicht wie eine Touristin wirken wollte. Mit ihrer dunklen Sonnenbrille kam sie sich vor, als sei sie inkognito hier. Sie hatte Faiths Ansichtskarten in der Handtasche, ein Foto ihrer Schwester, ein kleines Notizbuch, in dem sie ihre Reise aufzeichnen konnte, ihren Paß, mehr als zwanzig englische Pfund, tausend Dollar in Travellerschecks und das kleine weiße Briefchen mit dem Acid. Obwohl Phoebe müde war, spürte sie eine wilde Energie in sich, als sie durch die Straßen ging. Die Taxis sahen aus wie Limousinen. Kleine ovale Parks lagen zwischen Häuserblocks, und überall waren abgesperrte Tore. Sie spähte durch Brombeerbüsche, sah feuchtes Gras glitzern und sah lange purpurrote Äste. Einmal hörte sie das leise *Plopp* von Tennisbällen und sah einen kurzen Augenblick ein weißes Bein.

In Knightsbridge betrachtete Phoebe durch funkelnde Schaufensterscheiben hindurch Seidentaschentücher, die als Fächer angeordnet waren, Krawatten, Räucherfisch, alte Damen, die noch ihre Mäntel anhatten und Tee tranken und die blaßblaue Haare hatten, wie Magermilch. Das alles war England. Überall, wo sie hinschaute – England. Zeitungsverkäufer mit Zigarrenstumpen im Mund brüllten die Schlagzeilen ihrer Revolverblätter in die Welt hinaus, rote Doppeldeckerbusse glitten vorbei. Man konnte in ein Flugzeug steigen und in England wieder aussteigen. Es war wie ein Wunder.

Was Phoebe aber am meisten erstaunte, war das

Licht. Es schien aus allen Richtungen gleichzeitig einzufallen, bildete leuchtende Punkte auf jedem Fenster und jedem Blatt, steigerte die Farben zu einer surrealen Intensität. Sie hatte das Gefühl, als könne sie seit Monaten zum ersten Mal wirklich *sehen*, als hätte der Nebel, der San Francisco jede Nacht einschloß, auch sie selber eingehüllt, ihre Gedanken verwirrt, und als sei dieser Nebel jetzt verbrannt. Was blieb, war dieses Licht, eine hypnotisierende Klarheit, die Phoebe das Gefühl gab, sie sei in einem ganz anderen Land angekommen. Es war genau so, wie sie es erhofft hatte.

Liebe Mom, liebe Phoebe und lieber Barry, Wir sind als allererstes zu Harrods gegangen, wie Du gesagt hast, Mom, und das ist wirklich ein Trip!! Du hast recht, die Lebensmittelabteilung ist absolut umwerfend. Sie haben sie bestimmt seit den 50er Jahren nicht verändert, als Du und Dad hiergewesen seid. Wolf und ich sind ein paarmal ganz komisch angeschaut worden, und ich kann Euch sagen, die Leute in London sind ziemlich verkniffen, sie mögen keine Jeans mit Flicken, aber als ich meine getupfte Jacke ausgezogen habe, waren sie netter. Wir haben Euch einen Kuchen schicken lassen, vielleicht habt Ihr ihn schon. Hoffentlich ist er nicht trocken, sie haben uns ganz fest versichert, daß er frisch bleibt. Er ist mit Rosinen. Eure Faith.

Bei Harrods merkte Phoebe, daß sie unter den vielen Leuten nach einem vertrauten Gesicht suchte. Sie fühlte sich willkommen, erwartet, wenn schon nicht von einem

Menschen, so doch von der Stadt selber. Phoebe hatte so selten das Gefühl, ihre Anwesenheit sei irgendwie wichtig, daß sie jetzt davon wie elektrisiert war. Sie war fast richtig high, als sie die Lebensmittelabteilung betrat, üppige Räume mit Säulen, in denen man das Gefühl hatte, sie seien mit Glas gedeckt und von Sonnenlicht durchflutet. Die Wände waren mit glasierten Fliesen verkleidet, orangefarben, grün, türkis. Das Fleisch lag auf Marmorplatten, war mit Kräutern gefüllt, zusammengebunden wie kostbare Bündel, riesige schimmernde Lebern und helles Kalbfleisch, Lammschultern, Lammkeulen, Wild, blutrote Steaks, Perlhühner mit abgelösten samtigen Häuten, die aufwendig um Brust und Flügel gefaltet waren. Von den Waren selber schien Licht auszugehen. Männer mit Strohhüten standen hinter den Theken und hielten lange Messer in der Hand.

Phoebe ging in die Bäckerei. Kuchen so groß wie Hüte, glasiert, mit gehackten Kokosnüssen oder Schokoladenraspeln überzogen, mit dicken Rosinen übersät, Kuchen, deren Zuckerguß glänzte wie die leuchtenden Häuser in Kensington. *Wir haben Euch einen Kuchen schicken lassen, vielleicht habt Ihr ihn schon. Hoffentlich ist er nicht trocken, sie haben uns ganz fest versichert, daß er frisch bleibt* ... Hier ist das gewesen. Faith und Wolf waren vor acht Jahren genau hier in diesem Raum gewesen, waren mit ihren Sandalen über genau diesen grauen Marmorfußboden gegangen, haben vielleicht die Stelle berührt, an der Phoebe jetzt stand. Sie spürte eine Art tiefe Verwunderung. In diesem Augenblick hörte man plötzlich das Knistern eines Lautsprechers, der eingeschaltet worden war. »An alle unsere Kunden«, sagte eine Frauenstimme mit englischem Akzent. »Das Kaufhaus muß evakuiert werden. Bitte verlassen Sie das Gebäude so rasch wie möglich durch den nächstliegenden Ausgang.«

Es wurde ganz still. »Alle Kunden werden gebeten, die Räumlichkeiten sofort zu verlassen. Das Kaufhaus muß evakuiert werden. Bitte seien Sie so freundlich und gehen Sie...« Die Leute nahmen ihre Päckchen und gingen mit schnellen Schritten hinaus. Phoebe schaute sich verwirrt um. »An alle unsere Kunden...« Machte das Kaufhaus für heute zu? Anscheinend nicht. Sie folgte dem Menschenstrom verdutzt in einen zentralen Bereich des Kaufhauses, in dem sich die mit Spiegeln verkleideten Ladentische der Kosmetikabteilung befanden und sich schon Hunderte von Kunden versammelt hatten. Sie hörte die atemlosen verschwörerischen Stimmen von Menschen, die in Gefahr sind, und war vor Angst ganz erregt. Irgend etwas war los. Von der Straße strömte Licht herein, aber die Kunden, die aus dem Kaufhaus strömten, stauten sich an einer bestimmten Stelle, und Phoebe kam in einiger Entfernung vom Ausgang nicht mehr vom Fleck. Sie wurde allmählich nervös. Aber gleichzeitig fühlte sie sich merkwürdig sicher vor jeder Gefahr. »Alle Kunden wollen sich bitte zum nächstliegenden Ausgang begeben. Das Gebäude...«

»Was ist denn los?« fragte Phoebe einen Mann neben ihr, der einen runden Laib Brot unter dem Arm trug.

»Wahrscheinlich eine Bombendrohung«, sagte er. »Kommt ziemlich oft vor.«

»Wow, eine Bombe?« sagte Phoebe. Alle wirkten so ruhig und fügsam. »Aber ›Drohung‹ bedeutet doch wahrscheinlich nicht, daß wirklich eine Bombe da ist.«

»Kaum«, sagte der Mann. »Allerdings geht ab und zu eine hoch.« Aus dem leisen Lächeln auf seinem Gesicht schloß Phoebe, daß er sie nur ein bißchen aufziehen wollte, und sie versuchte, gleichgültig zu wirken. Der Ausgang kam ihr sehr weit entfernt vor.

»Sie sind Amerikanerin«, stellte der Mann fest.

»Ja«, sagte Phoebe. »Ich bin erst heute früh angekommen.«

»Sie haben ja in Amerika nicht viele Terroristen.«

»Terroristen?« sagte Phoebe erschrocken. »Nein. Naja, ich meine, Patty Hearst war eine Terroristin ...«

Er runzelte die Stirn. »Wer ist denn das?«

»Sie war eine reiche Erbin, aber dann ist sie von Terroristen entführt worden und wurde selber eine Terroristin. Es war unglaublich«, sagte Phoebe und spürte beim Reden, daß sie gar nicht so besonders ungläubig klang. Der Mann sagte nichts. »Gibt es in London viele Terroristen?« fragte sie.

»Wir haben schon auch ein paar. Bei den Franzosen ist es allerdings am schlimmsten; bei denen da drüben geht praktisch jedesmal eine Bombe hoch, wenn man sich umdreht.«

Ein Geruch nach Angst und nach Menschen erfüllte den riesigen Raum. Phoebe wollte flüchten. Der Mann wirkte freundlich, resigniert. Sie stellte sich vor, daß seine Kinder sich wie Affen auf ihn stürzten, bevor er seinen Brotlaib weglegen konnte, wenn er nach Hause kam.

»Und ... was bezwecken sie? Die Terroristen in London?« fragte sie.

»Das kommt darauf an, welche Terroristen«, sagte der Mann. »Die IRA haßt die Briten, Punkt. Die Palästinenser wollen, daß Geiseln freikommen, oder sie nehmen Rache für irgendeinen blöden Mist. Dann gibt es in ganz Europa junge Leute, die überhaupt nicht wissen, warum sie etwas tun, es ist eben nur der Scheißkapitalismus und so. Bomben basteln und mit Waffen durch die Gegend laufen – das ist der Teil, der ihnen wirklich Spaß macht.«

»Die haben doch sicher bessere Gründe«, sagte Phoebe, die sich merkwürdigerweise dazu aufgerufen fühlte, die Terroristen zu verteidigen.

»Vor der Langeweile flüchten?« sagte der Mann mit einem kurzen Lachen. »Der beste Grund auf der Welt.«

Endlich waren sie fast an der Tür. Phoebe spürte plötzlich ein merkwürdiges Zögern, den Ort der Gefahr zu verlassen. Sie stellte sich vor, wie die Terroristen aus irgendeinem Versteck dieses Spektakel beobachteten, und sie wollte wegen der Terroristen unbedingt langsamer gehen, wollte ihre Unerschrockenheit demonstrieren.

Endlich schoben sie sich durch eine Tür auf die Straße hinaus. Phoebe schaute sich nach dem Mann um, mit dem sie geredet hatte, weil sie dachte, er wäre vielleicht stehengeblieben, um mit ihr die gemeinsame Rettung zu feiern. Aber er war verschwunden. Die Menschenmenge, die hinter ihr immer noch aus den Türen drängte, zwang Phoebe weiterzugehen. Der Bürgersteig war voller Polizisten, deren schwarze Helme unter dem

Kinn festgeschnallt waren wie Babyhauben. Phoebe ging langsamer, widersetzte sich dem Andrang der Menschenmenge. Kunden, die immer noch aus dem Kaufhaus herauskamen, wurden gegen die Masse der Schaulustigen gedrängt, die sich auf Harrods zubewegten. Die ungeduldigen Warnungen der Polizisten beeindruckten die Leute nur wenig, die näher an den Unglücksort herankommen wollten. Und Phoebe spürte das auch – hier war die Welt, in der die wichtigen Dinge passierten, eine Welt, die sie nur von Fotos und Zeitungsartikeln kannte. Und über Nacht war sie in dieser Welt angekommen.

Ob Ihr es glaubt oder nicht, wir sind in diesem See baden gegangen, das Wasser war absolut sauber, bloß ein bißchen grün von den Algen. Die Enten hatten keine Angst und kamen quakend zu uns herangeschwommen. Aber die englischen Polizisten sind total ausgerastet, und ungefähr acht von ihnen standen in einer Reihe da, hatten ihre Mützen tief in die Augen gezogen und brüllten, wir sollten rauskommen, und wir sagten Nein, nein, ihr sollt reinkommen, das Wasser ist so schön, es wird euch bestimmt gefallen, aber sie haben mit ihren Pfeifen gepfiffen und rumgebrüllt, so daß wir schließlich rausgekommen sind. Die Enten sind hinter uns hergepaddelt. Es war ein ganz verrückter Tag, und ich war so glücklich!
Eure Faith

Die Bäume des St. James's Parks waren wie Samtgardinen, schwer und dicht, und zwischen ihren Blättern fiel das Sonnenlicht auf das helle Gras am Boden. Phoebe ging ans Wasser und betrachtete die Enten. Die klare, leuchtende Zeichnung ließ ihr Gefieder wirken wie Kostüme.

Sie ging um den See herum. Er war groß und ausgedehnt, und an den engsten Stellen spannten sich Brükken über das Wasser. In der Mitte schoß ein Wasserstrahl hoch in die Luft. Phoebe war voller nervöser Erregung. Faiths Anleitungen zu folgen erfüllte sie mit einer starken Vorfreude, wenn sie auch nicht wußte, worauf. Die Dinge schienen sie förmlich anzuspringen, alles war voller Bedeutung.

Phoebe kaufte sich ein Schinkensandwich, einen Schokoladenkuchen und einen grünen Apfel. Sie trug ihr Tablett nach draußen zu einem kleinen Steintisch und schlang voller Heißhunger ihr Essen hinunter. Als sie fertig war, schlug sie ihr Notizbuch auf und schrieb: »2. Juli 1978. In England ist alles viel wirklicher. Das Geld ist bunt, die Münzen sind schwer wie richtiges Gold, die Parks sind grüner und die Leute haben einen schönen Akzent. Es gibt überall Terroristen und Bombendrohungen. Nichts ist so, wie ich es gewohnt bin. Das ist die wirkliche Welt, und ich bin ganz lebendig, zum ersten Mal überhaupt.«

Phoebe war vom Essen ganz erschöpft. Sie fand einen leeren Liegestuhl im Gras, setzte sich, nahm Faiths Ansichtskarten aus ihrer Handtasche und klappte sie auseinander wie Spielkarten. Es waren insgesamt achtzehn. Phoebe schaute die Karte mit dem St. James's Park an, dann den wirklichen Park. Irgend etwas in ihr hatte nicht geglaubt, daß sie je hier sitzen würde, als würden die Orte des wirklichen Lebens wie eine Fata Morgana verschwinden, sobald man sie erreichte. Jetzt spürte Phoebe zum erstenmal seit Jahren festen Boden unter sich. Sie ließ die Augen zufallen, spürte die Wärme des Sonnenlichts auf den Lidern, und die Geräusche von Vögeln und Kindern und entferntem Straßenverkehr begleiteten sie in den Schlaf.

Phoebe wachte um halb sieben mit trockenem Hals auf. Zwischendrin hatte einmal ein Junge sie aufgeweckt, der Geld für den Stuhl kassieren wollte, aber er hatte einen so starken Akzent gehabt, daß sie ihn zuerst nicht verstanden hatte und erst nach einigen Augenblicken der Verwirrung die gewünschte Münze herausholen konnte. Faiths Ansichtskarten lagen jetzt im Gras verstreut herum. Phoebe sprang von ihrem Stuhl auf, weil sie Angst hatte, daß vielleicht eine der Karten weggeweht worden war – aber nein, alle achtzehn waren noch da. Sie steckte sie wieder in den Umschlag zurück. Eine Geisterversammlung leerer Liegestühle bevölkerte den Rasen. Der Himmel hatte sich zugezogen. Phoebe stand fröstelnd auf.

Sie ging schnell aus dem Park, verfolgt von dem Gedanken, sie habe einen Fehler gemacht, habe etwas Wichtiges übersehen. Sie war bald unter den oberirdischen Gleisen der Charing Cross Station. In der trüben Luft hing das grünliche Licht winziger Fish-and-Chips-Läden. Bahnarbeiter mit Stiefeln und blauen Uniformen warfen halb gerauchte Zigaretten in den

Rinnstein. Ihre Sprache war unverständlich wie die Sprache des Jungen, der sie aufgeweckt hatte. Durch die Türen des Bahnhofs kam ein feuchter Geruch wie von menschlichem Atem und ein unaufhörlicher Strom von Menschen. Phoebe stand im Schatten und beobachtete alles. Niemand beachtete sie. Sie schaute in die Flut der Gesichter, die auf sie zukamen, und erwartete, daß eines davon schärfer wurde, deutlicher, so wie im Kino, wenn ein Gesicht aus einer Menschenmenge herausgehoben wird. Die Leute strömten durch die Türen, wollten schnell nach Hause kommen. Schließlich wandte sie sich ab.

Die Jugendherberge müßte jetzt geöffnet sein. Phoebe fuhr mit der U-Bahn bis zur Station Gloucester Road, wo ein Inder an einem Obststand eine Pyramide aus Feigen aufgebaut hatte, die mit Zucker überpudert war. Es gab ganze Reihen von roten Äpfeln, von denen jeder einzeln in dünnes Papier eingewickelt war.

Bäume wogten im Wind hin und her. Es sah nach Regen aus. Phoebe schaute zum Himmel mit seinen Regenwolken hinauf und dachte an das Haus ihrer Großeltern in St. Louis und wie sich dort immer heftige Stürme ankündigten, wenn Zweige und Blätter über das Gras schossen, als würden sie nach Deckung suchen. »Das wird ein schlimmer Sturm«, sagten die Leute dann, aber dabei schwang immer eine gewisse Erregung mit, weil sie sich darauf freuten, zuzuschauen, wie der Sturm gegen ihre Fenster peitschte.

Phoebe ging in die Richtung, in der die Jugendherberge lag. Sie kam an einer kleinen Kirche vorbei, auf deren Friedhof Löwenzahn hin und her wogte. Die lange, geschwungene Straße verschwamm vor Phoebes Augen. Sie blieb stehen, um sich die Augen zu reiben, und hatte auf einmal das Gefühl, daß ihre Schwester ihr ganz nah war, daß es keine Erinnerung war oder ein Echo, sondern Faith selber – Faith, die lachte und die Hände ausstreckte –, aber was außer der Gegenwart ihrer Schwester konnte denn die Erregung erklären, die Phoebe seit ihrer Ankunft in London gespürt hatte, dieses wachsende Gefühl von Hoffnung und Verheißung? Faith hatte mit diesen Gefühlen zu tun, hatte immer damit zu tun gehabt. Und Phoebe wußte jetzt, daß ihre Reise erst vorüber war, wenn ihre Schwester sich ihr gezeigt und offenbart hätte. Faith würde einfach auftauchen, einfach aus dem Nichts hereinplatzen wie früher, wenn sie beim Versteckspielen die Geduld verlor und hinter einem Vorhang oder unter einer Couch hervorkam und in die Stille hinein verkündete: »Die Zeit ist abgelaufen, du hast mich nicht gefunden.«

Kälte drang in Phoebes Lunge. Es war, wie wenn man Helium aus einem Ballon einatmete. Sie blieb unvermittelt stehen. Auf der anderen Straßenseite sprang ihr ein hohes, exzentrisches Haus aus orangefarbenem Klinker in die Augen. Sie schaute in die Luft und erwartete fast, die vertraute Gestalt eines dünnen schwarzhaarigen Mädchens zu sehen, das irgendwo heruntersprang. Eine alte Frau humpelte vorbei, hielt einen rüschenbesetzten Regenschirm in der Hand, und wie die Frau vorbeiging, so ging auch dieses Gefühl wieder vorbei, ganz deutlich, so wie der Wind, wenn er die Richtung ändert. Phoebe ging wieder weiter, sie spürte Schwäche in den Beinen und im Rachen einen seltsamen, butterartigen Geschmack. Es regnete. Aus einem Fenster weiter oben kam Klaviermusik, die Töne schwebten so real herunter wie Blätter und verschwanden dann. Der Regen war sehr angenehm, Phoebes nasses Kleid klebte an ihren Beinen. Ihr altes Leben war verschwunden. Für immer verschwunden waren die einsamen Jahre in San Francisco, die Jahre des Wartens, in denen sie nach einem Zeichen gesucht hatte, sie waren einfach weggetrieben worden wie eine dünne, trockene Hülse, und Phoebe war jetzt neu geboren worden, neu geboren in einem seltsamen Land.

Zehn

Liebe Mom, liebe Phoebe und lieber Barry, Amsterdam ist das A und O. London war nichts im Vergleich dazu. Wolf und ich schlafen hier in einem leeren Gebäude, in dem eine Menge von diesen Hausbesetzern schon seit Monaten leben. Die Polizei unternimmt überhaupt nichts dagegen, ganz im Gegenteil, sie sind unsere Schutzengel. Wir sind wie eine Familie, alles ist ganz spirituell, und wenn jemand geht, dann sieht man ihn vielleicht nie wieder, aber was solls, sogar in dieser kurzen Zeit kann man ihn immer noch lieben. Nachts sind die Sterne unheimlich hübsch. Eure Faith

Phoebe blieb eine Woche in London. Aber je länger sie blieb, desto stärker schien der Reiz ihrer Umgebung zu verblassen. Sie bekam allmählich Angst, daß ihre Anwesenheit die Gegenwart ihrer Schwester auslöschte, zu etwas ganz Unbestimmtem machte. Es reichte nicht, einfach die Orte aufzusuchen, an denen Faith gewesen war; mitten unter anderen Touristen und Gruppen singender Kinder einfach dazustehen – das war nicht genug. Phoebe machte sich Sorgen, daß ihr zögerndes Naturell sie davon abgehalten hatte, den entscheidenden Schritt zu tun, sich ganz und rückhaltlos auf die Gefahr und die Intensität des ersten Tags einzulassen, des Tags der Bombendrohung. Als sie aus London abfuhr, war sie fest entschlossen, sich mehr abzuverlangen.

Sie kam morgens in Amsterdam zusammen mit zwei australischen Schwestern, Diana und Helen, an, die sie auf der Nachtfähre kennengelernt hatte. Sie ließen ihr Gepäck in Schließfächern am Bahnhof – man konnte erst am Nachmittag in die Jugendherberge – und gingen zum Dam, dem Hauptplatz in Amsterdam. Phoebe fiel eine Anzahl schlafender junger Leute auf den flachen Stufen auf, die um das Kriegsdenkmal herumliefen, ein riesiger weißer Kegel, der an eine Salzsäule erinnerte. Sie schaute interessiert zu, wie die jungen Leute aufwachten, sich schüttelten, husteten, sich Zigaretten drehten, schwankend aufstanden und ihre dünnen Arme in den Himmel reckten, so daß ihre Batikhemden sich hochschoben und die Sonne auf ihre flachen Bäuche schien. Sie spürte, wie sie ganz aufgeregt wurde. Das waren Hippies.

Phoebe dachte den ganzen Vormittag lang an die schlafenden Hippies, während sie mit Diana und Helen durch das Rijksmuseum zog und sich Bilder anschaute, auf denen man Bürgersleute mit schimmernden Augen und steifen Rüschenkrägen sah. Um halb drei, als die beiden Schwestern zum Bahnhof zurückgingen, um ihre Rucksäcke abzuholen, nutzte Phoebe ihre Chance, sich abzusetzen. Die offizielle Jugendherberge war angeblich immer sehr schnell voll, und die beiden wollten gleich da sein, wenn geöffnet wurde.

»Wir halten dir einen Platz frei, wenn das geht«, sagte

Helen, die jüngere der beiden, die einem immer gerne einen Gefallen tat. »Wir geben ihnen am Empfang deinen Namen.«

»Toll«, sagte Phoebe, nickte und lächelte und hoffte, sie würden gehen.

Liebe Mom, liebe Phoebe und lieber Barry, Wolf ist weg, aber er fehlt mir nicht. Ich bin dafür gemacht, in Amsterdam zu leben. Hier geht es verrückter zu als irgendwo sonst. Vielleicht werde ich holländische Staatsbürgerin. Das ist bloß ein Witz, hihi. Eure Faith

Seit dem Vormittag hatte die Zahl der Hippies auf dem Dam zugenommen. Phoebe blieb bei einem Blumenstand stehen und schaute zu, wie die Hippies ans Kriegsdenkmal gelehnt dasaßen, in Gruppen herumzogen und wie einige rasch und gezielt wie Dealer auf den Platz kamen und wieder gingen. Ein Mann mit Dreadlocks so dick wie Handgelenke spielte auf einer heiser klingenden Gitarre; ein blondes Mädchen hatte sich an ihn gelehnt, ihr zerzaustes Haar glänzte wie frisch geschnittener Weizen. Phoebe spürte denselben eifersüchtigen Respekt wie für die Leute auf der Haight Street, die sie um Zitronenscheiben gebeten hatten. Sie wollte dazugehören.

Phoebe griff in ihre Handtasche, um Faiths Bild herauszuholen. Es war nicht ausgeschlossen, daß jemand von den Leuten hier sich an ihre Schwester erinnerte. Aber sie selber wirkte irgendwie zu ordentlich. Der lange Rock und die Lederschlappen waren lächerlich, unzureichend, und ihre Schüchternheit schnürte ihr die Kehle zu. Der Abstand zwischen ihr und diesen Zigeunern war riesig, unüberbrückbar.

Der Blumenhändler betrachtete Phoebe forschend über seine Eimer voll roter Tulpen hinweg. Sie ging von dem Stand weg und über den Platz auf die Gruppe von Hippies zu. Aber im letzten Augenblick verließ sie der Mut, sie machte einen Bogen um die Zigeuner und verließ den Dam überhaupt, ging durch eine schmale Straße, die zum Kanal, einer Gracht, führte. Ihr Herz pochte; in ihrer Brust schien überhaupt keine Luft mehr Platz zu haben. Sie ging zur Gracht und blieb auf einer Brücke stehen, um sich wieder zu fangen. Okay, dachte sie. Okay. In einer Minute geh ich wieder zurück.

Ein paar Schritte von ihr entfernt stand ein Mann, in dem Phoebe einen der Schläfer erkannte, denen sie am Morgen auf dem Dam beim Aufwachen zugeschaut hatte. Sie schaute ihn verstohlen an. Sein Profil war zum größten Teil von seinem Haar verdeckt, welligem, hellblondem Haar, das so dünn war, daß es Engelshaar hätte sein können. Er trug zwei schmutzige Kordeln am Handgelenk. Er war über das Brückengeländer gebeugt und starrte ins Wasser.

»Entschuldigung«, sagte Phoebe.

Der Mann schrak so heftig zusammen, daß Phoebe auch zusammenfuhr. Er fing an zu lachen, ein rauhes, kehliges Lachen, das wie Husten klang. Sein Gesicht wirkte unnatürlich klein, fast geschrumpft, ein Kindergesicht auf dem Körper eines Mannes. Aber er sah nicht jung aus.

»Goh, wat hib ga me bang gemaakt!« sagte er.

Phoebe war völlig perplex. Ihr war eigentlich nicht so ganz klar gewesen, daß die Leute hier eine andere Sprache sprechen könnten.

»Entschuldigung, ich kann Sie nicht verstehen«, sagte sie.

»Amerikanerin?« Er betrachtete sie mit Interesse. Als Phoebe nickte, sagte er herzlich: »Amerikaner sind am besten.«

»Danke«, sagte Phoebe spöttisch.

»Dann kommt Australien, dann Neuseeländer, dann Südafrika. Oh, und Israelis sind auch toll.«

»Und Sie kennen lauter Leute aus diesen Ländern?«

»Klar«, sagte er. »Jeder kommt nach Amsterdam.«

Er wandte sich wieder dem Wasser zu, starrte auf die Gracht hinunter, als sei da unten irgendein Kummer verborgen. Phoebe zeigte ihm das Bild von Faith. Auf dem Foto lachte ihre Schwester, ihr Mund war offen, und um ihren Hals hing schief eine Kette mit weißen Muscheln. Die Muscheln stammten von den Fidschiinseln; ihre Großeltern hatten ihnen beiden eine Kette geschickt.

»Haben Sie dieses Mädchen schon einmal gesehen?« fragte Phoebe.

Der Mann nahm das Bild und betrachtete es eingehend. Seine Fingernägel kamen ihr für einen Mann ungewöhnlich lang vor. Er schaute Faith an, dann Phoebe. »Bist du das?«

»Nein, meine Schwester. Sie war vor acht Jahren in Amsterdam.«

»Acht Jahre«, sagte er und lachte sein feuchtes, kehliges Lachen. »Jetzt komm aber, vor acht Jahren war ich so groß.« Er hielte die flache Hand an seinen Oberschenkel und deutete die Größe eines Kindes an.

»Oh«, sagte Phoebe. »Ich hab Sie für älter gehalten.«

»Das tut jeder«, sagte er mit einigem Stolz. »Ich bin übrigens achtzehn.«

»Ich auch«, sagte Phoebe.

Sie schwiegen beide verlegen. Der Mann wandte sich wieder dem Wasser zu. Phoebe steckte das Foto vorsichtig in ihre Handtasche zurück.

Plötzlich drehte er sich zu ihr um. »Hast du ein paar Minuten Zeit?« fragte er und drehte den Unterarm, als würde er auf die Uhr sehen. Aber da waren nur die zwei schmutzigen Kordeln.

Phoebe zögerte. »Wozu denn?«

»Wir können Karl besuchen. Er ist seit über zehn Jahren in Amsterdam. Er kennt jeden, der hierherkommt.«

»Klar«, sagte Phoebe. »Ja, ich würde ihn gern kennenlernen.«

»Es ist aber ein kleiner Fußmarsch«, sagte er. »Ist das okay?«

Sie spürte eine leise Besorgnis in sich aufkommen. »Ja, gut.«

»Also. Dann komm bitte.« Er ließ seinen Blick noch ein letztes Mal über die Gracht schweifen und ging dann mit schnellen Schritten in Richtung Stadtrand, weg vom Zentrum. Phoebe überwand ihre Zweifel und ging mit.

»Nico«, sagte er, als sie ihn nach seinem Namen fragte.

Phoebes Besorgnis legte sich unterwegs etwas. Schmalbrüstige Häuser standen an den glitzernden grünlichen Grachten, sie waren ganz unterschiedlich hoch, und es sah aus, als würden sie über dem Wasser schweben. Blumenkästen mit bunten Blumen hingen in den Fenstern. Es war ein warmer Tag, weiße Staubflocken schwebten auf dem Wasser.

Nico ging schweigend dahin. Sie kamen zweimal an einer Gruppe anderer junger Leute vorbei, die offensichtlich seiner Welt angehörten, und beidemal verhielten die Fremden sich auf dieselbe Weise: Sie sagten murmelnd etwas zu Nico und ließen im Vorbeigehen ihre Blicke über Phoebe gleiten. Sie hatte das unbehagliche Gefühl, daß diese Leute sie auf eine bestimmte Art betrachteten. »Wer war das denn?« fragte sie nach dem zweiten Mal.

Nico zuckte bloß die Achseln. »Naja, irgendwelche Leute eben«, sagte er.

Nachdem sie ein paarmal auf ziemlich verwirrende Weise die Richtung geändert hatten, kamen sie in eine Gegend, die eine Art Studentenviertel sein mußte. Ganze Schichten von zerrissenen Plakaten hingen an den Hauswänden, und draußen vor Eckkneipen saßen junge Leute im Schneidersitz auf dem Bürgersteig und tranken Bier aus dunklen Flaschen.

»Es ist nicht mehr sehr weit«, versicherte ihr Nico.

Sie bogen in eine ruhigere Straße ein. Müll trieb auf der Gracht, Plastikflaschen, aufgeweichte Zeitungen. Eine Puppe trieb verkehrt herum auf dem Wasser, ihre rosafarbenen Beine ragten aus dem trüben Grün. Die

Häuser in dieser Gegend unterschieden sich noch deutlicher in ihrer Höhe, so daß es aussah, als würden sie direkt auf dem Wasser schaukeln. Phoebe mußte alle paar Meter ein paar Schritte lang laufen, damit sie mit Nicos Tempo mithalten konnte. Ihre Besorgnis verstärkte sich wieder; wie sollte sie den Weg zurück finden?

Sie änderten noch einmal die Richtung, und die Gracht verschwand. Die Straße wurde enger. Plötzlich blieb Nico stehen. »Okay«, sagte er.

»Hoffentlich ist er zu Hause«, sagte Phoebe.

»Ja, das hoffe ich auch.«

Sie gingen ein paar Stufen zu einer roten Holztür hinauf, die in der Mitte eine Glasscheibe hatte. Nico klingelte. Er klingelte in einem bestimmten Rhythmus: zweimal kurz, einmal lang, dann noch einmal kurz. Auf jedes Klingeln folgte eine Pause wie bei etwas, das tief nach unten fällt und dann aufschlägt.

Phoebe hörte über sich ein Geräusch, schaute hoch und sah dunkles Haar in einem der oberen Fenster blitzen. Einen Augenblick später sprang die Haustür auf, als wäre ein Haken gelöst worden. Nico drückte sie auf, und sie kamen in einen kühlen, staubigen Flur. Der Fußboden bestand aus roh behauenem Marmor und war mit Laub bedeckt.

»So«, sagte Nico und ging über ein enges Treppenhaus voraus nach oben. Phoebe kam hinter ihm her, nervös, aber entschlossen. Jetzt gab es kein Aufhören mehr; wenn sie diese Gelegenheit ausließ, würde sie sich selber verachten. Auf dem zweiten Treppenabsatz blieb Nico stehen. Sein Atem ging schwer. »Bitte«, sagte er und bedeutete Phoebe mit einer Handbewegung, sie solle vorausgehen.

Es ging Treppenabsatz um Treppenabsatz nach oben. Schließlich, auf dem sechsten oder siebten Absatz, war das Treppenhaus zu Ende. Nico war von dem Aufstieg praktisch vollkommen erschöpft. Schweißtropfen glitzerten in seinen Augenbrauen, und sein Atem ging in schnellen, flachen Zügen. Phoebe hatte das deutliche Gefühl, daß er nicht ganz gesund war.

»Okay«, flüsterte er. »Wir treffen also Karl.«

»Prima.« Phoebe freute sich auf neue Gesellschaft.

Nico klopfte an die Tür und rief etwas auf holländisch. Die Tür öffnete sich schnell, und Phoebe sah ganz kurz ein Gesicht mit fast weiblichen Zügen, bevor ihr Gastgeber sich wortlos um hundertachtzig Grad drehte und durch einen engen Flur vorausging. Nico und Phoebe folgten ihm in ein Zimmer, bei dem ihr sofort klar wurde, daß hier jemand viele, viele Jahre lang gelebt hatte. Im Mittelpunkt des Zimmers stand eine große schwarze Nähmaschine auf einem Tisch, auf dem eine wirre Ansammlung von bunten Stoffen lag, die sich so hoch auftürmten, daß sie fast schon die Maschine unter sich begruben. Der Rest des Zimmers war von Pflanzen überwuchert, Efeu um die Fenster herum, Seerosenblätter schwammen in einer flachen Schale, lange Reben ragten aus Blumentöpfen, die von der Decke hingen. Ein leichter Windzug brachte den Algengeruch der Gracht herein und ließ die Blätter und Stiele ganz leicht zittern.

»Willkommen, willkommen«, sagte ihr Gastgeber mit

einem breiten Lächeln. Er war ein schöner Mann, dunkelhäutig, und seine Augen hatten einen leicht asiatischen Schwung. Er trug eine Pluderhose mit einem bunten Strick als Gürtel und ein kurzärmliges schwarzes T-Shirt. »Bitte«, forderte er Phoebe auf, »setz dich.«

Auf dem Boden lagen Orientteppiche, ein Kaleidoskop von goldenen und roten und blauen Tönen, und die Teppiche überlappten sich auf ganz unwahrscheinliche Weise und verschwanden vor den Fenstern unter einem riesigen Haufen von Kissen, die wie zu einem Bett gestapelt waren. Phoebe suchte sich ein Kissen am Rand dieses Gebirges und setzte sich im Schneidersitz hin.

Karl sagte in knappen Sätzen auf holländisch etwas zu Nico. Der Junge machte mit militärischer Promptheit auf den Hacken kehrt und verschwand durch einen Perlenvorhang in ein anderes Zimmer, und Phoebe hörte, wie Schränke geöffnet wurden, und sie hörte Wasser laufen.

Karl setzte sich an die Nähmaschine. »Bist du zum ersten Mal in Amsterdam?« erkundigte er sich höflich.

Phoebe bejahte die Frage. Muskeln zuckten auf Karls Armen, als er in seinem Stoffgebirge herumsuchte. Das Haar fiel ihm auf die Brust. Es war schwer und dunkel wie das Haar eines Asiaten, aber gewellt. Phoebe schätzte ihn auf vierzig.

»Was nähen Sie denn für Sachen?« fragte sie.

»Alles«, sagte er. »Ich bin Schneider.«

Phoebe fand seinen Akzent seltsam; es war auf keinen Fall ein holländischer Akzent, weil er völlig anders klang als der Akzent Nicos. Sein Akzent klang eigentlich britisch, aber darunter schwang noch ein anderer Ton mit.

Karl zog eine grüne Samtweste aus dem Stoffgebirge, zog einen Faden in eine Nadel und machte sich daran, einen quadratischen gelben Knopf anzunähen. Nico kam mit drei Flaschen Bier aus dem anderen Zimmer zurück. Aus den Flaschenhälsen stieg feiner Dampf auf. Karl sagte auf holländisch etwas in scharfem Tonfall zu ihm, und der Junge antwortete unterwürfig und schien kurz davor zu stehen, die dritte Flasche wieder dahin zurückzubringen, wo sie hergekommen war. Aber Karl machte eine Handbewegung und grinste, war plötzlich ganz locker. Nico ließ sich auf die Kissen neben Phoebe fallen und legte beide Hände schützend um seine Flasche.

»Bist du alleine unterwegs?« fragte Karl, der jetzt den gelben Knopf angenäht hatte und den Faden mit den Zähnen durchbiß.

»Nein«, sagte Phoebe instinktiv. »Meine Freunde sind im Museum.«

Nico fing an, auf holländisch zu plappern. Karl hörte mit mehr Geduld zu, als er bisher gegenüber seinem Freund gezeigt hatte, nickte, während er nähte, und stellte zwischendurch Fragen. Phoebe hörte in der Hoffnung zu, irgend etwas zu verstehen, irgendeinen Hinweis darauf zu bekommen, wovon sie redeten.

Schließlich gab Nico ihr einen leichten Stoß gegen den Arm. »Zeig es ihm«, sagte er. Phoebe schaute ihn an. »Das Foto.«

Das hatte sie vergessen. Sie holte hastig das Bild von Faith heraus und ging damit zu Karl an die Nähmaschine hinüber. Er warf einen kurzen Blick darauf und nickte. »Sicher«, sagte er. »Ich erinnere mich.«

»Wirklich?« rief Phoebe.

»Sie war vor ein paar Jahren hier, ja?«

Ihr Herz zuckte zusammen. »Vor acht Jahren.«

Karl trat auf das Pedal, mit dem die Nähmaschine angetrieben wurde, und schob ein Stück blauen Stoff unter die Nadel. Die Maschine war eine alte schwarze Singer, geformt wie die Taille einer Frau, mit dem Firmennamen in goldenen Buchstaben.

»Dann ... dann hast du sie also gekannt«, faßte sie nach.

»Gekannt, nein; ich hab sie nicht gekannt. Aber ich erinnere mich an sie«, sagte Karl. »Es war ein ewiges Kommen und Gehen, jede Menge Leute, aber an die da erinnere ich mich.« Einen Augenblick später fügte er hinzu: »Tot?«

Phoebe schaute ihn mit großen Augen an. »Woher weißt du das denn?«

»Wenn sie noch lebt, warum kommst du dann mit einem Bild in der Hand zu mir?« Er grinste sie mit gebleckten Zähnen an, seine Nadel bearbeitete gierig den Stoff. »Überdosis?«

»Oh nein«, sagte Phoebe, hielt sich aber gerade noch zurück, die Wahrheit preiszugeben. »Ja«, sagte sie ratlos. »Ich meine, was hast du von ihr gehalten?«

Karl drehte den Stoff unter der Nadel, um ihn in eine andere Richtung zu ziehen. »Es waren ja so viele Leute«, sagte er. »Sie war ein nettes Mädchen. Hat gerne viel Spaß gehabt. Ein bißchen verrückt? Und schön«, sagte er. »Viele Boyfriends.«

»Ist sie auch einmal hierhergekommen?«

Karl trat auf das Pedal, wodurch sich das rhythmische Murmeln der Maschine beschleunigte und in eine höhere Tonlage überging, so daß es fast schon wie Sprechen klang. Als er den Fuß vom Pedal nahm, war es plötzlich ganz still im Zimmer. Karl schloß die Augen. »Ja. Ich glaub schon«, sagte er und machte die Augen wieder auf. »Ich kann mich erinnern, daß sie da drüben saß.« Er deutete auf die Kissen unter den Fenstern. Phoebe war überrascht, als sie sich umdrehte und Nico sah, dessen Gegenwart sie völlig vergessen hatte. Er saß aufrecht und blaß da. Karl lachte ihn aus und murmelte etwas auf holländisch.

»Sie war wirklich hier, in diesem Zimmer?« sagte Phoebe überglücklich. »Das ist nicht zu fassen.«

»Ich kann das nicht sicher sagen, versteh mich«, sagte Karl und machte sich wieder ans Nähen. »Sie war vielleicht eine Minute hier.«

Aber eine Minute war genug, eine Minute war alles. Gebannt schaute Phoebe zu, wie Karls Hände sich unter seinen Seiden- und Leinenstoffen zu schaffen machten. »Sie war hier«, sagte sie.

Obwohl die Sonne immer noch hoch stand, wirkte sie irgendwie erschöpft. Karl wickelte etwas Braunes, Feuchtes aus einer zusammengeknüllten Aluminiumfolie und brach ein Stück davon ab. Er steckte es in den winzigen Kopf einer langen chinesischen Pfeife, zündete es an, zog an der Pfeife und gab sie an Phoebe weiter. Es war ein seltsamer Geruch. Sie nahm die Pfeife und zog den weichen Rauch tief ein. Er schmeckte süß. Es konnte alles mögliche sein. Sie ging zu ihrem Platz auf den Kissen zurück und gab die Pfeife an Nico weiter, der sie halbherzig annahm. Karl arbeitete nicht mehr an der Nähmaschine weiter. Er beugte sich über den Stoffhaufen und schaute Phoebe direkt an. Es kam ihr vor, als wäre es zum ersten Mal. Aber auch jetzt hatte sein Blick etwas Abwesendes, als sei ihr Gesicht bloß ein Ruhepunkt für seine Augen.

»Denkst du manchmal an die Zeit?« fragte Phoebe.

»Was für eine Zeit?«

»Naja. Die sechziger Jahre.« Der Begriff klang idiotisch.

Karl zog mit zusammengekniffenen Augen an der Pfeife. »Es war gut«, sagte er und stieß den Rauch aus. »Wie wenn man sich verliebt. Natürlich will man das haben, diesen Anfang. Aber man kennt schon das Ende.«

Phoebe nahm die Pfeife. Der Rauch in ihrer Lunge war weich wie Filz. »Und wie ist das Ende?« fragte sie.

Karl zuckte die Achseln. »Es ist überall dasselbe«, sagte er. »Es geht zu weit, wird das Gegenteil.«

Das verblüffte Phoebe. Sie wollte die Pfeife an Nico weitergeben, aber der Junge wehrte mit einer ungeduldigen Handbewegung ab. Er sah fürchterlich aus. Phoebe war plötzlich ganz high, aber nicht auf eine Art, wie sie es kannte. Es kam ihr so vor, als sei das Zimmer verschmiert, undeutlich. Sie blinzelte, um wieder richtig sehen zu können. »Das Gegenteil wovon?« fragte sie, und ihre Stimme schien von weit her zu kommen.

Karl nahm einen Stapel Stoffreste, die er auf dem Schoß hatte, und legte ihn auf den Boden. Er sprach plötzlich mit großer Intensität. »Wenn man Frieden will, nimmt man am Ende Gewehre, um ihn zu finden. Man benutzt Drogen, um sein Bewußtsein zu öffnen, damit man alles hereinlassen kann – und dann denkt man nur noch darüber nach, wie man Stoff bekommen kann. Man liebt das Leben, man lebt gerne, aber man stirbt und stirbt und stirbt – so viele sind tot von damals«, sagte er. »Wie deine Schwester.« Und während er Phoebe anschaute, ging in Karls Augen etwas auf wie der Verschluß einer Kamera, und es war, als würde er sie für einen Augenblick wirklich wahrnehmen.

Dann schaute er weg. Phoebe zog den samtigen Rauch aus der Pfeife mit einem langen Zug ein. Der Fischgeruch, der von der Gracht herübergeweht wurde, erfüllte das Zimmer. Die Dinge werden zu ihrem Gegenteil, ja, dachte sie, das stimmte schon. Karls Stimme klang wie ein Orakel, die einzige und absolute Stimme der Wahrheit. Das Gegenteil, dachte sie, ja ...

Nico durchbrach den Gang ihrer Gedanken. Er erhob sich torkelnd von seinem Platz und kroch über die Kissen zu Phoebe herüber. Sein Gesicht war grau und schweißnaß. Angewidert versuchte Phoebe, sich zurückzuziehen, aber es gelang ihr nur ein Stückchen weit, die Droge hinderte sie daran.

»Hör mal«, sagte Nico und lächelte nervös. Er war immer noch auf allen vieren, das Gesicht Phoebe entgegengestreckt. Sie konnte seinen schrecklichen süßlichen Atem riechen und dachte an Krankenhäuser, an den süßlichen Geruch, der den Tod überdeckt. »Hör mal, okay?« sagte er. »Ich habe dich gebracht.«

Phoebe schaute Karl an, erwartete, daß er Nico wegen seines grotesken Verhaltens verhöhnen würde, aber Karl kümmerte sich mit neuer Hingabe um seinen Stoffhaufen. »Ja«, gestand sie schließlich Nico zu. »Du hast mich hierhergebracht.«

»Also, wenn du Geld hast, ich hab keines.«

»Geld!« sagte Phoebe. Sie schaute Karl wieder an, aber der hatte sich ganz offensichtlich aus dieser Diskussion abgemeldet. »Wieso sollte ich dir denn Geld geben?« fragte sie mürrischer, als ihr lieb war.

»Weil du ohne mich nicht hierhergekommen wärst, oder?« Nico sagte das mit hoher, zitternder Stimme. Er sah aus, als würde er gleich explodieren.

Karl nähte wieder, war ganz eingesponnen in das Surren der Maschine. Er hatte diesen Augenblick offensichtlich kommen sehen, hatte sich schon zuvor damit einverstanden erklärt. Eine bestimmte Absicht wurde jetzt deutlich. Phoebe begriff voller Schreck, daß etwas in ihr die ganze Zeit gewußt hatte, was passieren würde, daß dieses Etwas aber unterdrückt worden war. Allein mit zwei fremden Männern in einer Wohnung. In einem fremden Land. Ihr Herz klopfte gegen ihre Rippen, aber ihr matter, von der Droge blockierter Verstand war zu langsam. »Also – wieviel?« fragte sie Nico.

»Vielleicht … wie wärs mit fünfzig Gulden?«

Phoebe war zu high für irgendwelche Rechenoperationen. Es schien aber eine Menge Geld zu sein. Sie machte ihre Handtasche auf und holte ihr Portemonnaie heraus. Von dem Geld, das sie am Morgen auf dem Bahnhof umgetauscht hatte, waren nur noch siebzig Gulden übrig. »Da«, sagte sie und gab Nico zwei Fünfundzwanzig-Gulden-Scheine. Der träge Fluß ihrer Gedanken wurde allmählich von bestimmten bohrenden Problemen gestört – die Zeit, Banken, die Jugendherberge, die bezahlt werden mußte –, es war wie das Stechen in einem eingeschlafenen Körperteil, der langsam wieder empfindungsfähig wurde. Aber noch schmerzhafter war die Verletzung, die Karl ihr zugefügt hatte, seine Bereitschaft, sie diesem Parasiten auszuliefern.

Sobald er das Geld in der Hand hielt, wurde der jammernde Nico ein Mann voller Tatkraft. Er sprang zu einem Regal, das von Ampelkraut zugewuchert war, und öffnete den Deckel einer schwarzen Lackschatulle. Im Zimmer herrschte ein plötzlicher Überdruck. Phoebe nahm ihn körperlich wahr, ein Anflug von Übelkeit, ein unregelmäßiges Herzflattern. Aber sie hatte Angst, sich zu bewegen, auch nur im geringsten die Aufmerksamkeit auf sich zu lenken, weil es sonst eine Explosion geben konnte.

Nico kam mit einer Spritze in der Hand auf die Kissen zurück. Natürlich, dachte Phoebe. Natürlich. Sie starrte den Teppich an, hörte das Gemurmel von Karls Nähmaschine. Hier war der Underground, genau hier; nach einem Leben voll verstohlener Blicke war sie jetzt genau mittendrin. Ein Gefühl absoluter Unausweichlichkeit lastete auf ihr. Nico saß auf dem Kissen neben ihr und hielt einen Teelöffel in der Hand, auf den er aus einer Pipette eine Flüssigkeit tropfen ließ. Er knipste ein Plastikfeuerzeug an und hielt die Flamme unter den Löffel. Ein schwacher, süßer Brandgeruch erfüllte die Luft.

Karl stand von seiner Nähmaschine auf und kniete sich neben Nico. Er füllte die Spritze mit der Flüssigkeit aus dem Löffel, dann zog er sich mit einem Ruck den bunten Gürtel von seiner Pluderhose und band ihn direkt über dem Ellbogen fest um den Arm des Jungen. Er hielt Nicos Unterarm fest und berührte die winzigen verschorften Stellen ganz behutsam wie ein Arzt. Phoebe wandte sich ab, ihr Erstaunen wurde jetzt von Schrecken verdrängt, aber nach einigen Augenblicken spürte sie das zwanghafte Bedürfnis, wieder hinzuschauen. Sie drehte sich mit einer heftigen Bewegung wieder zu den beiden um. Sanft, fast liebevoll, drückte Karl die Nadel in Nicos Fleisch.

Karl drückte den Kolben der Spritze nach unten. Nicos Lider zuckten und schlossen sich dann. Er seufzte. Als Karl die Spritze wieder herauszog, war Blut daran. Er legte sie auf ein Fensterbrett. Nico schaute Phoebe mit großen Augen an, sein Gesicht war so friedlich und gefaßt, daß er zum erstenmal an diesem Tag so alt aussah, wie er wirklich war. »Tschüs, okay?« sagte er. Die Augen fielen ihm immer wieder zu, obwohl er sich tapfer bemühte, sie offenzuhalten. Immer wieder gingen sie zu, Nicos Oberkörper sank langsam nach vorne, dann fing er sich wieder, schnellte mit einem Ruck nach hinten, sank wieder auf die Seite und richtete sich mit einem Ruck wieder auf. Er war wie ein Springteufel.

Karl rückte nahe an Phoebe heran. Sie bemerkte, daß seine Unterarme voll deutlich hervortretender langer Venen war, aber keine Einstichspuren trugen. Er berührte Phoebes Schulter auf dieselbe behutsame Art, auf die er Nicos Arm angefaßt hatte. Nein, dachte Phoebe, nein, aber sie war so müde, die Droge hatte ihrem Körper alle Energie entzogen, und irgend etwas in ihr wollte jetzt, wie Nico, die Augen schließen und sich ausliefern. Karl drückte sie nach hinten auf die Kissen und strich ihr über das Haar, während er durch das offene Fenster nach draußen schaute, wo leise eine Kirchenglocke läutete. Dann legte er sich plötzlich mit müheloser Leichtigkeit auf Phoebe. Sie lag ruhig da, war weniger gelähmt als betäubt. Jemand rief irgendwelche Anweisungen; sie bemühte sich, sie zu verstehen. Nico kippte immer noch von einer Seite auf die andere, taumelte zwischen Schlafen und Wachen. Phoebe hätte ihn am liebsten auf die Kissen gelegt. Karl fing an, sie zu küssen, schob seine Zunge tief in ihren Mund, drückte sich an ihr Bein. Durch die Fenster hörte sie Kindergeräusche, die von unten kamen. Sie wollte, daß Karl aufhörte, aber die Heftigkeit und Zielstrebigkeit seines Begehrens erstickte anscheinend all ihre Willenskraft. Mit einer einzigen eleganten Bewegung schob er ihren Rock hoch und schob ihre Unterhose auf die Seite. Sie spürte seine Hand.

Phoebe schrie, und die Hand wurde zurückgezogen. Nico blinzelte und öffnete die Augen. Er schaute Phoebe an, wollte anscheinend etwas sagen und fiel dann hilflos wieder in den Schlaf zurück.

»Hey«, sagte Karl und legte sich mit seinem langen Körper neben Phoebe. »Hey, entspann dich doch.« Er berührte ihren nackten Oberschenkel. Sie sah seinen Penis sich durch die Pluderhose abzeichnen und suchte nach einer festen Unterlage, weil sie aufstehen wollte, denn sie wußte sogar in ihrem benebelten Zustand, daß niemand sie retten würde. Aber sie konnte nicht aufstehen, Karl machte es ihr schwer, das Gleichgewicht zu finden. »Hey«, sagte er, als sei Phoebe eine Katze, die sich in den Kissen verirrt hatte, und sogar jetzt noch hätte sie am liebsten geglaubt, daß er irgendwie nur Gutes im Schilde führte, wenn sie doch bloß ... das Gleichgewicht finden könnte ... Karls Atem an ihrem Ohr – nein. Sie krallte sich an den Kissen fest, der Kampf gab ihr jetzt ein Ziel; für einen Augenblick fühlte sie sich nicht mehr benebelt und spürte panische Angst – nein! Sie mußte aufstehen, ein Geräusch stieg in ihr hoch, bis zum Hals. Es brach schmerzhaft aus ihr heraus, wie eine Blase, die zerplatzt. »Hör auf!« schrie sie. Es war ein würgendes Geräusch. Dann lauter: »Hör auf!« Und jetzt kämpfte sie mit ihm, kam mühsam auf die Beine, aber Karl lachte bloß, lehnte sich zurück und schaute zu ihr hoch, sein Lachen klang nicht grausam, sondern eher überrascht, daß so ein dummes, unbedeutendes Ding ihn soviel Mühe kostete.

»Raus hier«, sagte er.

Phoebe packte ihre Handtasche und schwankte den schmalen Flur entlang, vorbei an Fotos, Zeichnungen hinter verstaubtem Glas, dem düsteren Kaleidoskop von Karls Leben. Sie machte die Tür auf, torkelte das enge Treppenhaus hinunter in den Hausgang und rechnete die ganze Zeit damit, daß er sie verfolgen würde, aber er kam nicht hinter ihr her. Draußen stach ihr das Licht schmerzhaft in die Augen, und sie taumelte, hatte das Gefühl, sie müsse sich gleich übergeben. Sie spürte einen Schmerz zwischen den Beinen, ein Brennen, so als hätte er sie wundgescheuert.

Phoebe ging um eine Straßenecke. Sie lief, und dann tastete sie sich wieder an der Gracht entlang und lief wieder, bis sie nach Luft schnappte. Wenn sie merkte, daß andere Leute sie beobachteten, hörte sie auf zu laufen und ging langsam weiter. Sie spürte eine panische Angst davor, entdeckt zu werden, so als hätte sie ein Verbrechen begangen und wäre jetzt auf der Flucht. Eine Zeitlang ging sie ziellos durch die Gegend, versuchte, ihren vor Angst fast überschnappenden Atem zu beruhigen. Sie überlegte sich, ob sie zur Polizei gehen sollte, aber sie hatte sogar vergessen, wo Karl wohnte, hatte es ohnehin nie gewußt – das war zweifellos auch der Grund gewesen für Nicos häufige Richtungswechsel auf dem Weg zu Karl. Und was hätte sie auch schon anzeigen sollen? Soweit sie wußte, waren in Amsterdam Drogen legal, und Nico hatte sie nicht überfallen – sie hatte ihm das Geld freiwillig gegeben. Aber wieso? Wieso hatte sie die Wohnung nicht verlassen, als die Dinge einen unguten Verlauf nahmen? Wieso war sie überhaupt mitgegangen? Es war ihr eigenes Verhalten, und nicht das der beiden Männer, das Phoebe jetzt nicht mehr ertragen konnte – so verletzlich, so leicht herumzukriegen war sie also. Sie sah das jetzt mit schmerzhafter Klarheit. Und natürlich hatten sie es auch gesehen. Für solche Leute mußte so eine Schwäche offenkundig sein, Phoebe mußte ja förmlich danach gerochen haben.

Hinter allem anderen stand eine einzige, fürchterliche Angst, die viel schlimmer war als die Spritze oder was immer Karl mit ihr gemacht hatte: die Möglichkeit, daß er das mit Faith erfunden hatte, daß er sie gar nicht wirklich gekannt hatte. Als Phoebe an diese Möglichkeit dachte, zuckte sie sofort wieder zurück. Das war nicht möglich. Sie hatte in seinen Augen gesehen, daß er nicht flunkerte.

Trotzdem, das Abenteuer war ein Fehlschlag gewesen. Ein vollkommenes Desaster. Faith wäre das nie passiert.

Nachdem sie fast eine Stunde ziellos herumgelaufen war, fragte Phoebe sich zum Bahnhof durch und fand ihn auch. Daß sich ihr Rucksack noch in seinem Schließfach befand, kam ihr wie ein absolutes Wunder vor. Die Reisenden, die neben dem Schalter für den Zimmernachweis saßen, sahen aus wie eine lebendige Werbung für das Glück. »Es gibt viele Jugendherbergen in Amsterdam«, sagte der Junge hinter dem Schalter.

Phoebe ging wieder auf die Straße hinaus. Ihre Hände zitterten, als sie die Seiten in ihrem Reiseführer umblätterte, sich andere Jugendherbergen anstrich und auf dem Stadtplan nachschaute, in welcher Gegend sie lagen. Sie strich sich drei Möglichkeiten an, setzte sich auf die Bordsteinkante, um sich auszuruhen, und war völlig entmutigt von der Vorstellung, den schweren Rucksack auch nur einen Schritt länger tragen zu müssen. Sie ging in Gedanken immer wieder in Karls Wohnung zurück, als wolle sie den Schrecken durch Wiederholung vermindern, in der Erinnerung irgend etwas Erlösendes, Befreiendes entdecken.

Schließlich stand Phoebe wieder auf. Obwohl der Himmel noch hell war, war es schon Abend, und in der Luft lastete das schreckliche Gefühl, daß es zu spät war. Sie ging zehn Minuten zu einer zweiten Jugendherberge, die schon voll war; ohne eine Pause einzulegen, machte sie sich auf den Weg zu einer dritten Herberge, die wieder mehr in Richtung Bahnhof an einer öden, breiten Straße lag. Leere, beigefarbene Straßenbahnen ratterten vorbei. Im Erdgeschoß dieser Jugendherberge war ein Lokal. Phoebe ging zwischen den Tischen hindurch auf den Besitzer zu, an dessen Händen irgendeine Flüssigkeit aus der Küche glitzerte. Er wischte sich die Hände an seiner Schürze ab, hinterließ Spuren darauf. Ja, sie hatten noch ein Bett. Phoebe wäre vor Erleichterung fast übergeschnappt. Sein Sohn, ein rothaariger, frecher Junge von ungefähr zwölf Jahren, führte Phoebe in ein Zimmer mit Etagenbetten. Es roch nach Schimmel. Sie hatte das Gefühl, sie müsse sofort ein Fenster aufmachen.

Sie bekam eines der oberen Betten am Ende des Zimmers, neben einem Fenster aus Riffelglas. Um jede Fensterscheibe zog sich wie Reif ein Ring aus Dreck. Vorsichtig breitete Phoebe ihr Laken über die Matratze und lehnte ihren Rucksack gegen das Fensterbrett. Die Dusche war unten im Erdgeschoß und kostete extra; es gab keine Türen oder auch nur Vorhänge an den Duschzellen, aber der Raum war leer. Der Boden war rutschig. Phoebe ging wieder in das Lokal und bezahlte für das Bett und einmal duschen. Der Besitzer rauchte einen Joint, der so dick war wie ein Finger, und bot Phoebe einen Zug an. Sie lehnte höflich ab. Sie würde morgen aus Amsterdam abreisen.

Eine lange, kräftige Dusche verbesserte ihre Stimmung einigermaßen. Es war halb neun, und durch das geriffelte Glas neben ihrem Bett sah sie, wie draußen endlich die Dunkelheit anbrach. Sie nahm alle Wertsachen aus ihrem Rucksack, darunter die Flasche Chanel No. 5, und steckte sie in ihre Handtasche. Dann ging sie wieder nach draußen.

Durch das Fenster eines Cafés schaute Phoebe zu, wie die Nacht sich auf Amsterdam senkte. Sie aß ihr Sandwich, trank ein Bier und hatte Sehnsucht nach Gesellschaft. Das war seltsam, weil sie ja bis jetzt allein gewesen war, sich aber nicht allein gefühlt hatte. Sie war bis jetzt aufgefangen, fast bedrängt worden von ihrer Zielstrebigkeit. Jetzt fühlte sie sich schwach, durchsichtig. Sie wollte ihre Mutter anrufen, aber das erschien ihr unmöglich, so als hätte sie sich durch ihr Weggehen diesen Weg für immer abgeschnitten.

Auf der Theke des Cafés stand ein kleines Gestell mit Ansichtskarten, und Phoebe kaufte eine Karte mit dem

Kriegsdenkmal, an dem sie zuerst die schlafenden Hippies gesehen hatte. »Liebe Mom«, schrieb sie. »Ich will Dir nur sagen, daß es mir gutgeht. Hoffentlich geht es Dir auch gut.« Es klang lächerlich, gestelzt. Phoebe hätte am liebsten geschrieben: »Alles ist ganz toll, es geht mir unheimlich gut«, aber das wäre nicht angekommen. Es wäre eine zu starke Übertreibung gewesen. »Liebe Grüße, Phoebe«, schrieb sie. Der Mann an der Theke verkaufte ihr eine Briefmarke. Sie hatte fast kein holländisches Geld mehr.

Phoebe steckte die Karte draußen vor dem Café in einen Briefkasten. Es war dunkel, und die Straßen in diesem Teil der Stadt waren gespenstisch ruhig. Phoebe war neugierig auf die Amsterdamer Huren in ihrem berühmten Rotlichtviertel gewesen, aber jetzt brachte sie keine richtige Begeisterung mehr dafür auf. Trotzdem hatte sie eine ungeheure Sehnsucht danach, unter Menschen zu sein. Der Gedanke, daß ihr zufällig Nico oder Karl über den Weg laufen könnte, verfolgte sie, während sie sich vom Strom der Menschen in eine belebtere Stadtgegend treiben ließ, wo Huren wie Schaufensterpuppen hinter Fensterscheiben saßen, Kaugummi kauten, lasen und sich die Nägel manikürten, als wüßten sie gar nicht, daß draußen von der Straße die Leute hereinglotzten. Eine Frau in einem schwarzen Lederbikini telefonierte und schlang sich dabei das Telefonkabel um den Unterschenkel. Ab und zu ging eine Tür zu einem dieser Salons auf und ließ ein paar Takte Musik und einen Mann nach draußen, die beide einen Augenblick vor der Tür verharrten, bis sie sich in der Nacht auflösten. Was Karl über das Gegenteil gesagt hatte, zu dem sich alles verkehrte, schien auf ganz Amsterdam zuzutreffen; die ganze Stadt hatte sich verändert, war in den acht Jahren seit dem Besuch ihrer Schwester auf den Hund gekommen. Auch Karl selber – sein Leben hatte bestimmt einmal aus etwas anderem bestanden, als Junkies mit Drogen vollzupumpen und ausländische Mädchen in seiner Wohnung zu belästigen. Er selber war das beste Beispiel für seine These.

Phoebe spürte eine Hand auf ihrer Schulter und schrie auf. Sie wirbelte herum und sah Helen vor sich, die jüngere der australischen Schwestern, die sie in der Nacht zuvor auf der Fähre kennengelernt hatte.

»Entschuldige«, sagte Phoebe. »Mein Gott, entschuldige.« Sie nahm das australische Mädchen in die Arme.

Helens Körper wurde steif, dann entspannte sie sich und umarmte auch Phoebe ganz fest. »Wir haben versucht, dir einen Platz freizuhalten«, sagte sie. »Aber der blöde Typ in der Herberge hat uns nicht gelassen.«

»Ich hab eine andere Herberge gefunden«, sagte Phoebe. »Ein wüstes Ding.«

»Wir sind alle da hinten in dieser Kneipe, an der du grade vorbeigegangen bist«, sagte Helen. »Wir haben ans Fenster geklopft, aber du bist zu schnell gegangen. Komm doch rein auf ein Bier.«

Die Kneipe war voller junger Leute, die Zigaretten rauchten. Diana, Helens Schwester, saß an einem Tisch mit zwei amerikanischen Jungs, die Phoebe für Collegestudenten hielt. Die Amerikaner spielten irgendein

Spiel, zu dem Münzen gehörten und Krüge voll Bier. »Kommst du auch aus Australien?« fragte einer von ihnen Phoebe.

Sie schüttelte den Kopf. »Ich bin Amerikanerin.«

»Woher denn?«

»San Francisco.«

»Wahnsinn! Ich mag diese Stadt.«

Phoebe lächelte. Sie spürte einen großen Abstand zwischen sich und diesen Leuten, als hätte die Erfahrung von heute endgültig einen Keil zwischen sie und ihre Altersgenossen getrieben. Sie wollte diesen Abstand unbedingt überbrücken.

»Was hast du heute nachmittag gesehen?« fragte Helen.

»Die Heinecken-Brauerei«, sagte einer der Jungs. »Und dann haben wir uns noch das Anne-Frank-Haus angeschaut.«

»Ich hab Phoebe gemeint«, sagte Helen lachend.

Sie schauten sie alle an. Phoebe geriet in Panik, weil sie nicht wußte, was sie sagen sollte, und sie ärgerte sich plötzlich über Helen, die sie in diese Lage gebracht hatte.

»Ich hab nichts Bestimmtes gemacht«, sagte sie abwehrend. »Ich bin bloß herumgelaufen.«

Helen schaute sie verwirrt an. Es war einen Augenblick lang ganz still, dann setzten die Jungs ihr Trinkspiel wieder fort. Diana und Helen beugten sich über ihren Reiseführer und planten ihren nächsten Tag. Phoebe saß schweigend da und trank ihr Bier. Es reichte schon, wenn sie nur in der Nähe der anderen war.

Später, als sie auf ihrem Etagenbett lag und das trübe Fenster anstarrte, dachte Phoebe wieder an Faiths Ansichtskarten. *Nachts sind die Sterne unheimlich hübsch,* hatte ihre Schwester geschrieben.

Phoebe hatte nicht daran gedacht, auch nur einmal hochzuschauen.

Elf

Liebe Mom, liebe Phoebe und lieber Barry, von Namur sind Wolf und ich und noch ein paar andere Leute nach Reims in Frankreich gefahren …

Phoebe folgte den Ansichtskarten ihrer Schwester von Amsterdam nach Namur in Belgien, wo sie eine Woche blieb. Wenn sie mit sich alleine war, fühlte sie sich gehemmt, fast schüchtern. Jeden Abend nach dem Essen in der Jugendherberge blieb sie immer noch am Tisch sitzen und ging dann, weil sie Angst hatte, allein zu sein, in den lauten Gemeinschaftsraum, bis es Zeit war, ins Bett zu gehen.

… weil jemand diesen Franzosen in Reims kannte, bei dem wir bleiben konnten. Naja, aber der arme Franzose hatte keine Ahnung, daß wir kommen, und seine Wohnung ist so klein …

Als sie in ihr Zimmer zurückging und in den Spiegel schaute, kam ihr Gesicht ihr fremd vor, die Wangen waren hohl, die Augen größer, dunkel. Eigentlich gefielen ihr diese Veränderungen, aber ihr eigenes Spiegelbild erschreckte sie.

... Es ist ein bißchen eng, aber ich bitte die Leute dauernd, Ordnung zu halten, und das tun sie auch. P. S. Auf französisch spricht man Reims so aus, daß es klingt, als würde man schnauben!

Es war Zeit weiterzuziehen – schon längst –, aber sie konnte sich nicht überwinden. Reims, dachte sie, Reims, und versuchte so etwas wie Vorfreude zu empfinden. Es wäre schön gewesen, wenn sie jemanden gehabt hätte, bei dem sie hätte bleiben können.

An ihrem zweiten Tag in Belgien mietete Phoebe sich ein robustes schwarzes Fahrrad und fuhr damit an einem Fluß entlang nach Dinant, einer winzigen Stadt in der Umgebung, die Faith auf ihren Ansichtskarten erwähnt hatte. Dann gab sie ihr Rad am Bahnhof ab und ging, immer noch auf Faiths Spuren, eine schmale Straße nach oben, bis die Häuser aufhörten und Phoebe sich in einer Landschaft befand, die sich riesig ausdehnte wie ein Ozean. Die Landschaft rollte und schwang in grünen, leuchtenden Wogen. Die Straße war mit silbern glänzendem Schotter bedeckt. Sie sah Pferde, braune und seidig graue, mit weißen Flecken auf den Hinterteilen. Die Hügel in der Ferne waren voller Schafe.

In der Ferne tauchte eine Stadt auf. Als Phoebe die Stadt erreichte, erschrak sie, weil alles so still war, nichts als der Wind, der an leer wirkenden Häusern vorbeiwehte. Sie ging in einen winzigen Laden und kaufte einen weißen Schokoladenriegel bei einer Frau, die ein seidenes Kopftuch trug und stark und grell geschminkt war. Als sie aus dem Laden kam, sah Phoebe zu ihrer Überraschung, daß sie draußen einige Kinder erwarteten.

»Hal-lo. Hal-lo«, sagten sie und betonten dabei die erste Silbe des Wortes, so daß es weniger wie eine Begrüßung, sondern eher wie ein Chor klang. Es waren fünf Kinder, alles Jungs, der jüngste fünf oder sechs Jahre alt, der älteste vielleicht vierzehn. Sie waren alle dünn und dunkelhäutig. Wie die Stadt selber, so schienen auch ihre wie gemeißelt wirkenden Gesichter von dem unaufhörlichen Wind geformt worden zu sein.

»Hal-lo, hal-lo, hal-lo«, riefen sie, als würde es ihnen Spaß machen, das immer wieder zu sagen …

»Hallo«, antwortete Phoebe. Sie bot ihnen ihren Schokoladenriegel an, aber die Jungs schüttelten den Kopf und wandten sich schüchtern ab. Ihre Fahrräder lehnten in der Nähe der Ladentür, und der älteste Junge stieg auf sein Rad und fuhr ein paar Schritte voraus. Die kleineren Jungs kletterten auf ihre eigenen Fahrräder und folgten ihm. Als sie zu Phoebe zurückschauten, winkte sie ihnen zum Abschied und war erleichtert, daß sie wegfuhren. Kinder machten sie nervös. Sie war daran gewöhnt, daß sie selber die jüngste war, nur gelegentlich wahrgenommen wurde und eher dem Beispiel anderer folgte, als daß sie selber etwas ankurbelte.

Sie ging weiter durch das Dorf. Die Straße führte in einem großen Bogen aus der Stadt hinaus und den Berg hinunter. Die Kinder auf ihren Fahrrädern waren nicht weit entfernt. Phoebe ging langsamer, damit sie bald außer Sichtweite wären, aber die Jungs wurden auch langsamer, bis klar war, daß sie auf sie warteten. »Hallo, hal-lo«, riefen sie, als Phoebe näherkam.

Sie zwang sich zu einem Lächeln. *»Avec moi?«* fragte sie mit gespieltem Zweifel und hoffte, sie damit zu entmutigen.

Die Jungs versammelten sich um Phoebe wie eine Art Rudel. Erschrocken überlegte sie, ob ihr *»Avec moi?«* nicht vielleicht als Einladung mißverstanden worden war. Sie ging mit ihren fünf Begleitern im Schlepptau aus der Stadt hinaus. Sie unterhielten sich miteinander, fuhren mit ihren Rädern in großen S-Linien, um nicht schneller zu sein als Phoebe. Es war komisch, daß sie nicht mit ihnen sprechen konnte. Phoebe kam sich vor wie eine schlechte Gastgeberin.

Die Straße führte jetzt unter hohen Bäumen hindurch, und sie waren schon bald in einem Wald. Der Wind pfiff und wehte durch die Bäume.

»Dinant?« fragte Phoebe und deutete den Berg hinunter.

»Oui, oui«, riefen die Jungs im Chor.

Der älteste fuhr dicht an Phoebe heran. *»Pourquoi est-ce-que vous êtes seule?«* sagte er.

»Je ne comprends pas«, sagte Phoebe so stockend, daß der Junge keinen Zweifel mehr haben konnte. Sie hatte in der achten Klasse Französisch abgelegt und Spanisch genommen.

»Pourquoi est-ce-que vous êtes seule?« wiederholte er jetzt langsamer.

Phoebe schüttelte verlegen den Kopf und lächelte gezwungen. »Ich versteh nicht«, sagte sie.

»Pourquoi est-ce-que vous êtes seule?« sagte ein anderer Junge jetzt lauter, weil er wohl dachte, daß Wiederholung, kombiniert mit Lautstärke, zum Verständnis führen mußte. Phoebe dachte angestrengt nach. Sie hatte das Wort *»seule«* schon gehört, aber was bedeutete es denn? Dann fiel es ihr ein. Alleine. Die Jungs fragten sie, warum sie alleine war. Phoebe tat so, als würde sie nicht verstehen. Sie hatte das Gefühl, die Kinder hätten etwas an ihr entdeckt, wofür sie sich schämen mußte.

Der kleinste der Jungs fuhr dicht an sie heran und lächelte zu ihr hoch, wobei er den Blick auf ein schwarzes Loch freigab, an dessen Stelle sich einmal vier Schneidezähne befinden würden. Er sagte etwas auf französisch, lispelte dabei und strahlte sie immer noch mit seinem zahnlosen Lächeln an. Als Phoebe nicht antwortete, redete er einfach weiter, und sie hatte das Gefühl, daß er sie verspottete, sich vor den anderen Jungs auf ihre Kosten profilierte.

»Ich versteh dich nicht!« rief sie. »Ich versteh dich nicht. Hör auf, zu mir zu reden!« Sie schrie jetzt und war den Tränen nahe.

Das Gesicht des Kindes wurde vollkommen ausdruckslos. Er hörte auf, in die Pedale zu treten, und die anderen hörten auch auf, alle gleichzeitig. Sie schauten Phoebe mit dunklen, ernsten Augen an. Sie begriff sofort, daß das, was sie für Spott gehalten hatte, nichts anderes war als Lebhaftigkeit und Freude über das Abenteuer, daß man ein amerikanisches Mädchen nach Dinant begleiten konnte. Jetzt sahen sie verletzt aus, als hätte Phoebe sie ohne Warnung angegriffen. Die heftigen

Worte, die sie zu ihnen gesagt hatte, hingen jetzt in der Luft, hier im Wald unter den Bäumen.

»Entschuldigt bitte«, sagte sie. Sie wollte es auf französisch sagen, aber die Wörter fielen ihr nicht ein. »Entschuldigt bitte.«

Die Jungs beobachteten sie mit traurigen, feierlichen Gesichtern. »Entschuldigt bitte!« rief Phoebe jetzt mit mehr Nachdruck, aber beim Klang ihrer lauten Stimme machten die fünf Jungs alle gleichzeitig kehrt und fuhren schnell davon, wieder den Berg hinauf. Der jüngste, der barfuß war, blieb hinter den anderen zurück. Er schaute sich ängstlich nach Phoebe um und trat mit seinen dünnen Beinchen heftig in die Pedale. Schließlich stand er auf, um besser treten zu können, bog um eine Kurve und war verschwunden.

Phoebe brach in Tränen aus. Sie stand minutenlang weinend mitten auf der Straße. Es war das würgende, heftige Schluchzen der Kindheit. Irgend etwas stimmte nicht; irgend etwas stimmte nicht, aber sie wußte nicht, was es war. Sie war alleine in einer völlig verlassenen Gegend und benahm sich merkwürdig, niemand war da, der ihr helfen konnte, und denen, die da waren, wollte sie entkommen. Über ihr rüttelte der Wind die Bäume. Die Straße kam ihr so leer vor. War auf dieser Straße überhaupt je ein Auto gefahren, oder existierte sie bloß, damit die Landschaft besser aussah?

Phoebe schaute auf den Boden unter sich. Grasbüschel standen auf dem vom Regen geschundenen Erdreich. Sie packte ein Büschel und zog daran. Es löste sich ganz leicht aus dem trockenen, pulvrigen Boden. Phoebe warf das Gras auf die Straße, stieß sich von der Böschung ab und ging mit schnellen Schritten bergab. Angst stieg leise in ihr auf, und ihr Magen verkrampfte sich. Bäume, die Straße, Häuser mit geschlossenen Fensterläden; das alles erfüllte sie mit Schrecken.

Sie ging mechanisch auf der Straße dahin. Sie stand dicht vor einem Panikanfall, das spürte sie. Das Vorgefühl war wie eine Katze, die um ihre Beine streifte. Phoebe hielt den Blick auf den Straßenbelag gerichtet. Es war, als würde der Rhythmus ihrer Schritte nur immer wieder eine einzige Frage formulieren: Was hab ich denn hier verloren? Was hab ich denn hier verloren? Ich könnte genausogut irgendwo sonst sein.

Aber sie konnte die Panik in Schach halten. Alles würde klar und deutlich werden, sagte sie sich, wenn sie sich nur wirklich Mühe gäbe.

Liebe Mom, liebe Phoebe und lieber Barry, Wolf und ich sind wieder zusammen. GOTTSEIDANK*!! In Belgien spricht man französisch, habt Ihr das gewußt? Wir essen jeden Tag anderes Gebäck. Die Leute hier haben ein einfaches gutes Leben, und wir schauen immer den Frauen zu, wenn sie mit ihren Netzen einkaufen gehen. Aber der Fehler an mir ist, daß mir manchmal langweilig wird. Eure Faith*

Endlich kam Phoebe in Dinant an. Sie wartete auf den Zug, weil sie zu müde war, als daß sie sich zugetraut hätte, mit dem Rad nach Namur zu fahren. Es war schon fast dunkel, und die Luft war ein leuchtendes

Blau. Phoebe stand alleine auf dem Bahnsteig. Als der Zug kam, half der Schaffner ihr mit dem Fahrrad, eine höfliche Geste, die Phoebe vor Dankbarkeit fast überfließen ließ. Sie ließ sich in einen Sitz fallen. Es wäre ihr am liebsten gewesen, wenn die Fahrt ewig weitergegangen wäre. In Bewegung zu sein, einfach irgendwo durchzufahren kam ihr besser vor, als irgendwo zu sein. Obwohl sie sich dagegen wehrte, nickte sie immer wieder ein, und ihr Kopf schwankte hin und her und schlug gegen das Fenster so wie Nicos Kopf in Amsterdam. Weil sie Angst hatte, ihren Bahnhof zu verpassen, zwang Phoebe sich dazu, den Rest der Fahrt zu stehen.

Schließlich, nach einer Woche in Namur, packte Phoebe ihren Rucksack und verabschiedete sich von Guy, dem Herbergsvater. Er küßte sie, wie er es mit allen seinen Gästen machte, links, rechts, links, aber Phoebe fand, daß in seinen Augen eine Kälte lag, als hätte er sie schon vergessen.

Sie kam um halb sieben in Reims am Bahnhof an. Die Luft war voller Staub. Ein Mann fuhr auf einem Fahrrad vorbei. Auf dem Gepäckträger hatte er ein langes, links und rechts leicht herunterhängendes Baguette. Frankreich, dachte Phoebe. Ich bin in Frankreich.

Sie kam sich unter ihrem Rucksack vor wie Quasimodo und suchte auf ihrem Stadtplan den Weg zu einer Gruppe von beigefarbenen Hochhäusern am Rande des Stadtzentrums. Zwischen den Häusern zogen sich lange, gepflasterte Gehwege hin, die mit ihren Bänken und kümmerlichen Bäumen an einen Park denken ließen, aber es reichte nicht für einen Park. Die Jugendherberge war in einem dieser Hochhäuser, und Phoebe hatte das seltsame Gefühl, die erste und einzige »Jugendliche« zu sein, die die Herberge benutzte. Alle Leute in dem überfüllten Hausflur sprachen französisch und schienen fest in dem Haus zu wohnen.

Im zwölften Stockwerk ging sie auf einem aquamarinfarbenen Läufer bis zu Zimmer 1203. Das Zimmer sah aus wie ein Hotelzimmer, Bettstelle, Schreibtisch mit Resopalplatte, Nachtkästchen und ein billiger Teppichboden. Phoebe spürte eine Woge des Unbehagens in sich aufsteigen. Irgend etwas hier stimmte ganz und gar nicht. Sie machte das Fenster auf und schaute nach unten, wo eine Gruppe von Mädchen auf dem Pflaster Seil hüpfte. Das Geräusch, das ihr Seil auf dem Beton machte, hallte zwischen den Häusern wider. Die Kinder sangen ein Lied, das Phoebe kannte, obwohl sie sich nicht mehr an den Text erinnern konnte. Sie spritzte sich über dem kleinen Waschbecken Wasser ins Gesicht und trocknete sich mit einem rauhen weißen Handtuch ab. Dann zog sie sich schnell um und ging.

Die Geschäfte hatten inzwischen zugemacht. An den Tischen draußen vor den Restaurants saßen Franzosen zum Abendessen – Kerzen, halb gefüllte Weingläser, Silberbesteck, das gekreuzt auf Tellern lag. Die Leute beugten sich vor und gestikulierten mit ihren Zigaretten. Dieser malerische Anblick gab Phoebe wieder Mut. Das ist es! dachte sie einen kurzen Augenblick lang und beschloß, sich selber zu einem guten Essen einzuladen.

Sie suchte ein Restaurant aus, das etwas von der Straße abgesetzt und von einer dunkelgrünen, bemalten Mauer umgeben war. Das Tischtuch war weiß, das Besteck schwer und aus Silber. In ihrem Wasserglas schwamm eine Zitronenscheibe, aber am besten gefiel Phoebe die einzelne rote Rose in ihrer schlanken Kristallvase. Sie lehnte sich zurück, sonnte sich in ihrer Weltläufigkeit und wünschte sich, daß jemand sie sehen könnte, wie sie in Reims in Frankreich alleine in einem eleganten Restaurant beim Essen saß.

Der Kellner kam an den Tisch, ein gutaussehender, unbeschwerter Mann mit ziemlich langen blonden Haaren. Als Phoebe stockend erklärte, daß sie alleine essen würde, räumte er mit ein paar schwungvollen Bewegungen das Gedeck auf der anderen Tischseite ab. An den meisten Tischen saßen mehrere Personen, und wo Phoebe auch hinschaute, traf sich ihr Blick mit dem Blick von irgend jemand anderem. Sie überlegte sich, ob sie den Kellner nicht um einen anderen Platz bitten sollte, aber sie hatte Angst vor seiner Reaktion. Sie nahm einen Salzstreuer und drehte ihn hin und her, betrachtete ihn eingehend.

Ihr Kellner brachte den Wein. Phoebe fand, daß er alles mit übertriebenen Gesten machte. Er hatte die Weinflasche entkorkt wie ein Zauberer, der sie in eine Taube verwandelt, die gleich aus seinen Händen in die Luft flattern wird. Er ließ sich seinen Spaß auch nicht durch einen vernichtenden Blick verderben. Phoebe trank und trank vor Sehnsucht nach diesem leichten Gefühl, diesem wunderbaren Zustand, wenn die Welt ihre harten Konturen verliert, aber das Gegenteil schien zu passieren: sie sah alles schärfer, als hätte sie eine besonders starke Brille aufgesetzt, mit der sie überdeutlich die mitleidigen Blicke wahrnahm, mit der andere Gäste in ihre Richtung schauten. Sie schauten sie an, als wäre ihr Endiviensalat Unkraut aus irgendeinem Rinnstein und das Huhn auf ihrem Teller ein Stück von einem Tischbein. Sie stellte sich vor, sie würde ihren Teller auf den Boden werfen und alle Leute hier anbrüllen: Ihr müßt kein Mitleid mit mir haben! Seht ihr denn nicht, daß ich aus einem bestimmten Grund hier bin?

Phoebe trank den Wein aus und bat um die Rechnung, die ihr übermäßig hoch vorkam. Sie zahlte trotzdem, ging und hob den Kopf erst, als sie auf der Straße war. Auf der breiten Straße gingen die Leute spazieren und genossen die warme Nacht. Phoebe ging mit verschränkten Armen. Das Essen lag ihr schwer im Magen.

Ein Schritt, noch ein Schritt; mühsam wie eine Maschine arbeitete sie sich zur Jugendherberge zurück. Es war der letzte Ort auf der Welt, an dem sie sein wollte. Ihr Herzschlag ging immer schneller; sie fing an zu schwitzen. Sie fuhr direkt in den zwölften Stock und machte das Licht in ihrem Zimmer an. Es gab keinen Vorhang, und das gelbe Licht der Straßenlaternen, das von unten heraufkam, verlieh der Dunkelheit etwas Schwefliges. Es war zwanzig nach neun. Das Zimmer war winzig. Es wirkte so fad – Faith hätte etwas getan, damit es ein bißchen fröhlicher wirkte, hätte in der Stadt

Blumen gekauft oder sonst etwas gemacht. Faith haßte fade Zimmer. Sie hatte einmal Großmama O'Connor schockiert, als sie in Mirasol in dem Zimmer, in dem sie und Phoebe schliefen, alle ihre bunten Unterhosen mit Reißnägeln an die Wände gepinnt hatte. Phoebe holte aus ihrem Rucksack das bißchen Schmuck, das sie mitgenommen hatte, Haarspangen und die Flasche Chanel No. 5 und verteilte die Sachen auf dem Nachtkästchen, dem Fensterbrett und dem kleinen Schreibtisch.

Das Badezimmer lag neben dem Aufzug. Phoebe blieb im halbdunklen Flur stehen und horchte einen Augenblick, weil sie an einer Tür anklopfen und um ein Aspirin bitten wollte. Aber sie hörte nicht den geringsten Laut, als wäre sie die einzige Bewohnerin des zwölften Stocks.

Sie zog ihr Nachthemd an, drehte das Licht aus, legte sich auf das Bett und verschränkte die Arme. Die Decke bestand aus weißen quadratischen Platten, die ganz schwach glitzerten. Sie hörte, wie ihr das Herz in den Ohren klopfte. Irgend etwas stimmte nicht. Sie hatte etwas falsch gemacht, dachte sie, aber was? Wenn sie sich vorstellte, daß sie in Europa war, dann sah sie immer jemand anderen vor sich, sogar physisch, eine große Blondine, der nichts Menschliches fremd war – so als würde sie im Lauf dieser Reise nicht nur ihr altes Leben abstreifen, sondern auch als sie selber aufhören zu existieren. Ja, dachte sie, Phoebe O'Connor mußte zurückgelassen und als jemand anderer wiedergeboren werden, als jemand, der schön war und geheimnisvoll. Aber das Gegenteil war passiert; ihre eigenen Beschränkungen hatten sie eingeengt, hatten alles Wirkliche ferngehalten.

Sie legte die Hände auf beide Seiten ihres Brustkorbs. Wenn ich doch nur ruhiger werden könnte, sagte sie zu sich, aber ihre Panik wuchs mit jeder Sekunde. Auf einmal dachte sie, daß die Droge, die sie in Amsterdam mit Nico und Karl geraucht hatte, ihr Hirn zerstört hätte. Sie starrte die Wände an und wollte vor Verzweiflung ihre Mutter anrufen, aber sie wußte nicht, wo sie um diese Zeit ein Telefon für Überseegespräche finden konnte. Sie sprang aus dem Bett und suchte im Dunkeln in ihrer Tasche nach dem Briefchen mit dem Acid. Sie hatte sich in letzter Zeit schon öfter überlegt, ob sie nicht einfach das Acid nehmen sollte, es nicht einfach schlucken sollte – vielleicht würde sie dann durch eine letzte, wichtige Tür schwanken, so wie Alice durch das Mauseloch gegangen war. Aber Phoebe konnte sich nicht überwinden, das Acid zu nehmen – sie hatte zu große Angst.

Sie kroch unter die Bettdecke und kuschelte sich zusammen. Du mußt einfach diese Nacht durchstehen, dachte sie, aber sie zitterte am ganzen Körper, ihre Zähne schlugen aufeinander, und ihr Herzschlag dröhnte auf ihrem Trommelfell. Langsam spürte sie, wie sie an zu Hause dachte, sie sah Nebel, der wie Träume um die Golden Gate Bridge zog, und sie sah die weißen Gebäude der Stadt. Nebel strich über Eukalyptusbäume, ganz weich, halb flüssig, so wie er gegen das Schlafzimmerfenster drängte und alle anderen Häuser unsichtbar machte, sogar die Bäume, es war, als wäre man draußen auf dem offenen Meer, wo es rundherum nichts gab, bis man schließlich nur noch die Augen zumachen konnte.

Liebe Mom, liebe Phoebe und lieber Barry, gestern sind wir nach Épernay gefahren, wo sie diese vielen verschiedenen Champagner machen, und wir haben eine tolle Führung durch die Champagnerkeller von Dom Perignon mitgemacht, haben uns mächtig in Unkosten gestürzt und zwei Flaschen Champagner für unseren armen Gastgeber in Reims gekauft, aber was soll ich Euch sagen? Er mag keinen Champagner! Also haben wir ihn selber getrunken! Wolf ist wieder weg. Er fehlt mir, aber wir kommen nicht miteinander zurecht, aber er fehlt mir trotzdem. Das Leben ist so verrückt. Eure Faith

Phoebe sah als erstes ein Quadrat aus grauem Himmel, als sie am nächsten Morgen aufwachte. Die Panik war vorbei. Sie lag lange Zeit ruhig da, bevor sie sich anzog und ihren Rucksack unter dem Bett versteckte. Sie stopfte ihre Wertsachen in ihre Handtasche, sperrte das Zimmer ab und ging zum Bahnhof, weil sie einen Tagesausflug nach Épernay machen wollte.

Im Zug spürte Phoebe ihre rastlose Hoffnung wieder in sich wachsen. Vielleicht war der Schrecken der vergangenen Nacht eine letzte Prüfung gewesen, dachte sie, und jetzt, in Épernay, würde sich etwas ganz Wunderbares offenbaren.

Beim Champagnerhersteller Moët & Chandon schloß sie sich der englischen Führung an, und als man ihnen erklärte, daß die Flaschen schräg gelagert und im Rüttelverfahren gedreht wurden, damit sich das Hefedepot löste, hörte sie mit so leidenschaftlichem Interesse zu, als läge die Lösung all ihrer Probleme in diesem feuchten Tunnel verborgen, dessen Wände mit Flecken von verschlammtem grauem Moos übersät waren. Es war eine lange Führung, und je länger sie dauerte, desto größer wurde Phoebes Angst, daß sie zu Ende ginge und sie ihr eigenes unsicheres Leben wieder selber in die Hand nehmen mußte.

Sie trank ihr Probierglas mit Dom Pérignon und stand dann unsicher mit dem leeren Glas in der Hand da, während ihre englisch sprechenden Kollegen dezent an ihren Gläsern nippten.

»Bitte«, sagte der Mann neben ihr und hielt Phoebe seinen Champagner hin. Er hatte einen Akzent. »Ich habe noch nicht getrunken.«

Phoebe bedankte sich, war gerührt von seiner Freundlichkeit. Sie trank den Champagner. Es war ein junger Mann. Seine Augen hatten Ähnlichkeit mit Barrys Augen, dieselbe dunkle Iris, die man fast nicht von der Pupille unterscheiden konnte.

Als die Gruppe sich auflöste, ging Phoebe langsam zum Bahnhof zurück. Épernay war vom herben Geruch der Trauben beherrscht; es war, als würde er vom Bürgersteig aufsteigen, von Ladenfassaden und sogar von dem schlappen Unkraut am Straßenrand. Phoebe war von dem Champagner ganz benommen. Es war erst Viertel nach zwei, und sie hatte noch den ganzen leeren Tag vor sich. Sie sah, daß auf der anderen Straßenseite der junge Mann, der ihr seinen Champagner gegeben hatte, in dieselbe Richtung ging wie sie. Ihre Blicke trafen sich. »Fährst du mit dem Zug nach Reims?« rief er durch die staubige Lautlosigkeit über der Straße.

»Ja«, sagte Phoebe. »Und du?«

Er kam über die Straße herüber. Er hieß Pietro und war ein Student aus Turin. Er war heute von Paris nach Reims gekommen und wollte den Nachtzug nach Madrid nehmen.

Phoebe erzählte ihm fröhlich, daß sie auf dem Weg nach Italien sei, wo sie ihre ältere Schwester besuchen wolle. Die Lüge kam ihr so mühelos über die Lippen und machte ihr so ungeheure Freude, daß sie sich fragte, warum sie überhaupt je die Wahrheit sagte.

»Sie wohnt in Italia? Deine Schwester?«

»In Rom. Schon seit acht Jahren«, sagte Phoebe. »Sie schreibt Bücher.«

»Ah, Schriftstellerin«, sagte Pietro und nickte. Er schien beeindruckt zu sein. »Vielleicht habe ich etwas gelesen.«

»Nein, bestimmt nicht. Das erste Buch kommt gerade heraus. Genauer gesagt kommen drei von ihren Büchern gleichzeitig heraus.«

»Drei!« Er war erstaunt.

»Sie schreibt schnell«, versicherte ihm Phoebe und wurde rot.

Pietro blieb stehen und holte aus seiner Umhängetasche ein kleines Notizbuch und einen grünen Stift. »Bitte, sag mir ihren Namen«, sagte er.

»Faith. Faith O'Connor.«

»Faith O'Connor«, sagte er und trug den Namen mit einer langsamen Schreibbewegung ein. »Ich werde ihre Bücher suchen.«

Es waren noch zwanzig Minuten bis zur Abfahrt des

Zugs, und Phoebe und Pietro bestellten in einer Bar Sandwiches mit Schinken und Käse, die sie draußen auf den warmen Betonstufen aßen. Sie sahen wohl aus wie zwei Leute, die zusammen unterwegs waren, dachte Phoebe, vielleicht sogar wie ein Paar. Sie bemerkte, daß ein leises Lachen in ihrer Stimme lag und daß sie den Kopf hochwarf, und jede winzige Geste war wie das angenehme Ziehen in einem Muskel, der sich nach Tätigkeit sehnt.

»Wieso bist du nach Reims gekommen?« fragte sie neckend. »Wegen des Champagners?«

Pietro lächelte, hatte anscheinend nicht verstanden. »Den ich dir gegeben habe, ja? Den Champagner«, sagte er. »Nein, ich bin wegen der Kathedrale gekommen.«

»Kathedrale?«

Pietro war schockiert. »Die Kathedrale von Reims? Sie ist außergewöhnlich, die schönste in Europa.«

»Ich bin gerade erst angekommen«, sagte Phoebe beschämt.

Irgendwo in der Stadt fing eine Glocke zu läuten an. In Pietros Augen lag eine Sanftheit, die sie nur schwer aushalten konnte. »Du bist also hier – warum bist du hier?« fragte er.

»Meine Schwester hat gesagt, ich soll hierherkommen«, sagte sie. »Ihr hat es in Reims sehr gut gefallen.«

Pietro lächelte. »Deine Schwester«, sagte er. »Ich glaube, sie hat die Kathedrale gesehen.«

Im Zug saßen sie nebeneinander, fuhren an wogenden Feldern vorbei, die aussahen, als würde Wasser über sie geschüttet werden. Wo das Getreide schon geschnitten worden war, standen noch spitze Stoppeln aus dem Boden heraus, die in der Sonne wie Glasscherben glitzerten. Die Sachen, die Pietro trug, waren sauber, aber abgewetzt, als hätte er nur wenig zum Anziehen und müßte es oft tragen. Obwohl er einen schmalen, feingliedrigen Körper hatte, wirkte er stark.

»Du wirkst älter als jemand, der noch Student ist«, sagte Phoebe.

Pietro legte den Kopf auf die Seite. Sie wiederholte die Frage deutlicher.

»Ah. Ja«, sagte er. »Ich habe einige Jahre lang nicht studiert. Jetzt bin ich wieder zurück, aber ja, ich bin jetzt älter.«

Phoebe fragte, warum er aufgehört habe. Pietro zögerte, und sie fürchtete, daß sie zu neugierig gewesen war.

»Ich hatte ein paar Krisisen«, sagte er schließlich.

Phoebe runzelte die Stirn. »Krisisen?«

»*Crisi*? Krise? Verstehst du?«

»Oh, Krise«, sagte Phoebe. »Klar.«

»Krise«, sagte Pietro langsam. Er tippte sich mit dem Finger an den Kopf. »Krise.«

»Eine Krise in deinem Kopf? In deinem Hirn?« Phoebe konnte die ungeduldige Neugier in ihrer Stimme nicht unterdrücken.

»*Sí*«, sagte Pietro. Dann schien er nachzudenken. »Nein, das stimmt nicht. Nicht Kopf. Sondern Seele. Verstehst du?«

»Deine Seele«, sagte Phoebe. Sie konnte nicht fassen, was sie da hörte. »Aber du bist jetzt anscheinend wieder in Ordnung«, sagte sie vorsichtig. »Ich meine, du wirkst stabil.«

»Jetzt bin ich wieder gesund«, sagte Pietro.

Phoebe wollte ihn noch mehr fragen, aber ihre eigene Instabilität schien ihr so offenkundig zu sein, daß sie jedes Wort als Belastung empfand. Und doch hatte sie keine Angst mehr davor, neugierige Fragen zu stellen. Pietro hatte etwas undefinierbar Öffentliches, als wären die Ereignisse seines Lebens dafür gemacht, daß man sie sich einfach aneignete. »Wie hast du das denn gemacht?« fragte sie. »Ich meine, daß du wieder gesund geworden bist?«

Pietro legte die Faust auf sein Herz. »Jesus Christus«, sagte er. »Ich habe Ihn gefunden, und jetzt bin ich gerettet.«

Phoebe schaute ihn an. »Bist du ein Priester?«

»Missionar«, sagte er. »Ich fange gerade erst an, in Madrid.«

Phoebe wollte Pietro sagen, daß sie Katholikin sei, schämte sich aber, weil sie so lange schon nicht mehr in der Kirche gewesen war. »Wie – wie hast du Ihn denn gefunden?« fragte sie.

»Er kam«, sagte Pietro. »Er kam zu mir.«

»Du meinst, du hast Ihn gesehen?« Phoebe sprach jetzt ganz leise.

»*Nicht* ›gesehen‹«, sagte Pietro und legte die Hände vor die Augen. »Gesehen.« Er legte sich beide Hände flach auf die Brust und klappte sie auf wie zwei Türflügel, durch die etwas in ihn eintreten konnte.

»Hast du Angst gehabt?«

Er lächelte. »Wenn ich Ihn nicht sehe, dann habe ich Angst.« Einen Augenblick später fügte er hinzu: »Ich habe immer noch Angst, *sì*, aber *no* allein. Ich bin nicht allein«, korrigierte er sich.

Phoebe schaute zum Fenster hinaus. Unter einer dünnen, zerrissenen Wolkenschicht war der Himmel ganz blau. »Meine Schwester und ich waren früher einmal religiös«, sagte sie.

»Deine Schwester. *A Roma*.«

Phoebe hatte das Gefühl, als würde sie mit ihren Lügen über Faith Pietro beschmutzen, ohne daß er es wußte. »Ja«, sagte sie und war jetzt peinlich darauf bedacht, die Wahrheit zu sagen. »Unser Vater war sehr krank, und meine Schwester hatte gerade mit dem Firmunterricht angefangen.« Sie merkte, daß sie langsam und deutlich sprach, damit Pietro sie verstehen konnte, und dadurch klangen ihre Beschreibungen klar und abgehoben wie Ereignisse, über die sie etwas gelesen hatte. »Wir sind jeden Tag in die Messe gegangen.«

»Du bist auch – du hast sie begleitet?«

»Ja.«

Jesus am Kreuz, seine Rippen wie zusammengelegte Flügel. Phoebes Gedanken da in der Kirche hatten sich weit von dem Priester entfernt – sie dachte an einen Rechtschreibtest, ein Spiel in der großen Pause, bei dem sie gewonnen hatte –, nichts war zu profan, als daß man nicht im Haus Gottes darüber nachdenken konnte. Nur bei der Wandlung wandte sie sich schließlich wieder dem Gottesdienst zu, gerade rechtzeitig, wenn die Hostie gebrochen wurde – der Leib Christi in dieser kleinen, flachen Scheibe! Phoebe stellte sich den Geschmack butterig und süß vor, und sie hatte jahrelang eifersüchtig zugeschaut, wenn Erwachsene und ältere Kinder sich am Ende der Messe von ihren Bänken erhoben und von dieser wundersamen Nahrung kosteten. Wenn sie wieder vom Altar zurückkamen, suchte Phoebe in ihren Gesichtern immer ganz genau nach Zeichen der Verwandlung. Aber ihr Gesichtsausdruck gab nichts preis.

Als sie schließlich selber zur Erstkommunion ging – Jahre zu spät, größer als die anderen Mädchen und im falschen Kleid –, war sie ganz fassungslos, als sie merkte, daß die Hostie nach überhaupt nichts schmeckte. Sie klebte an ihrem Gaumen wie ein Stück Pappe und löste sich dann auf. Und was die Intensität betraf, die sie spürte, als sie vom Altar zu ihrem Platz zurückging, so war das nichts als Benommenheit. Sie war schwindlig und benommen von ihrer großen Sehnsucht danach, daß etwas passieren würde. Als sie aus der Kirche ging, war es mit der Intensität schon vorbei.

»Dein Vater«, sagte Pietro. »Ist er jetzt gesund?«

Phoebe zögerte, weil sie es verführerisch fand, vielleicht noch ein paar neue Geschichten zu erfinden. Aber jemanden anzulügen, der so religiös war, kam ihr absolut unrecht vor. Es war fast, als würde man Gott anlügen.

»Er ist gestorben«, sagte sie. Grundschule, High School – »Und was macht dein Vater?« Als wäre Sterben das einzige, was er erreicht hatte.

»Das tut mir leid.«

Phoebe zuckte die Achseln. Diese Unterhaltungen

waren ihr immer peinlich; am Ende hatte sie immer das Gefühl, sie müsse den Tod ihres Vaters herunterspielen, nur damit alles ein bißchen fröhlicher klang. »Das ist schon eine Ewigkeit her«, sagte sie.

Sie saßen schweigend da. Die Landschaft wich der Stadt... moderne Wohnhäuser, helle Wäsche, die auf engen Terrassen wehte. Die Fahrt würde bald zu Ende sein, und sie würden beide wieder ihrer Wege gehen.

Der Zug ruckte und schwang hin und her, als er in Reims in den Bahnhof einfuhr. Phoebe war benommen, als sie ausstieg; Pietro stand auf dem Bahnsteig, nahm ihre Hand und half ihr herunter. Sie hörte Kirchenglocken, ein großes silbriges Läuten, als würden schwere Gegenstände ins Wasser fallen.

»Ich habe noch ein paar Stunden, bis mein Zug geht«, sagte Pietro, als sie auf der Straße waren. »Wenn du nichts vorhast, kann ich dir die Kathedrale zeigen.«

»Oh ja!« rief Phoebe und war dankbar für diese Gnadenfrist.

Er führte sie in eine ältere Wohngegend in der Stadt, mit drei- und vierstöckigen Häusern und schmalen Balkonen mit Gittern davor. Dutzende von piepsenden Vögeln hüpften zwischen den strubbeligen Bäumen herum.

Am anderen Ende eines Platzes ragte plötzlich die Kathedrale vor ihnen auf. Phoebe hatte so etwas noch nie gesehen, eine massive Bienenwabe aus Winkeln und Ecken, Spalten und Statuen. Lange graue Steinzacken ragten in den Himmel wie Stalagmiten. Sie und Pietro gingen über den Platz. Phlegmatische Tauben flatterten halbherzig beiseite. Die massiven, abgerundeten Portale der Kathedrale waren gesäumt von Figurinen, eine über der anderen, immer weiter nach oben, und auch oben über den Türen, wo die unglücklichen Heiligen aussahen wie Leute, die mit einem Riesenrad steckengeblieben waren.

»Das hier ist die Westfassade«, sagte Pietro. »Und da siehst du auch« – er deutete über den linken Eingang – »den lächelnden Engel. Er ist berühmt, vielleicht hast du ihn schon auf Fotos gesehen.«

Mit seinem versteckten, glückseligen Lächeln hätte der Engel ein Bruder von Mona Lisa sein können. Auf seinem Kopf saßen zwei Tauben.

Sie betraten die Kathedrale durch eine kleine, rechteckige Tür, die in das rechte Portal eingelassen war. Ein ungeheurer Raum tat sich vor ihnen auf, und es roch wie in einer Höhle nach feuchtem Stein. Phoebe ging hinter Pietro her durch das Mittelschiff, spürte durch ihre Schuhsohlen den kalten Stein. Doppelsäulen mit kräftigen Rippen stiegen zur Decke hoch und bogen sich wieder nach unten wie die Rippen eines riesigen Tiers. Phoebe stellte sich vor, daß sie sich mit dem Atem des Tiers hoben und senkten. Die dunkle Luft war von Farbstreifen durchzogen, die von den Buntglasfenstern kamen, violett, purpurrot, golden. Bunte Flecken auf dem Steinfußboden. Die ungeheure Stille war wie ein Seufzer, wie das Rauschen, das man in Meermuscheln hört.

Sie gingen durch die Seitenschiffe, und dabei wies Pietro sie auf Gemälde und Statuen auf eine Weise hin, die gleichzeitig ehrfurchtsvoll und vertraulich war, als wären diese Heiligen Mitglieder seiner Familie. »Hier ist der heilige Sebastian«, flüsterte er. »Er war Soldat in der Armee Diokletians, und sie schossen mit Pfeilen auf ihn, weil er ein Christ war. Als er wieder gesund wurde, haben sie ihn totgeschlagen.« Sein Akzent und die einfachen Redewendungen, die er benutzte, gaben Pietros Sprache in Phoebes Ohren etwas Biblisches, die knappste, wahrhaftigste Art, etwas auszudrücken.

Sie blieben bei einer Folge von Wandteppichen stehen, die Szenen aus dem Leben der Jungfrau Maria zeigten. »Heimsuchung«, sagte Pietro zu einer der Szenen, die Phoebe nicht einordnen konnte: zwei Frauen, die in einer Tür stehen und sich unterhalten. »Nachdem Maria erfährt, daß sie den Sohn Gottes gebären wird, besucht sie ihre Cousine Elisabeth.«

Phoebe fand das schön, daß Maria zu ihrer Cousine eilte, um ihr die große Neuigkeit zu überbringen. Sie betrachtete den reichgewirkten, lachsfarbenen Stoff und versuchte zuzuhören, aber das Summen der Kathedrale schien jetzt lauter zu werden, kam unter dem Fußboden hervor, als befände sich unter dem Stein eine riesige surrende Maschine.

»In der Kathedrale«, sagte Pietro, »ist eine dreidimensionale Bibel versteckt. Alle Fenster, alle Statuen erzählen einen Teil der Geschichte …« Aber Phoebe konnte nicht zuhören, das Summen lenkte sie zu sehr ab, es war ein Schwirren von hellen, vertrauten Geräuschen wie auf einem Schulhof in der Pause. Eine Woge aus Freude lief durch ihren Körper, Wärme tief in ihrem Körper, eine herrliche Ruhe in ihren Gliedern.

»Ich entschuldige mich«, sagte Pietro. »Ich rede zuviel.«

»Nein«, sagte Phoebe und machte die Augen zu.

»Wir können auch schweigen.«

Sie lächelte. Es war wie ihr erstes richtiges Lächeln seit Tagen, Wochen. Sie machte die Augen auf und schaute Pietro an.

»Du spürst etwas«, sagte er verwundert.

Sie standen schweigend da. Das Lächeln blieb einfach auf Phoebes Gesicht, ihre Mundwinkel verzogen sich, ohne daß sie etwas dazu getan hätte. Sie sah in Pietros Augen eine heiße, wilde Kraft. »Ich spüre es«, flüsterte sie. »Überall um mich herum.«

»Er ist hier, *sì*. Bei uns«, sagte Pietro.

Ganz behutsam, wobei sein Arm ihren Rücken kaum berührte, führte Pietro sie zu einer Bank. Sie saßen nebeneinander auf dem alten knarrenden Holz. Phoebe roch die Politur. Jemand übte auf einer Orgel; Kirchenlieder, an die sie sich schwach erinnerte, brachen mittendrin ab, änderten die Tonart und begannen wieder von vorne, und jeder einzelne Ton schwebte nach oben zur Decke und hielt sich da, bis er in dem größeren Klang aufging. Phoebe spürte, wie ihr Blut seidig durch die Venen lief. Pietro kniete sich hin, um zu beten, preßte die Stirn an seine gefalteten Hände. Diese Haltung wirkte so extrem, als hätte ihm jemand den Kopf nach unten gedrückt, ihn zum Bittgebet gezwungen. Er wehrte sich nicht. Er beugte nur einfach den Kopf, so wie Faith Tag um Tag den Kopf gebeugt hatte, als ihr Vater krank war.

Phoebe spürte, daß sie in dem Rhythmus atmete, den der sanfte Schwung der Säulen vorgab. Allmählich löste sich die Grenze zwischen ihrem eigenen Körper und dem Körper der Kathedrale auf, und Phoebe selber löste sich auf, verschmolz mit dem riesenhaften Seufzen der Kirche, und was für eine Lust das war – aufgesogen zu werden, sich selber aufzugeben! Das war die Erfüllung ihrer Reise. Die Erfüllung ihres ganzen Lebens, dachte Phoebe, als ihr Bruchstücke von Gebeten aus der Kindheit in den Kopf kamen. Sie flüsterte sie laut vor sich hin – »Gegrüßet seist du, Maria, voll der Gnade. Vater unser, der du bist im Himmel. Leib Christi. Lamm Gottes, du nimmst hinweg die Sünden der Welt, erbarme dich unser« – jedes Gebet war wie ein Schimmer eines großartigen, heiligen Schauspiels, das verschwunden war, als ihre Schwester starb: die Spiele ihrer Kindheit, das laute Echo elektrischer Gitarren, Faith, die aus ihrem Rosenkranz auf demselben Glastisch ein Herz formte, auf dem sie kaum ein Jahr später ein grünes Häufchen Marihuana durch ihre Finger laufen ließ, es fein preßte und auf dem Glas zusammenwischte, bevor sie es zu schlanken weißen Joints rollte. Faith, die tief im Gebet versunken war, während Phoebe neben ihr vor sich hin träumte; und hinterher kamen sie wieder nach Hause zu ihrem kranken Vater, wieder zurück zu dem süßen, berauschenden Geruch der Krankheit.

Ein Priester ging vor dem Altar vorbei. Mit seinen weißen Gewändern sah er aus, als würde er schweben. Pietro beendete seine Gebete und setzte sich wieder neben Phoebe auf die Bank. Er schaute sie besorgt an, und erst jetzt merkte Phoebe, daß sie geweint hatte, daß ihr Gesicht naß war. »Du hast Kummer, Phoebe«, sagte Pietro.

»Ich hatte Kummer«, sagte sie versonnen. Ihre Stimme klang wie von weit her. »Aber er ist jetzt vorbei.«

»Es ist gut, daß du zu deiner Schwester fährst«, sagte Pietro.

Phoebe nickte zustimmend. Sie schwebte wie der Priester vorhin, trieb in einer warmen Flüssigkeit.

»Wann kannst du denn fahren?« fuhr er unbeirrt fort. »Vielleicht heute. Vielleicht können wir zusammen zum Bahnhof gehen. Hast du dein Gepäck am Bahnhof?«

Phoebe drehte sich um und schaute ihm ins Gesicht. »Ich habe dich angelogen«, sagte sie. »Meine Schwester ist tot.«

Sie sah irgendwo in Pietros Augen einen Gedanken aufblitzen, es war ein unendlich kleines, fast nicht wahrnehmbares Blitzen. »Du bist alleine?«

»Ja«, sagte sie und lächelte, weil sich irgend etwas geöffnet hatte und die Welt in sie hineinströmte.

»Wir gehen nach draußen, Phoebe«, sagte Pietro, stand auf und nahm sie an der Hand. »Ich fahre bald mit meinem Zug, ich habe schon meine Fahrkarte, aber wir müssen reden.«

Er führte sie von der Kathedrale weg. Draußen erlebte Phoebe eine wunderbare Verwandlung, ihre Augen empfanden alles als angenehm. Sogar die mageren Jungs, die einen Fußball über den Platz droschen, kamen ihr unendlich sanft vor. Gottes Kinder, dachte Phoebe, wir sind alle die Kinder Gottes.

Pietro suchte eine Bank aus, und sie setzten sich hin. Phoebe atmete langsam, tief, genoß den sanften Druck, den ihre Lunge auf ihre Rippen ausübte, genoß das kratzige Gefühl in der Luftröhre. In der Ferne hörte man die lauten Geräusche einer Baustelle, aber es klang wie Musik. Wie konnte diese Welt ihr nur so sehr angst gemacht haben?

Pietro wollte etwas sagen, unterbrach sich dann aber entmutigt. »Wenn mein Englisch bloß besser wäre«, sagte er verzweifelt, »dann würde ich versuchen, dir zu helfen, Phoebe.«

Sie schaute ihn überrascht an. »Du hast mir geholfen.«

Er schüttelte den Kopf. »Es ist nicht gut, daß du alleine bist.«

»Das macht nichts«, sagte Phoebe. »Es ist alles gut.«

Pietro schaute auf seine Hände. »Zu schnell«, sagte er und schnippte mit den Fingern. Phoebe erschrak von dem plötzlichen Geräusch. »Zu schnell.«

Er hatte anscheinend Angst. Phoebe schaute ihn voll Trauer an. »Ich möchte, daß du glücklich sein könntest«, sagte sie. »Durch dich ist alles gut geworden.«

»Ich habe nichts gemacht«, sagte Pietro.

Aber er mußte jetzt gehen. Sie gingen schnell, atemlos, durch die Dämmerung. »Ich würde so gerne hierbleiben, Phoebe«, sagte er. »Aber sie haben mir die Fahrkarte gekauft, und ich werde am Zug abgeholt.« Phoebe roch den Essengeruch, der aus offenen Fenstern herauskam. Jedesmal, wenn sie über eine Straße gingen, nahm Pietro ihren Arm und schaute ängstlich in beide Richtungen.

Die Leute stiegen schon in den Zug ein. Pietro holte eilig seinen Koffer ab und lief mit Phoebe auf den Bahnsteig. Am Eingang zum Bahnsteig nahm er ihre Hände, hielt sie ganz fest und schaute ihr in die Augen. »Ich werde für dich beten, Phoebe«, sagte er. Wieder suchte er angestrengt nach Worten. »Es braucht Zeit« war alles, was er herausbrachte. »Hab keine Angst.«

»Ich habe keine Angst«, sagte Phoebe.

Er lächelte irritiert. Das hatte er nicht gemeint. Er fing unvermittelt an, in seinem Koffer herumzusuchen. Es war ein alter, zerschlissener Koffer, wie vielleicht ein Vertreter einen hätte haben können.

Pietro übertrug etwas von einer Seite eines großen Notizbuchs auf eine andere Seite, und er benutzte dabei denselben grünen Stift, mit dem er sich Faiths Namen aufgeschrieben hatte. Er riß die zweite Seite heraus. »Hier ist das Telefon. Drei-vier-eins, das ist Madrid, ja? Ich weiß nicht, wie das dort mit dem Telefon geht, aber du kannst immer eine Nachricht hinterlassen, und bitte ruf mich an, wenn du Probleme hast, ja? Pietro Santangelo. Das bin ich, ja? Wirst du es nicht vergessen? Hier, ich schreib es auf.« Der Stift zitterte in seiner Hand. Die Pfeife des Zugs ertönte.

»Geh – geh! Ich werde es nicht vergessen«, sagte Phoebe.

Pietro drehte sich um und ging mit schnellen Schritten auf dem Bahnsteig zu seinem Zug. Phoebe merkte erst jetzt, daß sie erwartet hatte, er würde sie umarmen, daß sie sich danach gesehnt hatte, einen Augenblick lang jemandem so nahe zu sein. Der Zug fuhr fast sofort los. Phoebe beobachtete die Fenster, dachte, daß eines sich vielleicht öffnen würde, daß Pietro winken würde. Aber er hatte wohl keine Zeit gehabt.

Sie drehte sich um und ging langsam durch den Bahnhof auf die Straße hinaus, schlug jetzt denselben Weg ein, den sie in der Nacht zuvor zu der Hochhaussiedlung gegangen war, in der die Jugendherberge war. Alles kam ihr verwandelt vor, war jetzt ungeheuer groß und aufregend.

Phoebe ging zu der Stelle, an der sie die Mädchen beim Seilspringen gesehen hatte, und legte sich auf eine Betonbank. Sie schaute in den Himmel hinauf. Er war hell auf der Seite, auf der die Sonne untergegangen war, und er wurde dunkler, als ihr Blick sich in die andere Richtung bewegte. Sie dachte an diese Kinder, an das Lied, das sie beim Seilspringen gesungen hatten, und plötzlich, ohne daß sie sich anstrengen mußte, fiel ihr der Text wieder ein:

Miss Mary Mack, Mack, Mack,
All dressed in black, black, black,
With silver buttons, buttons, buttons,
All down her back, back, back,
She jumped so high, high, high.
She touched the sky, sky, sky.
And she never came back, back, back,
Till the fourth of July, lie, lie.
Miss Mary Mack …

Phoebe schaute lange in den Himmel hinauf und sang leise vor sich hin. Sie dachte, wie jung sie noch war und was sie alles noch nicht erlebt hatte. Sie spürte, daß sie mit den Sternen verbunden war und mit den Planeten, mit den alten Männern, die auf einer Bank neben ihr Zigarren rauchten, mit den Leuten auf Yachten, in Slums und in Wäldern; und vor allem mit Pietro Santangelo, der sie gerettet hatte. Hoffnung, dachte Phoebe. Es gab immer Hoffnung. Und ein Teil von ihr war sogar noch jetzt bei ihm, bei Pietro Santangelo, der an glitzernden Stoppelfeldern, die Gottes Werk waren, vorbeifuhr und zuschaute, wie der Himmel sich langsam schwarz färbte.

Zwölf

Paris, Wow!!
Eure Faith

Phoebe saß auf einer der vordersten Kirchenbänke in Notre-Dame und hielt das weiße Briefchen in der Hand. Das Acid selber lag auf einem winzigen weißen, quadratischen Stückchen Kunstdruckpapier, kleiner als ihr kleinster Fingernagel. Auf das Papierstückchen war eine rote Micky Maus mit Shorts und Hosenträgern gedruckt, die einen ihrer dicken Finger auf die Lippen gelegt hatte, als wolle sie ein Grinsen unterdrücken. Phoebe fand die Maus bedrohlich, aber die Micky Maus hatte vielleicht schon immer so ausgesehen.

Sie war nach Paris gekommen, als ihr klargeworden war, daß nichts, was sie tat, den Zauber wieder aufleben lassen konnte, den Pietro Santangelo und die Kathedrale von Reims bewirkt hatten. Sie wußte, daß dieses Gefühl verschwunden war, als sie am nächsten Tag in ihrem Zimmer aufwachte, und war sofort durch schweren Regen zur Kathedrale geeilt, aber die Kirche war nur kalt und dunkel gewesen. Sie versuchte alles mögliche, kniete sich hin, stand auf, betete, ging langsam mit geschlossenen Augen das Mittelschiff hinunter, drehte sich dann am Altar um, riß die Augen auf und starrte mit all ihrer Kraft auf das Rosettenfenster. Aber das Summen war nicht mehr zu hören. Von ihrem nassen Haar tropfte Wasser auf den Steinboden.

Phoebe hatte tags zuvor den Zug nach Paris genommen und war am späten Nachmittag angekommen. Sie nahm sich ein kleines blaues Zimmer in einer Straße, die von dem Place Saint-Michel abging. Das Zimmer hatte ein durchhängendes Bett, und das Fenster ging zur Straße hinaus. Phoebe kaufte sich ein Falafel-Sandwich, schrieb ihrer Mutter noch eine Ansichtskarte und schlief dann sofort ein.

Ein weiterer Fehlschlag. Sogar Pietro hatte das kommen sehen – sogar er hatte gesehen, daß etwas in Phoebe, was immer es war, sie davor zurückhielt, den letzten, entscheidenden Schritt zu tun. Den ganzen Vormittag hatte sie die wachsende Ungeduld ihrer Schwester gespürt, hatte sich den ungeduldigen Blick vorgestellt, den Faith immer bekam, wenn irgendwelche Sachen sich weiterentwickelten, mit denen sie sich schon nicht mehr beschäftigte. Und es kam Phoebe so vor, als sei ihre Zeit jetzt fast abgelaufen.

Sie nahm behutsam das winzige quadratische Plättchen Acid und legte es sich auf die Zunge. Es schmeckte eigentlich nach gar nichts, sie spürte nur einen leicht süßlichen Geschmack im Hals. Sie kaute das Plättchen, bis es sich gummiartig anfühlte, und schluckte es dann hinunter.

Zwei Minuten, fünf Minuten. Phoebe spürte Angst, ein Ziehen in der Magengegend. Die blauen Glasfenster der Kathedrale und die hallenden Schritte der Touristen ließen sie an das riesige Hallenbad denken, in dem sie als Kind Schwimmunterricht bekommen hatte: an den warmen chemischen Geruch, an die vielen fremden Kinder und die schlanken, stark behaarten Beine ihres Schwimmlehrers, in dessen Brusthaar eine goldene Pfeife verborgen war, mit der er immer pfiff, wenn sie springen sollten. Sie hatte voller Angst auf das glitzernde, zähflüssig wirkende Wasser gestarrt und sich vor dieser Pfeife gefürchtet – sie war sicher gewesen, daß sie nie wieder an die Oberfläche zurückkommen würde, wenn sie einmal in die klebrige Tiefe des Wassers getaucht war.

Nach einer Viertelstunde ging sie aus der Kirche an die frische Luft hinaus. Vielleicht wirkte das Acid nicht, dachte sie. Schließlich hatte sie es schon vor Monaten bekommen. Hielt sich Acid überhaupt so lange? Und das Ding war so klein.

Phoebe folgte ihrem Stadtplan, ging auf der Rue de la Cité über die Seine und dann auf der Rue de Rivoli in Richtung Louvre. Weibliche Statuen in Lebensgröße, Frauen von einer schwülen Schönheit, standen neben und über Fenstern, die Arme hingen nach unten, und die Kleider waren leicht geöffnet.

Liebe Mom, liebe Phoebe und lieber Barry, mein Französisch ist wirklich schlimm, aber glücklicherweise haben wir einen Freund, der übersetzt. Jeder in Paris redet dauernd von den Demonstrationen von vor zwei Jahren, als die Leute Pflastersteine aus den Straßen gerissen und damit auf Polizisten geworfen haben, und sie haben Barrikaden gebaut wie in der Französischen Revolution. Das ganze Land *hat ein paar Wochen lang gestreikt, und buchstäblich niemand hat gearbeitet oder studiert, sie sind bloß durch die Straßen gezogen und haben miteinander geredet. Keiner hat seine Tür abgeschlossen, die Leute haben bei Fremden übernachtet und haben sich verliebt und haben die Zeiger von den öffentlichen Uhren abgerissen, weil die Zeit aufgehalten wurde (weißt Du noch, Mom?). Alle sagen, daß das die unglaublichste Zeit ihres Lebens war und wie deprimierend das gewesen ist, als die ganze Sache schließlich zu Ende war und sie bloß wieder Studenten waren, die ihre Prüfungen machen und einen Job finden sollten undsoweiter. Manche Leute sagen, daß sie sich fast wünschten, es wäre nie passiert, dann wüßten sie nicht, wie alles sein könnte, und wären immer noch glücklich. Eure Faith*

Narzissen in weißem Papier.

Kellner schütteln weiße Tischdecken über Restauranttischen aus.

Tief in Phoebes Magengegend spulte sich langsam etwas ab. Als sie sich die Augen rieb, hing ein elektrischer Dunst in der Luft. Mein Gott, dachte sie, es fängt ja wirklich an zu wirken, und ein Angstschauer durchfuhr sie.

Von der Rue de Rivoli bog sie in die imposante Avenue de l'Opéra ein, aber bevor sie an die Oper selber kam, ging Phoebe nach rechts in eine kleinere Straße, die Rue des Augustins, und dann nach links und verirrte sich bald in einem Netz kleiner Straßen, die langsam den Hügel nach oben führten zu einer Art Großhandelszentrum. In einem Laden gab es nichts anderes als Gestelle voll türkisfarbener T-Shirts, auf deren Vorderseite brüllende Löwen aufgedruckt waren. Ein anderer Laden war voller Matrosenmützen. Die billigen, knallbunten Sachen hypnotisierten Phoebe, als hätten ihre Augen sich nach genau diesen Kämmen mit Goldquasten gesehnt, nach klumpigen künstlichen Perlen und Halsketten aus bonbonfarbenen Plastikgliedern. »Blaue T-Shirts«, sagte Phoebe laut und war verblüfft von der Macht, die das Wort und die Sache hatten, wenn man sie gleichzeitig wahrnahm. »Weiße Sandalen«, kam es flüsternd von ihren Lippen, »weiße Sandalen ...« weißer und zierlicher als alle Sandalen, die sie je gesehen hatte.

Phoebe spürte, daß jemand sie anstarrte, ihre Bewegungen registrierte, und daß ihm gefiel, was er sah. Ich hab das Richtige getan, dachte sie erregt und blieb dann stehen, weil die flüssige, durchsichtige Haut auf ihren Armen und ihre schimmernden Fingernägel sie ablenkten.

Ganz langsam wurde die Landschaft, die Umgebung flach, reduzierte sich auf zwei Dimensionen wie Landschaften in Kinderbüchern oder auf religiösen Gemälden. Kupferpferde sprangen von Hausdächern. Phoebe schaute in den leuchtend blauen Himmel hinauf und lachte, wußte, daß ihre Schwester in der Nähe war, spürte Faiths Leidenschaft und ihren Humor und fragte sich, warum sie das weiße Papier nicht sofort nach ihrer Ankunft in Europa geschluckt hatte. Sie hätte sich damit soviel Kummer erspart.

Liebe Mom, liebe Phoebe und lieber Barry, gestern sind Wolf und ich in einem Château in der Umgebung von Paris über diese Seile aus Samt gesprungen, mit denen alles abgesperrt ist, das man nicht betreten soll. Und wir sind durch die Zimmer gegangen, die sonst nie jemand sieht, sie waren so schön und still, und die Sitzmöbel waren mit Seide bezogen und es gab kleine Glassachen, die man in die Hand nehmen konnte. Wir taten so, als würden wir wirklich da wohnen, und legten uns in ein Himmelbett mit Schnitzereien an den Bettpfosten, aber wahrscheinlich ist irgendein stiller Alarm ausgelöst worden, weil ein Aufseher angelaufen kam und total ausgerastet ist, und sie haben uns rausgeschmissen, aber es hat sich trotzdem gelohnt (Wolf findet das nicht). Aber manchmal glaube ich, diese Seile aus Samt gibt es überall auf der Welt, man kann sie bloß nicht sehen. In Paris denke ich dauernd, wo ist denn der beste, der intensivste Teil von Paris, wo ist denn das absolute Zentrum von Paris, aber ich kann es nicht genau sagen, ich sitze vor diesen Seilen aus Samt fest, und ich hasse sie einfach, es macht mich so wütend, wenn ich immer nur dasselbe normale Zeug sehe, das alle sehen. Es wäre so toll, wenn ich drübersteigen könnte wie in dem Château, aber das Problem ist, daß im Unterschied zu einem Museum die Seile in Paris unsichtbar sind, und man kann nicht sagen, auf welcher Seite man innerhalb und welcher man außerhalb ist. Also versuche ich es immer wieder. Eure Faith

Die Welt bewegte sich beständig, ordnete sich um Phoebe herum und veränderte sich wieder. Es war wie bei einem Vogel, der seine Federn aufplustert. Das gesprenkelte Pflaster rieselte den Hügel hinunter, Massen von lockerem Sand. Sie sprang auf die Seite, damit der Sand ihre Schuhe nicht berührte, aber die Luft war so dick, dick wie Wasser, und Phoebe konnte sich nur langsam bewegen.

Im Mittelpunkt aller Empfindungen lag ein vertrauter Kern, ein Keim gewöhnlicher Wahrnehmung oder gewöhnlichen Denkens, der zur Unkenntlichkeit verzerrt war. Geräusche verschwammen; Straßenverkehr, Stimmen, Flugzeuge, alles lief zusammen, vermischte sich zu einem größeren Geräusch wie dem Geräusch einer Menschenmenge, Hunderte und Tausende von Menschen versammelten sich irgendwo in der Nähe. Irgend etwas wird passieren, dachte Phoebe, irgend etwas Gewaltiges steht kurz bevor, und sie blieb stehen, wo sie war, festgehalten von einer saugenden, unwiderstehlichen Kraft wie die Unterströmung des Meeres, und sie stand zitternd da, wartete, daß die Menschenmenge auftauchte und sie mit sich fortriß, aber die Menge tauchte nie auf, sie brodelte einfach außerhalb des Gesichtskreises, war ewig am Rand des Auftauchens, so wie man im Kino immer damit rechnet, daß das Licht gleich ausgeht, weil man ja weiß, daß das passieren wird. Phoebe schaute auf ihre Uhr, konnte aber nichts erkennen, winzige Striche unter Glas, von großer Schönheit, bestimmt ein Kunstwerk, aber wo waren denn die Zeiger? Jemand hatte sie abgerissen, dachte sie, die Zeit ist stehengeblieben.

In einem Fenster sah Phoebe ihr Spiegelbild, ging näher an das Glas heran und tauschte mit sich selber einen Blick, der so voll beiderseitiger Vertrautheit, beiderseitigem Wissen war, daß sie verlegen wurde. Was wir alles durchgemacht haben, dachte sie. Als Kind hatte sie immer ein Spiel gespielt, bei dem sie lange in den Spiegel in ihrem Zimmer schaute und sich dazu brachte, daß sie das Mädchen, das aus dem Spiegel zurückschaute, nicht erkannte, und ein köstliches Angstgefühl zog dann durch ihren Magen, als ihr eigenes Abbild das Abbild eines anderen Mädchens wurde, einer Fremden, in deren Gegenwart sie schüchtern wurde. Phoebe starrte das undeutliche Spiegelbild ihres dunklen Haars an, sah die weit auseinander liegenden, etwas schräg stehenden Augen, die durch das trübe Glas zu ihr heraus starrten, das war ein anderes Mädchen, die Hand eines anderen Menschen, die vorsichtig, ganz vorsichtig hinter dem Glas ausgestreckt wurde, um Phoebes Hand zu berühren, und es war Faith.

Es war Faith.

Hinter dem Fenster stand Faith und schaute zu Phoebe heraus, und ihrer beider Hände trafen sich auf dem Glas. Hinter der Kühle des Glases spürte Phoebe die Hitze, die von ihrer Schwester ausging. »Mein Gott«, flüsterte sie.

Auf Faiths Gesicht lag ein fröhliches Lächeln, und auch Phoebe spürte ein Lachen in ihrer Brust aufsteigen, weil ja Faith jetzt hier war, nach so langer Zeit, endlich – ich hab es ja gewußt, rief sie, aber sie gab dabei keinen Ton von sich, bewegte die Lippen nicht. Ich hab es ja gewußt, ich hab immer gewußt, daß du zurückkommst.

Ich bin doch die ganze Zeit dagewesen, schien Faith zu sagen. Hast du das denn nicht gespürt?

Manchmal, sagte Phoebe. Aber dann bist du wieder verschwunden.

Ich bin immer nur an einem Ort gewesen. Und du bist hierhergekommen.

Phoebe betrachtete ihre Schwester und merkte, daß sich etwas verändert hatte in ihrem Verhältnis, aber sie war sich nicht sicher, was das sein konnte. Dann wurde ihr klar, was es war.

Wir sind gleich alt, sagte sie ungläubig.

Faith lachte, lachte dieses große, hungrige Lachen, das Phoebe so sehr gefehlt, nach dem sie sich so sehr gesehnt hatte und das sie immer vergeblich nachzumachen versucht hatte. Wir sind zwei Hälften eines Apfels, sagte Faith. Du hast es geschafft, Pheeb. Es ist fast vorbei.

Phoebe schaute mit großen Augen die schmalen Augen ihrer Schwester und ihren großen Mund an, ein Gesicht, das ständig in Bewegung war, oder vielleicht waren es bloß ihre eigenen Augen, die sich über dieses Gesicht bewegten, alles auf einmal aufnehmen wollten. Ein Gesicht, das so ganz anders war als ihr eigenes.

Zwei Hälften eines Apfels.

Wie komm ich denn da rüber? sagte Phoebe.

Faith lächelte. Du drückst einfach.

So geht das? Einfach drücken? Und während sie das sagte, preßte Phoebe ihre Hand fester gegen das Glas in der Hoffnung, daß es sich teilen würde, daß sie einfach durchgehen könnte und Faith sie in den Arm nehmen würde, aber das Glas hielt.

Wenn ich drücken sage, dann meine ich richtig drücken, sagte Faith. Phoebe drückte jetzt mit beiden Händen, ihre Handflächen wurden ganz heiß auf dem Glas.

Komm schon, Baby, sagte Faith leise, du mußt dich noch stärker reinhängen.

Das versuch ich doch!

Faith schüttelte den Kopf. Es tut weh, wenn man herübergeht, Phoebe, sagte sie. Es tut weh. Sonst wäre es zu leicht. Du mußt bereit sein, ein bißchen zu leiden.

Aber ich will es doch unbedingt, sagte Phoebe.

Sie legte eine Schulter an das Fenster und drückte mit aller Kraft, spürte den Druck im Rückgrat. Ihre Schwester stemmte sich von der anderen Seite dagegen, um sie zu unterstützen, und Phoebe drückte und drückte, aber noch immer passierte nichts. Verdammt, sagte sie.

Das ist noch kein Schmerz, sagte Faith, nicht, was ich darunter verstehe, und Phoebe spürte voller Verzweiflung, daß sie sich sogar jetzt zurückhielt, sogar jetzt, wo nur eine einzige Glasscheibe zwischen ihr und ihrer Schwester war, sogar jetzt versagte sie. Aber ich kann es, dachte Phoebe, und ich schaffe es auch! Und sie trat von der Scheibe zurück und warf sich mit Wucht dagegen, aber nein, immer noch nicht, ihre Schulter und ihr Arm taten ihr weh, aber sie stand immer noch vor dem Fenster, war immer noch außerhalb.

Fester, drängte Faith, Phoebe, komm jetzt, wir zählen bis drei und versuchen es gleichzeitig, und Phoebe ging fast bis an den Rinnstein zurück; Faith ging auf ihrer Seite genausoweit zurück. Jetzt ist es richtig, dachte Phoebe, diesmal käme sie durch die Scheibe, koste es, was es wolle. Sie lief auf das Fenster zu und sprang mit dem Kopf voraus durch die Scheibe, und Faith tat dasselbe. Als sie auf den Bürgersteig sank, hatte Phoebe das Gefühl, ihr Rückgrat sei durchtrennt worden, vor ihren Augen wurde alles plötzlich ganz weiß, aber es war unglaublich, das Glas war immer noch unversehrt, dieses dicke Glas wie bei Flughafenfenstern – Mein Gott, dachte Phoebe, wie soll ich denn da durchkommen, ohne daß ich dabei draufgehe? In ihrem Kopf pochte es, sie hatte sich auf die Zunge gebissen und spürte das Blut in ihrem Mund, und jetzt rief jemand – war das Faith? – nein, nicht Faith, jemand anders schrie laut und schrill auf der anderen Seite des Fensters, auf Faiths Seite; weil sie spürte, daß etwas passieren würde, richtete Phoebe sich mühsam auf und sprang in einem letzten wilden Versuch in die Scheibe, um der Frau zu entkommen, die hysterisch schreiend herausgelaufen kam. Sie hatte kleine rote Locken auf dem Kopf und packte Phoebes Arm. Ihr Griff war wie die Krallen eines Vogels, und sie brüllte, schien fast überzuschnappen und zeigte immer wieder auf das Fenster. Faith war verschwunden, die Frau hatte sie vertrieben, und eine kleine Menschenmenge bildete sich um Phoebe, aber das war ihr gleichgültig, vollkommen gleichgültig. Sie befreite sich mühsam von der schreienden Frau und ging.

In ihrem Kopf und im Hals pochte das Blut; sogar in den Zähnen spürte sie den Aufprall noch. Nichts, was sie sah, ergab einen Sinn: Eine blonde Frau mit nackten Brüsten setzte sich auf den Beifahrersitz eines blauen Kabrioletts – Wieso? Dachte Phoebe. Warum? – ihre weißen Brüste hingen ihr bis zum Bauch herunter – Ich bilde mir das alles nur ein. Sie kniff die Augen zusammen, um wieder klar sehen zu können, aber nichts änderte sich: Überall, wo Phoebe hinsah, waren so viele halbbekleidete Blondinen mit gebleichtem Haar, daß man gut eine ganze Reihe von Revuen mit ihnen hätte bestücken können. Phoebe ging durch den Duft dieser Frauen, der die Luft erfüllte – waren das Prostituierte? Am hellichten Tag, auf einer belebten Straße? Und Phoebe begriff, daß sie schließlich doch durch das Glas gekommen sein mußte und daß das jetzt die andere Seite war – ja, so war es! – und hatte sie nicht immer das Gefühl gehabt, daß es hier auch Prostituierte geben würde? Rote Korsetts und ein grelles Make-up, und die tiefe Spalte ihrer Dekolletés wurde besonders betont – Ja, dachte Phoebe, sie war auf der anderen Seite angekommen, und Faith mußte auch hier sein und warten, irgendwo verborgen zwischen diesen Prostituierten – war eine von ihnen Faith? Aber nein, ihr Haar war dunkel.

Phoebe bog in eine lange, enge Seitenstraße ein. Plötzlich war es ganz still. Es gab keine Autos, nur Männer, die zu Fuß gingen, und Frauen, die in Hauseingängen lehnten. Eine mit einem kurzen gelben Kleid hatte Blutergüsse an den Beinen, und eine andere, ein Mädchen mit einem koboldhaften Gesicht, hatte Flecken von rotem Nagellack auf den Fingernägeln. Phoebe schaute sie ehrfürchtig mit großen Augen an, während die verborgene Menschenmenge immer näher an Phoebe herandrängte, sie einschloß, sie anfeuerte – sie atmete heftig aus und ein, spürte, wie die Luft durch ihre Luftröhre schoß, und jetzt hörte sie noch andere Geräusche, ein Klicken und Zischen, das sie nicht einordnen konnte.

Ein Mann murmelte etwas, als sie an ihm vorbeiging, betrachtete Phoebe mit unruhigem Blick, und die klikkenden, zischenden Geräusche wurden lauter, als sie an einem anderen Mann vorbeikam, der einen Schnauzbart hatte und dessen Haut feucht glänzte; Phoebe spürte seinen Blick auf ihren Hüften und Brüsten, schaute an sich herunter und erschrak darüber, daß ihr Körper hier in dieser Straße war, so als hätte sie entdeckt, daß sie einen Schnauzer oder einen Vollbart trug. Halt, wollte sie sagen, warten Sie, nein – ihr Blick traf sich mit dem Blick einer Frau, die unter ihrem blauen Netzkleid nichts anhatte; die Frau hatte kleine Brüste und dunkles Schamhaar, schnitt ein unangenehmes Gesicht und spuckte in der routinierten Art von Leuten, die oft spucken, auf die Straße, und Phoebe begriff, daß das Spucken sich nur auf sie beziehen konnte, und spürte ein großes Erstaunen darüber, daß sie, genau wie diese Frauen, aus Knochen und Fleisch bestand, aus Brüsten und Hüften – Phoebe spürte, wie ihre Brüste und ihre Hüften sich unter ihren Kleidern bewegten. Es war ein leichtes Prickeln, wie wenn einem Gliedmaßen eingeschlafen waren, und es war ein aufregendes Gefühl; es war einen Augenblick lang ein aufregendes Gefühl, und dann ging der Augenblick vorbei, und sie hatte schreckliche Angst.

Phoebe schaute sich um, aber der Rückweg kam ihr genauso lang vor wie das Stück der Straße, das vor ihr lag. Es schien, als würden ihr Hunderte von Frauen auflauern, und während sie weiterging, wurden die feindseligen Laute dieser Frauen immer stärker und übertönten die Anfeuerungsrufe der Menge. Phoebe sah Müll, staubige Jalousien, und es roch nach saurer Milch und Pisse. Ein dürres Mädchen in einem zerrissenen grünen Kleid sah aus, als würde sie gleich ohnmächtig werden, verdrehte die Augen, als ein Mann sie durch eine Tür schob; Phoebe hörte Husten, Würgegeräusche – hier war es also ganz nah, genau das, was sie wollte, aber in diese Welt einzutreten war nicht dasselbe, wie wenn man sie voller Sehnsucht betrachtete. Jetzt mußte sie da heraus, weil irgend etwas Schreckliches passieren würde – Nein, dachte Phoebe. Nein! Sie rannte los, ihre Brüste schlugen gegen ihre Rippen, und sie spürte ein Ziehen tief im Unterleib, als würde sie gleich bluten, und gleichzeitig wirkte die Droge mit jeder Sekunde stärker, es war, als würde irgendein Verrückter in ihrem Kopf eine Scheibe drehen. Sie konnte kaum laufen, es war wie in diesen Träumen, in denen man die Glieder nicht mehr bewegen kann, aber Phoebe schleifte ihren Körper weiter wie einen klobigen Sack, vorbei an den johlenden Frauen, vorbei an Männern, die eine makabre Ähnlichkeit hatten mit den Vätern von Freundinnen aus ihrer Kindheit, und schließlich stürmte sie aus der Nebenstraße auf einen breiten Boulevard, auf dem Autos und Omnibusse fröhlich dahin fuhren und die Hitze die Luft in Luftschlangen auflöste.

In Phoebe hatte sich etwas verändert, sie hatte die Orientierung verloren, war verschlungen worden von reinem, durch nichts gemildertem Entsetzen. Es war die Angst, die sie zuvor schon gehabt hatte, in Reims, die Angst, die sie ihr ganzes Leben lang gehabt hatte. Jeder Gedanke traf sie mit so unerträglicher Wucht, daß sie sich jedesmal fast übergeben mußte. Das ist zu extrem, dachte sie. Aber du wolltest ja Extreme. Aber nicht das hier – das habe ich nicht gewollt, oder vielleicht habe ich es gewollt und es mir anders überlegt. Naja, zu spät. Jedesmal, wenn sie sich beruhigte, fiel die Welt sofort in zitternde Teilchen zusammen; es bedurfte ungeheurer Anstrengung, sie wieder einigermaßen zusammenzusetzen, damit man wieder weitergehen konnte, Schritt um Schritt. Als sie am Rinnstein ankam, wußte Phoebe nicht mehr, was sie tun sollte, auf welches Signal sie wartete, alles war ein einziges Knirschen von Farben und Licht und Gebrüll. Sie stand lange da, bis auf einmal alles um sie herum still war, als würde jemand den Atem anhalten, und dann überquerte sie einen Fluß, suchte sich ihren Weg zwischen ausgebleichten Steinen und hörte das Geräusch von Vögeln und von Wasser, das sich bewegte, ein Wasserfall – ich bin auf dem Land! dachte Phoebe –, dann stieß sie gegen etwas Hartes, eine Mülltonne aus Blech, und sie hatte eine Straße überquert. Es war eine belebte Straße. Phoebe hatte keine Vorstellung davon, wohin sie ging.

Sie war in einem Meer aus Molekülen, Atomen und sich ständig verändernden farbigen Strukturen verloren. Jeder Augenblick besaß die verwirrende Macht des

Zurückschauens, war wie die Träume, die einem dann am Morgen wie eine Feder über die Haut streichen. Das bringt mich um, dachte Phoebe, ich kann das nicht aushalten. Ich will es nicht. Sie sagte vieles davon laut vor sich hin: »Ich kann das nicht aushalten. Es bringt mich um. Ich will zurück«, bis ein Mann sie am Arm faßte und sie schüttelte und auf französisch in scharfem Tonfall etwas sagte und Phoebe die Augen aufriß, von denen sie gar nicht gewußt hatte, daß sie geschlossen waren, und eine Frau in einem gelben Kleid mit einem Blumenmuster ihr den Rat gab, einem Taxi zu winken und in ihr Hotel zurückzufahren. Aber einen Sekundenbruchteil später sagte dieselbe Frau sehr schnell auf französisch etwas zu einem Zeitungsverkäufer, und Phoebe begriff, daß sie gar nichts gesagt hatte: Es war wie in einem dieser Träume, wenn man denkt, man sei auf die Toilette gegangen, und wenn man dann aufwacht, merkt man, daß man immer noch ganz dringend gehen muß. Phoebe hob die Hand, um einem Taxi zu winken – ein historischer Augenblick –, sie stand vor einem Schloß und bedeutete den Trompetern, die Ankunft eines Monarchen, der eine mit Edelsteinen besetzte Krone trug, mit einem Trompetenstoß anzukündigen; schimmernde weiße Pferde und fast noch in Sichtweite schattige Wälder, dann hielt ein Taxi, und Phoebe stieg ein, und der Fahrer fuhr los, und sie öffnete die Augen und sah, daß sie mitten auf einem belebten Bürgersteig stand und eine Hand in die Luft gestreckt hatte, während die Leute an ihr vorbeidrängten.

Ich brauche Hilfe, dachte sie, ich brauche Hilfe! Eine

unerträgliche Panik erfaßte sie, und sie rannte in ein Restaurant, in dem die Leute beim Mittagessen saßen, aber ihre Augen konnten in dem Raum nichts erkennen. Es war wie auf Fotografien, auf denen sich die Welt durch einen optischen Trick in lauter kleine Quadrate aufgelöst hatte. »Hilfe, ich brauche Hilfe!« schrie Phoebe, und es wurde ganz still in dem Restaurant, peinlich still. Sie nahm Rauch in der Luft wahr, den Geruch von Venusmuscheln, und dachte, Mein Gott, ich bin wirklich hier drin, ich bilde mir das nicht ein.

Ein massiger, großer Mann mit einer dünnen braunen Zigarette in der Hand kam auf sie zu. Sein Schnurrbart lag wie ein Tausendfüßler auf seiner Oberlippe. »Ich brauche Hilfe«, sagte Phoebe leise.

»Bitte, Mademoiselle, sind Sie krank?« fragte er, nahm sie am Arm und führte sie ganz ruhig auf eine Seite des Restaurants, aber nein, nein, dachte Phoebe, was kann er denn schon tun? Es war allein schon eine Qual, sich so lange ruhig zu halten. Eine fürchterliche Kraft hatte sich hinter ihr aufgestaut, wie Tonnen von Wasser, die sich gleich durch ein schmales Rohr entladen werden – Nein, sie konnte das nicht aushalten! Sie entzog sich dem dicken Mann und schoß aus dem Restaurant wieder auf die Straße hinaus, ihr Herz klopfte wild, drängte in ihrer Brust nach oben, so daß sie es ausspucken wollte, auf den Bürgersteig spucken wollte, um sein irres Pochen zu beenden. Der Druck hinter ihr schwoll an, drängte wie eine Menschenmenge, die durch eine enge Tür will, und Phoebe ging weiter, ging schneller, aber der Druck verschwand nicht, er war hinter ihr, in ihr, kreiste durch ihre Adern, eine entsetzliche Panik, so schlimm wie nichts, das sie kannte. Verzweifelt versuchte sie sich zu beruhigen: Du mußt vor nichts Angst haben, alles wird wieder gut, aber das stimmte nicht, und sie hatte keine Zeit mehr für solche Sachen; sie rannte jetzt, rannte einen halben Schritt vor ihrer Angst her, suchte verzweifelt nach der richtigen Gedankenkombination, mit der sie sich aus diesem Alptraum befreien konnte – Nummern, dachte sie, Zahlen, waren Kombinationen nicht etwas, das mit Zahlen zu tun hatte? – 1, 2, 3, 86, 87, oder vielleicht eine bestimmte Folge von Wörtern: blind, Blitz, Buttermilch, bittersüß, sie würde sterben, etwas Schreckliches würde passieren, und warum soll das so schlimm sein? dachte Phoebe, Faith ist jung gestorben, und ich habe sie dafür nur bewundert, aber ich will nicht sterben – ich will nicht! Ihre Gedanken hämmerten in ihrem Kopf wie Maschinengewehrfeuer: Ich will nicht sterben ich will nicht sterben ich will daß alles wieder so wird wie es vorher war ich hasse das alles bitte Gott laß mich nur wieder von diesem Trip runterkommen wenn nur alles wieder so wird wie es vorher war. Aber das ist doch genau das, was du nicht wolltest, sagte eine andere Stimme, du hast dich dein ganzes Leben lang danach gesehnt, dieses Leben wegzuwerfen. Und Phoebe wußte, daß das so war.

Sie lehnte sich gegen eine Hauswand und versuchte, ihr Herz zu schlucken. Wischen, weit, Wasser, weben, die weißen Schwingen von Engeln, das Weiß von Federn. Sie schloß die Augen, aber nein, das half nicht, sie würde bestimmt sterben – es war etwas Entsetzliches, der entscheidende Fehler eines ganzen Lebens, denn auch wenn sie durch irgendein Wunder überleben würde, hätte sie doch für den Rest ihres Lebens einen Hirnschaden. Sie versuchte, an Faith zu denken, aber sie konnte nur an diese armen Prostituierten denken, deren Beine Flecken hatten wie die Druckstellen auf Obst, Abfall und faulige Gerüche im Zentrum dessen, was einem immer so aufregend und geheimnisvoll vorgekommen war – nichts als Gewalt und Kummer und Fäulnis.

Phoebe kniete sich auf den Bürgersteig. Sie schloß die Augen und versuchte zu beten, ihre Zähne klapperten, obwohl es heiß war, heißes Pflaster unter ihren Knien, aber Gott mußte sich wohl entfernt haben, sie hatte ihn in dem Wirbel aus mottenfarbigen Strümpfen und gebleichten hochtoupierten Haaren verloren. Oder vielleicht gab es auf dieser Seite der Glasscheibe keinen Gott, vielleicht hatte Faith deshalb die Rosenkränze und die Bibel vergraben, als ihr Vater gestorben war, aber Phoebe versuchte trotzdem zu beten, sie kniete da, die Hände über dem Kopf gefaltet, die Augen geschlossen, und die Lippen bewegten sich unaufhörlich. Ab und zu beugte sich jemand zu ihr herunter und wollte ihr helfen; ein Mann in einem anthrazitfarbenen Anzug sagte sogar kurz etwas zu ihr auf englisch, aber Phoebe konnte nicht antworten, starrte einfach nur sein Gesicht an, beobachtete, wie es groß und breit wurde und sich dann wieder zusammenzog, während der Mann es mit anderen Sprachen versuchte. »Español, Deutsch, Italiano?« fragte er immer besorgter, und Phoebe kam der Gedanke, daß er vielleicht Gott sei, vielleicht sah Gott auf dieser Seite der Glasscheibe aus wie ein ganz normaler Mensch, ein Mann in einem Anzug, und sie umklammerte sein Bein, spürte den warmen Knochen unter dem Fleisch, unter der Haut, unter dem Stoff der Hose, und dachte: Halte ich jetzt das Bein Gottes fest? Dann riß der Mann sich los, verschwand in der Menge, aber etwas später sah Phoebe ihn wieder, er ging mit einem Mann in Uniform über die Straße, der eine runde Mütze aufhatte und aussah wie ein Polizist – Phoebe zwang sich dazu, aufzustehen und weiterzugehen, weil auch noch der letzte Blutstropfen in ihren Adern illegal war, verdorben und voller Gift, und gottseidank sah sie einen Taxistand, *Liebe Mom, liebe Phoebe und...* »Place Saint-Michel«, sagte sie zu dem Fahrer mit einer Klarheit, die sie erschreckte, und dann fuhren sie eine Zeitlang dahin, aus dem Radio kam klassische Musik, die milchigen Federn von Tauben, die seidigen Flügel von Insekten, *Liebe Mom, liebe Phoebe und lieber Barry, wir sind jetzt in*, 4, 5, 6, Vater unser im, 7, 8, *Gestern sind wir nach,* 9, 19, Verzeih mir, Vater, ich habe zuletzt vor vier Monaten ... *Wolf war lästig wie immer, als nächstes fahren wir nach ...*

Der Fahrer sagte etwas. Sie standen jetzt; die Ziffern auf dem Taxameter sagten Phoebe nichts, aber sie gab dem Fahrer einen Geldschein nach dem anderen, bis er sie ziemlich ungehalten unterbrach und ihr etwas von dem Geld zurückgab. Phoebe stieg aus, und Münzen fielen ihr auf den Boden des Taxis und auf den Bürgersteig. Überall um sie herum glitzerten Statuen, als wären sie aus Salz. So viele Menschen. Phoebe drehte sich langsam um, schaute in alle Richtungen, bis sie den Fluß sah, und ja, sie wußte, was sie tun mußte, ja, sie hatte einen Plan, den Schlüssel, mit dem sie diesen Alptraum beenden konnte; ein Wind kam auf, und es war, als würde er sie auf den Fluß zu treiben, sie kletterte auf die Brücke, der Verkehr dröhnte vorbei, und in ihren Ohren waren andere Geräusche: nach Wald, nach Dschungel, nach fließendem Gewässer; sie wußte, was sie tun mußte, die Postkarten führten sie in die Irre, sie waren eine schlechte Orientierung, führten dazu, daß alles auseinanderfiel; Phoebe fühlte jetzt eine dumpfe, beharrliche Entschlossenheit, 12, 13, 14, 15, *Ich mag sie einfach nicht, diese verrückten*, und sie hielt Faiths Ansichtskarten in der Hand und auch das Foto ihrer Schwester; Phoebe beugte sich über die Brüstung, *Liebe Mom, liebe Phoebe und* Licht, Lapislazuli, Lametta, Liebeslied, unten wirbelte das Wasser, so viele Schiffe, aber das Wasser war nicht blau, alles war Fäulnis und Verfall, Faiths Karten in ihrer Hand – ich sterbe daran, aber ich will nicht sterben – das Wasser ekelhaft, klebrig wirkend wie das Wasser in dem Schwimmbecken, vor dem sie als Kind Angst gehabt hatte, behaarte Brust, eine goldene Pfeife bedeutete Spring! – Phoebe ließ die Postkarten fallen, sie wirbelten in der Luft, flogen in verschiedene Richtungen, wurden ganz schnell so klein wie Konfetti, der eine Tag im Jahr, wenn in der Stadt alle weiße Papierschnipsel aus dem Fenster werfen, und sie ließ auch das Bild fallen, Faith wirbelte auf das Wasser hinunter; ich hab es noch einmal geschafft, dachte Phoebe, habe Faith zum zweitenmal ins Wasser geschickt – Gott, verzeih mir, es gab nur eines, sie oder ich, eine von uns mußte gehen, verzeih mir, Vater, nichts ist jemals so gewesen, wie du geglaubt hast, eine Lehre fürs Leben ha ha, und 19, 18, 17, die Postkarten lagen auf dem Wasser, trieben dahin, sie hatte sich jetzt von ihnen befreit, Gottseidank, dachte Phoebe, sie wußte, wo sie hingehen mußte, und sie ging, tat so, als würde sie gehen; wenn sie sich stark genug konzentrierte, dann konnte sie die Welt für kurze Zeit, Augenblick um Augenblick, zusammensetzen, bevor sie wieder aus den Nähten platzte, verzeih mir, Vater, da war ihr Hotel, ein Wunder, das der Himmel gesandt hatte. »Verzeih mir, Vater, denn ich habe gesündigt«, murmelte sie laut, während sie die endlosen Treppen zu ihrem Zimmer hinaufstieg, ihrem blauen Zimmer, in dem ihr Rucksack zusammengedrückt auf dem Boden lag. Verzeih mir, Vater.

Phoebe hatte sich auf ihr durchhängendes Bett fallen lassen. Sie hatte die Augen geschlossen, aber sie fand keine Dunkelheit und keine Ruhe; es war, als wäre man in einem Radioapparat, der dauernd einen anderen Sender empfängt, *Liebe Phoebe, Du wirst nicht glauben, was*... Lichtschwaden, Gitarrenmusik in hellen zitternden Tonfolgen, Autos fahren draußen vor ihrem Fenster in blauen Abgründen, sie hatte die Hände auf ihren Brüsten, diese seltsam beruhigende Weichheit, 91, 92, 93, es würde immer so weitergehen; Ferienlager im Sommer, Bierflaschen auf den Regalen, der schaukelnde gelbe Omnibus, Faith auf dem Vordersitz, der Liebling des Fahrers, ihr langes Haar heiß vom Sonnenlicht, zer-

zerflossen wie Öl, die Stimmen der Kinder, Miss Mary Mack, Mack, Mack, 102, 103, ich liebe dich, dachte Phoebe, ich liebe dich, ich tu alles für dich, aber ich will nicht sterben, entschuldige, daß ich sie weggeworfen habe, Gott, bitte verzeih mir, aber es war völlig verkehrt, 29, 30, nichts ging, nichts hat geklappt. Phoebe stand auf, ging durch das winzige Zimmer an den Spiegel über dem Waschbecken. Ihr Spiegelbild war ein Meer aus beständig wechselnden Farben, violett, grün, rosa, die Augen in der Mitte vollkommen schwarz. Ein irres Gesicht, eine rituelle Maske nach ihrem Bild geschnitzt, aber ihr eigenes Gesicht, nicht das Gesicht von Faith, und Phoebe schüttelte den Kopf, schloß die Augen und riß sie wieder weit auf, rüttelte dann an dem Spiegel, wandte sich ab und drehte sich ganz plötzlich wieder um, weil sie das Spiegelbild überraschen wollte ... Tuch, Tach, Meise, Waise, 68, 67, 66, aber da war immer noch ihr Gesicht, ihr eigenes Gesicht, was sie auch tat, ich hab sie umgebracht, dachte Phoebe, ihr eigenes leeres Gesicht, das pochende Herz, dessen Geschmack sie praktisch im Mund hatte, verdammt ... *Liebe Mom, liebe Phoebe und ...* Voller Wut schlug Phoebe mit der Faust in den Spiegel, zerschlug ihr erschrockenes Gesicht zu ein paar glitzernden Scherben, die scheppernd ins Waschbecken fielen.

Ihre Hand tat weh. Sie hielt sie vors Gesicht und entdeckte einen winzigen Splitter des Spiegels, der in der weichen Stelle zwischen Daumen und Zeigefinger steckte. Warmes rotes Blut lief zu ihrem Ellbogen hinunter. Phoebe betrachtete das Blut, war von dieser warmen Fülle fasziniert, von diesem Reichtum an kostbarer Farbe, der unter ihrer unansehnlichen Haut verborgen war. Irgend etwas in ihr wurde jetzt ruhiger, etwas Kühles war jetzt in ihrer Brust, ihrem Kopf, warmes Blut spülte das Fieber weg, holte es aus ihrem Körper. Nein, dachte sie, diesmal werde ich nicht sterben; früher hat man geblutet, hat sich die Fußsohlen aufgeschnitten, um gesund zu werden, es wird vorbeigehen wie alles andere, ich glaube, es wird vorbeigehen. Danke, Gott, ich danke dir, lieber Gott, *Liebe Phoebe …* Gegrüßet seist du Maria, drei Wünsche, ich möchte mein Leben wieder zurückhaben, bitte, Gott, die Risse in der Decke, die winzigen Insekten, bitte, Gott, die Augenblicke der Stille, des Nichts, und die Kühle, mit der sie ihre Brust erfüllten, und ihr Herz wurde allmählich ruhiger. Phoebe drückte langsam den Glassplitter heraus, genoß den kurzen, köstlichen Schmerz, der sich bis zu ihrem Herzen ausdehnte, hielt ihn wie in einer Faust, und dann verließ er ihren Körper mit einem letzten warmen Schub.

Teil drei

Dreizehn

Bäume standen blühend in einem fiebrigen Weiß vor dem ehemals feudalen, heruntergekommenen Gebäude, in dem Kyles Cousin Steven Lake mit seiner Frau Ingrid wohnte. Phoebe stand eine Zeitlang auf der Straße, weil sie nicht wußte, ob sie so früh schon klingeln konnte. Sie war mit dem Nachtzug von Paris nach München gekommen, ohne sich bei den Lakes, die nie etwas von ihr gehört hatten, anzumelden. Sie hatte Angst gehabt, man würde ihr sagen, sie könnte nicht kommen.

Phoebe setzte sich auf die Treppe vorm Haus und wartete. Seit dem Acid-Trip waren schon Tage vergangen. Am Anfang war das Pochen in ihrem Kopf unerträglich gewesen, und sie hatte graublaue Flecken, Blutergüsse, auf der Stirn, den Schläfen und auf der Kopfhaut. Sie hatte zwei Tage lang völlig bewegungslos auf dem durchhängenden Bett gelegen und dem Streufeuer des Straßenverkehrs zugehört. Sie hatte Angst gehabt, sich zu bewegen; die Membran zwischen ihr und dem Acid-Trip kam ihr sehr dünn vor, so wie die weiche Stelle auf dem Kopf eines Babys. Sie könnte durch eine plötzliche heftige Bewegung zerreißen, und Phoebe könnte wieder in diesen Abgrund fallen. Phoebe war schwankend und vorsichtig die vielen Treppen nach unten gegangen, um ihr Zimmer zu bezahlen und sich etwas zum Essen zu kaufen. Am dritten Tag hatte sie das Buch mit den Geschichten von Charles Dickens angefangen: Hufschmiede, Küchenmägde, Weihnachtsbraten, irgendwie genau das, was sie brauchte.

Zuerst überlegte sie sich, ob sie nicht vielleicht wieder nach Hause fliegen sollte. Aber mit der Zeit kam ihr das immer unmöglicher vor, so wie der Augenblick in dieser engen Straße mit den zischelnden Frauen, als sie sich umdrehte und der Rückweg ihr genauso weit vorkam wie der Weg nach vorne.

Als der Schmerz in ihrem Kopf nachließ, machte Phoebe sich daran, ihr Zimmer wieder in Ordnung zu bringen. Sie bewegte sich vorsichtig, als seien alle Knochen in ihrem Körper gebrochen gewesen und wieder gerichtet worden. Sie wickelte die Scherben des Spiegels in ein T-Shirt ein, schmuggelte sie nach draußen und warf sie in einen Abfallkorb. Von dem Blut auf ihrer Hand war etwas auf die Bettdecke gekommen, aber nachdem sie die Decke ein paarmal gründlich gewaschen und zum Trocknen in die Sonne gehängt hatte, war der Fleck schwächer geworden (und nicht nur der Fleck: die ganze Decke war ausgebleicht).

Faiths Ansichtskarten waren weg. Sie hatte sie in die Seine geworfen. Phoebe erinnerte sich daran, erinnerte sich an das heftige, wilde Gefühl, daß in diesem Akt der Schlüssel zu ihrem Überleben lag, aber sie wußte nicht mehr, warum. Jetzt gab es nichts mehr, wonach sie sich richten konnte – und wenn man sich einfach zufällig einen Ort aussuchte, war es dann noch wichtig, ob man hinfuhr oder nicht? Der Zettel mit der Adresse von Kyles Cousin Steven Lake war immer noch um den rosa Joint gewickelt, der ganz unten in ihrem Portemonnaie lag. Sie hatte ihn die ganze Zeit mit sich herumgetragen.

Phoebe lehnte sich an ihren Rucksack und nickte ein. Genau um neun Uhr wachte sie auf, ging die Treppe hoch und drückte auf die Klingel. Es klickte in der Sprechanlage, und eine Männerstimme sagte etwas auf deutsch.

»Ich möchte zu Steven Lake«, sagte Phoebe und sprach den Namen ganz langsam aus.

»Steve ist diesen Sommer in Brüssel«, sagte dieselbe Stimme, aber jetzt auf englisch mit einem amerikanischen Akzent.

»Brüssel«, sagte sie.

»Ja, ich wohne hier, solange sie weg sind. Wollen Sie ihre Adresse haben? Hallo?«

Phoebe kam sich vor, als würde sie einen Hang hinunter rutschen.

»Hallo?«

»Ich sollte ihm – etwas geben –«, stammelte sie.

Die Sprechanlage wurde ausgeschaltet. Phoebe drehte sich um und schaute auf die leere Straße. Von den blühenden Bäumen ging ein süßer Geruch aus, wie von Puder. Sie war in München. In Deutschland. Als der Türöffner summte, wirbelte Phoebe herum und warf sich mit ihrem ganzen Gewicht gegen die Tür.

»Dritter Stock«, sagte die Männerstimme. Der Hausflur war ziemlich dunkel. Phoebe schleppte sich unter dem Gewicht ihres Rucksacks mühsam die Stufen hinauf. Sie hörte Schritte, die ihr von oben entgegenkamen, und sah durch ihr Haar, das ihr übers Gesicht gefallen war, einen großen Mann, der eine Nickelbrille trug. Sie überlegte sich, ob es überhaupt einen Sinn hatte, den Rucksack hochzuschleppen, wenn Steven Lake gar nicht da war.

»Komm, laß mich das nehmen«, sagte der Mann und nahm ihr den Rucksack von der Schulter. Phoebe bemerkte, daß er sie ein ganz kleines bißchen länger anschaute, als man hätte erwarten können. Die Blutergüsse waren noch zu sehen, aschgraue Flecken über den Augen und an den Schläfen. Sie senkte den Kopf. Der Mann ging mit schnellen Schritten auf den ersten Treppenabsatz zu. Phoebe merkte an seinen Schritten, daß er es eilig hatte und seinen Tag rasch beginnen wollte.

»Bist du eine Freundin von Steve?« sagte er über die Schulter.

»Nein, aber ich kenne seinen Cousin. Kyle Marion.«

Er blieb stehen. »Nicht den Kyle Marion in San Francisco?«

»Doch!« sagte Phoebe. »Kennst du ihn?«

Zuerst kam keine Antwort. Dann sagte der Mann: »Ich bin mit ihm auf die High School gegangen.« Er wartete auf dem nächsten Treppenabsatz. Phoebe war jetzt ganz aufgeregt vor Neugierde und schaute dem Mann trotz ihrer Blutergüsse voll ins Gesicht. Sie erkannte ihn, es überkam sie wie ein einziger heller Blitzschlag, und sie hatte überall an den Beinen und auf dem Kopf eine Gänsehaut.

»Wolf«, sagte sie.

Sein Gesicht war ganz fahl geworden.

Sie starrten sich beide an, brachten keinen Ton heraus. Es war Wolf. Er sah aus, als würde er zusammenbrechen.

»Ich bin Phoebe«, sagte sie.

»Ich weiß, wer du bist«, sagte Wolf, zog Phoebe an sich und wiegte sie in seinen Armen. Es war ein ganz vertrautes Gefühl für sie. »Ich weiß schon, wer du bist, Phoebe. Mein Gott.« Er trat einen Schritt zurück, um sie anzuschauen, und auf seinem Gesicht lag dieses verlegene Lächeln älterer Verwandter, die einen jahrelang nicht gesehen haben. Er packte Phoebe an den Oberarmen. Ihr Rucksack hing immer noch über seiner Schulter. »Phoebe O'Connor«, sagte er. »Gottverdammich.«

Sie hatte ihn größer in Erinnerung. Wolf war mit den Jahren in Phoebes Kopf riesig geworden, er hatte für sie seit ihrer Kindheit doppelt so schnell wie sie selber an Größe und Kraft zugenommen. Und jetzt wirkte sein nicht mehr so glattes Gesicht fast zerbrechlich. Aber es war noch dasselbe Gesicht: weiße Zähne, schmale, graugrüne Augen wie das Tier, von dem er seinen Spitznamen hatte. Und das braune Haar, das früher bis über die Schultern hinunterhing, war jetzt kurz geschnitten, so daß es ein bißchen abstand. Sein Gesicht, das immer und unwandelbar braungebrannt war, hatte seine Farbe verloren. Aber trotzdem war er noch Wolf, er war ihr vertraut in jeder Einzelheit bis hin zu den Händen, die jetzt auf ihren Armen lagen, Hände, die sie schon gesehen hatte, wie sie Joints drehten, wie sie seinen Pick-up mit unsichtbaren winzigen Bewegungen lenkten, wie sie durch das Haar ihrer Schwester fuhren.

»Was machst du denn hier?« sagte Wolf.

»Ich reise herum.« Das war die einzige Erklärung, die sie zustande brachte. »Woher kennst du denn Steven Lake?«

Wolf schüttelte den Kopf. »Amerikaner in München«, sagte er. »Ich kenne ihn schon seit Jahren.«

»Aber du hast nicht gewußt, daß er und Kyle Cousins sind?«

»Ich hatte keine Ahnung. Ich meine ... kommt Steve denn nicht aus New York?«

Sie gingen die letzte Treppe hoch. Phoebe ging durch eine offene Tür in ein großes Wohnzimmer, das auf einen Hinterhof hinausging. Im Gegensatz zur verfallenen Eleganz des Gebäudes war die Wohnung schick renoviert, frisch gestrichene Wände, heller Holzboden mit vielen Aststellen.

»Setz dich, schau dich um, fühl dich einfach zu Hause«, sagte Wolf und setzte Phoebes Rucksack gleich hinter der Tür auf den Boden. »Magst du einen Kaffee?«

Phoebe ging hinter Wolf her in eine Küche. Sie fand, er hatte noch dieselbe Figur, einen breiten Oberkörper, lange Beine, aber daß er so klein war, so unauffällig, das beunruhigte sie. Er war nicht größer als irgendein anderer großer Mann.

Wolf setzte das Wasser auf, drehte sich zu Phoebe um und lächelte. »Du bist erwachsen geworden«, sagte er.

Phoebe verschränkte die Arme.

»Du warst ja praktisch noch ein Kind, als ich dich zum letzten Mal gesehen hab.«

»Zehn«, sagte sie. »Ich war zehn.«

»Und jetzt bis du wieviel, sechzehn, siebzehn?«

»Achtzehn.«

»Achtzehn«, sagte Wolf. »Mein Gott, ich hab vergessen, wie lang das schon her ist.«

Das Wasser auf dem Herd summte. Wolf nahm den Topf mit einem Lappen hoch und goß siedendes Wasser in einem eleganten Bogen in den Filter.

»Deine Haare sind so kurz«, sagte Phoebe schüchtern. »Und du hast jetzt eine Brille.«

»Ich hab schon immer eine Brille gehabt, ich hab sie nur nie aufgesetzt«, sagte Wolf lachend. »Meine Jugend war eine ziemlich verschwommene Angelegenheit.«

»Du siehst anders aus«, sagte Phoebe. Sie konnte sich damit einfach nicht abfinden. »Du siehst so ... naja, ich weiß nicht, so bürgerlich aus.«

Wolf lächelte ironisch. »Die Welt hat sich verändert.«

Sie gingen mit ihren Bechern ins Wohnzimmer und setzten sich auf eine blaugestreifte Couch. Sonnenlicht strömte durch die Fenster herein. In dem hellen Licht beugte Wolf sich plötzlich zu Phoebe hinüber und betrachtete ihre Stirn. »Was ist denn passiert?« sagte er leise.

»Ich bin hingefallen.«

Wolf legte leicht die Hand auf Phoebes Kopf. Die Kühle seiner Hand tat gut. »Sieht aus, als hätte dich jemand geschlagen«, sagte er. »Wie ist das passiert?«

»Ach, das ist nicht der Rede wert«, sagte Phoebe. »Eine Treppe.«

Wolf bohrte nicht weiter, aber sie spürte sein Zögern, seine Besorgnis, und das war wie Balsam. Das helle Licht tat ihr in den Augen weh; sie schloß die Augen und lehnte sich zurück. Es kam ihr wie ein unfaßbarer Luxus vor, daß sie bei jemandem in einer Wohnung war.

»Wie geht es denn deiner Mutter?« fragte Wolf.

»Es geht ihr wohl ganz gut. Sie hat einen Freund. Genauer gesagt, es ist ihr Chef. Jack Lamont? Erinnerst du dich?«

»Das darf doch nicht wahr sein!«

»Ich schwöre«, sagte Phoebe und freute sich, daß Wolf nachvollziehen konnte, wie abwegig die Entscheidung ihrer Mutter war.

»Naja, das ist phantastisch«, sagte Wolf. »Wenn sie glücklich ist, dann ist es doch phantastisch. Und der Bär? Was macht eigentlich der alte Barry?«

»Er ist Millionär«, sagte Phoebe und gab Wolf die Kurzfassung von Barrys Erfolgsgeschichte.

»Na also, es gibt doch noch Gerechtigkeit«, sagte er grinsend. »Ich konnte deinen Bruder immer gut leiden.«

Phoebe dachte die ganze Zeit daran, daß keiner von ihnen bis jetzt Faiths Namen erwähnt hatte. Sie fragte sich, ob sie in Wolfs Augen ihrer Schwester auch so ähnlich sah, wie alle sagten. Sie hoffte, daß es so war.

Wolf entspannte sich, breitete seine langen Arme auf der Couchlehne aus. »Phoebe O'Connor«, sagte er. »Ich hab ein ganz lebendiges Bild von dir im Kopf – vor eurem Haus, wie du uns nachwinkst, als wir zum Flughafen gefahren sind.«

Sie lachte verlegen. »Das weißt du noch?«

»Du warst barfuß«, sagte Wolf mit stockender Stimme.

Phoebe erinnerte sich noch an die absolute Stille, die sich in dem Augenblick über die Straße gelegt hatte, in dem der Pick-up nicht mehr zu sehen war, so als wäre alles Laute und Fröhliche auf der Welt auch verschwunden, als hätten sie das zusammen mit ihren Meermuscheln und Halstüchern eingepackt. Sie hatte sich auf den Boden gekniet und die warme Stelle berührt, an der das Auto gestanden hatte, und sie hatte die Hand da liegenlassen, bis der Straßenbelag sich abgekühlt hatte, und auch danach hatte sie die Hand noch liegenlassen, noch sehr lange, minutenlang, bis ihr im Nebel vor Kälte die Zähne klapperten.

»Jedenfalls will ich alles wissen, was du seither erlebt hast«, sagte Wolf.

Phoebe lachte. »Das ist eine ganze Menge«, sagte sie, obwohl es natürlich in Wirklichkeit so wenig war.

In einem anderen Zimmer klingelte das Telefon. Wolf ging hinüber, und Phoebe hörte ihn durch die offene Tür reden und bewunderte, wie locker und fließend er deutsch sprechen konnte. Der Klang der Sprache ließ sie an jemanden denken, der mit einer riesigen Schere Büsche stutzt.

»Du klingst absolut deutsch«, lobte sie ihn, als er wieder ins Wohnzimmer kam.

Wolf lachte. »Das bin ich ja praktisch auch, wenigstens im Moment«, sagte er. »Ich habe eine Aufenthaltsgenehmigung und darf also hier arbeiten und alles. Und ich bin mit einer Deutschen verlobt – Carla, sie war das eben gerade am Telefon. Und wenn wir verheiratet sind, bekomme ich die Staatsbürgerschaft.«

»Du heiratest?«

»Ja«, sagte Wolf zögernd. »Wir haben uns im März verlobt.«

»Wow.« Phoebe hatte das Gefühl, als hätte ihr jemand einen Schlag versetzt. In ihrem Kopf begann es zu pochen.

»Das muß hart für dich sein«, sagte er. »Entschuldige.«

Phoebe nickte und schaute zu den Fenstern. Draußen schwebte ein kleiner Vogel, der aussah wie eine riesige Mücke.

Wolfs Leben war also weitergegangen. Das Merkwürdige daran war nicht so sehr, daß es so war, dachte Phoebe, sondern daß sie es so unvermittelt erfuhr. Für sie war er jemand geblieben, der mit nacktem Oberkörper, vom Sonnenlicht durchtränkt, ruhelos durch ihre Gedanken streifte. Und jetzt schämte sie sich, wie man sich schämt, wenn man jemanden wieder trifft, von dem man oft geträumt hat, und sie hoffte, daß er ihr das nicht ansah.

»Wie kommts, daß du in Deutschland gelandet bist?« fragte sie.

Wolf setzte sich wieder neben sie auf die Couch. Er habe eigentlich nie vorgehabt, wieder für immer in Amerika zu bleiben, erklärte er, habe sich hier jahrelang illegal aufgehalten und in Restaurants gearbeitet, in Fabriken. Er hatte in Berkeley Deutsch studiert, weil er das für seinen Abschluß in Biochemie brauchte, beherrschte also die Sprache.

»Du hast das Studium in Berkeley abgebrochen, stimmts?« fragte Phoebe. »Weil du mit Faith nach Europa gehen wolltest?«

Jetzt war es passiert. Der Name ihrer Schwester erfüllte das Zimmer. Phoebe wollte ihn noch einmal aussprechen, wollte ihn herausschreien.

»Ja«, sagte Wolf. »Amerika war mir damals zuwider. Ich wollte unbedingt weg.«

Aber der Name hatte seine Wirkung getan. Sie schwiegen voller Respekt.

»Jedenfalls bin ich jetzt Übersetzer«, schloß Wolf. »Hauptsächlich technische Sachen, Broschüren, Jahresberichte von Firmen, die in Amerika Geschäfte machen. Viele chemische Betriebe, so daß die Biochemie also nicht ganz umsonst war. Sie ist sogar sehr nützlich.«

»Es hat sich also alles ganz prima entwickelt«, sagte Phoebe melancholisch.

Wolf klopfte zweimal auf den Couchtisch, als würde er das nicht gerne hören. Oder vielleicht hatte er nur Schuldgefühle, weil er sein Glück so zur Schau stellte.

»Oh, ich hab etwas vergessen«, sagte Phoebe und suchte in ihrer Handtasche nach ihrem Portemonnaie. »Ich sollte das hier Steven Lake geben. Von Kyle.«

Sie zog den rosaroten Joint aus dem Fach ihres Portemonnaies. Er war von der langen Reise verbogen und schmutzig. Wolf nahm den Joint, lächelte über seinen Zustand. »Wir heben ihn für Steve auf«, sagte er.

Das Badezimmer war mit absolut sauberen weißen Fliesen gekachelt. Im Medizinschränkchen fand Phoebe eine Flasche Parfüm von Estée Lauder und ein paar hellbraune Haarklemmen, die in einem ordentlichen Häufchen zusammen lagen. Ein Paar wie große Tropfen geformte Jade-Ohrringe, eine Flasche mit einer Lotion, die nach Kokosnuß roch; Phoebe betrachtete diese Dinge und versuchte sich die Frau vorzustellen, die sie gekauft und benutzt hatte und sie so sorgsam in dieses Schränkchen geräumt hatte. Man konnte sich keinen größeren Unterschied zwischen dieser ökonomischen Ordnung und dem bunten Durcheinander von Faiths Sachen vorstellen, und trotzdem sah Phoebe, wenn sie sich Carla vorstellen wollte, immer nur das Gesicht ihrer Schwester vor sich.

Unter dem heißen Wasser der Dusche fing etwas in ihrer Hand zu pulsieren an. Der Schnitt, den sie sich am Spiegel zugezogen hatte, hatte sich zuerst entzündet, heilte aber jetzt ab. Phoebe bewegte sich vorsichtig, als seien die Fliesen in der Dusche aus Eierschalen. Ich bin in Wolfs Wohnung, sagte sie sich und erwartete, daß etwas in ihr über diesen enormen Glücksfall in absolute Begeisterung ausbrechen würde, aber ihre Gefühle waren matt und dumpf. Es war einfach zuviel passiert. Wolf kam ihr vor wie die Erfüllung einer Hoffnung, die sie aufgegeben hatte, als ihre Reise ganz unerklärlich von einem Abenteuer in einen Kampf ums Überleben mündete. Warum war sie nach Europa gekommen? Phoebe war sich nicht mehr sicher; sie wußte lediglich, daß sie mit knapper Not einem Alptraum entkommen war. Und als ihr dann einfiel, daß sie Wolf jetzt ein glückliches Mädchen auf Ferienreise vormachen sollte, wäre sie am liebsten für immer im Badezimmer geblieben.

»Wie ist denn deine Verlobte so?« fragte sie, als sie und Wolf durch die breiten, großzügigen Straßen Münchens zogen. Die Kirchen wirkten wie große, reich verzierte Garderobenschränke, der Himmel war makellos blau. An irgendwelchen Häusern schlugen Uhren zwölf.

»Sie ist Ärztin«, sagte Wolf.

»Ärztin. Jungejunge.« Dadurch schien die Verlobte gleich älter. »Dann mußt du ja unheimlich gesund sein«, witzelte Phoebe.

Wolf lachte und bog den Kopf zurück, als sei sein Lachen irgendein Stoff, Rauch zum Beispiel, der Phoebe belästigen könnte. »Langsam, aber sicher werde ich unheimlich gesund«, sagte er mit einem zärtlichen Ton in der Stimme. »Aber ich bin kein einfacher Patient.«

Er zeigte ihr ein paar Sehenswürdigkeiten: die Alte und die Neue Pinakothek, die Technische Universität, an der er im Herbst ein Übersetzungsseminar halten würde. Phoebe nahm das alles nur beiläufig zur Kenntnis. Die meiste Zeit war ihr Blick auf Wolf gerichtet, und sie war voller Staunen bei dem Gedanken, daß das derselbe Junge war, auf dessen Schultern sie die Haight Street hinuntergeritten war und den sie immer in die Rippen getreten hatte, damit er schneller ging. Vielleicht dachte auch Wolf an diese Zeit, denn er erkundigte sich auf einmal danach, wie sehr San Francisco sich verändert habe.

»Unheimlich«, sagte Phoebe. »Du würdest es nicht für möglich halten.«

»Inwiefern? Ich meine, was hat sich denn genau verändert?«

»Fährst du denn nie nach Hause?«

»Oh doch«, sagte er. »Ab und zu. Meine Eltern wohnen jetzt in Tiburon. Ich geh nie in die alten Gegenden.«

»Das hat auch keinen Sinn«, sagte Phoebe.

»Und was ist mit unserer High School? Nachdem, was ich da so höre, scheinen die fünfziger Jahre ja zurückgekommen zu sein, mit Cheerleadern, Football ...«

»Disco-Musik«, sagte Phoebe. »Alle gehen zum Tanzen in Discos.«

»Das klingt gesund«, sagte Wolf mit einem halben Lachen. »Es klingt ... unschuldig.«

Phoebe schaute ihn erstaunt an. »Ich kann es nicht fassen, daß du so was sagst.«

»Das ist das Alter«, sagte Wolf und lächelte.

Sie waren jetzt im Hofgarten, einer großen, streng gegliederten Gartenanlage voll roter und weißer Blumen und rechteckigen Beeten und schenkelhohen Hecken, die so gestutzt waren, daß sie aussahen wie Mauern. Am anderen Ende erhob sich in einem Ring aus Bäumen ein Gebäude mit quadratischen Säulen. Auf dem Dach saß eine dunkle Metallkuppel wie ein Bronzehelm.

»Aber es muß doch noch etwas da sein«, sagte Wolf. »Von früher, einfach irgendwas – auch wenn es nichts ist.« Phoebe fiel der veränderte Tonfall auf, in dem er jetzt sprach, eine gewisse Schwermut. Sie erzählte ihm vom Hippie Hill, dem leeren Panhandle, der Haight

Street, die voller Junkies war; und es war seltsam: während Phoebe diese Enttäuschungen beschrieb, wurde die Verbitterung über all die Dinge, die ihr abgingen, verdrängt von einer plötzlichen, peinigenden Sehnsucht nach allem, was sie hinter sich gelassen hatte – einer Sehnsucht nach zu Hause.

Sie waren langsamer gegangen und dann stehengeblieben. Sonnenlicht ergoß sich über die Bronzekuppel, ließ sie golden leuchten. Sie sah aus wie eine überdimensionale magische Kugel. Wolf ging einen oder zwei Schritt zurück und hob die Hand, während sein Blick fest auf Phoebe gerichtet war. »Warte«, sagte er leise. »Bleib da.«

Sie schaute auf die Kuppel hinter sich, einen schimmernden Höcker aus Schwarz und Gold. Als sie Wolf wieder anschaute, kniete er mit einem Knie auf dem Boden. Phoebe hätte fast gelacht, aber sie brachte keinen Ton heraus. Wolf wirkte so verletzlich, sein Blick war leer wie bei einem Schlafenden. »Was ist denn?« fragte sie leise.

Er stand wieder auf und wischte sich mit langsamen Bewegungen den Staub aus seiner Jeans.

»Wolf, was ist?«

»Nichts«, sagte er geistesabwesend. Er machte einen verwirrten Eindruck, so als wisse er selber nicht, was gerade passiert war. »Laß uns hier weggehen.«

Sie gingen schweigend aus dem Park. Phoebe wiederholte ihre Frage nicht mehr. Als Wolf da auf dem Weg zu ihr hochgeschaut hatte, sah sie, wie irgendwas in seinem Gesicht sich teilte, es war wie eine Tür zu einem dunklen

Zimmer, die aufschwang und wieder zuging. Phoebe konnte sich nicht erklären, was das bedeutete. Aber sie war froh, irgendwie erleichtert, daß sie es gesehen hatte.

Sie aßen in einem der ältesten Restaurants Münchens zu Mittag, überall Geschäftsleute in leuchtenden Kokons aus Rauch, überall Geruch von Bier, Salz, gebeiztem Holz. In die Fenster waren rautenförmige Glasscheiben eingelassen. Wolf und Phoebe stiegen eine schmale Treppe hoch und wurden an einen Tisch mit einer unebenen Holzplatte geführt. Wolf bestellte Bier, das in zwei becherförmigen Gläsern serviert wurde, die so hoch waren wie Weinflaschen.

Er hob sein Glas. »Auf das Vergnügen, mit dir zusammen zu trinken, Phoebe«, sagte er. »Und das ganz legal, absolut legal. Wer hätte das gedacht?«

Phoebe trank das süße, kräftige Bier, das eine angenehme Trübheit hatte. Das Bier hatte einen vollen Geschmack, wie eine Mahlzeit für sich. Sie hatte seit dem Champagner in Épernay mit Pietro keinen Alkohol mehr getrunken. Es kam ihr vor wie etwas aus einem früheren Leben.

Wolf schaute zu, wie sie trank. »Ach ja«, sagte er. »Ich heiße übrigens Sebastian.«

»Sebastian.« Phoebe lachte laut. Es kam ihr so vor, als würde das Bier ihr Hirn überschwemmen. »Unmöglich. Sebastian?«

Wolf lachte auch, aber zögernd. Phoebe dachte, daß Carla wahrscheinlich ziemlich ernst war. Schließlich war sie ja Ärztin. Sie schluckte ihr Lachen hinunter.

»Jetzt im Moment fühl ich mich wie Wolf«, sagte er. »Und ich will auch gar nicht bestreiten, daß das angenehm ist.«

»Also, soll ich dich Sebastian nennen?«

Sie lächelten beide. Der Name klang einfach lächerlich.

»Nenn mich Wolf«, sagte er. »Was soll der Blödsinn.« Einen Augenblick später sagte er: »Ich werde nächstes Jahr dreißig, kannst du dir das vorstellen?« Dieser Gedanke schien ihn zu ernüchtern, so als gäbe es viele Dinge, die er bis zu diesem Tag noch erledigen mußte.

»Dreißig ist nicht so furchtbar alt, Sebastian«, neckte sie ihn.

»Danke schön«, sagte Wolf.

Er bestellte Würstchen, Sauerkraut und Kohlrouladen. Das Essen kam auf verbeulten Zinntellern, und Phoebe aß, bis sie nicht mehr konnte. Sie bestellte noch ein Bier. Wolf trank noch zwei. Phoebe war betrunken und spürte, daß ihr die Welt, die Gegenwart allmählich entglitt; es war ihr jetzt sehr viel weniger klar, wer oder was sie sein wollte. Sie war verwirrt und wurde ganz still.

Das Restaurant leerte sich plötzlich, als habe eine unhörbare Pfeife die Geschäftsleute in ihre Büros zurückgerufen. Ein fahles Licht fiel durch die Fenster, zerschnitt die verrauchte Luft in rautenförmige Bänder. Wolf steckte sich eine Zigarette an.

»Ich hab viel an dich gedacht, Phoebe«, sagte er. »Diese ganze Zeit über.«

Phoebe war gerührt, erstaunt, daß Wolf überhaupt an sie gedacht hatte. »Wirklich?«

»Ja, bestimmt«, sagte er. »Ich hab immer gehofft, daß du okay bist.«

Sie sagten beide nichts. »Ich glaub, ich bin okay«, sagte Phoebe nervös.

»Ich weiß, es klingt verrückt, aber ich muß es sagen«, sagte Wolf. »Hoffentlich hast du nicht zuviel leiden müssen.«

Phoebe spürte, daß sie rot wurde. »Ich weiß nicht«, sagte sie. »Ich meine –«

Wolf schüttelte den Kopf. »Ich hätte das jetzt nicht sagen sollen. Nicht zu dir«, sagte er. »Entschuldige.«

»Schon gut«, sagte sie entnervt. In Wahrheit war es so, daß Phoebe selten darüber nachdachte, was für eine Wirkung Faiths Tod auf ihr Leben hatte. Der Augenblick, in dem sie es erfahren hatte, war nur eine verschwommene Erinnerung; das weiße Gesicht ihrer Mutter in einer Tür war alles, woran sie sich noch erinnerte, und aus irgendeinem Grund ein blaues Plastikpferd, ein schlichtes blaues Pferd, stämmig gebaut und mit runden weißen Augen, ein Spielzeug, das sie im Schuhladen aus der Wunderkiste gezogen hatte. Sie hatte dieses Pferd in der Hand gehalten und zu begreifen versucht, daß ihre Schwester tot war.

»Wann hast du sie denn zum letzten Mal gesehen?« fragte Phoebe. »Faith.«

Wieder flackerte etwas in Wolfs Augen, dieser Schmerz oder diese Beunruhigung, die sie schon einmal im Park an der Bronzekuppel gesehen hatte. »Im August«, sagte er. »Neunzehnhundertsiebzig. Wir sind von Paris nach Berlin. Ich bin im August weggegangen, sie ist im November gestorben. Das weißt du ja.«

Er beugte sich über den Tisch, veränderte seine Körperhaltung, als wolle er einen Schmerz in der Magengegend ausgleichen. »Von Berlin bin ich hierher, nach München. Ich hab gedacht, sie käme nach, aber sie ist nicht gekommen. Ich war immer noch hier, als es passiert ist; meine Eltern haben mich angerufen. Ich hab mit deiner Mom geredet, ihr alles erzählt, was ich wußte, aber das war ja nicht viel.«

»Das weiß ich noch«, sagte Phoebe. »Wie du mit ihr geredet hast.«

»Wir haben jahrelang Verbindung gehalten«, sagte Wolf. »Vier, fünf Jahre. Ich hab immer mal wieder angerufen. Sie war so toll. Jedesmal, wenn ich angerufen habe, hat sie gesagt: ›Wolf, es ist immer wunderbar, von dir zu hören. Und wenn es einmal so weit ist, daß du nicht mehr anrufen willst, dann werde ich das auch verstehen.‹« Er hob sein leeres Glas. Dann stellte er es wieder hin. Ohne die Sonnenbräune wirkte seine dunkle Haut grau.

»Faith wollte mich nicht mehr dabeihaben, das war der springende Punkt«, sagte er.

»Ich weiß.«

Er wirkte überrascht.

»Ihre Ansichtskarten«, sage Phoebe. »Ich hab sie aufgehoben.«

Wolf veränderte die Position auf seinem Stuhl. »Was hat sie denn geschrieben?«

»Nur, daß sie froh war, als du gegangen bist. Daß du sie blockiert hast, und daß sie jetzt frei war.«

Um Wolfs Mund zuckte es. Phoebe ärgerte sich jetzt, daß sie ihm das gesagt hatte. Er zog noch einmal an seiner Zigarette und drückte sie dann mit ein paar heftigen Bewegungen im Aschenbecher aus. »Immer und immer wieder habe ich darüber nachgedacht, warum es passiert ist«, sagte er. »Aber ich weiß es nicht. Ich weiß ehrlich nicht, warum.«

»Naja, aber ich will es wissen«, sagte Phoebe.

»Das ist verständlich.«

»Deswegen bin ich eigentlich rübergekommen«, fuhr sie fort, und es gelang ihr nicht, den Bekenntnisdrang zurückzuhalten, der in ihr aufstieg. »Ich geh an jeden Ort, in dem sie gewesen ist, bis nach Italien hinunter, nach Corniglia. Wo es passiert ist.«

Sie sah, wie Wolfs schmale Augen sich weiteten. »Mein Gott«, sagte er. Aber Phoebe hörte das fast nicht; zum erstenmal seit Tagen – es kam ihr vor wie Wochen – konnte sie wieder klar sehen und wußte wieder, warum sie hierhergekommen war. Sie war hier, um herauszufinden, was passiert war.

»Was glaubst du denn, was du erfahren wirst, wenn du da runtergehst?« sagte Wolf.

»Ich weiß es nicht«, sagte Phoebe. Sie war voller Schwung und Aufregung.

Wolf schüttelte den Kopf. »Ich auch nicht.«

Phoebe merkte Wolf an, daß sie etwas preisgegeben hatte, daß er sie jetzt anders sah. Aber ihr Eindruck von Wolf hatte sich auch verändert; er war jemand, der etwas hinter sich gebracht hatte und sich fast davon erholt hatte. Daß er ihr jetzt kleiner vorkam, gehörte wohl zu dieser Entwicklung, so als bestünde das Älterwerden für Wolf darin, daß er wieder kleiner wurde.

»Wieso bist du nie zurückgegangen?« fragte Phoebe.

Er zog die Luft tief ein, nahm eine Zigarette aus seiner Schachtel, zündete sie aber nicht an. »Ich konnte nicht«, sagte er. »Noch mal von vorne anfangen, als wäre nichts passiert? Wie hätte ich das denn tun sollen?« Sein Gesicht wirkte nackt, als wäre etwas weggezogen worden. »Ich hab gewartet«, sagte er. »Die Jahre sind vergangen. Das war dann mein Leben.«

Er hob die Hände und lächelte sein neues, zögerndes Lächeln. Phoebe erwiderte sein Lächeln. Irgend etwas ging zwischen ihnen hin und her, so etwas wie ein Wahrnehmen oder Verstehen, als würden sie sich zum zweiten Mal an diesem Tag in einem Treppenhaus umdrehen und sich erkennen.

Es war schon spät am Nachmittag, als sie zu Wolfs Wohnung zurückgingen. Carlas Schicht im Krankenhaus wäre bald zu Ende, und Wolf wollte sie abholen. Phoebe hatte das Gefühl, sie würde gleich zusammenbrechen. So schwach war sie immer noch, und so sehr setzte ihr das Bier zu. Sie vereinbarten, daß Phoebe in Wolfs Wohnung schlafen würde; er würde bei Carla übernachten und Phoebe dann am nächsten Morgen abholen. Er würde mit ihr aufs Land fahren, und sie würden ein paar Schlösser besichtigen.

Phoebe bemerkte, daß Wolf sie jetzt oft anschaute, so

als wäre sein Erstaunen über ihre Gegenwart mit den Stunden gewachsen, die sie jetzt zusammen waren. »Verdammt, das Leben ist schon komisch«, sagte er, als sie in die Straße kamen, in der sein Haus war.

»Aber gut«, sagte Phoebe. »Oder?«

Von den weißen Bäumen über ihnen fielen die Blüten in einer verschwenderischen Fülle durch die Luft, wie künstlicher Schnee.

Vierzehn

Das Auto war nicht mehr Wolfs alter Pick-up, aber es kam Phoebe so ähnlich vor: ein orangefarbenes Käferkabrio, und das Verdeck war heruntergelassen, und Janis Joplin krächzte vom Cassettendeck. Wolf fuhr so Auto, wie sie sich an ihn erinnerte: Er saß lässig in seinem Sitz und bewegte das Lenkrad mit sparsamen Bewegungen, als säße er vor einem Ventilator, dessen Stärke er einstellte.

Sie fuhren nach Süden, zu den Schlössern König Ludwigs. Wolf war am Morgen aus Carlas Wohnung mit Eiern, Birnen und dunklem Brot gekommen und hatte für Phoebe Frühstück gemacht. Er hatte eine regelrechte Besichtigungstour ausgearbeitet, was er früher nie getan hätte. Phoebe erinnerte sich, wie er die Leute einfach auf die Ladefläche seines Pick-ups verfrachtet hatte und dann ohne bestimmtes Ziel mit einer permanenten Staubwolke hinter sich in die Berge gedonnert war.

Phoebe fühlte sich ganz besonders sauber. Sie hatte in dem weißen Badezimmer eine halbe Stunde lang geduscht, sich Füße, Arme und Ellbogen fest gebürstet, weil sie das Gefühl hatte, da habe sich eine unsichtbare Schicht aus toter Haut gebildet. Schließlich hatte sie die Flasche Chanel No. 5 aufgemacht, die sie auf ihrer ganzen Reise mit sich herumgeschleppt hatte, und sich etwas davon auf die Haut getupft. Sie war wohl etwas zu großzügig damit umgegangen, weil Wolf frotzelnd bemerkte, seine Nebenhöhlen seien schon seit Wochen nicht mehr so frei gewesen. Es war gespenstisch, wie weit entfernt ihr die schlechte Zeit vorkam, die vielen schlechten Zeiten. Gestern noch hatte sie ein starkes Bedürfnis verspürt, ihre Schwierigkeiten vor Wolf zu verbergen, aber heute hatte sie das Gefühl, sie könnte sie einfach vergessen. Das nervöse, einsame Mädchen dieser letzten Wochen war jemand, über den sie sich Gedanken machte, mit dem sie vielleicht sogar Mitleid hatte. Aber dieses Mädchen war nicht sie.

Sie ließen die Außenbezirke Münchens hinter sich und waren auf dem Land, Schafe hingen wie Kletten in den Falten grüner Hügel, und die Ortschaften waren wie sonnige Kinderzimmer, fröhlich möbliert mit Kirchen, Scheunen und Häusern, die in hellen Pastellfarben gestrichen waren und um deren Türen und Fenster mit weißer Farbe Rahmen gezogen waren.

»Summertime time time time ...«, sang Janis, und ihre Stimme klang wie ein Stück Sackleinen, das langsam auseinandergerissen wird.

Phoebe schaute Wolf an. Er hatte die Augen zusammengekniffen, weil die Sonne ihn blendete. Er wirkte heute nachdenklich, fast grüblerisch.

»Denkst du noch oft an Faith?« fragte sie.

Er sagte eine Zeitlang nichts. »Ich wehre mich immer dagegen.«

»Wieso denn?«

Er schaute sie an, als käme diese Frage für ihn überraschend.

»Macht es dich traurig?«

»Ja, es macht mich traurig. Und ich trau der Traurigkeit nicht«, sagte Wolf langsam.

Phoebe spürte, daß er zögerte, über die Vergangenheit zu reden, und versuchte, ihren Wunsch zu unterdrücken, ihn danach zu fragen. Es gelang ihr nicht. »Erinnerst du dich noch an den Unsichtbaren Zirkus?« fragte sie.

»Natürlich.«

»Kannst du – kannst du mir sagen, was das genau war? Ich hab versucht, in irgendwelchen Büchern etwas darüber zu finden, aber er kommt nirgendwo vor.«

Wolf lächelte. »Das ist komisch, daß er nirgendwo vorkommt.«

Es war in einer Kirche gewesen, in der Glide-Methodist-Kirche im Tenderloin. Eine Veranstaltung der Digger, es gab keine Werbung, keine Medien, es gab nur die Nacht, und die richtigen Leute waren da. Die Digger hatten die Kirche ausstaffiert wie ein Funhouse auf einem Rummel, mit bizarren Zimmern und bunten Lichtern, Plastikschnipsel auf dem Fußboden, Bowlenschüsseln voller Brauselimonade. Irgendwie das Übliche, aber damals war es noch nicht das Übliche, und außerdem war das eine Kirche, mit Kirchenbänken, einem Altar, dem ganzen Drum und Dran. Die Idee dabei war, daß alle gleichzeitig ihre verrücktesten Ideen ausleben sollten. Gleichzeitig gab es »Reporter«, die alles notierten, was passierte, und dann faßte Richard Brautigan –

im Ernst, Brautigan persönlich – diese Notizen zu »Presseberichten« zusammen, die er in die Schreibmaschine tippte und hundertfach abzog und die sofort herumgereicht wurden, so daß die Leute nicht nur diesen ganzen verrückten Mist machten, sondern oft auch noch darüber lasen, daß sie ihn machten, bevor sie überhaupt damit fertig waren.

»Das klingt wie ein Traum«, sagte Phoebe.

»Das war es auch«, sagte Wolf. »Genauso ist es uns vorgekommen.«

Er rauchte, hatte den Blick unverwandt auf die Straße gerichtet. »Das Wichtige war, daß wir sahen, wie wir waren, wie wir uns verhielten«, sagte er. »Dieses unglaubliche Gefühl, außerhalb zu stehen und zu sehen, was mit uns passierte. Es war wie auf einem Trip. Ich weiß noch, daß ich gedacht habe: Scheiße, das wird eine riesige Sache. Ganz egal, was es ist.«

Phoebe wollte fragen, was für Sachen die Leute in der Kirche gemacht hatten, was Wolf und Faith gemacht hatten, aber sie war zu schüchtern. »Was glaubst du, hat das alles bedeutet?«

Wolf lachte. »Der Unsichtbare Zirkus?«

»Nein, alles. Das Be-In … diese ganze Zeit.«

Er lachte wieder nervös. »Ich weiß es nicht. Gott, wer weiß das denn schon?« Er schaute sie an. »Ich hab keine Antworten, was diese Zeit damals betrifft, Phoebe, ehrlich. Nur Fragen.«

»Was für Fragen?«

»Die naheliegenden Fragen wohl: Was ist passiert? Warum hat es nicht funktioniert? Oder hat es funktioniert, und ich kann es aus irgendeinem Grund nur nicht sehen?«

»Was meinst du damit, daß es nicht funktioniert hat?«

Wolf seufzte. Phoebe sah, daß sie ihm mit ihren Fragen auf die Nerven ging.

»Ich weiß nur eines«, sagte er. »An einem bestimmten Punkt fanden wir es ziemlich einleuchtend, daß uns eine riesige Kraft hochheben und in eine andere Welt tragen würde, wenn wir nur weitermachten, wenn wir nur weiter so intensiv lebten, wie wir das taten. Und heute sind die, die sich am intensivsten reingehängt haben, so ziemlich alle tot. Und da muß man sich ja fragen: Wie gut hat das denn funktioniert?«

»Vielleicht waren das diejenigen, die in eine andere Welt getragen worden sind.«

Wolf zog die Augenbrauen hoch. »Möglich«, sagte er. »Aber ich glaub, sie wären lieber am Leben.«

»Wieso denn?«

Er schaute sie an. Sein Gesicht war angespannt. »Weil der Tod für mich keine romantische Angelegenheit ist.«

Sie sagten beide lange nichts. »Aber ich bin sowieso der letzte, der darüber Auskunft geben kann«, sagte Wolf. »Ich war bloß ein Zuschauer, vom Anfang bis zum Ende.«

»Das sagen alle.«

»Siehst du, und das sollte dir zu denken geben.«

»Vielleicht hab ich nur noch nicht die richtigen Leute getroffen«, überlegte Phoebe.

Wolf brach in Gelächter aus. »Phoebe, du bist wunderbar«, sagte er jetzt wieder ganz entspannt. »Du bist so vollkommen ohne jede Ironie – es ist, als würde man einen von diesen Stämmen entdecken, die von der Zivilisation noch ganz unberührt sind.«

Phoebe war betroffen. Sie hielt Ironie für einen rein literarischen Begriff, noch dazu für einen, der schwer zu fassen war. »Ich weiß noch nicht einmal genau, was das eigentlich ist«, sagte sie.

Wolf fuhr sich mit dem Handrücken über die Augen. »Ich glaube, Ironie ist vielleicht eines von den Dingen, die man entweder überhaupt nicht wahrnimmt, oder man nimmt nichts außer ihnen wahr«, sagte er.

Das Gelände stieg allmählich an, die Landschaft hob und senkte sich unter ihnen. Das Wasser eines Sees blitzte immer wieder auf, als würde der Wagen die ganze Zeit Krüge mit einer glitzernden quecksilbrigen Flüssigkeit umstoßen, die auf den Straßenrand spritzte. Phoebe sah, noch in großer Entfernung, zum erstenmal die Berge auftauchen, die sich großartig über dem Vorgebirge erhoben, wie eine riesige weiße Bühne über den kräftigen Schultern des Publikums. Sie erinnerte sich, wie sie in Wolfs Pick-up auf holprigen Straßen in die staubigen Hügel gefahren waren, und wie er einmal auf einer heißen Straße in einer verlassenen Gegend auf einer Elektroleitung balanciert war und einen heruntergefallenen Ast als Balancierstange benutzt hatte. »Hör auf!« hatten sie alle gerufen, als er anfing, den Mast zu der Leitung hochzuklettern, und den Ast hinter sich her zog. Jemand kannte jemanden, dessen Cousin durch einen Stromschlag ums Leben gekommen war. Aber Wolf kletterte weiter den Mast hoch, und als er oben ankam, grinste er zu Faith hinunter – schließlich war sie es ja, der er imponieren wollte –, grinste sie alle an, die da unten mit besorgten Gesichtern standen, und sagte: »Hey, stellt euch nicht so an. Mir passiert schon nichts.« Und dann machte er es, ging kühl und mit gebleckten weißen Zähnen Schritt für Schritt die Leitung entlang, und das alles mit der lässigen Eleganz, die sein wichtigstes Merkmal war.

»Glaubst du, daß du früher arrogant gewesen bist?« fragte Phoebe.

Wolf lachte. »Wahrscheinlich«, sagte er. »Hab ich so gewirkt?«

»Ich bin mir nicht sicher.«

Wolf wurde nachdenklich. »Wenn ich an diese Zeit denke«, sagte er, »dann erinnere ich mich am deutlichsten an das Gefühl, daß mir nie etwas mißglücken könnte.« Er schaute Phoebe mit einem kühlen, harten Lächeln an. »Das ist ja wohl Arroganz.«

»Und wie paßt dazu dann Ironie?« sagte sie.

Wolf lächelte wieder. »Sie sprengt das alles in tausend Stücke.«

Der Parkplatz war voll brummender Touristenbusse. In vielleicht eineinhalb Kilometern Entfernung erhob sich über einem steil ansteigenden Wald ein Schloß, dessen Umrisse Phoebe auf eine gespenstische Art vertraut waren wie ein Bild aus ihren Träumen. Türme mit Zinnen, weißer Stein, Türme so schlank und spitz wie Malerpinsel – es kam ihr genauso vor wie das Schloß, an dessen Bild sie als Kind stundenlang gezeichnet hatte. »Was ist denn das für ein Schloß?« fragte sie. »Ich weiß, daß ich es schon mal gesehen habe.«

»Das hast du auch«, sagte Wolf, zog das Klappdach des Volkswagens hoch und machte es fest. »Das war das Dornröschenschloß bei Disney. Im Film.«

»Ach so.« Sie hatte etwas anderes erwartet. Phoebe wandte sich desinteressiert ab, schaute sich dann aber doch noch einmal um, weil das Schloß dieselbe Anziehungskraft auf sie ausübte, die sie manchmal auf Jacks Cocktailparties gespürt hatte, wenn irgendwelche berühmten Leuten da waren. Es waren nicht so sehr ihre Leistungen gewesen, die Jane Fonda und Michael York dieses Leuchten verliehen, als der Umstand, daß man sie wiedererkannte, so als wären sie in einer zufälligen und chaotischen Welt die einzigen, die existieren durften. »Kann man da wirklich reingehen?« fragte Phoebe.

»Man soll sogar reingehen.«

Sie gingen zuerst in ein kleineres Schloß in der Nähe – Hohenschwangau, wo der »verrückte« König Ludwig II. seine Kindheit verbracht hatte. Die Gruppe zog hinter ihrem Führer, der wie ein Roboter seine Sprüche herunterleierte, an Suppenterrinen, Porzellangeschirr und ausgeblichenen Wandteppichen mit irgendwelchen Jagdszenen vorbei. Die Wände von König Ludwigs Schlafzimmer waren mit winzigen gelben Sternen bemalt, und am Fuß seines Betts führte eine Tür zu einer kleinen Treppe, auf der man in das darunterliegende Zimmer kommen konnte, in dem seine zukünftige Königin schlafen sollte. Es gab eine kurze Verlobung, die ohne Erklärung wieder gelöst wurde, und dann wurde der König entmachtet und kam unter mysteriösen Umständen ums Leben.

Phoebe verlor sich ganz in der Geschichte des unglücklichen Königs. Verträumt stieg sie hinter ihrer Gruppe eine Wendeltreppe hinauf, deren Marmorstufen von den Schritten eines ganzen Jahrhunderts ausgetreten waren, als wären sie aus Seife. Oben hatte man von schmalen Fenstern aus einen Blick auf die wilde Kulisse der Berge. Wolf blieb neben Phoebe, stützte sie einmal, als sie stolperte, so daß sie der Versuchung nicht widerstehen konnte und absichtlich noch einmal stolperte, damit er sie noch einmal festhalten mußte. Sie spürte, daß jemand sie beobachtete, und zwar ein junges Mädchen mit hellblondem Haar und einem zarten Gesicht wie ein eingesperrter Vogel. Es war erst ein paar Tage her, daß Phoebe selber irgendwelche Paare genau gemustert hatte, voller Neid die kleinen Gesten aufgesogen hatte, die sie austauschten, die Welt, die sie zwischen sich schufen. Sie rückte näher an Wolf heran, klopfte ihm auf die Schulter, flüsterte ihm etwas ins Ohr, inszenierte sich und ihren Auftritt für die Augen dieses Mädchens und glaubte selber daran. Es war, als habe ihr Schicksal sich tiefgehend und unwiderruflich geändert. Das Mädchen war alleine. Phoebe hatte Schuldgefühle, daß sie ihre Einsamkeit ausnutzte, aber diese kleine Täuschung war zu schön, als daß sie darauf hätte verzichten können.

Als sie wieder draußen waren, gingen sie nach Neuschwanstein hinauf. Phoebe schaute sich nach dem blonden Mädchen um, hoffte fast, sie würde hinter ihnen herkommen und auch das zweite Schloß besichtigen, aber das Mädchen war verschwunden.

»War er eigentlich wirklich verrückt?« fragte sie Wolf. »König Ludwig?«

»Naja, es war mitten in der industriellen Revolution, und dieser Knabe hat Schlösser wie für König Artus gebaut und ist in einem mittelalterlichen Schlitten durch die Gegend gefahren«, sagte Wolf. »Gar nicht davon zu reden, daß er sein Pferd an den Eßtisch gebeten hat.«

König Ludwig habe ungeheure Summen in Neuschwanstein gesteckt, sagte Wolf, sein Märchenschloß, mit immer neuen Gebäudeflügeln, Türmen und künstlichen Grotten, bis sein Königreich pleite gewesen sei und die aufgeschreckten Untertanen revoltiert hätten. Er wurde entmündigt und an einen See gebracht, wo er ein paar Tage später zusammen mit seinem Arzt unter mysteriösen Umständen ertrank. »Das Wasser war einen halben Meter tief«, sagte Wolf. »Niemand ist je dahintergekommen, wie das zugegangen ist.«

Pferdekutschen voller Touristen schwankten vorbei. Der Geruch von Kiefern lag in der heißen, klaren Luft. »Ich glaub nicht daran«, sagte Phoebe. »Ich glaub nicht, daß er verrückt war.«

»Ach, ihr Romantiker«, sagte Wolf.

Phoebe hatte nie etwas gesehen, das Oz oder dem Wunderland näher gekommen wäre als Ludwigs Neuschwanstein, Rauten aus hellem Marmor waren in die Wände eingelassen, und die Grotten erstickten fast unter ihren vielen Stalaktiten. Über Ludwigs Thron schwebte ein dicker Jesus in einem Mosaik, das aussah, als bestehe es aus bunten Bonbonstückchen. Während Phoebe durch die schimmernden Räume ging, spürte sie ein starkes Gefühl in sich aufsteigen, eine süße, angenehme Traurigkeit. Sie verstand ihn, das war alles. Sie verstand diesen König.

Am Ende der Führung gingen sie alle hintereinander eine wuchtige Wendeltreppe hinunter. »Armer Ludwig«, sagte Phoebe. »Was für eine Tragödie.«

»Armes Bayern«, sagte Wolf.

»Aber schau doch, was er geschaffen hat!«

Wolf schaute zu dem Gemälde an der Decke hoch. »Das da?«

»Gefällt es dir nicht?«

»Doch, sehr gut sogar. Aber war es den Preis wert?«

Phoebe ärgerte sich über den wissenden Tonfall in seiner Stimme. »Ich glaub, das war jeden Preis wert«, sagte sie.

Wolf blieb stehen und schaute sie an. »Das meinst du doch nicht im Ernst«, sagte er und schien zu erwarten, daß sie es zugab. »Glaubst du ehrlich, dieses Disneyland war es wert, daß man ein Königreich dafür zugrunde richtet?«

»Vielleicht«, sagte Phoebe verärgert.

Wolf brummte wegwerfend. »Erzähl das den Leuten, die sich die Seele aus dem Leib gearbeitet haben, um was zu essen zu haben, während der gute alte Ludwig Gardinen ausgesucht hat!«

Sie starrten sich an. »Da hingen gar keine Gardinen«, murmelte Phoebe.

Wolf ging vor ihr aus dem Schloß, seine Absätze schlugen hart auf den Marmorboden. Draußen fuhr er sich mit den Händen durch die Haare und schaute zum Himmel hinauf. Phoebe ging schüchtern zu ihm hin. »Wieso ist es denn so wichtig?« fragte sie.

»Es ist nicht wichtig.«

Sie gingen nachdenklich und schweigend durch die steilen, bewaldeten Hügel hinter dem Schloß. Phoebe verließ den Weg, um einen besseren Blick auf Neuschwanstein zu haben, das dalag wie ein Geisterschiff auf den Wogen eines grünen Meeres. Sie stellte sich vor, wie König Ludwig aus einem der Fenster seines Zuckerbäckerschlosses herunterschaute und ihr versicherte, daß sie recht habe – es sei alles der Mühe wert gewesen. Hinter ihr war eine tiefe Felsspalte. Phoebe spürte sie im Rücken, spürte die kühle Luft, die von weit unten heraufstieg.

Wolf ging auf dem Weg an ihr vorbei. Sie hörte seine Stiefel im Kies knirschen. »Phoebe?« rief er. Sie ließ sich instinktiv auf die Knie fallen, kauerte sich unter den dichten Büschen auf den Boden. Laß ihn suchen, dachte sie, er sollte sich ruhig Sorgen machen, daß sie verschwunden war. Sie wartete eine Zeitlang zwischen den Ameisen, den Fliegen und den dünnen Ästen, aber Wolf rief nicht mehr nach ihr. Der Klang seiner Stiefel entfernte sich.

Nach ein paar Minuten kroch Phoebe verlegen aus ihrem Versteck hervor. »Wolf?« sagte sie, aber sie hörte nichts als die lebhaften Geräusche der Vögel. »Wolf?« Sie bekam Angst – und wenn er einfach weitergegangen war und sich nicht um sie kümmerte? Phoebe stellte sich vor, daß sie wieder alleine war, so alleine wie das Mädchen im Schloß, so alleine, wie sie es schon seit Wochen gewesen war, bis gestern. Sie drückte sich heftig zwischen den Büschen hindurch, das Holz knackte, sie zerkratzte sich die Schienbeine und stürmte schließlich auf den breiten Hauptweg hinaus, auf dem Wolf an einen Baum gelehnt dastand und eine Zigarette rauchte. »Da bist du ja!« rief sie atemlos.

Wolf schaute sie verdutzt an. »Ich hab auf dich gewartet«, sagte er.

Sie gingen wieder zum Wagen hinunter. Die Sonne stand jetzt schräg; jeder einzelne Baum warf einen breiten, kühlen Schatten auf den Weg. Phoebe kam sich ertappt vor, bestraft für die Scharade, die sie den ganzen Tag aufgeführt hatte, bestraft dafür, daß sie sich von der schrecklichen Zeit, die hinter ihr lag, abgewandt und so getan hatte, als sei sie jemand anders. Übelkeit überschwemmte sie wie nach langen Tagen auf dem Rummel – Hot dogs, Süßigkeiten, tolle Fahrten in irgendwelchen Schleudersitzen – solche Ausschweifungen hinterließen in Phoebe immer eine Sehnsucht nach den eher spartanischen Bedingungen des häuslichen Daseins. Faith war genau das Gegenteil. Wenn sie auch nur spürte, daß etwas zu Ende gehen sollte, dann erwachte in ihr ein heftiges Bedürfnis danach, das, was sie gerade tat, auszudehnen, zu verlängern; Phoebe erinnerte sich noch daran, wie ihre Schwester einmal nach irgendeiner wüsten Schleuderfahrt auf dem Rummel ausstieg und anfing, sich zu übergeben, und wie ihr Vater sie über einen Abfalleimer hielt und wie die Muskeln in seinen beiden Armen hüpften, als er die Krämpfe ihres schmalen Körpers auffing, der eine ganze Tagesladung von Erdnüssen, Eisgetränken und Zuckerwatte von sich gab. Faith konnte fast nicht mehr atmen, zog verzweifelt Luft ein und übergab sich noch einmal, noch heftiger als beim ersten Mal. Es war fürchterlich, das mit anzusehen. Faith weinte, die Tränen liefen ihr über beide Wangen, während ihr Vater ihr das Haar aus dem Gesicht strich, es in seiner Faust hielt, bis es endlich vorbei war.

Er trug sie zu einem Trinkwasserbrunnen und hielt sie darüber. Sie sahen alle still zu, während Faith trank. Als er sie wieder auf den Boden stellte, stand Faith wacklig da, rieb sich die Augen, während ihre Wangen wieder Farbe bekamen, und dann lächelte sie und wollte, daß sie wieder zurückgingen. Ihr Vater lachte, erleichtert, daß sie sich wieder erholt hatte. Aber Faith bestand drauf, bettelte, versuchte ihn zu überreden, schmeichelte ihm, bis klar war, daß sie es wirklich wollte, daß sie wirklich noch einmal mit diesem Ding fahren wollte. Aber er gab nicht nach, diesmal nicht. Beruhige dich jetzt, sagte er, du benimmst dich wie eine Irre. Auf der Heimfahrt saß Faith zusammengekauert am Fenster, und man hörte es in ihrem Bauch rumoren. Sie drückte mit den Händen dagegen, um das Geräusch zu unterdrücken, und sie sah so elend aus, daß Phoebe dachte, sie würde sich noch einmal übergeben, aber das war nicht der Grund dafür, sie wollte nur auf keinen Fall nach Hause fahren.

Sie kamen zum Auto. Im Inneren des Wagens roch es nach Wolf, eine bestimmte Mischung aus sauer und süß, so wie der Hinterhof nach einem heftigen Regen. Phoebe kannte diesen Geruch noch von seinen T-Shirts, die sie immer in Faiths Zimmer auf dem Fußboden fand. Wenn niemand da war, dann hielt sie sich ein T-Shirt vors Gesicht und sog Wolfs Geruch ein, einen Geruch voller Trost, der mit noch etwas anderem gemischt war, das sie nicht definieren konnte, von dem sie sich aber angezogen fühlte.

Phoebe beschloß, ihm zu sagen, was auf ihrer Reise in Europa alles passiert war. Es hatte keinen Sinn, das zu verschweigen.

»Wolf«, sagte sie, als sie wieder fuhren.

Sie erzählte ihm alles, fing mit London an und ging alle Städte einzeln durch, war in Karls Wohnung in Amsterdam völlig verlassen und von der Außenwelt abgeschnitten, jagte den Kindern bei Dinant Angst ein, fand Gott, verlor ihn wieder. Sie hatte erwartet, sie müsse mühsam nach Beschreibungen suchen, aber statt dessen merkte sie, wie sie einfach aus ihr heraussprudelten, und war ganz verblüfft, daß ihr das eine ganz unerwartete Erleichterung brachte, sogar ein Gefühl von Macht. Denn aus einem alptraumhaften Schwall von Ereignissen hatte sich eine Geschichte herausgebildet, und sie gehörte ihr, diese Geschichte. Sie konnte sie erzählen. Sie war davongekommen.

Wolf fuhr schweigend, mit ausdruckslosem Gesicht. Als Phoebe anfing, davon zu erzählen, wie sie in Paris durch die Schaufensterscheibe springen wollte, fuhr

Wolf von der Straße herunter. »Tut mir leid«, sagte er, »aber ich kann nicht gleichzeitig Auto fahren und mir das anhören.«

Der Wagen war nur drei oder vier Zentimeter von einem Holzzaun entfernt. Wolf lehnte sich auf das Lenkrad und schaute durch die Windschutzscheibe, während Phoebe zu Ende erzählte. Danach saßen sie schweigend da. Phoebe bemerkte rechts von sich eine Kuh mit einem glatten, gelblichen Fell, mit riesigen, herausstehenden Knochen am Hinterteil. Sie fühlte sich ruhig, leicht.

»Das ist falsch«, sagte Wolf. »Daß du das alles tust.«

Der grimmige Ton seiner Stimme machte Phoebe unsicher. Sie suchte nach einer Antwort.

»Das ist einfach falsch«, sagte er.

»Mein Gott«, sagte sie. »Es ist doch nicht so, daß du daran schuld wärst.«

Sie fuhren weiter und machten bald darauf in einem Dorf Pause, um zu Mittag zu essen. Ein Fluß, der nur wenig Wasser führte, strömte mitten durch die Ortschaft. Fette Gänse und Enten mit weichem Gefieder schwammen am Ufer herum. Fast jedes Haus war mit bunten Bildern bemalt: Christus auf den Schultern des heiligen Christophorus, ein Ritter auf einem Pferd, der eine lange, mittelalterliche Fahne trug, die Madonna, die das Jesuskind hielt.

Sie bestellten und setzten sich nach draußen an einen schwarzen Holztisch unter einem gestreiften Sonnenschirm. »Eins kapier ich nicht«, sagte Wolf, »warum du dich dazu gezwungen hast, überhaupt nach Europa zu kommen. Ich meine, warum um Himmels willen hast du das alles auf dich genommen?«

»Ich hab mich nicht dazu gezwungen«, sagte Phoebe. »Ich wollte es tun.«

»Aber wieso denn?«

»Um herauszufinden, was passiert ist.«

»Aber du weißt doch, was passiert ist.«

»Nein.«

Wolf schien verblüfft.

»Und außerdem«, fuhr Phoebe fort, »klang auf den Ansichtskarten alles so intensiv, alles, was sie machte.«

Wolf schaute ihr direkt in die Augen. »Phoebe, sie hat sich umgebracht.«

Phoebe nahm ihr Sandwich, biß davon ab und wich seinem Blick aus.

»Sie hat sich umgebracht«, wiederholte er. »Ich hab so das Gefühl, daß du das eigentlich nicht verstehst, daß du glaubst – ich weiß nicht, was du glaubst.«

»Du weißt nicht, was passiert ist«, sagte Phoebe.

Wolf schob sein Essen, das er nicht angerührt hatte, weg und zündete sich eine Zigarette an. Phoebe machte sich eifrig über ihr Sandwich her, schlang ganze Bissen unzerkaut hinunter, so daß sie sich fast verschluckte.

»Ja, aber du vergißt etwas, Phoebe. Ich war auf dieser Reise mit ihr zusammen«, sagte Wolf. »Als sie diese Postkarten geschrieben hat, war ich *dabei*, okay? Ich.« Er schlug sich mit der Faust an die Brust.

Leiser Zorn stieg in Phoebe auf. Sie aß noch schneller. »Also, dann laß mal hören«, sagte sie, ohne aufzuschauen.

Wolf rieb sich die Augen. Es sah aus, als würde ihn seine Energie verlassen.

»Waren es Drogen? War es Heroin oder sowas?«

»Natürlich waren es Drogen. Es war alles, das ihr unterkam, so war Faith eben. Nein, Drogen waren es nicht.«

Wolf warf den Kopf zurück, als suche er in der Luft nach Rat. »Der springende Punkt ist, wenn man etwas Verrücktes lange genug macht, dann kommt es einem normal vor«, sagte er. »Und wenn man das nicht aufgeben will, dann muß man immer weiter und weiter gehen, und Faith hatte damit kein Problem. Aber es hat sie verändert. Hat einen anderen Menschen aus ihr gemacht.«

Phoebe hielt seinem Blick stand, während sie zuhörte.

»Ich weiß nur eine einzige Sache, vor der sie Angst hatte: vor dem Aufhören. Als würden Ruhe und Stille bedeuten ... ich weiß nicht genau ... als würde dann etwas Fürchterliches passieren. Man mußte sie lediglich ein bißchen anstacheln – jeder sieht es gern, wenn jemand eine tolle Show abzieht, und Faith war meistens dazu bereit. Aber sie war diejenige, die darunter gelitten hat, die es ausbaden mußte. Wie der Typ, der den Lampenschirm aufhat und der Mittelpunkt der Party ist, bis alle heimgehen, und dann spuckt er eine halbe Stunde lang Blut in die Toilette.«

Phoebe wandte sich ab. Ihre Schwester, die sich auf dem Rummel über einem Abfalleimer krümmte. Wolf hatte dieses Bild wieder wachgerufen. Faith, die in den Armen ihres Vaters wild um sich schlug, und wieviel Heftigkeit darin lag.

»Diese ganze Energie, diese unglaubliche Hoffnung – das hat sich alles verkehrt. Am Ende war sie auch nur jemand, der nach irgendwelchen Kicks suchte, einfach nach irgendeiner Erfahrung, die sie noch nicht kannte. Und ich«, sagte er mit einem bitteren Lachen, »weil wir ja von Arroganz geredet haben, ich war so arrogant, so absolut idiotisch, daß ich mir eingebildet habe, ich hätte das im Griff.«

Phoebe stand auf. Sie konnte nicht mehr zuhören, war physisch nicht in der Lage, mit anzuhören, wie so über ihre Schwester geredet wurde. Sie verließ den Tisch wortlos, hatte ein seltsames Klingen in den Ohren. »Hey, warte«, sagte Wolf. »Phoebe, laß doch – hey, komm jetzt!«

Sie ging weiter. Sie hörte Wolf aufspringen, hörte dann den Wirt aufgeregt etwas sagen, weil die Rechnung noch nicht bezahlt war. Als Wolf sie einholte, war sie schon am grasbewachsenen Abhang des Flußufers angelangt. Auf der anderen Seite stand auf einer Erhebung eine Kirche mit zwei Zwiebeltürmen. Auf den mit Grünspan überzogenen Kuppeln waren Kreuze angebracht, die so klein und zierlich waren wie Wetterfahnen. »Phoebe«, sagte Wolf hinter ihr atemlos.

Er überholte Phoebe, packte sie an den Armen und zwang sie stehenzubleiben. Sie wartete, hatte den Blick aufs Gras gerichtet und wußte, daß er sich jetzt entschuldigen würde.

»Was soll dieser Scheiß?« sagte Wolf.

Der Griff seiner Hände tat weh. Phoebe musterte sein Gesicht und sah, daß seine schmalen Augen voller

Zorn waren. Sie versuchte sich zu befreien, aber Wolf hielt sie fest. Phoebe dachte, er würde sie vielleicht schlagen, hoffte fast darauf.

»Wenn du nichts wissen willst, dann frag nicht«, sagte er leise. »Verdammt, es wäre mir lieber gewesen, wenn du nicht gefragt hättest. Aber du sollst nicht fragen und dann wegrennen und auch noch erwarten, daß ich dir nachlaufe.«

Er ließ sie los. Phoebe blieb stehen und schluckte trocken. Ein Stück Käse war ihr im Hals steckengeblieben.

»Erinnere du dich an Faith so, wie du willst«, sagte Wolf. »Das ist deine Sache. Aber laß mich aus dem Spiel.«

Phoebe wandte sich verzweifelt von ihm ab. Das Wasser nahm sich vor den Felsen wie dunkles Bier aus. In der Nähe umringten weiße Gänse zwei alte Männer und schnappten nach den trockenen Brotstücken, die die Männer aus ihren Hosentaschen holten.

»Versteh mich nicht falsch, ich habe sie geliebt«, sagte Wolf. »Ich war verrückt nach ihr, absolut verrückt. Ich glaube nicht, daß es mir überhaupt wieder so mit jemandem gehen kann. Hoffentlich nicht.«

Er setzte sich an den Uferrand. Phoebe saß nach vorne gebeugt im Gras, stützte das Kinn auf die Knie. »Und was ist mit Carla?«

»Das ist ein Unterschied wie Tag und Nacht«, sagte Wolf voller Wärme und Gefühl. »Man kann lieben und trotzdem noch ein Leben haben, verstehst du? Man kann etwas aufbauen. Faith und ich waren wie Diebe.

Wir hatten nichts, uns hat nichts gehört, es war ein einziger langer Trip.« Einen Augenblick später sagte er: »Außerdem waren wir noch Kinder.«

Phoebe lag ausgestreckt im Gras und beobachtete, wie die Wolken sich voneinander lösten und sich wieder neu zusammensetzten, wie Eisenbahnwaggons beim Rangieren. Wolf ging zu ihr, setzte sich neben sie, und sie sah, daß sein Zorn verflogen war. »Ich sage nicht, daß Faith schlecht war«, sagte er. »Du weißt, daß ich das nicht denke, Phoebe, du weißt das alles – du mußt es wissen! Sie war voller Zwiespalt. Ich hab das schon gewußt, bevor wir noch zum ersten Mal miteinander geredet haben, ich hab das gewußt, als ich sie in der Schule gesehen habe, die Traurigkeit auf ihrem Gesicht. Sie trug nur Röcke, und die Blusen waren bis obenhin zugeknöpft. Diese seltsamen traurigen Augen. Das ist irgendwie das klarste Bild, das ich von ihr habe.«

»Ihr seid in irgendeinem Fach auch zusammengewesen, oder?« sagte Phoebe schniefend. »In Physik oder so?«

»Nein«, sagte Wolf. »Wir waren ja drei Jahre auseinander – wir konnten gar keinen Kurs zusammen belegt haben. Sie hat das wahrscheinlich erfunden.«

Phoebe spürte, daß er überlegte, ob er weiterreden solle, ob das einen Sinn habe. »Was ist wirklich passiert?« sagte sie.

Faith sei ihm aufgefallen, sagte Wolf schließlich, er habe sie wochenlang mit einer gewissen Neugierde beobachtet, bis er eines Tages, als er mit seinem Pick-up von der Schule nach Hause fuhr, sah, daß sie trampte.

Von da an hielt er manchmal nach ihr Ausschau, wenn er den Eucalyptus Drive entlang fuhr, und ab und zu war sie da und streckte den Daumen hoch. Alleine, sie war immer alleine. Einmal war er gerade an ihr vorbeigefahren, als Faith in einen Wagen gestiegen war, und er spürte den dummen Impuls, hinterher zu fahren und aufzupassen, daß ihr nichts passierte. Aber er hatte damals eine Freundin, Susan, und sie saß bei ihm im Wagen.

Phoebe richtete sich auf und stützte sich auf die Ellbogen. Sie hörte, daß Wolf jetzt mitten in seiner Geschichte war, sie erzählen wollte. In seiner Stimme lag etwas Ziehendes, Weiches, die Lust, nachzugeben, wo er sonst Widerstand leisten würde. »Also, was ist passiert?« sagte sie.

Einmal, als Susan nicht dabei war, war er den Eucalyptus Drive entlang gefahren und Faith stand an der Straße und wollte trampen, und er fuhr an den Straßenrand und ließ sie einsteigen. »Ich glaub, wir gehen auf dieselbe Schule«, sagte er, was Faith offensichtlich neu war. Er mußte sich eingestehen, daß ihn das überraschte; er war in der Schule ziemlich bekannt. Faith war so schüchtern, daß es einem weh tun konnte, schaute einfach die ganze Zeit schweigend aus dem Fenster, und Wolf wußte auch nicht, was er sagen sollte, so nervös machte sie ihn. Schließlich fragte er, warum sie trampte und ob sie nicht wüßte, daß das für ein Mädchen gefährlich sei. Faith hielt den Blick immer noch auf das Fenster gerichtet, als sie sagte: »Der Bus braucht zu lange.«

Dann fragte er sie zögernd und unsicher, ob sie Lust hätte auf einen kleinen Umweg an den Strand. Faith sagte okay, aber es war ihr anscheinend völlig gleichgültig, und Wolf fuhr mit ihr zur Ocean Beach und fragte sich, was er da eigentlich mache, und das Wetter war nicht mal schön, aber er parkte auf dem Great Highway, und sie saßen beide da und schauten über das Armaturenbrett hinweg auf die Dünen und das Eiskraut hinaus, und die Windschutzscheibe beschlug im Nebel. Grauer Himmel, Wogen drängten heran, türmten sich auf und stürzten auf den Sand. Faith schaute einfach nach draußen und sagte kein Wort. Die Stille machte Wolf immer nervöser, als Faith ihn plötzlich anschaute und sagte: »Hey, hast du Lust zu schwimmen?«

Er hielt das für einen Witz. Niemand schwamm in San Francisco – wer schwamm denn schon? Es war Spätherbst, das Wasser war grau und sah undurchlässig aus wie Gestein. Aber Wolf sagte: »Klar, wieso denn nicht?« und dachte dabei, falls sie ihn veralbern wolle, würde er es darauf ankommen lassen, und er stieg aus und betrat den Sand, der sich schwer und kalt anfühlte wie frisch ausgegossener Beton. Faith zog die Schuhe aus, behielt aber den Rest ihrer Sachen an, eine Bluse und einen Rock, der im Wind um ihre Beine schlug. Sie war angezogen wie für die Sonntagsschule. Sie ging aufs Wasser zu. Wolf kam zögernd hinter ihr her, dachte, daß seine Sachen ihn nach unten ziehen würden, fall er sie anließe, dachte daran, wie schwer Blue Jeans wurden, wenn sie naß waren, dachte an Gegenströmungen und Unterströmungen und an alle möglichen anderen Gründe, aus denen man ertrinken konnte. Als er mit den Zehen das Wasser berührte, sagte er: »Hey, willst du das wirklich tun?«

Faith stand einfach da, der Wind zerrte an ihrem Haar. Sie sagte: »Hast du Angst?«

»Nein, Scheiße noch mal, ich hab bloß … Nein, ich hab keine Angst.«

Und weil er keinen Ausweg sah, sprang er als erster ins Wasser. Es war, als würde man durch eine Glasscheibe springen, so fürchterlich und verheerend war die Kälte, aber wenigstens war er vor Faith hineingesprungen, obwohl sie direkt hinter ihm war. Wolf dachte, er würde das bestimmt nicht überleben, aber er schwamm weiter, er konnte doch verdammt noch mal vor so jemandem nicht als Feigling dastehen, vor diesem braven kleinen Mädchen. Also schwamm er mit klappernden Zähnen weiter hinaus. Haie, an Haie hatte er überhaupt noch nicht gedacht – schließlich war das hier der verdammte Ozean. Aber als er ein Stück weiter draußen war, passierte etwas Komisches: Das kalte Wasser fühlte sich fast heiß an, irgendwie richtig tropisch, wärmte seine Glieder; es war ein ziemlich angenehmes Gefühl, das mußte er zugeben, und dazu kam noch dieses unheimliche Machtgefühl, da draußen in diesem grauen, herzlosen Meer zu schwimmen – als habe man einen Ort erreicht, von dem die meisten nicht wußten, daß es ihn überhaupt gab. Faith schwamm neben ihm. Er hatte den Eindruck, daß ein Teil der Hitze, die er spürte, von ihr ausging, von ihrer Haut, und er streckte die Hand aus, berührte sie – tat das einfach – und sie küßten sich da im

Wasser, es war so leicht, als würden sie sich kennen, wo sie doch bloß fünf Wörter miteinander gesprochen hatten und in das eiskalte Meer gesprungen waren. Als Faith zu dem leeren Strand zurückschaute, lächelte sie. Wolf hatte sie vorher nie wirklich lächeln sehen; ihr Körper war so kalt, daß das Lächeln ihr Gesicht verzerrte, und Wolf wollte sie wieder ans Ufer zurückbringen. Er hatte sich ziemlich daran gewöhnt, daß er in der Schule den Ton angab, schließlich war er in der Abschlußklasse und hatte einen Pick-up undsoweiter, aber als er die kalte, salzige Luft einzog und der Wind heftig gegen seinen Kopf drückte, hatte Wolf das Gefühl, daß diese Zeiten wahrscheinlich vorbei waren, und es machte ihm gar nichts aus. Er war sogar irgendwie froh darüber.

Als sie wieder am Ufer waren, konnten sie vor Kälte nur noch stottern. »Soll ich dich in *dem* Zustand nach Hause fahren?« fragte Wolf, als er sah, daß das Wasser von ihrer Bluse, ihrem Rock und von ihrem langen Haar auf den Vordersitz lief. Seine Eltern waren gerade im Urlaub in Mexiko. »Oder willst du dich bei mir duschen und umziehen?«

Und Faith sagte, ohne zu zögern: »Zuerst zu dir«, obwohl sie erst vierzehn war und noch nie mit einem Jungen zusammengewesen war, aber nichts konnte ihr angst machen, nichts. Oder vielleicht gefiel es ihr, wenn man ihr angst machte.

Wolf wandte sich ab, sein scharf geschnittenes, angenehmes Gesicht war voller Schmerz.

Während sie ihn anschaute, spürte Phoebe ein seltsames, lebhaftes Glühen in sich. Ihre Schwester war wieder auferstanden, unberührt, großartig und unbesiegbar. Phoebe war, als würde sie von diesem Gefühl hochgehoben und zerquetscht, als würde ihr Atem aussetzen.

Wolf schaute auf Phoebe hinunter, die im Gras lag. Ihre Blicke blieben aneinander hängen, und sie sah diesen Abschiedsschmerz in seinem Gesicht, etwas, das sich weit hinten in seinen Augen bewegte, und es kam ihr so vor, als könnte sie ihn einfach durch ihren Blick zu sich herunterziehen. Es war ein seltsames, unheimliches Gefühl, als würden sie in einem Traum zueinander finden. Wolf schaute weg. Er legte sich die Hand auf die Augen, als täten sie ihm weh. »Laß uns von hier verschwinden«, sagte er.

Fünfzehn

Es war schon richtig dunkel, als sie den Wagen abstellten. Das Licht der Straßenlaternen waberte in den blühenden Bäumen vor Wolfs Haus, als wäre es von ihrer Süße angezogen worden. Als sie die oberste Treppe hochgingen, hörte Phoebe die Klänge eines Cembalos und sah einen Lichtstreifen unter Wolfs Tür. Wolf sah das Licht auch, und aus dem kurzen Zögern auf seinem Gesicht schloß sie, daß er das nicht erwartet hatte. »Carla ist da«, sagte er.

Das helle Licht in der Wohnung blendete Phoebe. Carla saß mit übereinandergeschlagenen Beinen am Tisch und las Zeitung. Sie hatte ihre Zigarette auf einem Aschenbecher abgelegt. Phoebes erster Gedanke war, wie groß sie wirkte, sogar im Sitzen. Wolf begrüßte sie ein bißchen steif auf deutsch, aber Phoebe sah, wie vertraut und selbstverständlich ihre Lippen sich trafen.

Carlas kurzes helles Haar wirkte weich wie das Fell eines Tieres. Obwohl sie so groß war, hatte sie einen feinen Knochenbau, ihr zartes Gesicht war offen, ohne Mißtrauen, seine Zartheit ganz ohne Eitelkeit. Ihre Schultern waren ein bißchen nach vorne gezogen, als wolle sie sich für die vollen sinnlichen Brüste unter ihrem weißen Baumwollpullover entschuldigen. »Freut mich, dich kennenzulernen«, sagte sie bedächtig und mit einem starken Akzent. Sie nahm Phoebes Hand mit beiden Händen, ein fester, entschlossener Griff, der durch ihre schlanken Finger wieder etwas ausgeglichen wurde. Phoebe spürte den Verlobungsring. Später warf sie einmal heimlich einen Blick darauf, ein bescheidener Diamant, wasserhell, als sei ein Tropfen Licht in ihm gefangen.

Phoebe konnte vor lauter Schüchternheit nur irgend etwas murmeln. Erst jetzt, wo sie Carla kennenlernte, merkte sie, wie sehr sie sich darauf eingestellt hatte, sie unsympathisch zu finden.

Phoebe zog sich ins Badezimmer zurück und hörte zu, wie Wolf und Carla sich auf deutsch unterhielten, wie ihre weichen Stimmen die Schroffheit der Sprache dämpften, als würden sie ihre harschen Kanten mit Filz überziehen. Vom Badezimmer aus führte eine zweite Tür in Wolfs Zimmer, in dem immer noch Phoebes Rucksack lag. Während sie Jeans und ein T-Shirt anzog, schaute sie sich im Zimmer um; als sie die vergangene Nacht hier geschlafen hatte, war sie zu ausgelaugt gewesen und zu benommen vom Umschwung der Ereignisse, als daß sie viel wahrgenommen hätte. Jetzt wurde sie unwiderstehlich von Wolfs Kommode angezogen, auf dem ein Durcheinander von Münzen und von Streichholzbriefchen mit den Aufdrucken irgendwelcher Restaurants versammelt war. Phoebe huschte zur Tür und hörte Wolf und Carla zu. Sprach er mit seiner Verlobten anders als sonst? Phoebe kam es schon so vor – sie spürte eine Bereitschaft zu lachen, irgend etwas. Sie kannte nur eine einzige deutsche Redewendung: *Ich liebe dich.* Aber das wenigstens sagten sie nicht.

Auf dem Schreibtisch lag Wolfs Übersetzung, links die losen Buchseiten mit einem deutschen Text und rechts, mit der Oberseite nach unten, ein riesiger Stapel handgeschriebener Seiten. Phoebe drehte das oberste Blatt um und sah, daß es in einer sorgfältigen Handschrift eng beschrieben war. Sie dachte zuerst, das könne nicht Wolfs Schrift sein. »Um die volle Wirksamkeit zu gewährleisten«, las sie, »muß das Stützband, das wie eine Art Korsett die Wirbelsäule des Heranwachsenden stabilisiert, täglich dreiundzwanzig Stunden getragen werden, während die restliche Stunde therapeutischen Übungen vorbehalten bleibt (siehe Anhang 1)«. Der Stift, mit dem er das geschrieben hatte, war einer dieser Zeichenstifte, bei denen die Tinte durch eine feine Nadel herauskommt. Phoebe nahm noch ein paar Seiten von dem Stapel und las: »Diese Druckstellen, die in den ersten Wochen der Anwendung durch die Wärme und die Reibung des Kunststoffs entstehen, sollten zur Kräftigung der Haut mit entzündungshemmenden Mitteln wie beispielsweise Franzbranntwein behandelt werden. Vermeiden Sie alle Feuchtigkeitscremes, Gleitmittel und Salben, durch die die Beschwerden nur verlängert werden.«

Es klopfte. Die Tür ging auf, und Wolf schaute Phoebe mit einem fragenden Blick an. Sie merkte, daß sie wie eine Diebin wirken mußte, wie sie so über sein Manuskript gebeugt dastand. »Ich war – neugierig«, stammelte sie.

Wolf grinste, kam näher heran, und Phoebe spürte, wie sehr es ihm gefiel, daß sie hinter ihm her spionierte. »Irgendwas Interessantes gefunden?«

»Ja« wäre schamlos gewesen; »Nein« möglicherweise beleidigend. »Ich weiß es nicht«, sagte Phoebe wahrheitsgemäß. »Ich hab erst angefangen, als du hereingekommen bist.«

Wolf lachte. »Laß dich von mir nicht aufhalten.«

Sie standen nebeneinander, das Manuskript lag vor ihnen. Phoebe lächelte nervös.

»Das ist langweiliges Zeug«, sagte Wolf, und seine Stimme klang jetzt ganz anders. »Therapien für Wirbelsäulenverkrümmung bei Jugendlichen.« Er zuckte die Schultern, ging wieder in Richtung Tür. »Kommst du rüber zu uns?«

Phoebe stand am Wohnzimmerfenster. Draußen bewegten sich die hohen Bäume, ihre dichten Blätter verwandelten das weiße Licht der Straßenbeleuchtung zu kleinen Pünktchen. Wolf saß neben Carla auf der Couch, sein rechtes Knie berührte ihr linkes. Etwas in Phoebe weigerte sich, die Echtheit ihrer Zuneigung zu akzeptieren. Sie hatte diese Zweifel auch bei anderen Paaren, einen Verdacht, daß ihre Nähe nur gestellt war, um ihr etwas vorzumachen, und wenn Phoebe nicht mehr da wäre und die beiden beobachten könnte, dann würden sie wieder gleichgültig auseinandergehen.

Carla erkundigte sich danach, ob ihr Ludwigs Schlösser gefallen hätten. Ihr Englisch war nicht besonders gut, wodurch ihre Fragen gestelzt klangen, wie aus einem

Schulbuch. »Entschuldige bitte«, sagte sie, steckte sich eine Zigarette an und blies den Rauch zur Decke hoch. »Mein Englisch ist sehr...« Sie unterbrach sich, als würde sie nach einem passenden abschätzigen Wort suchen, aber ihr fiel nur ein: »... schlecht.«

»Du sprichst es ja auch nie«, sagte Wolf.

Carla schaute ihn an. »Ich weiß schon, aber vor ein paar Jahren bin ich...« Sie wandte sich ab, als wäre sie verlegen und lachte plötzlich. Phoebe entdeckte in diesem Lachen eine beklemmende Ähnlichkeit mit Faith – dieselbe Selbstvergessenheit, als wäre das Lachen nichts anderes als zwei Arme, in die sie sich fallen ließ.

»Ich komme mir komisch vor, wenn ich englisch rede«, sagte Carla zu Phoebe. Ihre Stimme klang aufrichtig überrascht. Sie machte eine Kopfbewegung zu Wolf. »So als wäre er ein Fremder.«

Phoebe lächelte. Sie war immer noch von dem Lachen ganz entmutigt.

»Auf englisch bin ich nicht ich«, sagte Carla, die jetzt wieder ernst war. Auf ihrem Gesicht zeigte sich die Anstrengung, die es bedeutete, etwas zu erklären. »Ich kann nur ganz einfache Wörter, wie ein Baby.«

Wolf machte auf deutsch einen Einwand, aber Carla winkte ab. »Auf englisch bin ich...« Ihre Lider zuckten, als sie nach dem richtigen Wort suchte. Sie fragte Wolf auf deutsch danach.

Er protestierte heftig. »Farblos«, sagte er schließlich.

»Ja«, sagte Carla und nickte ganz sachlich. »Ja. Auf englisch bin ich farblos.«

Carla ging hinaus, um die Lebensmittel auszupacken,

die sie eingekauft hatte. »Deutsches Essen ist sehr schwer, also machen wir für dich etwas Italienisches«, sagte sie zu Phoebe, als sie schon in der Tür stand. Es war ganz still im Zimmer, als sie gegangen war. Phoebe spürte, daß Wolf etwas sagen wollte, aber als sich ihre Blicke trafen, schaute er weg. Eine merkwürdige Schüchternheit überkam sie beide.

»Hör mal, Pheeb«, sagte er. »Es wäre mir lieber, wenn du – es wäre mir angenehm, wenn wir in Gegenwart von Carla nicht über Faith reden.«

»Hab ich das denn getan?«

»Nein, nein. Überhaupt nicht. Ich hab nur gesagt, daß wir das nicht tun sollten.«

Das war ein vernünftiger Vorschlag, aber trotzdem war Phoebe verletzt. »Okay«, sagte sie.

»Es ist einfach so«, sagte Wolf, »daß ich sie damit nicht belasten will.«

»Ich werde nicht über sie reden«, sagte Phoebe gereizt.

Wolf blieb an der Tür stehen, als wolle er noch etwas sagen, dann ging er wortlos hinaus.

Phoebe ging ans Fenster. Das gelbe Licht aus der Küche verwischte die Sicht durchs Fenster. Sie hörte ihr Lachen, das blecherne Geräusch eines Radios, und es kam Phoebe so vor, als sei das Leben ihrer Schwester vollkommen ausgelöscht, ein Schatten neben der intensiven Gegenwart Carlas. Wolfs Verlobte erinnerte sie an Mädchen an der High School, die die Sportjacken ihrer Freunde trugen, wenn sie an nebligen Tagen im Freien eine Zigarette rauchten. Die Ärmel reichten ihnen bis zu den Knöcheln ihrer schlanken, manikürten Finger. Sie waren Phoebe immer so absolut vollkommen vorgekommen, Medaillons hingen auf ihre Rollkragenpullover herunter, und sie trugen ein Dutzend Ringe, mit Jadesteinen und Türkis besetzt; diese Mädchen zögerten nicht, und genau diese Gedankenlosigkeit hätte Phoebe auch gerne aufgebracht.

Phoebe begann, das Wohnzimmer zu erkunden, zuerst lustlos, nur angezogen von einem Stapel amerikanischer Brettspiele, die sie als Kind gerne gespielt hatte, Candy Land, Life, Clue, aber als sie die Schachtel mit dem Clue aufmachte und die winzigen Mordwaffen anfaßte, spürte Phoebe, wie schon in Wolfs Zimmer, das Gefühl einer gewissen Täuschung. Sie stellte sich vor, sie sei eine Geheimagentin, die den Befehl habe, als Gast getarnt bis zum Ende des Abends die Räumlichkeiten zu durchsuchen. Wie ein Fassadenkletterer sprang sie mit einem Satz zur Stereoanlage und schaute mit flinken Handbewegungen die umfangreiche Plattensammlung durch, ELO, Chicago, Journey, lauter Bands, die sie verachtete, obwohl es lustig war, alle diese Platten mit einem deutschen Aufdruck zu sehen. Men at Work, die Bee Gees; Phoebe kam zu dem Schluß, daß das nicht Wolfs Platten sein konnten, wandte sich von der Plattensammlung ab und schoß zu ein paar niedrigen, tiefen Bücherregalen hinüber. Sie langte hinter die Bücher und entdeckte eine Menge anderer Sachen. Ihre Hände tasteten die Gegenstände hinter den Büchern ab, und Phoebe zog eine quäkende Gummimaus heraus, ein Nähkissen, das aussah wie eine Tomate, eine schwarze

Strumpfhose mit Naht, noch in der Plastikverpackung. Aber sie wußte, daß dieser ganze Kram den Lakes gehörte; sie hatten die Sachen hinter die Bücher gesteckt, um in der Wohnung Platz für Wolf zu machen. Phoebe sprang auf, als sie Schritte hörte. »Das Essen kommt«, sagte Carla.

Wolf und Carla stellten Tortellini mit einer Sauce aus Sahne und grünem Pfeffer auf den Tisch, Spinat und einen grünen Salat. Sie aßen beide ziemlich rasch und gewandt, hielten die Gabel in der linken Hand. Phoebe war immer noch satt von dem Sandwich, das sie mittags hinuntergeschlungen hatte, und mußte sich sehr anstrengen, ihre Portion aufzuessen. Carla erkundigte sich bei Phoebe nach ihrer Reise: Wo sie eigentlich genau gewesen war. Wie sie von Ort zu Ort gekommen war. Ob ihr Gepäck schwer war. Sie benutzte oft die Verlaufsform – you are seeing, you are going –, und man bekam dabei den seltsamen Eindruck, sie erzähle von einer Reise, die gerade ablaufe. Phoebe spürte hinter Carlas höflichen Fragen etwas Bohrendes, so als suche sie nach einer ganz bestimmten Sache. Das machte sie nervös.

»Wohnst du in San Francisco?« fragte Carla.

Phoebe schaute überrascht hoch. Sie hatte gedacht, das wäre klar.

»Phoebe und ich sind auf dieselbe High School gegangen«, antwortete Wolf für sie. »Mit ungefähr zehn Jahren Abstand.« Es klang ziemlich gezwungen.

»Keine zehn Jahre«, sagte Phoebe.

»Nein?« Er freute sich offensichtlich über diese Herausforderung. »Ich hab 67 meinen Abschluß gemacht. Und du?«

»Jetzt, dieses Jahr, 78. Oh ja«, gab sie zu. »Das sind wohl zehn Jahre.«

»Du bist jetzt wie alt?« fragte Carla.

»Achtzehn.«

Carla sagte aufgeregt auf deutsch etwas zu Wolf.

»Sie sagt, du bist noch zu jung, um alleine zu reisen«, übersetzte er und fügte mit derselben angespannten Fröhlichkeit hinzu: »Und das ist ja auch wirklich wahr.«

Phoebe fragte sich, ob sie ein paar Anspielungen auf die Reisen machen sollte, die er im selben Alter unternommen hatte, aber sie überlegte es sich anders. Das wäre fast so gewesen, wie über Faith zu reden. Sie zuckte die Achseln.

»Wir in Amerika werden schneller erwachsen«, sagte Wolf mit einem ironischen Angeberton.

Carla grinste. »Aber ihr bleibt für immer Kinder.«

Nach dem Essen schoben Wolf und Carla ihre Teller ein Stück von sich weg und zündeten sich eine Zigarette an. Sie teilten sich eine Zeitung, breiteten sie auf der Glasplatte des Tischs aus und schauten die Wohnungsanzeigen durch. Die Lakes kamen Ende des Sommers wieder zurück, und bis dahin mußten die beiden eine Wohnung finden. Phoebe ließ sie in ihren Rauchschwaden sitzen und trug die Teller in die Küche. »Ihr habt doch schon gekocht«, sagte sie, als sie das nicht gerade überschwengliche Angebot der beiden ablehnte, ihr zu helfen.

Sie stapelte alles im Spülbecken und drehte das Wasser an. Während das Wasser lief, zog sie leise einige Schubladen auf, war überrascht, wie gut es in den Schubladen manchmal roch, obwohl sie leer waren, nach Nelken, Kaffee, Pfefferminz, als wären sie gerade erst ausgeräumt worden. Sie fand eine Packung mit Backpflaumen, eine Tüte mit Strohhalmen. Phoebe stieg auf eine Arbeitsplatte und richtete sich ganz auf, um die Hängeschränke zu inspizieren. Hier gab es Sachen, die immer noch eingepackt waren – Hochzeitsgeschenke der Lakes? – ein Käsebrett in der Form eines Halbmonds, ein kleiner Hibachi-Grill und ein Schisch-Kebab-Set. An diesen Gegenständen hing eine große, undurchdringliche Stille. Phoebe hatte genau wegen dieses Gefühls so gerne als Babysitterin gearbeitet: daß das Leben anderer Leute offen ausgebreitet vor ihr lag, das war, als habe sie die Macht, Zimmer zu betreten, in die man von der Straße aus durchs Fenster hineingeschaut hatte. Phoebe machte beim Babysitten schon ganz automatisch immer den Kleiderschrank des Vaters auf, um sich seine Krawatten anzuschauen, die im Schrank hingen wie für die Ewigkeit, ganz still und elegant.

Phoebe ging die Arbeitsplatte gerade so weit entlang, daß Wolf und Carla sie nicht sehen konnten, und dann entdeckte sie ein Set Hummerlätzchen, einen Fondue-Topf, eine geheimnisvolle Maschine, die offensichtlich dafür gedacht war, Brot und Speisereste zu kleinen, sauberen Laiben zu pressen. Kein Wunder, daß die Lakes dieses Ding nicht benutzt hatten. Als das Spülbecken schon fast überlief, kletterte Phoebe wieder herunter, spülte das Geschirr und spürte eine köstliche Leichtigkeit in der Brust. Danach ließ sie Wasser in das leere Becken laufen, versteckte sich ganz spontan in dem V der offenen Tür und spähte durch den Spalt zu Wolf und Carla hinaus, die sich über ihre Zeitung gebeugt hatten. Carla stieß einen leisen Schrei aus, weil sie etwas gefunden hatte, legte ihre Zigarette weg und malte mit einem kurzen, dicken Stift einen Kringel um die Anzeige, während sie mit der anderen Hand nach Wolf tastete, als würde sie eine Brille oder eine Zigarettenschachtel suchen, und dann fand sie sein Handgelenk, ohne daß sie von der Zeitung hochgeschaut hatte. Diese Geste ließ Phoebe erstarren – das Unbeabsichtigte, Unbekümmerte darin. Wolf stand von seinem Stuhl auf und beugte sich von hinten über Carla. Er küßte sie auf die Schläfe, sog ihren Geruch ein, während seine Augen lasen, was sie in der Zeitung gefunden hatte. Daß das alles so normal war, verstörte Phoebe, so als könnte es ein paarmal am Tag passieren, auch wenn niemand zuschaute. Sie gehören einander, dachte sie und war ganz gepackt von dieser Vorstellung – daß man wissen konnte, jemand war da, war einfach da, und daß man ohne einen Gedanken die Hand nach ihm ausstrecken konnte.

Später gingen sie alle drei ins Wohnzimmer. Wolf entdeckte, daß er seine Cassetten im Auto gelassen hatte, und lief nach unten, um sie zu holen. »Wolf«, rief Phoebe hinter ihm her, weil sie ihn bitten wollte, nach einer Haarbürste zu suchen, die sie nicht finden konnte. Aber er war schon weg.

Carla lag lässig auf der Couch, hatte ein Bein über die

Armlehne gelegt. Phoebe betrachtete den Schwung ihrer Hüftknochen, die sich durch ihre Jeans abzeichneten. »So nennst du also Sebastian«, sagte Carla. »Wolf?«

»Ja«, sagte Phoebe. »Es ist ein Spitzname.«

»Nach dem Tier also? Dem Wolf? Ja, ja«, sagte Carla zustimmend. »Die Augen, ja.«

Wolf kam wieder zurück, atmete heftig vom Laufen. Er ging neben der Stereoanlage in die Hocke.

»Wolf«, sagte Carla mit einem ironischen Unterton. »Wieso hab ich nie von diesem Namen gehört?«

Phoebe sah, daß ein leiser Ruck durch Wolf ging. Er sagte ganz obenhin: »Er ist schon alt.«

»Woher kommt denn der Name?«

Die Frage war an Phoebe gerichtet. Wolf wandte sich ihr jetzt auch zu, und Phoebe wußte, daß sie einen Fehler gemacht hatte. Hatte Wolf sie gebeten, den Namen nicht zu gebrauchen? Hätte sie das einfach wissen sollen? Jetzt wußte sie nicht, was sie tun sollte. Es war schon in Ordnung, jemanden nicht zu erwähnen, aber deshalb zu lügen war etwas ganz anderes. Sie konnte sich nicht vorstellen, daß Wolf das wollte. »Es war Faith«, sagte sie zaghaft und schaute dabei sein Gesicht an. »Es war doch Faith, oder?«

»Ich weiß es nicht«, sagte Wolf müde und wandte sich wieder der Stereoanlage zu. Er schob eine Cassette ein und drückte auf den Knopf. Sie saßen da und warteten schweigend auf die Musik, während man erst noch das Knistern der Cassette hörte.

»Faith«, sagte Carla. Ihre Stimme klang verwirrt. »Faith.« Sie sprach es wie »Fate« aus.

»Du erinnerst dich doch an Faith«, sagte Wolf, als würde er einen Text ablesen.

»Ja. Natürlich kann ich mich an Faith erinnern«, sagte Carla und runzelte die Stirn. »Aber wieso ist Phoebe ...? Ich weiß nicht ...« Anscheinend fielen ihr die richtigen Wörter nicht ein, aber sie fing nicht an, deutsch zu sprechen.

»Ich bin ihre Schwester«, sagte Phoebe, und das Blut schoß ihr ins Gesicht. »Faiths Schwester.« Es klang wie eine feierliche Verkündigung.

Carlas Blick lag jetzt auf Wolf, ihr Mund stand leicht offen. Sie sagte leise und sehr schnell etwas auf deutsch. Er antwortete zerknirscht, mit trockener Kehle. Phoebe hatte das Gefühl, daß er sich fürchtete.

Carla fuhr mit der Hand durch ihr kurzes Haar, schaute Phoebe an und sagte im klarsten Englisch, das sie an diesem Abend gesprochen hatte: »Ich hab nicht gewußt, daß du die Schwester von Faith bist.«

Phoebe schaute sie mit großen Augen an. Carlas Gesichtsausdruck veränderte sich, als sähe sie jetzt Phoebe zum erstenmal ganz klar. Mitleid lag auf ihrem Gesicht.

»Entschuldige«, sagte sie und rutschte näher zu ihr heran. Ein köstlicher Geruch ging von ihrer Haut aus, und Phoebe empfand eine ungeheure Trauer um Faith, einen Kummer, wie sie ihn fast noch nie empfunden hatte, eine Sehnsucht, den Kopf an Carlas weiche Brust zu legen und getröstet zu werden. Und sie hätte das auch fast getan.

Carla legte die Hand auf Phoebes Schulter. Es war eine sanfte, aber bestimmte Berührung, wie von einem

Arzt. Sie saßen schweigend da. Iggy Pop sang »The Passenger«. Phoebe vergaß, daß Wolf da war.

Am nächsten Tag hatte Carla frei, deshalb hatte sie schon Wochen zuvor Karten für ein Jazzkonzert für diesen Abend gekauft. Phoebe sagte, sie bliebe gern allein, und da sie heute beide bei Wolf übernachteten, half Phoebe, in der Zeit, in der Carla sich im Schlafzimmer umzog, Wolf dabei, auf der Couch im Wohnzimmer ein Bett für sie zurechtzumachen. Sie schwiegen betreten, während sie die Laken feststeckten.

»Hey, das tut mir alles sehr leid«, sagte Wolf. Sein Blick streifte Phoebes Augen. »Ich wollte nicht so eine große Sache daraus machen«, sagte er. »Das war idiotisch.«

Carla kam geschminkt aus dem Schlafzimmer, ihre schwarze Hose steckte in roten Cowboystiefeln. Phoebe fand, daß sie jetzt weniger Ausstrahlung hatte, ihre Zartheit und ihr offenes Gesicht konnten es nicht mit dem vagen, vertrackten Sog aufnehmen, den Faiths Abwesenheit ausübte.

Eine ungewohnte Unsicherheit lag jetzt in Carlas Gesicht, so als spüre sie selber eine Veränderung ihres Rangs. »Gehen wir?« fragte sie zögernd. Die Frage war gleichzeitig an Wolf und Phoebe gerichtet.

Wolf ging mit ein paar raschen Schritten zu Carla und zog sie heftig an sich, als könne er es nicht ertragen, daß sie alleine dastand. Phoebe schaute weg, als sie zur Tür gingen. »Ich liebe dich«, hörte sie ihn flüstern.

Als sie gegangen waren, ging Phoebe in Wolfs Zimmer und warf sich aufs Bett. Das Deckenlicht war ausgeschaltet, die Gardinen zugezogen; der grüne Glasschirm einer antiken Schreibtischlampe verlieh dem Raum etwas Schwebendes, als läge er unter Wasser. Die weiche Matratze gab nach wie eine Hängematte. Phoebe hörte zu, wie ein Flugzeug sich seinen Weg durch den Himmel bohrte, und versuchte sich die Leute darin vorzustellen, jeder mit einem bestimmten Reiseziel, einem Leben und Gepäckstücken voller Sachen, die er gekauft und eingepackt hatte und die ihm wichtig waren. In Mirasol hatten sie und Faith oft im Bett gelegen und zu erraten versucht, wohin die Züge fuhren, die am Haus vorbeikamen; »Milwaukee ... Decatur ... Dallas«, tippten sie, und ihre Stimmen wurden dabei immer lauter, »Europa ... Timbuktu ... Florida«, und wenn dann der Zug direkt am Haus war, sprang Faith oft aus dem Bett, rannte an das dunkle Fenster und stand in ihrem weißen Nachthemd wie eine Erscheinung da, bis das Geräusch der Lokomotive langsam schwächer wurde und verstummte, und sie stand sogar danach noch da, wenn der Ton der Pfeife aus der Ferne wie ein Echo zurückkam. »Morgen sind die alle ganz weit weg«, sagte sie. »Und wir sind immer noch hier, ist das nicht komisch?« – und immer klang dabei eine Traurigkeit mit, der man anhörte, wie sehr sie die Fahrgäste darum beneidete, daß sie mit hoher Geschwindigkeit durch die Nacht fuhren. Für Phoebe war das ein Rätsel, der Neid ihrer Schwester; wieso sollten sie denn neidisch sein, wo sie doch ganz klar das bessere Ende erwischt hatten, sich in warmen Betten kuschelten und Großmamas rauhe, gestärkte Laken sich fest über sie spannten? Wenn man die Wahl hatte, wer würde sich denn dann nicht für zu Hause entscheiden?

Phoebe rief sich selber aus dem Halbschlaf zurück und ging wieder an Wolfs Schreibtisch. Rechts davon stand ein schmales Regal, in dessen oberen Fächern sich deutsche Fachliteratur stapelte, druckfrische Kataloge: »Neue Sulfonamide von HAAGER« war einer der Titel; das Logo ließ einen an Reagenzgläser denken. Auf einem anderen Katalog einer Firma namens Kat stand: »Düngemittel in der Landwirtschaft: Was von den achtziger Jahren zu erwarten ist«. Phoebe ging Fach um Fach durch, bis sie schließlich in den unteren beiden Fächern die ersten persönlichen Sachen Wolfs fand, die sie in der Wohnung sah. Ein zerfleddertes deutsch-englisches Wörterbuch, ein Fernglas, eine einzelne Havanna in einem silbernen Etui. Ein Plexiglasrahmen mit einem Foto seiner Eltern, die schick angezogen waren und lächelten. Eine alte Taschenuhr aus hellem, schwerem Gold, in das drei kunstvolle Initialen eingraviert waren. Phoebe empfand die Kärglichkeit und das Unpersönliche dieser Dinge als schmerzhaft, so als hätte Wolf sich entschlossen, sich auf ein Minimum zu reduzieren, sein Leben so schlank zu halten wie seinen Körper und schnörkellos.

Auf dem untersten Brett stand eine breite, antike Schatulle, deren vom Alter schon verzogener Deckel mit Perlmutt eingelegt war. Die Schatulle war so groß, daß man den Deckel nur öffnen konnte, wenn man sie aus dem Regal nahm; Phoebe stöhnte kurz, als sie die Schatulle herausholte und auf den Teppich stellte. Sie war schwer. Phoebe zögerte, bevor sie den Deckel hochklappte.

Ihr Blick fiel als erstes auf zwei rosafarbene Meermuscheln, die Art von Muscheln, die Faith immer am Strand von Mirasol gesammelt hatte. Phoebe blieb fast das Herz stehen. Sie hielt die Muscheln in der Hand, die ganz leicht waren und glatt und kühl wie Porzellan. Natürlich waren das vielleicht nicht Faiths Muscheln, schließlich waren Muscheln eben nur Muscheln, sie lagen auf jedem Strand. Sie legte die Muscheln vorsichtig neben ihr Knie auf den Boden. Als nächstes kam irgendein Diplom, gezackte, kalligraphisch ausgeführte deutsche Buchstaben auf gelblichem Pergament. Das Diplom rollte sich zusammen, als Phoebe es aus der Schatulle nahm. Sie machte sich jetzt ernsthaft an die Suche, ihre Hand zitterte vor Schuldbewußtsein, und ihr Herz pochte vor Erregung. Sie suchte etwas. Etwas Bestimmtes, dachte Phoebe, ein Geheimnis.

Urkunden von Preisverleihungen, Zeugnisse, alles auf deutsch. Ein kleiner Basset, der aus braunen und weißen Pfeifenreinigern gebastelt worden war. Vergilbte Zeitungsartikel, einer davon eine Titelseite mit einer riesigen Schlagzeile und darunter einige Fotos von jungen Leuten, zwei Männer, zwei Frauen; Phoebe fragte sich, ob das vielleicht Verbrecher waren, aber sie konnte leider nicht lesen, was sie getan hatten. Dann ein größerer brauner Umschlag, auf den Wolf mit schöner, sauberer Schrift geschrieben hatte: »Fotos«.

Phoebe machte den Umschlag mit zitternden Händen auf und holte einen Packen Amateurfotos heraus, die anscheinend nicht in einer bestimmten Reihenfolge sortiert waren. Das erste war ein Bild von Wolf – vom alten Wolf, wie Phoebe ihn sich immer vorstellte, wenn sie seine gegenwärtige Inkarnation nicht direkt vor Augen hatte. Er war sehr braun, das Haar hing ihm bis über die Schultern herunter, und den Oberarm umspannte ein indianisches Perlenband. Er präsentierte sich der Kamera mit einem wissenden, arroganten Grinsen, an das Phoebe sich ganz genau erinnerte, und seine Zähne blitzten in einer gleichmäßigen weißen Reihe. Er trug kein Hemd, lehnte an seinem Pick-up, und seine Bauchmuskeln wirkten wie Eiswürfel, die dicht nebeneinander auf einem Tablett liegen. Phoebe hatte sich daran gewöhnt, daß Wolf sich seit dieser Zeit verändert hatte, aber erst jetzt spürte sie es – ein Schmerz in der Brust, ein Schmerz über den Verlust dieses Selbstbewußtseins, dieser selbstsicheren, großspurigen Lebensfreude, die sie in jedem Detail dieses Fotos ganz deutlich wahrnahm. Das war nicht nur verschwunden, es war nicht einmal mehr möglich, es sich auch nur vorzustellen, als sei der Wolf von heute eine einzige Negierung des Jungen von damals, von dem er sich mit jeder Faser seines Daseins distanzierte.

Das erste Bild ihrer Schwester rief in Phoebe eine erregende, wunderbare Reaktion hervor, ein kaltes Prickeln, das vom Ende ihres Rückgrats bis zum Nakken hochlief. Sie war ja mit Bildern von Faith aufgewachsen, aber diese Bilder waren immer bei ihnen im

Haus gewesen. Und jetzt, tausend Meilen von zu Hause entfernt, sah man Faith mit Wolf zusammen bis zu den Knien in einem Feld mit blauen Kornblumen, das Gesicht ein bißchen verwackelt, Wolf ging gerade auf sie zu, hielt etwas in der Hand, eine Pfeife oder möglicherweise ein Stück Brot. Auf die Rückseite hatte er in seiner Schrift mit ihren engstehenden Buchstaben geschrieben: »Loiretal, Juli 1970«.

Phoebe sank in eine Art Trance. Faith in Paris, wie sie auf einem Markt Orangen aussucht; in einer altmodischen Badewanne, das Haar, mit einer Spange festgehalten, fällt trotzdem nach unten, die Brüste schweben leicht im Wasser, wie Fische. Phoebe vergaß, wo sie war, ließ sich mit Wolf und ihrer Schwester durch eine sich beständig verändernde riesige Ansammlung von high wirkenden Fremden treiben, die mit ausdruckslosem Blick in Küchen saßen, in Parks und Zugabteilen und durch schimmernde Rauchschwaden blinzelten. Die ausgeblichenen Farben riefen den Eindruck hervor, als seien diese Bilder in einem fahlen Licht aufgenommen worden, das von oben kam, als ergieße sich aus irgendeiner verborgenen Quelle sternhelles Licht über alles und lasse alle diese Leute in einem angenehmen Vergessen versinken.

Plötzlich hielt Phoebe ein Bild in der Hand, das sie aus ihren Träumereien riß.

Sie stand vom Fußboden auf und hielt das Foto unters Licht. Es sah völlig anders aus als die anderen Bilder, die Farben waren frisch und kräftig, als wäre eine andere Kamera benutzt worden, obwohl man den Eindruck von starkem, unbarmherzigem Licht hatte. Faith hatte auf dem Bild eine Hand auf dem Schoß liegen, sie lächelte, aber so, als ob es ihr schwerfiele, bis zum Ende des Fotografierens durchzuhalten. Auf den ersten Blick dachte Phoebe, das Haar ihrer Schwester sei zu einem Pferdeschwanz oder zu einem Knoten zurückgenommen, den sie immer mit dem Stachel eines Stachelschweins festgesteckt hatte. Aber Faiths Haar war nicht zurückgenommen, es war kurz. Jemand hatte es abgeschnitten, dachte Phoebe, weil der Haarschnitt ihr so vorkam, als wäre er ihrer Schwester aufgezwungen worden, grob und ungleichmäßig, als hätte sie sich dagegen gewehrt und als hätte man ihr den Kopf nach unten gedrückt und es mit Gewalt getan. Sie wirkte durch diesen Haarschnitt älter, irgendwie gebrochen. Oder vielleicht war es nicht das Haar, weil auch ihr Blick irgendwie verändert wirkte, nicht high, sondern verletzt, und die Augen waren wegen des hellen Lichts zusammengekniffen. Faith stand unsicher da, hatte die andere Hand halb zum Gesicht hochgehoben, und der streng gegliederte Garten, in dem sie sich befand, wirkte so ähnlich wie der Hofgarten, in den Wolf am Tag zuvor mit Phoebe gegangen war. Hinter ihr sah man sogar ein Gebäude mit einer Kuppel. Phoebe drehte das Bild um. »München«, stand da. »Okt. 1970«.

Warte mal, dachte sie. Wie ist denn das möglich?

Sie betrachtete das Bild noch einmal, aber die genauere Prüfung bestätigte, daß der Park, in dem Faith stand, wirklich der Hofgarten war, nur daß die Blumenrabatten leer waren und die Bäume keine Blätter trugen, aber es war dieselbe Kuppel, eine dicke, schwarze Perle im Sonnenlicht. Aber hatte Wolf nicht ganz deutlich gesagt, daß Faith nie nach München gekommen war? Hatte vielleicht jemand anders das Foto aufgenommen und es später Wolf gegeben? Aber dann wüßte er ja auch, daß Faith hiergewesen war; warum hatte er so deutlich betont, daß sie nie hiergewesen war? Und da war noch etwas anderes – je länger Phoebe das Bild anstarrte, desto mehr kam es ihr so vor, als ob Faith an genau derselben Stelle stünde, an der sie am Tag zuvor gestanden hatte, als Wolf sich hingekniet hatte und ganz weggewesen war.

Es war ganz offensichtlich: Er hatte gelogen. Als Phoebe zu diesem Schluß gekommen war, wartete sie in dem grünen Licht des Zimmers, um herauszufinden, wie sie reagierte. Sie spürte, wie Angst in ihr aufkam, dann zögernde Empörung – wie konnte er sie nur anlügen? Warum sollte er sie denn anlügen? – aber diese Gefühle wurden schnell verdrängt von einem stärkeren Gefühl, einer Verheißung, der Aussicht auf neue Möglichkeiten. Phoebe hatte das Gefühl, als würde sie abheben: Wolf wußte mehr, als er ihr gesagt hatte! Was gestern noch ausgesehen hatte wie eine leere, undurchdringliche Mauer, hatte sich jetzt weit geöffnet, um den Blick auf etwas freizugeben – aber was? Irgend etwas. Einfach irgend etwas, dachte Phoebe; solange es überhaupt etwas gab, war es nicht wichtig, was es war. Diese Gnadenfrist, diese Hoffnung war alles, was sie brauchte. Es war, als müsse sie herausfinden, ob Faith noch lebte.

Erregt und voller Energie, fast high, setzte Phoebe sich wieder auf den Fußboden und schaute rasch den Rest der Fotos durch. Es gab noch eine Reihe von ausgeblichenen Aufnahmen aus Amsterdam, Belgien und Frankreich, aber die interessierten sie nicht mehr. Sie hatte gefunden, was sie gesucht hatte. Dann fiel ihr noch ein anderes Foto auf, und sie legte den Stapel wieder beiseite, legte sich aufs Bett und hielt das Foto in das Licht, das vom Schreibtisch herüberkam. Faith und Wolf saßen auf der Backsteintreppe des O'Connor-Hauses, eine winzige Phoebe, barfuß und in einem weißen Nachthemd, hatte sich zwischen sie gezwängt. Jeder der beiden hatte einen Arm um sie gelegt, und sie beugten sich so beschützend über sie, daß man sie gut für ihre jungen Eltern hätte halten können. Phoebe betrachtete ihr kleines Kindergesicht, auf dem ein leichtes Lächeln lag, das so selbstverständlich und zuversichtlich wirkte, als wäre es der Ausläufer eines riesigen Glücks. Ungläubige Sehnsucht stieg in ihr auf – wohin war dieser Augenblick verschwunden? Sie hatte einmal vor dieser Kamera gestanden und jemanden angelächelt, der dahinter stand – das war ihrem Gedächtnis verlorengegangen, als sei sie gar nicht dabeigewesen. Und jetzt war es ganz verschwunden: der Augenblick, das Haus, ihre Schwester. Nur dieses Bild war übriggeblieben, wie eine Art Spott darauf, daß sie nicht mehr dort waren. Fotos sind traurig, dachte Phoebe. Fotos sind immer traurig.

Schließlich steckte Phoebe die Fotos wieder in ihren Umschlag zurück, behielt aber das Bild von Faith im Hofgarten bei sich. Sie stellte die Schatulle mit ihren

Holzschnitzereien wieder in das Regal zurück und ging ins Wohnzimmer, wo sie mit dem Foto in der Hand auf und ab ging. Sie hielt das Bild immer noch in der Hand, als sie schließlich das Licht ausschaltete und mit fest geschlossenen Augen ganz steif in ihrem provisorischen Bett lag, während sie im Hals ihren Puls spürte. Es war unmöglich zu schlafen, aber sie mußte trotzdem geschlafen haben, weil sie vom Geräusch des Schlüsselbunds aufwachte, als die Tür aufgesperrt wurde. Sie lag reglos da und versuchte sich zu orientieren. An der Eingangstür zogen Wolf und Carla leise ihre Jacken aus, und Phoebe konnte ihren Zigarettengeruch riechen. Bald darauf schlichen ihre undeutlichen Schatten in Richtung Schlafzimmer, Carla zuerst, dann Wolf, der die Tür hinter sich zumachte. Phoebe hörte das Wasser im Waschbecken, dann die Toilettenspülung. Dann verschwand der Lichtstreifen unter der Tür, und Phoebe dachte, sie höre das leise Stöhnen der Matratzenfedern, als die beiden sich hinlegten. Phoebe hatte plötzlich Angst, was sie sonst noch alles hören könnte. Durch ihren Kopf taumelten Erinnerungsfetzen von Wolf und Carla, wie sie sich zur Begrüßung küßten, Lippen, die sich so ganz einfach berührten, Körper, die sich vielleicht schon Hunderte von Malen berührt hatten auf eine Art, die Phoebe sich gar nicht erklären konnte. Sie schwitzte jetzt, warf die Bettdecke zurück, und ihr Blick war fest auf die Tür geheftet. Ich sterbe, wenn ich etwas höre, dachte sie. Aber sie hörte nichts. Sie hörte überhaupt nichts.

Sechzehn

Am nächsten Tag war sie mittags wieder im Hofgarten. Alles, worauf ihr Blick fiel, hatte ihre Schwester vielleicht auch gesehen: Bäume, die sich so scharf von ihrem Hintergrund abhoben wie auf Kupferstichen, unter ihren Füßen Kieselsteine wie winzige Juwelen, die schwarze Kuppel ganz groß und zärtlich wie der Mond, wenn er gerade ganz rund geworden ist.

Wolf und Carla waren schon am frühen Vormittag losgegangen, um sich Wohnungen anzusehen. Als Phoebe um Viertel nach drei zurückkam, war Wolf schon da. Auf dem Tisch lag eine Skizze, die er für sie gezeichnet hatte, damit sie das Lokal hätte finden können, in dem er und Carla zu Mittag gegessen hatten. »Ein langer Fußmarsch«, sagte er.

»Ich bin noch mal zum Hofgarten gegangen«, sagte Phoebe und beobachtete Wolfs Gesicht dabei. Sie entdeckte keine Veränderung.

»Ich hab dir ein Sandwich mitgebracht«, sagte er.

Er blieb bei Phoebe sitzen, während sie aß, und ging dann in sein Zimmer, um zu arbeiten. Er war barfuß, und seine Fußsohlen machten ein schnalzendes Geräusch auf dem blanken Boden. Phoebe holte Faiths Bild aus ihrer Handtasche und ging in der Wohnung hin und her, gleichzeitig voller Angst und voller Erregung. Schließlich klopfte sie an Wolfs Tür. Er saß am Schreibtisch. »Was gibts?« sagte er.

Sie gab ihm das Foto. Wolf faßte es am Rand an, betrachtete Faiths Abbild, als hätte er es nie zuvor gesehen. Er drehte das Bild um. »Wo kommt das denn her?«

»Aus deiner Schatulle.«

Wolf schüttelte den Kopf und lächelte, als habe jemand auf seine Kosten einen Witz gemacht. Er war aber anscheinend nicht überrascht. Sein Blick ging wieder zu dem Foto.

»Sie ist also doch zurückgekommen«, sagte Phoebe.

»Ja«, sagte Wolf. »Sie ist zurückgekommen.«

Er erhob sich müde von seinem Stuhl, nahm die Brille ab und rieb sich die Augen sehr fest mit beiden Handballen. Dann ging er ans Fenster und schaute nach draußen. Irgend jemand sägte Bäume. Eine elektrische Säge fraß sich in die Stille hinein.

»Ich mußte Faith schwören, daß ich nicht darüber rede«, sagte er. »Zu niemandem, besonders nicht zu jemandem aus ihrer Familie. Aber du hast wahrscheinlich ein Recht darauf, es zu wissen, und außerdem findest du es bei dem Tempo, mit dem du jetzt vorgehst, sowieso heraus, mit mir oder ohne mich.«

»Entschuldige«, sagte Phoebe und schämte sich bei dem Gedanken, daß sie in Wolfs spärlichen Habseligkeiten herumgekramt hatte.

»Du hast getan, was du getan hast.«

»Aber es war falsch«, sagte sie und wollte, daß er ihr verzieh. »Es war falsch.«

Sie sagten beide nichts.

»Warum mußtest du ihr das schwören?« sagte Phoebe.

»Sie ist in Berlin in eine Geschichte geraten, von der sie nicht wollte, daß sie bekannt wurde.«

Das war eine Wendung, die Phoebe nicht erwartet hatte. »Was denn für eine Geschichte?« fragte sie ängstlich.

Wolf warf einen Blick auf seinen Schreibtisch, sah, daß er die Kappe nicht auf den Stift mit der feinen Nadel gesteckt hatte, und brachte sie mit einem kleinen, bedächtigen Dreh zum Kreiseln. »Komm, gehen wir hier raus«, sagte er. Phoebe spürte, daß er Faith absondern wollte, trennen wollte von seiner Arbeit, seinem Schreibtisch und seinem Bett. Das machte sie traurig.

Phoebe setzte sich auf die Wohnzimmercouch. Zu ihrer Überraschung holte Wolf zwei Bier aus der Küche und bot ihr eines an – wie konnte er jetzt bloß ans Trinken denken? Sie lehnte schroff ab. Wolf zuckte zusammen, war ganz überrascht. Er stellte das Bier auf den Boden. Vor lauter Schuldbewußtsein nahm Phoebe das Bier und trank etwas davon.

Wolf setzte sich auf den Teppich und lehnte sich an das untere Ende der Couch, so daß er vor Phoebe saß, links von ihren Schienbeinen. Sie konnte sein Gesicht nicht sehen. Er steckte sich eine Zigarette an und zog mit seinem nackten Fuß den Aschenbecher zu sich heran.

»Und?« sagte Phoebe.

»Ich bin ein bißchen ratlos«, sagte Wolf. Er klang nervös.

»Erzähl einfach, was passiert ist.«

»Ich hab Angst, daß es irgendwie verrückt klingt, aus dem Zusammenhang gerissen.«

»Erzähl von Berlin«, sagte Phoebe. »Erzähl, was du mir nicht sagen solltest.«

»Okay«, sagte er. »Okay.« Er zog an der Zigarette, als würde er einen Joint rauchen. »Also, wir sind aus den Staaten weggegangen, Faith und ich. Das weißt du ja wohl.« Er stieß ein nervöses, rauchiges Lachen aus. »Wir sind wegen dieses schlechten Gefühls weggegangen.«

»Was war das denn für ein Gefühl?«

»Einfach, daß alles so mies wurde und danebenging. Daß alles seinen Höhepunkt schon überschritten hatte. Es lag eine Stimmung in der Luft, als hätte sich etwas verändert, ein schlechtes Omen oder sowas, ich weiß es nicht.« Die Zigarette zitterte in seinen Fingern. »Ich glaube, es hat mit Kambodscha angefangen. Im April. Oder vielleicht auch nicht mit Kambodscha ... nein, aber es war ... ich meine, es sind schon davor schlimme Sachen passiert, weiß Gott, aber daß wir in Kambodscha einmarschiert sind nach allem, was wir getan haben, um den Krieg zu beenden ... da haben wir gedacht, Gott, hat uns denn niemand gehört? Und dann mäht die Nationalgarde einfach diese Jungs an der Kent State University um. Das waren doch noch Kinder – und sie haben sie einfach weggepustet. Das waren soviel fürchterliche, schlimme Sachen, daß wir einfach nicht mehr damit zurechtgekommen sind.«

Phoebe nahm die Bitterkeit in seiner Stimme wahr, in

der sogar jetzt noch ein erregtes Erstaunen mitschwang, ein ungläubiger Schmerz.

Und auch in der Bewegung, sagte Wolf, sei etwas ins Rutschen gekommen. In Altamont seien Leute von Hell's Angels aufgemischt worden, und die Weathermen hätten sich in einem Haus in New York buchstäblich selbst vernichtet. Und das alles innerhalb von ein paar Monaten. Mit der Haight-Szene sei es bergab gegangen, alles nur noch Junkies, Ausreißer und Typen, die zu mehreren junge Ausreißerinnen vergewaltigten. Sie hätten irgendwann die falsche Richtung eingeschlagen, sich zurückbewegt. So habe man das damals empfunden. Und dann sei alles verloren gewesen.

»Faith und ich waren damals fast zwei Jahre lang auseinander gewesen, haben kaum miteinander gesprochen«, sagte Wolf. »Dann im Juni sah ich sie unverhofft auf einem Platz in Berkeley bei einer Kundgebung, wo irgendeiner von diesen Schaumschlägern eine Rede hielt. Ich sah, daß es ihr immer langweiliger wurde, und als sie gehen wollte, ging ich zu ihr hinüber und fing sie ab. Wir küßten uns zur Begrüßung. Ich sagte: ›Und was hältst du von dem Ganzen hier?‹ ›Ich finde es Scheiße‹, sagte sie. ›Ich meine nicht die Kundgebung‹, sagte ich. ›Ich meine alles, die ganze Szene.‹ Sie sagte: ›Davon rede ich doch die ganze Zeit.‹

Es war ein richtig warmer Tag, alles roch irgendwie gut. Faith sah so schön aus, ihr langes Haar zog das ganze Sonnenlicht auf sich. ›Laß uns abhauen‹, sagte sie, ›einfach verduften.‹ Ich sagte: ›Klasse‹, und wir gingen in die Richtung, in der ich wohnte, und auf einmal wollte ich wieder wahnsinnig gerne mit ihr zusammensein, wollte wieder dauernd diese Verrücktheit spüren, die zu ihr gehörte. ›Hörst du, ich hab nicht gemeint, daß wir von der Kundgebung abhauen‹, sagte Faith unterwegs. ›Ich hab gemeint, überhaupt abhauen.‹ ›Ich weiß‹, sagte ich, obwohl ich nichts wußte, ich hatte keine Ahnung, was sie meinte, aber in diesem Moment war es mir vollkommen egal, was es war, ich wollte es einfach.

Wir waren innerhalb einer Woche weg. Faith hatte eine Masse Geld. Ich glaub, von eurem Vater. Fünftausend Dollar. Ich hatte auch ein bißchen was gespart, und dann hab ich noch meinen Pick-up für siebenhundert verkauft.«

»Ich hab dieses Geld auch bekommen, diese fünftausend Dollar«, sagte Phoebe schnell und fragte sich dann, warum.

»Wir waren hinter etwas her«, sagte Wolf. »Das war wirklich so. Es ist nicht ganz leicht, das zuzugeben, weil es heute idiotisch klingt, aber damals war das nicht so. Das ist der Unterschied. Hunderte und Tausende von uns, alle waren auf der Suche nach etwas. Das ist eine überwältigende Erfahrung, daß viele Leute gleichzeitig an etwas glauben.«

Ich weiß, hätte Phoebe fast gesagt. Aber wie kann ich das denn wissen? dachte sie.

»Ich hab meinen Vater jeden Tag in seine Versicherung gehen sehen, in die Chubb Insurance«, fuhr Wolf fort. »Jahr um Jahr mit Anzug und Krawatte ... war er glücklich? Ich weiß es nicht. Es war, als hätte das Glück nichts damit zu tun.«

»Oder mein Vater«, sagte Phoebe.

»Genau! Da will einer Künstler sein – ist ein Künstler – arbeitet bei IBM, um seine Familie zu ernähren, und dieser Job zermürbt ihn, laugt ihn aus, er kann kaum malen. Schließlich wird er krank … es ist eine Tragödie.«

Phoebe hätte ihm fast zugestimmt, aber sie sagte nichts. Und wenn einer ein schlechter Maler war, war es dann immer noch eine Tragödie?

»Faith dachte die ganze Zeit an ihn, an euren Vater. Das wußte ich schon am Anfang, als wir zum erstenmal zusammen waren, gleich nachdem er gestorben war, aber als wir dann nach Europa gingen, kam es mir noch viel intensiver vor. Ich weiß noch, wie sie auf dem Flug nach drüben die ganze Zeit aus dem Fenster geschaut hat. Ich hab gefragt: ›Woran denkst du denn‹, und sie sagte: ›An Gene.‹ Damals fing sie an, ihn so zu nennen.

›Ich glaub, er ist da draußen‹, sagte Faith. ›Ich glaub, er sieht uns.‹«

Wolf steckte sich eine Zigarette an, inhalierte tief und betrachtete dann nachdenklich die Zigarette in seiner Hand.

»Sie hat in Europa viel über Gene geredet«, sagte er und stieß bei jedem Wort Rauch aus. »Sie hat zum Beispiel zu irgend jemandem urplötzlich gesagt: ›Mein Vater ist gestorben.‹ Sie stieß damit nie auf besonders großes Interesse. Dann saßen wir in London einmal mit ein paar Leuten im Green Park, und eines von den Mädchen hatte *Howl* dabei, und Faith erzählte, daß ihr Vater Ginsberg kannte und Michael McClure und Ferlinghetti, und du hättest diese Gesichter sehen sollen, Jungejunge – absolute Faszination. ›Wirklich, dein Vater hat sie gekannt? Richtig persönlich gekannt? Wie kam das denn? Wer war denn dein Vater?‹«

Wolf hatte zugehört, hatte gesehen, wie ihre Fragen Faiths Antworten bestimmten, bei dieser Gelegenheit und auch später, bis es als ausgemacht galt, daß ihr Vater einer der ersten Beats war, mit Neal Cassady zusammen Whiskey getrunken hatte und seine Bilder in Galerien ausgestellt hatte, in denen Ginsberg und Kerouac lasen. Es sei seltsam gewesen, zu beobachten, wie Genes Mythos Gestalt annahm, wie er das wurde, was er hätte sein können, hätte sein sollen. Wolf wußte genau, daß das alles hinten und vorne nicht stimmte. Aber er spielte mit. Warum denn nicht? dachte er. Es war ja nur eine Spinnerei, und es machte Faith glücklich. Und wenn er zufällig hörte, wie andere Leute die Geschichte wiederholten – das Mädchen aus San Francisco, hast du das mit ihrem Vater mitgekriegt? –, dann klang sie merkwürdig wahr und richtig.

»Wir haben uns richtig für ihn reingehängt«, sagte Wolf. »Ich hab das nämlich auf einmal auch getan. Manchmal, wenn es richtig toll und wunderbar war, hab ich Faith angeschaut und gesagt: ›Gene findet das gut‹, oder: ›Ich glaub, er schaut uns zu.‹ Ob er jetzt ihr Vater war oder nicht, dieser Typ existierte auf einmal, dieser Beatmaler, und er war unser Komplize.«

Phoebe richtete sich auf, versuchte sich vorzustellen, daß ihr Vater sie auch beobachtete, immer bereit, sie wie früher als Kind hochzuheben, wenn sie hingefallen war, und wenn er sie mit einem solchen Schwung in die Luft hob, daß sie zu weinen vergaß. Aber sie spürte ihn nicht. Wenn sie hinfiel, dann fiel sie hin.

»Die ganze Zeit, die wir herumfuhren, spürten wir diese Unruhe«, sagte Wolf. »London, Amsterdam und Belgien, dann Paris. Ich meine, Paris, mein Gott! Aber da waren alle noch auf 68 fixiert, auf den Generalstreik. Man konnte nichts Neues aufbauen, alle waren nur mit den Folgen und Auswirkungen von damals beschäftigt.

Sie hat sich bei uns ganz verschieden ausgewirkt, diese Unruhe«, erinnerte er sich. »Ich hab mich irgendwie im Hintergrund gehalten, mir den nächsten Schritt überlegt, und Faith hat wie verrückt mit Geld um sich geworfen, weil sie wollte, daß etwas passierte, weil sie nach etwas suchte, das alles andere zum Stillstand bringen könnte.

Einmal hat sie fünfzehn Federkissen gekauft. ›Mit weißen Federn‹, sagte sie in dem Laden immer wieder, ›*blanches, blanches*‹. Ich hab die Augen verdreht – die Verkäuferin dachte, Faith sei verrückt. Ein paar von uns gingen dann auf den Eiffelturm, und oben schnitten wir die Kissen auf. Es wurde schon langsam dunkel, in der Luft lag dieses elektrische Blau, und die Federn schossen aus den Inletts, dann schwebten sie fast auf gleicher Höhe mit uns, glühten wie Bienen oder irgendwas, Glühwürmchen. Mein Gott, was für ein Augenblick. Irgend jemand muß den Leuten unten Bescheid gesagt haben, weil auf einmal die Aufzugtür aufsprang und ein uniformierter Aufseher herausstürmte. Faith deutete einfach über das Geländer auf die Federn und sagte:

›Da!‹, als hätten wir sie selber gerade erst bemerkt, und der Aufseher schaut hinaus, ist irgendwie verblüfft, weil die Federn wie große Schneeflocken in der Sommernacht hängen, und er steht da und blinzelt, als hätte er vergessen, wozu er heraufgekommen ist. Nach einer Minute lächelt er, es ist ein verkniffenes kleines Lächeln unter seinem Schnurrbart, schüchtern, als sei es nicht daran gewohnt, sich während der Dienstzeit zu zeigen. ›Friede‹, sagten wir immer wieder zu ihm. ›Friede, Bruder‹, und wir machten das V-Zeichen und winkten, als er wieder in den Aufzug stieg. Faith und ich schauten uns einfach an, wir brauchten nichts zu sagen. Wir wußten, daß Gene dieses Szene unheimlich gut gefiel.«

»Federn«, sagte Phoebe. »Das klingt unglaublich.«

»Es war unglaublich«, sagte Wolf. »Absolut unglaublich. Ich werde das nie vergessen.«

Sie saßen schweigend da. Federn, dachte Phoebe und suchte nach einem Augenblick in ihrem eigenen Leben, der es mit der geheimnisvollen Schönheit von Faiths Einfall aufnehmen konnte.

Trotzdem, sagte Wolf, seien in Paris viele Dinge schiefgelaufen. Faith war bei einer Mutprobe in die Seine gesprungen und von der Strömung mitgerissen worden, so daß ein Touristenschiff sie retten mußte. Ein anderes Mal bekam sie eine Flasche mit Absinth in die Hand und verbrachte die Nacht im Krankenhaus, wo sie ihr den Magen auspumpten. »Wir haben uns gegenseitig erschöpft«, sagte Wolf. »Faith stürzte sich immer auf alles, und ich hab immer versucht zu widerstehen.«

Der letzte Schlag kam, als auf einer Party, die Faith

mit finanziert hatte, jemand von einem Dach stürzte und sich dabei das Bein an mehreren Stellen brach. Ein paar Bands spielten im Freien, die Leute tanzten, und der Typ war nur ausgerutscht, aber Faith gab sich die Schuld daran – dachte, sie hätte das voraussehen und darauf bestehen sollen, daß ein Geländer angebracht würde. In ihrem Kopf geriet alles durcheinander, sie hätten kein Glück mehr, sagte sie, und sie sollten schnell verschwinden. Sie besuchte den Typ mit dem gebrochenen Bein im Krankenhaus, gab ihm fünfhundert Dollar in Francs. Er hatte keine Ahnung, wer sie war.

»Die ganze Zeit hatten wir irgendwelche Sachen über Deutschland gehört«, sagte Wolf. »Daß es in Berlin diese ganzen anarchistischen Gruppen gab, die verrückte Sachen machten. Wenn wir irgendwelche Leute aus Deutschland trafen, dann redeten sie immer über ihren Studentenführer Rudi Dutschke, der 68 von einem Neofaschisten in den Kopf geschossen worden war und einen unheilbaren Schaden davongetragen hatte. Diese Leute litten sehr darunter. Sie brachen in Tränen aus, wenn sie darüber sprachen, und stießen immer auf Rudi an. Für die radikalen Studenten war es dasselbe wie damals, als Kennedy erschossen worden war – derselbe Schmerz, derselbe unglaubliche Zorn. Ich glaube, 1970 fing alles wirklich zu brodeln an.

Jedenfalls haben wir 1970 in Paris eine Deutsche kennengelernt, Inge, die für eine linke deutsche Zeitschrift schrieb – *konkret*. Sie war zusammen mit ihrem französischen Mann in Paris und wollte unbedingt wieder zurück nach Berlin – Paris sei tot, sagte sie, aber in Berlin gehe es gerade erst richtig los. Sie fuhren bald nach der Party mit dem Dachsturz zurück, und Faith und ich wußten nicht, warum wir noch länger in Paris rumhängen sollten, und fuhren mit.«

Wolf sagte eine Zeitlang nichts, als würde er seine Gedanken sammeln, und Phoebe wartete schweigend, wünschte sich eine großartige Geste ihrer Schwester, einen Triumph. Sie sehnte sich danach, und gleichzeitig hatte sie Angst davor, so wie man Angst vor einem Verlust hat.

»Auf der Fahrt nach Berlin«, fuhr Wolf fort, »erzählte Inge uns von einer ihrer Freundinnen, die Ulrike Meinhof hieß, eine ziemlich bekannte Journalistin war und plötzlich ein paar Monate zuvor alles hingeschmissen hatte und mit einer Terroristengruppe in den Untergrund gegangen war. Sie war die absolute schicke Linke gewesen – Mitte Dreißig, seit Jahren verheiratet mit dem Herausgeber von *konkret* (der Zeitschrift, für die Inge arbeitete), hatte ein großes Haus in Hamburg und zwei Töchter, Zwillinge. Inge hatte ihre Sachen schon seit dem Studium gelesen, und als Ulrike ihren Mann verließ und nach Berlin zog, versuchte Inge, sich mit ihr anzufreunden. Aber Ulrike lebte eher zurückgezogen, wirkte irgendwie gedrückt. Ihre Artikel wurden immer radikaler – sie sympathisierte mit diesen anarchistischen Studentengruppen, die sich allmählich auf Gewalt verlegten.«

»Was denn für eine Art von Gewalt?« fragte Phoebe. Sie dachte an Patty Hearst.

»Guerillataktik«, sagte Wolf. »Sabotageakte, Sand ins Getriebe streuen. Sie hatten alle dieses Handbuch der Stadtguerilla, das wohl aus Brasilien kam. Sie warfen Molotowcocktails, schmissen Steine, schlitzten Autoreifen auf. Kleine Sachen. Ich glaube, die Idee dabei war, daß das ganze faschistische System unter seinem eigenen Gewicht zusammenbrechen würde, wenn man ihm genug kleine Risse verpaßte.«

»Studenten?« sagte Phoebe. »Leute in meinem Alter?«

»Ja, ungefähr«, sagte Wolf. »Jedenfalls beschließt Ulrike Meinhof, ein Fernsehspiel zu drehen, und lädt Inge zur Mitarbeit an dem Film ein. Es ist eine Geschichte über Mädchen, die aus einem Erziehungsheim ausreißen. Sie machen sich also ans Werk, und währenddessen wird Andreas Baader, einer dieser jungen Anarchisten, ins Gefängnis gesteckt, weil er zwei Jahre zuvor in einem Kaufhaus Feuer gelegt hatte. Er will ein Buch schreiben. Ulrike Meinhof erfährt davon und bietet ihre Hilfe an. Horst Mahler, ein bekannter linker Anwalt, der den Jungen verteidigt hat, handelt mit den Behörden einen Deal aus, so daß Ulrike Meinhof sich ein paarmal mit Baader in der Dahlemer Bibliothek treffen kann, um ihm bei seinen Recherchen zu helfen. Der erste Besuch findet statt, als der Fernsehfilm gerade fertig ist. Es ist Mittag, Wachpersonal riegelt einen Flügel der Bibliothek ab, Baader wird hereingebracht, und dann bricht die Hölle los – bewaffnete maskierte Männer stürmen herein, Ulrike zieht eine Pistole aus ihrer Handtasche, Schüsse fallen, und sie und die bewaffneten Männer flüchten mit Baader im Schlepptau. Das ganze Land steht unter einem absoluten Schock, nicht nur, weil eine bekannte Journalistin etwas Kriminelles getan hat, sondern weil auch Baaders Anwalt Horst Mahler untergetaucht ist. Das Fernsehspiel wird natürlich abgesetzt; man will schließlich nicht den Film einer Kriminellen zeigen. Ein paar Wochen später, Anfang Juni, ziemlich genau zu der Zeit, als ich Faith in Berkeley wiedergetroffen habe, gibt diese Gruppe eine Erklärung heraus, in der sie sich als Rote Armee Fraktion bezeichnet.«

»Ja, ich hab schon von ihnen gehört, von dieser Roten Armee Fraktion«, sagte Phoebe, die neugierig zugehört hatte. »Und habt ihr – habt ihr sie kennengelernt oder so?«

Wolf schüttelte den Kopf. »Sie waren untergetaucht«, sagte er. »Man konnte sie nicht kennenlernen. Man konnte nicht einmal in ihre Nähe kommen. Sie hatten den größten Teil dieses Sommers in Jordanien verbracht und sich von der PLO in Guerillataktik ausbilden lassen. Ich weiß noch, daß ich davon gehört habe und dachte: Scheiße, und wir haben unseren Sommer damit verplempert, high zu werden und Federn in die Gegend zu werfen.«

Phoebe erinnerte sich an die ungeheure Erregung, die sie während des Bombenalarms bei Harrods verspürt hatte. Leute in ihrem Alter, und sie veränderten die Welt mit Gewalt. Welchen Mut man dazu brauchte.

»Wir kamen also nach Berlin«, sagte Wolf. »Und die Stadt war unglaublich aufgeladen, sie explodierte fast.

Wir schliefen bei einem Tischler, der mit dem Typ befreundet war, mit dem wir nach Berlin gekommen waren. Der Tischler hatte eine große Wohnung in Kreuzberg, das ist dieser Bezirk in der Nähe der Mauer, in dem eine Masse türkische Einwanderer wohnen und wo sich auch die Freaks irgendwie angesiedelt hatten.«

»Und waren die Anarchisten wirklich überall, so wie ihr gedacht habt?«

»Absolut überall«, sagte Wolf. »Die Umherschweifenden Haschrebellen, die Schwarze Hilfe, dann eine Gruppe, die sich Sozialistisches Patientenkollektiv nannte und auch wirklich und buchstäblich aus einem Haufen psychisch Kranker – und ihrem Arzt – bestand, die zu dem Schluß gekommen waren, daß die Gesellschaft sie krank mache und daß der Weg in die Gesundheit darin bestand, die Gesellschaft zu bekämpfen. Dann gab es noch die Tupamaros West-Berlin, die sich nach einer uruguayischen Gruppe nannten ... das war eine Welt für sich, diese Leute. Es gab jede Menge Untergrundzeitschriften, *883*, *Extrablatt*, *D. P.A.;* sie druckten zum Beispiel Briefe, die dieser Haschrebell Michael Baumann aus dem Gefängnis an seine Freundin Hella schrieb und die ich dann Faith immer übersetzte ...«

Phoebe bemerkte, daß Wolfs Stimme höher wurde, als habe allein schon die Erinnerung ihn erregt. »Wir trieben einfach in der Szene mit«, sagte er. »Gingen in Clubs und Kneipen wie das *Zodiac*, das *Unergründliche Obdach für Reisende*, die *Dicke Wirtin* und das *Top Ten*. Wir hatten eine verrückte Tageseinteilung, gingen früh am Morgen ins Bett, schliefen oft ganze Tage. Wenn wir aufwachten, hatten wir immer noch dieses tolle Gefühl, und – das war das Wichtige – es war, als würden wir uns jetzt endlich bewegen, und wenn wir dieses Tempo einfach irgendwie halten könnten, dann war das mehr als Überleben, dann bekämen wir das zu fassen – was immer das war –, was die Weathermen, die Studenten in Paris, die Hell's Angels – was alle diese Leute verpaßt hatten. Für Faith war es der Himmel. Parties in alten gesprengten Lagerhäusern – es gab Augenblicke, wo ich einfach durch eine kaputte Fensterscheibe nach draußen schaute und den Mond sah, Schornsteine, fahle glitzernde Sterne, und wo ich dachte: Mein Gott, hier bin ich, und es war, als würde ich einfach weggehoben, als würde ich einfach abheben.«

Phoebe hörte konzentriert zu, wurde auf einmal von dem vertrauten Gefühl überkommen, selber von dem Ort, an dem sie war, zu verschwinden, als würde sie sich buchstäblich langsam auflösen, als würde ihr Körper durchlässiger werden. Sie spürte den Drang, sich irgendwo festzuhalten, einen Halt zu finden, aber es war ja nur Wolf da, und der war in seiner Geschichte verschwunden. »Und was war mit der Roten Armee?« fragte sie.

»Oh, man konnte sie spüren«, sagte Wolf. »Sie waren in diesem August aus Jordanien zurückgekommen, genau eine Woche, bevor Faith und ich nach Berlin kamen, und jeder spürte – naja, jeder spürte, daß sie da waren. Besonders in Kreuzberg. Wenn ich auf der Straße war, hatte ich dauernd das Gefühl, ich hätte sie gerade gesehen. Später haben wir dann erfahren, daß ihre Reise nach Jordanien ein Desaster war ... ich glaube, Baader hatte Angst vor Schußwaffen; außerdem muß es wohl einen Aufstand gegeben haben, weil die deutschen Mädchen auf irgendeinem Dach im Lager nackt in der Sonne lagen. Aber an so etwas hat niemand gedacht, da kannst du sicher sein.«

»Habt ihr sie einmal persönlich gesehen?« fragte Phoebe.

»Nein«, sagte Wolf. »Nie, das war ja der Punkt. Nach einiger Zeit ist uns das auch auf die Nerven gegangen.«

Es war August, jeder Tag war ein bißchen kürzer als der vorhergehende. »Man spürte den Herbst in der Luft«, erinnerte sich Wolf. »Den würzigen Geruch unter der Hitze. Ich ertappte mich dabei, daß ich an die Uni dachte, an den Wehrdienst und was passieren würde, wenn ich nicht zum Studium erschien – hätte ich mich dann strafbar gemacht, gäbe es dann einen Haftbefehl? Konnte ich je wieder nach Hause kommen, ohne ins Gefängnis zu wandern? Und diese Panik beherrschte mich allmählich ganz, und ich fragte mich, was zum Teufel ich mit meinem Leben gemacht hatte. Manchmal wachte ich auf, und Faith lag neben mir und starrte zur Decke hinauf, grübelte über irgendwas. Ich hab keine Ahnung, woran sie dachte. Manchmal hab ich nicht einmal gefragt.«

Sie schauten sich die Sehenswürdigkeiten an, erzählte Wolf, die Büste der Nofretete, die prächtigen Säle des Charlottenburger Schlosses, Hitlers Olympiastadion, über dessen verrotteten Rasen sie gerade gingen, als Faith sich zu Wolf umdrehte und sagte: »Wir machen etwas falsch.«

Wolf wollte nicht reden, weil er zu sehr mit seinen eigenen Gefühlen beschäftigt war. »Es kann nicht dauernd etwas passieren«, sagte er.

»Es passiert aber dauernd etwas«, sagte Faith. »Entweder man bekommt es mit, oder man bekommt es nicht mit.«

»Hey. Schau, wo wir sind.«

Faith ließ den Blick über den riesigen Sportplatz gleiten, über die Mauern, die ihn einschlossen, die langen weißen Fahnenmasten, die im Nebel verschwanden.

»Ich habe Berlin gemeint«, sagte Wolf.

»Es ist überall dasselbe«, sagte Faith. »Überall auf der Welt sind dieselben Leute am Ruder und treten auf den anderen herum, die auch überall dieselben sind. Es ist nirgendwo auf der Welt anders, Wolf, nirgendwo. Du hast doch gesehen, wie es läuft.« Panik lag in ihrer Stimme. »Ich hab noch fünfzehnhundert Dollar.«

»Das wird irgendwann zu Ende gehen.«

»Ich weiß«, sagte Faith nachdenklich. »Ich muß mir irgendwas Großes einfallen lassen. Es muß eine richtig große Sache sein.«

»Legen wir doch Feuer«, sagte Wolf und warf ihr sein Feuerzeug zu. Faith machte es an, und die winzige Flamme pulsierte in der frischen Luft. Faith holte einen Joint aus ihrem antiken Zigarettenetui und steckte ihn an, während Wolf sich ängstlich umschaute und irgendwie damit rechnete, daß SS-Wachen im Stechschritt auftauchen und sie verhaften würden. Aber niemand kam. Das Stadion war ein Museum.

Faith nahm einen langen Zug und gab Wolf den Joint. »Wenn IBM ein Stadion gebaut hätte, dann würde es genauso aussehen«, sagte sie mit gepreßter Stimme, weil sie den Rauch zurückhielt. »Sie sind nämlich Faschisten. Alle.«

»Du hast mich bekehrt«, sagte Wolf.

Während sie den Joint zu Ende rauchten, kam ihnen das Stadion immer weniger scharfkantig vor, es wogte, als würde es von Musik durchdrungen. Wolf schnippte die Kippe weg. »Adolf Hitler hat das hier gebaut«, sagte er, »und wir haben uns hier gerade einen Joint reingezogen.«

Faith nahm seine Hand. Wolf küßte ihr Haar. »Denk daran, wenn du mal wieder das Gefühl hast, daß sich nichts verändert.«

Sie waren an diesem Abend auf eine Party am Stadtrand von Berlin gegangen, die in einem riesigen Gebäude stattfand. Jemand erzählte, daß darin im Krieg Bomben gelagert worden waren. Es war eine wilde Szene, Acid-Cliquen, Freaks aus der ganzen Welt. Faith und Wolf trafen auf dieser Party einen Mann, Eric, der einen pinkfarbenen Ledermantel trug und ein bißchen so aussah wie Charles Manson: dunkle, irre Augen, gutaussehend mit einem fanatischen Einschlag. Wolf hatte ihn schon einmal an der Gedächtniskirche gesehen, der zerbombten Kirche auf dem Ku'damm, wo die Hippies alle herumhingen. Erics Mutter war Engländerin, so daß Faith sich mit ihm unterhalten konnte, ohne daß Wolf übersetzen mußte. Irgendwie kam die Rede auf die RAF, und Eric erwähnte, daß er mit der Freundin Baaders zusammen studiert habe, mit Gudrun Ensslin, die auch ein Mitglied der Roten Armee war.

»Kommen auch neue Leute dazu?« fragte Faith. »Oder sind es bloß die ursprünglichen Mitglieder?«

»Sie nehmen auch CV's, wie wir das nennen«, sagte Eric.

Faith schaute ihn unsicher an. »Was ist ein CV?«

»Er blödelt nur herum«, sagte Wolf. »Das ist das gleiche wie auf englisch – ein curriculum vitae, ein Lebenslauf.«

Faith kniff die Augen zusammen. Sie mochte es nicht, wenn man sich über sie lustig machte. »Ich hab mal einen Hasen erschossen«, sagte sie mit völlig unbewegtem Gesicht.

Eric starrte sie an, und Faith lachte ganz laut. Wolf lachte auch.

Eric lächelte süffisant. »Und wann hast du diese ... diese Großtat vollbracht?« sagte er.

»Ich war damals zehn«, sagte Faith, die immer noch grinste.

»Ein Naturtalent. Aber gibt es auch Erfahrungen aus jüngerer Zeit?« Er hob einen imaginären Stift und tat so, als mache er ein Interview.

»Cola-Flaschen«, sagte Faith.

Eric schaute sie verdutzt an.

»Als Zielscheiben«, erklärte sie. »Und auch Tontauben.«

»Mit welcher Waffe?« Irgendwie hatte das Gespräch eine ernsthafte Wendung genommen.

»Kaliber 38. Ein Revolver.«

Eric hob die Augenbrauen. Aber er sagte nur: »Amerikaner. Immer diese Revolver.«

Wolf versuchte Faith von Eric wegzubekommen, aber sie rührte sich nicht von der Stelle. Wolf schluckte einen Hit Acid, blieb in ihrer Nähe und beteiligte sich ab und zu an der Unterhaltung. Es dauerte nicht lange, und Faith erzählte von Gene, erzählte, daß IBM ihren Vater zermürbt habe, ihn ausgelaugt habe, bis er ganz leer gewesen sei, bis sich sein Innerstes dagegen aufgelehnt habe. Sie sagte Dinge, die Wolf nie zuvor gehört hatte: was für ein Gefühl das gewesen sei, dabei zuzuschauen, wie ihr Vater starb, daß es nichts gegeben habe, was sie hätte tun können, sie habe alles versucht, was ihr eingefallen sei, aber er sei trotzdem gestorben. Sie habe ihr ganzes Leben lang versucht, sich zu wehren, zurückzuschlagen, sagte sie, aber jetzt sei sie ganz müde – man könne es alleine nicht schaffen, was man alleine tue, sei einfach zu wenig. Wolf hörte zu, konnte es fast nicht begreifen, daß sie diesem Fremden ihr Innerstes öffnete, es einfach weggab wie eine Geldbörse, die sie gefunden hatte. Und natürlich starrte Eric sie wie hypnotisiert an, und Wolf begriff, wie sie auf ihn wirken mußte: ein leidenschaftliches amerikanisches Mädchen, Lichtjahre von zu Hause entfernt, und sie war bereit, alles zu riskieren, wirklich alles, und alles aufzugeben. Und plötzlich hatte er Angst.

Er hob Faiths Haar hoch, flüsterte ihr ins Ohr: »Komm, wir gehen.«

»Ich nicht«, sagte Faith.

Enttäuscht und erschöpft wandte Wolf sich ab und flirtete mit einem italienischen Mädchen in einer engen, gelben Hüfthose, spürte gelben Stoff unter seinen Fingern, spürte, wie die Hose sich beim Tanzen unter seinen Händen bewegte. Faiths wütende Blicke verfolgten ihn die ganze Zeit, aber sie war zu stolz, als daß sie auch nur in seine Nähe gekommen wäre – das war ein Fehler. Obwohl er eigentlich gar keine Lust dazu hatte, ging Wolf hinter der gelben Hose eine quietschende Eisentreppe auf das riesige Dach hinauf, auf dem ein Flugzeug hätte starten können. Sie lagen unter den Sternen, die Wolf in seinem gegenwärtigen Zustand nicht von den Glasscherben neben der Matratze unterscheiden konnte, auf der sie lagen. Das einzige, woran er denken konnte, war Faith, und daß er ihr eine Lehre erteilen wollte, aber er war zu high und zu fertig, als daß er sich noch hätte erinnern können, was für eine Lehre das war, die sie gebraucht hätte.

Als Wolf wieder nach unten auf die Party ging, waren Faith und Eric nicht mehr da. Das überraschte ihn nicht; er war schließlich selber daran schuld. Aber die Panik, von der er auf dem Trip erfaßt worden war, hatte nachgelassen. Sie kommt wieder, dachte er. Sie hatten schon Schlimmeres durchgemacht und es überstanden.

Wolf wandte sich Phoebe zu. Ihre Blicke trafen sich seit längerer Zeit wieder zum erstenmal. Phoebe zuckte zusammen. »Bist du okay?« fragte er.

Phoebe nickte. Sie fühlte sich leer, als sei eigentlich

gar nichts mehr in ihrem Kopf, als sei alles wie eine Straße, die auf Verkehr wartete. Von diesem Gefühl ging etwas seltsam Friedliches aus.

»Phoebe?«

»Mir gehts gut«, sagte sie, aber ihre Stimme klang geisterhaft, als gehöre gar kein Körper mehr zu ihr. Wolf schaute sie mit einer Distanziertheit an, die genau dazu paßte, daß sie selber eigentlich gar nicht richtig da war, dachte Phoebe. Es kam nicht mehr auf ihr Verständnis an, die Geschichte hatte ihn ganz absorbiert. Sie saßen still in der Dunkelheit.

Faith kam in dieser Nacht – oder in dem, was von der Nacht noch übrig war – nicht mehr zurück. Das war keine Überraschung. Am nächsten Tag kam sie auch nicht. Wolf schlug die Zeit tot, hing an der Gedächtniskirche herum und im *Park*, einer Disco am Ku'damm, suchte am Bahnhof Zoo nach Faith. Er bändelte mit einer russischen Kunststudentin an, die rote Haare hatte. Das war alles, was er noch von ihr wußte. Gemälde, die mit DNA-Mustern übersät waren.

Als Wolf zwei Wochen später Faith wiedertraf, wohnte er praktisch schon im Atelier der Kunststudentin. Er ging jeden Tag ein paarmal in die Wohnung des Tischlers, um nachzuschauen, ob Faith dagewesen war. Ihr Rucksack lag immer noch unter einer mexikanischen Decke versteckt in einem Schrank. Eines Tages trafen sie sich an der Tür.

»Willkommen daheim«, sagte Wolf. »Wie geht es denn unserem Märchenprinzen?« Faith schaute ihn verständnislos an. »Wie heißt er doch gleich wieder?« sagte Wolf. »Naja, der mit dem durchgedrehten Blick, Eric.«

»Oh. Das weiß ich nicht«, sagte sie.

»Wo zum Teufel bist du denn dann gewesen?«

»Rede nicht so! Wo bist du denn gewesen?«

Sie trug andere Sachen, ganz normale Kleider, eine Bluse mit einem Muster aus kleinen roten Rauten. Ihr Haar war geschnitten. Es war ein sauberer, gleichmäßiger Haarschnitt, als wäre jemand mit einem nassen Kamm durchgegangen und hätte alles begradigt. Wolf fiel auf, daß sie überhaupt nicht gezeichnet war, keine Spuren ihres Lebens an sich trug. Er empfand das als Wunder; alle diese wilden Jahre hatten keine sichtbare Spur hinterlassen. Alles war bloß eine Übung; am Ende war sie immer noch ein Teenager. Er kam sich neben ihr vor wie tausend Jahre alt. »Scheiße«, sagte er. »Ich bin froh, daß du wieder da bist.«

»Ja, ich bin irgendwie wieder da.«

Sie waren alleine in der Wohnung. Als Faith auf ihn zukam, merkte Wolf, daß sie sich merkwürdig bewegte. Er konnte sich das nicht erklären – als habe sich ihr Schwerpunkt verschoben. Er nahm ihre Hände. »Für mich bist du wieder da«, sagte er.

Sie legten sich auf das Bett des Tischlers. Wolf spürte ein ungeheures Verlangen nach ihr; das ging nie weg, das war immer da. Er begehrte auch andere Mädchen, aber nie mit dieser Heftigkeit, und die Wahrheit war, daß er gerne auf sie verzichtet hätte, wenn das nicht auch wie eine Kapitulation gewesen wäre. Faiths dünne, warme Arme umschlangen ihn, zogen ihn an einen tiefen, stillen Ort zurück, der in ihm selber lag. Er hatte nie jemanden so sehr geliebt.

Als er unter Faiths Bluse langte, spürte er etwas Hartes, das hinten in ihrem Hosenbund steckte, zog es heraus und hielt plötzlich eine kleine automatische Pistole in der Hand. »Du liebe Scheiße«, sagte er. Die Pistole war noch warm von Faiths Haut. Eine 22er, allem Anschein nach.

Faith schaute ihn an, wie er die Pistole in der Hand hielt, und es sah aus, als würde sie gleich auf ihn losgehen. Wolf grinste, schüttelte den Kopf. Er schaute die Pistole an, dann Faith, und dann schliefen sie miteinander und spürten das kalte, glatte Metall immer wieder an ihren nackten Beinen.

Später wühlte Faith im Bett nach der Pistole und hielt sie dann gegen das Licht, so daß sie einen dunklen Schatten auf ihr Gesicht warf. »Ich kann gut schießen«, sagte sie. »Das hat mir mein Dad beigebracht.«

Wolf stützte sich auf den Ellbogen und schaute sie an. »Du läßt mich doch nicht mal eine Wanze erschlagen«, sagte er. »Ich kann mir nur schwer vorstellen, daß du auf Leute schießt.«

Faith lachte. »Das ist nur zur Notwehr.«

»Auch bei Notwehr werden Leute erschossen.«

»Ich würde nie mit dem Ding schießen«, sagte sie und war jetzt ganz ernst. »Ich würde es nur benutzen, um Leute abzuschrecken.«

Wolf ließ sich mit verschränkten Armen wieder aufs Bett zurückfallen. »Ich weiß nicht, Faith.«

Sie kam mit dem Gesicht ganz nahe an sein Ohr

heran. Er spürte ihren Atem, die Wärme ihres Körpers, und zog sie an sich. »Wolf, ich hab sie *gefunden*«, flüsterte sie.

Als es schon dunkel war, stand Faith auf und zog ihre Jeans und die Bluse mit dem Rautenmuster so vorsichtig an, als seien die Sachen nur geliehen. Sie steckte die Pistole wieder in den Hosenbund, diesmal vorne. Wolf setzte sich auf, stellte die Füße auf den kalten Boden und versuchte, einen klaren Kopf zu bekommen. »Warte«, sagte er. »Du – du gehst jetzt einfach?«

Faith kauerte sich neben seinen Füßen auf den Boden. Ihre Hände lagen auf Wolfs nackten Knien, und sie schaute zu ihm hoch. »Hör mir zu«, sagte sie.

»Ich höre.«

»Man muß einen Zugang finden, Wolf. Das muß man. Darum geht es.«

»Das haben wir doch schon ein paarmal gesagt.«

»Nein«, sagte Faith heftig. »Diese anderen Male waren nichts, das kannst du mir glauben. Wolf, das ist eine *Szene*.«

»Dann nimm mich doch mit.«

»Das kann ich nicht«, sagte sie und rückte ein Stück zurück. »Das ist alles riesig, und ich bin bloß ein kleines Teilchen. Ich kann nicht mal mit ihnen reden, außer mit dem Anwalt – die andern sprechen nicht englisch.«

Wolf schüttelte den Kopf. »Was zum Teufel machst du denn für diese Leute?«

»Botengänge«, sagte Faith. Kleine Sachen. Man konnte ja nicht einfach in irgendein Geschäft gehen, wenn man im Untergrund lebte, jemand könnte einen ja erkennen.

Also machte Faith das für sie. »Sie brauchen alle möglichen Sachen«, erklärte sie, während sie ihren Rucksack aus dem Schrank holte.

Er ging vom Bett zu ihr hinüber. Er war immer noch nackt. »Baby«, sagte er und griff nach Faiths Ellbogen. »Tu das nicht.«

Sie runzelte die Stirn. Wolf versuchte, einen klaren Kopf zu bekommen, weil Faith ihm so klar vorkam; ihre Körperhaltung, ihre Augen, alles an ihr drückte aus, daß sie wußte, was sie tat, und daß das vernünftig war. Und das war ja auch kein Wunder, dachte Wolf – was hatten sie denn die ganze Zeit gesucht? Sie hatte recht, sie mußte recht haben, wenn er doch bloß einen klaren Kopf bekommen könnte ... die Pistole in ihrem Hosenbund – aber wenn er sich vorstellte, daß Faith sich in irgendeiner Wohnung verkroch und irgendwelche Sachen für Leute erledigte, mit denen sie sich nicht einmal unterhalten konnte, dann kam Wolf das alles sehr trist und verzweifelt vor. So schlimm wie alles, dem sie hatten entkommen wollen. »Halt mal«, sagte er. »Laß uns mal eine Sekunde lang ein bißchen langsamer machen.«

Aber Faith kümmerte sich nicht um ihn. Sie zählte ihre Travellerschecks. »Warte«, sagte Wolf, als sie sich den Rucksack umhängte. »Faith, warte.« Er baute sich vor der Tür auf und war sich eigentlich gar nicht bewußt, daß er ihr den Weg versperrte, bis er auf ihrem Gesicht sah, daß es so war. Als Faith um ihn herumgehen wollte, rührte er sich nicht vom Fleck.

»Hör zu, wenn das nichts für dich ist, dann ist es auch gut«, sagte Faith. »Ich muß jetzt los.« Und sie schaute ihn ganz kalt an, mit einer so kalten Enttäuschung, daß Wolf sich wie ein Feind vorkam. Das machte ihn wütend.

»Es überrascht mich, daß du deine Pistole nicht rausholst«, sagte er.

Faith schaute ihn einfach an.

»Na los«, sagte Wolf. »Du willst raus? Nimm die Pistole.«

»Wolf, hör auf.« Sie versuchte mit einer nicht besonders aggressiven Bewegung, ihn an den Armen und an der Brust zu schubsen, aber sein Körper war wie aus Stein, das spürte Wolf sogar selber. Es sah aus, als würde Faith unter dem schweren Rucksack in die Knie gehen.

»Nimm die Pistole, komm schon«, sagte Wolf. »Du weißt doch so genau, was du tust. Also los.«

Faiths Gesicht wurde ganz hart vor Zorn. Sie legte die Hand auf die Pistole. »Verdammt noch mal, Wolf«, sagte sie. Sie zog die Pistole heraus und hielt sie mit dem Lauf nach unten in der Hand. »Warum denn?« sagte sie beschwörend. »Bitte, laß mich gehen! Ich kann das nicht haben.«

»Du kannst das nicht haben!« sagte Wolf und lachte. »Aus dir wird noch mal ne tolle Terroristin, Faith.«

Eine Ader pulsierte zornig an ihrer Schläfe. Sie hob die Pistole und schaute dabei ihre Hände an, als gehörten sie jemand anderem.

»Entsichern«, sagte er.

Faith entsicherte die Pistole. Sie hatte den Blick auf die Pistole geheftet und richtete sie auf Wolfs Brust.

»Wie anrührend«, sagte er leise, und sein Blick lag

auch auf der Pistole, bis ihre kalte runde Mündung seine Haut berührte. Dahinter spürte er Faiths kalten Zorn. Ihr Gesicht war vor angestrengter Konzentration ganz verzerrt, als koste es sie all ihre Kraft, die Pistole hochzuhalten. Wolf suchte ihren Blick, aber ihre Augen waren fremd, undurchdringlich, und er dachte voller Erstaunen: Ja, sie könnte es wirklich tun.

»Schaut er dir jetzt zu?« flüsterte er.

Faiths Kopf fuhr hoch. Sie mußte in Wolfs Augen ihr eigenes Spiegelbild gesehen haben, weil ein schreckliches Erkennen wie ein Riß durch ihr Gesicht fuhr, und sie ließ die Pistole fallen. Als die Pistole auf dem Boden aufschlug, löste sich ein Schuß, und die Waffe wirbelte ein paar Meter weit über den Fußboden. Sie standen in der schimmernden Dunkelheit da und starrten die Pistole an. Faith fing an zu weinen. Wolf nahm ihr den Rucksack von den Schultern, und sie klammerten sich aneinander. Sie zitterte am ganzen Leib, während die Pistole ganz still mitten im Zimmer lag, als schäme sie sich für ihren Ausbruch.

»Geh nicht«, sagte Wolf.

Faith schüttelte weinend den Kopf – sie wollte nicht gehen. Sie ging zaghaft durchs Zimmer, beugte sich zu der Pistole hinunter und sicherte sie wieder. Dann richtete sie sich mit einer schnellen Bewegung auf, blieb aber stehen. Die Pistole lag neben ihren Füßen auf dem Boden. Wolf zitterte in der Nachtluft, wünschte, er wäre angezogen. An der Stelle, an der die Kugel in eine Bodenleiste eingeschlagen hatte, lagen Splitter auf dem Fußboden. Nach einiger Zeit ging Faith in die Hocke, schaute die Pistole an, und Wolf spürte den Kampf, der in ihr ablief, den Zwiespalt. Wie konnte dieser Kampf ausgehen? Aber irgendwie wußte Wolf die Antwort schon.

Lange Zeit war es ganz still in Wolfs Wohnzimmer. »Wieso hast du denn meine Mom nicht angerufen?« fragte Phoebe.

Wolf schüttelte den Kopf. »So was hat man nicht gemacht – man ist nicht zu den Eltern gelaufen«, sagte er. »Außerdem ... was hätte deine arme Mom denn schon tun können? Sie hätte bloß einen fürchterlichen Schreck bekommen.« Er zündete sich eine Zigarette an. »Obwohl ich mir nicht sicher bin. Vielleicht hätte ich es tun sollen.« Er schaute Phoebe an. »Glaubst du, ich hätte sie anrufen sollen?«

Aber Phoebe war leer, ein Vakuum. »Keine Ahnung.«

»Jedenfalls bin ich am nächsten Tag aus Berlin weggegangen«, fuhr Wolf nach einer langen Pause fort. »Ich hatte einen Freund in München, Timothy, der in seinem ersten Jahr an der High School bei uns gewohnt hat. Ich hab Tims Adresse in der Wohnung des Tischlers an die Wand geheftet, bin nach München gefahren und hab gewartet.

Am letzten Tag im September sah ich diese riesige Schlagzeile: Die RAF hatte am Tag zuvor drei Banküberfälle abgezogen. Zwölf Leute waren daran beteiligt gewesen, drei Autos, und sie haben ungefähr 230 000 Mark erbeutet. Ich hab diese Schlagzeile gesehen und gedacht: Mein Gott.«

Phoebe war verwirrt, weil sie spürte, wie das Lachen in ihr hochkam.

»Ich weiß schon«, sagte Wolf, schaute sie an und lächelte unsicher.

Phoebe wurde von einem unbändigen, wilden Lachen geschüttelt. »Wieso lache ich denn?« sagte sie.

»Was solltest du denn sonst tun?« sagte Wolf. »Banküberfälle. Scheiße.«

»Wie viele waren es?«

»Drei. Eigentlich vier – einer ist danebengegangen. Verdammt«, sagte er und gab jetzt selber einem Lachen nach, in dem nichts Heiteres lag. »Aber es war wirklich nicht komisch.«

Plötzlich verschwand Phoebes Lachen. Sie war müde.

Wolf arbeitete damals ohne Arbeitsgenehmigung, verlud Kartons in einer Schuhfabrik am Stadtrand von München. Er wohnte zur Untermiete und hatte bei der Familie seines Freundes eine Nachricht für den unwahrscheinlichen Fall hinterlassen, daß Faith seine Spur so weit verfolgen würde. Tage vergingen, dann Wochen, und wenn Wolf mit der Straßenbahn zur Arbeit fuhr, studierte er immer die Zeitung ganz genau, verfolgte die Meldungen über eine Razzia auf die Rote Armee, las von ein paar wichtigen Festnahmen, aber nirgendwo wurde eine junge Amerikanerin erwähnt. Es war inzwischen Anfang Oktober, nicht mehr weit bis 1971; am vierten war Janis Joplin an einer Überdosis gestorben, Hendrix war Mitte September in London gestorben. Viele machten sich wieder auf den Weg in die Staaten, aber Wolf war wie gelähmt. »Ich war völlig durcheinander«, sagte er. »Ich las ja jeden Tag etwas über die Rote Armee, wußte, daß Faith dazugehörte, und manchmal bin ich vor Panik einfach durchgedreht, dachte, ich sollte da auch mitmachen, so als wäre es der größte Fehler meines Lebens gewesen, das nicht zu tun. Sie war in der Welt, im richtigen Leben, verstehst du? Sie war da draußen und machte etwas Wirkliches, und ich hing herum und verfolgte die Geschichte in der Scheißzeitung.«

Phoebe rutschte unbehaglich hin und her.

»Ich konnte mich von dieser ganzen Sache nicht einfach trennen«, sagte Wolf. »Also blieb ich da und wartete. Dann, eines schönen Tages, war sie plötzlich da. Sie hatte mich gefunden.«

Es war Ende Oktober. Es wurde allmählich kalt, und Faith hatte keine warmen Sachen an. Irgend etwas stimmte nicht mit ihr. Sie war einfach – irgendwie erschöpft und völlig erledigt. Wolf packte sie in Pullover, drehte den Backofen und die Kochplatten ganz auf, so daß die Fenster beschlugen. Faith hatte Schüttelfrost; es dauerte den ganzen Tag, bevor Wolf sie dazu brachte, daß sie etwas sagte, aber schließlich redete sie.

»Sie war an den Überfällen beteiligt gewesen«, sagte er. »Ihre Aufgabe war es, in den Zaun hinter einem Gebäude neben einer der Banken ein Loch zu schneiden, durch das die anderen nach dem Überfall entkommen konnten. Einige in der Gruppe dachten, sie habe nicht genug Kraft, den Draht durchzuschneiden, aber Faith behauptete, sie habe das schon einmal gemacht. Sie verpaßten ihr also ein Kleid, eine kleine weiße Handtasche mit einem Berlin-Führer und eine Karte mit dem U-Bahn-Netz – ganz die naive Touristin. Faith wollte sich wie ein paar der anderen Mädchen die Haare färben, aber dann fanden sie alle, sie solle sie abschneiden. Ulrike Meinhof war der Ansicht, daß lange Haare zu auffällig seien; sie hatte selber ihre Haare schon Wochen zuvor abgeschnitten. Faith blieb keine Wahl, sie mußte mitspielen und sich das Haar kurzschneiden lassen. Das war ungefähr das letzte, was sie sich wünschte. Das Gruppenmitglied Petra Schelm, eine gelernte Friseuse, wurde mit dieser Aufgabe betraut und legte Faiths Bluse unter den Stuhl, um damit die Haare aufzufangen. Faith steckte etwas von dem Haar in die Hosentasche, als die anderen es nicht sehen konnten, aber später warf sie es wieder weg.

Jedenfalls stellte sich heraus«, sagte Wolf, »daß sie wirklich nicht genug Kraft hatte, um den Zaun durchzuschneiden. Sie mühte sich da draußen ungefähr eine Stunde lang wie verrückt ab, war so verzweifelt, daß sie fast irgendeinen Typ, der zufällig vorbeikam, um Hilfe gebeten hätte. Sie versuchte alles mögliche, setzte sogar ihre Füße ein und riß sich schließlich den Saum ihres Kleids auf. Als die anderen kamen, um sie abzuholen, war sie völlig zerzaust und ramponiert, und in dem Zaun war kein Loch; die anderen flippten total aus. Horst Mahler sprang aus dem Wagen und erledigte die Sache selber. Alle schauten dabei zu. Faith hielt die Drahtschere für ihn, während er den Draht zurechtbog.«

Phoebe versuchte, sich ihre Schwester vorzustellen, wie sie sich abmühte und vor aller Augen scheiterte, aber es gelang ihr nicht. Für Phoebe war Faith jemand, der immer einen Ausweg fand. »Ist es dann danebengegangen, war es ein Desaster?« fragte Phoebe ängstlich.

»Nein, da noch nicht«, sagte Wolf. »Faith sagte, die Überfälle seien eine unglaublich intensive Erfahrung gewesen. Das Adrenalin macht einen richtig high; alles hatte tagelang diese Klarheit wie ein LSD-Trip. Mit der Pistole war es genauso. Man trug sie am Körper, und es war, als hätte man ein zweites Herz. Sogar daß sie ›gesucht‹ wurden, gefiel ihr; wenn sie durch die Straßen ging, fühlte sie sich wie jemand auf der schwarzen Liste, der inkognito lebt, und sie dachte oft, wenn dieser Kaufmann oder dieser Straßenkehrer wüßte, wer ich in Wirklichkeit bin, dann würde er ausflippen. Alles, was sie taten, landete direkt bei den Medien, kam in den Nachrichten – sofort, und dann dieser Trancezustand, daß man außerhalb von sich selber steht, daß man sich aus einer riesigen Entfernung von außen sieht und weiß, daß Zigmillionen von Leuten alles genau verfolgen, was man tut ... ich meine, stell dir das doch mal vor.«

»Das klingt unglaublich«, sagte Phoebe.

»Das war es auch. Ich meine, sie hat gesagt, daß es unglaublich war.« Er schwieg einen Augenblick. Phoebe spürte so etwas wie Bedauern im Zimmer, etwas Ziehendes wie eine Unterströmung.

»Sie konnte ja die deutschen Zeitungen nicht lesen«, sagte Wolf, »aber Horst Mahler übersetzte ihr, was in den Artikeln stand. Sie mußten nach den Banküberfällen nicht einmal zählen, wieviel Beute sie gemacht hatten – es stand alles schon in den Abendzeitungen, auf Heller und Pfennig. Sie schickten Faith los, damit sie die Zeitungen kaufte. Die Hände zitterten ihr so stark, daß sie die Zeitungen auf dem Rückweg fallenließ. Eine wurde in einer Pfütze naß, aber das machte keinem etwas aus, sie waren viel zu aufgeregt.«

Wolf schwieg. Jetzt, wo seine Stimme nicht mehr zu hören war, überkam sie beide eine gewisse Mattigkeit und Dumpfheit, so als habe sich eine Hoffnung zerschlagen. Jetzt konnten sie lachen, soviel sie wollten.

»Jedenfalls war das ein sehr kurzlebiger Triumph«, sagte er. »Ungefähr eine Woche nach den Überfällen drang die Polizei in zwei Wohnungen ein und verhaftete fünf Mitglieder der Roten Armee, darunter Horst Mahler. Danach fand die RAF, daß Berlin ein zu heißes Pflaster war. Sie schränkten ihre Operationen ein, und ein Teil von ihnen ging nach Westdeutschland. Faith war danach mehr oder weniger abgemeldet.«

»Abgemeldet?«

»Naja, sie haben sie einfach abgehängt. Sie haben sie mit einem zeitraubenden Auftrag in einen Berliner Vorort geschickt, und als sie in der Dunkelheit wieder zurückkam, war die Wohnung leer. Die anderen waren einfach abgehauen. Faith hatte keine Ahnung, wo sie sie finden konnte.«

»Gott«, sagte Phoebe.

»Ja, es war fürchterlich«, sagte Wolf. »Faith ist einfach absolut eingebrochen, sie war auf Null, als wäre sie zwei Monate high gewesen und dann abgestürzt. Sie hing eine Zeitlang in diesem leeren ›sicheren Haus‹ herum, schlief auf nackten Matratzen. Das war unglaublich gefährlich – die Polizei hätte jede Minute aufkreuzen können. Ich glaub, sie hat fast darauf gehofft.«

Phoebe versuchte, sich ihre Schwester vorzustellen, wie sie verlassen in diesen leeren Zimmern hauste, aber es stellte sich kein Bild ein. Wenigstens kein Bild von Faith; die Wohnung konnte sie sich vorstellen, den Abfall, der nach dem hastigen Aufbruch herumlag, halb geöffnete Türen, eine Flasche Milch, unzählige Zigarettenkippen, die sich auf den Fensterbänken angesammelt hatten. Und ihre eigenen Schritte waren das einzige Geräusch. »Arme Faith«, sagte Phoebe. Sie spürte einen Schmerz in der Brust.

»Sie versuchte die ganze Zeit dahinterzukommen, was sie falsch gemacht hatte«, sagte Wolf. »Hätte sie sich ihnen gegenüber ruppiger, selbstbewußter verhalten sollen oder zurückhaltender? War bis zu der Sache mit dem Zaun alles in Ordnung gewesen, oder hatten sie sie vorher schon abgeschrieben? Sie machte immer weiter damit, konnte einfach nicht aufhören. Inzwischen hatte sie nur noch dreihundert Dollar.«

Phoebe spürte die Luft im Zimmer auf der Haut. Es war ein schmerzhaftes Gefühl, als habe sie eine rauhe Haut. »Ich frag mich, wieso«, sagte sie.

»Wieso was?«

»Wieso sie Faith sitzengelassen haben.«

»Ist das nicht scheißegal? Das waren einfach Arschlöcher.«

Sie schauten sich böse an. Phoebe spürte Zorn und

Enttäuschung in sich hochkommen – Enttäuschung über sich und Wolf, daß sie untätig in diesem dunklen Zimmer herumsaßen; und auch Enttäuschung über Faith, daß sie einer Erwartung nicht gerecht geworden war.

Faith war einmal mit Wolf in die Schuhfabrik gegangen, saß in der Kantine, während er Kartons packte und verlud. Danach waren sie in ein Gasthaus gegangen, in das die Leute aus der Fabrik immer gingen. Es lag im Wald, und Geweihe hingen an der Wand. Wolf dachte, es würde Faith ein bißchen aufmuntern, wenn sie mit den Männern von der Fabrik ein bißchen flirten konnte, und das war auch so. Aber ohne ihr langes Haar zog Faith die Aufmerksamkeit der Männer nicht mehr so wie früher auf sich. Sie war dünn und blaß, was sie vorher auch gewesen war, aber mit ihrem wilden schwarzen Haar hatte sie immer aufregend ausgesehen, ausgezehrt, aber großartig. Jetzt sah sie eher aus wie irgendein drogensüchtiges Mädchen. Wolf gefiel das. Dadurch wurde ihre Schönheit sein Geheimnis und war nicht mehr etwas, das jeder im Vorbeigehen mit seinen Blicken betatschen konnte. Aber Faith mochte ihre Frisur nicht und fand, sie sehe damit aus, als habe sie einen Helm auf dem Kopf. Dadurch verstärkte sich ihr Gefühl, alles auf der Welt – sie selber mit eingeschlossen – habe an Intensität verloren und daß der Grund dafür in ihr liege, daß sie persönlich etwas falsch gemacht habe. Sie fühlte sich an dem Abend in dem Gasthaus allerdings sehr wohl, lachte auf der Heimfahrt in der Straßenbahn, und mitten im Lachen schaute sie Wolf an und sagte mit einem seltsamen Ton: »Vielleicht wird alles wieder gut«, so als wäre das irgendein verrückter Wunsch, der wohl kaum in Erfüllung gehen würde.

»Zwei Tage später gingen wir in den Hofgarten«, sagte Wolf. »Ich hatte den Ring in der Tasche, Türkis und Jade, ihre Lieblingssteine. Vielleicht hab ich den falschen Tag erwischt. In dem Augenblick, in dem ich mich hinkniete, wußte sie, was ich vorhatte. ›Nein‹, sagte sie, bevor ich etwas sagen konnte. ›Nein, Wolf, bitte nicht, ich werde verrückt. Ich hab nichts mehr, ich bin ganz leer.‹ Ich sagte ihr, sie solle diesen Mist vergessen, verdammt noch mal, wir wären doch jetzt hier auf der Welt, in diesem Augenblick, und wir könnten alles tun, was wir wollten! Aber sie konnte mich nicht hören, als wäre irgendein Geräusch in ihrem Kopf, das alles andere übertönte. Sie fuhr sich nur über die Augen und sagte: ›Bitte, Baby. Bitte steh auf.‹ Als ich am nächsten Tag von der Arbeit zurückkam, war sie weg.«

Phoebe und Wolf saßen schweigend da. »Und das war es dann?« sagte sie schließlich.

Wolf stand mühsam auf und machte Licht. Das Zimmer war mit einem Schlag wieder ganz wirklich. Er ging mit steifen Schritten zur Küche, weil ihm offensichtlich die Beine eingeschlafen waren. Phoebe hörte das dumpfe Geräusch von Flaschen, die in den Mülleimer geworfen wurden.

»Sonst weißt du nichts mehr?« sagte sie, als er sich wieder hinsetzte. »Nichts?«

Wolf wandte sich ab. Phoebe schaute das schwarze Quadrat des Fensters an, versuchte zu verarbeiten, daß die Geschichte vorbei war. Aber sie war natürlich nicht vorbei. Faith hatte sich Phoebe einfach entzogen, war einfach verschwunden, als es so aussah, als sei die Geschichte vielleicht an ihr Ende gekommen. Aber jetzt war es so weit, jetzt war der Augenblick des Triumphs da, den Phoebe sich so sehr gewünscht und vor dem sie soviel Angst gehabt hatte, und von dem sie gewußt hatte, daß er kommen würde: Faith war verschwunden.

Phoebe schaute sich im hell erleuchteten Zimmer um, das ihr jetzt ganz farblos erschien, schaute Wolf an, der auch farblos war, einfach noch jemand war, den ihre Schwester hinter sich gelassen hatte.

Er schlug einen Spaziergang vor. Sie zogen schweigend durch die Straßen der Münchner Altstadt mit ihren bunten alten Häusern. In der Luft lag der Geruch von gebrannten Erdnüssen. Auf dem großen Platz im Zentrum war das Rathaus mit einem Glockenspiel. Phoebe sah das alles wie durch einen Gazeschleier.

»Sag doch etwas«, sagte Wolf, als sie von dem großen Platz aus in dunklere, stille Straßen gingen.

Aber Phoebe hatte nichts zu sagen. Ihre Gedanken waren nichts, und auch Wolf und Carla und die ganze festliche Pracht Münchens waren nichts neben dem Schauspiel, das das Leben ihrer Schwester war. Terrorismus, Selbstmord; wie ein schönes, schnelles Auto, das einen Berghang hinunterschießt. Kein Wunder, daß ihr Vater zugeschaut hatte.

»Das hier ist eine hübsche Kirche«, sagte Wolf. »Willst du reingehen?«

Er ging voraus. Es war eine kleine Kirche, fast oval, und das Innere war so prächtig ausgeschmückt, wie Phoebe es noch nie in Europa gesehen hatte, überall Schnörkel und Windungen und Blattgold. Es sah aus, als sollte Gott damit bestochen werden.

Sie setzten sich in eine der hinteren Bänke. Das Licht war gesättigt von dem Gold in der Kirche. »Was ich dir in der Wohnung erzählt habe«, sagte Wolf vorsichtig, »hat dich offensichtlich ziemlich mitgenommen.«

»Nein, es hat mich nicht mitgenommen.«

»Phoebe, du bist praktisch nicht mehr da. Es ist, als wärst du irgendwie unter Wasser.«

»Ich denke nach.«

»Worüber denkst du denn nach?«

»Ich muß aus München weg.«

Er schaute sie mit großen Augen an. »Wieso denn? Hab ich – ist etwas –«

»Ich muß weiter«, sagte Phoebe tonlos.

»Wohin denn?«

»Das hab ich dir doch schon gesagt.« Aber Wolf erinnerte sich anscheinend nicht mehr daran. »Nach Italien«, sagte Phoebe. »Corniglia. Wo sie es getan hat.«

Der Name traf Wolf wie ein Schlag. »Hörst du mir jetzt einmal zu, Phoebe?« sagte er. »Kannst du jetzt mal eine Sekunde lang anwesend sein und mir zuhören?«

Die Intensität seines Blicks lenkte Phoebes Aufmerksamkeit plötzlich wieder auf ihn, unterbrach ihre Gedanken. Sie wandte den Blick ab. Wolf atmete langsam aus, reckte sich, bog den Rücken über die Kirchenbank. Sein Rückgrat knackte wie Fingerknöchel.

»Gut«, sagte er. »Ich komme mit.«

Phoebe runzelte die Stirn.

»Oh nein«, sagte sie. »Nein.«

»Tu einfach so, als wär ich nicht dabei«, sagte Wolf. Sie schüttelte lächelnd den Kopf, und es war wieder wie schon so oft zuvor, wenn sie aus dem Auto eines Jungen ausstieg, wenn sie von einer Party oder einem Footballspiel frühzeitig wegging und wenn dann plötzlich die Rufe und das laute anfeuernde Klatschen in ihr verstummten und sie sah, wie leer das in Wirklichkeit alles war. Und dann ging sie weg. Immer und immer wieder war sie weggegangen. Es fiel nur eine Minute lang schwer.

»Ich frage dich gar nicht, ob ich darf«, sagte Wolf.

Er schaute sie an, sein Blick ging zwischen ihren Augen hin und her, als suche er einen Zugang zu Phoebes Kopf. Sie spürte seine Wärme, spürte Wolfs physische Gegenwart, seinen Atem, seine Blicke.

»Ich will nicht, daß du mitkommst«, sagte sie, stand auf, ging aus der Bank und dann aus der Kirche, aber sie lief nicht, ging nicht einmal besonders schnell, überließ sich nur dem friedlichen Tempo ihrer Einsamkeit. Aber Wolf war neben ihr. Draußen auf der Straße nahm er sie plötzlich in die Arme wie am ersten Tag im Treppenhaus. Sie bewegte sich nicht, ließ die Hände herunterhängen.

»Komm zurück«, sagte er. »Bitte, Phoebe. Komm zurück.« Und sie spürte den Schmerz in seiner Stimme, zuerst noch weit weg, dann direkt in ihrer Brust. Sie schlang die Arme um Wolf und blieb so stehen.

Schweigend standen sie da. Von irgendwoher kam der süße Geruch von heißem Brot und Olivenöl. Ihr Kopf lag an Wolfs Brust, und sie hörte sein Herz laut schlagen. Phoebe dachte daran, wie er Faith umarmt hatte, daß die Pistole zwischen ihnen gewesen war, und jetzt war sie erfüllt von Schmerz und Trauer darüber, daß ihre Schwester nicht mehr da war und sie beide verlassen hatte, Wolf und sie, die sich jetzt um sich selber kümmern mußten. Und vielleicht war es ja richtig, daß Wolf mitkam, vielleicht half das. Sein Kinn lag auf ihrem Kopf, so groß war er.

Siebzehn

Hoch in den italienischen Alpen, etwa auf der Hälfte der Strecke, machten Wolf und Phoebe halt und aßen zu Mittag. Die Ortschaft war wie ein Nachklang zu der Straße, auf der sie gekommen waren: ein einzelnes Restaurant, ein Geschäft, dessen Fensterläden fest geschlossen waren, eine winzige Kirche, die sich in einem üblen Zustand befand. Phoebe spürte die kalte, trockene Luft in der Nase und im Hals. Als sie und Wolf aus dem Wagen stiegen, waren sie von einer flüsternden Stille umgeben, als würden die Wolken, die nur Zentimeter entfernt zu sein schienen, ganz leicht gegen den blechernen Himmel stoßen.

Im Restaurant roch es nach brennendem Holz. Die Besitzerin war eine ältere Frau, deren lebendiges Gesicht und deren sich ständig bewegende Hände ihr Alter als etwas Zufälliges erscheinen ließen, das ihr in einem Augenblick der Unachtsamkeit widerfahren war. Es überraschte Phoebe, daß sie deutsch sprach. Wolf erklärte ihr, daß diese Gegend erst seit dem Ersten Weltkrieg zu Italien gehörte. In dem breiten, niedrigen Tonkrug auf ihrem Tisch war Rotwein.

Der einzige andere Gast in dem Restaurant war ein älterer Mann, der eine schwarze Hose anhatte, die ihm zu groß war und die er mit auffälligen roten Hosenträgern bis zur Brust hochgezogen hatte. In den Falten seines Gesichts lag eine große Munterkeit. Er prostete Wolf und Phoebe mit einem winzigen Glas zu, in dem sich eine helle Flüssigkeit befand, Grappa, sagte Wolf, ziemlich starkes Zeug. Sie hoben ihre Gläser in seine Richtung und tranken.

Sie waren am Vormittag losgefahren, nachdem sie noch eine Woche in München geblieben waren, weil Wolf seine Broschüre über Wirbelsäulenverkrümmung noch fertigmachen mußte. Auf der Fahrt war es zuerst, als sei er nur körperlich anwesend, weil er kaum ein Wort sagte, während sie von München in Richtung Süden über satte grüne Hügel nach Österreich fuhren. Die Luft wurde frisch und scharf; unförmige, gesprenkelte Felsen ragten aus dem Boden. Die höchsten der Berge ragten bis in die Wolken wie Steinsäulen, die meilenweit zu den Pforten von Palästen hinaufführten. Phoebe hatte Carla nicht mehr gesehen; Carla sei bei der Arbeit, sagte Wolf immer wieder, aber der unnatürliche Ton in seiner Stimme ließ Phoebe vermuten, daß zwischen den beiden etwas nicht in Ordnung war. Wolf hatte die restlichen Nächte in Carlas Wohnung geschlafen und Phoebe sein Bett überlassen, das er mit gestreifter Bettwäsche neu bezogen hatte.

Sie waren um Innsbruck herumgefahren und dann über den Brenner, wo ein gutaussehender, schnauzbärtiger Italiener ihre Pässe kontrolliert und sie mit einer eleganten Handbewegung in sein Land gewunken hatte.

Kurz darauf fuhren sie auf eine schmalere Straße. Wolf schien sich bei dem langsameren Tempo zu entspannen.

»Hoffentlich ist das okay«, sagte Phoebe. »Ich meine, daß du mitkommst.«

»Natürlich ist es okay.«

»Ich meine, wegen Carla.«

»Das ist schon geregelt«, sagte Wolf zögernd. »Es ist eine schwierige Situation.«

»Wegen Faith?«

Wieder sagte Wolf erst einmal nichts, und Phoebe hatte dadurch das Gefühl, seine Verlobte sei in der Nähe und könne zuhören. »Unerledigte Sachen sind immer schwierig«, sagte er und warf ihr einen Blick zu. Es kam Phoebe vor, als würde er sich ein bißchen öffnen, so wie er es bis jetzt noch nie getan hatte. Sie war neugierig und fragte gleich weiter.

»Wieviel hat Carla über sie gewußt?«

»Alles, ziemlich viel«, sagte Wolf. »Ich hab ihr schon ziemlich am Anfang die ganze Geschichte erzählt. Aber danach hab ich nie mehr darüber geredet – haben *wir* nie mehr darüber geredet. Obwohl ich das manchmal gewollt hätte.«

Phoebe wartete aus Angst, ihn zu unterbrechen. »Und warum hast du nicht mehr darüber geredet?«

»Ich glaub, es war mir einfach peinlich, davon anzufangen. Ich hab gedacht: Hey, du bist verliebt, du sollst eigentlich nicht an diese ganzen Sachen denken. Sogar wenn Carla mich nach Faith gefragt hat, hab ich mich geweigert und mir eingeredet, es sei Selbstdisziplin, wenn ich diese ganze Geschichte hinter mir ließe. Aber jetzt seh ich, daß es umgekehrt war: Ich hab nicht losgelassen.«

Er schüttelte den Kopf, als wäre er von dieser Entdeckung immer noch verblüfft. Phoebe spürte eine seltsame Wärme. Wolf hatte nicht losgelassen.

Die Straße fiel jetzt leicht ab; es war wie Ausatmen. Etwas zwischen ihnen hatte sich endlich gelöst, hatte sich verändert, und es war, als würde sogar die Landschaft das widerspiegeln: sanfter geschwungene Berge, offenes Gestein, das gelb und bröselig wirkte wie etwas Gebackenes. Mörderische Kurven gaben den Blick auf unglaubliche Schönheit frei; Phoebe betrachtete das immer wieder voller Verwirrung, bevor sie überhaupt reagieren konnte. »Schau«, rief sie. »Oh, mein Gott, schau doch!« Um die Mittagszeit war sie erschöpft.

Ein starker Wind schüttelte das Restaurant. Wolf schwenkte den Wein in seinem Glas und trank dann. »Überlegst du dir manchmal, was für dich alles anders wäre, wenn Faith noch leben würde?« fragte er.

»Für mich?«

»Das ist eine komische Frage, ich weiß schon«, sagte er. »Aber ich meine, du denkst doch soviel an sie.«

»Ich würde sowieso viel an sie denken«, sagte Phoebe mißtrauisch. »Ich meine, sie wäre schließlich immer noch meine Schwester.«

»Das ist wirklich komisch«, sagte Wolf, »daß Sachen – Leute – manchmal viel mehr Macht haben, wenn sie gar nicht wirklich da sind.«

»Faith hat immer Macht gehabt.«

»Richtig. Richtig«, sagte er. »Aber frühreif zu sein ist schon anders, als wenn man sechsundzwanzig ist. Sie hätte inzwischen bestimmte Entscheidungen getroffen.«

»Vielleicht hättet ihr beide inzwischen geheiratet«, sagte Phoebe, aber Wolf zuckte zusammen, und es tat ihr leid, daß sie diese Bemerkung gemacht hatte. In Wahrheit konnte sie sich nur schwer vorstellen, daß Faith so leben könnte wie andere Leute auch. Das kam ihr ziemlich unwahrscheinlich vor.

»Es ist komisch«, sagte Wolf.

»Was?«

»Daß es bei manchen Leuten so ist, daß du dir kleiner vorkommst, wenn sie tot sind.«

»Du solltest für dich selber sprechen«, sagte Phoebe.

Wolf zuckte zusammen. »Ich hab mit ›du‹ ganz generell ›man‹ gemeint, nicht dich persönlich.«

Als Nachspeise aßen sie winzige, in Rotwein gedünstete Bergäpfel mit dicker Schlagsahne obendrauf. Müdigkeit überkam sie. Phoebe verschränkte die Arme auf dem rauhen Holztisch und legte den Kopf darauf. Wolf berührte geistesabwesend ihr Haar. Sie hielt sich ganz ruhig, hoffte, er würde das noch einmal tun, aber Wolf alberte inzwischen mit der Wirtin herum. Ein köstliches Prickeln lief über Phoebes Rückgrat bis zu ihrer Kopfhaut hoch, die Sinnlichkeit der Kinderzeit, lange, hypnotische Augenblicke, in denen sie und ihre Freundinnen sich abwechselnd das Haar kämmten. Seltsam, wie leicht es damals war, andere Leute zu berühren. Es kam ihr vor, als sei es unendlich lange her, seit sie jemand anderen berührt hatte.

Der alte Mann mit seinen Hosenträgern erhob sich bedächtig, zog seine Jacke an und setzte seinen Hut auf, an den er kurz tippte, als er hinausging. »Wo er wohl jetzt hingeht?« sagte Phoebe. »Ich hab das Gefühl, hier gibt es sonst überhaupt nichts.«

»Vielleicht gehört ihm der Laden nebenan«, sagte Wolf. »Vielleicht hat er in den letzten dreißig Jahren jeden Tag hier im Restaurant dieser Frau gegessen.«

»Vielleicht haben sie eine heimliche Liebesgeschichte miteinander«, sagte Phoebe.

Wolf schaute sie überrascht an, dann nickte er zustimmend. »Er hat bestimmt darauf gewartet, daß wir endlich abhauen«, sagte er und lachte.

»Das glaub ich nicht«, sagte Phoebe. »Sie freuen sich ganz bestimmt einfach nur darüber, daß sie zusammen im selben Zimmer sind.«

Wolf schaute die Besitzerin an, als würde er sich das vorstellen. »Das ist eine hübsche Idee«, sagte er.

Während die Frau die einzelnen Posten ihrer Rechnung zusammenzählte, sagte sie lachend etwas zu Wolf, und ihr Blick hüpfte neckend zwischen ihm und Phoebe hin und her. Wolf antwortete etwas, und ihr Gesichtsausdruck veränderte sich. »Ah«, sagte sie kurz.

»Was hast du denn zu ihr gesagt?« fragte Phoebe, als sie auf die Tür zugingen.

»Ich hab gesagt, daß wir praktisch miteinander verwandt sind.«

Auf der Toilette des Restaurants, genauer gesagt im Klohäuschen, untersuchte sich Phoebe, drückte mit dem

Finger fest in verschiedene Stellen ihres Körpers und fand, daß sie wieder gesund war. In den vergangenen Tagen hatte ihr eine seltsame Sache zu schaffen gemacht, und jede einzelne Zelle ihres Körpers war so empfindlich, daß es schon weh tat. Sie hatte das Gefühl, daß sie sich ausdehnte, daß sie dadurch unangenehm auffiel, dachte die ganze Zeit an ihre Hände, Füße und Beine, an ihre Haut unter der Kleidung, musterte dauernd ihr Gesicht und ihr Haar in Schaufenstern, an denen sie vorbeikam. Manchmal schmerzte sie der ganze Körper, es war ein dauernder, leichter Schmerz, so wie das Ziehen in der Kopfhaut, wenn sie den Scheitel einmal anders gezogen hatte und dann das Haar nach hinten kämmte. Phoebe war sich nicht sicher, ob der Schmerz von ihrem Körper ausging oder ob er dadurch entstand, daß sie so intensiv daran dachte. Sie versuchte alles, was mit ihrem Körper zusammenhing, zu ignorieren, aber zum erstenmal im Leben war ihr das nicht möglich – jeder Teil ihres Körpers schrie förmlich nach Aufmerksamkeit. Ihre Brüste kamen ihr so auffällig vor, daß sie sich immer die Bluse aus der Hose zog, wenn Wolf da war, damit sie sich nicht so deutlich abzeichneten. Dabei war es nicht so, daß er ihren Brüsten auch nur die geringste Aufmerksamkeit schenkte; was ihm schließlich auffiel, war ironischerweise der Umstand, daß sie dauernd an ihren Blusen herumzupfte. »Was ist denn los, ist dir heiß?« hatte er Phoebe einmal gefragt, und obwohl sie das rasch verneinte, machte er zwei Fenster auf.

Obwohl es ihr verrückt vorkam, war Phoebe sich sicher, daß ihre körperlichen Störungen sich auf die Begegnung mit den Prostituierten in Paris zurückführen ließen – auf den Augenblick, als sie gemerkt hatte, daß die Frauen sie für eine von ihnen hielten. Als sie alleine in Wolfs Bett lag, wurde sie von Erinnerungen an diese Begegnung heimgesucht, kaputte Fensterscheiben, blaue Flecken auf den Schenkeln; sie legte sich dann eine Hand auf ihre Brüste, die andere auf den Unterleib und spürte eine unnatürliche Hitze, die von innen kam, Fieber, eine Infektion des Gewebes oder des Blutes. Nach drei qualvollen Nächten versuchte sie es mit Selbstmedikation, nahm zuerst den Hustensaft und die Penicillintabletten, die sie von zu Hause mitgebracht hatte, und dann ein rezeptpflichtiges Medikament aus Wolfs Medizinschrank, bei dem es sich, wie sie später merkte, um eine Schlaftablette handelte – sie lag danach den ganzen Nachmittag benommen auf der Couch. Schließlich hatte sie die Antibabypillen versucht und hatte, als sie eine der Pillen aus der Plastikverpackung herausbrach, das Gefühl, daß in dieser Entscheidung eine gewisse Logik lag, die den anderen Medikamenten abging. Sie schluckte die Pille und hoffte, ihr Körper käme dadurch wieder ins Gleichgewicht, obwohl sie hinterher Angst hatte, daß vielleicht das Gegenteil zutreffen könnte und daß diese Pillen nur ein weiterer Schritt dazu waren, daß sie für immer die Kontrolle verlor.

Aber die Pillen wirkten. Die Gliederschmerzen ließen nach, und eine angenehme Gelassenheit stellte sich ein. Bis heute hatte sie vier von den Pillen genommen. Sie waren rosa, und ihr farbiger Überzug schmeckte süß.

Als sie wieder weiterfuhren, kämpfte Phoebe gegen ein nervöses Lachen an, das sie dauernd bedrängte. Es ging ihr schon seit einiger Zeit so, seit sie darauf gewartet hatte, mit Wolf zusammen aus München wegzufahren. Die bevorstehende Abreise hatte der Stadt einen ganz neuen, köstlichen Reiz verliehen – schwingende Kirchenglocken, Massen von Weißwürsten, der Geruch von gebrannten Erdnüssen – das alles überströmte Phoebe mit einer Woge von Gefühlen wie eine Erinnerung. Sie war glücklich, und sie führte ihr Glück darauf zurück, daß sie jetzt wußte, wohin sie unterwegs war: in die Gefahr, in das siedendheiße Zentrum, zu dem Faiths Spuren führten. Manchmal sah Phoebe es vor sich – flackernde Bewegungen wie die Schatten von Flammen, die unsichtbar waren, die sie so gerade nicht sehen konnte. Sie hatte keine Angst. Nach allem, was passiert war, kam es ihr vor, als sei keine Angst mehr in ihr.

Das war etwas ganz Seltsames: Bevor die Ferien anfingen oder vor ihrem Geburtstag freute sich Phoebe immer so sehr, daß sie bei irgendeiner einfachen Tätigkeit – zum Beispiel, wenn sie einen Pfirsich aufschnitt – ganz hingerissen war von einem köstlichen Gefühl der Erwartung. Genau dasselbe spürte sie jetzt. Die Welt um sie herum zitterte und blitzte, alles war voller Einverständnis, und der saftige Pfirsich öffnete sich in ihrer Hand wie ein Grinsen.

Wolf lachte auch, aber immer mit einer Verzögerung, als bemerke er Phoebes gute Laune so wie Münzen, die langsam durch tiefes Wasser zu ihm hinunterschwebten.

Die Luft wurde feucht, schwer vom Geruch des Eukalyptus. Zypressen erhoben sich wie Finger zwischen den Kiefern. Tiefe, zerklüftete Spalten gruben sich in die Berge wie Spuren erst kurz zurückliegender Gewalt, als seien die Berge erst vor ein paar Stunden aus der Erde herausgerissen worden.

Zum ersten Mal seit ihrer Ankunft in München fühlte Phoebe sich nicht mehr als Wolfs Gast. Sie hatten sich jetzt zusammen auf ein Abenteuer eingelassen; Wolf zeigte als erster von ihnen auf die gleichmäßigen Reihen von Weinstöcken, die sich an einem Hang entlangzogen. Er fuhr an den Straßenrand, klappte das Verdeck des Volkswagens zurück, und sie standen ein paar Minuten lang schweigend neben dem Wagen und atmeten den herben Geruch des Bodens und der reifenden Trauben ein.

Als sie wieder fuhren, spürte Phoebe bei Wolf eine neue Wißbegierde, eine Bereitschaft, sie, Phoebe, losgelöst von den Ereignissen und Zufällen zu sehen, die sie in sein Leben geschwemmt hatte. Er erwähnte ihren Vater. »Ich fand es immer schade, daß ich ihn nicht kennengelernt habe«, sagte er.

»Er hätte dir gefallen, mein Dad«, sagte Phoebe.

»Wie gut hast du ihn gekannt?«

Sie schaute ihn entrüstet an. »Er war mein Vater!«

»Du warst noch klein, als er gestorben ist, mehr will ich doch damit gar nicht sagen«, sagte Wolf. »Alles, was er hinterlassen hat – das Haus, diese ganzen Bilder, euch ... wenn ich das alles angeschaut habe, dann hab ich manchmal gedacht, ich könnte ihn sehen, seine Silhouette, könnte sehen, wie er war.«

Phoebe wollte fragen, was er gesehen hatte, aber sie hatte Angst, Wolf könnte die Frage als Zeichen dafür nehmen, daß sie ihren Vater eigentlich nicht kannte. »Wie hast du denn seine Bilder gefunden?« fragte sie.

Wolf überlegte. Phoebe versuchte den Eindruck zu erwecken, als sei ihr die Antwort eigentlich gleichgültig. »Ich hab mich immer gewundert, warum er dich nie gemalt hat«, sagte Wolf. »Es gab ein paar Bilder von Barry, nicht viele, und zig Bilder von Faith. Ich glaub, ich hab sie einmal gefragt, warum er dich nie gezeichnet hat, aber sie wußte es nicht.«

»Ich war ein schlechtes Sujet«, sagte Phoebe. »Barry auch.«

»Wieso, hast du dich dauernd bewegt?«

»Ich war zu steif. Ich konnte schon stillsitzen, aber ich war einfach steif, ich hab auf den Bildern immer ausgesehen wie ein Holzpuppe.« Sie lachte, es war ein leeres, kokettes Lachen. Sie erinnerte sich noch an die starke Beklemmung, die sie unter dem prüfenden Blick der dunklen Augen ihres Vaters immer verspürt hatte, unter dieser konzentrierten Aufmerksamkeit. »Halt dich ruhig«, sagte er dann, und Phoebe wurde ganz starr und steif, traute sich sogar kaum zu atmen, aus Angst, diese Aufmerksamkeit zu stören, die sich bald verflüchtigen würde, verschwinden würde wie ein Vogelschwarm, der aus einem Baum aufgescheucht wurde. Aber es hatte keinen Sinn, sie konnte sich nicht entspannen.

»Es war meine Schuld«, sagte sie zu Wolf. »Ich wirkte einfach nicht natürlich.«

Er nickte zurückhaltend. Aber es stimmte: Bei den

paar Anlässen, als Faith die Energie ausgegangen war und sie zu Hause geblieben oder im Krankenhaus einfach zusammengeklappt war und in einem Sessel neben dem Bett ihres Vaters schlief, bei diesen Gelegenheiten hatte Phoebe versucht, sie zu ersetzen, hatte auf dem harten Hocker ruhig dazusitzen versucht und war fest entschlossen, sich wie Faith absolut still zu halten und gleichzeitig den Eindruck zu erwecken, als würde sie sich gleich bewegen. Aber das reichte nicht. Phoebes Magen verkrampfte sich, wenn sie sah, wie die Teilnahmslosigkeit über das Gesicht ihres Vaters huschte, die sie so gut kannte, eine blicklose Geistesabwesenheit, die er in seiner Schwäche nicht mehr kaschieren konnte. Dann erfaßte ihn diese gnadenlose Erschöpfung, und er nickte langsam ein und hielt immer noch den Stift in der Hand. »Daddy«, sagte Phoebe dann immer leise auf ihrem Hocker, und er riß die Augen auf, murmelte eine Entschuldigung, aber er konnte die Schläfrigkeit nicht abschütteln, oder genauer gesagt: Phoebe konnte ihn nicht davor bewahren. Wenn er dann noch ein zweites Mal wegsackte, wurde Phoebe jedesmal von einer heftigen Panik erfaßt. »Daddy«, sagte sie dann mit schriller Stimme. »Daddy!« – hoffte, daß Faith aufwachen würde, hatte Angst, daß mit ihrem Vater etwas passieren würde und daß das ihre Schuld wäre. Weil es eben nicht reichte. Nur in Faiths Gegenwart war er sicher.

»Ich war ein schlechtes Sujet«, sagte sie. »Faith war eine Naturbegabung. In ihrem Gesicht war Bewegung.« Warum machte sie nur damit weiter? Sie hätte weinen können. Wolf hörte einfach zu, hielt den Blick auf die

Straße gerichtet. »Und du glaubst, ich habe meinen Vater nicht gekannt«, sagte sie bitter.

Er schaute sie an. Sein Gesicht war angespannt. »Ich finde, er hätte mehr Geduld haben sollen.«

Sie schwiegen beide. Die Unterhaltung war ihnen peinlich. »Aber egal«, sagte Phoebe und versuchte sich wieder zu fangen. »Das wollte ich ja auch gar nicht wissen. Ich wollte nur hören, was du von der Qualität hältst?«

»Von der Qualität der Bilder?« Er machte einen überraschten Eindruck.

Sie nickte. »Wie du sie als Kunst findest.«

Der Wind nahm den Rauch von Wolfs Zigarette mit. »Ich glaube, er hätte seine Themen etwas mehr variieren sollen.«

Die Straße ging steil nach unten. Es dauerte nicht lange, und sie hatten die Berge und sogar die Ausläufer der Alpen hinter sich und kamen in flaches, ödes Ackerland. Phoebe nickte ein, während sie an Corniglia dachte, wo Faith gestorben war. Sie hatte den Ort vor Jahren einmal im Atlas mit einem schwarzen Filzstift umkringelt, und später hatte ihr das wieder leid getan; sie fand es aufdringlich, billig. Aber auf der Italienkarte von Michelin, die sie in München gekauft hatte, war der Ort zu ihrer Bestürzung nicht eingezeichnet. Corniglia, dachte sie. Ein komisch verwickelter Name – irgendwie genau das richtige für einen Ort, den man nicht finden konnte. Ihre Mutter war natürlich dagewesen, gleich nachdem es passiert war, aber diese Reise hatte für Phoebe etwas Unwirkliches gehabt. Sie hatte an Wolfs

Tür geklopft und dann raschelnd die riesige Landkarte vor ihm auf dem Schreibtisch ausgebreitet, wo sonst seine Röntgenbilder mit den verbogenen Wirbelsäulen irgendwelcher Jugendlicher lagen. Die Wirbelsäulen sahen aus wie Katzenschwänze, wenn Phoebe sie gegen das Licht hielt. Wolf machte mit seinem feinen Stift ganz exakte Zeichnungen von diesen verkrümmten Wirbelsäulen, und manchmal dauerte es Stunden, bis er eine dieser Zeichnungen fertig hatte. »Mach dir keine Sorgen«, hatte er geistesabwesend zu ihr gesagt. »Wir finden es schon.«

»Aber wie? Es steht nicht einmal in meinem Reiseführer.«

»Wir fragen uns einfach durch. Gehen in eine Touristeninformation, wenn es sein muß. Ich hab mir gedacht, wir übernachten vielleicht in Mailand, weil wir sonst erst in der Nacht an die Küste kommen.«

»Und was ist, wenn keiner den Ort kennt?«

Wolf hatte sie mit großen Augen angeschaut. »Phoebe, das ist eine Ortschaft mit einem Namen. Sie existiert. Wir können sie finden.«

Dann hatte er lachend den Kopf geschüttelt, und Phoebes Stimmung war gleich besser geworden. Das Lachen machte Wolf für einen kurzen Augenblick hilflos, nachgiebig, und es gefiel ihr, daß sie der Grund dafür war.

Phoebe wachte nach Sonnenuntergang mit Nackenschmerzen wieder auf. Sie spürte einen warmen Wind auf dem Gesicht. Am Himmel mischten sich wild alle möglichen Farben. Sie schaute Wolf an, war dankbar, daß sie ihn hinter dem Lenkrad sitzen sah, und spürte eine heftige, seltsame Sehnsucht in sich aufsteigen, die durch ihren ganzen Körper strömte und tief in ihrem Bauch ein Pochen hinterließ. Sie schluckte nervös und versuchte an Faith zu denken, aber ihre Schwester kam ihr so weit entfernt vor, als würde Phoebe sich nicht, wie sie gedacht hatte, auf sie zu bewegen, sondern als wären sie beide in entgegengesetzte Richtungen gefahren.

Wolf schaute zu ihr herüber und lächelte, als er sah, daß Phoebe wach war. »Herzlich willkommen«, sagte er.

Mailand nahm langsam Gestalt an und war dann plötzlich ganz da, wie Weihnachten. Das Licht der Straßenlaternen war braunrot. Zusammen mit der Hitze gab ihr dampfendes Licht der Stadt etwas Grelles, Theatralisches. Wolf parkte in einer ruhigen Straße, holte ihre Sachen aus dem Auto und ließ es nicht zu, daß Phoebe auch nur seine eigene kleine Reisetasche trug. Phoebe fand es bedrückend, daß die Tasche so klein war. Das war alles so provisorisch, daß sie hier waren. So zufällig.

»Du hast einen Chauffeur erwischt, der nicht nur dein Gepäck schleppt, sondern auch noch die billigen Hotels kennt«, sagte Wolf, als sie unter den schimmernden Bäumen entlanggingen.

»Du bist für immer engagiert«, sagte Phoebe und wurde in der Dunkelheit rot. Dieser Satz war so ungeschickt herausgekommen, so kindisch.

Aber Wolfs Lachen war voller Zuneigung. »Ich kann mir ein schlimmeres Schicksal vorstellen«, sagte er.

Das Hotel nahm das obere Stockwerk eines Gebäudes ein, das offensichtlich einmal ein großer Familiensitz gewesen war. Ein schwarzer, vergitterter Aufzug glitt zu ihrer Begrüßung in einem Schacht voller Kabel herunter. Während sie nach oben fuhren, betrachtete Phoebe das große Treppenhaus, das sich in weitem Bogen wie ein Band um den Aufzugschacht herumzog. Oben wurden sie von einer älteren Frau in Empfang genommen, die ein rotes Kostüm trug, stark hervortretende Augen und ein schmales, stark geschminktes Gesicht hatte und hörbar unter Asthma litt. Ja, es seien noch Zimmer frei, sagte sie. Sie ging schwer atmend vor ihnen her einen Gang entlang.

Phoebe war von ihrem Zimmer begeistert: ein altmodisches Waschbecken, der Fußboden aus glattem grünem Stein, ein Bett mit Messingpfosten. Wolf machte eine Balkontür auf, ließ die warme Nacht herein und dünnes Laub, das vom Licht der Straßenlaternen orange gefärbt wurde. »Wie teuer ist das denn?« fragte Phoebe.

Wolf machte eine lässige Handbewegung und mühte sich mit der zweiten Tür ab. »Nur keine Panik«, sagte er. »Es ist nur eine Nacht.«

Er nahm ihren Paß und ging los, um die Formalitäten zu erledigen. Phoebe ging auf ihren winzigen Balkon hinaus und schaute auf die Straße hinunter. Bald schon hörte sie Wolfs Stiefel auf dem Fußboden des Nebenzimmers. Das Bett quietschte unter seinem Gewicht.

Phoebe wußte, daß sie jetzt ganz ungeheuer glücklich war. Es war ein seltenes, überraschendes Glücksgefühl, das nichts mit gefährlichen oder wichtigen Dingen zu tun hatte, die kurz bevorstanden. Das war jetzt weit weg, die gefährlichen Dinge; Phoebes Aufmerksamkeit hatte nachgelassen, und diese Dinge waren einfach weggetrieben, waren außer Sichtweite. Sie war froh, daß sie weg waren.

Phoebe duschte im Etagenbad und wusch sich die Haare. Als sie wieder in ihr Zimmer zurückkam, betrachtete sie ihr Gesicht in dem trüben Spiegel über dem Waschbecken. Normalerweise waren Spiegel ein Anlaß, daß sie ihre Mängel genau studierte, die Ungleichmäßigkeit ihrer Augen, ihr insgesamt nicht besonders ausdrucksvolles Gesicht. Phoebe überlegte manchmal, ob Faiths Gesicht nicht ein bißchen kleiner gewesen war als ihres und ob dadurch nicht dieselben Dinge besser zur Geltung gekommen waren. Aber dieser Spiegel ließ nur einen undeutlichen Eindruck zu, so als würde sie sich aus einer größeren Entfernung betrachten.

Sie suchte sorgfältig die Sachen aus, die sie anzog, setzte sich dann aufs Bett und wartete auf Wolfs Klopfen. Sie war nervös und nahm sich vor, viel zu trinken.

»Toll siehst du aus«, sagte er und legte ihr die Hand leicht auf den Rücken, als sie aus dem Zimmer gingen. Als sie in den Aufzug stiegen, dachte Phoebe, Wolf sei einen kurzen Augenblick stehengeblieben, um ihren Geruch einzuatmen, und wieder spürte sie diese heftige Sehnsucht, die sich anfühlte, als würde ein schwerer Gegenstand in tiefes Wasser fallen. Es war eigentlich kein Schmerz, aber es hatte etwas mit Schmerz gemein. Sie fuhren schweigend nach unten, das Muster des Aufzuggitters glitt über ihre Gesichter.

Draußen beschlossen sie, zu Fuß zu gehen. Die Wärme und die Dunkelheit fühlten sich auf Phoebes Schultern genauso angenehm an wie das Gewicht ihres langen Haars, das immer noch feucht war, und der weiche Stoff ihres Kleides, der über ihre Haut strich. Es machte ihr jetzt nichts mehr aus, daß sie sich ihres Körpers bewußt war; sie freute sich sogar darüber. Vielleicht lernte sie jetzt mit Verspätung eine Lust kennen, die den meisten Mädchen in ihrem Alter schon vertraut war. Wolf trug ein Hemd aus einem weichen rostfarbenen Stoff, Seide wahrscheinlich, mit weiten, verwegen aussehenden Ärmeln. Ein richtig feines Hemd, dachte Phoebe, das er extra ihretwegen mitgenommen hatte.

»Es gibt eine gute Nachricht«, sagte er. »Ich hab an der Rezeption eine Karte gefunden, auf der Corniglia eingetragen ist. Jetzt kann nichts mehr schiefgehen.«

Phoebe lächelte und murmelte etwas Unverbindliches vor sich hin. Es verwirrte sie, daß Corniglia auf einmal nicht mehr so wichtig zu sein schien.

Wolf hatte auch plötzlich große Lust auf Wein, und als ihre Pasta kam, hatten sie schon fast eine Flasche leer gemacht. Phoebe hatte heiße Wangen; sie war beschwipst, fühlte sich richtig draufgängerisch und lachte schallend laut, wie sie das von sich gar nicht kannte. Obwohl ihre Stimmung für Wolf offensichtlich ziemlich verblüffend war, nahm er ihr anscheinend nichts übel; er wirkte eher unsicher, so als könne er sich nicht vorstellen, was Phoebe vorhabe. Und vor allem merkte Phoebe, daß er fest entschlossen war, ihr auf keinen Fall weh zu tun. Sie empfand das als Vorteil.

Phoebe erkundigte sich nach seiner Familie. Wolf sagte, am nächsten stehe ihm seine Schwester, eine Journalistin, die jetzt für die *Baltimore Sun* aus Prag berichte. Das machte auf Phoebe einen starken Eindruck: eine Reporterin, die alleine in einem kommunistischen Land lebte. »Ich soll sie im Herbst besuchen«, sagte Wolf. »Ich hab mir diese Zeit schon freigehalten.« Seine Eltern kamen jedes Jahr nach Deutschland; Wolf flog vielleicht alle drei Jahre einmal nach Amerika. Er interessierte sich sehr dafür, was aus den Leuten geworden war, mit denen er aufgewachsen war. »Es ist unglaublich«, sagte er, »man schaut zurück und hat das Gefühl, man hätte das alles kommen sehen, aber man hat es nicht kommen sehen – man hätte es sich nicht vorstellen können.« Phoebe lächelte. Sie hatte diese Erfahrung ja nur ein einziges Mal gemacht, und das war, als sie Wolf nach dieser langen Zeit wiedergesehen hatte. Aber er hatte sich ja auch ganz anders entwickelt, als man gedacht hätte.

»Und was ist mit dir?« sagte er. »Was für verschiedene Leben stellst du dir denn für dich vor?«

»Gar keines«, sagte Phoebe, weil es ja auch so war. »Das war immer ein Vakuum.«

»Das ist komisch. Ich hab gedacht, achtzehn ist das Alter der großen Illusionen«, sagte Wolf.

»Vielleicht war das so, als du achtzehn warst.«

»Und was ist da der Unterschied?«

»Oh, das ist ein ganz schön großer Unterschied«, sagte Phoebe. »Heute ist alles völlig anders.«

»Naja, klar«, sagte Wolf. »Aber die grundlegenden

Dinge sind doch dieselben. Ich meine, du bist auf die High School gegangen, du hast Freundinnen und Freunde gehabt, diese ganzen Sachen, du bist auf Parties gegangen, auf Konzerte, stimmts?«

Phoebe nickte und freute sich, daß Wolf annahm, sie haben einen Freund gehabt, oder mehrere.

»Naja, und genau das haben wir auch gemacht«, sagte er. »Ich meine, wir waren Teenager.«

Phoebe schüttelte den Kopf. »Das war nicht dasselbe. Als ich auf die High School kam, gab es nichts Wirkliches mehr, nichts Echtes.«

Wolf schaute sie zweifelnd an.

»Es ist wahr«, sagte Phoebe. »Alles war irgendwie bloß nachgemacht, bloß eine Fälschung.«

»Eine Fälschung«, sagte Wolf völlig verdutzt. »Wieso sollte es denn eine Fälschung sein?«

»Woher soll ich das denn wissen?« sagte Phoebe. »Es war alles bloß Fälschung. Ich konnte es nicht ernst nehmen.«

Wolf schüttelte den Kopf. Phoebe spielte mit dem heißen Kerzenwachs, ließ es auf ihren Fingerspitzen hart werden. »Manche Sachen sind eben wirklich und manche sind eine Fälschung«, sagte sie.

»Und was ist mit dem, was jetzt gerade ist? Auch eine Fälschung?« fragte Wolf beiläufig, aber in seiner Stimme lag ein seltsamer Unterton, und Phoebe spürte, daß ihre Antwort jetzt wichtig war. Sie hatte den perversen Impuls, ja zu sagen.

»Nein«, sagte sie. »Was jetzt gerade ist, das ist wirklich.«

Wolf lächelte ganz leicht. »Dann bin ich ja beruhigt.«

Phoebe wartete darauf, daß sie jetzt zornig würde, weil er sie ausgefragt hatte, aber alle diese kleinen, sorgsam versteckten Wahrheiten, die Wolf ihr entlockte, ließen eine gewisse Leichtigkeit zurück, als würden ihr schwere Pakete mit zerbrechlichem Inhalt abgenommen. Sie waren jetzt auch Wolfs Angelegenheit geworden. Er half ihr, sie zu tragen.

»Ich glaub, du wirst die Welt ziemlich bald schon ganz anders betrachten«, sagte er.

Phoebe wurde neugierig. »Wieso?«

»Es wird deine Welt sein«, sagte er. »Deine Welt.« Und er schaute sie mit soviel offenkundiger Zuneigung an, daß sie sich fragte, was an ihr diese Zuneigung ausgelöst haben könnte.

»Hoffentlich hast du recht«, sagte sie.

Wolf grinste. »Ich habe recht.«

Kalbfleisch, Huhn, Salat; die leeren Teller und die zweite leere Flasche wurden wie von Zauberhand abgeräumt. Der Wein hatte Wolfs übliche Wachsamkeit abgeschwächt; er hatte jetzt nichts mehr von der professionellen Freundlichkeit der jungen Lehrer an Phoebes High School. Ihre Blicke trafen sich, Phoebe konnte die Augen nicht abwenden, und es überraschte sie, daß sie das überhaupt wollte. Sie hörte mitten im Satz zu reden auf, war einfach zu erstaunt, als daß sie hätte weiterreden können. Obwohl sie schon oft für irgendwelche Jungs geschwärmt hatte, gab es doch niemanden, von dem sie sich so stark angezogen gefühlt hätte. Wenn sie und der Junge sich in den Sand legten oder auf eine

Bank oder auf den Sitz seines Autos, dann war es sogar oft so, daß etwas in Phoebe vor den Lippen und dem heftigen Herzschlag des Jungen zurückzuckte. Sie löste sich dann innerlich aus der Umarmung, dachte an Faith und Wolf im Schlafzimmer ihrer Mutter, wenn die weiße Tür geschlossen war, und wenn sie, Phoebe, am anderen Ende des langen Flurs stand, die Tür anschaute und versuchte, das alles zu ergründen. »Komm jetzt«, sagte Faith und nahm Wolfs Hand, und Phoebe konzentrierte sich darauf, ihnen zu folgen, sich vorzustellen, was sie machten, aber sie wußte immer, daß alles, was zwischen ihr und diesem Jungen passieren konnte, sie dieser Tür nicht näherbringen würde, nichts in ihrem Leben verändern würde. Schließlich blieb ihr keine andere Wahl, als sich loszureißen, wie sie es mit Kyle gemacht hatte, denn sie war ja in Wirklichkeit schon gar nicht mehr da. Es war so, wie wenn man immer und immer wieder jemanden seinen Namen rufen hört, jedesmal lauter, und sich schließlich einfach umdrehen muß.

Aber das hier war Wolf.

Und genau diese Gewißheit war der Grund, warum Phoebe jetzt von einem ungeheuren Machtgefühl überwältigt wurde; es war, als würde Licht aus ihren Augen strömen, ihr Lächeln hatte die Kraft, Wolf an sich zu ziehen, ihn zu umarmen. Andere Leute machten das doch auch – warum denn sie nicht? Warum sollte sie das denn nicht machen? Als Phoebe sich vorbeugte, um sich ihre Sandale wieder festzuziehen, öffnete sich der Ausschnitt ihres Kleides ganz leicht, ihr dichtes Haar ergoß sich über ihre Schultern und in ihren Schoß, und Wolf betrachtete sie. Phoebe spürte, daß er sie betrachtete. Sie konnte sich ihre Sehnsucht zunutze machen; ihre Sehnsucht machte sie aufmerksamer, empfindlicher, zog alles in ihr zu einem einzigen heißen Knoten zusammen. Das ist wie ein Stern, dachte Phoebe, ein Magnetfeld, das entweder Wolf mit unwiderstehlicher Kraft zu ihr herüberziehen würde oder sie einfach in sich zusammenfallen ließe. Aber was hatte sie schon zu verlieren? Nichts! Nichts, dachte Phoebe und wollte lachen, weil sie im Gegensatz zu Wolf nichts zu verlieren hatte. Sie war achtzehn Jahre alt.

Sie aß Wolfs Nachspeise. Etwas mit Birnen, mit einer süßen Glasur. Wolf lachte und bestellte eine zweite Portion. Auf seinen Lippen und seinen Zähnen sah man Spuren des Rotweins. Das Restaurant war fast leer.

»Also«, sagte er und drückte eine letzte Zigarette aus. »Wir sollten losziehen, solang wir noch gehen können.«

Die Dunkelheit roch nach blühenden Bäumen und Motoröl. Phoebe sog die warme Luft tief ein, um das heftige Kreiseln in ihrem Kopf abzustellen. Sie wäre fast vom Bordstein gekippt, aber Wolf war hinter ihr. »Da gehts lang«, sagte er. »Ja, hier«, und er lachte und legte einen Arm um Phoebes Schulter. Sie lehnte sich dankbar an ihn. Es ging ihr sofort besser; daß es keinen Abstand mehr zwischen ihnen gab, schien irgendeine Spannung in ihr zu lösen, als hätten sich Hunderte von straff gespannten, vibrierenden Drähten zum ersten Mal seit Stunden gelockert. Sie sagten beide kein Wort. Wolf steuerte zielstrebig das Hotel an. Phoebe genoß die Wärme seiner Haut. Das ist verrückt, dachte sie, ich bin absolut verrückt geworden. Es kam ihr vor, als sei ihr Blut ganz dick und würde ihre Adern verstopfen.

Als sie am Hotel ankamen, ließ er sie los. Im Aufzug standen sie sich gegenüber, und Wolf verrenkte sich den Hals, weil er sich die Kabel über der Kabine genau anschaute. Phoebe betrachtete die Knochen seines Brustkorbs. Sie kam sich lüstern vor, gierig, hatte Durst, und es war ihr schon ein bißchen übel.

Wolf holte ihre Schlüssel von der Rezeption und ging voraus zu ihren Zimmern. Der Flur war schwach beleuchtet. Wolf machte Phoebes Tür auf, gab ihr den Schlüssel und küßte sie auf die Stirn. »Schlaf gut«, sagte er, aber als er gehen wollte, hob Phoebe, ohne ihn anzuschauen, die Arme, weil sie diese Erleichterung wieder spüren wollte, wenn der Abstand zwischen ihnen verschwand. Und jetzt war es soweit, seine Beine berührten die ihren, sein Oberkörper, es gab so viele Stellen an ihnen, die sich berührten, daß es ihr ganz wunderbar war und nicht mehr rückgängig zu machen. Die Schlüssel entglitten ihrer Hand und fielen scheppernd auf den Boden. Wolf hielt sich ganz ruhig, ließ die Arme herabhängen, während Phoebe sich an ihn klammerte, dumm und betrunken, aber sie spürte die Hitze zwischen ihnen, spürte seine Brust und seine Rippen, die Bewegung in seinem Hals, wenn er schluckte.

»Hey. Hey, Phoebe. Hey«, sagte Wolf, lachte leise und versuchte, sich freizumachen, aber Phoebe hörte das Zögern in seiner Stimme, und sie umklammerte ihn ganz fest, drehte den Kopf so, daß ihre Lippen die heiße Haut seines Halses berührten. Plötzlich zog er sie fest an sich, es war eine rasche, heftige Bewegung. Er hob sie auf die Zehenspitzen, hielt in einer Hand seine Schlüssel, und sein Herz klopfte, daß sie es noch in ihrem Körper spüren konnte, klopfte wie etwas, das plötzlich aufgegangen ist.

Es dauerte nur einen Augenblick. Wolf packte Phoebe bei den Armen und schob sie von sich weg. Seine Hände zitterten. »Schluß«, sagte er. »Mein Gott, wir sind ja wohl verrückt geworden.« Er schaute sie im Halbdunkel an, Überraschung lag auf seinem Gesicht, als hätte sie ihm einen Schlag versetzt, dessen Wucht er sich nicht erklären konnte. Dann lockerte sich der Griff, mit dem er ihre Arme hielt, als hätte Wolf plötzlich gespürt, daß sie das ja war, die er festhielt. Einen Kuß, dachte Phoebe. Sie waren so dicht dran. Es war so ungeheuerlich, daß sie es nicht tun konnten.

Wolf ließ sie los. »Das darf nicht passieren, Phoebe. Hör mich an«, sagte er. »Hörst du zu?« Seine Stimme dröhnte im Flur, zornig und ungläubig. »Das dürfen wir nicht einmal denken.«

Sie gingen auseinander, ohne noch ein Wort zu sagen. In ihrem dunklen Zimmer zog Phoebe sich das Sommerkleid über den Kopf. Das gelbliche Licht der Straßenbeleuchtung fiel auf ihre feuchte Haut. Tief in ihrem Bauch lag zusammengerollt ein kleines, ausgehungertes Tier; Phoebe hörte es atmen, spürte seinen Herzschlag.

Sie zog die Tagesdecke auf die Seite und legte sich unter ein Laken. Auf der anderen Seite der Wand hörte sie das Geräusch von Sprungfedern und begriff, daß ihr Bett und das Bett Wolfs nebeneinander standen und nur durch diese dünne Wand getrennt waren; sie berührten sich praktisch. Sie hörte winzige Bewegungen auf der anderen Seite und stellte sich Wolf in seinem Bett vor, was er gerade tat oder vielleicht gleich tun würde. Phoebe drückte den Kopf fest gegen die Kissen, bis sie das Gefühl hatte, sie könnte sich das Genick dabei brechen, jeder einzelne Nerv in ihrem Körper konzentrierte sich auf diese Wand – das war krank, wirklich gestört war das, eine süße Krankheit, ihr Fleisch, ihr Körper eine offene Wunde, die sie kaum berühren konnte, aber berühren mußte, erbarmungslos, immer und immer wieder, nichts sonst konnte diese Wunde heilen.

Stunden später wachte Phoebe aus tiefem Schlaf auf, kroch aus dem Bett und tastete sich unsicher zum Waschbecken. Das Zimmer war in das gelbe Licht der Straßenbeleuchtung getaucht. Draußen vor dem Fenster hörte man schwache Geräusche des Stadtlebens. Sie trank ein paar Gläser Wasser und nahm noch eine der Pillen mit dem süßen Überzug, bevor sie sich wieder schlafen legte.

Achtzehn

Phoebe wachte mit einem Gefühl auf, als hätte sie sich stundenlang an einem Bratspieß gedreht. Sie torkelte zum Waschbecken, übergab sich und machte danach mit geschlossenen Augen das Becken sauber. Sie öffnete die Balkontür, damit frische Luft ins Zimmer kam, und putzte sich dann ausgiebig die Zähne. Als sie sich wieder hinlegte, war ihr Schlaf sehr viel angenehmer.

Später hörte sie nebenan Wolfs Schritte und versuchte sich daran zu erinnern, was sich zuletzt zwischen ihnen abgespielt hatte. Sie hatte ihn gepackt und nicht mehr losgelassen – das war wohl das Wichtigste gewesen, und Wolf hatte sie weggeschoben. Sie wurde ganz schwach vor Scham, als ihr das einfiel. Das Zimmer drehte sich immer noch um sie; Phoebe schloß die Augen, damit das aufhörte. Sie hatten das als Kinder immer gespielt, man hat sich im Kreis gedreht, dann ist man stehengeblieben und hat diesen plötzlichen Schwindel im Kopf ausgekostet.

Sie mußte sich von Wolf freimachen.

Phoebe drehte sich auf den Bauch. Es war unglaublich, aber dieses Pochen der Sehnsucht durchdrang immer noch alles andere, Edgar Allan Poe's verräterisches

Herz unter den Dielen. Das Pochen vermischte sich übergangslos mit ihrer Übelkeit wie zwei Hälften ein und derselben Sache. Sie mußte sich von Wolf freimachen.

Schließlich klopfte Wolf. Phoebe starrte ihn vom Bett aus an, wie er da in der Tür stand. Es gelang ihr irgendwie, sich anzuziehen. Wolf sah aus, als ginge es ihm nicht gut, seine Haut war grau wie Lehm, und er hatte einen weißen Streifen um den Mund. Er hielt ihren Schlüssel in der Hand. Phoebe erinnerte sich schwach daran, daß sie ihn in der Nacht im Flur hatte fallen lassen.

In der Passage bei der Kathedrale standen sie nebeneinander in einer Bar, tranken einen Cappuccino und aßen Brioches, um den Magen zu beruhigen. Überall um sie herum standen Italiener mit fabelhaft geschnittenen Anzügen und unterhielten sich ratternd in einem Sprechtempo wie Auktionatoren. Es war Sonntag. Der Klang von Kirchenglocken drang durch die Parks und Straßen wie Gelächter. Die Stadt wirkte leer. Die Glokken und die Flut des hellen Sonnenlichts ließen Phoebe an die Beerdigung ihres Vaters denken, die an einem klaren Wintertag in Mirasol stattfand; an marineblaues Wasser, das sich am Strand kräuselte. Die Glocken läuteten in einem fort – es war dieselbe kleine Kirche, in die ihr Vater als Junge gegangen war, nur zwei Blocks vom Meer entfernt, so daß man zwischen den Schuhen und den Platten des Bodens Sandkörner spürte. Etwas Festliches, Feierliches lag im leichtsinnigen Schwung dieser Glocken, im Blau des Himmels. Vor der Kirche knallte das Licht auf zerbeulte Mülltonnen. Man konnte kaum die Augen aufmachen. Als Großmama mit Phoebe zum Portal ging, sprang ein Hund bellend an ihr hoch und wedelte mit dem Schwanz. Phoebe hockte sich auf den Bürgersteig, um den Hund zu streicheln. »Ach komm, laß ihn doch«, sagte Großmama. Ihre hellen, feucht schimmernden Augen waren voller Trauer. Ihr Sohn war tot. Ihre Mutter wollte keine Totenwache haben – »Es ist schon schlimm genug, daß sie ihn sterben sehen mußten«, hatte sie gesagt. »Sie sollen ihn nicht auch noch tot sehen.« Großmama berührte Phoebes Kopf, weil sie wollte, daß sie wieder aufstand, aber die Kirche sah so dunkel aus, sentimentale Orgelmusik drang aus den Türen. Faith ging direkt in die Kirche, aber Barry kniete sich neben Phoebe und faßte den Hund an, einen heruntergekommenen Köter, der vor soviel plötzlicher Zuwendung ganz ekstatisch mit seinem drahtigen Schwanz wedelte. Barry beugte sich nach unten und vergrub sein Gesicht im struppigen Fell des Hundes.

Im August, sagte Wolf, seien die Italiener alle am Meer. Sie würden sie in Corniglia sehen, sagte er und lächelte, obwohl Phoebe spürte, daß er sie hinter seinem Lächeln genau beobachtete, den Schaden abzuschätzen versuchte.

Es gab keinen Schaden. Nur die beständige, unruhige Sehnsucht, näher bei ihm zu sein. Jetzt, wo diese Sehnsucht da war, würde sie nie wieder verschwinden.

Sie hatten ihr Gepäck im Volkswagen, den sie in einer Nebenstraße des Domplatzes geparkt hatten. Wolf wollte zum Auto zurück – Mailand sei voller Diebe, sagte er. Steine klebten wie Moos an der Fassade des

Doms. Phoebes Augen fühlten sich trocken an, rauh; das helle Licht reizte die Augen trotz der Sonnenbrille. Wolf sperrte die Wagentür auf und öffnete sie. Phoebe schaute durch die Sonnenbrille zu ihm hoch. »Ich kann nicht mit dir mitkommen«, sagte sie.

Wolf kniff die Augen zusammen. »Du kommst ja nicht mit mir mit«, sagte er. »Ich komme mit dir mit.«

»Nein.«

Wolf reckte sich, die Autoschlüssel blitzten zwischen seinen Fingern, und das Hemd rutschte ihm ein Stückchen aus der Jeans. »Scheiße«, sagte er in den Himmel hinauf.

»Ich kann nicht.« Es befriedigte sie, daß es so einfach war. Die Entscheidung lag nicht mehr in ihrer Hand.

Wolf stützte sich auf die offene Wagentür. »Hör mal«, sagte er mit tonloser Stimme. »Wir sind menschliche Wesen, okay? Wir hatten ganz schön einen geladen, und einen Augenblick lang konnten wir den Text nicht richtig entziffern. Das ist die älteste Geschichte der Welt, Phoebe. Komm schon. Laß uns doch deswegen nicht durchdrehen.« Seine Stimme klang kühl, fast schon gleichgültig, aber sein Blick hatte etwas Beschwörendes. »In Ordnung?« sagte er. »Können wir jetzt bitte weiterfahren?«

Phoebe richtete ihren Blick auf das weiche T-Shirt Wolfs, unter dem sich das Schlüsselbein abzeichnete. Die Sonne drang durch ihr Haar, ihre Kopfhaut wurde heiß davon. Was er letzte Nacht gesagt hatte, stimmte schon, dachte sie; zwischen ihnen konnte es nichts geben.

»Machs gut«, sagte Phoebe.

Sie beugte sich in den Wagen und nahm ihren Rucksack. Als sie ihn sich auf die Schulter schwang, wäre sie unter seinem Gewicht fast umgefallen. Das Ganze war wohl nur zur Hälfte ernstgemeint. Wolf mußte das auch gespürt haben, weil er nichts unternahm, sondern einfach zuschaute, wie sie ging, während ein paar Tauben an seinen Stiefeln herumpickten.

Phoebe ging über den Domplatz und horchte auf Geräusche, die ihr verrieten, daß Wolf hinter ihr her kam. Aber sie hörte nichts. Als sie auf der anderen Seite des Platzes war, rückte sie den Rucksack zurecht, damit beide Schultern gleichmäßig belastet waren. Sie hörte immer noch nichts. Das war es dann also, dachte sie. Wolf war erleichtert, oder vielleicht wollte er ihr einfach nur nicht nachlaufen. Das kam auf dasselbe heraus. Sie überquerte die Straße und war fest entschlossen, sich nicht umzuschauen. Die Glocken läuteten wieder. Die Helligkeit des Lichts hatte etwas Surreales. Ein neuer Abschnitt, dachte Phoebe, wenigstens so lange ich noch Geld in der Tasche habe. Obwohl es natürlich Sonntag war und nicht eine einzige Münze dieses Geldes italienisches Geld war.

Sie kam an eine Nebenstraße und zögerte, überlegte, ob sie die Straße überqueren oder ob sie umdrehen sollte. Bevor sie noch einen Entschluß gefaßt hatte, kam der Volkswagen um eine Ecke geschossen und blockierte den Weg. Das Getriebe knirschte, Gummi quietschte am Bordstein entlang. Wolf sprang aus dem Wagen, er war völlig außer sich. Phoebe ging einen Schritt weiter. Sie kam sich unter ihrem riesigen Rucksack vor wie eine Schildkröte.

»Verdammt noch mal!« schrie Wolf. »Verdammt noch mal!« Er trat gegen einen Reifen. Man hörte das metallische Geräusch der Radkappe. Dann wirbelte er herum und ging auf die Tür los, in der sein Stiefel eine Delle hinterließ, die wie eine sanfte Mulde wirkte. Phoebe schaute ihm mit unnatürlicher Ruhe zu. Schließlich stand Wolf mit verschränkten Armen da und schaute den Wagen an; Phoebe schloß aus seinem heftigen Atmen, daß er noch weitermachen wollte. Statt dessen schaute er sie an und sprach mit einer Behutsamkeit, die ihn große Anstrengung zu kosten schien.

»Phoebe, bitte«, sagte er. »Bitte steig in den Wagen. Es war meine Schuld, diese Geschichte letzte Nacht – bitte, steig doch ein. Wir fahren nicht nach Corniglia, wir fahren einfach nur ein bißchen herum. Steig doch ein. Dann sehen wir weiter. Bitte.«

Er ging zu Phoebe, nahm sie bei den Schultern und schaute ihr ins Gesicht. Das wirkte. Sie wollte jetzt nicht mehr kämpfen. Sie war müde und schwindlig, und sie wollte unbedingt ihren schweren Rucksack loswerden. Die Sonne brannte auf ihren Kopf und brachte sie auf den Gedanken, sich einfach nach vorne zu beugen und Wolf zu küssen, und etwas durchfuhr sie wie eine heiße Klinge, von der sie sauber mitten durchgeschnitten wurde. Wolfs Pupillen waren geweitet, voller Wildheit, aber das war jetzt nicht Zorn, oder nicht nur Zorn. Er wollte sie, begehrte sie. »Okay«, sagte Phoebe und stieg in den Wagen.

Der Wagen raste dahin. Sie ließen Mailand sehr schnell hinter sich. Phoebe paßte sich an die Geschwindigkeit an, entspannte sich dabei. Die Sonne stand hoch am Himmel. Wolf warf ab und zu einen Blick zu ihr hinüber, als wolle er sichergehen, daß sie nicht verschwunden war. »Verriegle doch mal deine Tür«, sagte er.

Phoebe mußte laut lachen. Es war ein blecherner, ungewohnter Klang. »Glaubst du, ich spring auf die Autobahn?«

Wolf lächelte grimmig. »Ich weiß nicht«, sagte er. »Hast du das vor?«

Phoebe lehnte sich ans Fenster und schloß die Augen. In ihrem Mund hatte sich zuviel Speichel angesammelt; sie öffnete das Fenster und spuckte ein paarmal hinaus.

»Ist dir schlecht?« fragte Wolf besorgt.

Phoebe lachte wieder; es war wieder dieser fremde metallische Klang. »Ja«, sagte sie.

Eine Stunde verging wie im Flug. Wolf fuhr sein Auto wie einen Krankenwagen, stieg aufs Gas, bis der Volkswagen zu rütteln anfing. Phoebe stellte sich vor, sie sei verletzt und seine Patientin. Sie redeten kaum miteinander. Eine Entscheidung war gefallen, und dieses Wissen ersetzte die Unterhaltung.

Schließlich fuhr Wolf auf eine kleinere Straße. Es war offensichtlich, daß sie noch keineswegs in der Nähe des Meeres waren. Sie schlängelten sich im schweren, blutroten Licht des späten Nachmittags zwischen goldbraunen Hügeln hindurch, die sich wie Katzen in die Landschaft duckten. Olivenbäume schmückten das Land, blitzten silbern. Ab und zu tauchte eine Stadt auf, breite, niedrige Türme auf einem Berg. Das Geräusch von Kirchenglocken zog vorbei, was für ein schöner Klang, dachte Phoebe, wie ein Windspiel, wie singende Engel. Und langsam versank sie wieder in der Erinnerung an den Tag, an dem sie dann schließlich doch in die Kirche mit dem aufgebahrten Sarg ihres Vaters gegangen war und sich ganz vorne neben Faith in eine Bank gesetzt hatte. Es war Phoebe nicht gelungen, das Ausmaß dieses Unglücks zu begreifen, obwohl sie es versuchte. Das Geschnatter von Vögeln lenkte sie dauernd ab, das unbekümmerte, alberne Flattern vor den bunten Kirchenfenstern, das Phoebe aus der Dunkelheit der Kirche hinauslockte, fort von dem strengen Singsang des Priesters. Merkte es auch keiner? Faiths Augen waren die ganze Zeit auf den Priester gerichtet, als sei ihr Blick ein Faden in einem zarten, empfindlichen Gewebe, das nicht beschädigt werden dürfe, weil sonst die ganze Welt über ihr zusammenstürzte. Phoebe beugte sich vor, um Barry anzuschauen, der auf der anderen Seite neben Faith saß. Auch er hatte den Blick auf den Priester gerichtet, aber schon einen Augenblick später sah Phoebe, wie er ganz kurz heimlich zu den Fenstern schaute, dann noch einmal schaute, zögernd hinschaute, als sei er dem Glanz ihrer strömenden Farben und dem Flügelflattern dahinter hilflos ausgeliefert.

Wolf fuhr auf einer winzigen Straße einen Berg hinauf und parkte den Wagen vor den dicken Mauern einer Stadt. Der größte Teil des Tages war schon vorbei. Phoebe fragte sich, ob die Stadt ihr eigentliches Ziel gewesen sei oder ob Wolf einfach zu müde war, um weiterzufahren. Sie sagte nichts. Sie sprachen nur das Nötigste miteinander, hatten es aufgegeben, sich zu unterhalten, hatten diese Möglichkeit über Bord geworfen wie eine schwere Ladung. Phoebe stieg aus dem Wagen und schaute auf die Hügel hinunter, die mit ihrem schimmernden bleichen Gras wirkten wie Sandhaufen. Da und dort stand ein gelbes Bauernhaus mit grünen Fensterläden, daneben ein Weinberg. Der Wind war das einzige Geräusch.

Sie ließen ihr Gepäck im Auto, gingen durch ein altes Tor und kamen auf eine steile Straße mit Kopfsteinpflaster. Phoebe hörte spielende Kinder, konnte sie aber nicht sehen. Sie und Wolf gingen beide wie in Trance, gingen nicht einmal nebeneinander her. Ein Weinladen reihte sich an den anderen, bunte Flaschen in den Schaufenstern. Eine alte Frau bot Sträuße mit roten Blumen an, die in weißes Papier gehüllt waren. Bis auf die lauten, unsichtbaren Kinder war es still in der Stadt.

Sie kamen zu einem schräg abfallenden, rechteckigen Platz, der mit schmalen, gelben, zu einem Fischgrätmuster angeordneten Backsteinen gepflastert war. Und hier waren auch die Kinder, acht oder neun kleine Jungen, die einen Fußball mit soviel nackter Aggressivität attackierten, daß die Bewegungen des Balls wie verzweifelte Fluchtversuche wirkten. Der Platz war von Häusern eingeschlossen, dazwischen ein paar alte Türme und drei Restaurants, deren leere Tische und Stühle dastanden, als hätten sie sich aus eigener Kraft ein Stück von den Türen der Restaurants entfernt. Es war still, die Zeit zwischen den Mahlzeiten.

Wolf ging mit Phoebe in ein Restaurant, verhandelte mit einem Mann hinter der Bar, gab ihm ihre Pässe und erhielt dafür einen Schlüssel, an dem mit einer Lederschnur ein Stück Holz befestigt war. Der Barmann erklärte Wolf einen Weg, legte dabei den Kopf schräg, um eine Abbiegung anzudeuten. Er schaute Phoebe an, und als ihre Blicke sich trafen, schlug sie vor Scham die Augen nieder.

Erst als sie wieder über den Platz zurückgingen, bemerkte Phoebe die Vögel, Hunderte von kleinen schwarzen Vögeln, die über dem Platz kreisten und deren Flügel nach hinten gebogen waren wie Pfeilspitzen. Sie stießen wie verrückt nach unten, ließen sich durch die Luft fallen, stießen schrille, quietschende Schreie aus, die den Schreien von Mäusen nicht unähnlich waren, nur daß sie unruhiger klangen, klagender. Wie etwas aus der Bibel, dachte Phoebe, Vorzeichen von Erdbeben, Feuersbrünsten, Dürre über Generationen hinweg.

Sie gingen in eine Nebenstraße. Obwohl die Jungen nicht mehr zu sehen waren, hatte Phoebe immer noch den Lärm ihres Spiels im Ohr, das Geräusch, wenn der Ball auf dem Backsteinpflaster aufschlug. An den Häusern hingen Blumenkästen. Wolf blieb an einer Tür stehen, die oben mit einem Bogen abschloß und auf der die Nummer 4 stand. Er beschäftigte sich mit dem Schlüssel. Wolf schien ganz in diesen praktischen Dingen aufzugehen, als habe er alle Gedanken aus seinem Kopf verbannt, warum oder wozu er das tat. Phoebe spürte eine Art Schwindel. Wolf hielt die Tür auf, und Phoebe ging zögernd in das Haus. Es war dunkel, und es roch nach Staub und etwas Süßem. Wie verwelkte Blumen. Wolf fand einen Lichtschalter, und plötzlich sahen sie eine mittelalterliche Eingangshalle vor sich, mit gußeisernen Beschlägen und Stühlen so groß wie Throne. Schwere Vorhänge erstickten auch noch die letzte Andeutung von Sonnenlicht. An einem Ende der Halle lag ein Zimmer voll abgedeckter Möbel, die zu schwankenden Türmen aufeinandergestapelt waren. Phoebe warf Wolf einen ängstlichen Blick zu. Er kam ihr jetzt vor wie ein erfahrener Mann, der sie durch irgendeinen Trick verführt hatte, so wie Karl in Amsterdam. Aber die Situation hier war allein ihre Sache, voll und ganz. Sie hätte das leicht und jederzeit abbrechen können.

»Ist das ein Hotel?« fragte sie und horchte ängstlich, ob sie irgendwelche Stimmen hören könnte.

»Mehr oder weniger.« Wolfs Stimme klang seltsam, angespannt. »In diesen kleinen Städten gibt es oft keine richtigen Hotels – man geht in eine Bar und fragt nach freien Zimmern.«

Ein dicker burgunderroter Läufer lag auf der Treppe. Phoebe schluckte und schaute Wolf an und war überrascht und erleichtert, daß sich ihre Panik so deutlich in seinem Gesicht spiegelte. Er war ja vielleicht ein erfahrener Mann, aber damit hatte er doch nicht gerechnet. Das war etwas völlig Fremdes. Er ging zögernd auf sie zu, legte die Hände auf ihre Hüften. Sie küßten sich am Fuß der Treppe, es waren tiefe, saugende Küsse, die Phoebe am ganzen Körper zittern ließen und jeden Gedanken aus ihrem Kopf vertrieben. Wolfs Mund hatte einen frischen Geschmack, fast so süß wie der Mund eines Kindes. Er zog Phoebe an sich, grub sein Gesicht in ihren Hals, bis sie zurückfuhr und einen kurzen Schrei ausstieß. Wolfs Hände zitterten; Phoebe spürte das Pulsieren seiner Erektion an ihrer Hüfte.

»Komm«, sagte er. Sie gingen Hand in Hand über den Läufer nach oben, nahmen immer zwei Stufen auf einmal. Sie standen direkt vor der Tür, als sie oben waren. Wolf sperrte sie schnell auf. Das Zimmer roch nach Zedernholz. Ein großes Bett stand neben einem Fenster, das auf den Hof hinausging. Das Licht des Sonnenuntergangs strömte herein, wirkte anstößig nach der düsteren Stille der Eingangshalle. Phoebe hörte das Geräusch des Fußballs. Sie schloß die Tür hinter sich und sperrte ab, während Wolf die Jalousie herunterließ.

Sie zogen sich im Halbdunkel mit einer Hast aus, die an Unglück denken ließ, an eine Katastrophe. Phoebe hatte Angst davor, Wolf anzuschauen. Sie waren nackt, hielten sich in den Armen, atmeten heftig. Seine Haut war heiß. Plötzlich hob er Phoebe hoch, trug sie zum Bett, legte sie vorsichtig hin und fiel dann über sie her wie ein Verhungernder. Es gab gar keine Wahl. Phoebe schloß die Augen. Als sie sie wieder öffnete, starrte Wolf ihr Gesicht an, als zwinge er sich dazu, zu sehen, was er tat, so als könne ihn das aufhalten.

Sie hatte diesen Schmerz nicht erwartet, diesen fürchterlichen, reißenden Schmerz in der Magengrube. Phoebe zuckte zusammen und schrie, und jetzt wußte es Wolf also, aber sie hätte nicht sagen können, ob er überrascht war. Einen Augenblick später schrie er selber, auf dem Gesicht ein starrer, qualvoller Ausdruck, dann sank er auf Phoebes Körper, als wäre er kaum noch bei Bewußtsein. Noch lange danach war der Schmerz das einzige, woran sie denken konnte.

Als es dunkel wurde, horchte Phoebe auf die Geräusche, die vom Platz heraufkamen, wo die Tische fürs Abendessen gedeckt wurden. Man konnte die Geräusche gut unterscheiden, die durchs Fenster kamen: Teller, Besteck, Stühle, die auf Backstein kratschten. Ein Schwall von italienischen Sätzen, jede Unterhaltung wie der Austausch leidenschaftlicher Ultimaten. Die Geräusche waren als leichtes Echo wieder zu hören, zurückgeworfen von der riesigen Leere, die den Platz umgab.

Die Bettlaken fühlten sich auf Phoebes Haut steif an, als wären sie in der Sonne getrocknet worden. Sie lag mit dem Gesicht zum Fenster auf der Seite, nur ihre Füße berührten Wolf. Sie dachte, er schlafe vielleicht. Das Bild, wie sie als kleines Mädchen auf seinen Schultern geritten war, kam ihr immer wieder in den Kopf, und diese Erinnerung erfüllte sie mit Schrecken.

»Hey«, sagte er leise. »Wie gehts dir denn?«

Phoebe drehte sich zu ihm um. Wolf lag auf dem Rücken und schaute zur Decke hoch. Er hatte sich das Laken bis zum Hals hochgezogen.

»Ich weiß nicht«, sagte sie. »Ich fühl mich komisch.«

»Das kann ich verstehen.«

Sie sagten lange nichts. Phoebe geriet in Panik. »Was denkst du denn jetzt?« Sie wollte, daß er etwas sagte.

Er stieß ein fast unhörbares Lachen aus. »Ich glaub, ich hab den Verstand verloren.«

»Ist das schlecht?« sagte sie leise.

Wolf drehte sich auf die Seite, schaute sie jetzt an. Die Zärtlichkeit in seinen Augen war beruhigend. Das überraschte Phoebe. »Ich bin mir nicht sicher, ob Begriffe wie gut und schlecht hier eine Rolle spielen«, sagte er.

Unten setzten sich Leute zum Essen. Phoebe hörte Gelächter, dann roch sie leichten Zigarettenrauch.

»Es war wohl unvermeidlich«, sagte Wolf, als würde er laut denken. »Es gab einfach keinen Ausweg. Ich hab versucht, einen zu finden, aber es gab keinen.«

»Das stimmt«, sagte Phoebe. »Ich hab es auch versucht.«

»Das hast du nicht.« Er grinste.

»Doch«, sagte Phoebe empört. »Ich wollte ja gehen.«

»Das stimmt«, sagte Wolf nachdenklich. Er war jetzt wieder ernst. Einen Augenblick darauf sagte er: »Ich hab solche Angst gehabt, daß dir etwas passieren könnte.«

Es war, als würde dieser Satz noch einmal als Echo zurückkommen. Und es war ihr ja auch etwas passiert.

»Hör mal«, sagte Wolf und stützte sich auf die Ellbogen. »Wir können aufstehen und gleich weiterfahren, unsere Sachen sind ja alle im Wagen. Das Ganze ist dann eben eine von diesen Geschichten, durch die wir einfach durch mußten, weil wir keinen Ausweg gefunden haben.«

Phoebe nickte aufmerksam, als würde sie irgendwelche Instruktionen entgegennehmen. »Okay«, sagte sie. »Das klingt gut.«

Sie lagen ruhig da, schauten sich an. Aufstehen und wegfahren? Wolfs Blick glitt besorgt über Phoebes Gesicht, und plötzlich spürte sie es wieder, etwas, das durch den Schmerz hindurchging, einfach durch, daran vorbei, bis der Schmerz nur noch ihre Sehnsucht steigerte. Sie rückte an Wolf heran, und er küßte sie, zuerst vorsichtig, dann heftiger, und seine Hände hielten ihren Kopf. Er hatte wieder eine Erektion – hatte vielleicht schon die ganze Zeit, während sie miteinander redeten, eine gehabt. Phoebe war überwältigt von dem Gedanken, daß Wolf sie wieder, noch einmal, wollte, aber sich zurückhielt und ihr die Entscheidung überließ. Ängstlich, neugierig, ließ sie ihre Hand nach unten gleiten und berührte ihn. Sie wußte überhaupt nichts über den Körper von Männern. Die Wirkung ihrer Berührung war eindrucksvoll: Es war, als könne Wolf nicht mehr atmen. Er legte sich auf den Rücken, zuckte zusammen, und seine Augen schlossen sich. Seine Hand legte sich zögernd um Phoebes Hand, führte sie, und auf seinem Gesicht lag ein gequälter Ausdruck, als sei er in einem wahnsinnigen Traum gefangen, aus dem er nicht ausbrechen konnte. Er stieß Laute aus, die von tief innen kamen, als würde Phoebe seine Seele berühren. Bald begann er, ihre Hand festzuhalten, ließ sie da, wo sie war, ließ aber nicht zu, daß sie sich bewegte; sie lagen minutenlang in tiefem Schweigen da, Wolfs Hand lag auf ihrer Hand, sein Herz schlug so laut, daß sie es hören konnte. Phoebe spürte, daß er am Rand einer quälenden

Lust stand und Angst hatte, sich fallenzulassen. Sie bewegte ihre Hand. Wolf hielt sie wieder fest. Aber einen Augenblick später machte sie weiter, ganz sanft, widersetzte sich seinem Widerstand. »Halt«, flüsterte er, die Augen immer noch geschlossen, dann noch einmal, heiser: »Halt!«

Neunzehn

Phoebe versuchte vergeblich, ihr Zeitgefühl nicht zu verlieren, den Ablauf der Tage im Auge zu behalten. Ihre Zeit bemaß sich jetzt nach den Reisen zwischen Sehnsucht und Erfüllung, die manchmal unbarmherzig kurz und dann wieder voll quälender Reglosigkeit waren. Die Ruhe danach dauerte nie lange. Dann wurde die Reise wiederholt, manchmal so oft an einem Tag, daß der Tag selber bedeutungslos wurde. Nach vier Tagen verlor Phoebe die Übersicht.

Komprimierte Zeit. Sie hatte das Gefühl, daß sich die Zeit, ihr Leben, ineinander schob, daß sie jetzt älter war als letzte Woche, oder gestern oder sogar an diesem Morgen, bevor die Sonne ihre träge Bahn über dem Bett zog.

Sie und Wolf verließen das Zimmer nur selten. Wenn der Hunger sie hinaustrieb, dann aßen sie gierig in einem der drei Restaurants der Stadt, während ihre Blicke sich über einem weißen Tischtuch nicht losließen und sie ihre Füße auf dem Schoß des anderen liegen hatten. Sie aßen Pilze so groß wie Steaks, schmelzende Gnocchi mit Pesto; sie spülten Lamm und Kalbfleisch und Ossobuco mit Chianti hinunter. Phoebe entwickelte eine Vorliebe für das einfache, ungesalzene toskanische Brot, das ganz wunderbar zu dem trockenen, würzigen Käse paßte, der oft aufgetischt wurde. Wenn sie satt waren, gingen sie direkt in ihr Zimmer zurück und zogen sich aus.

Oft fanden sie es zu umständlich, etwas zu essen. Phoebe nahm ab, ihre Hüftknochen und ihre Rippen waren deutlich zu sehen. Alles tat ihr weh, die Beine, der Rücken, der Unterleib, ihr ganzer Körper, der sich wie eine offene Wunde anfühlte. Aber dieser beständig spürbare Schmerz konnte ihr Verlangen nach Wolf keineswegs dämpfen, er steigerte das Fieber nur noch. Nie in ihrem Leben hatte Phoebe so sehr das Gefühl gehabt, daß sie und ihr Körper zusammengehörten, und doch war gleichzeitig die Distanz nie größer gewesen. Sie kam sich vor wie eine Zuschauerin, die ihren Körper mit ungläubigem Staunen betrachtete, als sei er ein wildes, verwundetes Tier, das einen Anfall hatte – und sie tröstete und pflegte jetzt dieses Tier.

Redewendungen und Satzfetzen, die sie gehört oder gelesen hatte, kamen ihr dauernd in den Kopf: »Ich zerging unter seiner Berührung«, »wir konnten nicht voneinander lassen«, »verzehrt von Leidenschaft«, lauter Klischees, die bei Phoebe immer noch Hohn und Verachtung auslösten, aber keine Skepsis mehr. Noch im tiefen Schlaf hatte sie schon Sehnsucht nach Wolf; wenn sie am Morgen aufwachten, waren sie schon ineinander verschlungen, und danach schliefen sie erschöpft wieder ein, ohne daß sie ein Wort gesprochen hatten. Ihr Verlangen wurde von Tag zu Tag heftiger, manchmal war es, als seien nur Minuten vergangen, seit sie hilflos und erschöpft auf dem Himmelbett, das ihr Haus war, zusammengebrochen waren, und schon schaute Phoebe Wolf wieder an, schämte sich beinahe, bis er sie mit derselben Bereitschaft, die auch sie spürte, an sich zog.

Zuerst war sie schüchtern gewesen. Sie wußte nichts, absolut nichts über Sex, hatte immer gedacht, daß man dafür bestimmte Dinge beherrschen mußte wie beim Golf oder beim Tennis. Aber Wolf fand anscheinend gerade Phoebes Unerfahrenheit erregend, weil er wußte, daß sie diese Dinge zum allerersten Mal spürte und erfuhr – mit ihm. Am schwersten war es für Phoebe, nicht zu denken, sich nicht zu schämen, und es half ihr, daß die Zeit komprimiert war, sich ineinander geschoben hatte. Es machte Phoebe schon bald nichts mehr aus, in Gegenwart von Wolf einfach nackt dazuliegen, und sie genierte sich auch nicht mehr, wenn sie irgendein peinliches Geräusch machte oder schrie. Es gab Augenblicke, in denen sie eine Art Verrücktheit an sich wahrnahm, die alle Regeln bürgerlicher Selbstbeherrschung auslöschte. Sie wollte mehr, alles; sie wollte sterben. Hinterher fand sie diese Zustände immer erschreckend. Das war nicht ich, dachte sie dann.

So verzehrend war ihr erotisches Leben, daß ihm alles andere unterworfen war. Denken, reden – das alles begann im Bereich des Körperlichen und führte unweigerlich wieder dahin zurück. Phoebe nahm an, daß Wolfs Verlobung mit Carla gelöst war, aber er hatte nicht darüber geredet, und sie fragte ihn nicht danach. Die Heftigkeit ihres körperlichen Begehrens brachte alles andere zum Verschwinden – sogar Faith verblaßte daneben. Phoebe merkte, daß sie ganze Stunden lang nicht an ihre Schwester dachte, manchmal sogar einen Tag lang nicht. Nachts lag sie wach im Bett und horchte auf die vielen Echos in der stillen Landschaft, dachte dann immer, daß nichts außerhalb dieses Zimmers auch nur halb so wirklich war wie das, was im Zimmer geschah.

Die vollkommensten, reinsten Augenblicke zwischen ihr und Wolf waren die Augenblicke der Ruhe, in denen sie Kraft schöpften. Sie lagen vollkommen still nebeneinander, schauten sich erschöpft an, und es war, als könne niemals irgend etwas sie trennen: Sie konnten sich so frei und ungehindert ineinander auflösen, sich gegenseitig durchdringen wie Fische, die durch die Fenster versunkener Schlösser schwammen. Aber das Verlangen machte den Abstand zwischen ihnen wieder sichtbar, es reizte sie, ließ nicht locker, stichelte sie beide, so daß sie sich wieder auf die furchtbare Reise machten, an deren Ende ihre Vereinigung stand.

Sie ließen ihr Fenster offen, damit das Sonnenlicht ins Zimmer kam, frische Luft und Geräusche vom Platz. Aber es gab Zeiten, wenn sie nach draußen gehen mußten, »eine Zeitlang senkrecht sein« mußten, wie Wolf das ausdrückte. Am Stadtrand gab es eine Turmruine, und sie stiegen zu dem moosbedeckten obersten Geschoß hinauf und schauten auf die wilde Landschaft hinunter, die sich vor ihnen ausbreitete. Wenn sie Wolf angezogen sah, draußen in der Welt des alltäglichen Lebens, war Phoebe oft ganz bestürzt darüber, wie wenig er körperlich von den Dingen gezeichnet war, die sich zwischen ihnen abgespielt hatten. Manchmal war es so, als könnten ihre Körper gleich Stück für Stück auseinanderfallen, aber jetzt, hier draußen, waren sie völlig unversehrt. Sie waren ein bißchen wacklig, ihre Lippen waren ganz leicht blau unterlaufen, aber es gab keine Verletzung an ihnen, die ihnen für immer bleiben würde. Wenn sie ab jetzt ihrer Wege gingen, dann gäbe es keine Spuren an ihnen, keinen Beweis. Das beunruhigte Phoebe.

Während der Aufenthalte in der äußeren Welt achteten sie darauf, daß sie sich nicht berührten; in ihrem gegenwärtigen Zustand genügte auch schon der kleinste Anlaß, um sie beide zu erregen. Ein Kuß bedeutete den sicheren Untergang. Es kam mehr als einmal vor, daß sie ihre Höhle erst ein paar Minuten verlassen hatten und gleich wieder den Mut verloren und schnell zurückgingen. Nach diesen Fehlstarts war Phoebe immer ein bißchen gereizt, weil sie sich dann von der heiteren, sorglosen Welt ausgeschlossen fühlte, deren Geräusche zum Fenster herein wehten.

»Wie unnormal ist das eigentlich alles?« fragte sie am dritten Tag, als sie in ihrem Bett lagen, das sie noch keine Viertelstunde zuvor sehr sorgfältig gemacht hatten. Draußen hatte es zu regnen angefangen. Sie hatten ihre Kleider noch an, wenigstens das meiste. Phoebes Magen war mit seiner Leere beschäftigt, kaute an etwas herum, das nicht existierte.

»Es ist schon eine extreme Sache«, sagte Wolf schläfrig. Die Haare auf seinen Beinen waren weich; es gefiel

Phoebe, daß die kräftigen, wie festes Holz wirkenden Knochen von so etwas Weichem eingeschlossen waren. Als sie sein Knie berührte, zuckte Wolf zurück.

»Komm, wir gehen essen«, sagte Phoebe und setzte sich auf.

»Man könnte so nicht leben, das ist sicher«, sagte Wolf und drehte sich auf die Seite, um sie anzuschauen.

»Dann hätte man wahrscheinlich einen Haufen Kinder.«

Er lachte. »Das würde dem Ganzen ein Ende machen.«

Sie hatten am ersten Tag zweimal miteinander geschlafen, bevor Wolf auf den Gedanken gekommen war, sie zu fragen, ob sie irgend etwas zur Verhütung unternehme. »Was ist, wenn ich ›nein‹ gesagt hätte?« stichelte Phoebe später, und er war verlegen, war selber ganz verblüfft, daß er daran nicht gedacht hatte.

»Ich hätte mich wohl darauf einstellen müssen«, hatte er gesagt.

Phoebe legte sich wieder hin. Es war ja so weit bis zum Restaurant; eine ganze Ewigkeit würde vergehen, bis das Essen vor ihnen stand. Der Regen klatschte auf das Backsteinpflaster vor dem Fenster, und ein frischer, feuchter Geruch kam durch das Fenster.

»Es ist nicht unnormal«, sagte Wolf. »Es passiert bloß nie.«

Er berührte ihren Bauch, der so leer war. Phoebe rückte an ihn heran. Sie konnte wohl bis morgen mit dem Essen warten. Jeden Morgen ging Wolf nach unten in eines der Restaurants und holte Cappuccinos und ofenwarme Brioches, die sie im Bett aßen. Sie hatten alles, dachte Phoebe; sie konnte warten. Der Geruch des Regens war selber schon eine ganze Mahlzeit.

Als sie am nächsten Morgen, ihrem vierten Tag, aufwachten, waren sie fest entschlossen, den Turm zu besichtigen, und waren auch ein ganzes Stück vor zwölf Uhr da. Meistens waren Touristen da, aber heute war es bewölkt, und alles war noch naß vom Regen, und niemand war gekommen. Phoebe und Wolf setzten sich nebeneinander auf einen mit feuchtem Moos gepolsterten Mauervorsprung und schauten nach unten. Ohne die Sonne wirkten die Hügel braun, fast wie geröstet. Phoebe freute sich, daß es hier so viele Zypressen gab, die Vincent van Gogh so gut malen konnte. Auf einmal war sie dabei, Wolf die erste sexuelle Empfindung ihres Lebens zu beschreiben, an die sie sich erinnern konnte; es gehörte zu der Offenheit, die sie gewonnen hatten, daß sie über jedes Thema, ausgenommen Carla und Faith, ganz selbstverständlich reden konnten. Sie sei acht oder neun Jahre alt gewesen, sagte sie, und sie sei bei einer Geburtstagsparty, einer Übernachtungsparty, auf einem Spielplatz eine Stange hochgeklettert. Es sei ihr so vorgekommen, als habe das Gefühl dabei überhaupt nichts mit ihren Armen zu tun gehabt. Sie habe in einer Art Verzückung immer wieder minutenlang an dieser Stange gehangen. Sie habe die anderen Mädchen gedrängt, es auch zu versuchen, und sie hatten es alle probiert, und es hatte ihnen soviel Spaß gemacht, daß die verdutzte Mutter des Geburtstagskinds sie am nächsten Morgen noch einmal zu diesem Spielplatz bringen mußte, bevor sie von ihren Eltern abgeholt wurden. Aber an dem Tag war es neblig, die Stange faßte sich ganz kalt an, und diesmal passierte nichts. Der Zauber war verschwunden.

Wolf hörte mit großer Neugierde zu. »War das so, wie wenn man kommt, dieses Gefühl?«

»Das weiß ich nicht mehr. Es hat so lange angehalten, wie man da hängen konnte.«

»Du hast viel Kraft in den Armen gehabt.«

Phoebe lachte. »Sie sind müde geworden«, sagte sie. »Aber dann bin ich öfter irgendwelche Stangen hochgeklettert und hab mehr Kraft in den Armen bekommen.«

»Wann hast du das zum letzten Mal gemacht?«

»Ach, das ist lange her. Ab einem bestimmten Punkt wirkt es ja ein bißchen schräg«, erklärte sie. »Ich meine, mit sechzehn kommt man ja mit den Füßen auf den Boden.«

»Mit sechzehn ist man reif für das Ding an sich. Die richtige Stange«, sagte Wolf lachend.

Phoebe ließ die Beine schwingen. Wolf nahm ihre Hand und führte sie an seine Lippen. »Wir sind jetzt ganz brav«, sagte er.

Weil niemand sonst auf dem Turm war, küßten sie sich. Es machte ihnen etwas aus, sich in der Öffentlichkeit zu küssen, so als könnte jemand, der sie dabei sah, alles erraten. »Laß uns zurückgehen«, sagte Wolf.

Sie standen auf. Die braunen Hügel vor ihren Augen hoben und senkten sich. »Wieso denn nicht hier?« sagte Phoebe.

Wolf lachte, weil er es nicht für möglich hielt, daß sie

das ernst meinte. Aber Phoebe fand die Idee gut. Sie trug ihren langen Rock, wodurch alles ein bißchen einfacher wäre.

»Vergiß es. Hier kann jeden Augenblick jemand aufkreuzen«, sagte Wolf.

»Vielleicht gibt es ein Versteck.«

»Die stecken uns ins Gefängnis. Die sind doch alle katholisch.«

»Ich bin auch katholisch.«

Er lachte. »Gut, das ist ja beruhigend.«

Phoebe hörte ihm gar nicht zu. Eine schmale, halb verfallene Treppe führte zur anderen Seite der Mauer hinunter. Unten kam man auf ein Stück Boden, das spärlich mit Gras bewachsen war, und danach fiel der Berg plötzlich steil ab. An der Stelle, an der die Mauer einen Knick machte, entdeckte Phoebe, wonach sie gesucht hatte, eine Ecke, die man nicht einsehen konnte, außer man stand oben auf der Mauer oder man schaute von den Hügeln unten mit einem Fernglas herauf.

Wolf stieg hinter ihr her nach unten. »Wir könnten jetzt schon im Zimmer sein«, sagte er.

Phoebe nahm ihn bei der Hand und führte ihn in die verborgene Ecke. Weinflaschen lagen in dem Efeu, der den Boden überzog, ein Paar blaue Socken. Als sie sich küßten, spürte Phoebe, wie alle Verantwortung und Vernünftigkeit aus Wolf verschwanden, wirklich physisch verschwanden, als seien sie eine bestimmte Materie, und sie war ganz hingerissen davon, daß sie diese Macht hatte. Wolf lehnte an der Mauer, während Phoebe den Reißverschluß seiner Jeans aufmachte – er hatte immer

Witze über seine Dauererektion gemacht – und jetzt zog er bei der Berührung ihrer kühlen Hand die Luft ein. Der Akt selber war peinlicher, als sie gedacht hatte; da Wolf größer war, mußte er die Knie etwas abknicken, aber es machte ihm anscheinend nichts aus, als sie erst einmal in Fahrt waren. Phoebes Rock bedeckte sie praktisch beide – nur der vordere Teil war hochgeschoben. Wolf warf den Kopf zurück und stützte sich mit dem Hinterkopf an der Wand ab. Danach blieb er in dieser Haltung stehen, hatte die Augen geschlossen und den Hals entblößt, während sein Atem sich beruhigte. Etwas später legte er entkräftet die Arme um Phoebes Schultern und stützte sich bei ihr auf. »Ich bin weg«, sagte er.

Und das war er auch. Weg. Ganz aufgelöst – in ihr. Im Bett nahm er Phoebes langes Haar in beide Hände, kam ganz dicht an ihr Gesicht heran und beobachtete, wie ihre Augen sich bewegten. »Man tut, was man tut«, das war schon alles, was er als Erklärung äußerte, wenn es darum ging, was er alles dadurch gefährdete, daß er jetzt mit Phoebe zusammen war. Aber das war weniger eine Erklärung als ein Hinweis darauf, wie sinnlos es war, wie maßlos, eine Erklärung auch nur zu versuchen. Manchmal überkam ihn ein gewisser sarkastischer Fatalismus, eine vergrübelte Reizbarkeit, deren Grund wohl in der Überzeugung lag, daß alles verloren sei. Diese Stimmungen machten Phoebe zuerst angst, aber sie hatten nur eine Auswirkung, und die bestand darin, daß Wolf sich ihr mit noch größerer Selbstvergessenheit wieder zuwandte, so als würde er durch diese neuerliche

Hingabe an Phoebe beweisen, daß das – sie – den Verlust alles anderen wert sei.

Er schlug im Schlaf um sich, schrie manchmal vor Angst auf, aber Phoebe mußte Wolf nur in die Arme nehmen, um ihn von diesen Qualen zu befreien und ihm eine sehr viel köstlichere Qual zu verschaffen. Danach klammerte er sich immer noch an sie und fiel in einen tiefen, bewußtlosen Schlaf. Mit einer Hand hielt er wie ein ganz kleines Kind ihren Finger umklammert, und Phoebe blieb wach, solange es ging, bewachte seinen Schlaf und war ganz geborgen in dem Wissen, daß sie alleine die Macht hatte, ihn zu retten.

Irgendwann mußten sie wieder in die Welt zurückkehren, dachte Phoebe, aber wenn sie sich vorzustellen versuchte, wie sie und Wolf wie ganz normale Erwachsene zusammenlebten, dann stellte sich kein konkretes Bild ein. Aber das lag wahrscheinlich daran, daß alles so neu war, überlegte sie; obwohl sie das Gefühl hatte, daß eine Ewigkeit vergangen war, waren es in Wirklichkeit nur Tage gewesen. Sie brauchten Zeit, um sich daran zu gewöhnen, und sie würden genauso natürlich durch die späteren Phasen geführt werden, wie sie zu dieser ersten geführt worden waren. Außerdem hatte sich Phoebe ihre Zukunft ohnehin nie vorstellen können.

Als ein paar Tage vergangen waren, beschlossen sie, einen kurzen Ausflug zu unternehmen, einen Tagesausflug in die Welt, damit sie sich wieder daran erinnerten, wie es draußen zuging. »Wiedereingliederung«, sagte Wolf.

»Rehabilitation.« Er schlug Lucca vor, einen Ort, den er nicht kannte, der aber wohl sehr hübsch sein sollte.

Es war ein merkwürdiges Gefühl, wieder ins Auto zu steigen. Seit ihrer Ankunft seien eine Woche und ein Tag vergangen, sagte Wolf. Phoebe konnte sich das nicht vorstellen. Das Morgenlicht war eine Überraschung für ihre Augen. Olivenbäume blitzten silbern. Sie kam sich vor wie eine Kranke nach einer langen Genesungszeit. Die Unverwüstlichkeit der Welt beeindruckte Phoebe sehr, diese Fähigkeit, ungestört weiterzumachen, obwohl Phoebe ihr keine Aufmerksamkeit mehr geschenkt hatte.

Den Wagen durch die kurvigen Straßen zu manövrieren machte Wolf offensichtlich wieder heiter und unbekümmert. Phoebe fragte sich, ob ihm das gefehlt habe. Als sie zuletzt mit ihm gefahren war, da war es noch die Zeit davor gewesen, die Zeit, in der sie sich kaum gekannt hatten, wenn man es von jetzt aus betrachtete. Phoebe hatte das Gefühl, sie sollte sich jetzt anders verhalten, auf eine Art, die die Veränderungen zwischen ihnen widerspiegelte, aber sie wußte nicht, wie sie das anstellen sollte. Man konnte nicht jemandem die Hand halten, der dauernd schalten mußte.

»Glaubst du auch, daß das Schicksal war?« fragte sie. »Daß ich dich gefunden habe?«

»Es war Glück«, stimmte Wolf zu.

»Aber ich meine nicht Glück. Ich meine Vorherbestimmung.«

Sie erklärte, wie sie nach Europa gekommen war und gewußt hatte, daß es da etwas gab, das sie suchen mußte, wie sie sich abgestrampelt und alles mögliche versucht hatte, bis sie schließlich im Augenblick der größten Verzweiflung auf Wolf gestoßen sei.

»Ich versteh schon, was du meinst«, sagte er. »Aber sieht es hinterher nicht immer so aus, als habe alles so kommen müssen, wie es gekommen ist?«

»Deswegen weiß man doch, daß es so etwas wie Schicksal gibt.«

Er sagte nichts. Phoebe spürte, daß Wolf sie nicht beeinflussen wollte. »Du glaubst nicht daran«, sagte sie enttäuscht.

»Ich bin mir nicht sicher«, sagte er. »Ich hab das auch einmal geglaubt. Das war ja das Schöne dabei, wenn man high war, daß man alle diese Zusammenhänge spürte – eine Glocke läutet, das Licht fällt in einem bestimmten Winkel ein, ein Song im Radio, und du schaust dich um und denkst: Das ist mein Ding, das gefällt mir.«

Phoebe nickte zustimmend.

»Vielleicht ist es bloß langweilig geworden«, sagte Wolf. »Daß sich alles zu einem einzigen Muster zusammengefügt hat, die Buddhisten, die Ägypter, die Apachen, zum Teufel noch mal, warum denn nicht auch die Christen – es ist alles eine einzige tolle Kiste, Mann. Alles ist irgendwie spirituell ...«

»Hör auf.«

Sie hatte ihn erschreckt. »Ich mach mich über mich lustig, Phoebe«, sagte Wolf. »Nicht über dich.«

»Damals war alles viel spiritueller als jetzt. Punkt, fertig«, sagte sie.

Wolf schaute sie an. »Meinst du das absolut? Meinst

du, daß Gott damals gegenwärtiger war?« Er wirkte ungläubig, fassungslos.

»Seit wann bist du denn auf diesem Gebiet ein Experte?«

»Vergiß den Experten. Das ist reine Nostalgie: Man sieht jede Menge Sinn und Bedeutung, die man damals nicht gesehen hat.«

»Aber damals hat man doch den Sinn gesehen«, sagte Phoebe. »Die Glocke und diese ganzen Sachen – du hast das doch gerade gesagt.«

»Wir haben *gedacht*, wir sehen den Sinn.«

»Also, wenn du damals die Bedeutung und den Sinn gesehen hast, und wenn du sie jetzt im Rückblick siehst, wie kannst du dann sagen, daß sie in Wirklichkeit gar nicht da waren?«

»Ha«, sagte Wolf und grinste plötzlich. Sie sagten beide lange gar nichts. »Das Seltsame an dieser Zeit«, sagte er jetzt zögernd, »das Seltsame war, daß wir uns schon danach zurückgesehnt haben, während alles passiert ist. Ich glaube, das hing damit zusammen, daß wir uns die ganze Zeit selbst beobachtet haben, unter Drogen, diese ganze Geschichte, daß man sich von außen betrachten sollte, aber es hatte auch mit dem Fernsehen zu tun, mit der Presse. Wir waren überall, wir hatten Nachrichtenwert. Wir *waren* die Nachrichten. Alles, was wir machten, kam einem so groß vor, so unheimlich stark, fast als würde man es im Rückblick betrachten. Ich hab so was nie wieder empfunden, nicht davor und nicht danach. Das war nicht das wirkliche Leben. Und das ist wahrscheinlich der Grund dafür, warum es so toll wirkt.«

»Ich frag mich, wie wir eines Tages über das hier reden«, sagte Phoebe. »Ich meine, über das, was jetzt mit uns passiert.«

»Es ist gut, daß das passiert, was jetzt mit uns passiert«, sagte Wolf.

Es war ein seltsamer Augenblick, schwierig, gefährlich. »Vielleicht sagst du dann, es war Schicksal. Daß ich dich gefunden habe.«

»Schon möglich«, sagte Wolf.

In der Ferne erhob sich Lucca mit seinen dicken, mächtigen Mauern über der Landschaft wie eine riesige Festung. Phoebe und Wolf ließen den Volkswagen draußen vor den Wällen stehen und gingen Hand in Hand in die Stadt.

Innen zog sich üppiger Rasen auf gleicher Höhe an der Mauer entlang wie ein smaragdgrüner Burggraben, der am Überfließen war. Man hatte einen guten Blick auf die trockenen Hügel in der Umgebung. Ich bin hier mit meinem Lover, dachte Phoebe und wollte, daß jemand sie sah, als ob die Gegenwart eines Zeugen endgültig die Bindung zwischen ihr und Wolf besiegeln würde.

An den engen Straßen reihte sich Villa an Villa. Jahrhundertelang, sagte Wolf, hätten die reichen Florentiner in Lucca ihren zweiten Wohnsitz gehabt. Die Umgebung war voller alter Villen, von denen einige zu Museen umgebaut worden waren. Phoebe fielen die Rolex-Uhren in den Schaufenstern auf.

Sie blieben an einer schönen Kirche mit dem Namen

San Michele in Foro stehen, deren Fassade mit winzigen Tierskulpturen geschmückt war. In der Kirche entfernte Wolf sich von Phoebe und erkundete das Kellergewölbe. Phoebe beobachtete ihn, stellte Vergleiche mit den anderen männlichen Touristen an, die alle sehr günstig für Wolf ausfielen. Sein Gang gefiel ihr besonders, er war gleichzeitig sportlich und elegant, das Gegenteil des Affengeschlurfes der Sportler an der Schule. Ob nackt oder angezogen, Wolf ging immer so. Mein Lover, dachte Phoebe, aber das Wort paßte irgendwie nicht. Sie hatte es zu oft an der Schule gehört, wenn Mädchen damit angeben wollten, daß sie mit ihren Freunden schliefen. Wie nannte man das denn – das, was sie und Wolf miteinander hatten? Phoebe beobachtete ihn, wie er sich zurückbeugte, um sich ein Relief der Madonna mit dem Kind anzuschauen, und einen Augenblick lang sah Wolf aus wie ein Fremder, ein Mann, auf den sie keinen Anspruch hatte. Unruhig wartete Phoebe an der Tür darauf, daß er fertig wurde.

Draußen auf der Straße war Wolf ganz still. Phoebe spürte, daß seine Gedanken sich weit von ihr entfernten, aber sie wußte nicht, wie sie ihn wieder zurückholen sollte. In der Abgeschiedenheit ihres Zimmers hätte sie sich einfach im Bett herumgedreht und sich an ihn geschmiegt, oder sie wäre aufgestanden, um zu duschen, ein Glas Wasser zu holen, und wenn sie dann zurückkäme, würde er sie schon erwarten. Aber wenn es das nicht gab, dieses Körperliche, dann fühlte Phoebe sich machtlos. Während sie durch die Straßen gingen, liefen in Phoebes Kopf verzweifelte Dialoge ab: Waren Schwankungen in einer Beziehung denn nicht normal? Waren sie denn nicht deswegen hierhergekommen, um die Intensität zwischen ihnen ein bißchen abzubauen, zu lindern, sich wie zwei normale Menschen in der Welt zu bewegen? Aber die Welt war eine zu starke Ablenkung, war wie ein dauerndes Geräusch, wie eine atmosphärische Störung, die sich zwischen sie schob. Phoebe wußte nicht mehr, was sie sagen, wie sie sich Wolf gegenüber verhalten sollte. Es gab zu viele Themen, die nicht berührt werden durften.

Sie gingen zum Mittagessen. Das Restaurant sah aus wie ein Kloster; im Hof plätscherte ein Springbrunnen. Ein Kellner löste mit großartigen, eleganten Bewegungen die Gräten aus ihrem gegrillten Fisch. Die anderen Gäste waren ältere, reichlich mit Schmuck behängte Leute. Phoebe und Wolf amüsierten sich darüber und lächelten sich an. Trotzdem war da dieses Schweigen, das ihnen zu schaffen machte. Worüber hatten sie denn sonst geredet? Oder hatte es das schon immer gegeben, dieses lange Schweigen, und es war Phoebe nur nicht aufgefallen, weil sie zu glücklich gewesen war? Das Bewußtsein der Dinge, die Wolf ihretwegen aufgegeben hatte, bedrängte Phoebe jetzt; sie empfand plötzlich die lähmende Pflicht, dafür zu sorgen, daß jeder Augenblick, den sie mit Wolf zusammen war, sich für ihn auch lohnte. Wolf verschränkte die Arme. Sie sah die Anspannung in seinem Gesicht, und er lehnte sich in seinem Stuhl mit einer lässigen Entspanntheit zurück, von der Phoebe wußte, daß sie gespielt war.

»Woran denkst du gerade?« fragte sie, weil sie das Schweigen nicht mehr ertragen konnte.

Sie hatte zu laut gesprochen. Wolf zuckte zusammen, aber Phoebe redete schnell weiter, bevor er antworten konnte. »Du denkst an Carla, ja? Und wenn es so ist, dann sag es doch!«

Wolf wollte etwas sagen und unterbrach sich dann. Phoebe sah den Schmerz auf seinem Gesicht und bekam Angst und sagte jetzt Dinge, die einfach aus ihr heraussprudelten. »Willst du sie anrufen?« schrie sie. »Das solltest du vielleicht auch tun! Geh, ruf sie doch an! Mir macht das nichts aus.«

»Das täte ich meinetwegen, nicht ihretwegen«, sagte Wolf leise. Phoebe sah, daß sie ihn zornig machte.

Ein altes Gefühl kam wieder hoch: Es war, als sei Carla mit am Tisch, als würde sie zwischen ihnen sitzen und eine Zigarette rauchen. Phoebe spürte einen heftigen Drang danach, alles in den Griff zu bekommen und zu verstehen. »Hast du Schuldgefühle?« sagte sie. »Ist das dein Problem?«

Wolf fuhr sich mit zitternden Händen durch die Haare. »Ich bin durcheinander«, sagte er. »Okay? Ich bin einfach nur durcheinander. Es wäre eine große Hilfe, wenn du dich einen Moment lang beruhigen würdest.« Er selber war alles andere als ruhig. »Jedenfalls spielt Schuld hier keine Rolle«, sagte er. »Man tut, was man tut, das ist das einzige, was zählt.«

»Das sagst du immer.«

Wolf schaute sie an. »Treib mich doch nicht so in die Enge, Phoebe. Mein Gott.«

Er wandte seinen Blick ab. Phoebe stellte sich vor, daß es ihm lieber gewesen wäre, sie wäre gar nicht da, und sie dachte kurz daran, daß sie vielleicht eine Szene machen sollte wie im Kino, ihm eine Beleidigung ins Gesicht schleudern oder den Tisch umkippen sollte. Aber statt dessen dachte sie an Carla, die alleine in der Münchner Wohnung war und nichts hatte außer dem hübschen Diamanten an ihrer Hand. Aus Phoebes Empörung wurde Mitleid. »Also, ich hab jedenfalls Schuldgefühle«, sagte sie.

»Das ist doch lächerlich«, sagte Wolf.

Als er Phoebe anschaute, sie wirklich anschaute, sah sie, daß hinter seinen Augen etwas fast zufällig verschwand. Als Phoebe das jetzt sah, beruhigte sie sich. Solange das so war, mußte sie nichts befürchten.

»Du mußt keine Schuldgefühle haben«, sagte Wolf. »Bitte.«

»Okay.«

»Vergiß das alles, okay?«

»Und vergißt du es auch?«

»Ja«, sagte Wolf. »Ich geb mir Mühe.«

Jetzt waren sie wieder sie selber. Es war eine große, wunderbare Erleichterung. Phoebe wagte es endlich, aufzustehen und auf die Toilette zu gehen. Als sie zurückkam, faßte Wolf sie um die Taille und drückte das Ohr an Phoebes Bauch, als wolle er das Rauschen des Meeres hören. Phoebe spürte, daß etwas in ihr sich lockerte, als wäre ein Knoten durchtrennt worden. Das Blut schoß ihr in die Wangen.

Draußen war schon überall Siesta. Die Rolläden waren heruntergelassen. Phoebe konnte an nichts anderes denken, als sich mit Wolf irgendwo hinzulegen; das Essen, der Wein, sogar der Streit zwischen ihnen hatten diesen Wunsch nur gesteigert. Ihr Verlangen wuchs, bis sie nichts mehr wahrnehmen konnte als den Klang von Wolfs Schritten neben ihr. Wie lange konnte es wohl dauern, bis sie wieder in ihrem Zimmer waren? Stunden, dachte Phoebe, Stunden über Stunden, und das brachte sie fast zum Weinen. Sie quälte sich mit Erinnerungen an Augenblicke, in denen sie zusammen waren, gestern, heute früh, und eine verrückte Klarheit überkam sie. Nichts zählte mehr, nur noch das. Und sie wollte es wieder haben, wieder erleben. Zum Teufel mit Carla und den ganzen anderen Sachen.

Sie blieben in einer Sackgasse stehen. Wolf schloß die Augen und küßte Phoebe, als wolle er etwas aus ihr herausholen, etwas, das tiefer als ihr Mund oder ihr Hals war – etwas aus ihrer Lunge, ihrem Herzen, ihrem Magen. Phoebe schaute zu den hohen Häusern hinauf, deren grüne Rolläden geschlossen waren. Sie und Wolf zitterten, sogar ihre Lippen zitterten. Sie bedauerte, daß sie nicht wie neulich einen Rock anhatte. Das hier war eine Qual, als müsse man unbedingt pinkeln und könne nicht weg. Sie hatte einmal deswegen ein paar Skier verloren, hatte sie im Schnee liegenlassen, und als sie wieder von der Toilette zurückgekommen war, waren die Skier weg. Hinterher hatte sie gelogen und erzählt, jemand habe das Schloß geknackt, während sie beim Essen gewesen sei. Sie hatte sich ihrer Verzweiflung geschämt. Jetzt waren ihre Hüften fest gegen die Hüften

Wolfs gedrückt. Als Phoebe seinen Hals küßte, zuckte er zusammen. »Komm, wir suchen uns ein Zimmer«, sagte er.

Sie waren vor dem Essen an einem Hotel vorbeigekommen. Und jetzt gingen sie dahin zurück, ohne zu lächeln, wie zwei Diebe, die ein Fenster erreichen müssen, bevor der Alarm losgeht.

Wolf erledigte die Formalitäten an der Rezeption, und sie rannten die Treppen zu ihrem Zimmer hinauf. Es war ein schickes Hotel. Wolf hatte Schwierigkeiten mit dem Schlüssel, aber schließlich ging die Tür doch auf. Phoebe nahm irgendwie verschwommen Gold und Samt wahr, aber die Rolläden waren heruntergelassen. In dem Augenblick, in dem sie nackt waren, nahm sie Wolfs Penis in den Mund. Davor hatte sie bis jetzt Angst gehabt – Angst, sie könne ersticken oder sich im Hals verletzen, aber genau diese Angst stachelte sie jetzt an, sie wollte jetzt mehr. Phoebe schloß die Augen und bewegte sich in gleichmäßigen, langsamen Zügen. Wolf lag ruhig unter ihr da. Er wartete nach jedem Atemzug lange, bis er wieder atmete, und plötzlich schüttelte es seinen ganzen Körper, und er schrie so laut, daß Phoebe sicher war, sie hätte ihn verletzt – sie hörte auf, spürte einen sehr kräftigen Geschmack im Mund, eigentlich keinen unangenehmen Geschmack, aber kräftig, zu kräftig, sie schluckte schnell, um das loszuwerden. Aber der Geschmack blieb im Mund, und aus irgendeinem Grund fing Phoebe an zu weinen und streckte sich schluchzend neben Wolf aus. Er lag da wie ein Toter. Als Phoebe ihn nach einer langen Zeit anschaute, sah sie, daß ihm Tränen aus den Augenwinkeln liefen, langsam und gleichmäßig, als kämen sie aus einer Quelle von ganz innen. Seine Brust zitterte, wenn er atmete, aber er ließ die Augen zu und sagte nichts. So lagen sie eine Zeitlang da. Im Zimmer lag ein Gefühl von Hoffnungslosigkeit. Aber sogar jetzt, sogar mitten in dieser Hoffnungslosigkeit, wollte Phoebe immer noch mehr; sie bestand aus zwei verschiedenen Menschen, der eine war am Verzweifeln, und der andere war gierig und ordinär und explodierte vor Freude, als Wolf sich wieder aufraffte und sie mit seinem Mund liebkoste – diese Gefühle waren mörderisch, unerträglich, sie kam fast sofort, es war, als würde man einen Schlag auf den Kopf bekommen und sofort das Bewußtsein verlieren. Danach lag sie da, als sei sie vollkommen zerstört, und die Wendung »Krankheit zum Tode« ging ihr durch den Kopf, kam von irgendwoher; sie schwebte, sie trieb dahin, war frei von allem, sogar von Wolf. Gott sei Dank gab es diese Augenblicke der Ruhe, die allerdings nie lange genug dauerten; bald schon setzte dieses unvermeidliche Pochen wieder ein wie Zahnschmerzen, zuerst ganz leicht, und dann schwoll es an, bis sie und Wolf sich wieder aneinander klammerten und er in sie eindrang, und es ihnen beiden fast den Atem verschlug, weil ihre Körper ihnen ganz wund vorkamen.

Danach lagen sie ineinander verschlungen da. Die Bettdecke roch nach Orangenschalen. Phoebe fragte sich, ob vielleicht irgendwo ein Duftsträußchen stand.

»Das ist nicht gut«, sagte Wolf entkräftet. Phoebe nickte. Sie hatte das Gefühl, als hätte jemand anderes sie beide mißbraucht, eine rücksichtslose, unersättliche dritte Person.

»Ich fühl mich richtig verrückt«, sagte Wolf tonlos. »Bei Gott, ich schwörs dir.«

Phoebe schaute ins Zimmer. Es war voller Schatten.

»Ich liebe dich«, sagte Wolf. »Ich liebe dich, Phoebe.« Er hatte das noch nie zuvor gesagt, obwohl Phoebe es schon viele Male zu ihm gesagt hatte. Er musterte sie mit einem leicht irren Blick, machte aber gleichzeitig den Eindruck, als würde er noch auf etwas anderes achten, ein Geräusch im Flur zum Beispiel. Phoebe horchte, hörte aber nur den leisen, noch undeutlichen Anfang des Pochens in sich wie drohende Schritte, die sich langsam näherten, und jetzt machte ihr das angst, ihr ganzer Körper schmerzte, und sie wollte nicht mehr, und sie wollte doch; ein Teil von ihr war immer leer.

»Ich liebe dich«, sagte Wolf zwischen Küssen. »Phoebe, ich liebe dich.« Sie schmiegten sich traurig aneinander, fast entschuldigend, wie Fremde, die sich mitten in einer Krise gegenseitig trösten.

Sie fielen in einen tiefen Schlaf. Als sie wieder aufwachten, war es schon lange dunkel. Der Tag war vorbei, und Phoebe wurde von einer schrecklichen Angst überschwemmt, etwas verpaßt zu haben. Sie überlegten, ob sie jetzt in der Dunkelheit zurückfahren oder bis zum Morgen warten sollten. Die Aussicht auf eine lange Autofahrt um diese Zeit war unangenehm, aber noch unangenehmer war der Gedanke, ohne Zahnbürsten und ohne sich umziehen zu können übernachten zu müssen. Ein Gefühl des Scheiterns hing im Zimmer wie ein Geruch. Phoebe wollte dieses Gefühl auf den jetzigen Tag beschränken, wollte verhindern, daß es auch den nächsten noch berührte.

Sie beschlossen zurückzufahren. Sozusagen nach Hause.

Das Badezimmer war mit marokkanischen Fliesen gekachelt. Große weiche Handtücher hingen zusammengelegt auf Stangen. »Was kostet dieses Zimmer eigentlich?« fragte Phoebe.

»Das ist das Schöne an Kreditkarten«, sagte Wolf. »Ich hab keine Ahnung.«

»Wir zahlen für die ganze Nacht, oder?« sagte sie. »Auch wenn wir jetzt fahren.«

Wolf lächelte erschöpft. »Ich würde sagen, wir sind auf unsere Kosten gekommen.«

In der Dusche seiften sie sich gegenseitig behutsam ein, und obwohl sie sich, wenn auch halbherzig, dagegen wehrten, drückten sie sich schon bald an die Fliesen, während heißes Wasser auf sie herunterprasselte. Wolf sah blasser aus als je zuvor. Phoebe fragte sich, ob es vielleicht gefährlich war, wenn man zuviel Samen verlor, entschied dann aber, daß jetzt nicht die Zeit war, danach zu fragen.

Wolf hatte sich ein Handtuch umgebunden und betrachtete seinen Bart im Spiegel über dem Waschbecken. Er hatte sich zweimal am Tag rasiert, damit seine Stoppeln sie nicht kratzten, hatte aber vom vielen Rasieren einen Ausschlag am Hals bekommen. Phoebe beobachtete ihn und erschrak über den Blick, den Wolf im Spiegel mit sich selber wechselte: eine kalte Mischung aus Bedauern und Starrköpfigkeit, der Blick eines Mannes, der glaubt, er habe sein Leben verpfuscht. Aber als sich ihre Blicke trafen, sah Phoebe die Zärtlichkeit wieder, diese Verletzlichkeit, die alles andere wegzuspülen schien. »Komm, ich trockne dich ab«, sagte er, und er machte das ganz sanft, trocknete Phoebes Schultern und Brüste ab, als würde er einem kranken Kind den Fieberschweiß abwischen.

Im Zimmer machten sie das Licht an. Es war ein sehr schönes Zimmer. Der Gedanke, daß sie es nicht wirklich ausnutzen konnten, ließ Phoebe nicht los. Überall lagen Kleidungsstücke herum, aber das Bett sah überraschend ordentlich aus.

»Gut«, sagte Wolf und schaute sich mit einem prüfenden Blick um, ob sie auch nichts dagelassen hatten. »Hier ist alles in Ordnung.«

Die Nacht war kühl und klar, kein Mond am Himmel. Das einzige Licht auf der leeren Straße kam von den Scheinwerfern ihres Autos. Phoebe fand, daß der glitzernde Himmel etwas Zufälliges hatte, als sei da oben eine wertvolle Substanz vergeudet worden.

»Ich hab eine Idee«, sagte Wolf, als sie schon ein ganzes Stück von Lucca entfernt waren. »Ich glaube, wir sollten aus Italien weggehen.«

Der Vorschlag kam für Phoebe völlig überraschend. »Wieso denn?«

»Weil ich glaube, daß wir hier irgendwie in der Luft hängen und daß das diese komische Wirkung auf uns hat.«

»Und was ist mit Corniglia?«

Wolf schaute sie an. Sie hatten den Ort schon seit Tagen nicht mehr erwähnt. »Willst du immer noch nach Corniglia?«

Phoebe zögerte. »Nein.«

»Dann müssen wir uns also fragen, was wir hier überhaupt noch machen?«

Sie schlängelten sich zwischen den dunklen Hügeln hindurch. Das Gefühl, das sie verband, war zerbrechlich, gefährlich. Sie hatten jetzt irgendeinen Mittelpunkt erreicht, ein Zentrum. »Wo könnten wir denn hinfahren?« fragte Phoebe.

»Irgendwohin. Nach Griechenland, Jugoslawien, meinetwegen nach Mozambique. Wir können fahren, wohin wir wollen –«

»Außer nach München.«

Wolf sagte nichts.

»Und was ist mit deiner Arbeit?«

»Ich hab noch ein paar unerledigte Sachen«, sagte er. »Ich mach das einfach – ich weiß nicht, aber ich komm da schon irgendwie raus.«

Phoebe hörte mit wachsender Bestürzung zu. Das alles war absolut nicht einleuchtend. Wolf redete, als seien sie auf der Flucht, als hätten sie vor, den Rest ihres Lebens davonzulaufen. Das war lächerlich. Er hatte das wohl auch gespürt. »Verdammt, ich weiß es nicht«, sagte er. »Ich weiß nicht, was wir machen sollen.«

Phoebe schaute aus dem Fenster. Die Landschaft flog vorbei. Es kam ihr wie Verschwendung vor, daß es soviel Landschaft gab. Die Welt ein zufälliger, überstürzt konstruierter Ort, ein Hügel hier, ein Stern dort. Sogar dieses Auto hier, in dem sie und Wolf saßen, raste unter einem sinnlosen Himmel dahin. Nichts war wichtig; alles konnte so sein, wie es war, oder auch anders.

Aber allmählich geschah etwas anderes. Während sie dahinfuhren, war es, als würden die blitzenden Sterne ihre Position verändern, sich vor Phoebes Augen wieder neu am Himmel ordnen, und plötzlich war ihr ihre Schwester, an die sie seit Tagen kaum gedacht hatte, wieder ganz nah. Faith kam einfach zurück. Sie war da, wurde immer deutlicher wahrnehmbar wie ein leichter Nebel oder wie eine Veränderung der Temperatur, bis Phoebe ihre Gegenwart überall spüren konnte: Sie saß zwischen ihnen in dem Volkswagen, schaute durch das Gewimmel der Sterne herunter, als sei dieses Auto, diese vorbeihuschenden Hügel – ganz Italien – in einem gläsernen Briefbeschwerer eingeschlossen, der auf Faiths Hand lag. Sie war wieder da. Aber sie war natürlich immer dagewesen. Mußte immer dagewesen sein, sich nur wieder einmal versteckt haben, um Phoebe ein Gefühl ihrer Abwesenheit zu geben. Sie war die ganze Zeit bei ihnen gewesen, zwischen ihnen, hatte sie einander in die Arme getrieben – es war verrückt, zu glauben, sie könnten sie zurücklassen, was für ein Wahnsinn! Und es war so eine Erleichterung, daß ihre Schwester wieder da war, daß sie wieder im Mittelpunkt der Welt war, daß die Welt ihre alte, vertraute Gestalt wieder annahm.

»Woran denkst du denn?« fragte Wolf.

»Daß wir nach Corniglia fahren sollten.«

Sie schwiegen lange. Phoebe fragte sich, ob Wolf gespürt hatte, daß ihre Schwester wieder zurückgekommen war. Es kam ihr jetzt so vor, als hätte er es gespürt – als hätte er die ganze Zeit gewußt, daß Faith da war, es aber geheimgehalten. »Ich glaub, du hast recht«, sagte Wolf resigniert.

Sie fuhren schweigend dahin. Während der Wagen in die Dunkelheit schoß, hatte Phoebe das Gefühl, vorauszurasen und die Zeit zu überholen, bis sie aus einer imaginären Zukunft auf diese Zeit mit Wolf zurückschaute, auf genau diesen Augenblick. Meine Zeit mit Wolf, würde sie dann denken, diese ersten Tage mit Wolf, und sie stellte sich jetzt schon vor, wie dann die Erinnerung sie überfallen würde wie ein sehnsüchtiges Ziehen im Hals, wenn sie an diese unwiderstehliche Gewalt und die wilde Zärtlichkeit zwischen ihnen denken würde und wie sie sich Sorgen um das Schicksal gemacht hatte und darüber, wie lange das mit ihnen wohl gehen würde. Diese Vorstellung überkam Phoebe mit der Gewalt einer Offenbarung: Sie würde dann irgendwo stehen und zurückschauen; sie würde ein Leben haben, auf das sie zurückschauen konnte. Bis zu diesem Augenblick hatte sie eigentlich nie daran geglaubt.

Als sie zurückkamen, parkten sie wieder draußen vor den Mauern der Stadt. Sie gingen Hand in Hand die steile Straße hinauf wie am ersten Tag. Die Stadt wirkte verlassen. Nur ein paar Katzen schlichen herum, rieben sich den Rücken an Hauswänden. Während sie dahingingen, spürte Phoebe, daß sie wieder in die Gegenwart zurückglitt, mit jedem Schritt wurde das deutlicher, obwohl alles von einer gewissen Wehmut, einem gewissen Heimweh getrübt war. Oder war das schon immer so gewesen?

Wolf sperrte die Haustür auf, hob Phoebe hoch und trug sie über den Läufer der Treppe zu ihrem Zimmer hinauf. Der Druck zwischen ihnen hatte nachgelassen, sie lachten jetzt, zogen sich gegenseitig aus und ließen sich auf das frisch gemachte Bett fallen. Phoebe schaute Wolf an, schaute in das Gesicht, in dem sie anscheinend jeden Gedanken lesen konnte. Und doch hatte er gewußt, daß Faith da war, hatte es die ganze Zeit gewußt und nichts gesagt.

Zwanzig

Es stellte sich heraus, daß man mit dem Auto nicht bis nach Corniglia fahren konnte. Dieses Küstenstück war so gebirgig, daß die Straßen alle ins Inland führten und nicht an der Küste entlang; es dauerte manchmal Stunden, wenn man von einer der kleinen Küstenstädte zur nächsten kommen wollte. Wolf und Phoebe hatten das in Pisa erfahren, wo Wolf den Wagen in einer Nebenstraße beim Bahnhof abstellte. Phoebe machte sich Sorgen um das Auto, weil Wolf ja soviel von Dieben geredet hatte. Aber jetzt war ihm das Schicksal des Wagens anscheinend gleichgültig.

In den Tagen seit ihrem Ausflug nach Lucca war Wolfs Angst davor, nach Corniglia zu fahren, immer deutlicher geworden. Es kam vor, daß Phoebe mitten in der Nacht aufwachte und er mit weit aufgerissenen Augen dalag und an die Decke starrte. »Was hast du denn?« fragte sie. »Was hast du denn?« Aber Wolf schüttelte den Kopf, schien selber nicht zu wissen, was los war. Wenn sie miteinander schliefen, war er von einer Wildheit, die ihr fast angst machte. Es war, als wolle er etwas erzwingen, als glaube er, wenn sie sich nur tief genug in diesem Augenblick auflösten, könnten sie beide die Freiheit gewinnen.

Phoebe beschäftigte der Gedanke an Corniglia auch, aber für sie war es eine spannende Ablenkung, ein Versprechen. Das Gefühl, daß eine Offenbarung bevorstand, war stärker geworden. Und sie und Wolf würden diese Offenbarung annehmen, es würde die Bindung zwischen ihnen endgültig besiegeln. Aber bei aller Vorfreude spürte sie kein Bedürfnis, sich auf den Weg zu machen. Tage vergingen. Schließlich sagte Wolf eines Tages noch früh am Vormittag: »Komm, wir fahren los. Heute noch. Damit wir das hinter uns haben.«

In Pisa waren sie in den Zug nach Genua eingestiegen. Es war ein Regionalzug, und das unzugängliche Corniglia gehörte nicht zu seinen vielen Haltestellen an der Küste; sie mußten eine Ortschaft weiter nördlich aussteigen, in Vernazza, und da übernachten. Es war schon kurz vor Sonnenuntergang. Der Zug war voller Leute aus Florenz, die ans Meer wollten. Phoebe und Wolf mußten stehen. Gruppen fröhlich lärmender Schulkinder waren im Zug und Hunderte von Halbwüchsigen mit Zigaretten im Mundwinkel, die aus den Fenstern hingen und sich mit schrillen italienischen Sätzen bombardierten. Phoebe beobachtete sie, war erstaunt von ihrer naiven Großtuerei, einer gedankenlosen Arroganz, die sie sich bei sich selber nicht vorstellen konnte. Sie beneidete sie. Aber gleichzeitig mischte sich in diesen Neid das seltsame Bedürfnis, diese Kinder zu schützen. Diese Kinder und ihre Unschuld.

Schließlich bekamen sie und Wolf zwei Fensterplätze. Es war schwierig, sich bei dem Krach im Zug zu unterhalten. Der Zug fuhr träge dahin, während die Sonne sich auf den Horizont senkte. In ihrem Abteil saßen auch noch zwei ältere Frauen mit ledriger Haut, die unaufhörlich Süßigkeiten aus ihren Strandtaschen holten und sie mit verstohlener Lust verschlangen. Noch bevor der Zug die Küste erreichte, ahnte Phoebe die Gegenwart des Meeres und spürte ein wildes Verlangen danach, es zu sehen, einfach zu sehen, wie das Wasser sich weit ausdehnte. Sie war es gewohnt, jeden Tag ihres Lebens den Ozean zu sehen. Aber erst jetzt ging ihr auf, wie sehr sie das vermißt hatte.

Phoebe hätte fast aufgeschrieen, als das Mittelmeer auftauchte. Es wirkte so zart, als könne man es zerreißen, eine dünne Stoffbahn aus blauer Seide, die der Himmel mit rosa Streifen überzog. Phoebe sah keinen Strand, spürte aber, daß da draußen einer sein mußte mit Badenden auf dem allmählich kühler werdenden Sand, und dann überkamen sie Erinnerungen an Mirasol, wenn sie nur zwei Blocks von Großmama und Großpapa O'Connors Haus entfernt am Strand spielte, während die Sommertage in schwüle blaue Nächte übergingen. In der Dämmerung glühte der Sand wie der Mond; sie und Faith und Barry konnten sich nie davon losreißen. Schließlich kam dann immer ihr Vater, um sie zu holen, und rief vom Holzsteg herunter: »Kommt jetzt, ihr Rasselbande, es wird dunkel.« Dann kam er zu ihnen herunter, »nur eine Minute« sagte er, eingelullt von dieser seltsamen Verzögerung, wenn die Welt trotz der Dunkelheit noch ganz erfüllt war von der Hitze des Tages. Er legte sich auf den Boden, kreuzte die Arme auf der Brust, und sie schaufelten Sand auf seine Füße und seine Beine, kreischten und klopften die Risse wieder fest, wenn er versuchte, sich zu bewegen. Sie schafften es oft, ihn bis zum Hals einzugraben, bevor ihre Mutter herauskam und in die Dunkelheit rief: »Gene? Kinder? Gene, ich hab gedacht, du wolltest sie holen.«

Phoebe saß aufrecht in ihrem Sitz. Sie hatte sich anscheinend schon seit Tagen an nichts erinnert. Es hatte nur Gegenwart gegeben, und jetzt hatte sie ein fast physisches Bedürfnis, sich treiben, sich einfach in die Vergangenheit fallenzulassen. Die »City of Fun« in Mirasol war den ganzen Sommer über geöffnet, und die meisten Besucher waren wohl Kinder von Marineangehörigen. Nach dem Abendessen gingen sie und Barry und Faith zusammen mit ihrem Vater oft noch in die »City of Fun«, und ihr Vater kaufte ihnen Eisgetränke in giftigen Farben, die einem in der Kehle weh taten, wenn man sie zu schnell trank. Phoebe schaute vom Riesenrad herunter auf das aufregend schwarze Meer und kam sich schrecklich erwachsen und erfahren vor, weil sie zur Schlafenszeit noch auf war und ihr Körper und alles in das schaurige bunte Licht des Vergnügungsparks getaucht war. Einer der Männer, die Jahr für Jahr da arbeiteten, hatte eine Pockennarbe im Gesicht, die so tief war, daß eine Murmel darin Platz gehabt hätte. Phoebe starrte ihn immer an, war ganz fasziniert von diesem Loch und dem Gedanken, wodurch es wohl entstanden sein könnte. Sie dachte auch außerhalb der Saison an ihn, stellte ihn sich mit seinem weißen Hemd vor, in dessen aufgerolltem Ärmel er immer seine Zigarettenschachtel stecken hatte. Wo wohnte er eigentlich? fragte sie sich. Was machte er noch, außer den Hebel umzulegen, damit die nächste Runde wieder losgehen konnte?

»Du siehst aus, als wärst du ganz weit weg«, sagte Wolf laut, um den Lärm des fahrenden Zugs zu übertönen. Er nahm Phoebes Fuß und legte ihn sich auf den Schoß. Die beiden naschhaften Frauen blinzelten verschwörerisch herüber.

Wolfs Hände fühlten sich auf Phoebes Knöchel warm an, aber ihre Gedanken beschäftigten sich mit etwas anderem. »Wolf?« sagte sie. »«Was ist eigentlich aus den Terroristen geworden, mit denen Faith in Deutschland zusammen war?«

Er schaute sie erschrocken an. Sie hatten schon zwei Wochen lang Faiths Namen nicht mehr erwähnt. »Sie sind tot«, sagte er. »Wenigstens die wichtigen Leute.«

»Und was ist mit dieser einen Frau?«

»Ulrike Meinhof? Die hat sich vor ein paar Jahren im Gefängnis aufgehängt.« Wolf sprach langsam, hatte die Augen zusammengekniffen. »Die anderen – Baader, seine Freundin Gudrun Ensslin, und noch einer, Raspe – die haben alle im Gefängnis Selbstmord begangen. Ich glaub, das war letzten Oktober – oder? Ja, letzten Oktober. Es ist oft behauptet worden, sie seien umgebracht worden.«

»Sie ist also zerschlagen worden, die Rote Armee?«

»Eigentlich nicht«, sagte Wolf. »Sie ist sogar ziemlich lebendig. Wieso, willst du beitreten?«

Phoebe lächelte. »Genau.«

»Letzten Herbst haben sie so einen Typ entführt, Hanns-Martin Schleyer, einen Industriellen. Sie haben drei Sicherheitsbeamte und den Fahrer umgebracht, nur um diesen Typ zu kriegen, haben ihn zwei Monate gefangengehalten, und als man ihn dann gefunden hat, war sein Gesicht entstellt, und er war mit drei Kugeln in den Hinterkopf erschossen worden.«

»Mein Gott.«

»Es heißt nicht umsonst ›Terrorismus‹.«

Phoebe wurde übel bei dem Gedanken, daß es zwischen einer solchen Tat und ihrer Schwester eine Verbindung geben sollte. Faith wäre auch übel geworden. »Das müssen ja richtige Monster sein, diese neuen Leute.«

»Ich weiß nicht, ob Monster der richtige Begriff ist. Das ist schon noch ein paar Stufen weiter.«

»Wenn Faith dabeigewesen wäre, hätte sie das verhindert.«

Wolf lachte. »Die gesamte deutsche Polizei hat versucht, das zu verhindern.«

»Aber Faith«, sagte Phoebe. »Ich meine, Faith! Als Barry einmal Schnecken vom Dach geworfen hat, hat sie mit Elmer's Alleskleber die Schneckenhäuser wieder zusammengeklebt, und die Schnecken haben überlebt. Glaubst du mir das nicht?« fragte sie und schaute ihn forschend an.

»Doch«, sagte er leise. »Sie hat mir diese Geschichte auch erzählt.« Einen Augenblick später sagte er: »Ulrike Meinhof ist immer noch eine Art Heldin in Deutschland. Eine Märtyrerin. Es sind hauptsächlich junge Leute, die sie verehren, aber auch Erwachsene.«

»Vielleicht war sie ja eine Heldin und Märtyrerin.«

»Vielleicht. Obwohl das schwer zu sagen ist – sie saß ja seit 72 im Gefängnis, da war eigentlich keine Zeit, großen Schaden anzurichten.«

»Wenn sie fünfzehn Leute umgebracht hätte, dann würden sich ihre Fans wahrscheinlich nach einer anderen Märtyrerin umsehen«, sagte Phoebe.

Wolf grinste. Es war das erste richtige Lächeln, das sie an diesem Tag an ihm wahrgenommen hatte. »Ironie«, sagte er. »Und das von den Lippen Phoebe O'Connors.«

»Siehst du, was du angerichtet hast?«

Sie fuhren an einer Küstenstadt nach der anderen vorbei: Viareggio, Lido di Camaiore, Marina di Pietrasanta, Marina di Massa. Phoebe konnte vom Zug aus die Strände nur selten sehen; aber es genügte schon, Palmen zu sehen, ein Stück eines pastellfarbenen Hotels. Der salzige Geruch der Luft vermischte sich mit dem Geruch von Pinien, der gar nicht zu ihm paßte. Phoebe reckte den Hals und sah ein Stück Meer, Boote, die auf dem Wasser hochstiegen und wieder sanken wie Knöpfe auf der Weste eines Schlafenden, und eine vertraute Erregung überkam sie, ein Gefühl, daß gleich etwas ganz Gewaltiges passieren würde. Trotz Wolfs Gegenwart hatte sie das Gefühl, allein zu sein, eine einsame Reisende. Das bekümmerte sie. Sie stand auf, kuschelte sich in seinen Schoß und zerdrückte dabei die deutsche Zeitung, die er in Pisa gekauft hatte. Wolf legte überrascht und glücklich die Arme um sie, und die beiden Damen im Abteil wandten sich verlegen ab.

Die Landschaft wurde bergiger, und sie fuhren durch Tunnel, durch die der Zug mit einem lauten Stampfen schnaufte, als müsse er sich in den Fels graben. Ein feuchter Luftzug wehte durch das Abteil. Phoebe ließ diese Zwischenspiele über sich ergehen und wartete ungeduldig darauf, daß das Meer wieder auftauchte. Im Halbdunkel hingen ihr Blick und der Blick Wolfs aneinander, bewegten sich im Rhythmus des Zugs, aber auch wenn sie lächelten, lag eine Spannung zwischen ihnen. Schließlich ging Wolf auf den Gang hinaus, um zu rauchen.

In La Spezia hatten sie lange Aufenthalt. Die Dämmerung war schon angebrochen, und die Luft war von einem leuchtenden Blau. Junge Mädchen in Sommerkleidern stiegen aus und wurden auf dem Bahnsteig von Männern umarmt, die viel älter waren als sie, weiße Schuhe trugen und Seidenschals um ihre gebräunten, schlaffen Hälse gebunden hatten. Phoebe hielt diese Männer zuerst für Väter, die ihre Töchter begrüßten, aber dann ging ihr auf, daß das natürlich nicht so war. Während die Mädchen ihre Kleider glattzogen und sich mit ihren dünnen Armen bei den Männern unterhakten, schaute Phoebe zu, war vollkommen gefesselt, weil das, was sie sah, etwas Verbotenes war, aber gleichzeitig eine geheimnisvolle Anziehung besaß.

Nach La Spezia kam ein wilderes Stück Küste. Der Zug war jetzt nicht mehr so voll. Wolf kam ins Abteil zurück. Er roch nach Tabak. »Wir sind schon fast da«, sagte er, setzte sich wieder und nahm Phoebes Hände, die sich eiskalt anfühlten. Er schaute sie lange an, schien etwas sagen zu wollen und sagte dann doch nichts.

»Ich bin gespannt, ob das ein hübscher Ort ist. Corniglia«, sagte Phoebe. Wolf ließ ihre Hände wieder los.

In Vernazza sprangen sie aus dem Zug, der kaum Aufenthalt hatte, bevor er sich wieder in den Berg bohrte. Die Stadt lag zwischen zwei Gebirgsvorsprüngen, die hellen Häuser waren zum Teil direkt auf die Klippen gebaut. Phoebe wartete mit dem Gepäck vor einer Bar, während Wolf sich nach Zimmern erkundigte. Eine unheimliche Art von Feststimmung beherrschte Vernazza, eine Mischung aus heftigem Gelächter und Musik, die man von da und dort hörte. Das orangefarbene Licht erinnerte an Karneval. Wolf kam mit einem Schlüssel in der Hand wieder auf die Straße, und sie gingen auf dem Kopfsteinpflaster einer steilen Gasse auf der Seeseite nach oben. Die Gasse war gerade so breit, daß zwei Leute nebeneinander gehen konnten.

Ihre Tür stand schon offen. In dem breiten Hausflur jagte ein Mann hinter einem kleinen, lockenköpfigen Mädchen her. Von ihren Beinen rieselte Sand auf die dunklen Fliesen; ihre Füße klatschten beim Laufen auf den Fußboden. Aus anderen Teilen des Hauses hörte Phoebe laute Unterhaltungen auf italienisch.

Das kleine Zimmer, das sie hatten, roch nach Ammoniak. Phoebe hörte Wasser spritzen und die spitzen Schreie des kleinen Mädchens, das gebadet wurde. Wolf machte die Fensterläden auf, und vom Meer kam ein feuchter Geruch herein. Vom Fenster aus hatte man einen Blick auf ein Geflecht von leeren Wäscheleinen, an denen viele feuchte Wäscheklammern hingen. »Was für ein sonderbares Haus«, sagte Phoebe.

Wolf lächelte schief und setzte sich aufs Bett. »Ich bin ganz deiner Meinung«, sagte er. »Gehen wir wieder.«

Phoebe setzte sich neben Wolf. Er umarmte sie, und sie war überrascht, daß sie nichts empfand, nicht das leiseste Begehren. Es war, als würde jemand ihr die Szene beschreiben und als höre sie mit distanziertem Interesse zu. Wolf ließ sie schnell wieder los. Er legte sich aufs Bett und verschränkte die Arme auf der Brust. Phoebe legte sich neben ihn. Sie spürte eine seltsame Distanz zu ihrem Körper, als seien die Qualen der letzten Wochen seine letzte Lebensäußerung gewesen und als sei sie jetzt davon befreit. Im Gegensatz dazu waren ihre Gedanken grenzenlos. Es war, als würden sie aus dem kleinen Gefäß von Phoebes Kopf ausbrechen. Explodieren. Sie schloß die Augen und ließ los.

»Phoebe?« sagte Wolf. Sie öffnete die Augen. »Bleib hier bei mir.«

»Ich bin doch da.«

»Nein, das stimmt nicht.«

Phoebe schaute ihn an. Sie sah Kummer in Wolfs Gesicht, etwas, das sich wie ein Schatten dicht hinter seinen Augen bewegte. »Phoebe?« sagte er.

Sie konzentrierte sich wieder auf sein Gesicht. »Was ist denn?«

»Rede mit mir. Sag mir, was los ist.«

»Ich weiß es nicht.«

»Sag mir, woran du denkst.«

»Daß wir hierhergefahren sind.«

Wolf setzte sich auf. »Mach das nicht«, sagte er. »Ich dreh sonst noch durch.«

»Was soll ich nicht machen?«

»Du sollst nicht mit dieser Zombiestimme reden.«

»Entschuldige.«

»Du redest immer noch so!«

»Entschuldige«, sagte Phoebe.

»Hör auf, dich dauernd zu entschuldigen!«

»Ich weiß nicht, was ich sonst sagen soll.«

»Gut«, sagte Wolf. »Dann hören wir auf zu reden.«

Er stand auf. Er griff sich mit zornigen Bewegungen ein paar frische Sachen und ging aus dem Zimmer zum Duschen. Als er gegangen war, schloß Phoebe die Augen wieder, überließ sich wieder dieser Strömung, der sanften, schmeichelnden Überredung ihrer Gedanken.

Mirasol: der letzte Besuch, als ihr Vater noch lebte, es muß Spätsommer gewesen sein, bevor er wieder und zum letzten Mal ins Krankenhaus gegangen war. Aber da war er schon sehr schwach und konnte im Vergnügungspark mit nichts mehr fahren, und er konnte schon gar nicht mehr am frühen Morgen weit auf den Ozean hinaus schwimmen, wie er das immer so gerne gemacht hatte. Die Krankheit zwang ihren Vater zu genau der Untätigkeit, die er in den Zeiten der Gesundheit so verachtet hatte; er schlief lange, lag vollständig bekleidet am Strand, auch wenn die Sonne gnadenlos herunterknallte. Aber er redete nicht über seine Schwäche. »Ich laß mal ne Runde aus«, sagte er dann, wenn Faith zum Beispiel auf die Achterbahn zusteuerte, oder er sagte zu Phoebe: »Kannst du deinem faulen, alten Papa mal einen Orangensaft bringen, bitte?« Sie trösteten sich mit der flüchtigen Illusion, daß er eben unter dem Wetter zu leiden habe, und Phoebe erinnerte sich, daß über diesem letzten Besuch der Glanz von etwas Vollkommenem lag: ihre Eltern, die Hand in Hand am Strand spazierengingen, sich mitten am Tag zu einem Schläfchen hinlegten, ihr Vater, der mit Barry ins Aquarium ging, ins Marinemuseum – Ausflüge, über die ihr Bruder sich in einem Maß freute, das Phoebe seltsam traurig machte. Sie, Faith und Barry waren Musterkinder, die immer schon eine ganze Zeit vor Sonnenuntergang vom Strand zurückkamen, so daß niemand sie holen mußte, und sie gingen ohne jeden Protest ins Bett. Aber in dieser Harmonie schwang etwas Ängstliches mit, eine Vorahnung. Das alles hatte etwas Bemühtes, Künstliches.

Und mit Faith passierte etwas Seltsames. Sie und Phoebe gingen jeden Tag zur Messe, und während der Predigt schloß Faith immer die Augen und spannte die Muskeln an, Stück für Stück. Sie fing mit den Füßen an, und dann ging es weiter zu den Beinen, dem Oberkörper, dem Hals und schließlich bis zum Gesicht, das sich ganz schrecklich verzerrte. Faith konnte unendlich lange in dieser Haltung verharren, die Augenlider zuckten unruhig, der Atem ging in heftigen Zügen, während jeder Muskel ihres schmalen, dreizehnjährigen Körpers zitterte und sich deutlich abzeichnete. Für Phoebe waren das qualvolle Minuten; sie hatte fürchterliche Angst, daß der Priester etwas merken und die Predigt unterbrechen würde, oder daß Phoebe mit Schaum vor dem Mund in der Bank zusammenbrechen oder sogar sterben würde – wer wußte denn schon, was alles passieren konnte? Glücklicherweise waren immer nur wenig Leute in der Kirche, und sie und Faith hatten oft eine ganze Bank für sich. Nur wenn der Priester mit dem Abendmahl begann, entspannte Faith sich plötzlich. Ein müdes, friedliches Lächeln trat dann auf ihr Gesicht.

Nach der Kirche schlief Faith meistens, im Auto, auf einer Couch oder im Sand. Es war ein tiefer, fester Schlaf, so wie der Schlaf ihres Vaters. Aber die Anstrengung in der Kirche zehrte offensichtlich an ihr, schwächte sie. Als sie einmal abends im Vergnügungspark mit der Spinne fuhren, setzte Faith sich wie immer auf den äußeren Platz, aber als dann bei der Fahrt Phoebe und Barry gegen sie gedrückt wurden, verlor Faith die Kontrolle über ihren Körper; ihr Kopf knallte zweimal mit einem schrecklichen dumpfen Geräusch gegen das Eisenrohr. Nach der Fahrt stieg Barry aus, aber Faith blieb betäubt in der Gondel sitzen und hielt sich den Kopf. »Soll ich Daddy was sagen?« fragte Phoebe.

»Nein!« sagte Faith und setzte sich auf. Als sie weitergingen, lächelte sie schon wieder, ein verrücktes Grinsen verdeckte die Erschöpfung auf ihrem Gesicht. Es war, als habe sie Angst, ihren Vater seiner Krankheit auszuliefern, wenn es ihr auch nur einen einzigen Augenblick nicht gelang, ihn zu fesseln und zu erstaunen.

»Faith, was machst du denn da in der Kirche eigentlich immer?« fragte Phoebe, als sie an diesem Abend im Bett lagen und Faith sich die Hand auf die Beule an ihrem Kopf legte.

»Ich bete ganz fest«, sagte ihre Schwester.

Wolf kam mit nassen Haaren und ein ganzes Stück ruhiger vom Duschen zurück. Er und Phoebe waren jetzt sehr höflich und umgänglich, wie zwei Fremde in einem Zugabteil. Phoebe duschte sich, wusch sich mit heftigen Bewegungen wie besessen von dem Bedürfnis, absolut sauber zu sein. Sie kämmte sich das Haar einfach glatt nach hinten und freute sich über das Ergebnis: Sie sah damit ganz schlicht und kindlich aus. Sie trug ihr weißes Sommerkleid. Es war wenig Platz, wenn sie beide gleichzeitig im Zimmer waren.

Sie gingen wieder nach draußen. Wolf nahm Phoebes Hand, weniger aus Zuneigung, dachte Phoebe, sondern wohl eher um sie festzuhalten. Ein Deich aus riesigen, aufeinandergeschichteten Kalksteinbrocken umschloß den Hafen, und Wolf und Phoebe kletterten auf einen der Felsbrocken und setzten sich hin. Der Hafen war winzig, wie ein Spielplatz für die in kräftigen Farben lackierten Fischerboote. Das Meer wirkte dunkel und riesig, war durchzogen von silbrigen Streifen des Mondlichts. Auf dem Platz am Hafen saßen Paare beim Essen; immer wieder war für einen Augenblick ihr Lachen zu hören und das Scheppern von Geschirr, dann war es wieder ruhig.

»In welcher Richtung liegt es denn?« sagte Phoebe.

Wolf deutete nach links, wo die massigen Felsen des Steilufers sich dunkel vom Himmel abhoben. »Ich glaub, Corniglia liegt ein paar Kilometer in dieser Richtung«, sagte er.

»Kann man da wirklich zu Fuß hingehen?«

»Ja, offensichtlich«, sagte er. »Ich glaub, es gibt auch einen Personenzug.«

»Laß uns zu Fuß gehen. Ich würde gern zu Fuß gehen.«

»Ganz wie du willst.«

»Am liebsten würde ich jetzt gleich gehen«, sagte Phoebe.

»Dann könnten wir aber nicht viel sehen«, sagte Wolf. »Auch wenn ich nicht glaube, daß es viel zu sehen gibt.«

»Du bist so gereizt«, sagte Phoebe. »Das ist richtig deprimierend.«

Wolf schaute sie an. »Es ist komisch, daß du das sagst«, sagte er. »Es ist einfach so, daß ich deine Begeisterung nur sehr schwer nachvollziehen kann.«

»Ich bin nicht begeistert.«

»Doch!« sagte Wolf. »Du führst dich auf, als würde gleich ein gottverdammtes Wunder geschehen.« Er wirkte aufgebracht, aber Phoebe sah in seinem Gesicht dieses andere, den Kummer, und sie begriff, daß Wolf Angst hatte.

»Für dich ist das Ganze wohl eine Art von Spiel, so als wäre sie irgendwo da oben und würde dich erwarten. Das ist einfach überspannt«, sagte Wolf und schaute dabei die Sterne an. »Ich finde das absolut überspannt.«

»Vielleicht hättest du nicht mitkommen sollen.«

»Das meinst du doch nicht im Ernst, oder? Je verrückter du dich aufführst, desto besser finde ich es, daß ich mitgekommen bin.«

Phoebe sagte nichts. Wolf nahm die Brille ab und rieb sich die Augen, bis sie verschwiemelt aussahen. »Das ist eine ganz normale Ortschaft«, sagte er. »Man geht hin, und dann geht man wieder weg.«

»Und wovor hast du dann Angst?«

Er schwieg. »Ich habe Angst vor einer einzigen Sache«, sagte Wolf leise. »Ich habe Angst davor, was passiert, wenn das Gespenst, das du die ganze Zeit gejagt hast, sich in Luft auflöst.«

»Nein«, sagte Phoebe. »Du hast Angst, da hoch zu gehen.«

Aber damit machte sie ihm nur noch mehr angst. Wolf verschränkte die Arme und schaute ins Wasser. »Wieso?« sagte Phoebe leise und schaute ihn an. »Wolf, wieso hast du Angst?«

»Ich weiß es nicht.«

Phoebe legte die Arme um ihn, um Wolf, ihren einzigen Verbündeten. Er legte den Kopf auf die Stelle zwischen ihrer Schulter und ihrem Hals. »Und ich wüßte gerne, warum du keine Angst hast«, sagte er.

Sie beschlossen, zum Essen zu gehen. Sie taten das mehr, um das Ritual beizubehalten, als aus wirklichem Hunger. Sie saßen an einem Tisch, von dem aus man einen Blick auf das Meer hatte, und stocherten in ihren Schüsseln mit dampfenden Calamari und dicker roter Sauce herum. Überall um sie herum saßen Paare, ältere, junge, die noch keine zwanzig waren, Paare, die sich über Weingläser beugten, sich immer wieder die Babys abnahmen. Phoebe beobachtete, wie ein Mann eine Frau ganz leicht in die Wange kniff, während sie zusammen eine Zigarette rauchten, und die Frau lachte. Sie hatte einen rosigen Teint, und hinter einem ihrer Ohren steckte eine weiße Blume. Wir sind wie die beiden, dachte Phoebe, langte über den Tisch und nahm Wolfs Hand, aber es wirkte, als wolle sie ihm nur etwas vormachen. Phoebe hielt Wolfs kalte Hand, und dann fiel ihr ein, wie sie durch den Spalt in der Küchentür beobachtet hatte, wie Carla nach Wolfs Arm getastet hatte, wie Wolf den Geruch seiner Verlobten eingeatmet hatte, während er über ihre Schulter gebeugt die Zeitung las. Und mit einer plötzlichen, beklemmenden Leidenschaftslosigkeit sah Phoebe, daß Wolf nie so zu ihr gehören würde, wie er zu Carla gehört hatte, daß die strahlende Zukunft, die sie sich mit ihm vorgestellt hatte, vollkommen undenkbar war.

Phoebe schaute Wolf im Kerzenlicht voller Erstaunen an und wollte laut sagen, was sie gerade gedacht hatte. Aber er schaute unverwandt in die Richtung, in die sie am nächsten Vormittag gehen würden. Vielleicht wußte er es schon, dachte Phoebe, vielleicht hatte er es von Anfang an gewußt. Vielleicht machte ihm das soviel angst. Das war nicht wichtig. Wichtig war jetzt, warum es so war. Warum, dachte Phoebe, warum war es so, daß in ihrem ganzen Leben die Dinge, die sie am meisten wollte, schon jemand anderem gehörten?

Als sie wieder in ihrem Zimmer waren, schlief Wolf fast sofort ein. Er hatte das Hemd noch an. Aber kaum hatte Phoebe die Augen geschlossen, spürte sie schon wieder den Sog und die Strömung der Erinnerung.

Die letzte Nacht beim letzten Besuch ihres Vaters in Mirasol. Zum ersten Mal in diesen Ferien waren sie, Barry und Faith bis zur Dämmerung am Strand geblieben, lagen auf dem Rücken im Sand und sahen zu, wie die ersten hellen Sterne aufblinkten.

Als ihr Vater plötzlich hochaufgerichtet neben ihnen stand, standen sie ganz schnell auf. »Kein Grund zur Aufregung«, sagte er, als sie sich entschuldigen wollten. »Ich wollte sowieso noch ein bißchen raus.« Er wirkte müder als sonst, als fiele es ihm schwer, den Kopf hochzuhalten. Das war sonst nur so, wenn er trank. »Vielleicht schwimm ich noch ein bißchen«, sagte er. »Hast du Lust zu schwimmen, Faith?«

Sie schwiegen alle erschrocken. »Ich weiß nicht«, sagte Faith. »Vielleicht lieber nicht, Dad.«

Sie standen zusammen im Sand, der sich langsam abkühlte. Ihr Vater trug seine Badehose und darüber ein altes T-Shirt. »Ich kann hier nicht weggehen, ohne noch einmal zu schwimmen«, sagte er.

»Dann machen wir das doch morgen«, sagte Faith. »Bevor wir fahren.«

»Nee. Morgen hab ich keine Energie mehr dazu.«

Faith schaute Barry an. Ihr Vater warf den Kopf zurück. »Es ist wunderbar hier draußen«, sagte er. »Gott, schaut euch mal diesen Himmel an. Ich will unter diesem Himmel schwimmen.« Phoebe war ganz hingerissen vor Freude, weil er wieder so wirkte wie früher, voller Kraft und Ungeduld. Er zog sich das T-Shirt über den Kopf und warf es in den Sand. Obwohl er abgenommen hatte, hatte er immer noch eine gute Figur, ein Mann, dessen Körper vollkommen anders war als die weichen, überreifen Körper der Väter ihrer Freundinnen. Die dunklen Haare auf seiner Brust sahen ein bißchen so aus wie ein Herz. Er war mehr als ein Vater – er war ein Mann mit kräftigen Beinen und einem Schnurrbart, mit einem harten, flachen Bauch, auf den sie einmal alle drei ganz fest mit den Fäusten einschlagen durften, was sie auch mit Begeisterung taten, und es hatte ihm anscheinend überhaupt nichts ausgemacht. Ihr Vater, der einmal imposant ausgesehen hatte, war jetzt zäh und schmal, als wäre er auf seine Substanz, auf das Wesentliche, reduziert.

»Komm doch.« Er streckte die Hand nach Faith aus. »Bitte, Baby«, sagte er mit gepreßter Stimme. »Geh doch rein mit mir.«

Es war ein seltsamer Augenblick, denn obwohl sie alle zusammen dastanden, redete ihr Vater nur mit Faith. Phoebe dachte einen kurzen, unwirklichen Augenblick lang, daß sie selber gar nicht wirklich da und Zeugin eines Vorgangs war, der nur ihren Vater und ihre Schwester betraf.

Ein heftiger Husten schüttelte ihn, erschütterte ihn durch und durch. Es tat weh, dieses Geräusch zu hören. »Komm doch«, sagte er. »Tu es für mich.«

Faith begann zu weinen.

Ihr Vater lächelte. Es war fast ein gerissenes Lächeln. »Was ist denn los, hast du Angst?« Er ließ nicht locker. Faith wischte sich über die Augen, gab keine Antwort. »Schon gut«, sagte ihr Vater. »Ich hab auch Angst.«

Er legte die Hände auf Faiths Gesicht und küßte sie auf die Stirn. Phoebe fragte sich, ob ihr Vater die Beule unter dem Haar ihrer Schwester gespürt hatte. Dann zog er Faith an sich, drückte ihren Kopf fest an seine

Brust, als wäre ihr Kopf ein wertvolles Gefäß, das ihm jemand entreißen wollte. Phoebe spürte, wie Barry neben ihr ganz still wurde. Faith schluchzte jetzt, hatte die Augen geschlossen. Die Brust ihres Vaters hob und senkte sich beim Atmen ganz schnell und flach. Schließlich ließ er Faith los und ging auf das Wasser zu. Er ging mit unsicheren Schritten, wie ein alter Mann. Es war etwas Schreckliches in dem Anblick ihres schmalen, weißhäutigen Vaters, der auf das dunkle Meer zuging.

»Faith, geh doch«, zischte Barry. »Geh!«

Faith zuckte zusammen, als wäre sie aufgeweckt worden. Sie sagte kein Wort, ließ ihre beiden Geschwister stehen und ging hinter ihrem Vater her, der am Rand des Wassers angekommen war und wartete, als wüßte er, daß sie käme. Sie gingen zusammen hinein, Stück für Stück. Kleine Wellen kamen heran; ihrem Vater fiel es sogar schwer, diesem schwachen Druck standzuhalten. Faith nahm seine Hand. Phoebe mußte sich konzentrieren, um die beiden in dem dunkler werdenden Licht sehen zu können. Sie spürte einen Druck in sich, als könne etwas in ihr zerbrechen. Als das Wasser ihrem Vater bis zur Brust ging, sagte Phoebe: »Ich geh auch rein, Bär.«

Barry gab keine Antwort. Phoebe rannte zum Meer hinunter. Das Wasser lief warm und seidig über ihre Füße. Faith und ihr Vater schwammen dicht nebeneinander; Phoebe sah nur ihre Köpfe. Sie ging weiter hinein, schaute zu, wie das dunkle Wasser an ihren Beinen hochstieg, aber als sie den Blick wieder hob, sah sie, daß die beiden wegschwammen, den Strand hinunter. Sie hatten sie in dem dunklen Licht wohl nicht gesehen. Phoebe überlegte, ob sie nach ihnen rufen sollte, und horchte auf das leise Plätschern ihrer Schwimmzüge. Sie überlegte, ob sie hinter ihnen herschwimmen sollte, aber das Wasser war so riesig und schwarz, und sie kam sich dagegen so winzig und schwach vor. Wenn etwas passieren sollte, dachte sie, dann könnten die beiden sie nie retten.

Sie wandte sich zögernd vom Wasser ab und ging den Strand hinauf. Ihr Bruder saß auf dem Badetuch. Phoebe setzte sich neben ihn, und sie schauten zu, wie die beiden winzigen Köpfe sich langsam durchs Wasser bewegten. Dann war es zu dunkel, als daß man sie noch hätte sehen können. Von Barry kam ein dumpfes, ersticktes Geräusch, und erst da merkte Phoebe, daß er weinte. »Bär«, sagte sie. Sie sah, daß seine Wangen feucht glänzten, und wollte ihn fragen, was los sei, als sie selber zu weinen anfing. Es war ein tiefes, heftiges Schluchzen, das sie weder verstehen noch bezwingen konnten. Barry und sie waren allein auf diesem Strand, und es war, als gäbe es keine Hoffnung für sie.

»Komm, wir gehen zurück«, sagte Barry. Phoebe nickte, schaute zum Wasser, dachte, daß sie vielleicht ihrem Vater und Faith zurufen sollte, daß sie jetzt gingen, aber es war dunkel, und ihre Augen waren vom Weinen zu verquollen, als daß sie etwas hätte sehen können.

»Phoebe, wir sind ihnen egal«, sagte Barry. »Kapierst du das nicht? Komm, wir gehen jetzt.«

Sie standen auf. Barry ließ ihr Badetuch im Sand liegen und nahm Phoebes Hand. Phoebe begann mitten im Gehen zu zittern, als wäre ihr von ihren Tränen kalt geworden. Sie gingen zum Holzsteg hinauf, dann auf die Straße hinaus, die von lauter quadratischen Häusern gesäumt war, von denen jedes in einer andere Farbe gestrichen war. Als sie am Haus ihrer Großeltern ankamen, weinten sie nicht mehr. Was am Strand passiert war, war fremd, ganz weit weg. Drinnen deckte ihre Mutter gerade den Tisch fürs Abendessen. Ihr Haar, das mit einer Haarnadel festgesteckt war, hatte sich gelöst. »Ist alles okay?« fragte sie.

»Es ist alles in Ordnung«, sagte Barry.

Phoebe wartete an einem Fenster im ersten Stock darauf, daß ihr Vater und ihre Schwester zurückkamen. Es dauerte nicht lange. Sie gingen langsam durch das fahle Licht der Straßenlaternen, in dem man ihre nassen Haare glänzen sah. Es war ein gespenstischer Anblick, wie in einem Traum. Die beiden sahen aus, als hätten sie ein gemeinsames Geheimnis. Phoebe dachte sich, daß dieses Geheimnis mit dem Schwimmen zu tun hatte, und sie dachte, wenn sie nur hinter ihnen hergeschwommen wäre, dann wäre sie in das Geheimnis eingeweiht worden. Sie war sechs Jahre alt. Plötzlich war sie wütend auf Barry, weil er sie vom Strand weggeholt hatte, war wütend auf jeden, der sie hier einsperrte, gegen ihren Willen, hier in diesem geheimnislosen hellen Haus. Ich hätte hinausschwimmen sollen, dachte sie.

Einundzwanzig

Ein Wegweiser aus Holz zeigte in Richtung Corniglia.

Phoebe und Wolf gingen hintereinander auf einem schmalen Weg hoch über dem Meer entlang. Die Stimmung zwischen ihnen war resigniert, sachlich. Jedes Wort, das sie in der Nacht zuvor gesprochen hatten, erschien jetzt lächerlich.

Der Weg zog sich um eine Landspitze herum und führte dann wieder landeinwärts um einen tiefen Einschnitt im Berg. Felsige Ausläufer krochen zu beiden Seiten des Einschnitts ins Meer hinaus. Die Landschaft war in schräge Terrassen zerschnitten worden, damit sie kultiviert werden konnte, und sie zog sich vom Meer in riesigen, geschwungenen Stufen nach oben, auf denen überall Weinstöcke wuchsen, die sich an silbrigen Drähten rankten. Phoebe ging vorsichtig, hatte Angst, daß sie abrutschen und in die Weinstöcke fallen könnte.

Als der Morgendunst sich aufgelöst hatte, wurde die Hitze immer mächtiger. Phoebe und Wolf gingen durch das Tal, einen tiefen, weiten Einschnitt im Berg und dann wieder in Richtung Meer auf die zweite Landspitze hinaus. Phoebe spürte, daß ihr Herz unregelmäßig schlug. Sie würden um die Landspitze biegen, und dann läge Corniglia vor ihnen. Aber nach der Landspitze kam noch ein weiteres Tal, diesmal noch größer, und auf der anderen Seite kam noch ein weiterer Ausläufer. »Verdammt«, sagte Phoebe mit flatterndem Atem.

Wolf war ganz blaß unter seiner Schweißschicht. »Gehts dir gut?« fragte sie ihn.

»Es liegt an der Höhe«, sagte Wolf mit einem matten Lachen. Phoebe verstand nicht, was er meinte. »Wir sind auf Meereshöhe«, erklärte er.

Sie begannen den Weg um den zweiten Einschnitt im Gebirge. Von den Terrassen mit den Weinstöcken ging ein rostiger Geruch aus. Phoebe wollte schneller gehen, aber der Weg war eng; sie mußte aufpassen, wo sie hintrat. Als sie sich dem äußersten Punkt der nächsten Landspitze näherten, spürte sie einen plötzlichen Blutandrang im Kopf. Sie war ganz aufgeregt. Jetzt sind wir da, jetzt sehen wir es gleich, dachte sie und bekam vor Vorfreude fast keine Luft mehr. Aber sie wurde wieder enttäuscht – noch ein Tal, noch ein langer Bogen landeinwärts.

»Mein Gott«, sagte Wolf. Er lehnte sich gegen den Fels, stützte die Hände auf die leicht durchgedrückten Knie. Phoebe atmete heftig, erschrak, weil sie Erleichterung spürte, daß sie noch nicht da waren.

Sie legte die Hand auf Wolfs Stirn, die sich kühl anfühlte, feucht. »Vielleicht bist du krank«, sagte sie.

Er schloß die Augen. »Das tut gut«, sagte er. »Deine Hand.«

Das Meer war mit dem zunehmenden Licht klarer geworden, war jetzt türkis. Der Himmel war flach wie eine Fliese. Phoebe ließ die Hand auf Wolfs Kopf, und einen Augenblick lang war es, als könnten sie ewig so im Wind dastehen.

Schließlich gingen sie weiter. Der Wind wurde stärker, war jetzt warm, von kühlen Adern durchzogen. Die klare, salzige Luft schmerzte Phoebe in den Augen. Sie schritten den Bogen aus, gingen um die Landspitze herum. Und da war es.

Corniglia lag hinter dem nächsten Tal, hing über dem Steilufer wie eine Katze auf einem Treppengeländer, die Beine und Schwanz nach unten hängen ließ und jeden Augenblick herunterfallen konnte. Die Farben des Ortes waren hell und leuchtend, schimmernde hellrote Töne, Weiß, zwischendrin blitzten orangefarbene Dachziegel.

Phoebe betrachtete den Ort mit großen Augen. Das Licht schmerzte in ihren Augen. Sie dachte an Salz, an San Francisco, an seine ausgebleichten, trockenen Farben. »Glaubst du, das ist es?« fragte sie Wolf, weil sie plötzlich Angst hatte, daß es das immer noch nicht sei.

»Ja«, sagte er.

Phoebe mußte grinsen. »Es sieht genauso aus, wie ich gedacht habe.«

Sie gingen wieder landeinwärts, um das Tal herum. Wolf ging voraus, bewegte sich ganz mechanisch und hielt den Blick starr auf die Stadt gerichtet. Das dumpfe Geräusch des Windes an Phoebes Ohren vermischte sich mit dem Rhythmus ihrer Schritte: Ich bin fast da Ich bin fast da Ich bin fast da. Sie kamen an ein paar staubigen Hühnern in einem Gehege vorbei, an einer kleinen verdreckten Ziege, die an einer Kette hing. Eine helle Katze, deren milchfarbenes Fell über ihr zartes Rückgrat spielte, während sie sich ihren Weg nach unten suchte. Eine Glocke schlug zwölf, als sie durch das Tal gingen. Allmählich wurde der Weg zu einer gepflasterten Straße, und dann kamen sie nach Corniglia.

Hohe Häuser warfen Schatten auf die steilen Straßen der Stadt, gaben ihr etwas Kühles, Kellerartiges. Corniglia war voller Menschen, aber im Unterschied zu Vernazza hatte man hier das Gefühl, daß die Leute eher Einwohner der Stadt waren als Besucher. Frauen saßen im Freien vor winzigen Obst- und Gemüseläden, und leuchtende Tomaten und gestreifte Flaschenkürbisse breiteten sich um sie aus wie weite Röcke. Bäcker legten gelbe Brote in ihre Schaufenster. Über den Straßen flatterte ein wildes Durcheinander von Wäsche. Laken und Hemden und Unterröcke hingen im Sonnenlicht auf Leinen, die zwischen einander gegenüberliegenden Häusern gespannt waren. Die Wäsche bauschte sich und flatterte im Wind wie tausend Begrüßungsfahnen.

Sie gingen durch mehrere Straßen immer höher hinauf, kletterten die Stadt hoch, als würden sie eine Pyramide ersteigen. Endlich kamen sie an einen offenen, von Bäumen umgebenen Platz. Links erhob sich der Berg; rechts war nichts als Himmel. Die ewige Gruppe schwarzgekleideter Frauen saß neben der Kirche. Der Nachhall der Glocken hing noch in der Luft.

Phoebe blieb stehen und überlegte, wo sie als nächstes

hingehen sollten. Sie hatte kein Steilufer gesehen. Wolfs Haut war grau. Auf seinem Gesicht lag eine merkwürdige Ausdruckslosigkeit, als hätten sich seine Gedanken befreit und wären verschwunden. Phoebe bemerkte hinter ihm eine kleinere Kirche, die noch ein Stück höher lag als die Stelle, an der sie jetzt standen. Die Kirche hockte dort, als hätte sie im jahrelangen Kampf mit dem Wind gelernt, sich zusammenzuducken. Phoebe deutete auf die Kirche, aber Wolf reagierte nicht. Phoebe ging an ihm vorbei auf die Kirche zu.

Die Kirche wurde nicht mehr benutzt, ihre Fenster waren mit Brettern zugenagelt. Sie ging aufs Meer hinaus, der kleine Kirchhof war teilweise von einem salzverkrusteten Maschendrahtzaun umgeben, in dem Schokoladenpapier hing. Vor dem Zaun ragte ein kaputt aussehender Trinkbrunnen schräg aus dem Boden. Phoebe beugte sich vor und trank. Sie war überrascht, daß er überhaupt funktionierte. Wolf kam zu ihr und nahm ihre Hand.

Eine niedrige Betonmauer trennte die Kirche und den Hof vom Meer – es war eigentlich eher ein Mäuerchen, das Phoebe nur bis zur Taille ging. Phoebe beugte sich darüber. Direkt darunter lag ein Haufen trockenes Unkraut, der mit Zigarettenkippen übersät war, dann kam nichts mehr. Es ging einfach steil nach unten. Tief unten lag das Meer, das weiß schäumend riesige Felsen umspülte, als würden die Felsen sich in ihm auflösen.

Sie schauten in die Tiefe. Phoebe schaute nach links und rechts, ob es da vielleicht irgendwelche vergleichbaren Stellen gab, weil sie Angst hatte, daß sie sich auf eine

Stelle einlassen könnte, die nichts zu bedeuten hatte. Der Wind zerrte an ihrem Haar. Sie sah keine andere Stelle. »Ich glaub, hier könnte es gewesen sein.«

Wolf nickte. Er hatte dunkle Ringe unter den Augen.

Phoebe berührte vorsichtig die Mauer. Der Putz war verblaßt und teilweise abgebröckelt. Genau wie die Häuser in Corniglia hatte auch der Putz der Mauer einen leichten hellroten Ton. Auf dieser Mauer muß Faith gestanden haben, dachte Phoebe; hier, ungefähr an der Stelle, auf der jetzt Phoebes Hand lag, mußten ihre Füße gewesen sein, hier hatte das Gewicht ihres Körpers geruht. Faiths Füße. Phoebe drehte sich um und schaute die Kirche an, stellte sich vor, wie sich die Fußspuren ihrer Schwester über den kleinen Kirchhof zogen. Es war schon möglich, sogar wahrscheinlich, daß noch irgend etwas da war, daß im Staub und im Kies und zwischen den Glasscherben noch ein kleines Stück von Faith existierte. Ein winziges Stück. Phoebe lehnte sich über die Mauer, um zwischen den Zigarettenkippen vielleicht etwas zu entdecken, aber Wolf packte sie an der Schulter und zog sie zurück. »Nicht so weit«, sagte er.

»Ich – laß mich los!« sagte Phoebe. Der Griff seiner Hände brachte sie ganz durcheinander. Und er ließ sie zögernd los, blieb aber dicht bei ihr. Phoebe kümmerte sich nicht weiter um ihn. Sie versuchte, sich zu konzentrieren. Das ist die Stelle, dachte sie. Hier ist es passiert. Und in diesem Augenblick war sie mit einem Schlag ganz klar. Es war wie eine Belohnung, und sie hatte das Gefühl abzuheben.

Hier war es gewesen. Sie spürte ein Dröhnen in den Ohren.

Hier ist es.

Und ein so gewaltiger Augenblick ging nicht einfach vorbei. Fossilien, dachte Phoebe, die sich beständig verschiebenden Schichten der Erde, alles hinterließ eine Spur, gleichgültig, wie kräftig oder wie schwach es war oder wie tief unter der Erde. Sie schaute sich langsam, mit klopfendem Herzen, um. Denn jetzt war es, als hätte sie das wahre Ziel ihrer Suche erreicht: Sie hatte diese Spur gefunden, ihre Hand lag auf dieser Mauer, auf etwas, das mit Faiths Tod zu tun hatte. Es war, als würde dadurch die Zeitverschiebung korrigiert, durch die es möglich war, daß sie genau an der Stelle stand, an der ihre Schwester gesprungen war, und daß sie sie nicht davon abhalten konnte.

Phoebe lehnte sich über die Mauer. Wolf packte sie wieder an der Schulter, aber diesmal ließ sie das zu. Sie schaute auf das Meer hinunter, dachte, wie oft, wie viele unzählige Male das Meer wohl diese Felsen umspült hatte, wie viele junge Leute wohl hier auf dieser Mauer gesessen und geraucht hatten, geknutscht hatten – es war genau der richtige Ort zum Knutschen – und das kränkte sie, die Entweihung, die Vernichtung der wenigen Spuren, die vielleicht da waren. Das war nicht nur schlimm, das war unvorstellbar. Der Ort, an dem es wirklich geschehen war, wäre vor solchen Dingen geschützt. Irgend etwas stimmte nicht, dachte Phoebe, und die Klarheit, die sie nur einige Augenblicke zuvor gespürt hatte, ließ wieder nach. Sie schaute hilfesuchend in den Himmel hinauf, aber der war leer, so leer wie die Stille, die auf einen großen Lärm folgt.

»Ich glaub, hier war es nicht«, sagte sie.

»Nein?«

Phoebe schüttelte den Kopf. Sie spürte einen Druck in sich, einen Anflug von Zorn. Sie hatte darauf gewartet, sie hatte so viele Jahre darauf gewartet, wie konnte das hier denn die richtige Stelle sein? Das da. Nach so viel Erwartung. »Nein«, sagte sie. «Ich hab einen Fehler gemacht.«

»Vor einer Minute warst du dir noch ganz sicher.«

»Das paßt irgendwie nicht«, sagte sie. Der abbröckelnde Putz, der Staub. Sie mußte hier weg.

»Und wenn es in einer anderen Stadt passiert ist? Ich meine, woher wissen wir denn, daß es genau in dieser Stadt hier passiert ist? Wir haben vom Zug aus einen Haufen Ortschaften gesehen.«

»Phoebe, man hat sie hier gefunden.«

»Also, ich hab den Bericht, oder was immer das gewesen ist, nicht gesehen, du vielleicht?« sagte Phoebe. »Hast du gesehen, was da drin stand? Ich nicht.«

Wolf atmete tief durch. »Du kannst doch nicht plötzlich jede Tatsache in Frage stellen.«

»Glaub mir«, sagte Phoebe und bemühte sich, ruhig zu sprechen. »Wenn das die Stelle wäre, dann würde ich es merken.«

»Aber wie sollte das denn zugehen? Du warst ein kleines Mädchen, Tausende von Meilen entfernt. Phoebe, komm jetzt! Sei doch vernünftig.« Er redete auf sie ein. Er wollte nur von hier weg, dachte Phoebe, das war alles.

»Ich würde es merken«, sagte sie. »Ich hätte ein ganz bestimmtes Gefühl, wenn es der richtige Platz wäre.«

Es sah aus, als wollte Wolf etwas sagen. Dann verschränkte er die Arme. »Okay.«

Phoebe schaute sich um. Der Druck in ihr ließ langsam nach. Das hier war nicht die richtige Stelle – das war einfach nur irgendeine Stelle, gar keine Stelle. Im Süden von Corniglia sah sie ein Steilufer, das noch höher war als das, auf dem sie standen, und das noch weiter ins Meer hineinreichte. »Das könnte es sein«, sagte sie und deutete auf die Felsen. »Das ist es ganz bestimmt.«

Wolf stellte sich zwischen Phoebe und die Mauer. Er stützte sich gegen die Mauer, nahm Phoebes Hände und schaute ihr in die Augen. »Du kannst den Rest deines Lebens auf und ab laufen«, sagte er. »Als nächstes sagst du dann vielleicht, daß es gar nicht in Italien war, sondern in Spanien. Aber das muß aufhören. Das muß irgendwo aufhören.«

»Es wird auch aufhören«, sagte sie.

Wolfs Gesicht war jetzt ganz klar. Er wollte etwas sagen. Man sah es in seinen Augen. »Hör zu«, sagte er. »Das ist die richtige Stadt, und das ist die richtige Stelle. Ganz bestimmt, ich schwör es dir – Phoebe, hörst du mich? – ich schwör es dir, es ist hier passiert.«

Er hielt ihre Hände ganz fest, sein Gesicht war so nah an Phoebes Gesicht, daß sie einen Augenblick weder das Meer noch die Klippen sehen konnte. Sie wollte dagegen aufbegehren, gab es dann aber auf. Es war Wolfs Gesichtsausdruck, der sie aufgeben ließ. Irgend etwas war aus seinem Gesicht verschwunden, gab ein schreckliches Wissen frei, das sie an ihm schon manchmal kurz wahrgenommen, aber nie wirklich gesehen hatte. Seine Lippen waren weiß. Phoebe stöhnte und trat einen Schritt zurück.

Wolf ließ ihre Hände los. Alle Entschlossenheit fiel von ihm ab. Auf seinem Gesicht lag ein kranker, fragender Ausdruck. Phoebe bedeckte ihre Augen, spürte den Atem in ihren heißen Händen.

»Du bist dabeigewesen«, sagte sie.

Als sie das ausgesprochen hatte, kam diese Gewißheit wie ein Erdrutsch über sie, mit einer brutalen Logik und Unnachgiebigkeit. Es war, als würde sie darunter begraben. Sie rannte zur Kirche, versuchte die Tür aufzumachen, aber sie war fest verriegelt. Phoebe schaute sich nach Wolf um und sah, daß er sie mit dieser seltsamen Unnahbarkeit betrachtete, als sei alles in seinem Kopf einfach ausgeblendet oder verschwunden.

Phoebe ging zu ihm hinüber. Sie sah in seinen Augen den Schaden, die Zerstörung ganz klar, wie Glasscherben unter Wasser – es war ganz deutlich zu sehen, wenn man wußte, wonach man suchte. Wolf beugte sich plötzlich auf die Seite, lehnte sich über die Mauer und übergab sich. Phoebe lief von ihm weg, fand sich plötzlich neben der Kirche auf dem Boden, und ihr Blick war auf Wolf geheftet, der von Krämpfen geschüttelt wurde. Als es vorbei war, stand er langsam auf und fuhr sich mit dem Arm über den Mund. Er schaute aufs Meer hinaus. Phoebes Zähne schlugen aufeinander. Wolf ging zu dem Trinkbrunnen, trank lange, spritzte sich Wasser ins Gesicht und dann auf sein Haar, das er fest rubbelte. Dann spritzte er sich noch einmal Wasser ins Gesicht.

Schließlich kam er zu Phoebe herüber und setzte sich neben sie auf den Boden. Wasser tropfte ihm aus dem Haar; er roch nach Seewind. Sie sagten nichts. Feiner Staub wehte ihnen ins Gesicht. Phoebe lehnte mit dem Rücken an der Kirche und konnte das Meer nicht sehen, sah nur Himmel.

»Letzte Nacht hab ich zum ersten Mal gedacht, daß du es vielleicht schon weißt«, sagte Wolf atemlos. »Oder daß du anfängst, in diese Richtung zu denken.«

Phoebe schaute ihn an. Das, was damals passiert war, stand groß und ungeheuerlich vor ihnen. Es sah so aus, als gäbe es keine Möglichkeit, sich zu nähern. »Bitte rede«, sagte Phoebe. »Bitte.«

Wolf saß mit angezogenen Knien da und hatte die Stirn auf die Handgelenke gestützt. Anscheinend konnte er den Kopf nicht heben. »Ich hab sie gesehen«, sagte er. »Ich hab sie gesehen und habe es geschehen lassen. Kannst du das glauben?« Er schaute zu Phoebe hoch, und auf seinem Gesicht mischten sich Qual und Fassungslosigkeit, als würde etwas in ihm immer noch die Wahrheit dieser Aussage bezweifeln. »Ich hab sie gesehen. Ich hab *zugeschaut.*«

»Aber – warte mal«, sagte Phoebe verwirrt. »Sie war doch – ich meine, was du mir erzählt hast, das hat doch alles gestimmt, oder?«

»Was ich ... «

»Naja, du weißt schon. Die Rote Armee? Die Banküberfälle?«

»Doch«, sagte Wolf. »Das hat alles gestimmt.«

Phoebe war erleichtert. Sie wollte, daß das alles stimmte. »Und dann ist sie nach München gekommen, wie du gesagt hast?«

»Ja.«

Phoebe wartete darauf, daß er weiterredete. »Und dann ist sie wieder gegangen?« fragte sie zaghaft.

Wolf hob den Kopf. »In Berlin ist etwas passiert, wovon ich dir nichts erzählt habe«, sagte er. Er sprach ganz langsam. »Etwas Schlimmes.«

Phoebe hörte konzentriert zu. »Es ist jemand verletzt worden«, sagte sie instinktiv. Dann überkam sie eine fürchterliche Ahnung. »Es ist jemand ums Leben gekommen?«

Wolf schaute sie nur an.

»Wer denn?« sagte Phoebe. »Jemand von den Banküberfällen?«

»Nein, danach«, sagte Wolf. »Nachdem die Rote Armee Faith fallengelassen hat. Es gab ja noch diese anderen Gruppen, und sie hat sich einer von ihnen angeschlossen. Sie hieß Bewegung 2. Juni.«

»Und die ...«

»Die haben eine Bombe gelegt«, sagte er. »Im Kammergericht. Ich glaub, Faith hat das Ding ins Gebäude geschafft, in einem Picknickkorb. Sie hat sie im Keller in eine Mülltonne gelegt; in der Nacht ist sie dann explodiert. Sie haben gedacht, daß niemand da wäre, aber es war doch jemand da, ein Hausmeister.«

»Und der ist gestorben?«

»Ja«, sagte Wolf. »Kopfverletzungen.«

Phoebe schüttelte den Kopf. Sie war entsetzt, nicht so sehr über diesen Tod an sich, der für sie etwas vollkommen Abstraktes war, sondern über das Entsetzen, das ihre Schwester erfaßt haben mußte, als sie begriffen hatte, daß sie dafür verantwortlich war. »Faith muß ja durchgedreht sein ...«, sagte sie.

»Das kannst du dir gar nicht vorstellen«, sagte Wolf. »In den Zeitungen stand alles über das Leben dieses Hausmeisters, daß er zweiunddreißig war, vier Kinder hatte, Nachtschicht arbeitete und an der Uni studierte. Die Presse ist regelrecht durchgedreht: Ein Arbeiter wird umgebracht, und zwar von diesen jungen Leuten – von Anarchisten, die ja angeblich auf seiner Seite waren.«

»Aber Faith?« sagte Phoebe. «Faith legte eine – ausgeschlossen, Wolf, ausgeschlossen.«

»Ich glaube, daß sie zu diesem Zeitpunkt die Gefahr wirklich nicht sehen konnte«, sagte Wolf. »Sie wußte lediglich, daß diese Leute von der Roten Armee sie fallengelassen hatten, und wenn sie vielleicht draufgängerischer gewesen wäre oder so, wenn sie sich bewährt hätte ... das alles hat sie so weit gebracht, daß sie zu allem bereit war. Sie hatte ja schon diesen ersten drastischen Schritt getan, hatte sich ihnen angeschlossen, und das war für sie die richtige Entscheidung. Das mußte richtig sein, darauf hatte sie alles gesetzt.«

Phoebe spürte Erleichterung. Sie konnte sich jetzt wieder orientieren, konnte sogar diese drastischen Motive mit dem Menschen in Verbindung bringen, der ihre Schwester war. Auch Wolf wirkte jetzt gefaßter.

»Man hätte annehmen können, daß sie in dem Augenblick, in dem dieser Mann gestorben ist, aus Berlin weggegangen wäre, aber sie ging nicht weg«, sagte er. Er sprach jetzt sehr schnell. »Sie muß noch eine Woche dageblieben sein, ist auf seine Beerdigung gegangen, hat alles über ihn herausgefunden, was sie nur herausfinden konnte, die Namen seiner Kinder, was für ein Auto er fuhr. Sie ist sogar mit dem Zug in den Vorort gefahren, in dem er gewohnt hat, und hat sein Haus gesucht, stand den ganzen Nachmittag lang gegenüber auf der anderen Straßenseite und hat zugeschaut, wie jemand seiner Witwe etwas zu essen brachte, wie seine älteren Kinder von der Schule heimkamen. Es ist unglaublich, daß sie nicht verhaftet oder wenigstens verhört worden ist, aber vielleicht hat die Polizei gedacht, daß jemand, der so auffallend neugierig und dazu noch eine Ausländerin war, eigentlich nur eine Touristin sein konnte.«

Als Faith in München ankam, befand sie sich in einem Zustand zwischen Fassungslosigkeit und Panik. »Ich hab einen Menschen umgebracht«, sagte sie immer wieder und wurde ganz starr, schaute unverwandt ihre Hände oder die Wand an, während der Gedanke an diese Tat sie noch einmal durchfuhr, noch einmal schüttelte. Sie hatte Anfälle von hemmungslosem Zittern, so daß sie nicht gehen und sich nicht einmal aufsetzen konnte; sie mußte sich zusammenrollen und die Augen schließen, bis das Zittern wieder aufhörte. »Ich hab einen Menschen umgebracht«, sagte sie dann, und ihre Zähne schlugen heftig aufeinander. »Gott, bitte hilf mir.«

Wolf hielt sie fest, versuchte, sie dazu zu bringen, ihm

in die Augen zu schauen. »Hey, hey, laß uns nicht von Umbringen reden«, sagte er dann. »Niemand hat irgend jemanden umgebracht. Das war bloß ein Unfall, okay?«

Aber sie schien ihn nicht zu hören, hatte die Augen geschlossen. »Ich bin krank«, sagte sie. »Ich bin so krank.«

Sie war ganz schmal und dünn, ihre Haut war bläulich und weiß. Sie saß den ganzen Tag lang alleine da und dachte daran, was sie getan hatte, als ob sie eine Antwort bekommen könnte, wenn sie nur fest genug nachdachte. Aber es kam immer dieselbe Antwort: »Ich hab ihn umgebracht. Das ist dasselbe, als hätte ich ihm eine Pistole an den Kopf gesetzt.«

»Hör auf«, sagte Wolf beschwörend. »Schau, wenn du nicht dagewesen wärst, dann wäre es trotzdem passiert, Faith, das kann ich dir garantieren. Dann wäre dieser Mann auch tot.«

»Aber ich *bin* dagewesen. Ich hatte es in der Hand. Ich hätte das Ding irgendwo vergraben können oder in den Fluß werfen, dann wäre er immer noch am Leben.«

»Wenn du gewußt hättest, daß man jemanden vor dem Tod bewahren hätte können«, sagte Wolf leise, »dann hättest du ihn davor bewahrt.«

»Aber das hab ich doch gedacht«, sagte Faith, die jetzt weinte. »Ich hab doch gedacht, daß ich genau das tue – daß ich ihn vor dem Tod bewahre. Deswegen hab ich doch das alles getan.«

Wolf beschwor sie, mit ihm nach Hause zu kommen, nach San Francisco. Sie brauche Hilfe, brauche über eine lange Zeit professionellen Beistand und eine Therapie – verdammt, er wußte auch nicht, was sie brauchte. Aber ganz gleich, was sie brauchte, sie konnte es nicht bekommen, wenn sie alleine in seiner Wohnung saß, während er in der Schuhfabrik arbeitete. Er konnte sich einfach nicht entscheiden, ob er ihre Mutter anrufen und einfach die Karten auf den Tisch legen sollte, aber er mußte Faith schwören, daß er es sein ganzes Leben lang niemals jemandem sagen würde. »Niemandem«, sagte sie. »Wenn du es jemandem erzählst, bin ich sofort weg.« Es war ihr ernst damit. Die meiste Angst hatte Wolf davor, daß sie davonlaufen würde – solange Faith bei ihm war, war sie sicher, dachte er. Er käme schon mit ihr zurecht. Aber wenn sie davonlief, konnte alles mögliche passieren. Also rief er nicht an. Und was die professionelle Hilfe betraf, so hatte Faith für diese Idee nur Verachtung übrig. »Hilfe wobei?« sagte sie. Mord sei eine Todsünde. Niemand könne ihr helfen außer Gott.

»Dann wird Gott dir vielleicht helfen!« schrie Wolf, als ihn seine irdischen Argumente nicht weiterbrachten. »Vielleicht verzeiht Er dir.«

»Er wird mich zuerst bestrafen«, sagte Faith. »Und hoffentlich tut Er das bald.«

Sie wartete. Sie saß Tag um Tag da und wartete darauf, daß ihre Bestrafung begann. Sie verstand nicht, warum es so lange dauerte, und dann kam sie zu dem Schluß, daß dieses Warten schon ein Teil der Strafe war. Aber es quälte sie, daß sie nichts tun konnte, nicht handeln konnte; sie war immer jemand gewesen, der handeln wollte, und jetzt hatte das Handeln ins Verderben geführt. Sie hatte Angst, sich zu bewegen, etwas zu unternehmen.

»Sie konnte die Wohnung kaum verlassen«, sagte Wolf. »Sobald sie auf der Straße war, bildete sie sich ein, sie hätte den Backofen angelassen oder ein Fenster stehe offen, und es würde irgend etwas Schreckliches passieren. Sie glaubte, ein Fluch liege auf ihr und sie sei eine Gefahr für alle Leute in ihrer Umgebung. Wenn wir in den Bus stiegen und sie plötzlich ihr Portemonnaie nicht finden konnte – dann drehte sie sich zu mir um, die Tränen standen ihr in den Augen, und sie wühlte in ihren Taschen, während die Leute alle warteten, und natürlich war es da, an einer ganz logischen Stelle ...« Er schüttelte den Kopf. »Sie fing dauernd mit irgendwelchen Sachen aus der Vergangenheit an, daß sie einmal einen Jungen in einen Fluß geschubst und er sich am Auge verletzt hatte, oder daß sie einmal eure Mom mit dem Dreirad angefahren hatte – mit dem Dreirad, du lieber Gott – und wie sie ihr dabei den Strumpf zerrissen und sie am Bein verletzt hat. Faith hatte das Gefühl, daß ihr ganzes Leben darauf hinauslief. Daß sie unschuldige Leute verletzte.«

Nachts wachte sie oft plötzlich auf und lag steif vor Angst im Bett. »Ich weiß nicht, was ich tun soll, aber ich muß etwas tun«, sagte sie und starrte an die Decke. Wolf beugte sich über sie, legte ihr die Hand auf den Brustkorb, damit das rasende Pochen ihres Herzens sich etwas beruhigte. »Ich muß was tun«, sagte sie.

Aber nein, sagte er, das sei ganz verkehrt. Es gebe nichts, was sie tun müsse, sie müsse nur einen Weg finden, damit zu leben. Mit dem zu leben, was sie getan habe. »Hör doch, es passieren dauernd schreckliche

Dinge«, sagte er. »Die Leute leben damit, Faith. So funktioniert doch die Welt.«

»Er hat vier Kinder«, sagte Faith. »Eins davon ist erst drei Jahre alt.«

»Aber davon rede ich doch!« rief Wolf und dachte, er könne sie jetzt überzeugen. »Damit hast du doch gelebt – du hast deinen Vater verloren, und du hast das überlebt.«

Er wußte sofort, daß er das nicht hätte sagen sollen. »Ganz richtig«, sagte Faith bitter. »Und jetzt schau, was aus mir geworden ist.«

Während Wolf erzählte, gab es oft lange Pausen, in denen er nichts sagte, aber Phoebe wartete einfach. Es drängte sie nichts mehr, weil sie es ja jetzt wußte – sie hielt jetzt das fehlende Stück in der Hand. Sie hatte beinahe Angst davor, daß die Geschichte zu Ende ging, Angst, was sie tun würde, wenn Wolf mit dem Erzählen endgültig fertig war.

Mit der Zeit hatte Faith sich beruhigt. Wolf hatte das auch erwartet. Man kann sich sogar an Panik und Verzweiflung gewöhnen, und allmählich traf Faith sich wieder mit anderen Leuten, zog ein bißchen durch die Gegend. Manchmal war sie genauso wie früher, aber Wolf sah einen Unterschied: Sie war leichtsinnig und gleichgültig geworden. Die Hoffnung, dieser fast schon evangelische Antrieb, der noch in ihren wildesten Plänen zu spüren gewesen war – war nicht mehr da. Einmal ging sie mit amerikanischen Soldaten, die sich ihren freien Tag in München vertrieben, zum Fallschirmspringen. Sie war noch nie mit dem Fallschirm gesprungen, aber es ließ sie kalt. »Ihre Lust an der Gefahr kam wieder zurück, Stück für Stück«, erinnerte sich Wolf. »Aber nicht als etwas, das irgendwohin führte, sie wollte nur dieses Gefühl spüren. Sie wollte nur die Ablenkung. Mir hat das wahnsinnig angst gemacht.«

Einmal, als Wolf bei der Arbeit war, traf Faith eine Gruppe von jungen Leuten, die in einem umgebauten Lieferwagen durch den Süden gondelten. Als Wolf an diesem Abend nach Hause kam, sagte sie, daß sie möglicherweise mit diesen Leuten fahren würde. Wolf sagte, klar, natürlich, und er käme auch mit, aber Faith war skeptisch. »Ich glaub, du könntest sie nicht leiden«, sagte sie.

»Kannst du sie denn leiden?«

»Eigentlich nicht.«

»Warum willst du dann mitfahren?«

Faith schaute ihre Hände an. »Vielleicht solltest du nach Hause gehen«, sagte sie besorgt. »Nach San Francisco.«

»Was zum Teufel hat denn das damit zu tun?«

»Wir sollten getrennte Wege gehen.«

»Wieso denn?«

»Weil es dich fertigmacht, weil du kaputtgehst, wenn du mit mir zusammen bist. Ich seh das doch«, sagte sie. »Ich mach dich kaputt, du mußt weg von mir.«

Wolf nahm sie in die Arme. Faith schluchzte. »Baby«, sagte er. »Baby, das muß aufhören. Laß einfach los, damit es aufhört.«

Sie hatte ihr Gesicht an sein Hemd gedrückt und sagte

etwas. »Was?« fragte Wolf und lehnte sich zurück, damit er sie hören konnte. Sie zitterte, ihre Augen waren geschlossen. »Baby, was hast du gesagt?«

»Ich hab einen Menschen umgebracht«, flüsterte Faith.

Wolf kündigte seinen Job in der Fabrik und fuhr mit diesen jungen Leuten in ihrem Lieferwagen mit. »Das waren dröge Typen«, sagte er jetzt. »Aber sie hatten etwas Verzweifeltes, und dadurch ging es ziemlich lebhaft zu. Ich hab mich schon manchmal gefragt, ob ich der einzige aus dieser Gruppe bin, der noch am Leben ist.«

Sie wollten angeblich zu einem Jethro-Tull-Konzert in Rom, aber der eigentliche Grund ihrer Fahrt war es, die Zeit im Tempo von hundert Stundenkilometern totzuschlagen – alle purzelten auf dem Teppichboden im Laderaum herum, Tramper stiegen ein und steigen wieder aus, jemand hielt ein Marmeladenglas mit flüssigem LSD auf dem Schoß. Sie hatten die Pipette verloren, steckten jetzt einfach die Finger in das Glas und leckten die Droge ab. Außer Faith war nur noch ein Mädchen dabei, eine sechzehnjährige Italienerin, die sich Speed spritzte und der langsam das Geld ausging. Als sie in Rom waren, war sie schon so weit, daß sie die Leute um die Watte anbettelte, die sie als Filter benutzten. Einmal ließ sie vor lauter Aufregung ein Stück Watte auf einen weißen, zotteligen Teppich fallen, den jemand dabei hatte, und kroch dann zwanzig Minuten auf dem Boden herum, suchte mit zitternden Händen in den schmutzigen weißen Teppichzotteln. Es war so ein schrecklicher

Anblick, daß Wolf ihr schließlich das Geld für einen Trip gab. Die nächsten beiden Tage starrte sie ihn mit ihren schönen, zerstörten Augen an, und ihr Blick sagte: »Bitte, Baby, ich mag nicht mehr fragen. Aber bitte.«

»Faith versuchte die ganze Zeit, mich loszuwerden«, sagte Wolf. »Ich glaub, sie hat sich geschämt, daß sie mit diesen Leuten zusammen war, daß sie so tief gesunken war. Aber ich war mir ziemlich sicher, wenn ich gegangen wäre, hätte sie vergessen, wie tief unten das war, hätte einfach nachgegeben.«

Nach Rom fuhr Wolf den Wagen, wodurch seine Befürchtungen, sie könnten von der Straße abkommen, einigermaßen besänftigt wurden, und obendrein reduzierte er die Zahl der Tramper, die sie mitnahmen. Er achtete darauf, daß Faith hauptsächlich auf dem Vordersitz saß, neben ihm. Wenn sie nicht vorne war, konnte er kaum fahren, weil er sich so auf den Rückspiegel konzentrierte und darauf, was Faith da hinten machte. Oft schlief sie, hatte den Kopf in seinem Schoß. Es war ein unruhiger, angsterfüllter Schlaf, aber wenigstens war sie da, wenigstens konnte er ihr eine Hand auf den Kopf legen, ihre Schultern massieren, ihr ins Ohr flüstern, daß die schlimmen Zeiten jetzt vorbei wären, daß jetzt alles besser wurde – spürte sie das denn nicht auch? –, und er hoffte, daß ihn Faith in irgendeiner unbewußten Schicht hören und ihm glauben würde.

Aber als sie an die Küste kamen, trat eine bemerkenswerte Veränderung ein. Faith sah das Meer und saß gespannt in ihrem Sitz, starrte das Wasser mit einer hypnotisierten Aufmerksamkeit an, die sie seit Wochen für nichts mehr aufgebracht hatte außer für das Entsetzen, das sie über ihr Verbrechen empfand. »Es war erstaunlich«, sagte Wolf zu Phoebe. »Sie war plötzlich vollkommen wach, als wäre ihr etwas eingefallen, das ihre Lage in einem vollkommen neuen Licht erscheinen ließ. Ich erwartete, daß das wieder nachließ, aber es ließ nicht nach, sie saß fasziniert da, und während wir die Küste entlangfuhren, war es, als ob diese ganze Qual, diese Mattigkeit und alles – einfach von ihr abfiel.

Als wir wieder ins Inland fuhren, brauchten wir wegen der Berge ziemlich lange. Ich bin praktisch ausgeflippt, weil ich dachte, Faith würde wieder in ihre alte Angst zurückfallen, aber sie blieb ruhig. Als wir diese verdammten Tunnel hinter uns hatten, landeten wir in dieser Stadt, Manarola, das ist die Ortschaft gleich im Süden von Corniglia. Ich sagte: ›Schluß, Leute, hier bleiben wir‹, und wir verbrachten die Nacht am Strand, an diesem tollen Strand mit seinen weißen Felsen und großen Muscheln – es sah aus wie auf dem Mond. Faith und ich saßen auf einem riesigen Felsen, und die Flut kam immer weiter zu uns hoch. Faith war ruhig, so ruhig, wie ich sie noch nie gesehen hatte. Es war, als habe sie eine neue Stufe erreicht, wenigstens wollte ich das glauben. Ich hatte ja schon so lange auf einen Hoffnungsschimmer gewartet.«

Als sie dasaßen und das Meer um sie herum ans Ufer trieb, wußte Wolf zum ersten Mal, was für ein Leben er mit Faith leben wollte. Vielleicht würden sie nicht abheben, sich nicht in den Himmel erheben, wie er sich das gedacht hatte, vielleicht bestand das eigentliche Leben darin, das zu tun, was seine Eltern taten, die Miete bezahlen, die Zeitung lesen, verdammt, ja, vielleicht war das die Mutprobe: leben, tagein, tagaus. Einfach leben. Es war wie eine Offenbarung.

Sie räumten an einer Stelle am Strand die Muscheln und die Steine weg und legten Wolfs blauen Daunenschlafsack auf den Sand, der glitzerte wie der Sand in einem Stundenglas. Wenn Wolf zwischendurch aufwachte, sah er, daß Faith ganz ruhig die Sterne betrachtete. Was für eine Erlösung das für sie sein mußte, dachte er, daß sie jetzt diese Panik nicht mehr hatte.

Am nächsten Vormittag wanderten er und Faith mit ihren Rucksäcken auf dem Rücken nach Corniglia. Die anderen zockelten mühsam hinterher, aber Wolf und Faith fühlten sich wunderbar leicht, wie Luftblasen, die im Wasser aufsteigen.

Sie gingen durch die Stadt. Faith kaufte großzügig fürs Mittagessen ein, Feigen, Mortadella und große Dosen mit Thunfisch. Sie hatte ihren letzten Travellerscheck in Rom eingelöst, aber sie fand nicht, daß sie deswegen sparsam sein sollte. »Wieso denn kein Geld ausgeben?« sagte sie und grinste wie in den alten Zeiten, den Federkissenzeiten. Sie stellten die Tüte mit den Lebensmitteln in den Schatten der kleinen Kirche, dann setzten sie sich auf die Mauer und warteten.

Wolf nahm ihre Hand. »Dir geht es besser«, sagte er. »Stimmts?«

»Ja.«

»Wie ist das denn gekommen?«

»Es ist einfach so gekommen«, sagte sie. »Ich hab es einfach gewußt.«

Wolf wollte fragen, was das genau war, das sie wußte, aber er hatte Angst, den Bann zu brechen. Hatte Angst, alles könnte wieder verschwinden. Sie betrachteten die Aussicht.

»Schönheit ist ganz nahe bei Gott«, sagte Faith. »Deswegen sind die schönen Sachen so gefährlich.«

»Ist Gott denn gefährlich?«

Sie schwieg. »Ja«, sagte sie dann.

»Ich hatte ja immer so meine Zweifel an diesem Typ.« Wolf wollte sie unbedingt wieder lachen hören.

»Gott ist das Ende«, sagte Faith. »Danach kommt nichts mehr.« Sie schaute Wolf voller Staunen an. »Wonach haben wir denn diese ganze Zeit gesucht?«

»Gott weiß, wonach.«

Und da war es – das Lachen. »Ganz richtig«, sagte Faith. »Er weiß es.«

Ihre Begleiter kamen jetzt angezockelt, und Wolf ärgerte sich, daß sie ihnen jetzt möglicherweise ihre schönen Sachen wegessen würden. Er und Faith stiegen von der Mauer, und sie setzten sich alle zum Essen hin.

»Wo?« fragte Phoebe. »Hier? Wo wir jetzt sind?« Das war doch nicht möglich.

»Genau bei der Kirche hier.«

»Hat sie – wie hat sie damals ausgesehen?«

»Ich weiß es nicht«, sagte er. »Ich hatte sie größer in Erinnerung. Höher oder irgendwas. Die Mauer.«

Als er satt war, lehnte Wolf sich an die Kirche und döste ein bißchen vor sich hin. Er wachte von einer leisen Bewegung auf. Als er die Augen aufmachte, sah er Faith auf der Mauer stehen. Sie hatte ihm den Rücken zugewandt. »Komm da runter, verdammt noch mal!« brüllte er und stand auf.

Faith zuckte erschreckt zusammen und drehte sich dann zu Wolf um. Der Wind ging sehr stark, und Wolf war überrascht, daß sie nicht einfach weggeblasen wurde. »Bleib stehen«, sagte sie ganz ruhig.

Statt sie von der Mauer herunterzureißen, wie er es vorgehabt hatte, streckte Wolf den Arm aus und nahm Faiths Hand. Sie fühlte sich warm an.

»Ich denke nach«, sagte Faith. »Laß mich doch einfach nachdenken.«

»Denk hier unten nach.«

»Das kann ich nicht«, sagte sie mit dieser absoluten Ruhe in ihrer Stimme, die Wolf denken ließ: Verdammt, bin ich derjenige von uns, der sich seltsam benimmt?

Er hielt ihre Hand, die durch die Festigkeit ihres Griffs noch wärmer wurde. »Laß mich los«, sagte Faith.

»Das kann ich nicht.«

»Doch, du kannst«, sagte sie. »Vertrau mir diesmal. Es wird alles gut werden.«

Wolf hielt sich an ihrer Hand fest, an dieser Kraft. Er wollte diese Kraft. Faith stand mit ihrer Spitzenbluse und ihrer zerrissenen, im Wind flatternden Jeans über ihm wie ein mythisches Wesen am Bug eines Schiffs. Er kam sich winzig klein vor. Die Welt war ihr Leben, der Schauplatz ihres Lebens, aber diese Welt hatte ihn zermürbt. Faith schaute zum Horizont hinaus, dann drehte sie sich zu Wolf um. »Also«, sagte sie. »Nur für eine Minute. Laß mich los.«

Wolf ließ ihre Hand los und ging ein paar Schritte zurück, ohne sie aus den Augen zu lassen. Die anderen saßen da, hatten sich an die Kirche gelehnt und glotzten Faith an. Das Ganze hatte etwas Unwirkliches. Wolf hatte Angst, aber er war auch fasziniert, gefangen von etwas, das größer war als er. Er lehnte sich an die Kirche. Faith stand auf der Mauer. Sie hatte soviel Mut. Eines Tages werden wir uns daran erinnern und uns totlachen, dachte Wolf, wir werden uns totlachen, wenn ich zugebe, wieviel Angst ich gehabt habe, und er freute sich schon jetzt auf diese Zeit, diesen ruhigen, angenehmen Ort in der Zukunft. Faith hob die Hand, um sich vor der Sonne zu schützen. Wolf spürte die ganze Zeit den Drang, sich an sie heranzuschleichen; der Wind war so laut, daß sie wahrscheinlich nichts merken würde, bis er bei ihr war und sie von der Mauer herunterriß – er überlegte sich das und verwarf den Gedanken immer wieder, weil es so ordinär war, so unwürdig, wenn man dagegen gleichzeitig Faith alleine auf dieser Mauer stehen sah, wie sie auf das Meer und den offenen Himmel hinausschaute, und es lag etwas Reines, fast Heldenhaftes in diesem Anblick, und Wolf dachte: Wenn ich sie das tun lasse, dann wird dieser ganze Wahnsinn endlich hinter uns liegen.

»Sie hat sich nach mir umgedreht«, sagte er. »Ich sah ihr Gesicht, und da wußte ich, was passieren würde, und ich lief los –« Aber bevor er sie erreichen konnte, hatte Faith die Arme weit ausgebreitet und sprang von der Mauer ins Meer.

Phoebe hörte, wie Wolf schluckte. Sie überlegte, ob er sich noch einmal übergeben mußte. Ihr war selber übel.

»Sie ist gesprungen«, sagte er. »Kein Laut, kein Schrei. Wir waren alle vollkommen fassungslos – betäubt von diesem Gefühl, daß das Unbegreifliche geschehen war – und ich dachte: Mein Gott, das ist alles bloß ein gottverdammter Witz, sie versteckt sich hinter der Mauer, da ist ein Vorsprung, den ich nicht gesehen habe, und ich lief hinüber, um sie zu holen, aber als ich nach unten schaute, sah ich ihren Körper auf den Felsen und fing an zu schreien …«

Er schwieg. »Und was habt ihr dann getan?« fragte Phoebe. Die Wörter schienen aus ihrem Brustkorb zu kommen, nicht aus ihrem Mund.

»Die anderen sind abgehauen. Es hat ungefähr zehn Minuten gedauert, sie haben sich einfach irgendwie in Luft aufgelöst. In der Zwischenzeit bin ich …«

Er hörte wieder auf zu reden. Seine Augen schimmerten feucht, aber er weinte nicht. Die Geschichte aus sich herauszuholen nahm anscheinend seine ganze Energie in Anspruch. »Ich bin brüllend und schreiend in die Stadt gerannt und konnte den Leuten ziemlich schnell verständlich machen, daß ich gesehen hatte, wie ein Mädchen von den Klippen gesprungen war. Ich hatte kurze Haare, weil ich ja in der Fabrik arbeitete, so daß ich nicht allzusehr wie ein Irrer gewirkt habe. Ein paar Männer stiegen an einer Stelle hinunter, an der es nicht so steil war. Sie wußten, was sie taten – ich hatte das Gefühl, daß das nicht das erste Mal war, daß jemand auf diese Felsen gestürzt war. Ich stieg hinter ihnen her – dachte die ganze Zeit: Vielleicht lebt sie noch, bitte, Gott, laß sie noch leben – aber als die ersten von den Männern bei ihr ankamen, merkte ich an der Art, mit der sie sich über sie beugten, was los war. Ich hab es einfach gewußt. Trotzdem bin ich wie ein Verrückter hingelaufen, bin halb im Wasser geschwommen, und dann wußte ich es wirklich.«

»Wie hast du es gemerkt?« sagte Phoebe leise.

»Der Hals.« Er konnte kaum sprechen. »Mir ihrem Hals stimmte etwas nicht. Ich legte die Hand auf ihren Brustkorb ...« Er begann zu weinen. Es klang steif, ungeübt. »Ich weiß es nicht mehr«, sagte er. »Ich kann nicht darüber reden.«

Inzwischen war in der Stadt die Hölle los. Die Leute waren in Scharen zu den Klippen geströmt, einige weinten, die meisten waren bloß erregt, als wäre ein Feiertag. Wolf stand fröstelnd im Wasser, das ihm bis zur Brust ging, und erst jetzt begriff er, daß das, was da oben geschehen war, seine Schuld war, daß er es hätte verhindern können. Er stellte sich Gail und Barry und Phoebe vor, dachte daran, daß er ihnen gegenübertreten mußte, ihnen erklären mußte, was geschehen war – nein, alles an ihm wich davor zurück, das war unmöglich, er könnte fast alles ertragen, aber er könnte ihnen nicht gegenübertreten, könnte es nicht ertragen, daß jemand die Wahrheit erfuhr. Schließlich war er in einer letzten wahnsinnigen Anstrengung wieder zu der Stelle hochgelaufen, um sicher zu sein, daß Faiths Sachen noch alle da waren, wo man sie finden konnte, Rucksack, Paß, alle diese Sachen. Sie lagen alle noch da, direkt an der Mauer. Dann rannte er den Weg zurück, den sie gekommen waren, zurück nach Manarola, stand, vor Erschöpfung schwer atmend, auf dem Bahnsteig und dachte: Was zum Teufel mach ich denn überhaupt? Nichts erschien im wirklich, Faith war tot, und er rannte davon – und wohin? Es war, als würde sein Kopf gleich zerplatzen; er dachte, er würde gleich da auf dem Bahnsteig den Verstand verlieren, würde sich einfach auflösen, aber dann hörte er, wie der Zug durch den Berg herankam, und in diesem Augenblick war es, als käme Faith zu ihm, ganz klar und deutlich, sie hatte nichts mit diesem Körper zu tun, der verkrümmt auf den Felsen lag. Sie lächelte und sagte: Komm, Wolf, bist du verrückt? Steig in den Zug, Baby, was ist denn los mit dir, komm jetzt! Sie drängte ihn, ihre Stimme wurde lauter, je lauter das Geräusch des herannahenden Zuges war, bis beides miteinander verschmolz, das Donnern des Zugs und Faiths Stimme, und als der Zug in den Bahnhof einfuhr, stieg Wolf ein und hatte dabei ein seltsam gehobenes Gefühl, fast so etwas wie Begeisterung, als entkämen er und Faith zusammen dem Unglück, als sei das alles nur wieder ein sehr aufregender, starker Abgang.

Aber das Gefühl hielt nicht an. Als er in München ankam, war er ein Zombie – Faith war tot, durch seine Schuld, alles wurde neben dieser Ungeheuerlichkeit zu Staub. Er war sich sicher gewesen, daß jemand aus der

Stadt, der sich an ihn erinnerte, mit Handschellen hinter ihm herkäme. Aber es kam niemand. Sie hatten vielleicht nie wieder an ihn gedacht.

Jedesmal, wenn Wolf mit Faiths Mutter telefonierte, dachte er: Ich sag es ihr jetzt, ich kann keine Sekunde mehr weiterreden, wenn ich es ihr nicht sage, aber seine Angst war immer zu groß gewesen. Er hatte Faith versprochen, daß er nie jemandem von der Bombe und dem Toten erzählen würde – ihr letzter Wunsch, so wie es jetzt aussah, und er konnte dieses Versprechen nicht brechen. Aber wenn er das nicht erzählte, wie sollte er dann alles andere erklären? Und er hörte sich sagen: »Es ist so schlimm, Gail, es tut mir so leid. Es tut mir so gottverdammt leid«, und er redete auf diese Art weiter, bis sie ihn unterbrach. »Hör auf, Wolf«, sagte sie leise. »Hör auf. Was hättest du denn tun können?«

Es war ungeheuerlich, aber diese Bemerkung tröstete ihn.

Wolf schwieg jetzt. »Ich weiß nicht, wie du dann leben konntest«, sagte Phoebe. »Danach.«

Er stieß ein bitteres Lachen aus. »Provisorisch«, sagte er. »So hab ich gelebt – so leb ich noch – sehr provisorisch.«

Jahrelang, sagte er, sei ihm sein Leben vorgekommen wie eine Art Experiment. Die Frage, um die es ging, war: Wie lange konnte er es aushalten, bevor alles über ihm zusammenbrach? Er habe sich in dieser Zeit immer vorgestellt, er würde eines Tages aus seiner Gefängniszelle auf diese Zeit zurückblicken oder das Gras vor dem Irrenhaus betrachten, in dem er ganz sicher landen würde. Aber statt ihn resignieren zu lassen, hatten diese Gedanken ihn mit wilder Entschlossenheit erfüllt. Wenn er schon untergehen müsse, dann verdammt noch mal nicht ohne Kampf. Und Faith war ein Teil dieses Gefühls. Er stellte sich vor, daß sie zu ihm sagte: Komm jetzt, zeig ein bißchen Mumm; daß du an mir kaputtgehst, ist das letzte, was ich will – obwohl er sich dann hinterher fragte, ob diese Gedanken nicht einfach nur selbstsüchtig waren. Aber allmählich, während er langsam wieder so etwas wie ein Leben hatte, wurden diese Gedanken immer seltener, wenn es auch nicht so war, daß sich irgend etwas gelöst hätte, er dachte nur nicht mehr soviel nach. Aber als er Phoebe an diesem Morgen vor einigen Wochen im Treppenhaus sah, hörte er eine Stimme, die sagte: Du hast gewußt, daß es so kommen wird; jetzt ist es also soweit. Und er war erleichtert.

»Ich hab mir tausendmal geschworen – bis eben noch –, daß ich dir nie erzählen werde, was hier oben passiert ist«, sagte Wolf. »Aber vielleicht hab ich immer gewußt, daß es so kommen würde.«

Phoebe schaute die Wand an, suchte nach einer Frage, mit der sie Wolf dazu bringen könnte, noch mehr zu erzählen. Aber ihr Kopf war leer.

Sie schloß die Augen und lehnte den Kopf an die Kirche. Etwas Unerträgliches lief in ihr ab, es war ein Gefühl wie Verzweiflung, nur tiefer, schmerzhafter. Der Wind blies ihr Staub ins Gesicht. Es kam ihr vor, als würde sie sterben, als sei dieser Schmerz der Schmerz, den man spürt, wenn die Seele aus dem Körper gerissen wird. Voller Angst öffnete sie die Augen. Der Wind blies ihr Staub in die Augen, aber das, dieser Schmerz, machte ihr nichts, er war nur ganz klein. Es war fast angenehm.

Faith war weg. Sie war weg. Ihre Abwesenheit war für Phoebe so neu, als hätte sie ihre Schwester von dieser Klippe springen sehen.

Sie hatte einen metallischen Geschmack im Mund, den Geschmack, der auf einen plötzlichen Schlag folgt, den man auf den Kopf bekommt. Eine betäubende Leere umgab sie.

Warte mal, dachte sie. Warte.

Vergeblich versuchte Phoebe, klar zu sehen, aber ihre Gedanken erschienen ihr so schwach und unbedeutend neben der ungeheuren Endgültigkeit von Faiths Tat, die wie ein Strudel unwiderstehlich alles an sich riß, was Phoebe besaß, sie ganz verschlang. Sie bekam keine Luft mehr.

Warte, dachte sie. Ich hab doch immer gewußt, was passiert ist.

Aber in dieser ganzen Zeit hatte die Wirklichkeit von Faiths Tat, ihre brutale Endgültigkeit, sie nie wirklich berührt. Sie war in einen Schleier gehüllt, in Licht, in einen unglaublich hellen Lichtblitz, der einen weichen, leuchtenden Ring hinterließ.

Phoebe öffnete die Augen. Der helle, leere Himmel war von einem Summen erfüllt. Es war, als sei die Luft voller Panik, voll von einer schmerzhaften Helligkeit.

»Komm doch«, hatte Faith gesagt und die Hand nach Wolf ausgestreckt. Phoebe wollte hinter ihnen herkommen, aber die Tür war zu. »Kannst du es spüren?« Kerzenlicht auf den Küchenwänden. «Kannst du?« fragte Faith. »Kannst du?« Und Phoebe konnte es spüren, mit sieben Jahren. Sie wußte, was das war.

»Komm doch«, sagte Faith. Es war etwas hinter dieser Tür. Faith machte jede Tür auf, die sie sah, aber Phoebe hatte Angst davor.

Ein Lichtblitz. Dann ein langes Glühen.

Faith machte jede Tür auf.

Eine einzige Geste. Alles war jetzt ganz rein und klar.

Faith hatte sich verschenkt. Sie hatte sich verausgabt. Und die Zeit war stehengeblieben.

Sie hat uns beide umgebracht, dachte Phoebe. Hat uns alle umgebracht.

Phoebe taten alle Glieder weh. Sie wollte sich bewegen. Sie stand auf.

Das Meer öffnete sich vor ihr, weit und still. So eingeschüchtert, daß es still ist, dachte Phoebe, das Meer und alles andere auch. Sie ging darauf zu.

»Bleib stehen!« rief Wolf.

Phoebe zuckte heftig zusammen. Als sie sich umdrehte, sah sie, daß Wolf aufgesprungen und bereit war, sich auf sie zu werfen. Sie machte den Mund auf, um etwas zu sagen, brachte aber nichts heraus; sie konnte vor Erstaunen nichts sagen. Wolf dachte wirklich, daß sie springen würde. Phoebe versuchte sich das vorzustellen – wenn man dastand und diese Entscheidung traf –, aber etwas in ihr wandte sich angewidert ab.

»Ich würde das nie tun«, sagte sie und schaute Wolf

ungläubig an. »Nie. Ich würde das nie tun.« Und während sie sprach, veränderte sich ihre Haltung dieser Tat gegenüber. Sie fand diese Entscheidung entsetzlich.

Sie stand mit ihrer Mutter und Barry ganz eng zusammen auf dieser Klippe in der Nähe der Golden Gate Bridge und übergab Faiths Asche dem Wind. Sie kam sich so klein vor, und sie waren nur zu dritt – kaum eine Familie. Und ihre Schwester hatte sich für das hier entschieden.

»Und was war mit uns?« sagte Phoebe. »Was hat sie denn über uns gesagt?«

»Das weiß ich nicht mehr.«

»Aber sie hat etwas gesagt, oder? Sie hat doch was gesagt?«

»Ich weiß es nicht.« Er machte einen beklommenen Eindruck.

»Aber ich meine – was hat sie denn gedacht?«

Wolf gab lange keine Antwort. »Ich glaube, sie hat nicht gedacht«, sagte er dann.

Phoebe schüttelte den Kopf. Sie hatte ein Dröhnen in den Ohren. »Okay«, sagte sie. »Der Typ, der ums Leben gekommen ist, hatte Kinder. Aber was ist mit uns?«

Sie schaute Wolf an, der nichts wußte, und plötzlich wurde sie von einem wilden Zorn gepackt. »Ich kann nicht glauben, daß sie das getan hat«, schrie sie. »Ich kann nicht glauben, daß sie hier gestanden hat und uns das angetan hat!« Sie wurde mit jedem Wort zorniger, bis sie einen wahnsinnigen Drang spürte, diesen Zorn herauszulassen. »Ist sie denn verrückt gewesen?« schrie sie. »Steht da und – verdammt!« Sie trat gegen die Kirchenmauer, ihr Fuß schmerzte, und Putz bröckelte auf den Boden. Sie schlug mit den Händen gegen die Mauer, fuhr an der rauhen Oberfläche entlang, bis sie ein heißer, köstlicher Schmerz durchfuhr. »Verdammt!« schrie sie. »Verdammt, Faith!«

Wolf stand hinter Phoebe und nahm ihre blutenden Hände, die sie sich an der Wand aufgeschürft hatte. Er legte die Arme um sie und hielt sie fest. »Hör auf«, sagte er. »Du tust dir weh.«

Phoebe lehnte sich mit ihrem ganzen Gewicht an Wolf. »Ich hasse sie«, sagte sie. »Ich hasse sie mehr als alles andere.«

»Okay«, sagte Wolf leise und hielt sie fest.

Einige Zeit später drehte Phoebe sich um und schaute ihn an. Wolf betrachtete sie einen Augenblick, als wolle er abschätzen, wie sehr sie sich beruhigt hatte. »Phoebe, ich muß dir etwas sagen«, sagte er. »Euch zu verletzen war das letzte, was Faith in den Sinn gekommen wäre. Für sie war es ein Opfer. Sie wollte etwas wieder gutmachen.« Sein Atem ging schwer. »Daß sie damit noch mehr Unglück in die Welt gebracht hat, ist nur eine schreckliche Ironie. Das, wovor sie am meisten Angst hatte, ist dadurch noch einmal passiert.«

Er ließ Phoebe los. Sie ging einen Schritt zurück und lehnte sich an die Kirche, spürte den warmen Stein an ihrem Rücken. Sie schloß die Augen.

Kannst du es spüren?

Faith machte jede Tür auf.

Suchen, etwas suchen. Wie schwer es auch fiel.

Komm doch, sagte Faith. Komm doch, komm doch. Eine Beule auf ihrem Kopf, na und? Eine blutende Nase? Um so besser.

Und sie hatten sie deswegen geliebt.

Sie angebetet.

Alle.

Zuschauen. Faith schweigend anspornen, wenn sie auf das große Sprungbrett kletterte, nach oben drängte, es bestieg, sich nach dem Zauberbann sehnen, der sich auf die Welt legte, wenn Faith ihr Leben riskierte.

Fremde, die über Felsen kletterten, den nassen Kopf ihrer Schwester in ihren fremden Händen hielten. Phoebe hatte sich das nicht so vorgestellt. Polizisten, die ihre Sachen durchsuchten. Ein ganzes Leben – etwas Warmes – zerlegt in irgendwelche Techniken und Rituale. Phoebe hatte sich das nicht so vorgestellt. Sondern das Gegenteil.

Und sie wurde, jetzt, von Schmerz zerrissen, weil sie auf einmal ihre Schwester so sah wie nie zuvor: Faith war jetzt selber ein Mädchen, das verzweifelt nach etwas suchte, das sie nicht sehen konnte, von dem sie aber wußte, daß es da war, etwas, das sich ihr immer wieder zu entziehen schien. Sie suchte voller Heftigkeit, mit aller Gewalt, und als sie sich dieser Gewalt auslieferte und danach das normale Leben wieder begann, sah sie, daß sie etwas getan hatte, womit sie nicht leben konnte.

»Ich hätte es wissen sollen«, sagte Wolf. »Das ist das Entscheidende. Ich hätte es einfach wissen sollen.«

Phoebe öffnete die Augen. Wolf schaute aufs Meer

hinaus. »Aber ich bin gegangen«, sagte er kopfschüttelnd. »Bin einfach weggegangen.«

Phoebe spürte in seiner Stimme das Entsetzen darüber, daß er es gesehen hatte, daß er verantwortlich war.

»Als ich dich da an diesem Tag auf der Treppe gesehen habe«, sagte er, »da hab ich gedacht: Gottseidank, jetzt kann ich endlich etwas für Phoebe tun. Du hast Hilfe gebraucht, und ich hab gedacht: Ich kann ihr helfen, sie hat Hilfe verdient, und ich kann ihr helfen. Fast wie ein Bruder. Aber irgendwas ist passiert. Es war wie eine Unterströmung, und als ich es spürte, war es schon zu spät. Ich konnte es nicht mehr aufhalten.«

Phoebe ging zu Wolf und legte die Arme um ihn, weil sie wollte, daß er nichts mehr sagte. Sie konnte es nicht ertragen, daß er erklärte, warum er etwas getan oder nicht getan hatte. Aber Wolf sprach weiter.

»Wenn ich doch bloß an der Mauer stehengeblieben wäre. Ich hätte nicht einmal ihre Hand halten müssen, ich hätte bloß da stehenbleiben sollen. Warum bin ich weggegangen? Das hab ich mich schon tausendmal gefragt.«

Phoebe hielt ihn fest in den Armen. Sie wollte Wolf trösten, ihn freisprechen, aber das lag natürlich nicht in ihrer Macht.

»Wenn ich doch bloß –« sagte er. »Und dann auch noch weglaufen –«

»Bitte nicht«, sagte Phoebe und hielt ihn fest. »Bitte.«

»Weglaufen, wenn sie –«

»Nein, bitte nicht.«

»Und danach konnte ich nicht einmal dableiben. Ich bin davongerannt.«

»Aber dann bist du wieder zurückgekommen«, sagte Phoebe. »Ich hab dich gefunden.« Und erst, als sie das aussprach, begriff sie die einfache Wahrheit, die darin lag, begriff, daß sie in Wolfs Schuld stand. Und sie war ihm dankbar. »Sie ist verschwunden«, sagte sie. »Aber du bist zurückgekommen.«

»Wohin bin ich denn zurückgekommen?« sagte Wolf. »Ich habe in München auf meinem Hintern rumgesessen.«

Phoebe schüttelte den Kopf. Sie hatte etwas begriffen, ihr war etwas aufgegangen: Es war wie ein Licht, auf das sie und Wolf zugehen konnten. »Du hast mir geholfen«, sagte sie. »Da war sonst niemand.« Sie sprach ebensosehr zu sich selber wie zu Wolf. Es stimmte – er hatte ihr geholfen, als sie Hilfe brauchte. »Ja, so ist das«, sagte sie.

»Nein«, sagte Wolf. Aber er klammerte sich an Phoebe, als wäre sie der letzte dünne Faden, der ihn mit der Erde verband.

Sie stellte sich vor, wie er etwas in Faiths Ohr geflüstert hatte, als Faith in dem Transporter auf seinem Schoß geschlafen hatte, und Phoebe sagte jetzt flüsternd etwas zu Wolf. »Ich hab dich gefunden«, sagte sie. »Du hast mir das Leben gerettet.«

»Es gab tausend Dinge, die ich hätte tun können«, sagte Wolf. »Tausend Dinge.« Er klang müde.

»Ich hab dich gefunden«, sagte Phoebe.

Wolf sagte nichts.

Etwas später trennten sie sich, standen nebeneinander an der Mauer und schauten nach unten. Es kam Phoebe so vor, als sei viel Zeit vergangen, seit sie hier heraufgekommen waren, mehr als ein Tag. Mehr als ein Jahr.

Das Licht hatte sich verändert, und das Meer mit ihm. Es war jetzt zerfurcht wie eine Rinde und leuchtete in einem tiefen Silberton.

Sie standen und standen, als würden sie warten. Aber was konnte denn passieren? Es war alles schon Jahre zuvor passiert.

Wolf wirkt jetzt ruhiger, dachte Phoebe. Oder vielleicht waren seine Gedanken abgeschweift. Ihr jedenfalls ging es so, sie konnte gar nichts dagegen tun. Ihre Gedanken waren ganz woanders.

Wasser spülte über die Felsen, wusch sie sauber. Und doch war das hier die Stelle, genau die Stelle, an der Faith gesprungen war. Nichts war geblieben, keine Spur.

»Laß uns zurückgehen«, sagte Phoebe.

Die Sonne sank, als sie auf dem Rückweg waren, verbrannte den Himmel. Phoebe hatte das Gefühl, sie und Wolf seien die beiden letzten, die den Unfallort verließen.

Am Ende mußte man gehen. Was konnte man denn sonst schon tun? Man ging und machte mit seinem Leben weiter.

Phoebe fragte sich, ob Faith das hatte wissen können, als sie gesprungen war.

Die Zeit blieb nie stehen, es sah nur so aus.

Teil vier

Zweiundzwanzig

Phoebe kam in der ersten Septemberwoche wieder nach San Francisco zurück. Ihr Flugzeug landete am Spätnachmittag. Sie drückte das Gesicht an das Kunststoffenster und beobachtete, wie das Land, das zuerst nur eine verschwommene Fläche war, sich langsam immer deutlicher abzeichnete, Häuser sichtbar wurden und Straßen und türkisfarbene Wasseradern.

Sie hatte in London vom Flughafen Heathrow aus zu Hause angerufen. Es war der erste Anruf, seit sie im Juni weggegangen war. Ihre Mutter klang am Telephon ganz aufgeregt. Aber als Phoebe aus dem Flugzeug stieg und in das helle Licht kam, das sich über die dicken Fenster des Flughafens ergoß, dachte sie zuerst, daß niemand sie abholte. Sie ging unsicher durch die Ankunftshalle, bis sie plötzlich die Arme ihrer Mutter um sich spürte. Ihre Mutter hatte eine weichere, natürlichere Frisur, und an ihren Ohrläppchen hingen zwei kleine goldene Reifen. Phoebe hatte sie nicht erkannt.

Sie gingen Arm in Arm zur Gepäckabholung und dann zum Fiat. Der staubige, unhandliche Rucksack, den sie beide zusammen trugen, wirkte in der neuen Umgebung ganz fremd. »Ich kann mir nicht vorstellen, daß du unter diesem Ding durch die Welt gestiefelt bist«, sagte ihre Mutter. »Es wundert mich, daß du keinen Buckel hast.«

»Aber ich bin damit herumgezogen«, sagte Phoebe ganz außer Atem. »Ich hab mich vollkommen daran gewöhnt.«

Auf der Fahrt nach Hause schaute sie andächtig auf die bunten Häuser hinaus und zu dem vertrauten braunen Hügel, auf dem in großen Lettern SOUTH SAN FRANCISCO – THE INDUSTRIAL CITY stand wie das Brandzeichen einer Kuh. Die Stadt kam ihr riesig vor, ganz aus Glas und Metall, völlig anders als die Städte in Europa.

Als sie in die eigentliche Stadt kamen, war die Unterhaltung eingeschlafen. Phoebe merkte, daß sie ihre Mutter nicht mehr verstand. Die neue Frisur, der kurzärmlige schwarze Pullover und die schmalen, eleganten Arme am Lenkrad – sie fand das alles verwirrend. Zum erstenmal seit Wochen erinnerte Phoebe sich wieder an den heftigen Streit, den sie gehabt hatten: an die schreckliche Bemerkung, die sie gemacht hatte, an ihre plötzliche, unglaubliche Abreise.

»Also. Du hast Spaß gehabt da drüben«, sagte ihre Mutter schließlich.

»Eigentlich nicht«, sagte Phoebe. »Spaß kann man das nicht nennen.«

Ihre Mutter hob die Augenbrauen. Sie sagte nichts.

»Es war schwer«, sagte Phoebe.

»Inwiefern denn schwer?«

»Es war unheimlich. Ich hab oft Angst gehabt.«

Ein zärtlicher Ausdruck huschte über das Gesicht ihrer Mutter. Erst als dieser Ausdruck wieder verschwunden war, schaute sie Phoebe an. »Ich hab auch Angst gehabt«, sagte sie.

»Ich hab dir doch Karten geschickt«, protestierte Phoebe. »Ich hab dir doch geschrieben, daß es mir prima geht!« Aber erst jetzt ging ihr zum erstenmal auf, wie wenig beruhigend ihre Karten wahrscheinlich gewesen waren.

Den Rest der Fahrt sprachen sie nicht miteinander.

Phoebe hatte sich die ersten Wochen zu Hause als eine Art Montage ausgemalt: Sie würde in Berkeley in Vorlesungen und Seminare gehen, würde dann abends in die Stadt fahren und sich mit ihrer Mutter, Barry und Jack bei ausgedehnten Abendessen ganz wunderbar unterhalten – ja, auch mit Jack, der sie jetzt endlich, wo sie alleine losgezogen war und überlebt hatte, respektieren würde.

Ein Brief aus Berkeley erwartete sie. Er war kurz nach ihrer Abreise angekommen. Es war eine Antwort auf ihre Bitte um Verschiebung des Zulassungstermins. Da in Berkeley diese Option nicht vorgesehen sei, stand in dem Brief, werde man Phoebes Bitte als Rücktritt von der Bewerbung um einen Studienplatz behandeln. Falls sie sich für das folgende Jahr, 1979, wieder bewerben wolle, möge sie bitte den üblichen Anmeldeschluß im November beachten.

Phoebe reagierte auf diese Nachricht mit Ungläubigkeit, dann mit Panik. Sie rief verzweifelt die Zulassungsstelle an, aber das einzige, was sie erreichte, war die Zusage, daß ihre Bewerbung doch noch anerkannt würde und sie damit möglicherweise für einen Studienbeginn im Januar in Frage käme, und nicht erst nächsten September. Sie bekomme Ende Oktober Bescheid, ob sie angenommen werde.

An ihrem zweiten Abend zu Hause traf sich Phoebe mit ihrer Mutter, Jack und Barry zum Abendessen im *Basta Pasta*, einem neuen Restaurant in North Beach. Ihre Mutter und Jack kamen direkt von der Arbeit, händchenhaltend. Barry kam später. Er war auf Geschäftsreise in Tokio gewesen und fuhr vom Flughafen aus mit dem Wagen gleich zum Restaurant.

In dem Augenblick, in dem Jack sie lässig begrüßte und ihr praktisch noch den Rauch seiner Zigarette ins Gesicht blies, sah Phoebe, wie absolut falsch sie seine Reaktion auf ihr Verschwinden eingeschätzt hatte. In seinen blauen Augen blitzte skeptische Nachsicht, ein Ausdruck, den er ganz offensichtlich für die Leute reserviert hatte, die ihm auf den Geist gingen, zu denen er aber freundlich sein mußte.

Jack war noch nie in Japan gewesen, und als Barry ankam, fragte er ihn gleich aus. »Barry O'Connors Prognose: der nächste große Knüller in der Elektronik«, sagte Jack. »Weißt du schon was?«

»Ich habs dabei«, sagte Barry und holte aus seinem Aktenkoffer einen kleinen Cassettenspieler von Sony, an dem ein winziger Kopfhörer hing. Die Grundidee, sagte Barry, sei entstanden, weil der Aufsichtsratsvorsitzende beim Skifahren Opern hören wollte.

Jack setzte den Kopfhörer auf und spielte an den Tasten herum. »Das ist ja eine unglaubliche Klangqualität«, rief er so laut, daß Phoebe zusammenzuckte.

»Was hast du denn da drüben gegessen?« fragte ihre Mutter.

»Rohen Fisch.«

»Gott im Himmel. Wie hat das denn geschmeckt?«

»Es hat roh geschmeckt«, sagte Barry grinsend.

»Ihr tut ja alle so, als hättet ihr euch seit Monaten nicht gesehen«, sagte Phoebe mürrischer, als sie wollte.

Ihre Mutter schaute sie an. »Das kommt daher, daß wir normalerweise so viel miteinander zu tun haben.«

Sie schwiegen. Die Atmosphäre war plötzlich sehr gespannt. Jack nahm den Kopfhörer ab und legte ihn leise auf den Tisch. Als er ihre Mutter anschaute, bemerkte Phoebe eine Zärtlichkeit in seinem Blick, die sie erschreckte.

Den Rest der Zeit saß Phoebe praktisch schweigend da. Sie hatte sich im Flugzeug überlegt, wieviel sie von ihrer Reise erzählen sollte, aber die anderen hatten sich nur flüchtig danach erkundigt. Und Phoebe fiel jetzt ganz überraschend, mit plötzlicher Heftigkeit ein, daß sie wußte, was mit Faith passiert war. Sie wußte es. Sie könnte jetzt sagen: »Ich hab herausgefunden, was mit Faith passiert ist«, und könnte sehen, wie ihre lebhaften Gesichter vor Überraschung ganz still wurden. Aber Phoebe sagte nichts.

Danach bot Barry ihr an, sie nach Hause zu fahren. Sie fuhren zuerst zum Coit Tower, der in dichten Nebel eingehüllt, aber immer noch von Touristen überlaufen war, von denen einige unentwegt Geld in die Münzfernrohre steckten, als könnten die Fernrohre den Nebel durchdringen. Barry parkte ein, und sie blieben im Porsche sitzen.

»Hör mal, man merkt ja, daß das Verhältnis zwischen dir und Mom ziemlich gespannt ist«, sagte er.

»Gespannt«, sagte Phoebe und lachte leise.

»Ich glaub, als du weg warst, hat sie einfach zuviel Angst gehabt, um wirklich wütend zu werden«, sagte Barry. »Und jetzt kriegst du es eben ab.«

Phoebe schaute aus dem Fenster. »Ich glaube, Jack haßt mich.«

»Warte doch erst mal ab.«

Phoebe schaute ihren Bruder an. Sie war erstaunt, daß es ihm offenbar überhaupt nicht paßte, wie sehr sie von allem ausgeschlossen war. Sie hatte das Bedürfnis, ihm anzuvertrauen, was sie über Faith wußte, aber während sie so dasaßen, überlegte sie es sich anders. Wieso denn? dachte sie. Faith war die letzte, von der Barry etwas hören wollte.

»Jedenfalls freu ich mich, daß du wieder da bist«, sagte Barry. »Falls dich das interessiert.«

»Ich wüßte nicht, warum du dich freuen solltest, Bär.«

Er wirkte überrascht. »Jetzt komm aber«, sagte er. »Du bist doch meine Schwester.«

Sie schauten schweigend durch die nasse Windschutzscheibe. Ab und zu leuchteten ein paar Lichter durch den Nebel wie brennende Kohle unter weißem Rauch. »Hast du auch Angst gehabt?« fragte Phoebe. »Während ich da drüben war?«

»Ja«, sagte Barry. »Besonders, als du nicht zu der Che-

Guevara-Vorführung aufgekreuzt bist. Da hab ich gedacht: Scheiße, sie ist weg –«

»Oh, mein Gott!« sagte Phoebe. »Moms Film.«

Barry schaute sie an. »Das war vor zwei Monaten«, sagte er. »Jedenfalls hatte ich gleichzeitig das Gefühl, daß du okay bist. Und das war wohl das stärkere Gefühl. Letztlich.«

»Naja.« Sie war enttäuscht.

»Es war nicht so, daß ich nicht erleichtert gewesen wäre –«

»Aber du hast schon recht«, sagte Phoebe. »Wirklich. Ich gehöre zu den Leuten, die irgendwie nicht verschüttgehen.« Aus irgendeinem Grund lachte sie.

»Du bist die geborene Überlebenskünstlerin«, sagte Barry schlicht, und der Ernst, mit dem er das sagte, verlieh dem Klischee etwas überraschend Wahres, Zutreffendes. »Ja. Das sind wir. Du und ich.«

In dieser Nacht, als Phoebe im Bett ihrer Schwester lag und das Windspiel im Fenster leise klingelte, quälte sie ein unerträglicher Kummer. Jahrelang war ihr dieses Windspiel wie ein Echo von Faiths Stimme vorgekommen und hatte Phoebe daran erinnert, daß Faith da war, irgendwo, und auf sie wartete. Aber jetzt klang dieser Ton ganz leer. Phoebe zog am nächsten Tag zum ersten Mal seit Jahren wieder in ihr altes Zimmer und schlief inmitten eines Publikums von verblichenen Stofftieren, die sie mit strahlenden Augen betrachteten.

Phoebe erinnerte sich, daß sie vor Jahren einmal im Fernsehen einen Film mit den Titel *Latitude Zero* gesehen hatte. Als ein Schiff einmal den Breitengrad Null unerreicht, wird der Kapitän in ein wunderbares Land unter dem Meer versetzt, in dem die Straßen mit Diamanten gepflastert sind. Er nimmt eine Handvoll Edelsteine und steckt sie in seinen Tabaksbeutel, um sie mit nach Hause zu nehmen und zu beweisen, was er gesehen hat, aber als er wieder in der wirklichen Welt ist, öffnet er den Tabaksbeutel, der jetzt wieder nur Tabak enthält. Niemand schenkt seiner Geschichte Glauben.

Phoebes erste Woche zu Hause besaß trotz der Enttäuschungen den Reiz des Neuen, Unvertrauten, aber als die zweite Woche verging, überkam sie eine lähmende Niedergeschlagenheit. Nichts hatte sich verändert, und gegen die Eintönigkeit der Stadt und ihres Lebens in dieser Stadt erschien die Zeit, in der Phoebe weg gewesen war – und die ja ein ganzes Leben für sich war –, nur wie ein kurze, blitzartige Wahnvorstellung.

Sie ging nicht mehr weg, ging im Haus herum oder lag auf ihrem Bett und schaute aus dem Fenster und merkte gar nicht, daß die Zeit verging. Sie schlief und schlief, und wenn sie einmal nicht schlief, dann träumte sie mit offenen Augen von ihrer Reise. Phoebe nahm sich hinter einem goldenen Dunstschleier wahr, sah sich mit dem Zug fahren, sah sich neben Wolf aufwachen, während frisches Sonnenlicht sich über das Bett ergoß – war das wirklich wahr, daß sie das war, daß sie das alles gemacht hatte? Das alles kam ihr schon jetzt wie ein weit hergeholter, exotischer Wunschtraum vor. Sogar die schlimmen Augenblicke bekamen in der Erinnerung einen mächtigen, melancholischen Reiz. Aber Phoebe bezog das alles nicht auf sich, auf ihr gegenwärtiges Selbst. Es war ganz im Gegenteil so, daß das Subjekt ihrer Erinnerungen ihr wie ein ganz anderer Mensch vorkam, jemand, den man bewundern und beneiden mußte, jemand, an dem man gemessen wurde.

Sie und Wolf waren mit dem Zug von Vernazza nach Genua hinaufgefahren und dann weiter nach Frankreich. »Und was machen wir mit dem Volkswagen?« fragte Phoebe immer wieder, während sie das alles organisierten. »Sollten wir nicht das Auto holen?«

»Ich hol es später«, sagte Wolf ausweichend, und dann: »Das Ding war sowieso schon ganz klapprig.« Erst während der beiden keuschen Tage, die sie in überfüllten Schlafwagen verbrachten, kam Phoebe der Gedanke, der wirkliche Grund liege darin, daß Wolf nicht mit ihr im Auto fahren wollte. Im Auto wäre alles wieder so wie zuvor, wäre alles zwischen ihnen wieder möglich.

Schließlich überquerten sie den Kanal und kamen in London an, wo es kühl war und leicht regnete. Es war sehr viel anders als die festliche Stadt, in der Phoebe im Juni angekommen war. In gedrückter Stimmung gingen sie zu Laker Airways und buchten für Phoebe einen Rückflug für den nächsten Tag. Sie flüchteten vor dem Regen in die Nationalgalerie, zogen brav an den Portraits und Landschaftsbildern vorbei, und dann rief Wolf ein paar Freunde an, mit denen sie sich in einem Pub in Hampstead Heath treffen wollten.

Als sie dort ankamen, ging die Sonne schon unter.

Der stechende Geruch von brennendem Holz lag in der Luft. Der Himmel klarte langsam auf, und hinter den letzten Wolkenresten leuchtete ein giftiges Orange. Phoebe trank ein Glas Cider und war davon ein bißchen beschwipst – sie fuhr ja nach Hause –, und sie schaute Wolf an, der lachend auf der anderen Seite des Tischs vor seinem Guinness saß. Auf dem Bier war eine Schaumkrone. Phoebe bemerkte, wie sehr Wolf sich verändert hatte. Sein Haar war länger, er war braun geworden und hatte einen Zweitagebart; aber die Veränderung ging tiefer: die Anspannung auf seinem Gesicht, von der Phoebe gedacht hatte, sie bleibe immer da, war verschwunden. Er wirkte frei. Und sie war der Grund für diese Freiheit – nicht Faith und nicht Carla und auch sonst niemand. Sie hatte ein fürchterliches Gewicht von seinen Schultern genommen. Sie trugen es jetzt gemeinsam, wenn man auch Wolfs friedlichem Gesicht nicht ansehen konnte, daß ihn irgend etwas bewegte.

Wolf schaute hoch, als habe er mitbekommen, was sie dachte. Über den Rauch und das Klappern und den feuchten Teppichgeruch hinweg spürte Phoebe, daß er das wußte, spürte seine Dankbarkeit.

Sie stand von ihrem Stuhl auf und ging nach draußen, und sie wußte, Wolf würde nachkommen. Eine Menge laute Gäste saßen an nassen, dampfenden Tischen. Phoebe stand mitten in dem feuchten Geruch aus Bier und Regen und schaute über eine Hecke auf den Park hinaus, wo in der plötzlichen Abendsonne leichter Dampf aus dem satten Gras aufstieg. Wolf stand hinter Phoebe, legte die Arme um sie, hob ihr Haar hoch, schmiegte sein Gesicht an ihren Nacken und atmete ihren Geruch ein. Phoebe drehte sich um, und sie umarmten sich, aber als sie Wolfs Lippen suchte, ging er einen Schritt zurück, ließ sie los. Sie schauten sich an. Phoebe wußte jetzt, daß es vorbei war, daß diese Umarmung ein Abschluß war. Auf Wolfs Gesicht lag kein Begehren mehr, und als Phoebe ihm tief und lange in die Augen schaute, blieben sie undurchsichtig, verschlossen. Sie spürte ein Stechen in der Brust.

»Ich geh auch nach Hause«, sagte Wolf.

Sie wohnten in zwei Einzelzimmern in einer Bed-and-Breakfast-Unterkunft, und später, als sie sich auf dem Flur verkrampft gute Nacht sagten, fühlte Phoebe sich ganz verloren. »Ich hab das Gefühl, als wäre es weg, vorbei«, sagte sie zu Wolf. »Alles.«

Er nahm sie in die Arme. »Es ist genau das Gegenteil«, sagte er. »Es wird immer dasein. Es ist nur so, daß wir weggehen.«

Und danach, als sie in ihrem weichen, schmalen Bett lag, hatte Phoebe den Park draußen vor dem Fenster gespürt, er war dunkel und still wie ein See, und auf einmal kam ihr Corniglia sehr weit weg vor, als hätten zwei Tage Bahnfahrt sie und Wolf Jahre davon entfernt, ihre Flucht erst vollendet.

In ihrer dritten Woche zu Hause rief sie ihn an.

»Phoebe«, sagte Wolf überrascht. »Bist du in der Uni?«

»Nein.« Sie erzählte ihm entrüstet von dem Fiasko mit Berkeley. Es war seltsam, mit Wolf zu telefonieren;

sie hatte das noch nie gemacht, außer gleich nach ihrer Ankunft, als sie ihm kurz gesagt hatte, daß sie gut angekommen sei.

»Wie gehts dir denn?« fragte sie schüchtern.

»Es läuft ganz gut«, sagte er. »Es sind mir offensichtlich nicht alle Kunden weggelaufen.«

»Hast du –«

»Mindestens –« Sie lachten beide amüsiert und verzweifelt, weil bei ihrem Überseegespräch der Ton immer mit einer leichten Zeitverzögerung ankam. »Die Lakes bleiben noch ein halbes Jahr in Brüssel«, brüllte Wolf ins Telefon, als ließe sich die Zeitverzögerung durch Lautstärke ausgleichen. »Das ist also noch eine Gnadenfrist.«

»Wie geht es denn mit Carla?« Sie hoffte das Schlimmste.

»Es wird besser.«

»Wollt ihr immer noch heiraten?«

Er zögerte, die alte Wachsamkeit war wieder da. »Das ist noch ungeklärt.«

»Aber ihr werdet es vielleicht tun?«

»Ich hab noch Hoffnung«, sagte er. »Laß es mich mal so ausdrücken.«

Verzweiflung packte sie. »Was ist mit dem Auto?« fragte sie. »Hast du es wiedergekriegt?«

Er lachte. »Ein Freund von mir war in Pisa und hat erzählt, daß es vollkommen ausgeschlachtet worden ist. Und jetzt kauf ich mir einen Fiat.«

»Wir haben einen Fiat«, sagte Phoebe ganz unmotiviert.

»Paß gut auf dich auf«, sagte Wolf. »Und rühr dich

mal wieder.« Was bedeutet, dachte Phoebe: Es wäre mir lieber, wir würden nicht mehr miteinander reden.

»Okay«, sagte sie. »Paß du auch auf.«

Sie hatte in Europa abgenommen, und obwohl sie sich in Faiths Zimmer nicht mehr wohl fühlte, spürte sie doch das Bedürfnis, auszuprobieren, wie ihr die alten Sachen ihrer Schwester paßten. Schließlich gab sie ihrem Bedürfnis nach.

Von den Kleidern ging ein Geruch nach Pfeffer und Zimt aus, als sie die Sachen anzog. Und siehe da: Sie paßten; ein paar saßen sogar ziemlich locker. Phoebe hüpfte in Kordhosen und einer Makramee-Bluse im Zimmer ihrer Schwester herum, und darüber hatte sie die Jacke mit den Sternknöpfen angezogen. Sie drehte King Crimson auf volle Lautstärke auf, zündete zu viele Räucherstäbchen an und posierte atemlos mit einem Schlapphut, in dem eine lange Pfauenfeder steckte, vor dem Spiegel. Plötzlich ließ sie sich erschöpft und schwindlig aufs Bett fallen und schaute zu den Batiktüchern an der Decke hoch, während draußen vor dem Fenster Faiths Windspiel seine traurigen, zusammenhanglosen Geräusche machte. Sie schlief ein.

Es war schon fast dunkel, als Phoebe wieder aufwachte. Sie fühlte sich zerschlagen und schmutzig, als sie von Faiths Bett aufstand. Dann ging sie in den Keller und suchte fünf flache Kartons zusammen, die sie nach oben brachte. Sie packte die Kleider ihrer Schwester ein, wobei sie alles ordentlich zusammenlegte, und dann legte sie noch Faiths Hüte, ihre indianischen Perlen, den

Giftring und die Skarabäengemme aus Ton dazu, die an einer Lederschnur hing. Sie mußte noch ein paar Kartons holen. Als sie alles eingepackt hatte, klebte Phoebe die Kartons mit einem festen Klebeband zu. Sie stapelte sie in der Mitte von Faiths Zimmer zu einer Säule aufeinander und ließ sie da stehen.

Phoebe ging ab und zu noch immer nach Haight-Ashbury hinüber, roch in ihrem Okkultismusladen an den Schalen mit Weihrauchpulver, legte sich auf dem Hippie Hill ins Gras. Aber das alles war ein schwaches und flüchtiges Vergnügen. Sie kam sich vor wie ein Gespenst, wie der Geist des Geistes, der sie früher war. Sogar die enge, düstere Welt, in der sie früher zu Hause war, blieb ihr jetzt verschlossen. Und es gab nichts, das diese Welt hätte ersetzen können.

Alles sollte anders sein. Jetzt, wo sie wußte, was mit ihrer Schwester passiert war, dachte Phoebe das immer wieder. Aber die Welt nahm diesen Unterschied nicht wahr. Vielleicht lag das Problem darin, daß außer Wolf niemand wußte, was sie über Faith wußte. Sag es ihr! befahl sich Phoebe oft, wenn sie zum Beispiel mit ihrer Mutter in ihrer stillen Küche Brokkoli und Joghurt aus Supermarkttüten auspackte. Na los, sag es. Aber irgend etwas hielt sie immer davon ab – Angst, daß sie damit Wolf verraten würde, Angst davor, daß die Unstimmigkeiten zwischen ihr und ihrer Mutter noch zunehmen könnten und sie nichts dagegen tun konnte.

In der vierten Woche nach Phoebes Rückkehr kam ihre Mutter einmal abends von der Arbeit nach Hause und verkündete mit einer seltsamen Mischung aus Besorgtheit und Mißachtung, daß ihr Grundstücksmakler schon seit einigen Wochen mit einem Interessenten wegen des Hauses verhandelt habe. Und seit heute sei es verkauft.

Phoebe gewöhnte sich an, jeden Tag die Zeitung ausführlich zu lesen. Sie verschlang sie geradezu. Präsident Carter, Idi Amin, Bürgermeister Moscone – sie beschäftigte sich intensiv mit allem, was diese Leute sagten oder taten, als müsse sie persönlich darauf reagieren. Johannes Paul I. stirbt nach vierunddreißig Tagen als Papst, der Goldpreis auf Rekordniveau, Isaak Bashevis Singer erhält den Nobelpreis. Sid Vicious wird angeklagt, Nancy ermordet zu haben. Sadat und Begin schließen Frieden, während der Nahe Osten am Brodeln ist. So war die Welt. Und obwohl die Welt so deutlich getrennt war von dem winzigen Netz hügliger Straßen, in dem Phoebe ihr Leben lebte, spürte Phoebe doch eine große Sehnsucht, diese Welt zu berühren, das Gesicht an die Glasscheibe zu pressen. Je mehr sie über die Welt wußte, desto weniger schmerzhaft war ihre Abwesenheit.

Einmal kam Barry abends herüber und nahm Phoebe nach Los Gatos mit. Sie konnte bei ihm übernachten. Er hatte ein Gästezimmer hergerichtet und eine kleine blaue Vase mit Gänseblümchen ans Bett gestellt. Sie aßen in einem eleganten indischen Restaurant, das in dem riesigen Einkaufszentrum, in dem es lag, völlig deplaziert wirkte, und sie tranken beide zuviel Rotwein, weil sie nervös waren und übermäßig darauf bedacht, daß der Besuch gut lief.

Phoebe begleitete ihren Bruder am nächsten Morgen zur Arbeit. Immer noch ein bißchen benommen, war sie von der Freundlichkeit seiner Kollegen überrascht, ganz zu schweigen von ihrer Jugendlichkeit; in ihren Jeans und mit ihren langen Haaren erinnerten sie eher an intelligente Schüler, die von zu vielen durchgearbeiteten Nächten ganz überdreht waren.

Barrys Bürogebäude war das direkte Gegenteil des IBM-Gebäudes, in dem ihr Vater gearbeitet hatte – es war flach und großzügig, überall Glas und Licht und Dutzende von eleganten, unzugänglichen Computern, die Barry und seine Kollegen mit einer so beiläufigen Lässigkeit bedienten, als würden sie einen Wasserhahn aufdrehen. Irgendwo stand ein Flügel, und es gab auch zwei riesige Kühlschränke voll exotischer Fruchtsäfte. Phoebe hatte erwartet, daß ihr Bruder auf seine kindische Art herumstolzieren und Sprüche machen würde, aber er hatte eine ganz selbstverständliche Autorität. Aber schließlich, überlegte sie hinterher, war das ja seine eigene Firma, und die Leute waren alle seine Angestellten. Was sollte er da noch beweisen wollen?

Danach besuchte Phoebe ihren Bruder noch oft. Sie stieg immer in einem Bahnhof in der Nähe des Greyhound-Busbahnhofs in den Zug. In dem flachen, offenen Gelände des Silicon Valleys brachte Barry ihr das Autofahren bei und saß offenbar völlig unbeteiligt neben ihr, wenn Phoebe in seinem Porsche die Gänge einlegte und auf *Safeway*-Parkplätzen beinahe irgendwelche Einkaufswagen rammte. Als sie mit dem Auto einigermaßen vertraut war, ermunterte Barry sie, die engen Straßen durch die bewaldeten Hügel hinaufzufahren. Wenn es bergab ging, zeigte er ihr, wie man herunterschaltete. »Wenn man schon Auto fährt, dann soll es auch Spaß machen«, sagte er.

Phoebe bot ihrer Mutter an, sich mit ihr zusammen Wohnungen anzuschauen, weil sie hoffte, daß sie dadurch einander wieder näherkämen. Es war eine langweilige Angelegenheit, durch leere Wohnungen zu stiefeln und sich vorzustellen, daß sich da ihr Leben abspielen sollte. Der Zorn ihrer Mutter hatte sich gelegt, war zu einer verkrampften Herzlichkeit geworden, die Phoebe noch bedrückender fand. Phoebe spürte, daß es an ihr lag, den Bann zu brechen, aber sie konnte sich absolut nicht vorstellen, was ihre Mutter erwartete.

Auf dem Russian Hill sahen sie sich eine Wohnung mit hohen Räumen an, die zwei Schlafzimmer hatte und honigfarbene Holzböden. Die Schlafzimmer lagen weit auseinander, was (wenn sie auch nicht darüber redeten) ein Vorteil war, weil Jack ja jetzt oft die Nacht im Haus verbrachte. Phoebe spürte unwillkürlich eine gewisse Erregung, als sie durch die großzügigen, leeren Zimmer ging, während das Licht der Dämmerung durch die Fenster hereinkam, an denen keine Vorhänge hingen. Ihre Mutter war von der Wohnung anscheinend auch sehr eingenommen. »Ein Eßzimmer!« rief sie, obwohl ihr Eßzimmer zu Hause viel größer war. »Wir können richtig große Feste feiern.«

Sie diskutierten über Teppiche, Schreibtische und Vorhänge und welche ihrer diversen Couches sie behalten wollten. Ihre Stimmen hallten in der leeren Wohnung wider, und sie hörten sich plötzlich selber reden und schwiegen für einen Augenblick ganz befangen.

»Mom«, sagte Phoebe.

Ihre Mutter schaute hoch.

Jetzt, sagte Phoebe sich – jetzt! Es entstand eine lange Pause, in der Phoebe sich fragte, was sie ihrer Mutter eigentlich hatte sagen wollen. Denn etwas anderes drängte noch nach außen, verlangte Gehör. »Entschuldige, daß ich einfach verschwunden bin«, sagte sie. »Und daß ich mir deinen Film nicht angeschaut habe.« Sie flüsterte jetzt fast.

Ihre Mutter ging durch das Zimmer auf Phoebe zu und nahm sie in die Arme. Ihr Zitronengeruch kam wie von weit her. »Du hast mir gefehlt«, sagte sie.

Als sie wieder draußen waren, blieben sie stehen, um sich das Haus anzuschauen. Es war in einem alten kalifornischen Stil gehalten, lachsrosa, der Stuck wie Zukkerguß, feine schwarze Metallgitter an den schweren Glastüren. Phoebes Puls raste immer noch. Was hatte sie denn in der Wohnung sagen wollen? Was gab es über Faith zu sagen, das sie so dringend jemand anderem mitteilen wollte? Es kam Phoebe so vor, als hätte sie das nie direkt benannt, nicht einmal sich selber gegenüber. War es, daß Wolf dabei war, als sie starb? Die Terroristen? Der tote Mann? Nein, das alles war es nicht. Die Wahrheit war, daß ihre Schwester sich umgebracht hatte. Und daß das jeder wußte.

Als sie zum Wagen gingen, nahm Phoebes Mutter ihre Hand.

Sie nahmen die Wohnung. Sie würden am fünfzehnten Oktober einziehen.

Der Wind blies durch die offenen Fenster ihres Hauses, wehte feinen Staub von den Fußböden hoch, auf denen jetzt keine Möbel mehr standen. Möbelpacker mit hüpfenden Bizepsen trugen alles über die Backsteintreppe nach unten in einen Möbelwagen von *Bekins.*

Barry hatte sich für den Nachmittag freigemacht, um beim Umzug zu helfen. Er und Phoebe hatten die Aufgabe, die Gemälde ihres Vaters zu sichten, vielleicht drei oder auch ein paar mehr aufzuheben und den Rest einzupacken, damit man ihn weggeben konnte. Sie gingen schweigend die Kellertreppe in den Lagerraum hinunter, in dem ein buntes Durcheinander von Gemälden an den Wänden lehnte. Barry klappte ein paar riesige Umzugskartons von *Bekins* auseinander, und sie machten sich an die Arbeit. Phoebe reichte Barry die Bilder, und Barry packte sie vorsichtig in den Karton. Die älteren Bilder standen im Lagerraum weiter hinten, so daß es während des Verpackens so war, als würden die Jahre sich von Faith ablösen, als würde sie von dem traurigen Teenager am Krankenhausbett ihres Vaters in ein süßes, grinsendes Kind verwandelt.

Phoebe hob eines der Bilder hoch und hielt es in das diffuse, schwache Licht, das von der Tür hereinkam. Es war ein Portrait ihrer Schwester, auf dem sie vielleicht acht oder neun Jahre alt war und auf genau dem Felsen stand, von dem Phoebe, Barry und ihre Mutter keine zehn Jahre später ihre Asche ins Meer gestreut hatten. Sie trug ein weißes Sommerkleid und streckte grinsend die Hand aus, in der sie eine dunkelrote Eisblume hielt. »Bär«, sagte Phoebe.

Er kam zu ihr. Sie betrachteten das Bild. Auf den ersten Blick nahm man nur Faiths gewohnte chaotische Fröhlichkeit wahr, aber je länger Phoebe das Bild anschaute, desto stärker kam es ihr so vor, als würde das aufgeregte Grinsen ihrer Schwester von einer tiefer sitzenden Angst Lügen gestraft, als würde sie mit dieser Blume etwas abwehren. Phoebe wandte sich erschüttert ab, dann fragte sie sich, ob das, was sie gesehen hatte, wirklich auf dem Bild war. Sie konnte es nicht sagen. Als sie das Bild wieder anschaute, war ihre Schwester einfach ein fröhliches Mädchen.

Barry wollte etwas sagen, ließ es dann aber bleiben. »Wir behalten es«, sagte er.

Schließlich waren die Bilder verpackt, sorgfältig in vier riesigen Kartons verstaut, und sie hatten auch noch einen fünften teilweise voll bekommen. »Ich glaub, wir sollten uns noch zwei aussuchen«, sagte Barry, aber er war unruhig dabei, müde von dem ganzen Unternehmen. »Mach du das, Pheeb.«

Phoebe betrachtete die Kartons mit den Bildern, überlegte, ob sie nicht alle noch einmal durchsehen sollte, sich darin verlieren sollte. Aber nein. Das war nur die Erinnerung an eine Sehnsucht.

»Vielleicht nur das eine da«, sagte sie.

Sie schleiften die Kartons in die Garage und gingen dann nach draußen. Der Hinterhof war von Pflanzen überwuchert und duftete wunderbar. Winzige Gänseblümchen schossen überall aus dem Gras. Barry reckte sich, streckte die Arme zum Himmel hoch, dann grinste er, ließ sich auf den Boden fallen und blieb auf dem Rücken liegen. Phoebe legte sich neben ihn, den Kopf neben Barrys Füßen. Die Erde war warm, weich. Phoebes Bedrücktheit schien jetzt von ihr abzufallen; es war, als würde ein dunkler, ölverschmierter Vogel davonfliegen. Sie sog den Duft des Grases ein und betrachtete die Wolken, die langsam über den Himmel zogen.

»Hörst du diese Vögel?« sagte Barry. Seine Stimme klang wie von weit her, heiser, weil er auf dem Boden lag. »Dieses Geschnatter? Hörst du das, Pheeb? Ich weiß nicht, warum, aber ich mag dieses Geräusch.«

Als Phoebe an einem Samstag auf dem Washington Square *Geschlossene Gesellschaft* las, stand ihr plötzlich jemand im Licht. »Phoebe?« sagte eine Männerstimme.

Sie schaute hoch, erkannte den Mann, wußte aber nicht, wo sie ihn unterbringen sollte. Er trug ein kleines Mädchen. »Kennst du mich noch?« fragte er. »Du hast mich angelernt.«

»Ach ja. Gott«, sagte sie kopfschüttelnd. »Du bist ...«

»Patrick. Das ist meine Tochter Teresa.«

»Hi«, sagte Phoebe. Sie stand auf, um sich das Kind anzuschauen, das rote Locken hatte und die grünen Augen ihres Vaters. »Die ist ja so hübsch«, sagte Phoebe. »Nicht zu fassen, daß du eine Tochter hast.«

Patrick lachte. »Ich finde das auch erstaunlich.« Er trug eine weite Jeans. Die Flecken darauf sahen aus, als wären es Gipsflecken. Er zögerte kurz, dann sagte er: »Du warst verschwunden.«

»Ich bin nach Europa gegangen.«

»Einfach ... los und weg.«

»So ziemlich.«

»Art war sich ganz sicher, daß du umgebracht worden bist. Er hat dauernd gesagt: ›Ich kenn dieses Mädchen, die kommt nicht mal zu spät!‹ Ich glaub, irgendwann hat er dann deine Mutter erreicht.«

»Der arme Art«, sagte Phoebe. »Ich glaub, ich sollte mich mal bei ihm entschuldigen.«

»Er hat dir sicher schon verziehen.«

Teresa wurde unruhig. Patrick stellte sie auf den Boden, und sie kam mit unsicheren Schritten auf Phoebe zu und patschte mit ihren dicken Händchen auf die Bank.

»Arbeitest du immer noch da?« fragte Phoebe.

»Nein, nicht mehr«, sagte Patrick. »Ich hatte damals in diesem Monat ziemlich viel Pech, aber es ist besser geworden, und dann hab ich gekündigt. Ich hab ein bißchen Zeit mit der da verbracht.« Er hob das kleine Mädchen wieder hoch. »Ich bin Bildhauer«, sagte er. »Mein Atelier ist gleich hier drüben, in der Green Street. Dreihundertfünfundachtzig. Komm doch mal tagsüber vorbei. Ich mach dir einen Kaffee. Oder du machst ihn – bist du nicht die Expertin auf dem Gebiet?«

»Ja, gut«, sagte Phoebe lachend. »Ich komm vielleicht vorbei.«

Als Patrick über den Platz davonging, drehte das

kleine Mädchen den Kopf wie eine Eule hin und her, weil sie Phoebe nicht aus den Augen lassen wollte. Phoebe winkte ihr zu. Die Glocken von St. Peter und Paul ertönten, schlugen zur vollen Stunde.

Etwas war vorbei. Aber es begann auch etwas. Phoebe spürte das eher, als daß sie es verstand – ein nervöser Pulsschlag, der im Untergrund der Stadt zitterte. Bald fing ein neues Jahrzehnt an. In Barrys Büro wurde Phoebe manchmal von einer verrückten Vorfreude angesteckt, einer wilden Gewißheit, daß die Welt sich verändern würde. Daß da ein ungeheurer Prozeß ablief. Jeder schien das zu spüren – die reine, unbestreitbare Macht der Maschinen, die Verheißung außerordentlichen Reichtums. Das erfüllte sie mit Hoffnung. Phoebe war erstaunt, daß die Welt wieder so sein konnte, daß die Leute das schon wieder spüren konnten, und schon so bald wieder. Aber sie spürte es ja selber.

Die Frauen schnitten sich das Haar kürzer. Es waren nicht mehr die weichen, föngestylten Dorothy Hamill-Frisuren, sondern schmalere, kompaktere Frisuren, die die Linien und Ecken betonten und die Macht, die im Kopf steckte. Phoebe stand oft vor dem Spiegel, bündelte ihr Haar mit der Hand und hielt es hinter sich, weg von ihrem Gesicht. Ihr gefiel die Vorstellung, es abzuschneiden, so daß plötzlich alles ganz leicht wurde, als würde man hinter einem schweren Vorhang hervortreten.

Gegen Ende November fuhr Phoebe am Abend zum Coit Tower. Die Touristen waren inzwischen weg, und der Parkplatz war ziemlich leer. Phoebe parkte den Wagen ihrer Mutter und stieg aus.

Es dämmerte; die Luft schien elektrisch geladen zu sein. Es war kein Nebel. Phoebe ging um den Turm herum, ließ aus jedem Winkel die großartige Aussicht auf sich wirken, den neonblauen Himmel, und sie fragte sich, wann genau ihr Leben ins Gleichgewicht gekommen war. Denn genau das war passiert. Sie konnte im Januar in Berkeley zu studieren anfangen, das gehörte auch dazu. Aber auch in ihr selber hatte sich etwas gelöst, und jetzt machte ihr die lockere, zufällige Art, auf der ihr Leben dahinlief, immer weniger aus. Sie hatte immer noch große Sehnsucht, darüber hinauszugehen, die unsichtbare Grenze zu diesem anderen Ort zu überschreiten, zu diesem Ort, an dem alles wirklich war. Aber das konnte man nicht jeden Tag haben. Niemand könnte das aushalten.

Phoebe dachte natürlich immer noch an Faith, aber die Erinnerung an ihre Schwester war jetzt nicht mehr so heftig. Faith war nicht mehr da. Es war nicht möglich, die Kluft zu ihr zu überwinden, und Phoebe kam es jetzt so vor, als sei ihre Schwester auf der Verliererseite. Als verpasse sie alles – Faith, die so gern immer im Mittelpunkt des Geschehens war.

Und trotzdem. Trotzdem.

Während sie jetzt auf die Stadt und die Bucht hinunterschaute, dachte Phoebe an einen Tag, als ihre ganze Familie, sogar ihre Eltern, auf einer Wiese im Golden Gate Park Verstecken gespielt hatten. Es war ein Nachmittag voller Sonne, vom Ozean kam der Wind herein, und an allen Blättern glitzerte Feuchtigkeit. Faith versteckte sich zuerst. Sie trennten sich alle, um sie zu suchen, und Phoebe stocherte mit einem Stecken durch die Kiefernzapfen und Eukalyptusblätter auf dem Boden, und dann ging sie unsicher durch die Büsche, von denen die Wiese umgeben war. Sie rechnete nicht damit, daß sie Faith finden würde – Phoebe war höchstens vier Jahre alt, noch zu klein, um diese Spiele gewinnen oder auch nur wirklich dabei mitmachen zu können.

Aber als Phoebe die Zweige eines großen Gebüschs auseinanderbog, sah sie zu ihrer Überraschung Faith in einer winzigen Lichtung sitzen. Sie grinste übers ganze Gesicht. »Du hast mich gefunden«, flüsterte sie. »Du hast gewonnen!« Aber anstatt den anderen zuzurufen und diese Runde zu beenden, hatte Faith Phoebe bei der Hand genommen und sie zu der weichen Stelle geführt, an der sie gesessen hatte. Sie warteten zusammen in ihrem Versteck, und Phoebe kuschelte sich in den Schoß ihrer Schwester, war umgeben von ihrem Atem, ihrem Herzschlag und ihrem warmen, langen Haar. Sie spürte, wie immer wieder einmal Sonne und dann wieder Schatten über ihr Gesicht zog, roch die vom Regen feuchte Erde und die Eukalyptusblätter und wurde von einem fast unerträglichen Glücksgefühl überwältigt. Sie hatte das Spiel gewonnen.

Phoebe wand sich hin und her, um Faiths Gesicht zu sehen, aber die Augen ihrer Schwester warteten auf Bewegungen jenseits des Gebüschs, wo der Rest der Familie nach ihnen suchte. Sie hörte leise Flötenmusik, ganz schwach und verschlungen, und Phoebe war auf einmal ganz erfüllt von einer starken Freude, von dem Glauben, daß ihre gewöhnliche Umgebung sich immer und jederzeit öffnen und den Zugang zu diesem leuchtenden Versteck freigeben könnte. Und Faith wäre dann da und wartete darauf, daß Phoebe auf ihren Schoß kletterte.

Ich möchte folgenden Personen für ihren Rat und ihre Ermutigung danken und für die Mühe, die sie meinetwegen auf sich genommen haben: David Herskovits, Monica Adler, Bill Kimpton, Nan Talese, Jesse Cohen, Diane Marcus, Tom Jenks, Carol Edgarian, Webster Stone, Virginia Barber, Jennifer Rudolph Walsh, Ruth Danon, David Rosenstock, Kim Snyder, Don Lee, Julie Mars, Ken Goldberg und David Lansing.

Ich danke ebenfalls der National Endowment for the Arts, der New York Foundation of the Arts und der Corporation of Yaddo für ihre Unterstützung.

Vor allem aber danke ich Mary Beth Hughes, ohne deren Vertrauen, Klugheit und Scharfsinn dieses Buch nicht vorstellbar wäre.

Sylvia Plath

Die Tagebücher

Herausgegeben von Frances McCullough. Vorwort von Ted Hughes. Deutsch von Alissa Walser. 492 Seiten. Serie Piper

Sylvia Plath ist eine der beunruhigsten und wichtigsten amerikanischen Autorinnen dieses Jahrhunderts und wurde – nicht zuletzt durch ihren Freitod – zum Mythos. Ihre Tagebücher sind aufregende Protokolle über die Bewußtseinszustände einer jungen Frau, die in allem die Beste sein will. Ihnen vertraut sie auch ihre dunklen Seiten an: ihren Ehrgeiz und ihre Selbstzweifel, ihre zerstörerische Eifersucht, ihren Haß auf Mutter Aurelia, den Zorn auf ihren Ehemann, den Dichter Ted Hughes. In ihren kompromißlos geführten Tagebüchern, brillant übersetzt von der Schriftstellerin Alissa Walser, findet sie zu einer Prägnanz und Klarheit, die nicht selten erschrecken.

Drei Frauen
Three Women

Ein Gedicht für drei Stimmen. A Poem for Three Voices. Deutsch von Frederike Roth. Zweisprachige Ausgabe. 110 Seiten. Serie Piper

Sylvia Plaths 1962 entstandenes dramatisches Gedicht »Drei Frauen« läßt in der Anonymität einer Entbindungsstation drei Frauenstimmen laut werden. Abwechselnd sprechen sie von Geburt und Mutterschaft: die glückliche junge Mutter mit ihrem kleinen Jungen – die Studentin, die sich zögernd lossagt vom unerwünschten Kind – die berufsstätige Frau, die nach einer Fehlgeburt ihre Verzweiflung überwindet. Jede der Frauen spricht für sich, aber im Grunde spricht immer nur eine: Sylvia Plath, die selbst zwei Kinder und eine Fehlgeburt hatte. Mit der Auslotung dieser verdrängten Ängste und Widerstände, aber auch der Wünsche und Hoffnungen zeigt Sylvia Plath, warum sie »eine der beunruhigendsten, wichtigsten Poetinnen dieses Jahrhunderts« ist (Eva Demski).

SERIE PIPER

Judith Lennox

Das Winterhaus

Roman. Aus dem Englischen von Mechtild Sandberg. 541 Seiten. Serie Piper

Der Gartenpavillon der Familie Summerhayes – genannt das »Winterhaus« – ist ein Ort der Zuflucht für drei Freundinnen, die zwischen den Weltkriegen in der idyllischen Umgebung von Cambridge aufwachsen. Da ist die idealistische, kluge Robin, die in der nahegelegenen Universitätsstadt studieren soll. Da ist Maia, die schönste und ehrgeizigste der drei, auf der Suche nach einem reichen Mann, und da ist die stille Helen, die von ihrem scheinbar gutherzigen Vater, dem Vikar der Gemeinde, mehr als vereinnahmt wird. Dramatisch, romantisch und voller Warmherzigkeit erzählt Judith Lennox, wie sich diese drei jungen Frauen in einer Welt behaupten lernen, die rauher und aufregender ist als das grüne Paradies der Kindheit.

»Judith Lennox' Winterhaus steht in bester Tradition des romantisch-realistischen Gesellschaftsromans.«
Brigitte

Judith Lennox

Tildas Geheimnis

Roman. Aus dem Englischen von Mechtild Sandberg. 552 Seiten. Serie Piper

Die begabte junge Rebecca aus London, gerade verlassen und auch sonst nicht vom Glück verwöhnt, glaubt zu träumen: Für einen renommierten Verlag darf sie die Biographie der Tilda Franklin niederschreiben, die ihr Leben ganz in den Dienst von Waisen und unehelichen Kindern gestellt hat. Rebecca aber hat nicht geahnt, worauf sie sich einläßt: Durch ihre Besuche bei Tilda in deren malerischem Haus in Oxfordshire, durch die Gespräche mit der faszinierenden alten Dame und nicht zuletzt durch ihre Gefühle für Tildas Enkel Patrick läßt Rebecca sich immer tiefer in ein tragisches Familiengeheimis hineinziehen, dessen Wurzeln bis in die Zeit des Ersten Weltkriegs zurückreichen. Bis sie erkennt, daß der Schatten eines schrecklichen Verbrechens auf Tildas Vergangenheit lastet … Eine bewegende Familiengeschichte, deren dramatischen Sog man sich nicht entziehen kann.

Ann-Marie MacDonald
Vernimm mein Flehen
Roman. Aus dem Englischen von Astrid Arz. 684 Seiten. Serie Piper

Die preisgekrönte kanadische Dramatikerin und Schauspielerin hat mit ihrem ersten Roman ein mitreißendes, opulentes Familienepos geschaffen. Darin spielt die herbschöne mystische Landschaft der Nordostküste Kanadas eine ebenso bestimmende Rolle wie das ungewöhnliche Schicksal von vier Schwestern.
Anfang des Jahrhunderts in Low Point, einem gottverlassenen Bergwerksflecken an der Nordostküste Kanadas: Nicht gerade der ideale Ort, um als junger, ehrgeiziger Klavierstimmer zu Geld und Ansehen zu komen. Doch James Piper ist entschlossen, hier seine Träume Wirklichkeit werden zu lassen: ein großes Haus voller Musik und Literatur, elegante Möbel, eine Frau mit weichen Händen. Mit seiner Kindfrau Materia, einer dreizehnjährigen Libanesin, bekommt James vier außergewöhnliche Töchter, die seine Träume wahrmachen sollen: Kathleen, die grünäugige Schönheit mit der begnadeten Stimme, die wilde, unberechenbare Frances, Mercedes, die besessene Katholikin, und die behinderte Lily, die von allen vergöttert wird und die einem tödlichen Geheimnis auf die Spur kommt.

»Mit diesem Roman rückt Ann-Marie MacDonald in den ersten Rang literarischer Autoren. Die Handlung ist mitreißend, die Figuren tief berührend und der Stil atemberaubend.«
The Toronto Star